CLAIRE HÖLIG

Die Weiße Wölfin und der Admiral

SCM Hänssler

SCM

Stiftung Christliche Medien

MIX
Papier aus verantwortungsvollen Quellen
FSC® C006701
FSC www.fsc.org

SCM Hänssler im SCM-Verlag GmbH & Co. KG · 71088 Holzgerlingen
Internet: www.scm-haenssler.de · E-Mail: info@scm-haenssler.de

Umschlaggestaltung: Jan Henkel, www.janhenkel.com
Titelbild: www.shutterstock.com
Satz: Satz & Medien Wieser, Stolberg
Druck und Bindung: CPI – Ebner & Spiegel, Ulm
Gedruckt in Deutschland
ISBN 978-3-7751-5445-1
Bestell-Nr. 395.445

Für meinen Bruder

Die Wahrheit geht unter,
aber sie ertrinkt nicht.

Chinesisches Sprichwort

Prolog

September 1943

Konteradmiral Karl Büchner stand in seinem Arbeitszimmer und starrte aus dem Fenster. Es war ein trüber Septembertag. Der Himmel war bedeckt und ein kalter Wind fegte über das Shell-Haus am Tirpitzufer in Berlin, dem Sitz des Oberkommandos der Marine, das sich gleich neben dem Bendlerblock befand.

Ursprünglich war das markante Bürohaus als Hauptsitz der Shell-Tochter Rhenania-Ossag Mineralölwerke AG errichtet worden, doch ab 1938 belegte das OKM das Gebäude. Im Tiefenkeller des Hauses war ein Lazarett errichtet worden. In den oberen Stockwerken befanden sich die Büros und Konferenzsäle des OKM. Auf dem Hof hielten zwei Soldaten Wache. Sie hatten ihre Gewehre geschultert und trotzten mit unbewegter Miene einem feinen Sprühregen, der die Sicht erschwerte.

Karl beachtete sie nicht. Er sah auch nicht die Reichsflagge mit dem großen schwarzen Hakenkreuz, die im Wind flatterte. Seine Gedanken kreisten einzig und alleine um seine Frau und seinen Sohn. Wenn er an Helens sorgenvolles Gesicht dachte, krampfte sich sein Herz zusammen. Wie gerne hätte er sie in den Arm genommen und ihr gesagt, dass alles gut gehen würde, dass sie sich nicht zu sorgen brauchte …

Unwillkürlich musste Karl an ihren letzten Abschied denken. Er hatte seinen einjährigen Sohn Heinrich ein letztes Mal in den Arm genommen. Helen war völlig vernarrt in den Kleinen und Karl war stolz, einen männlichen Erben zu haben, der dem Namen Büchner alle Ehren machen würde. Wenn Karl daran dachte, wie klein und hilflos sein Sohn noch war, zog sich sein Herz erneut zusammen. Am liebsten wäre er sofort nach Hause gefahren, hätte seine Familie in den Arm genommen und ihr gesagt, wie sehr er sie liebte und dass er sie niemals enttäuschen würde. Und das war auch der Grund, warum er gegangen war. Er wollte nicht, dass seine Frau oder sein Sohn sich einmal für ihn schämen mussten. Doch Helen hatte das nicht verstanden.

»Ich will nicht, dass du gehst«, hatte sie am Abend seiner Abreise gesagt.

»Aber Schatz«, hatte Karl versucht, sie zu beruhigen. »Du kennst doch meine Pflicht.«

Ja, Helen kannte sie. Sie kannte das Pflichtbewusstsein ihres Mannes, seinen großen Ehrgeiz, der ihn so weit gebracht hatte. Doch zum ersten Mal wünschte sie sich, er besäße weniger von diesem Ehrgefühl, das sie stets bewundert hatte. Schließlich drehte sie sich weg. Einen Augenblick lang standen sie schweigend in der großen Eingangshalle.

Dann brachte Helen ihn zur Tür. Karl trug seine Dienstuniform mit allen Orden. Er war sehr stolz auf sie. Sie zeigten, dass er ein guter Offizier war. Der Führer persönlich hatte ihm schon seine Anerkennung ausgesprochen. Mit seinen 32 Jahren war er der jüngste Konteradmiral der deutschen Kriegsmarine und niemand zweifelte daran, dass er eines Tages General- oder gar Großadmiral werden würde.

Bis jetzt.

»Ich habe Angst«, flüsterte Helen, als Karl seine Mütze aufzog und den Mantel überstreifte. Sie drehte sich zu ihm und Karl sah ihre weit geöffneten Augen. »Ich habe Angst.«

»Das brauchst du nicht«, antwortete er, doch er hatte einen Kloß im Hals. »Ich werde auf mich aufpassen.« Er zog sie in seine Arme und sie legte ihren Kopf an seine Schulter. »Alles wird gut. Ich verspreche es dir.« Beruhigend streichelte er ihr Haar und drückte einen Kuss auf ihre Stirn. Als sie wieder zu ihm hochsah, füllten sich ihre Augen mit Tränen.

»Lüg deine Frau nicht an, Karl, und mach ihr keine Versprechungen, deren Einhaltung nicht in deiner Macht steht. Ist dir eigentlich klar, worauf du dich einlässt? Was, wenn sie dich erwischen? Sie werden dich töten! Und was wird dann aus mir und unserem Sohn? Hast du daran schon einmal gedacht?«

Karl seufzte. »Ich muss gehen, Helen, sonst sterbe ich ganz bestimmt.«

Da wurde sie wütend. Sie löste sich aus der Umarmung und sah ihn anklagend an. »Warum?«, rief sie. »Warum musst du? Niemand zwingt dich dazu! Du machst das freiwillig, das weiß ich. Und du weißt, dass ich immer hinter dir stehen werde.« Mit dem Handrücken wischte sie sich die Tränen fort. »Aber sag mir wenigstens, warum.«

Karl sah seine bebende Frau einen Augenblick lang an und antwortete dann ruhig: »Es ist eine Frage der Verantwortung.«

»Verantwortung?«, fragte Helen verständnislos. »Verantwortung wem gegenüber? Einer Bande von Mördern?«

»Verantwortung gegenüber dem Vaterland«, antwortete Karl weniger ruhig. »Vor dieser Verantwortung darf man sich nicht drücken. Sonst ist man ein erbärmlicher Feigling.«

Helen schnaubte. »Verantwortung, von wegen. Es ist dein Stolz, der dich zu einer solchen Tat treibt! Und eben dieser Stolz wird uns noch alle umbringen!«

Diese bitteren Worte erinnerten Karl schlagartig an eine andere Frau. Eine sehr viel jüngere Frau, eigentlich noch fast ein Mädchen. Auch sie hatte einst vor ihm gestanden wie Helen jetzt. Wut, Zorn und Empörung hatten in ihren Augen geblitzt und mit Verachtung in der Stimme hatte sie gerufen: »Du bist zu stolz! Das wird dich eines Tages das Leben kosten!«

Damals hatten ihn diese Worte kaum berührt, heute schmerzten sie wie tausend Nadelstiche.

Es klopfte an der Tür. »Herein«, rief Karl und drehte sich zu seinem Schreibtisch. Ein Offizier trat ein. Er war vielleicht ein oder zwei Jahre jünger als Karl, groß, schlank und gut gebaut. Sein Gesicht war scharf geschnitten und das braune Haar war etwas länger, als die Vorschrift es erlaubte.

Er salutierte und sagte: »Kapitänleutnant Robert Schneider vom 30. Marineartillerie-Regiment, Abteilung 511, zu Ihren Diensten, Herr Admiral.«

Karl nahm hinter seinem Schreibtisch Platz. »Rühren, Kapitän«, erwiderte er. Einen Augenblick musterte er den Mann, der da aufrecht und selbstbewusst vor ihm stand. Er hatte nichts von einem unterwürfigen Karrieristen an sich, die Karl in letzter Zeit immer wieder untergekommen waren. Das war ihm nur zu recht. *Das ist jemand, der seinen Willen durchsetzen kann*, schoss es ihm durch den Kopf. *Genau der Mann, den ich brauche.*

»Ich habe Ihre Akte gelesen, Kapitän Schneider«, begann Karl. »Bemerkenswert. Sie sind ein guter Offizier.«

»Ich danke Ihnen, Herr Admiral«, erwiderte Schneider mit einem Lächeln.

»Allerdings«, Karl musterte Schneider noch einmal von oben bis unten, »sind Sie auch als Querkopf bekannt. Von Offizieren erwartet man Befehlstreue. Das gilt auch für Vorschriften.«

Schneider stand regungslos. »Vorschriften sind nützlich, aber nicht in allen Lagen.«

Karl zog die Augenbrauen zusammen. Dieser Ansicht war er ganz und gar nicht, aber er verzichtete auf eine Zurechtweisung und fuhr stattdessen fort. »Ich habe Sie aus einem ganz bestimmten Grund hierher rufen lassen.« Karl erhob sich wieder und trat an Schneider heran. »Nach allem, was mir Ihr Vorgesetzter Fregattenkapitän Mattheis erzählt hat, sind Sie ein zuverlässiger und begabter Offizier, dessen Fähigkeiten in Ihrer derzeitigen Position, wie soll ich sagen, nicht ganz zur Geltung kommen. Sie sind jetzt seit fast einem Jahr bei der Marineartillerieabteilung, Herr Kapitän. Eine recht langweilige Arbeit, nicht wahr?«

Schneider verzog keine Miene.

»Ein Mann mit Ihren Fähigkeiten kann nutzbringender eingesetzt werden. Ich benötige Ihre Dienste, Schneider. Kapitän Mattheis hat sich einverstanden erklärt, Ihre Strafversetzung für diese Zeit auszusetzen und Sie meinem Befehl zu unterstellen. Sehen Sie es als Urlaub von der Marineartillerie.«

Karl sah den Kapitän direkt an, ein wissendes Lächeln auf den Lippen. Am Funkeln in den Augen des Kapitäns sah er, dass er sein Interesse geweckt hatte. Sehr gut.

»Sie werden einen Auftrag für mich übernehmen«, fuhr Karl fort und trat an die Europakarte, die in seinem Zimmer hing. »Er wird

Sie nach Frankreich führen. Sie werden morgen mit dem Zug nach Caen fahren. Das ist in der Normandie.« Er zeigte auf die Karte. »Dort wird ein Wagen auf Sie warten, der Sie nach Courseulles bringen wird, eine kleine Stadt an der Küste. Sie werden sich mit dem dortigen Kommandant in Verbindung setzen. Er wird Ihnen eine angemessene Unterkunft verschaffen.«

»Und was, Herr Admiral, soll ich in Courseulles machen?«

»Sie werden dort eine Person für mich finden.« Karl war ans Fenster getreten. Er verschränkte die Hände hinter dem Rücken und ließ seinen Blick über den Hof schweifen. »Eine Person von militärischer Wichtigkeit, zu der ich leider seit einiger Zeit den Kontakt verloren habe. Ich muss Ihnen allerdings sagen, dass ich nicht ganz sicher bin, ob sie sich in Courseulles befindet. Es ist lediglich eine Vermutung.« Karl drehte sich wieder zu Schneider. »Wenn Sie sie gefunden haben, überreichen sie ihr diesen Brief.« Karl reichte Schneider ein Kuvert. »Ich selbst werde in zwei Wochen zum Führungsstab des MGK West nach Paris fahren. Bis dahin müssen Sie sie gefunden haben. Ich setze mich dann mit Ihnen in Verbindung und Sie bringen sie nach Paris. Haben Sie noch irgendwelche Fragen?«

Karl sah Schneider erwartungsvoll an. Dieser setzte ein leichtes Lächeln auf. »Herr Admiral, kann nur ein Stabsoffizier diesen Auftrag ausführen?«

Karl runzelte die Stirn. »Was möchten Sie mir damit sagen, Kapitän?«

»Ich denke, ich habe meine Zeit als Fähnrich zur See hinter mir.«

»Dieser Haltung verdanken Sie Ihre Strafversetzung, Kapitän. Das sollten Sie eigentlich wissen.« Vernichtend blickte er Schneider an. Er wartete einen Augenblick und fuhr mit befehlsgewohnter Stimme fort: »Ich erwarte Ihren vollen Einsatz in dieser Sache.«

»Jawohl, Herr Admiral«, knirschte Schneider. Er konnte seinen Unmut kaum verbergen.

»Gut.« Karl schnaubte. »Mein Adjutant Breitstetter wird Ihnen die Zugfahrkarte und alles Weitere geben, was Sie für Ihren Auftrag benötigen. Sie können wegtreten.«

Schneider zögerte. »Entschuldigen Sie, Herr Admiral, aber …«

»Was ist denn noch?«, rief Karl ungeduldig.

»Herr Admiral, Breitstetter kennt die Person, die ich finden soll?«

Karl wandte sich wieder ab. Im Eifer hatte er vergessen, Schneider den Namen zu nennen, und nun wünschte er sich, jemand anderes könnte es an seiner Stelle tun.

»Marie Büchner.«

Schneider stutzte. »Büchner, Herr Admiral?«

»Ja, Büchner.« Karl drehte sich wieder zu ihm um. »Sie ist meine Schwester.«

1

Kapitänleutnant Robert Schneider saß im grauen Mercedes, der ihn vom Bahnhof in Caen abgeholt hatte, und dachte über Konteradmiral Büchner nach. Dieser mittelgroße Mann hatte eine Blitzkarriere hinter sich, die so manchen alternden Marineoffizier vor Neid erblassen ließ, und genoss den Ruf eines brillanten Strategen.

Den hatte er sich in den ersten Kriegsjahren erworben, als die Kriegsmarine und besonders die U-Boote noch gefürchtete Feinde der Westmächte gewesen waren. Die britische Flotte hatte bis März 1941 4,6 Millionen Bruttoregistertonnen Schiffsraum verloren, was der Marine Stolz und Anerkennung eingebracht hatte. Innerhalb von nur drei Jahren war Büchner, der 1939 nur Oberleutnant gewesen war, zum Fregattenkapitän aufgestiegen.

Doch dann mehrten sich die Krisenzeichen. Mit der Bismarck hatte die Kriegsmarine ihr größtes und modernstes Schlachtschiff verloren, und die verbesserte Luftaufklärung der Alliierten schränkte den Kampf auf See immer stärker ein. Büchner war einer der vielen Seeoffiziere, die der Meinung waren, ein Sieg im Atlantik wäre in greifbarer Nähe gewesen, hätte Hitler seine Entscheidungsschlacht nicht zu Lande im Russlandfeldzug gesucht. Insgeheim fragte sich Robert, ob es den Alliierten gelungen war, die Enigma-Maschine zu entschlüsseln, die zur Verschlüsselung des Nachrichtenverkehrs der Marine diente. So viele Misserfolge – das konnte doch kein Zufall sein!

Büchner war indes die Karriereleiter unaufhörlich nach oben gestiegen. Mittlerweile gehörte er als Konteradmiral dem Stab des Marinegruppenkommandos West an, der operativen Führungsstelle für die Sicherungsstreitkräfte entlang der Kanalküste und im Atlantik, und fuhr nicht mehr zur See. Für ihn beschränkte sich der Krieg nun darauf, gemeinsam mit anderen Offizieren Schiffchen auf einer Karte hin- und herzuschieben. Seine Männer hatten ihm den Spitznamen Napoleon gegeben und Robert fand, er passte ganz gut zu ihm. Seine Karriere sprach dafür, dass er ein brillanter Offizier war. Er erfreute sich bei seinen Männern großer Beliebtheit, da er zwar streng, aber gerecht war. Nicht wenige hielten ihn allerdings für arrogant.

Warum er ihn jetzt in ein Provinznest schickte, um seine Schwester zu suchen, blieb Robert schleierhaft. Er hatte überhaupt keine Lust, die verschwundene Schwester eines Konteradmirals zu suchen. Aber er konnte es sich nicht leisten, mit Konteradmiral Büchner zu streiten.

Das ist der absolute Höhepunkt meiner Karriere, dachte er sarkastisch. *Wobei, meine Karriere ist ohnehin am Boden zerstört. Also kann ich genauso gut Botengänge machen.*

Ein bitterer Zug legte sich auf seine Lippen. *Die Marineartillerieabteilung. Ausgerechnet!*

Anscheinend war sein früherer Befehlshaber der Ansicht, er könne keinen großen Schaden anrichten, wenn er die Schiffs- und Küstenartillerie der Marine inspizierte, Mängel begutachtete, Berichte schrieb und Verbesserungsvorschläge machte. Eine Aufgabe für altersschwache Seeleute oder junge Kadetten.

Die Berichte von der Front konnten ihn auch nicht fröhlicher stimmen. Zwei Divisionen der 8. britischen Armee waren in Kalabrien gelandet. Die italienische Wehrmacht würde ihnen kaum etwas entgegenzusetzen haben. An der Ostfront sah es nicht besser aus.

Er fragte sich, wie er es wohl anstellen sollte, diese Marie Büchner zu finden. Der Konteradmiral hatte ihm kein Bild gezeigt und auch sonst nicht viel über sie erzählt. Er wusste nur, dass sie 26 Jahre alt war, brünett, etwa einssiebzig groß und eher unauffällig. Es könnte also jede beliebige junge Frau sein, die er in Courseulles traf – falls sie überhaupt noch dort war.

Robert seufzte genervt. Während der große Wagen die nasse Straße entlangraste, starrte er in die Dunkelheit hinaus. Er konnte nichts erkennen, schon alleine wegen des Wetters und der Verdunklungsvorschrift. Er begann sich zu langweilen.

»Wie lange sind Sie schon in Frankreich?«, fragte er den Gefreiten, der ihn vom Bahnhof abgeholt hatte.

»Etwa sechs Monate, Herr Kapitän.« Der junge Mann sprach einen breiten sächsischen Dialekt, den Robert nur mühsam verstand.

»Gefällt's Ihnen?«

Der Fahrer zuckte mit den Schultern. »'s is ruhig. Die Mademoiselles interessieren sich nur für die Offiziere.« Er drehte sich zu Robert um. »Sie werden also Glück haben!« Er grinste schmierig.

Robert ging nicht darauf ein. »Erzählen Sie ein bisschen. Wie ist Courseulles so?«

»Ein kleines Nest, nichts Besonderes. Wenn die Partisanenschweine nicht gerade wieder etwas sabotieren und wir deshalb ein paar Franzmänner abknallen müssen, passiert dort eigentlich überhaupt nichts. Sie werden sich schrecklich langweilen.«

Robert verzog verächtlich das Gesicht. Die jungen Soldaten hatten eine ganz andere Auffassung von Ehre und Moral als die Offiziere aus den alten Militärfamilien. Wie viele, die noch eine Erziehung der alten Garde erlebt hatten, verabscheute Robert das »braune Geschwätz« der Nationalsozialisten.

»Wenn Sie sich langweilen«, bemerkte er ruhig, »kann ich arrangieren, dass Sie an die Ostfront verlegt werden. Dort soll ja allerhand los sein.«

Der Soldat merkte, dass er zu weit gegangen war. »Nicht nötig, Herr Kapitän«, nuschelte er. »'s gefällt mir ganz gut hier.«

Robert sah sich in der Gaststätte um. Der Raum war ziemlich groß und erstaunlich gut gefüllt. Die Tanzveranstaltung hatte viele Menschen angezogen, die ein wenig Abwechslung brauchten. Trotz des Krieges hatten die Menschen sich um elegante Abendgarderobe bemüht, auch wenn die Kleider gerade bei der ärmeren Bevölkerung eher sackartig wirkten. Stoffe und Garn waren knapp, alte Kleider wurden geflickt, Vorhänge und Bettbezüge umgearbeitet. Der Krieg ging nicht unbemerkt an Frankreich vorbei. Der Großteil der Menschen im Gasthaus war Franzosen, aber hier und da entdeckte Robert auch Offiziere der Wehrmacht.

Er gab seinen Mantel ab und steuerte auf den Tisch zu, an dem die leitenden Offiziere aus Courseulles saßen. Er trug seine blaue Gesellschaftsuniform und hob sich deutlich von den anderen Offizieren ab, die abgesehen von einem Korvettenkapitän die graue Uniform des Heeres trugen. Ihm war eigentlich überhaupt nicht nach einem Tanzabend, die lange Fahrt war anstrengend gewesen, doch Oberst Strauss, der ihn in Courseulles willkommen geheißen hatte, hatte ihn hierher eingeladen, um ihn mit dem Kommandanten bekannt zu machen.

Auf dem Weg zum Tisch bemerkte Robert eine junge Frau, die neugierig zu ihm herüberschaute. Sie durfte Mitte zwanzig sein, trug ein schlichtes, etwas altmodisches graues Kleid und hatte ihre braunen Haare zu einem Zopf geflochten. Ihre schlanke Figur machte sie sehr attraktiv und ihr hübsches Gesicht war einen Blick wert. Die dunklen Augen schienen Robert gründlich zu mustern; als er ihr deshalb ein amüsiertes Lächeln schenkte, zog sie die Augenbrauen kurz zusammen und wandte den Blick ab.

»Kapitänleutnant Robert Schneider vom 30. Marineartillerie-Regiment, Abteilung 511«, salutierte Robert, als er den Offizierstisch erreichte.

»Sieh an, sieh an!«, schnarrte einer der Offiziere, ein fetter General, der Robert an ein Schwein mit Schnurrbart erinnerte. »Es kommt nicht oft vor, dass wir einen Offizier der Kriegsmarine ohne Schiff und Besatzung begrüßen dürfen. Was ist der Anlass für diese Ehre?«

»Ein Sonderauftrag, Herr General.«

»Ein Sonderauftrag? Wer ist der Befehlshaber?«

»Konteradmiral Büchner vom MGK West.«

»Konteradmiral Büchner?« Der General drehte sich zum Korvettenkapitän. »Schnarrenberg, Sie haben mir gar nicht erzählt, dass uns das Marineartillerieamt einen Inspektor schicken würde.«

»Ich habe auch keinen erwartet«, erwiderte dieser und musterte Robert misstrauisch. »Allerdings untersteht das 30. Marineartillerie-Regiment dem MOK Ost. Weder unsere U-Boot-Werft noch unser Torpedoarsenal fallen unter Ihre Zuständigkeit, Herr Kapitänleutnant.«

»Es handelt sich nicht um eine Inspektion, Herr Kapitän«, beeilte Robert sich zu erklären. Er wandte sich an den General. »Admiral Büchner schickt mich zu Ihnen, Herr General.«

»Zu mir?« Der General hob verwundert die Augenbrauen. »Was, bitteschön, will ein Admiral von mir hier in Courseulles?«

»Tut mir leid, Herr General. Der Auftrag ist vertraulich.« Robert warf einen vielsagenden Blick in die Runde.

Der General grunzte. »Marine!«, brummte er verächtlich. »Na schön, kommen Sie morgen früh zur Kommandantur. Da können Sie mir dann erzählen, was Sie von mir wollen. Büchner, nie gehört!«

Doch Robert hörte seine abfällige Bemerkung nicht mehr. Seine Aufmerksamkeit wurde von der jungen Frau im grauen Kleid abgelenkt. Bei den letzten Worten hatte sie mit einem fast erschrockenen Gesichtsausdruck in seine Richtung geschaut, ehe sie den Blick wieder abwandte. Robert fragte sich, was der Anlass dazu war.

Er musterte sie eingehender. Irgendetwas an ihr kam ihm vertraut vor, er konnte allerdings nicht sagen, was. Sie saß an einem Tisch in der Nähe der Tanzfläche. Vor ihr stand ein Glas Rotwein, vermutlich ein sehr billiger. Gegenüber der jungen Frau saß ein Mann. Er trug die unförmige Kleidung der einfachen Arbeiter und schien ihre Begleitung zu sein. Allerdings sprachen die beiden kaum ein Wort miteinander. Die Frau schien in Gedanken versunken zu sein, während ihr Partner den Tanzenden zusah. Aus einem Schallplattenspieler ertönte das Lied »La vie en rose«. Es erinnerte Robert an die Zeit vor dem Krieg.

Jetzt meldete sich endlich Oberst Strauss zu Wort. »Kapitän, darf ich Ihnen General Rädel vorstellen? Er ist der Kommandant hier in Courseulles.«

Robert nickte dem General knapp zu.

»Korvettenkapitän Schnarrenberg ist unser Werftdirektor. Das sind Major Stieff und Hauptmann Müller. Und das hier ist Oberleutnant Meisel. Er ist General Rädels Adjutant.«

Robert sah zu dem kleinen Oberleutnant hinüber. »Ich habe gehört, Sie haben Probleme mit den Partisanen?«, erkundigte er sich, nachdem Strauss ihn aufgefordert hatte, sich zu setzen. Doch statt seiner beantwortete der General seine Frage.

»Das ist richtig, Herr Kapitän. Woher wissen Sie das?«

»Der Fahrer erwähnte es. Wie steht es denn so?«

Der General nippte an seinem Bierglas. »Sieht so aus, als würde sich eine Partisanengruppe hier verstecken. Es wurden schon mehrere Anschläge auf Versorgungstransporte und Nachrichtenverbindungen verübt.«

»Haben Sie denn nicht versucht, die Aufrührer zu verhaften?«, fragte Robert erstaunt.

Der General schnaubte. »Ein paar haben wir erwischt, aber eben nicht alle. Sind extrem gut organisiert, die Burschen. Und dabei werden sie von einer Frau angeführt!«

Robert hob erstaunt die Augenbrauen. »Von einer Frau?«

Der General nickte. »Wir wissen nur, dass sie unter dem Tarnnamen ›Louve blanche‹ agiert.«

Robert runzelte die Stirn. »Weiße Wölfin? Sind Sie sicher, dass es kein Scherz ist? Das klingt für mich eher wie ein Indianername.«

Meisel lächelte süffisant und meinte spöttisch: »Sie kennen die Franzosen nicht besonders gut, was, Herr Kapitän?«

»Ich weiß, dass sie existieren«, erwiderte Robert gereizt, was schallendes Gelächter hervorrief.

»Nun«, sagte Meisel, als sich alle wieder beruhigt hatten. »Dann lassen Sie sich aufklären. Die Franzosen sehen uns als Wölfe, die gierig über ihr Land herfallen. Braune oder graue Wölfe, je nachdem, wen sie meinen. Wenn sich diese Frau also Weiße Wölfin nennt, dann ist das eine Anspielung auf uns, macht aber einen Unterschied deutlich. Sie ist weiß, wir sind grau. Gut und Böse, wenn Sie wollen.«

Strauss fügte hinzu: »So interpretiert das jedenfalls die Gestapo. Sie übernimmt die Verhöre.«

»Die Folter, meinen Sie?«

»Mein lieber Schneider«, griff nun der General ein. »Wir sind über die Methoden der Gestapo genauso wenig erfreut wie Sie, aber was sollen wir machen? Immerhin tun sie ihren Job und was sie da zusammengereimt haben, klingt ziemlich plausibel. Viele Widerständler tragen Tiernamen. Deshalb heißt die französische Partisanenbewegung bei der Gestapo auch ›Arche Noah‹. Der Name ist kreativ, was? Hätte ich diesen steifärschigen Schwarzmännern gar nicht zugetraut!« Er lachte donnernd.

Während Robert ihm zuhörte, ließ er den Blick durch den Raum schweifen und bemerkte zufällig, dass die junge Frau im grauen Kleid fort war.

Marie Büchner stand in ihrer kleinen Wohnung in Courseulles und band ihre Schuhe fest zu. Draußen war es bereits dunkel. In einer Stunde war Sperrstunde. Sie würde sich beeilen müssen. Marie zog ihren leichten Herbstmantel über und verließ die Wohnung.

Fünf Minuten später saß sie auf ihrem Fahrrad und duckte sich unter einen feinen Nieselregen. Der starke Regen hatte zum Glück nachgelassen. Große Pfützen auf den vertrauten Straßen schimmerten im schwachen Licht, das zwischen den Ritzen der Fensterläden drang. Während sie durch die Dunkelheit radelte, ließ sie endlich ihren Gedanken freien Lauf, die sie die ganze Zeit unterdrückt hatte.

Karl.

Beim Klang seines Namens in der Gaststätte war sie zusammengezuckt. Jetzt war er also Konteradmiral. Seine Karriere stand anscheinend unter einem guten Stern. Marie versuchte sich einzureden, dass es ihr egal war. Sollte er doch machen, was er wollte! Was ging sie das an?

Doch Marie wusste, dass es ihr nicht so gleichgültig war, wie sie es gerne gehabt hätte. Trotz allem war er ihr Bruder. So sehr sie sich auch dagegen sträubte, ein Teil von ihr sehnte sich danach, ihn noch einmal zu sehen. Im Inneren ihres Herzen liebte sie ihn immer noch, kein Hass, keine Verachtung, kein Zorn hatte es jemals geschafft, diese Liebe zu zerstören, die in den ersten Tagen ihres Lebens geknüpft worden war.

Marie hatte bald das einzige Hotel der Stadt erreicht. Es war ein ziemlich großes Gebäude, das normalerweise hell erleuchtet war, aber nun wegen der Verdunklungsvorschrift im Schwarzen lag. Marie stellte ihr Fahrrad ab, schloss es sorgfältig ab und betrat das Baleine bleu.

Die Empfangshalle war nicht sehr groß, aber hell erleuchtet. Hinter der Theke saß Monique Martin, die Besitzerin des Hotels, die

Regionalzeitung in der Hand. Wie immer lagen die ersten vier Seiten, auf die die obligatorischen Propagandatexte aus Deutschland gedruckt wurden, unberührt auf dem Tisch. Früher waren sechs Spalten über die glorreichen Siege des deutschen Heeres an der Ostfront von der Zensur vorgeschrieben worden. Doch seit Februar wurde es strengstens bestraft, wenn mehr als zwei Spalten darüber berichteten. Karten über das Operationsgebiet durften schon lange nicht mehr gedruckt werden.

Als sie an die Theke trat, schien Monique sie schon erwartet zu haben. Wortlos schlug sie die Zeitung zusammen, legte einen Schlüssel auf die Theke und verschwand in der Küche des Hotels. Marie nahm den Schlüssel und ging die Treppe zu den Zimmern hinauf. Sie brauchte nicht mit Monique zu sprechen. Sie hatten dieses Manöver schon mehrere Male durchgemacht.

Vor Zimmer neun blieb Marie stehen. Nachdem sie sich vergewissert hatte, dass niemand in der Nähe war, schloss sie die Tür auf und betrat das geräumige Hotelzimmer von Marineoffizier Robert Schneider.

Sie wartete, bis sich ihre Augen an die Dunkelheit gewöhnt hatten, und steuerte dann auf den großen Wandschrank zu. Der Kapitänleutnant hatte bereits ausgepackt. Das erleichterte die Angelegenheit erheblich. Systematisch ging Marie seine Sachen durch. Sie hatte das schon hundertmal gemacht. Jedes Mal, wenn ein deutscher Offizier nach Courseulles kam, wurden seine Sachen durchsucht. Manchmal fand sie Marschbefehle oder andere wichtige Informationen, die sie nach London weitergeben konnte.

Seit eineinhalb Jahren kämpfte Marie schon im französischen Widerstand. Die Résistance konzentrierte sich auf die Übermittlung militärischer Informationen nach London, Sabotage von Verkehrsmitteln, die Verbreitung von Druckschriften und Fluchthilfe für abgeschossene alliierte Piloten. Im Gegenzug versorgten die Alliierten die Widerstandskämpfer mit Waffen und Munition.

Marie blieb nicht viel Zeit. Rasch und mit geübten Händen durchsuchte sie Schneiders Kleidung, konnte jedoch nichts finden. Enttäuscht wandte sie sich den restlichen Dingen zu. Doch außer Toilettenartikel hatte der Kapitän nichts eingepackt. Marie wandte sich dem Koffer zu, der auf dem Schrank lag, und nun wurde sie fündig. In einem Buch lag ein sauberer Briefumschlag, unfrankiert und ohne Adresse und Absender.

Verwundert betrachtete Marie ihn einen Augenblick. So etwas hatte sie noch nie entdeckt. Ein Pfiff schreckte sie aus den Gedanken. Pierre gab das Signal. Schneider war unterwegs zum Hotel. Marie reagierte rasch: Sie nahm ihr Taschenmesser, befeuchtete es und öffnete damit vorsichtig den Briefumschlag. Sie zog ein sauberes weißes Briefpapier heraus und entfaltete es. Fünf Zeilen waren in säuberlicher Handschrift auf das Papier geschrieben worden. Als Marie sie durchlas, blieb ihr fast das Herz stehen.

Für jetzt bleiben Glaube, Hoffnung, Liebe, diese drei; doch am größten unter ihnen ist die Liebe.

Du bist mein Fels, meine Hilfe; darum werde ich nicht wanken. Leite mich auf ebener Bahn trotz meiner Feinde. Sei bei mir.

Kleiner Bruder

Marie verstand die abgeänderten Bibelzitate. Und die Unterschrift ließ keinen Zweifel an den Empfänger – sie.

»Kleiner Bruder« – wie oft hatte sie Karl so genannt! Es war ein Kosename aus ihren Kindheitstagen. Er stammte aus einem Roman. Die Anfangsbuchstaben bildeten seine Initialen: K. B.

Marie schluckte. Es war das erste Lebenszeichen von ihm seit zehn Jahren. Zehn Jahre, in denen sie ihn weder gesehen noch gesprochen oder ihm geschrieben hatte. Und nun solch ein Brief bei einem fremden Offizier in einem kleinen Hotel. Warum?

Weil er Hilfe brauchte. Marie las die Verzweiflung zwischen den Zeilen. Ja, er brauchte sie. Und er appellierte an ihre Liebe und ihr Pflichtgefühl.

Du hast Feinde, dachte Marie. *Und jetzt brauchst du meine Hilfe. Wie kannst du mir das antun?*

Marie hörte einen zweiten Pfiff. Länger und drängender diesmal. Schneider war im Hotel. Marie musste verschwinden. Hastig steckte sie den Brief zurück in den Umschlag und legte ihn wieder an seinen Platz. Dieses Mal fotografierte sie das Dokument nicht. Niemand sollte wissen, was Schneider da mit sich trug. Niemand.

Sie nahm ihr Taschenmesser wieder an sich und wollte gerade das Zimmer verlassen, als sie Schritte im Gang hörte. Schneider war da! Was sollte sie tun?

Robert war froh, endlich sein Hotelzimmer erreicht zu haben. Der Tag war lang und ermüdend gewesen, und er sehnte sich nach Schlaf und Erholung. Er öffnete die Tür und tastete mit der Hand nach dem Lichtschalter. Die Glühbirne flackerte auf. Kaltes Licht erhellte das Zimmer.

Robert schloss die Tür. *Endlich allein*, dachte er. Die Offiziere waren ihm gehörig auf die Nerven gegangen. Wie er Frankreich hasste! Überall diese Feindseligkeit, dieser Hass, diese Verachtung. Wie konnten die Franzosen so stolz und überheblich sein, wenn sie, die Deutschen, sie in so kurzer Zeit besiegt hatten? Frankreich war besetzt, und das schon seit über drei Jahren. Sie sollten sich gefälligst damit abfinden, dass ihre goldene Zeit abgelaufen war. Der Vertrag von Versailles hatte die deutsche Wirtschaft jahrelang zu Boden gedrückt. Jetzt musste Frankreich für diese Demütigung bluten.

Robert legte seinen Revolver über die Stuhllehne und drehte sich zur Tür, um abzuschließen. Er hatte gerade den Schlüssel umgedreht, als er plötzlich ein grausam vertrautes Klicken hörte. Schon wollte er sich umdrehen, doch da fauchte eine schneidende Stimme auf Französisch: »Keine Bewegung! Oder Sie bereuen es.«

Robert verstand jedes Wort. Obwohl es keine Selbstverständlichkeit war, schien die Person davon auszugehen, dass er Französisch konnte. Doch das war es nicht, was ihn so verwunderte. Es war viel mehr die Tatsache, dass die Stimme einer Frau gehörte. Wer würde es wagen, ihn zu überfallen?

Die Weiße Wölfin!, fiel ihm sofort ein. Die Résistance war sicherlich an jedem fremden Offizier interessiert. Wie hatte er nur so leichtsinnig sein können? Und warum, um alles in der Welt, hatte er die Tür abgeschlossen? Jetzt saß er in der Falle und konnte sie nicht einmal öffnen, um in Deckung zu gehen. Seine Waffe lag unerreichbar auf dem Stuhl. Robert hätte sich ohrfeigen können.

Ich muss Zeit gewinnen, dachte Robert. *Vielleicht gelingt es mir irgendwie, an meine Pistole zu kommen.*

»Wer sind Sie?«, fragte Robert.

»Schweig, Boche! Hände hoch!«

Robert hob wie geheißen die Hände. Die Beleidigung überging er, obwohl er es nicht gewohnt war, angepöbelt zu werden. Normalerweise verschafften ihm sein Auftreten und seine Uniform den nötigen Respekt. Doch diese Frau schien das alles wenig zu beeindrucken.

»Wer schickt Sie? London? Arbeiten Sie für die Résistance?«

Robert hörte, dass sich die Person hinter ihm bewegte. Zeit, er musste Zeit gewinnen.

»Sie können mich nicht töten und das wissen Sie. Wenn Sie schießen, wird der Lärm die Gestapo alarmieren und …«

Robert spürte einen stechenden Schmerz am Hinterkopf. Der Raum begann sich zu drehen. Das Letzte, woran er sicher erinnern konnte, bevor er ohnmächtig wurde, war das leise Murmeln der Frau. »Ich sagte Ihnen doch, Sie sollen schweigen …«

2

Ein kalter Wind fegte über den kleinen Friedhof von Courseulles. Die Luft war leicht salzig und roch nach Meerwasser. Die kleinen Stiefmütterchen neigten sich zur Seite und versuchten, dem Wind so gut es ging zu trotzen. Tapfer reckten sie ihre Köpfe, als wollten sie allen sagen, dass nichts ihnen etwas anhaben konnte.

Genauso habe ich mich früher auch immer gefühlt, dachte Marie, während sie den farbenfrohen Blümchen zusah. *Ich wollte auch unverwundbar sein, und was habe ich erreicht?*

Mit düsterer Miene stand sie neben ihrer Großmutter und starrte auf den Grabstein. Auf dem grauen Stein waren drei Namen eingraviert worden.

Michel Bonnet
1862–1933

Ferdinand Büchner
1878–1940

Angélique Büchner, geborene Bonnet
1883–1940

Ihr Großvater und ihre Eltern. Heute wäre ihre Mutter sechzig Jahre alt geworden. Doch anstatt jetzt im Familienkreis fröhlich zu feiern, zu lachen und sich zu amüsieren, lag sie unter der kalten Erde, neben ihrem Mann und ihrem Vater.

Daran war nur der Krieg schuld! Der Krieg und die Deutschen. Und Karl, ihr eigener Bruder, ihr Fleisch und Blut, kämpfte auch noch für sie. Er hatte sie im Stich gelassen und nun erwartete er, dass sie, Marie, ihm half. Warum? Warum sollte sie das tun?

Er hatte kein Recht, sie um Hilfe zu bitten. Er hatte kein Recht, gerade jetzt wieder in ihr Leben zu treten. Sollte er doch sehen, wie er aus seiner Situation wieder herauskam. Sollte er doch die Suppe auslöffeln, die er sich eingebrockt hatte. Sie war ihm in keiner Weise verpflichtet.

»Familie geht über alles und ist stets füreinander da.« Wie oft hatte sie diesen Satz von ihren Eltern gehört. Die Familie war ihnen sehr wichtig gewesen. Und es hatte sie tief geschmerzt, als Karl gegangen war. Doch schlimmer als die Trennung war der Gedanke gewesen, dass es vielleicht nie ein Wiedersehen geben würde, und dass sie sich im Zorn getrennt hatten.

Marie spürte, wie ihr Tränen in die Augen stiegen, als sie an ihre Eltern dachte. Ein dicker Kloß bildete sich in ihrem Hals. Oh, wie hasste sie ihre Sentimentalität! Selbst drei Jahre Krieg hatten sie nicht völlig abstumpfen lassen. Dabei hatte er ihr alles genommen. Oder fast alles.

Unbewusst tastete Marie an ihren Hals, bis ihr Zeigefinger den schlichten Silberring berührte, der an einer Kette hing. Mechanisch fuhr sie seine Form nach, wie sie es so oft gemacht hatte, seit sie ihn nicht mehr am Finger trug. Nein, alles hatte ihr der Krieg nicht genommen. Ihr blieben immer noch die Erinnerungen, mochten sie noch so schmerzlich sein. Die konnte ihr niemand nehmen.

»Armer Schatz! Der Gedanke, dass du mir meinen Platz weggenommen hast, schmerzt mich. Doch sieh, ich habe dir Blumen mitgebracht. Du hast sie immer so gemocht.«

Marie musste ein wenig lächeln, als sie hörte, wie ihre Großmutter mit ihrer Tochter sprach. Die kleine Frau mit den lockigen grauen Haaren kratzte eifrig am Stein herum, um das Grab zu säubern. Neunundachtzig Jahre war sie schon alt, aber das sah man ihr nicht an. Sie war noch genauso aktiv wie mit sechzig und wollte einfach nicht akzeptieren, dass sie alt wurde.

»Gehen wir?«, fragte Jeanette Bonnet, nachdem sie ihre Arbeit beendet hatte. Marie nickte stumm. Sie warf noch einen letzten Blick auf das Grab, bekreuzigte sich und folgte ihrer Großmutter aus dem Friedhof.

Jeanette Bonnet wohnte außerhalb von Courseulles auf dem Land. Die beiden Frauen folgten einem kleinen Waldweg, der sie weg von der Küste ins Landesinnere brachte. Hier lebten vor allem Landwirte und Pferdezüchter. Jetzt aber standen die Koppeln leer.

Marie sah, wie das Gras wild wucherte, und summte leise ein Résistance-Lied.

Ami, entends-tu le vol noir des corbeaux sur nos plaines?
Ami, entends-tu les cris sourds du pays qu'on enchaîne?
Ohé, partisans, ouvriers et paysans, c'est l'alarme.
Ce soir l'ennemi connaîtra le prix du sang et des larmes.

Freund, siehst du die schwarzen Raben über unsere Felder fliegen?
Freund, hörst du die tauben Schreie des Landes, das man in Ketten legt?
Auf, Partisanen, Handwerker und Bauern, es ist soweit.
Heute Abend wird der Feind den Preis des Blutes und der Tränen kennenlernen.

Jeanette Bonnet unterbrach sie energisch. »Marie, sei still! Wenn dich jemand hört …«

»Tut mir leid«, murmelte Marie. »Ich kann nicht anders.«

Jeanette antwortete nicht. Angespannt sah sie sich um. Hatte jemand sie gehört? Marie warf auch einen Blick hinter sich. Ihre Großmutter ahnte, dass Marie Mitglied der Résistance war. Aber sie war klug genug, nicht danach zu fragen. Marie ließ ihrer Großmutter deren Verdacht. Sie konnte ja nicht ahnen, dass ihre Enkelin weit mehr war: Marie arbeitete für eine geheime britische Spezialeinheit, die »Special Operations Executive«, kurz SOE, die für Spionage und Sabotageaktionen hinter feindlichen Linien verantwortlich war.

Als Marie 1940 nach England gegangen war, hatte sie den Mädchennamen ihrer Mutter angenommen und sich einer Sanitätseinheit angeschlossen. Sie arbeitete ungefähr ein Jahr als Krankenschwester, bis zu dem Tag, als man sie fragte, ob sie bereit wäre, einen gefährlichen Auftrag anzunehmen. Sie sprach fließend Französisch und, was noch viel interessanter war, sie war der deutschen Sprache mächtig. Marie wusste bis heute nicht, wie der SOE herausgefunden hatte, dass sie Deutsch sprechen konnte. Sie hatte ihre wahre Identität immer verschwiegen. Aber da es nichts gab, an das Marie sich gebunden fühlte, willigte sie ein.

Marie hatte daraufhin eine Agentenausbildung durchlaufen. Sie absolvierte ein Überlebenstraining, lernte Nachrichtenübermittlung, Fallschirmspringen, das leise Töten sowie den Umgang mit Plastiksprengstoff, verschiedenen Waffen und Granaten. Anschließend wurde sie der F-Sektion zugeteilt, die für die SOE-Operationen in Frankreich zuständig war.

In der ersten Zeit bei der SOE hatte Marie sich verschiedenen Résistance-Gruppen angeschlossen, um Informationen nach London weiterzureichen. Mittlerweile war Marie an der Planung und Ausführung von Sabotageakten beteiligt. Sie nahm Kontakt zu Résistance-Gruppen auf und führte anschließend mit ihnen die Operationen durch. Meistens nutzte sie die Kontakte, die sie während ihrer Informantenzeit geknüpft hatte. Die Franzosen akzeptierten sie normalerweise ziemlich schnell, weil sie zum einen Französin war und zum anderen Sachkenntnis, Autorität und Mut bewies.

Mittlerweile hatte Marie den Rang eines Majors erreicht. Erfolge und Niederlagen hatten ihren Weg gesäumt und es erschien Marie fast wie ein Wunder, dass sie immer noch am Leben war. Die Angst war ihr ständiger Begleiter.

Wenn es nach Richard Howard, ihrem Vorgesetzten und Freund, ginge, wäre sie inzwischen irgendwo in England zur Erholung auf dem Land. Immerhin wusste er, dass sie versucht hatte, sich bei der letzten Operation umzubringen. Es war pures Glück gewesen, dass die Wache sie verfehlt hatte. Statt zu sterben, war sie befördert worden. In letzter Zeit waren viele seiner Agenten gestorben und so hatte er Marie notgedrungen wieder nach Frankreich schicken müssen.

Jeanette Bonnet war völlig überrascht gewesen, als plötzlich ihre Enkelin vor ihr stand, die sie jahrelang nicht mehr gesehen hatte. Zunächst hatte sie Marie auch nicht erkannt. Der Krieg hatte Marie gezeichnet. Dünn war sie geworden und schweigsam. Aber Jeanette kannte Maries Lebenswillen und hatte gewusst, dass er siegen würde.

Jeanette sah ihre Enkeltochter an. Ein rundes Gesicht, eine große

Nase, dunkelbraune Augen und haselnussbraune Haare, die im Wind flatterten. Die verräterische Größe zeigte, dass sie keine Vollblutfranzösin war. *Trotzdem*, dachte Jeanette, *sie sieht ihrer Mutter so ähnlich. Mein armer Liebling.*

Jeanette hätte gerne gewusst, was ihrer Enkeltochter so zu schaffen machte, doch sie fragte nicht. Und so legten sie die Strecke schweigend zurück, jede in ihren Gedanken versunken.

Marie zerbrach sich tatsächlich den Kopf über eine Frage. Was wollte Karl von ihr? Der Brief klang nicht gerade nach einer Entschuldigung, wie sie es eigentlich hätte erwarten können. Nein, er bat sie, ihm zu helfen. Oder vielmehr zwang er sie dazu. *Blut ist dicker als Wasser.* Das Sprichwort hatte sie förmlich zwischen den Zeilen lesen können.

Immer noch die gleiche Arroganz wie damals, dachte Marie grimmig. *Der denkt, dass ich springe, wenn er pfeift. Doch diese Zeiten sind vorbei.*

Trotzig kickte Marie gegen einen Stein. Er flog in einem flachen Bogen durch die Luft und landete mit einem dumpfen Aufprall auf dem erdigen Boden. Schweigend folgte Marie ihrem Weg. Sie zermarterte sich den Kopf, was sie nun tun sollte. Die Neugier war schon immer eine Schwäche von ihr gewesen. Sie wollte zu gerne wissen, warum Karl ihr diesen Brief geschrieben hatte.

Andererseits zögerte sie, mit Schneider in Kontakt zu treten. Sie würde preisgeben müssen, dass sie Marie Büchner war. Außerdem war es gefährlich, sich mit dem Feind zu treffen. Das brächte die Gerüchteküche zum Brodeln. Und dann könnte sie ihre Operation vergessen.

Und außerdem, was sollte sie Richard sagen? Nein, Richard würde sie gar nichts sagen. Am besten wartete sie ab, bis ihre Angelegenheiten hier abgeschlossen waren. Es war nur noch eine Frage von Tagen.

Und außerdem, dachte Marie, während das Haus ihrer Großmutter in Sichtweite kam, *wenn Karls Angelegenheit so dringend ist, soll er gefälligst selbst kommen.*

Robert sah General Rädel ungeduldig an. »Das kann doch nicht wahr sein!«, rief er zornig. »Sie muss doch zu irgendeiner Militäreinheit gehören! Was ist mit dem Lazarett? Ist sie vielleicht Krankenschwester?«

Rädel betrachtete den aufgebrachten Mann, der unruhig in seinem Arbeitszimmer auf und ab ging, mit zusammengezogenen Augenbrauen. Dieser Schneider war ihm wirklich ein Rätsel. Er kam hier an, verlangte sämtliche Truppenlisten verschiedener Einheiten, wollte aber um keinen Preis sagen, wofür er sie brauchte. Und jetzt überrumpelte er ihn damit, dass er die Schwester eines Konteradmirals suchte und er, General Rädel, ihm gefälligst dabei helfen sollte. Lächerlich!

»Kapitän Schneider«, erwiderte Rädel wenig entgegenkommend. »Ich habe Ihnen bereits gesagt, dass ich diese Marie Büchner nicht kenne. Sie haben die Truppenliste aller hier stationierten Einheiten bekommen. Ich habe Ihnen auch die Erlaubnis erteilt, persönlich mit den Offizieren und Unteroffizieren zu sprechen. Niemand kennt eine Marie Büchner. Es muss wohl ein Irrtum vorliegen.«

Robert knirschte mit den Zähnen. Der General hatte recht. Er hatte sich sogar bei der Gestapo und der SS erkundigt, aber natürlich hatte er nichts erreicht. Und Marie Büchner war auch nicht für Korvettenkapitän Schnarrenberg tätig. Warum nur hatte der Konteradmiral dann gesagt, sie sei von militärischer Bedeutung?

»Nun, was ist mit dem Lazarett? Könnte sie Krankenschwester sein? Ich möchte …«

»Kapitän Schneider!«, unterbrach ihn der General gereizt. »Wie oft wollen Sie es noch hören? Es gibt keine Marie Büchner in Courseulles! Finden Sie sich gefälligst damit ab und belästigen Sie mich nicht mehr mit diesem schwachsinnigen Auftrag. Ich habe mein Bestmöglichstes getan, um Ihnen zu helfen, und nun sollten Sie den Anstand haben, die Gegebenheiten zu akzeptieren.«

Robert betrachtete den General eine Weile schweigend. Mit unbewegter Miene sagte er: »Herr General, ich danke Ihnen für Ihre Hilfe, aber Sie verstehen sicherlich, dass ich nichts unversucht lassen kann. Könnten Sie mir bitte sagen, wo ich die Krankenstation finde?«

Rädel hatte sich etwas beruhigt. Er lehnte sich in seinem Schreibtischstuhl zurück und meinte dann: »Das Krankenhaus befindet sich an der Hauptstraße in der Stadtmitte. Der leitende Arzt heißt Oberst Keller. Sprechen Sie mit ihm. Vielleicht kann er Ihnen helfen. Und nun entschuldigen Sie mich bitte. Ich habe zu tun.«

Damit wandte er sich seiner Schreibarbeit zu und würdigte Robert keines Blickes mehr.

Robert fand das Krankenhaus ziemlich schnell. Es war ein großes, hässliches Gebäude aus grauem Beton und alten Fenstern. Ein junger Infanterist brachte ihn zu Oberst Keller. Der Arzt war ein großer, dünner Mann mit silbergrauem Haar und einer schmalen Brille. Er trug einen weißen Kittel, der ihm etwas zu kurz war, und hob verwundert die buschigen Augenbrauen, als Robert ihm sein Anliegen vortrug.

»Marie Büchner? Nein, dieser Name sagt mir überhaupt nichts. Wissen Sie, in diesem Krankenhaus arbeiten Franzosen. Es gibt keine deutsche Krankenschwester hier, tut mir leid.«

Robert seufzte ärgerlich, bedankte sich jedoch bei dem Arzt für seine Zeit.

»Nichts zu danken, ich helfe gerne. Aber wenn es Ihnen wirklich so wichtig ist, diese Marie Büchner zu finden, so erkundigen Sie sich doch bei der französischen Bevölkerung. Vielleicht hilft Ihnen die weiter.«

Robert hatte in dieser Hinsicht seine Zweifel, stimmte aber zu. Ihm blieb ohnehin nichts anderes übrig. Es war bereits eine Woche verstrichen, und bald würde Büchner in Paris sein. Bis dahin musste er dessen Schwester gefunden haben. Die Uhr tickte.

Marie saß im Wohnzimmer von Jeanette und sah durch die großen Türfenster hinaus in den Garten. Beim Anblick der schwer beladenen Obstbäume, deren Äste im Windstoß ächzten, schweiften ihre Gedanken ab.

Sie war immer gerne hier gewesen. Das Haus ihrer Großmutter war der Ort für Marie, der ihr alles gab, wonach sie sich sehnte: Ruhe, Geborgenheit und Sicherheit. Marie merkte, wie es ihr den Hals zuschnürte, als die alten Erinnerungen in ihr hochkamen. Sie sah sich wieder mit Karl über die Wiese rennen, einen alten Fahrradreifen mit einem Stock neben sich her treibend, und hatte wieder das Gefühl, dass ihr Bruder alles besser konnte als sie. Wie hatte sie ihn als Kind bewundert!

Doch als die Pubertät kam, war das vorbei. Immer häufiger war es zum Streit gekommen, irgendwann täglich. Den harmlosen Dingen, wie etwa die Verteilung von Süßigkeiten, waren politische Themen gefolgt. Und schließlich war die Familie daran zerbrochen.

Marie spürte noch heute den Zorn und die Empörung, als Karl seinen Entschluss verkündete, zur deutschen Kriegsmarine zu gehen. Karl. Er hatte ihr Leben mehr gezeichnet, als es ihm vermutlich bewusst war. Und irgendwie war er auch Schuld daran, dass sie die geworden war, die sie war.

Sie blickte hinaus auf den Garten, der die Geheimnisse und die Erinnerungen ihrer verlorenen Kindheit hütete, und fragte sich voll Bitterkeit, was aus ihrem schönen Frankreich geworden war. 1943 war kein schönes Jahr für die Erben von Napoleon und Ludwig XIV. Das Leben war ein erbarmungsloser Überlebenskampf geworden, es fehlte überall an Nahrung, Kleidung und Kohle zum Heizen.

Auf dem Land hatten es die Menschen noch leichter. Wie ihre Großmutter besaßen viele einen großzügig angelegten Gemüsegarten und Holz konnte man sich notfalls einfach und bequem besorgen. Aber in der Stadt sah es schon ganz anders aus. Überall herrschte Mangel. Korruption und Schwarzmarkt blühten, Hass und Terror ebenfalls. Es war eine Welt, in der ein Menschenleben nicht viel zählte. Und während sie den knarrenden Bäumen im Wind zusah, fragte sie sich, ob es ihr jemals wieder möglich sein würde, sich frei zu bewegen, frei zu sprechen, zu lesen, zu lieben, ohne Angst zu haben.

Es klingelte. Marie fuhr erschrocken zusammen. Sie warf Jeanette einen Blick zu. Erwartete sie Besuch? Doch an Jeanettes überraschtem Gesichtsausdruck erkannte Marie, dass dies wohl nicht der Fall war.

Rasch stand Marie auf und flüchtete in das obere Stockwerk. Als sie ihr Zimmer erreicht hatte, schloss sie die Tür und setzte sich auf ihr Bett. Dann wartete sie lauschend.

Niemand durfte wissen, dass eine Verbindung zwischen ihr und Jeanette Bonnet bestand. Es war viel zu gefährlich für ihre Großmutter. Marie gab immer sorgsam acht, dass ihr niemand folgte, wenn sie zu ihr ging. Sie stellte das Fahrrad im Schuppen ab und versteckte ihren Mantel im Kleiderschrank. So konnte man nicht ahnen, dass ihre Großmutter Besuch hatte. Kein Mensch durfte wissen, dass Marie Büchner zurückgekehrt war.

Marie hörte, wie Jeanette die Tür öffnete. Da kein freundliches »Bonjour« ertönte, nahm Marie an, dass es sich um eine fremde Person handelte. Ihr blieb fast das Herz stehen, als sie die Stimme von Kapitänleutnant Schneider erkannte.

3

Robert war zufrieden mit sich selbst. Der Rat des Obersts hatte sich als richtig erwiesen. Die Bekannte einer jungen Krankenschwester hatte ihm mit einem überaus gehässigen Grinsen erzählt, sie erinnere sich an eine Marie Büchner, und ihn zum Haus von Jeanette Bonnet geschickt.

Und so hatte Robert sich auf den Weg dorthin gemacht. Er befahl seinem Fahrer, vor der Einfahrt auf ihn zu warten. Dann öffnete er das schlichte Holztor und folgte einem Kiesweg bis zur Haustür. Eine alte Frau öffnete ihm. Sie war sehr klein, zierlich und trug eine strenge Frisur. Ihre braunen Augen waren von Falten umgeben und musterten ihn schweigend.

»Madame Bonnet?«, fragte Robert höflich. Die Alte nickte langsam. Robert schenkte ihr ein charmantes Lächeln. Er hoffte, dadurch ihr Vertrauen zu gewinnen.

»Man sagte mir, Sie könnten mir helfen, Marie Büchner zu finden. Wissen Sie, wo sie sich derzeit aufhält?« Sein Französisch war gebrochen und schlecht, aber Madame Bonnet schien seine Worte trotzdem zu verstehen. Mit kalter und ausdrucksloser Stimme meinte sie: »Sie müssen sich irren, Monsieur. Ich kenne keine Marie Büchner. Es tut mir leid.«

Die Worte erreichten nicht ihre Augen und Robert war sich sicher, dass sie log. Als er den Namen Marie Büchner genannt hatte, war kurz Furcht in ihren Augen aufgeflammt. Doch gleich darauf hatte sie sich wieder unter Kontrolle.

»Es ist wirklich wichtig. Wissen Sie, wo ich Sie erreichen kann?« Robert war nicht gewillt, kampflos wieder zu gehen. Doch nichts, was er sagte, half. Jeanette Bonnet schwieg verbissen, obwohl Robert sämtliche Register zog. Er versuchte es mit Charme, mit Geduld und Humor.

Schließlich blieb ihm nur noch übrig, seine Trumpfkarte auszuspielen und sie einzuschüchtern.

»Wohnen Sie hier alleine?« Seine Stimme war nun nicht mehr so höflich wie am Anfang des Gesprächs. Jeanette nickte langsam und zog misstrauisch die Augenbrauen zusammen. Doch als Robert sie aufforderte, ihm das Haus zu zeigen, mischten sich Sorge und Furcht in ihrem Blick.

Als sie ins Esszimmer traten, fielen Robert mehrere Fotografien in schlichten Silberrahmen auf dem breiten Holzsims des Kamins auf. Robert musterte sie eingehend. Auf einem erkannte er Monsieur und Madame Bonnet unter den Familienmitgliedern. Das Bild musste schon sehr alt sein. Madame Bonnet war auf dem Foto um einiges jünger.

Neben Monsieur und Madame Bonnet standen noch zwei weitere Ehepaare und vier Kinder. Vermutlich handelte es sich hierbei um die Kinder und Enkelkinder. Nur ein Junge war darunter. Stolz blickte er Robert an, den Mund zu einem leichten Lächeln verzogen.

Stirnrunzelnd betrachtete Robert die Fotografie. Irgendetwas in den Zügen des Jungen kam ihm vertraut vor.

Das restliche Haus brachte keinerlei Hinweise, dass Jeanette Bonnet Marie Büchner kannte. Trotzdem wurde Robert das Gefühl nicht los, dass noch jemand im Haus war. Er hatte ein Fahrrad im Schuppen gesehen und er bezweifelte, dass es Madame Bonnet gehörte. Um sie ein wenig in die Enge zu drängen, machte er der alten Frau klar, dass er vorhatte wiederzukommen, und drohte ihr noch einmal, ihn nicht anzulügen. Dann verließ er grußlos das Haus.

Am Wagen angekommen, befahl er seinem Fahrer, hinter der nächsten Biegung zu parken. »Sollte jemand das Haus verlassen, werden wir sehen, um wen es sich handelt.«

Jeanette war bleich, als Marie wenige Minuten später in die Küche kam. Der Besuch hatte sie sichtlich verängstigt.

»Jemand hat dich verraten«, sagte sie ohne Umschweife mit leicht zittriger Stimme.

Marie nickte leicht. Der Gedanke war ihr auch schon gekommen. Im Grunde war es nichts Ungewöhnliches, es war nur eine Frage der Zeit gewesen.

»Du musst gehen.« Jeanette riss Marie aus ihren Gedanken. Sie ging Maries Mantel holen und drückte ihn ihr in die Hand. Dann sah sie Marie eindringlich an. »Komm nicht wieder, das ist zu gefährlich!«

Wortlos zog Marie ihren Mantel an und ging zum Schuppen. Als sie ihr Fahrrad ins Freie schob, blieb sie am Tor noch einmal stehen. Jeanette war ihr gefolgt. Sie legte ihr die Hand auf die Wange und Marie sah, dass sie ihr noch etwas sagen wollte, aber sie brachte keinen Ton heraus.

Schweigend standen sich die beiden Frauen gegenüber. Jeanettes Augen füllten sich mit Tränen. Marie spürte, wie sich ein Kloß in ihrem Hals bildete.

Plötzlich hatte sie wieder vor Augen, wie sie ihre Großmutter nach jahrelanger Trennung wiedergesehen hatte. Es war an einem Donnerstagnachmittag gewesen. Als sie das Haus erblickt hatte, war es ihr vorgekommen, als seien erst ein paar Monate vergangen, seit sie das letzte Mal dort gewesen war, und nicht Jahre.

Alle Geräusche und Gerüche waren ihr noch vertraut gewesen. Das Knarren des Holztores, das Knirschen der Kieselsteine unter ihren Füßen, der tiefe Ton der Klingel, der Geruch von Feuchtigkeit, Meer und frischen Kräutern.

Als sie geklingelt hatte, hatte ihre Großmutter sie nicht erkannt. Wie zu einer ihr völlig fremden Person hatte sie gefragt: »Bonjour. Sie wünschen?«

Marie hatte keinen Ton herausbekommen. Beim Anblick ihrer Großmutter hatte der Schmerz sie überrannt, tausend bittersüße Erinnerungen waren in ihren Kopf gestiegen. Die Tränen waren ihr in die Augen geschossen und mit einer krächzenden Stimme hatte sie »Mamy« gerufen, ehe sie schluchzend in ihren Armen zusammengebrochen war.

Jeanette war im ersten Augenblick völlig überrascht gewesen, doch dann begann sie zu begreifen, und während sie ihr tröstend den Rücken gestreichelt hatte, hatte sie mit tränenerstickter Stimme immer wieder »Marie! Marie! Du bist zurück, du bist wieder da! Ich habe dich wieder!« gerufen.

Maries Herz zog sich zusammen bei dem Gedanken, dass sie das Haus ihrer Großmutter von nun an nicht mehr betreten durfte. Aber noch schlimmer war die Sorge, dass sie Jeanette vielleicht in Gefahr gebracht hatte.

Jeanette drückte Marie einen Kuss auf die Stirn. »Viel Glück und sei vorsichtig!«

»Mach dir keine Sorgen um mich. Ich komme zurecht. Aber gib auf dich acht!«

Marie wollte Selbstsicherheit demonstrieren, um ihrer Großmutter Zuversicht einzuflößen, aber das Zittern ihrer Stimme war verräterisch.

Doppelt so vorsichtig wie sonst radelte sie die Straße zur Stadt entlang, den Blick stets nach vorne gerichtet, um nicht zurückzuschauen, um nicht ein letztes Mal zu sehen, was sie so schnell wieder verloren hatte – durch die Schuld ihres Bruders.

Robert sah die junge Frau auf dem Fahrrad sofort. Er hatte also recht gehabt, Madame Bonnet hatte Besuch gehabt. Interessant, dass sie es verschwiegen hatte. War er vielleicht einem Mitglied der Résistance auf die Schliche gekommen? Oder versteckte die alte Dame gar Juden bei sich? Er erinnerte sich an die Furcht in ihren Augen, als er angekündigt hatte, dass er sich das Haus ansehen wollte. Sie hatte Angst gehabt, dass er die junge Frau fand. Warum? Wer war sie?

Robert befahl dem Fahrer, ihr zu folgen. Doch das erwies sich als schwierig. Die Frau schien damit zu rechnen, dass man sie verfolgte, und wechselte immer wieder die Richtung. Schließlich nahm sie einen Trampelpfad und ehe Robert es sich versah, war sie auch schon verschwunden.

Fluchend befahl er seinem Fahrer, zurück zum Haus von Madame Bonnet zu fahren. Als er ausstieg, rief er: »Fahren Sie zurück zur Kommandantur und sagen Sie dem General Rädel, er soll die Gestapo anrufen. Sie sollen ein paar Beamte nach Vaux schicken.«

Marie spürte, wie sich ihr Magen heftig zusammenzog, ein Gefühl, das ihr nach zahlreichen Operationen vertraut geworden war. Die Nervosität machte sich vor jedem Sabotageakt in ihr breit. Würde alles reibungslos ablaufen? Hatten alle ihre Aufgabe verstanden? Wusste jeder, was er zu tun hatte? War das Risiko so gering wie möglich oder hatte sie irgendein Detail übersehen?

Dicht an die kalte Hauswand gedrückt, überprüfte sie ein letztes Mal die Lage. Eigentlich war der Plan ganz einfach. Sie würden die U-Boot-Werft von zwei Seiten angreifen und so viel Lärm und Aufsehen erzeugen wie nur möglich. Sobald die Wachen Alarm geschlagen hatten und Verstärkung kam, sollten die Widerständler verschwinden. Dann würden die Frauen in Aktion treten. Als Krankenschwestern getarnt, würden sie in die Werft gehen und Plastikbomben im Torpedoarsenal aktivieren. Wenn der Sprengsatz detonierte, wären sie längst fort.

Marie wusste, dass der Plan nicht schiefgehen durfte. Courseulles war einer der wenigen französischen Häfen mit minenfreier Fahrrinne und war deshalb für die rasche Torpedoversorgung der U-Boote besonders günstig. Die bisherigen Luftangriffe hatten das Torpedoarsenal nur geringfügig beschädigt, sodass der Schaden rasch behoben werden konnte.

Maries Aufgabe war es nun, das Arsenal grundlegend zu zerstören. Dazu hatte sie Mitglieder der Résistance-Zelle mit dem Decknamen »République« als Arbeiter in eine französische Metallfirma eingeschmuggelt, die im Auftrag der Kriegsmarine Altmetalle verwertete und dafür im hinteren Teil des Arsenals eine Sammelstelle unterhielt. Eine Woche lang hatten die Partisanen heimlich Sprengstoff in das Depot gebracht, verborgen in den für den Abtransport des Altmetalls bestimmten Waggons. Sie hatten außerdem herausgefunden, dass es eine Verbindungstür zwischen dem Torpedoarsenal und der nebenan liegenden U-Boot-Werft gab. Einer der Männer hatte dafür gesorgt, dass diese Tür heute Nacht offen war. Somit konnte im günstigen Moment eine der Frauen ins Arsenal gelangen und die Zeitzünder am Sprengstoff scharf machen.

Das einzige Risiko war, dass die Deutschen keinen Krankenwagen riefen und damit auch nicht die Dienste der französischen Krankenschwestern beanspruchten. Deshalb hatte Marie den Angriff auf die Werft auf den Schichtwechsel gelegt. Es musste so viele Verwundete wie nur möglich geben.

Mit düsteren Vorahnungen ließ Marie den Blick über das Hafengelände schweifen. Unruhe machte sich in ihr breit. Das war kein gutes Zeichen. Wegen der Dunkelheit hatten die Wachen Scheinwerfer angeschaltet. Im grellen Licht waren sie eine leichte Zielscheibe.

Ein langer Pfeifton zerriss jäh die Stille der Nacht. Das Zeichen für den Schichtwechsel. Die Tore zur Werft wurden geöffnet und innerhalb weniger Minuten strömten zahllose Arbeiter auf das Hafengelände.

Maries Faust umfasste die 9-mm-Browning-Automatic, dieselbe Waffe, mit der sie Schneider niedergeschlagen hatte. Dreizehn Schuss waren im Magazin, genug, um die Werft in Dunkelheit zu tauchen und ein paar Wachen außer Gefecht zu setzen.

Marie warf einen Blick über die Schulter. Hinter ihr stand Pierre Dupont, Anführer der République-Gruppe.

»Was meinst du?«, fragte sie ihn flüsternd.

Pierre sah sich die fröhlich lachenden Werftarbeiter einige Minuten schweigend an, dann nickte er. Mehr bedurfte es nicht. Marie zog ihre Pistole aus der Manteltasche, entsicherte sie, spannte den Hahn, streckte den Arm aus und feuerte zwei Schüsse auf den großen Scheinwerfer auf dem Dach der Werft. Glas splitterte, das Licht erlosch.

Das war das Signal für die anderen Mitglieder, das Feuer zu eröffnen. Marie hörte das ohrenbetäubende Rattern der Maschinenpistole von Françoise über das Hafengelände hallen. Ihre Attacke war erfolgreich. Mehrere überraschte Arbeiter brachen zusammen.

Schon flog die erste Handgranate durch die Luft. Sie verfehlte ihr Ziel und detonierte mit einem lauten Knall auf halber Distanz zur Werft. Marie fluchte verhalten über diese Verschwendung. Sie hätte mit Gérard das Werfen besser üben sollen.

Junge Männer wie Gérard gab es viele in der Résistance. Die Einführung der Zwangsarbeit in Deutschland durch die Vichy-Regierung führte dazu, dass viele Franzosen in den Untergrund flohen. Allerdings wäre Gérard in einem Studienzimmer besser aufgehoben gewesen.

Auf dem Hafengelände herrschte jetzt Panik. Die Werftarbeiter rannten wild durcheinander. Einige versuchten wieder in die Werft zu gelangen, andere warfen sich flach auf den Boden, die Hände über dem Kopf. Die Wachen nahmen ihre Gewehre in Anschlag. Befehle wurden gebrüllt, die im Geschrei untergingen. Dann erfüllte das Geräusch des Kugelhagels das Hafengelände. Die Soldaten wussten nicht, worauf sie schießen sollten, denn die Résistance-Kämpfer, versteckt hinter Häuserwänden, waren außerhalb ihres Sichtfelds.

Marie nickte Pierre zu und verließ ihren Posten. Es war Zeit, dass sie ins Krankenhaus kam. Schließlich musste sie dort sein, um sich zusammen mit Georgette, Françoise und Pauline freiwillig für die Versorgung der Verwundeten melden zu können. Im Gehen überprüfte sie, ob sie auch die Zeitzünder und die Papiere hatte, die sie dazu befugten, für die deutsche Krankenabteilung zu arbeiten. Als sie den Marktplatz überquerte, warf sie einen Blick auf die alte Kirche und hoffte, dass Gott heute Nacht nicht auf der Seite der Deutschen stehen würde.

»Und, haben Sie Ihre Marie Büchner gefunden?« Oberst Strauss zündete sich eine Zigarre an und sog genüsslich daran, ehe er weitersprach. »Sie muss ja etwas ganz Besonderes sein, wenn Sie so versessen darauf sind, sie zu finden.« Der Rauch entwich ihm aus Mund und Nase, während er über seinen eigenen Witz lachte.

Robert verzog keine Miene. Statt zu antworten, nahm er einen Schluck von seinem Cognac. Sollte Strauss sich doch über ihn lustig machen, er würde sie schon finden, diese Marie Büchner. Seine erste Einschätzung des Auftrags hatte er verworfen. Er war ganz und gar nicht langweilig, er war aufreibend und nervtötend!

Allmählich fragte Robert sich, wer diese Frau eigentlich war. Sein einziger Anhaltspunkt war Jeanette Bonnet. Die wurde immer noch von der Gestapo verhört, seit sie vor zwei Tagen verhaftet worden war. Noch hatte Robert nicht erfahren, ob sie etwas gesagt hatte und wenn ja, was.

»Machen Sie sich nichts daraus«, rief nun Strauss und schenkte sich noch ein wenig Cognac ein. »Ich bin sicher, wenn Sie Admiral Büchner berichten, dass seine Schwester nicht in Courseulles ist, wird er Ihnen sagen, dass es sich um ein Versehen handelt. Sie ist gewiss in Paris oder in Bordeaux. Wo sollte eine vornehme Dame denn sonst hinwollen?«

Robert nickte zustimmend. »Wo sollte sie denn sonst hinwollen?« Er verschwieg aber, dass er am Morgen mit Büchner telefoniert und den ausdrücklichen Befehl erhalten hatte, so lange nach Marie Büchner zu suchen, bis er sie gefunden hatte. Es handelte sich also keineswegs um ein Versehen. Doch als Robert um nähere Informationen gebeten hatte, war die Leitung unterbrochen worden, und Robert hatte keine Lust, erneut anzurufen.

»Kennen Sie Admiral Büchner gut?«, fragte Oberst Strauss.

»Flüchtig«, erwiderte Robert und lehnte sich im Sofa des Salons zurück.

»Ich habe ihn nur einmal gesehen, als er mir meinen Befehl erteilte. Ein interessanter Mann.«

»Wie meinen Sie das?« Strauss lehnte sich vor.

»Nun, ich nehme nicht an, dass Sie viel über ihn wissen. Er ist in gewisser Weise …«

Plötzlich wurde die Tür aufgerissen. Ein Leutnant stürmte herein und rief: »Herr Oberst, die Werft wurde angegriffen! General Rädel verlangt, dass Sie sich sofort dorthin begeben!«

Strauss und Robert waren fast gleichzeitig aufgesprungen. »Großer Gott!«, rief Strauss. »Und wie ist der Status?«

»Ich habe keine Ahnung, Herr Oberst, aber den letzten Meldungen zufolge wird sofortige Unterstützung gefordert. Es gibt auch Verwundete.«

»Ich mache mich sofort auf den Weg.« Strauss griff nach seiner Jacke und streifte sie sich im Gehen über. Im Eilschritt verließ er den Raum. Robert folgte ihm. »Ich komme mit.« Auf keinen Fall wollte er es versäumen, diese berüchtigten Résistance-Kämpfer zu Gesicht zu bekommen. Mal sehen, ob sie wirklich so gut organisiert waren, wie der General meinte.

Marie war zufrieden. Der Plan hatte bis jetzt wie am Schnürchen geklappt. Im herrschenden Chaos war es Pauline gelungen, ins Arsenal zu schleichen und die Zeitzünder zu aktivieren. Jetzt gab sie den anderen Frauen das Zeichen, dass sie die Werft verlassen konnten. Marie atmete erleichtert auf. Innerhalb der Werft herrschte ein solches Durcheinander, dass sie nicht einmal in die Nähe der Tür gekommen war. Sie hatte sich schon gefragt, ob es überhaupt eine der Frauen geschafft hatte.

Doch nun konnte sie gehen. Ungeachtet der qualvollen Schreie der Verwundeten, die man rasch in den hinteren Teil der Werft gebracht hatte, begab sich Marie zum Ausgang. Sie hatte das Tor fast erreicht, als sie plötzlich hörte, wie eine Stimme nach ihr rief. »Mademoiselle, bitte, Mademoiselle. Mein Bein. Aahh, ich habe Schmerzen! Ein Arzt, bitte, Mademoiselle!«

Widerwillig drehte Marie sich zu dem Soldaten um, der am Boden lag und um Hilfe wimmerte. Verächtlich starrte sie auf sein zerschossenes Bein und widerstand dem Drang, ihm ins Gesicht zu sagen, dass sie bereute, dass er noch am Leben war.

Sie kniete sich zu ihm nieder und wollte nach flüchtiger Untersuchung wieder aufstehen, als der Soldat, ein junger Bursche von vielleicht zwanzig Jahren, sie am Arm packte und flehte: »Helfen Sie mir! Ich habe so schreckliche Schmerzen! Ich halte das nicht mehr aus!«

Grob riss Marie sich aus der Umklammerung und stand auf. Sie hatte nicht die geringste Lust, ihm zu helfen, die Zeit wurde knapp. Sie sah, dass Pauline und Georgette bereits zum Tor hinausgingen. Die Zeitzünder waren auf zehn Minuten eingestellt. Sie musste sich beeilen.

Doch als sie ihnen folgen wollte, merkte sie, dass die nicht eingeweihte Krankenschwester Thérèse Moulin sie nicht aus den Augen ließ. *Mist,* fluchte Marie. Wenn sie sich jetzt nicht um diesen Mann kümmerte, würde sie misstrauisch werden. Und Thérèse, die Marie verabscheute, wartete nur auf eine Gelegenheit, ihr zu schaden. Warum konnte der Soldat auch nicht einfach sterben?

Marie konnte den Arzt nirgends entdecken. Sie wollte bereits losgehen und ihn suchen, doch dann zögerte sie. Die Zeit lief ihr davon und sie musste die Werft so schnell es ging verlassen. Genervt kniete sie wieder vor dem Soldaten nieder, zog ihr Messer aus der Manteltasche und schnitt ihm die Hose auf. Sie betrachtete das Bein. Ein Durchschuss, natürlich.

Wortlos wies sie ihn an, den Gürtel auszuziehen. Mit einer Mischung aus Erleichterung darüber, dass man ihm half, und Angst vor neuen Schmerzen, sah der Soldat Marie an, während er das Gesicht zu einer Grimasse verzog. Marie schnallte den Gürtel um den Oberschenkel, um den Blutverlust zu stoppen. Dann durchsuchte sie die Taschen des Soldaten nach seinem Erste-Hilfe-Päckchen. Als sie begann, die Wunde oberflächlich zu säubern, schrie der Soldat schmerzerfüllt auf.

Er packte Marie am Arm, seine Fingernägel bohrten sich tief in ihre Haut. So konnte sie unmöglich weiterarbeiten. Hilfesuchend hob sie den Blick, doch was sie sah, versetzte sie in Verzweiflung und Schock. Um sie herum herrschte das totale Chaos. Überall rannten Soldaten herum, viele schrien, manche jammerten. Einige versuchten den Schaden abzuschätzen, doch die meisten kümmerten sich um die Verletzten. Und mitten in dieser unüberschaubaren Unordnung entdeckte Marie Kapitän Schneider – ausgerechnet!

Was hatte der denn hier verloren? Marie konnte sich keinen triftigen Grund denken, aber eines war klar: Schneider musste sofort von hier verschwinden! Wenn er blieb, dann wurde er womöglich von der Explosion getötet. Und sie brauchte ihn, jedenfalls vorläufig noch.

Schneider musste sie gesehen haben, denn er schritt rasch auf sie zu. Mit einem fast freundlichen Lächeln fragte er: »Kann ich Ihnen helfen, Mademoiselle?«

Irritiert über sein Verhalten, unter Schock und voller Angst, erkannt zu werden, nickte Marie knapp. Vorsichtig löste Schneider die Finger des Soldaten von Maries Arm und sprach dem jungen Mann, der fast noch ein Junge war, beruhigend zu, während Marie mit geübten Händen die Wunde reinigte und einen Druckverband anlegte.

Ein Blick auf die Armbanduhr sagte ihr, dass sie sich jetzt schleunigst beeilen musste, wenn sie nicht durch die Explosion getötet werden wollte. »Schnell!«, drängte sie Schneider. »Sie müssen ihn rausbringen. Ein Arzt soll sich die Wunde ansehen. Beeilen Sie sich!«

Schneider war scheinbar überrascht über die plötzliche Eile, denn er meinte: »Sie haben gute Arbeit geleistet. Ein Arzt ist überflüssig. Soll ich Ihnen bei den anderen Verwundeten helfen?«

Irritiert von dieser Bitte und der Missachtung ihres Befehls, schnappte Marie genervt: »Ich brauche Ihre Hilfe nicht! Kümmern Sie sich gefälligst um diesen Mann, klar?«

Jetzt staunte Schneider noch mehr. Er hatte wohl nicht erwartet, von einer Krankenschwester Befehle entgegennehmen zu müssen. Einen Augenblick lang musterte er Marie eingehend, die sich unter seinem intensiven Blick unwohl fühlte. Sie spürte, wie sie sich verkrampfte. Angst kroch in ihr hoch. Wurde Schneider misstrauisch? Würde er sie durchsuchen? Was, wenn er die Zeitzünder fand, die sie noch in der Tasche hatte?

Marie stand auf. Nervös schaute sie sich um. Françoise hatte die Werft ebenfalls verlassen. Jetzt fehlte nur noch sie. Schneider hatte sich erhoben. Zu ihrem Erstaunen erkannte Marie plötzlich Sorge und Anteilnahme in seinen Augen. Bevor sie reagieren konnte, hatte er ihr sanft, fast stützend, eine Hand auf die Schulter gelegt und fragte mit ruhiger Stimme: »Mademoiselle, was ist mit Ihnen? Sie sind ja ganz blass. Fühlen Sie sich nicht wohl?«

Seine Worte erschreckten Marie heftig. Sah man ihr die Anspannung und Angst etwa an? Und warum interessierte Schneider sich so sehr für sie? Er sollte gehen. Er sollte endlich gehen und sie nicht mehr so anstarren. Die Zeit lief ihr davon. Sie musste handeln.

Zum ersten Mal verzichtete sie auf die Wahrung des Scheins und tat etwas, das sie unter normalen Umständen niemals getan hätte. Sie machte einen Schritt zurück, weil ihr Schneiders Berührung unangenehm war, zumal die Wärme seiner Hand und der Geruch seines Rasierwassers ihre Sinne auf eine unerfreuliche Weise ablenkten. Sie packte den verletzten Soldaten und hievte ihn hoch. Abermals kam ihr Schneider zu Hilfe und stützte den Soldaten auf der anderen Seite. Marie atmete auf. Sie hatte auf seine Hilfsbereitschaft spekuliert. Jetzt musste sie sich aber beeilen.

So gut es ging, zog Marie den Soldaten aus der Werft. Sie hatten gerade einen Krankenwagen erreicht, als die Sprengsätze mit ohrenbetäubendem Lärm detonierten. Und während die Deutschen vor Schreck erstarrten, eilte Marie über das Hafengelände und verschwand im Schutz der Dunkelheit in den Gassen der Stadt.

4

Robert starrte den Gestapo-Beamten wütend an, während er versuchte, seinen Zorn unter Kontrolle zu halten. »Was soll das heißen, die Informationen sind geheim? Ich habe diese Person schließlich zu Ihnen gebracht, weil ich etwas in Erfahrung bringen wollte! Und jetzt habe ich kein Anrecht darauf zu erfahren, was sie gesagt hat?«

»Ganz recht«, erwiderte Sturmbannführer Fischer gelassen. Er faltete seine Hände auf den Schreibtisch seines Arbeitszimmers und lächelte aalglatt. »Es tut mir wirklich leid, aber ich fürchte, ich kann Ihnen nicht weiterhelfen. Wollen Sie sonst noch irgendetwas, Herr Kapitän?«

Robert hätte ihm am liebsten mit der Faust das schmierige Grinsen aus dem Gesicht gewischt. Es war dumm gewesen, die Verhörung von Jeanette Bonnet der Gestapo zu überlassen!

»Kann ich die alte Frau sehen?«

Fischer zögerte. »Nun …«, begann er, doch Robert fiel ihm ins Wort. »Sie haben doch gesagt, die Gefangene sei entlassen? Warum kann ich sie dann nicht besuchen?«

Fischer lehnte sich zurück. »Nun, wir möchten sie noch ein wenig unter Kontrolle haben. Zwar hat sie augenscheinlich nichts mit dem Angriff auf die Werft vor zwei Tagen zu tun gehabt, sie scheint überhaupt keine Kontakte zur Résistance zu haben, aber wir möchten vorsichtig bleiben. Manche Menschen sind unglaublich zäh!«

Er grinste. Roberts Züge verhärteten sich. »Ich sehe trotzdem keinen Grund, warum ich nicht mit ihr sprechen kann. Sie werden sie doch freilassen, oder?«

»Aber gewiss. Sobald wir davon überzeugt sind, dass sie uns auch nichts verschwiegen hat.«

»Gut.« Robert stand auf und setzte seine Mütze auf. »In diesem Fall werde ich nun zu ihr gehen. Danke für Ihr Entgegenkommen. Heil Hitler!«

Robert salutierte und machte kehrt, ehe Fischer etwas erwidern konnte. Doch an der Tür wurde er aufgehalten. »Kapitän, es ist Aufgabe der Gestapo, die Gefangenen zu verhören.«

Robert seufzte. Fischer zerrte allmählich an seiner Geduld. »Hören Sie, Admiral Büchner gab mir den Sonderauftrag, eine Person von militärischer Bedeutung ausfindig zu machen, und diese alte Frau könnte mir unschätzbare Informationen geben. Es ist daher meine feste Absicht, sie zu verhören.«

»Nicht solange sie sich in meinem Gewahrsam befindet«, erwiderte Fischer stur. »Sollte diese Frau tatsächlich Informationen betreffend jener Person besitzen, werde ich sie dem Admiral weiterleiten.«

»Das ist ein Sonderauftrag, und ich bin nicht befugt, Sie zu instruieren. Lassen Sie mich einfach zu ihr. Sie sagten schließlich selbst, sie sei frei. Darüber hinaus habe ich ihre Vernehmung veranlasst.«

»Und Sie haben diese der Gestapo übertragen. Sie fällt nicht mehr in Ihren Zuständigkeitsbereich.«

Robert hätte schreien können. In seiner Verzweiflung schluckte er den Zorn und seinen Stolz herunter und bemerkte mit einer möglichst ruhigen Stimme: »Das heißt, ich muss an höherer Stelle intervenieren.«

»Wenn Ihnen das gelingt.«

»Natürlich gelingt es mir. Das Einzige, was Sie mit Ihrer Sturheit erreichen werden, ist eine Verzögerung eines schnellen Sieges der Kriegsmarine.«

»Das behaupten Sie.«

»Sie Vollidiot!«, platzte es aus Robert heraus. »Gott bewahre unser Vaterland vor Erbsenzählern wie Ihnen.« Er machte auf dem Absatz kehrt und ging hinaus.

Ein schwacher Wind wehte, als Marie den schmalen Weg zu ihrer Großmutter einschlug. Still und verlassen lag er vor ihr, so, wie sie ihn immer in Erinnerung gehabt hatte. Gras und Unkraut wucherten bereits über den Asphalt, der rötlich schimmerte und Schlammspuren aufwies. Links und rechts befanden sich überwachsene Wassergräben, in denen Marie als kleines Kind manchmal gespielt hatte, sehr zum Missfallen ihrer Eltern.

Im Sommer wimmelte es dort nur so von Stechmücken und Fröschen. Dichte Hecken verbargen die dahinterliegenden Weiden, auf denen Kühe grasten.

Marie stieg vom Fahrrad und ging das letzte Stück zu Fuß. Sie wusste, dass es gefährlich gewesen war zu kommen, aber sie konnte nicht anders. Fast eine Woche lang hatte sie sich von ihrer Großmutter ferngehalten, jetzt musste sie sie noch einmal sehen. Spätestens morgen würde sie zurück nach England fliegen, sie wartete nur noch auf die Zusage der Zentrale, dass sie ein Flugzeug schickte. Marie wollte sich verabschieden.

Marie öffnete das Holztor, das zum Grundstück ihrer Großmutter führte. Obwohl alles aussah wie üblich, spürte Marie, wie sich ihr Nackenhaar sträubte. Irgendetwas stimmte nicht. Sie konnte es fühlen, auch wenn sie nichts sehen konnte. Ihr Magen verkrampfte sich.

Sekundenlang fixierte sie das Haus und die Umgebung, doch es war nichts Ungewöhnliches zu entdecken. Spielten ihre Sinne ihr einen Streich? Marie bezweifelte das. Sie hatte sich schon immer auf ihren Instinkt verlassen und er hatte sie bis jetzt noch nie im Stich gelassen.

Obwohl alles in ihr rebellierte, zwang sich Marie, die Torklinke loszulassen und zur Haustür zu gehen. Das Knirschen der Kieselsteine unter ihren Füßen, auf das sie sich noch vor ein paar Minuten gefreut hatte, schien ihr ungewöhnlich laut und verräterisch. Ohne zu wissen, warum, hatte sie plötzlich das Bedürfnis, so wenig Lärm wie nur irgend möglich zu machen. Sie war deshalb fast erleichtert, als sie die steinernen Stufen erreichte, die zur Tür führten.

Eine Weile blieb Marie regungslos vor der Tür stehen und lauschte. Nichts war zu hören, außer dem Zwitschern der Vögel. Marie zögerte kurz, dann klingelte sie. Der tiefe Gong erfüllte die Stille. Mit banger Vorahnung wartete Marie, doch nichts passierte. Sie klingelte erneut, vergebens.

Im Haus blieb es grabesstill. War Jeanette etwa ausgegangen? Marie konnte sich das kaum vorstellen. Seit der Krieg ausgebrochen war, hatte die alte Frau das Haus nur sehr selten verlassen, zu Recht. Die Zeiten waren alles andere als sicher.

Obwohl Marie sich nur sehr ungern in der Gegend blicken ließ, brauchte sie Gewissheit, dass ihrer Großmutter nichts widerfahren war. Sie ging zum fünfzig Meter entfernten Nachbarhaus und klingelte. Nach kurzem Warten öffnete eine korpulente Frau die Tür. Misstrauisch blickte sie Marie an. »Ja?«

»Verzeihen Sie, Madame«, entschuldigte Marie die Störung. »Aber ich möchte zu Madame Bonnet. Niemand macht auf. Ist sie fortgegangen?«

Die Frau hob die Augenbrauen und blickte plötzlich wie ein gehetztes Tier um sich. »Wenn Sie von der Résistance sind, dann verschwinden Sie. Die Gestapo hat sie letzte Woche abgeholt.«

Die Antwort traf Marie wie ein Peitschenschlag ins Gesicht. »Die Gestapo?«, japste sie erschrocken. Ihre Hand fuhr zum Hals. Nein, das konnte doch nicht wahr sein! Jeanette Bonnet, in den Händen der Gestapo?

Die Frau nickte und, nachdem sie sich erneut ängstlich umgesehen hatte, wiederholte sie, dass Marie verschwinden sollte, und schlug ihr die Tür vor der Nase zu.

Marie spürte, wie ein Berg über ihr zusammenbrach. Was hatte sie getan? Sie hatte ihre Großmutter der Gestapo in die Hände gespielt! Wie hatte sie nur so dumm sein können? Wie hatte sie wissentlich ihre Großmutter in Gefahr bringen können?

»Mamy …«, stöhnte sie verzweifelt. »Es tut mir leid, es tut mir leid, ich wollte nicht, dass so was passiert, ich …« Ein Zittern ließ ihre Stimme erbeben. Schmerz, Wut und Verzweiflung schnürten ihr den Hals zu. Erste Tränen brannten in ihren Augen.

Sie würde Jeanette vermutlich niemals wiedersehen. Die Gestapo würde sie zu Tode foltern. Und irgendwann, wenn der Schmerz unerträglich geworden war, würde sie reden.

Schmerzerfüllt dachte sie an ihre Großmutter. Sie sah das faltenreiche Gesicht vor sich, die braunen Augen, die ihr einen missbilligenden Blick zuwarfen, wenn sie die Kartoffeln unsauber schälte, die kleinen, knochigen Hände, die mit zahlreichen hervorstehenden

Adern übersät waren und deren sanfter Druck ihr immer Mut gemacht hatten.

Und dann spürte Marie, wie ihr die Tränen über die glühenden Wangen rollten. Sie schmeckte das Salz der Verzweiflung, der Trauer und der Machtlosigkeit – es gab nichts, was sie für ihre Großmutter tun konnte.

Robert sah Jeanette Bonnet schweigend an. Die kleine Frau erholte sich nur langsam von den Strapazen der Folter. Vier Tage war sie in den Händen der Gestapo gewesen, nun befand sie sich seit drei Tagen im Krankenhaus. Ihr Zustand hatte sich nur wenig verbessert.

Robert hatte sie nach ihrer Freilassung ins Krankenhaus einliefern lassen. Ihr geschundener Körper hatte ihn dermaßen erschreckt, dass er sich fragte, was geschehen würde, wenn Deutschland den Krieg verlöre. Die Rache der gepeinigten Völker würde sicher schrecklich sein.

Der Arzt hatte ihm gesagt, dass sie in der ersten Zeit hohes Fieber bekommen hatte, zumal sich das gebrochene Handgelenk infiziert hatte. Er hatte alles in seiner Macht Stehende getan, um die Frau zu retten, doch sie war sehr geschwächt. Es war fraglich, ob sie sich jemals von ihren Verletzungen erholen würde.

Jeanette Bonnet befand sich in dem Teil des Krankenhauses, das die Deutschen beschlagnahmt hatten. Robert hatte den ausdrücklichen Befehl gegeben, dass niemand sie von dort verlegen durfte.

In den vergangen drei Tagen hatte Robert vergebens nach Marie Büchner gesucht. Die Frau war unauffindbar. Schließlich hatte Robert eingesehen, dass es sinnlos war, weiterzusuchen. Büchner würde morgen in Paris sein. Robert hatte beschlossen, noch heute Abend den Zug zu nehmen, um am folgenden Morgen dem Admiral Bericht erstatten zu können. Sein Auftrag war gescheitert.

Wütend und enttäuscht über diese Niederlage, war Robert ein weiteres Mal zu Jeanette Bonnet gegangen, um einen letzten, verzweifelten Versuch zu starten, das Scheitern seiner Mission abzuwenden.

Je länger Robert den geschundenen Körper der Frau betrachtete, desto mehr zweifelte er daran, dass dieser Besuch etwas ändern würde. Was konnte ihm diese Frau schon sagen? Vermutlich wusste sie überhaupt nichts über Marie Büchner. Er verschwendete nur seine Zeit. Und er wäre auch längst gegangen, wenn diese kleine, alte Frau nicht seine letzte Hoffnung gewesen wäre.

Robert setzte sich auf einen Stuhl neben das Bett und sagte nach einem kurzen Zögern: »Madame Bonnet, hören Sie mich?« Die Frau rührte sich nicht. Robert berührte sie sanft. »Madame?«

Jeanette öffnete die Augen. Sie stieß einen kehligen Laut aus. Er erinnerte an einen Sterbenden. »Madame Bonnet, ich muss mit Ihnen sprechen.« Robert versuchte erneut, ihre Aufmerksamkeit auf sich zu lenken.

Jeanette drehte den Kopf zur Seite, um zu sehen, wer da mit ihr sprach. Als sie Robert erkannte, trat eine Mischung aus Furcht und Dankbarkeit in ihre Augen. Ihre Lippen formten ein Ja. Robert spürte, dass er wenig Zeit hatte. Er musste sein Anliegen vorbringen, ehe die Frau wieder bewusstlos wurde oder gar ganz aufgab.

»Madame Bonnet, Sie müssen mir helfen, Marie Büchner zu finden. Es ist wirklich wichtig.«

Jeanette sah Robert ausdruckslos an. Ihre Augen lagen tief in den Augenhöhlen und hatten einen glasigen Blick. Das Gesicht wirkte trotz der Schwellungen eingefallen und hager. Sie war nur noch Haut und Knochen. Robert fragte sich, ob sie noch lange durchhalten würde.

Dann, ganz plötzlich, sagte sie völlig überraschend: »Sie sind ein guter Mensch. Gott segne Sie für das Gute, das Sie mir getan haben.« Robert war verwirrt über diese Aussage. Damit hatte er nun überhaupt nicht gerechnet. Aber vielleicht konnte er sie dadurch dazu bringen, ihm etwas über Marie Büchner zu sagen.

»Dann helfen Sie mir. Ich bin nicht Ihr Feind.«

Jeanette schwieg einen Augenblick. Als Robert bereits befürchtete, sie wäre wieder bewusstlos geworden, flüsterte sie: »Was wollen Sie von Marie?«

Innere Befriedigung durchströmte Robert. Er hatte also recht gehabt. Jeanette Bonnet kannte Marie Büchner! Vielleicht gab es doch noch einen Lichtblick für ihn. Jetzt musste er mit äußerster Behutsamkeit vorgehen, damit sich die Frau nicht wieder wie eine Auster verschloss.

»Es geht um ihren Bruder. Er möchte sie sehen. Ich soll sie nach Paris bringen.«

Das war mehr, als er irgendjemand von seinem Auftrag erzählt hatte, und Robert fragte sich, ob er nicht einen Fehler gemacht hatte, indem er der Frau so viele Informationen gab. Aber irgendetwas sagte ihm, das dies der einzige Weg war, das Vertrauen der alten Dame zu gewinnen.

Jeanette murmelte etwas und Robert war erstaunt, als er den Namen Karl erkannte. Die Frau kannte auch den Admiral? Das wurde ja immer interessanter!

Gespannt wartete er darauf, dass Jeanette weitersprach, doch zu seiner Enttäuschung schwieg sie. Erneut fragte er, ob sie ihm helfen könne, doch die Frau hatte die Augen geschlossen. Robert glaubte bereits, dass sie eingeschlafen war, als sie ihn plötzlich am Arm packte und flüsterte: »Sie werden ihr nichts tun, nicht wahr?« Sie schlug die Augen auf und sah ihn flehend an. »Sie werden sie beschützen. Sie kann nichts dafür. Es ist wegen Karl, dass sie …«

Ihre Stimme verlor sich. Robert war irritiert. Vor wem sollte er sie beschützen? Vor der Gestapo? Doch was hatte das mit dem Admiral zu tun?

Robert hegte den leisen Verdacht, dass irgendetwas zwischen den Geschwistern vorgefallen war. Warum schickte der Admiral ihn auf die Suche nach seiner Schwester, anstatt es selbst zu tun? Warum meldete sich Marie Büchner nicht bei ihm? Welcher militärischen Einheit war sie unterstellt? Und was, um alles in der Welt, machte sie in Courseulles?

Robert blickte auf Jeanette Bonnet herab. Ihre Augen flehten ihn stumm an. Robert nickte. »Ich werde ihr nichts tun, das verspreche ich.« Im selben Augenblick fragte sich Robert, ob er sein Versprechen nicht später brechen würde. Aber zuerst galt es, Marie Büchner zu finden. Hinterher konnte er sein Handeln immer noch bedauern.

Jeanette lockerte den Griff. Sie holte ein paar Mal tief Luft, dann sagte sie so leise, dass Robert sich vorbeugen musste, um sie zu verstehen: »Gehen Sie zum Friedhof von Courseulles. Sie geht jeden Sonntag dorthin. Sie wird dort sein.«

Zweifelnd sah Robert die alte Dame an. Doch diese hatte bereits die Augen geschlossen und schien nicht gewillt, sie wieder zu öffnen. Unentschlossen, was er tun sollte, blieb Robert noch eine Weile neben ihr sitzen, ehe er das Krankenhaus verließ.

Einen Augenblick lang spielte er mit dem Gedanken, den Rat der Alten zu ignorieren und gleich zum Bahnhof zu fahren. Der Wagen wartete bereits auf ihn. Und was würde er auf dem Friedhof schon vorfinden?

Doch als der Fahrer ihn fragte, ob sie zum Bahnhof fahren sollten, schüttelte Robert den Kopf. »Zum Friedhof«, befahl er und ignorierte den verwunderten Blick des Gefreiten.

Der schneidende Wind peitschte die Wellen im tobenden Meer auf, die sich lautstark an den steilen Klippen brachen. Das schäumende Wasser spritzte um die spitzen Felsen, ehe eine weitere Welle ihre Gischt an den kalten Stein klatschte.

Marie sah das Spektakel, ohne es wirklich zu sehen. Ihr Blick verlor sich in der Ferne, am endlosen Horizont, der an diesem Tag grau und düster war. Wie Blei hing er über der Küste und dem kleinen Friedhof, dessen alte Grabsteine durch Wind und Wetter verwittert und mit Moos bedeckt waren.

Marie spürte den beißenden Wind nicht, ihr Körper war taub für die Kälte. Ihre Hände waren tief in den Manteltaschen vergraben, aber nicht, um sie vor der Kälte zu schützen, sondern weil sie nicht wusste, was sie mit ihnen anfangen sollte.

Ihr braunes Haar flatterte offen auf ihren Schultern. Marie konnte spüren, wie der Wind an ihnen zerrte. Sie widerstand dem Drang, einen Schritt nach hinten zu machen, um dem Zorn des Windes ein Stück weit zu entgehen. Und sie widerstand dem Drang, einen

Schritt nach vorne zu machen. Würde diese Leere in ihr jemals verschwinden?

Marie hob den Blick zum Himmel, als könnte er ihr eine Antwort auf ihre stumme Frage geben. Doch der Himmel blieb unverändert grau und schweigsam. Marie hatte das Gefühl, keinen festen Boden mehr unter den Füßen zu haben. Sie wusste nicht, wie lange sie am Grab ihrer Familie geweint hatte, zusammengekauert auf dem schmutzigen Boden und dem kalten Stein.

Sie hatte nichts mehr, woran sie sich klammern konnte. Man hatte ihr gewaltsam alles genommen, das sie geliebt hatte – ihre Heimat, ihre Freunde und ihre Familie.

Marie wünschte sich, die Kälte würde ihren Geist und ihre Gedanken einfrieren oder sie zumindest gefühllos machen. Sie wollte diesen Schmerz nicht mehr spüren. Sie wollte nicht mehr daran denken, dass sie Schuld am sicheren Tod ihrer Großmutter trug. Sie wollte nicht wissen, dass der Krieg ihr jedes Glück, jede kleinste Freude am Leben genommen hatte.

Es war nicht das erste Mal, dass sie am Abgrund stand. Und jedes Mal hatte sie es geschafft, einen Schritt zurückzutreten und sich schließlich von ihrem Schmerz zu distanzieren, jedenfalls so weit, dass ihr Leben wieder einen Sinn bekam. Was würde ihr dieses Mal helfen, die Scherben ihres Lebens aufzuheben?

Als Robert den Friedhof betrat, empfing ihn eine würdevolle Stille. Nichts war zu hören außer dem fernen Rauschen der Wellen. Das Gras wucherte wild neben den abgetretenen Wegen zwischen den einzelnen Gräbern, von denen einige sehr alt sein mussten. Man konnte kaum noch die Inschriften lesen, die in den grauen Stein graviert worden waren.

Robert schlenderte die kleinen Alleen entlang. Friedhöfe bedrückten ihn immer. Sie erinnerten die Menschen daran, dass nichts ewig währte. Irgendwann würde jeder sterben. Und Robert hoffte, dass er erst im hohen Alter dem Tod ins Auge blicken musste und nicht qualvoll, von Kugeln der Feinde zerfetzt, vom Leben Abschied nehmen würde.

Auf einem großen, weißen Marmorstein entdeckte Robert ein Zitat aus der Bibel.

Alles, worum ihr betet und bittet – glaubt nur, dass ihr es schon erhalten habt, dann wird es euch zuteil.

Seufzend dachte Robert: *Wenn alles nur so einfach wäre, dann hätte ich Marie Büchner schon längst gefunden und würde jetzt nicht auf diesem kleinen, alten Friedhof nach ihr suchen.* Er löste den Blick von den verwitterten Grabsteinen und blickte zum Horizont. Das leise Rauschen der Wellen erinnerte ihn daran, dass sich der Friedhof direkt an der Küste befand.

Robert verließ den schmalen Weg und ging über eine saftig grüne Wiese zur Klippe. Als er das aufgewühlte Meer sah, durchströmte ihn ein Gefühl von warmer Zufriedenheit und Ruhe. Anders als sein Vater liebte er das Meer, die tosenden Fluten, die stechend weißen Wellenkämme. Sein Großvater hatte ihn früher zum Fischen mit auf die offene See genommen und er hatte nie lange genug auf den tanzenden Wellen bleiben können.

Sein Großvater hatte immer gelacht, als er Roberts mürrisches Gesicht bei der Rückkehr sah, und zwinkernd gemeint: »Aus dir wird mal ein tüchtiger Seemann!« Er hatte recht behalten.

Der tragische Tod seines Großvaters war ein Grund gewesen, warum seine Mutter nicht gewollt hatte, dass er zur Marine ging. Robert hatte ihr nicht wehtun wollen. Aber noch weniger wollte er, dass sein Vater einen Sieg davontrug. Und so war er trotz aller Bitten seiner Mutter und Wutausbrüche seines Vaters zur Marine gegangen. Doch den sorgenvollen und angsterfüllten Blick seiner Mutter hatte er wochenlang nicht vergessen können.

Frauen, dachte er, *machen immer alles kompliziert.*

Und als er an Marie Büchner dachte, fügte er seufzend hinzu: *Sie bringen einen Mann ständig in ärgerliche Situationen.*

Plötzlich bemerkte er eine junge Frau am Rande der Klippen, einige Meter von ihm entfernt. Sie hatte ihm den Rücken zugekehrt und Robert sah ihr kastanienbraunes Haar offen im Wind tanzen. In

Gedanken versunken stand sie da, das Gesicht zum Horizont gerichtet, die Hände in den Taschen eines beigefarbenen Mantels vergraben. Irgendetwas an ihr kam Robert vertraut vor.

Sie schien ihn nicht gehört zu haben, denn als er sie ansprach, fuhr sie erschrocken zusammen. Robert blickte in ein Paar braune, angstgeweitete Augen und schlagartig wusste er, wen er da vor sich hatte. Es war die junge Frau aus dem Wirtshaus, dieselbe, die er später beim Angriff auf die Werft wiedergesehen hatte.

Verwundert und zugleich freudig überrascht über das unvermutete Wiedersehen schenkte Robert ihr ein freundliches Lächeln. Sie hatte ihm vom ersten Moment an gefallen, aber als er sie nun vor sich stehen sah, die schlanke Gestalt und das hübsche Gesicht mit einem sinnlichen Mund und zwei funkelnden Augen, an das sich ihr glattes Haar schmiegte, fand er sie wunderschön.

Er atmete ihren Duft ein, frisch und lebhaft, wie er es bereits am Abend des Angriffs gemacht hatte. Etwas in ihm begann sich zu regen und verwundert stellte er fest, dass es sein Herz war, das plötzlich angefangen hatte, schneller zu schlagen.

Die junge Frau hingegen schien über sein Erscheinen weniger erfreut zu sein, denn sie zog ihre Augenbrauen zu einer geraden Linie zusammen und sah ihn mit einer Mischung aus Misstrauen und Verachtung an.

Robert musste sich zusammenreißen, um ein amüsiertes Grinsen zu unterdrücken.

Er hatte ganz vergessen, dass sie die einzige Frau war, die sein Lächeln je mit einem Stirnrunzeln beantwortet hatte. Warum, wusste er nicht, ihre ganze Person war ihm ein Rätsel. Zunächst hatte er gedacht, dass sie eine Aversion gegen die Deutschen hatte, aber warum hatte sie sich dann freiwillig gemeldet, beim Angriff die Verwundeten zu verarzten?

Im Nachhinein wurde ihm bewusst, dass ihr Verhalten merkwürdig, gar suspekt gewesen war. Kaum hatten sie die Werft verlassen, hatte eine ohrenbetäubende Explosion stattgefunden. Im anschließenden Chaos hatte er sie aus den Augen verloren, aber er war sich fast sicher, dass sie etwas gewusst haben musste. Sie wollte unbedingt die Werft verlassen, aber was noch seltsamer war, sie hatte unbedingt gewollt, dass *er* die Werft verließ. Warum?

Obwohl es sehr schmeichelhaft gewesen wäre, wagte Robert zu bezweifeln, dass es aus Sympathie geschehen war. Warum also dann?

Die junge Frau blickte Robert immer noch an. Sie schien etwas von ihm zu erwarten. Mit den Augen musterte sie ihn von oben bis unten, ohne den geringsten Versuch, ihre Neugier zu verbergen.

Er setzte sein charmantestes Lächeln auf und sagte mit selbstbewusster Stimme: »Mademoiselle, welch freudige Überraschung! Ich habe nicht erwartet, Sie hier zu treffen, aber ich bin nicht unglücklich darüber. Was für einen wunderschönen Schutzengel hat mir der Himmel doch geschickt.« Er zwinkerte ihr fröhlich zu. »Sie haben mir vor fünf Tagen das Leben gerettet. Kann ich Sie zu einem Kaffee einladen, um mich für Ihre Güte zu bedanken? Sie werden es nicht bereuen, das verspreche ich.«

Die junge Frau presste die Lippen zu einem dünnen Strich zusammen und schwieg verbissen. Sie schien in der Tat mit Deutschen nichts zu tun haben zu wollen. Belustigung trat in seine Augen.

»Diese Verbissenheit steht Ihnen nicht gut zu Gesicht, Mademoiselle. Davon bekommen Sie nur Falten. Ein Lächeln hingegen würde Sie gleich sehr viel liebreizender aussehen lassen. Wollen Sie es nicht versuchen? Es tut auch bestimmt nicht weh.«

Schweigen.

Robert seufzte. Er sah ein, dass er nicht weiterkommen würde. Er wollte bereits gehen, als ihm noch etwas einfiel. »Warum haben Sie mir eigentlich das Leben gerettet, wenn Sie mich so sehr hassen?«

Erneutes Schweigen.

Robert schüttelte genervt den Kopf. Was war nur los mit dieser Frau! Er machte auf dem Absatz kehrt und war bereits einige Schritte gegangen, als er plötzlich hörte, wie jemand sagte: »Ich hatte keine andere Wahl.«

Der Klang der deutschen Sprache, akzentfrei und wohl moduliert, ließ Robert in seiner Bewegung erstarren. Überrascht drehte er sich zu ihr um. Mit unbewegter Miene sah sie ihn an. Und doch war es ihm, als hätte sie etwas ausgesprochen, das sie schon lange loswerden wollte. Der Ton der Stimme war fast wehmütig, als würde ihr Klang alte Erinnerungen wecken. »Sie sprechen Deutsch?«

Ein leicht spöttisches Lächeln zeichnete sich auf ihren Lippen ab. Es veränderte ihr Gesicht auf eine verblüffende Art und Weise. Sie schien jünger zu werden, sorgloser, fast frech. Ihre Züge wurden weicher, freundlicher. Wenn sie lächelte, sah sie noch viel schöner aus.

»Wie Sie hören können«, beantwortete sie Roberts Frage. Die Worte kamen fließend über ihre Lippen.

Langsam kam Robert auf sie zu. »Wie kommt es, dass Sie so gut Deutsch sprechen? Sind Sie Elsässerin?« Sie gab keine Antwort. Unverwandt sah sie ihn an, ruhig und selbstbewusst. Robert zog misstrauisch die Augenbrauen zusammen. »Wer sind Sie?«

Die Frau hob das Kinn. Ein entschlossenes Glänzen erschien in ihren Augen. »Mein Name ist Florence Lacroix, aber früher einmal nannte man mich Marie Büchner.«

5

Auf dem Friedhof herrschte für einen Augenblick Stille. Man konnte das Rauschen der Wellen hören, die sich mit unveränderter Kraft an den spitzen Klippen brachen. Marie musterte Schneider schweigend; ihre letzten Worte hatten ihm scheinbar völlig die Sprache verschlagen.

Marie war der Ansicht, dass er viel zu gut aussah. Die gerade Nase, das entschlossene Kinn, die graugrünen Augen, das einnehmende Lächeln, das eine Reihe makelloser Zähne entblößte. In ihren Schläfen begann es zu pochen.

»Nun, was wollen Sie von mir, Herr Kapitän?« Marie hatte es allmählich satt, wortlos angestarrt zu werden, als sei sie ein Geist. Schneider sollte sich endlich zusammenreißen!

»Sie sind Marie Büchner?«, stieß er schließlich hervor, Ungläubigkeit in seiner Stimme.

»Ja.«

»Warum haben Sie sich nicht bei mir gemeldet? Haben Sie denn nicht mitbekommen, dass ich Sie suche?«

»Die Beweggründe, die mich bewogen haben, mich nicht zu erkennen zu geben, gehen Sie überhaupt nichts an.«

Die Verblüffung in Roberts Gesicht machte dem Misstrauen Platz. Mit scharfem Blick musterte er sie von oben bis unten und fragte dann kühl: »Woher soll ich wissen, dass Sie tatsächlich Marie Büchner sind?«

Marie hatte geahnt, dass er diese Frage stellen würde. Sie hatte ihm den Namen Florence Lacroix genannt, der in ihrem gefälschten Ausweis vom MI6 stand. Denn sie hatte keine andere Wahl. Ihren deutschen Pass besaß sie nicht mehr. Er war verbrannt, wie alles andere auch. Und sie musste Schneider die Wahrheit sagen, wenn sie wissen wollte, was er über sie wusste.

»Ich habe keinen Ausweis, der bestätigt, dass ich Marie Büchner bin. Doch zweifellos hat Ihr Vorgesetzter Ihnen einen Hinweis gegeben, wie Sie mich identifizieren können. Alles andere wäre schließlich grob fahrlässig, nicht wahr?« Spott blitzte in ihren Augen auf.

Robert zog missmutig die Augenbrauen zusammen. Büchner hatte tatsächlich Instruktionen gegeben, wie er überprüfen konnte, ob er an die richtige Person geraten war.

Langsam sagte er: »*Sie sind einfach vollkommen.*«

Überrascht hob Marie die Augenbrauen. Sie schien nicht mit diesem Satz gerechnet zu haben. Ihr Blick umwölkte sich kurz, als würden alte Erinnerungen plötzlich auf sie einstürzen, dann klarte er wieder auf. Ihre Stimme bebte indes leicht, als sie antwortete: »*Ich hoffe nicht. Das ließe wenig Spielraum für Entwicklungen und ich habe vor, mich in alle möglichen Richtungen weiterzuentwickeln.*«

Die Parole war korrekt. Es wunderte Robert, warum Büchner einen solchen Wortwechsel gewählt hatte, und noch viel mehr fragte er sich, wie seine Schwester dieses Zitat kennen konnte. Schließlich schienen sie sich seit mehreren Jahren nicht gesehen zu haben und hatten offenbar keinerlei Kontakt zueinander. Es musste etwas sein, das sie vor langer Zeit verbunden hatte. Ein Spiel aus ihrer Kindheit vielleicht.

Nun, wie auch immer. Da sie den Satz richtig beantwortet hatte, musste er davon ausgehen, dass die junge Frau vor ihm tatsächlich Marie Büchner war, so absurd ihm das auch erscheinen mochte. Er konnte ein ärgerliches Stirnrunzeln nicht unterdrücken, wenn er daran dachte, dass sie sich die ganze Zeit praktisch vor seiner Nase befunden hatte.

Mit farbloser Stimme fragte er: »Welcher militärischen Einheit gehören Sie an? Ich bin gezwungen, mit Ihrem Vorgesetzten Rücksprache zu halten. Sie werden für eine Operation benötigt und Ihr ranghöherer Offizier muss davon in Kenntnis gesetzt werden.«

Einen Augenblick lang dachte sie, er wisse, dass sie für den SOE arbeitete. Doch dann wurde ihr klar, dass dies unmöglich sein konnte. »Ich gehöre keiner militärischen Einheit an«, erwiderte sie steif. »Ich bin Krankenschwester.«

»Sie arbeiten also für das Rote Kreuz?«

»Nein.«

Robert hob verwundert die Augenbrauen. »Wollen Sie mir etwa sagen, dass Sie keiner militärischen Einheit angehören und auch in keiner Frauenschaft oder gemeinnützigen Organisation tätig sind?«

Sie reckte würdevoll das Kinn. »Ganz recht.«

Er presste die Lippen zu einem dünnen Strich zusammen und sagte kalt: »Ihr Bruder braucht Sie. Er bat mich, Ihnen diesen Brief zu geben.« Er überreichte Marie das Kuvert, das sie im Hotelzimmer geöffnet und gelesen hatte. »Ferner soll ich Sie zu ihm bringen, nach Paris. Er wird morgen dort sein.«

Bei den letzten Worten brauste Marie empört auf. »Wie bitte? Das hat er Ihnen gesagt? Ich muss mich wohl verhört haben! Er hat Ihnen nicht gesagt, dass *ich* zu *ihm* nach Paris kommen soll.«

Marie kochte vor Wut. Das war mal wieder typisch Karl! Er brauchte ihre Hilfe, war aber nicht gewillt, zu ihr zu kommen, nein, sie sollte zu ihm kommen.

»Sie können dem Admiral sagen, dass er gefälligst selbst kommen soll, wenn er etwas von mir möchte. Ich gehe auf keinen Fall nach Paris!«

Und damit war die Diskussion für Marie beendet. Sie wollte gehen, doch da packte Robert sie unsanft am Arm und zog sie zurück. »Moment!«, rief er zornig. Allmählich verlor er die Geduld. »Ich habe den Befehl, Sie nach Paris zu bringen, und das werde ich auch tun, selbst wenn ich Sie geknebelt und gefesselt dorthin schleifen muss! Ich habe zwei Wochen damit vergeudet, Sie zu suchen, in einem gottverlassenen Provinznest, und habe mir die Nerven dabei aufgerieben!«

»Lassen Sie mich los!« Grob riss sich Marie aus Roberts Umklammerung. Schäumend vor Wut starrte sie Robert an, der ebenso zornig zurückstarrte. »Sie können mir nichts befehlen, ich bin schließlich keine Ihrer Untergebenen. Sagen Sie meinem Bruder, dass Sie mich gefunden haben und dass es ihm freisteht, zu mir zu kommen, wenn er etwas von mir möchte. Und sagen Sie ihm auch, dass ich sein Verhalten unverschämt arrogant finde.«

Robert schien von ihrem Ausbruch ziemlich unbeeindruckt. In einem ruhigeren Tonfall meinte er: »Ich kann Ihnen nicht sagen, was genau der Admiral von Ihnen möchte, aber vermutlich wird er es Ihnen sagen, wenn wir in Paris sind. Also seien Sie vernünftig und lassen Sie die Kindereien. Der Endsieg muss doch auch für Sie von Interesse sein.«

»Der Endsieg? Der *Endsieg*?!« Maries Wut über Karls Unverfrorenheit stieg ins Unermessliche. Was bildete er sich eigentlich ein, wer er war? Und was hatte er Schneider über *sie* glauben lassen? Brodelnd vor Zorn zerknüllte sie den Brief, den Robert ihr gegeben hatte.

»Ja, der Endsieg«, erwiderte Robert ungeduldig. Ihm war Maries Reaktion völlig unverständlich. »Der Admiral meinte, Sie seien von militärischer Bedeutung. Allerdings«, fügte er hinzu, während er sie kritisch musterte, »frage ich mich, was genau Sie als Frau tun sollen.«

Maries Augen verengten sich zu Schlitzen. »Ich habe Ihnen bereits gesagt, dass ich nicht nach Paris fahren werde. Es gibt also keinen Grund, länger darüber zu diskutieren, und ich finde, allmählich sollten …«

»Er braucht Sie.« Schneiders ruhige Stimme nahm Marie den Wind aus den Segeln. Schnaubend stieß sie Luft aus.

»Dann soll er gefälligst zu mir kommen.«

Robert seufzte schwer und rang um Geduld. »Hören Sie, er kann nicht zu Ihnen kommen. Er trägt als Konteradmiral große Verantwortung. Er kann nicht einfach kurz nach Courseulles kommen. Aber«, fuhr er fort, ehe Marie ihn unterbrechen konnte, »ich weiß, dass er Sie verzweifelt braucht. Können Sie Ihren Stolz denn nicht für einen Moment vergessen und einem Mann helfen, der seine ganze Hoffnung auf Sie setzt?«

Die Worte verfehlten ihre Wirkung nicht. Betroffen schwieg Marie einen Augenblick. Robert hatte das Gefühl, endlich den richtigen Knopf gedrückt zu haben, denn er sah, wie Marie die Augen schloss. Anscheinend musste an seiner Lüge etwas Wahres dran sein. Der Admiral hatte niemals erwähnt, dass er seine Schwester verzweifelt brauchte, allerdings sprach allein Roberts Anwesenheit in Courseulles dafür, dass sie für ihn nicht ohne Bedeutung war.

Robert hatte keine Ahnung, was seine Worte in Marie ausgelöst hatten. In ihrem Kopf herrschte das totale Durcheinander. Die unterschiedlichsten und widersprüchlichsten Gefühle und Gedanken wechselten sich ab, doch letztendlich wusste Marie bereits, dass sie eine Entscheidung getroffen hatte. Ehe sie den Mund wieder aufmachte, zählte sie langsam bis zehn und holte tief Luft.

»Ich bin bereit, Sie nach Paris zu begleiten.« Marie sah Robert unverwandt an. In Gedanken ging sie bereits die nächsten Schritte durch, plante die Vorkehrungen, die sie treffen musste. Sie würde Richard informieren müssen, dass sie heute Abend nicht nach England zurückfliegen würde. Pierre musste mit Maurice, dem Funker, sprechen. Es würde ihm Unannehmlichkeiten bereiten, aber Marie konnte unmöglich nach Paris fahren, ohne den SOE darüber zu informieren.

Sie fragte sich, was sie Richard sagen sollte. Es war sicher nicht schwer, ihn davon zu überzeugen, dass sie noch in Frankreich bleiben wollte. Sie könnte behaupten, wichtige Informationen erhalten zu haben, denen sie erst mal auf den Grund gehen wollte, ehe sie sie nach London weitergab. Obwohl Marie wusste, dass sie ohne größere Schwierigkeiten erreichen konnte, in Frankreich zu bleiben, war ihr nicht ganz wohl bei dem Gedanken. Sie ahnte, dass sie sich mit jedem Tag, den sie länger auf feindlichem Terrain blieb, der wachsenden Gefahr aussetzte, enttarnt und gefangen genommen zu werden.

Sie hatte Robert gesagt, dass ihr Pass gefälscht war. Noch könnte er annehmen, sie sei nur eine von vielen deutschen Emigranten, denen es gelungen war, in Frankreich unterzutauchen. Wie lange würde sie ihre wahre Identität vor ihm geheim halten können?

Sie musste Vorsichtsmaßnahmen treffen, damit ihr Leumund in der Résistance nicht beschädigt wurde. Die Widerständler würden es nicht verstehen, würden sich gar verraten fühlen, wenn Marie plötzlich an der Seite eines deutschen Wehrmachtsoffiziers auftauchte. So weit es ging, musste Marie den Anschein wahren, dass Robert nicht zu ihr gehöre. Und wenn es unvermeidbar war, so durfte er nicht sofort als Offizier erkennbar sein. Die Résistance hatte überall ihre Männer. Und keiner durfte sie auch nur zufällig mit einem Deutschen erblicken. Ihre ganze mühselige Arbeit von eineinhalb Jahren wäre verloren, schlimmer noch, ihr Leben wäre in großer Gefahr.

Marie musterte ruhig Roberts Gesicht. Nun, da sie zugestimmt hatte, ihn nach Paris zu begleiten, hatte er sich entspannt und ein erleichtertes Lächeln zeichnete sich auf seinen Lippen ab. Es war das zufriedene Lächeln eines Mannes, der beim Pferderennen zusah, wie das Pferd, auf das er gewettet hatte, als Erstes über die Ziellinie preschte. Er sah aus, als habe er schon von Anfang an gewusst, wie das Rennen ausgehen würde – und dass er das Geld einstreichen würde.

Marie zog die Augenbrauen zu einer geraden Linie zusammen. Sie hasste seine Selbstgefälligkeit fast genauso sehr wie ihre eigene Niederlage. Plötzlich wurde ihr bewusst, dass er wahrscheinlich denselben Gesichtsausdruck hatte, den sie immer zur Schau gestellt hatte, wenn sie sich mit Karl gestritten hatte – und recht behielt. Wie es aussah, hatten sie etwas gemeinsam.

»Allerdings habe ich eine Bedingung.« Ihre Stimme war sachlich und emotionslos.

»Und die wäre?«, fragte Robert, als sie nicht weitersprach.

»Sie reisen in Zivil. Ich möchte nicht mit einem Soldaten gesehen werden. In diesem Punkt dulde ich keine Widerrede. Wir treffen uns um zehn am Bahnhof. Seien Sie pünktlich. Auf Wiedersehen.«

Marie stopfte den Brief, den Robert ihr gegeben hatte, ungeöffnet in ihre Manteltasche und erwartete bereits Widerspruch von Robert, aber der meinte plötzlich in einem amüsierten Tonfall: »Ganz wie Madame wünschen. Ich war auch erfreut, Ihre Bekanntschaft zu machen. Im Übrigen habe ich mich noch gar nicht vorgestellt. Mein Name ist Kapitänleutnant Robert Schneider, vom 30. Marineartillerie-Regiment, Abteilung 511.«

Marie hob den Kopf, sah ihm geradewegs in die Augen und erwiderte kühl: »Das weiß ich bereits, Kapitänleutnant.«

Der Zug fuhr mit zwei Stunden Verspätung vom Bahnhof ab. Langsam setzte er sich in Bewegung und gewann immer schneller an Geschwindigkeit. Schließlich ließ er die Stadt hinter sich und fuhr hinaus aufs Land. Obstwiesen und Kuhweiden ersetzten die Häuser und Straßen. Die malerische Landschaft der Normandie flog an den Fahrgästen vorbei, die mit unterschiedlichen Gefühlen in den Zug gestiegen waren. Doch eines verband sie alle, sie hatten das gleiche Ziel – Paris –, mochten die Gründe, weswegen sie dorthin fuhren, auch unterschiedlich sein.

Robert betrachtete verstohlen seine Begleitung. Wie sie gefordert hatte, trug er eine weiße Hose aus feinem Stoff mit dazu passendem blauen Hemd und weißem Jackett. Seinen Mantel hatte er abgelegt, denn der Zug war gut beheizt. Auf den ersten Blick konnte niemand erkennen, dass er ein deutscher Offizier war. Er würde sich erst kurz vor der Ankunft in Paris die Uniform wieder anziehen, um angemessen gekleidet zu sein, wenn er Büchner gegenüberstand.

Robert fragte sich, warum der Kleiderwechsel Marie so wichtig gewesen war. Er war am Vortag so froh darüber gewesen, dass er sie nicht gewaltsam nach Paris bringen musste, dass er ohne Zögern zugestimmt hatte. Doch nun, nachdem sie endlich im Zug saßen und in einigen Stunden Paris erreichen würden, erlaubte er es sich endlich, über die Schwester des Konteradmirals nachzudenken.

Sie war ganz und gar nicht, wie er sie sich vorgestellt hatte. Er hatte eine feine, vielleicht etwas einfältige oder arrogante Dame mit einem exzentrischen Geschmack und reizlosem Aussehen erwartet, die sich in irgendeiner nationalsozialistischen Frauenschaft engagierte und sich wie ihr Bruder mit endlosen Auszeichnungen schmückte.

Keineswegs hätte er gedacht, dass Marie Büchner sich nicht in teure Kleider hüllte oder gar ihre wahre Identität verheimlichte. Und niemals hätte er gedacht, dass sie so dickköpfig war!

Sie war stolz, sie war selbstbewusst – und sie hasste die Deutschen.

Warum nur? Sie war doch selbst deutschen Blutes.

Eine interessante Frau, dachte Robert, während er ihren schlanken Körper in dem vorteilhaften rot-weiß gepunkteten Kleid betrachtete, das eine Spur des französischen Stilempfindens verriet, das er in diesem überfüllten Zug so vermisste. *Sie sieht aus wie eine Porzellanpuppe, aber in Wirklichkeit ist sie ein Vulkan, der ausbricht, sobald man das Falsche sagt.*

Jetzt wusste er auch, was ihm bei seiner ersten Begegnung mit ihr so vertraut vorgekommen war. Es waren ihre Augen. Sie hatte die gleichen braunen Augen wie der Admiral. Als sie am Vortag zum Abschied verächtlich Kapitänleutnant gesagt hatte, hatte der eisige Blick ihn an Büchner erinnert, wenn der ihn zurechtwies. Es bestand kein Zweifel mehr: Diese junge Frau war tatsächlich die verschwundene Schwester des Admirals.

Was mochte wohl zwischen den beiden vorgefallen sein? Er hatte unterdrückte Emotionen im Blick beider Geschwisterteile erkannt, als sie jeweils über den anderen gesprochen hatten. Warum hatte Marie den Brief des Admirals nicht geöffnet? Hatte seine Gegenwart sie davon abgehalten oder wollte sie ihn gar nicht lesen?

Nun, letztendlich ging es ihn ja nichts an. Sobald sie in Paris waren, sollte Büchner zusehen, wie er mit seiner Schwester fertigwurde. Robert würde sie nach dieser Reise sicherlich nie wiedersehen. Er wusste eigenartigerweise nicht, ob diese Tatsache ihm gefiel oder nicht.

Robert lehnte sich zurück und genoss die vorbeiziehende Landschaft. Er freute sich bereits darauf, nach Deutschland zurückzufahren. Endlich würde er den verschlossenen Mienen der Franzosen entgehen und konnte sie gegen lächelnde Gesichter eintauschen. Besonders gegen ein lächelndes Gesicht …

Maries Gedanken waren bei Weitem nicht so fröhlich wie die des deutschen Offiziers. Sie flogen wild durcheinander. Kreuz und quer schossen sie durch ihren Kopf und erfüllten sie mit Unruhe und eigenartigerweise auch mit Angst. Angst wovor? Vor der Ungewissheit?

Marie konnte es nicht sagen. Alles, was sie wusste, war, dass sie nur noch zwei Stunden hatte, um das Durcheinander in ihrem Kopf in Ordnung zu bringen. Nur zwei Stunden, um sich ihrer Gefühle klar zu werden, die sie im Verlauf der letzten Jahre immer wieder feige verdrängt oder unterdrückt hatte. Zwei Stunden …

Dann würde sie Karl gegenüberstehen. Karl, den sie seit zehn Jahren nicht mehr gesehen hatte. Wie sollte sie sich verhalten? Was sollte sie ihm sagen? Sollte sie ihn anschreien, ihm Vorwürfe machen? Er hätte es verdient, zweifellos. Aber würde sie es schaffen, die Worte über die Lippen zu bekommen, die seit Jahren darauf warteten, ausgesprochen zu werden?

Marie konnte sich noch gut an das letzte Mal erinnern, als sie Karl gesehen hatte. Der Tag hatte sich in ihr Gedächtnis eingraviert als Wendepunkt. Nach diesem Tag hatte das Schicksal seinen Lauf genommen. Stück für Stück war ihr Leben zerbröselt, jede Katastrophe hatte einen Tribut gefordert, und nach und nach war ihr von ihrem früheren Dasein nichts mehr geblieben. Nur ihre Erinnerungen bewiesen, dass es einmal eine Zeit gegeben hatte, in der ihr Lachen unbeschwert gewesen war und jeder Sonnenuntergang eine Verheißung auf einen neuen Tag voller Glück und Freude.

Marie sah die Landschaft vor ihren Augen verschwimmen. Ihre Erinnerungen beschworen ein Bild herauf, das in ihrem Innersten vergraben schlummerte, weil sie nie wieder daran hatte denken wollen.

Es war eine regnerische Nacht. Der Wind peitschte über das Land, rüttelte wütend an den Häusern und Bäumen, während der Regen versuchte, alles Leben in seinen Wassermassen zu ertränken.

Marie war bis auf die Haut durchnässt. Sie fror am ganzen Leib. Die Kälte war schneidend und sie hatte außer ihrem Nachthemd nichts angezogen. Trotz der Dunkelheit und des Regens erkannte sie die schwarze Silhouette deutlich, die sich eilig dem Küstenweg näherte. Der weiche Lehmboden unter ihren Füßen gab ihr keinen Halt und so rutschte sie mehrere Male aus, als sie rennend versuchte, die Person einzuholen.

Als sie in Rufweite kam, schrie sie mit ganzer Kraft: »Karl!« Doch ihr Bruder folgte unbeirrt seinem Weg. Erst als sie ihn von hinten packte und energisch zu sich umdrehte, nahm er von ihr Notiz.

»Lass mich in Ruhe, Marie!«, fauchte er, während er sich losriss. Sein Haar war so triefend nass wie das seiner Schwester.

Seine aggressive Haltung beeindruckte Marie wenig. Atemlos stieß sie hervor: »Wie kannst du nur? Hast du völlig den Verstand verloren? Weißt du überhaupt, was du tust? Du …«

»Halt die Klappe!«, bellte Karl und stieß Marie, die sich an seinen Regenmantel geklammert hatte, grob von sich. Sie stolperte und fiel nach hinten. »Du weißt doch gar nicht, worum es hier geht.« Zornig wischte sich Karl über das wutverzerrte Gesicht. Seine kalten Augen starrten seine Schwester an, die lehmverschmiert auf dem Boden saß und zu ihm hinaufsah, Trotz und Angst in ihrem Blick.

»Keiner von euch hat sich für mich interessiert. Es war euch völlig gleichgültig, dass man mich gedemütigt und bloßgestellt hat. Meine Ehre wurde beschmutzt, und es hat euch einen Dreck gekümmert!«

Karls anklagende Worte verletzten Marie tief. Schmerz bohrte sich in ihr Herz, in das sich das Gefühl des Versagens schlich. Verzweifelt versuchte sie, ihr Verhalten zu rechtfertigen. »So war das nicht! Du weißt genau, dass das nicht so war. Es war nur so, dass der Brief genau an dem Tag eintraf, an dem Papa gelesen hatte, dass …«

»Ha!«, schrie Karl. »Natürlich, politische Ereignisse waren schon immer wichtiger als familiäre! Wen kümmert's, ob die Regierung die eigene Familie brandmarkt, wenn am selben Tag eine neue Ära in Deutschland anbricht. Aber ich werde an dieser Ära teilnehmen und nichts hält mich davon ab. Weder Papas Predigten noch Mamas Tränen. Und schon gar nicht dein heuchlerisches Getue.«

»Mein heuchlerisches Getue?« Marie war froh, dass es regnete. So konnte Karl wenigstens die Tränen nicht sehen, die ihr bei dieser Unterstellung über die Wangen liefen. Empört starrte sie ihren Bruder an. »Wie kannst du so etwas sagen? Ich habe …«

»Du hast«, unterbrach sie Karl, »wesentlich dazu beigetragen, dass Papa sich gegen mich gestellt hat.«

»Das ist eine Lüge!«, schrie Marie. »Ich habe lediglich die Wahrheit gesagt. Wenn Papa derselben Auffassung ist wie ich und daraus die Konsequenzen zieht, dann ist das nicht meine Schuld. Und im Übrigen finde ich, dass er recht hat. Du darfst nicht nach Deutschland gehen!«

»Ich gehe aber!« Karls Körper bebte vor Zorn. »Dort wird Engagement hoch angesehen, nicht wie hier in Frankreich, wo Freiwillige mit Füßen getreten werden.« Er schob seinen Rucksack auf seinen schmächtigen Schultern zurecht. Dann sagte er kühl: »Geh nach Hause, Marie. Du hast keine Ahnung, worum es hier geht. Geh nach Hause und misch dich nicht länger in Dinge ein, von denen du nichts verstehst.«

Bei diesen Worten sprang Marie auf. Jetzt mischte sich Zorn in ihren Blick, doch auch Verachtung schwang in ihrer Stimme mit, als sie kalt bemerkte: »Du bist zu stolz! Das wird dich eines Tages das Leben kosten!«

Karl sog scharf die Luft ein. Mit einem letzten vernichtenden Blick auf seine kleine Schwester drehte er sich um und ging eilig davon. Marie sah ihm nach, bis die Dunkelheit ihn verschluckte. Und mit einem Schlag wurde ihr bewusst, dass ab jetzt nichts mehr so sein würde, wie es einst gewesen war.

Karl war fort, für immer. Er hatte die Familie im Stich gelassen aus gekränkter Selbstliebe und verletztem Stolz. Marie fühlte sich von ihm verraten, und dieser Gedanke hatte ihre Wut und ihre Verachtung auf ihn genährt. Jahrelang.

Und nun würde sie ihn wiedersehen, in zwei Stunden. Würde sie die Kraft haben, ihre Gefühle in den Griff zu bekommen? *Es ist lange her*, dachte sie. Bekanntlich heilte die Zeit alle Wunden. Aber diese Wunde konnte nicht heilen, oder doch?

Marie wusste es nicht. Plötzlich drängte sich ein völlig sinnloser Gedanke in ihr auf, der ihre Unruhe und Nervosität nur verstärkte. *Ich hätte nicht kommen sollen …*

Ein feiner Sprühregen empfing Robert und Marie, als sie den Bahnhof *St. Lazare* in Paris verließen. Graue Wolken türmten sich am Himmel und hingen wie ein schwerer Mantel über der Stadt. Robert schloss seinen Kragen höher. Der Wind war empfindlich kalt und unangenehm. Gelassen dirigierte er Marie zwischen den eiligen Passanten auf dem Gehweg zu einem bereitstehenden Wagen.

Er öffnete Marie die Tür, doch diese machte keine Anstalten einzusteigen. Mit verschlossenem Gesicht sah sie Robert an und rührte sich nicht vom Fleck.

»Ich steige nicht in dieses Auto.« Ihre Stimme klang schneidend und entschlossen. Keineswegs würde sie sich freiwillig in ein deutsches Auto setzen.

Marie marschierte an der offenen Wagentür vorbei. »Wir nehmen die Metro. Bei dem Verkehr in der Stadt kommen wir damit schneller ans Ziel. Außerdem muss die Armee doch Benzin sparen. Der Rückweg nach Deutschland ist lang.«

Zufrieden sah sie, wie das Erstaunen aus Roberts Gesicht verschwand. Ein harter Glanz trat in seine Augen. »Für eine solche Bemerkung könnte ich Sie der Gestapo ausliefern!«

»Nur zu.« Marie lächelte liebenswürdig, obwohl sie innerlich zum Zerreißen gespannt war. Diese Bemerkung war töricht gewesen und sie wusste es. Ihre Hand umfasste ihre Pistole, die sie in der Manteltasche verborgen mitgenommen hatte. Sie ahnte, dass Robert seine Drohung nicht wahr machen würde. In Courseulles hatte sie sich ein Bild von seiner Person gemacht. Sie hatte gesehen, dass er die Bevölkerung immer höflich behandelte, und dass er offene Verachtung gegenüber den Vergeltungsmaßnahmen und der Gestapo zeigte. Außerdem hatte sie sich Informationen vom MI6 über ihn schicken lassen.

Marie zweifelte nicht daran, dass er sie nicht der Gestapo ausliefern würde. Seine Haltung verriet, dass er weder die schwarzen Beamten noch Hitlers Krieg unterstützte.

Robert musterte sie schweigend. Er musste zugeben, dass Marie Mut besaß, zumal an dem Gesagten etwas Wahres dran war. Seit der Niederlage in Stalingrad und der schwierigen Lage in Afrika begann Robert am Endsieg zu zweifeln. Er war kein Narr. Seiner Meinung nach war es ein Fehler gewesen, sich mit Russland *und* den Vereinigten Staaten anzulegen. Leider teilte die OHL diese Ansicht nicht.

Die Wahrheit ist immer schwer zu verkraften, dachte Robert unwillkürlich und musste lächeln. Zu seiner Überraschung sah er, wie das falsche Lächeln auf Maries Gesicht zu einem echten wurde und so sahen sie sich beide grinsend an wie zwei Schulkinder hinter dem Rücken des Lehrers, in vertrauter Komplizenschaft, wohl wissend, wer die Glasscheibe eingeschlagen hatte.

Es war ein schöner Anblick, sie lächeln zu sehen. Ihre tiefbraunen Augen funkelten, und sie schien vor Vitalität und Energie zu strahlen. Etwas in ihrem Blick hielt Robert gefangen. Es schien ihn förmlich anzuziehen, tief in sich hineinzuziehen. Plötzlich schien die Welt stillzustehen. Robert hörte den Lärm der vorbeifahrenden Autos nicht mehr, das Kreischen einiger Kinder, die eiligen Schritte der Passanten.

Eine seltsame Magie lag in der kalten Luft, die nach Regen roch. Robert hatte das Gefühl, bis in Maries Seele blicken zu können. Und was er da sah, war zu seinem großen Erstaunen Kummer und Angst. Er erkannte, dass der steife Mantel der Kühle und Verachtung nur ein Schutz war, um Gefühle nicht an sie heranzulassen – oder aus ihr heraus. Nichts, was sie wirklich dachte, sollte an die Oberfläche gelangen. Warum?

Wer war sie? Wovor fürchtete sie sich?

Robert hätte es nur zu gerne gewusst. Seine Neugier überraschte ihn selbst. Noch nie hatte eine Frau bei ihm den derartig brennenden Wunsch ausgelöst zu wissen, was sie dachte, wie sie sich fühlte und warum. Aber als er in Maries Augen sah und diesen tiefen Abgrund in ihrem Innersten erblickte, begann sich etwas in ihm zu regen. Und er fragte sich, warum sein Interesse ausgerechnet bei einer so halsstarrigen und voreingenommenen Frau geweckt wurde. Und fast gleichzeitig wusste er die Antwort: Weil sie ihm Widerrede leistete.

Die Antwort überraschte Robert so sehr, dass er die Augenbrauen hochzog. Augenblicklich war der Bann gebrochen. Marie schien sich plötzlich bewusst zu werden, was sie tat. Das Lächeln erlosch, ihre Stirn runzelte sich, und er konnte wieder die kalte Verachtung in ihren Augen lesen. Und Wut. Allerdings fragte sich Robert, ob sie wütend auf ihn war oder auf sich selbst.

»Sie haben recht, Fräulein Büchner. Wir nehmen die Metro.«

Robert folgte Marie den Gehweg entlang bis zur nächsten Metrostation. Er beobachtete sie genau und ihm fiel auf, dass sie einen erstaunlichen Selbsterhaltungstrieb hatte. Schon im Zug hatte er bemerkt, dass sie immer darauf achtete, einen Fluchtweg freizuhalten. Sie hatte sich das Abteil gründlich angesehen, ehe sie sich gesetzt hatte.

Jetzt blickte sie auf die denkbar natürlichste Weise die Straße hinunter, während sie an der Ampel wartete. Und vorhin hatte er sie dabei ertappt, wie sie die Menschen hinter sich beobachtete, die sich in den Fensterscheiben einiger Geschäfte entlang des Boulevards spiegelten. Marie hatte offensichtlich Angst, beschattet zu werden. Seltsam.

Er musterte die junge Frau, die sich neben ihm an einer Stange hielt und aufrecht in der Metro stand. Sie war ihm durch und durch ein Rätsel. Und der Wunsch, das Geheimnis zu lüften, wurde immer größer, je komplizierter es wurde.

Wortlos ließ Marie sich von Robert durch die Gänge und schließlich wieder an die Oberfläche dirigieren. Sie prägte sich Straßennamen und wichtige Erkennungspunkte genau ein, um sich orientieren zu können. Schließlich blieb Robert stehen und Marie erkannte, dass sie ihr Ziel erreicht hatten.

Vor ihnen reckte sich das Hotel George V in den Himmel, das wohl luxuriöseste Hotel in ganz Paris. Das große Gebäude war ein architektonisches Schmuckstück aus weißem Sandstein, kunstvoll im Stil der frühen Dreißigerjahre gearbeitet. Hier kam die kultivierte Welt zusammen bei einem Drink an der Hotelbar oder einem exquisiten Essen im berühmten Restaurant Le Cinq. Hier kehrten die Schönen und Reichen ein.

Und hier also hatte Karl Quartier bezogen. Nicht schlecht. Aber er hatte ja schon immer einen extravaganten Geschmack gehabt. Ihr Vater pflegte zu sagen: »Das Beste ist für Karl gerade mal genug!« Wie recht er doch gehabt hatte.

Schweigend sah Marie durch die gläserne Schwingtür. In wenigen Minuten würde sie ihrem Bruder gegenüberstehen. Sie wusste immer noch nicht, was sie ihm sagen sollte. Während der Zugfahrt hatte sie sich nicht konzentrieren können. Viel zu oft hatte sie in der Vergangenheit verweilt. Was sollte sie tun? Wie sollte sie sich verhalten?

6

Die weitläufige Rezeption war in warmen Gelb- und Cremetönen gehalten, was dem Raum ein edles Ambiente verlieh. Von der hohen Decke hing ein Kristallleuchter aus Muranoglas herab und erhellte die prachtvollen Barockgemälde an den Wänden. Marie hatte gehört, die Atmosphäre des George V erinnere an Versailles, und sie musste zugeben, dass es stimmte.

Sie blickte hinab auf ihr schlichtes Kleid, die schweren Lederstiefel und ihren beigen Mantel. Sie kam sich fehl am Platz vor. Dass man ihr noch nicht den Weg zur Tür gezeigt hatte, hing sicher damit zusammen, dass sie das Hotel mit Robert betreten hatte, der wieder seine Offiziersuniform trug. Marie fühlte sich doppelt gedemütigt.

Zum einem, weil sie nun völlig von Robert abhängig war, und zum anderen, weil alle sie mit größter Wahrscheinlichkeit für seine Geliebte hielten. Maries Wut auf Karl entfachte sich erneut. Nur seinetwegen musste sie diese Schmach hinnehmen, ohne sich wehren zu können. Sie begegnete dem verächtlichen Blick eines Hotelpagen mit einem zornigen Stirnrunzeln.

Obendrein hatte Karl sie in die Höhle des Löwen gelockt. Es wimmelte hier nur so von Wehrmachtsoffizieren.

Mit hoch erhobenen Kopf und selbstbewusstem Schritt folgte sie Robert zur Rezeption. Er fragte nach Admiral Büchner. Der Concierge nickte und wandte sich an einen Pagen, der sie zu einem geräumigen Fahrstuhl brachte. Während der Aufzug nach oben fuhr, fragte sich Marie unbehaglich, was sie dort erwarten würde.

Zehn Jahre, dachte sie. *Das ist eine lange Zeit. Ob ich ihn noch wiedererkenne? Und was soll ich ihm sagen? Wie soll ich reagieren?* Und wieder schoss ihr der sinnlose Gedanke durch den Kopf: *Ich hätte nicht kommen sollen …*

Karl stand auf dem breiten Balkon seiner weitläufigen Suite und starrte trübsinnig auf die Stadt hinab, die sich vor seinen Augen ausbreitete. Ein weißer Dunst lag über den Dächern von Paris und ein unangenehmer Sprühregen weichte seine blaue Uniform auf. Er bemerkte es nicht einmal.

Seine Gedanken kreisten um Marie und um die Aufgabe, die vor ihm lag. Er würde vorsichtig sein müssen. Das Wichtigste war, dass Marie auf alle Fälle zustimmte. Es würde Geschick verlangen, aber seine kleine Schwester war sehr einfach gestrickt.

Sie war jetzt sechsundzwanzig Jahre alt, sechs Jahre jünger als er, ein Jahr älter als Helen.

Helen.

Karl versuchte den bohrenden Schmerz in seinem Herzen zu ignorieren. Es musste ihm einfach gelingen, Marie für sich zu gewinnen. Es hing so viel davon ab.

Er versuchte sich zu beruhigen. Bis jetzt hatte alles nach Plan geklappt. Schneider hatte Marie in Courseulles gefunden. Seine Vermutung hatte sich wohl als richtig erwiesen. Seine Familie hatte sich tatsächlich bei der Großmutter niedergelassen.

Der Gedanke an seine Eltern verursachte einen neuen Stich in seiner Brust. Was wohl aus ihnen geworden war? War sein Vater ihm immer noch zornig gesonnen? Wie ging es seiner Mutter?

Er verzog schmerzerfüllt sein Gesicht. Die süßen Erinnerungen erzeugten eine quälende Verbitterung in seiner Seele. Er hatte sich oft gefragt, ob er vielleicht einfach hätte zurückgehen und um Verzeihung bitten sollen. Seine Eltern hätten ihm bestimmt vergeben. Sein Vater hätte ihm auf die Schulter geklopft und gesagt: »Jeder macht mal Fehler.«

Karl konnte die Freudentränen auf den Wangen seiner Mutter beinahe schmecken. Doch er hatte sich nie getraut. Zu groß war die Scham und zu groß war sein Stolz.

Das laute Klopfen an der Tür ließ ihn aus seinen Gedanken aufschrecken. Er verdrängte die sentimentalen Gefühle und trat zurück in die Suite. Anders als bei ihrer ersten Begegnung setzte Karl sich nicht hinter den Schreibtisch, um Schneider zu empfangen. Er blieb aufrecht im Wohnzimmer stehen und musterte den strammen Offizier, der vor ihm salutierte. Er hatte darum gebeten, erst alleine mit

Schneider zu reden, bevor er seine Schwester sah. Zuerst wollte er wissen, wie die Suche verlaufen war, und ein wenig hoffte er, daraus den Gemütszustand von Marie erraten zu können. Er wollte vorbereitet sein, wenn er sie empfing. Nichts durfte dem Zufall überlassen werden.

Karl ließ sich nicht anmerken, wie erfreut er über den glücklichen Ausgang des Auftrags war. »Kapitän Schneider, es freut mich, dass Sie meinen Auftrag erfolgreich ausgeführt haben.« Er lächelte steif. »Gab es irgendwelche Komplikationen?«

Schneider zögerte nur einen Augenblick. »Nein, Herr Admiral. Keine Schwierigkeiten zu melden.«

Diese Antwort überraschte Karl. »Sind Sie sich ganz sicher? Ich möchte von allen Problemen erfahren, wenn Sie mir den Bericht schreiben. Es gab doch sicher einige Schwierigkeiten, sonst hätten Sie sich schon früher bei mir gemeldet.«

»Nun, es ist immer schwer, eine Person zu finden, vor allem, wenn man kein Bild von ihr hat«, gab Schneider zu. »Aber abgesehen von dieser Kleinigkeit war es ein Spaziergang.«

Das war eine grobe Untertreibung für die nervenaufreibende Suche nach Marie, aber Robert hielt es für unnötig, sich mit Details aufzuhalten. Er hatte den Auftrag erfüllt, und das war das Einzige, was zählte.

Karl gab sich mit dieser Erklärung jedoch nicht zufrieden. »Sie haben aber ganz schön gebummelt bei Ihrem Spaziergang.«

»Jetzt bin ich hier.«

Schneider war nicht gerade gesprächig. Karl wechselte die Taktik. »Gab es irgendwelche Vorkommnisse, während Sie in Courseulles waren?«

»Nur einen Angriff auf die Werft. Laut der Gestapo versteckt sich eine Résistance-Zelle in der Umgebung.« Karl wurde hellhörig.

»Eine Résistance-Zelle sagen Sie?«

Robert berichtete kurz, was vorgefallen war und was er darüber wusste. Als er die Agentin aus London erwähnte, wurde Karl stutzig. Anscheinend war die Résistance besser organisiert, als er angenommen hatte. Er entschied, dieses Detail nicht zu vergessen.

»Schön, schön.« Karl faltete zufrieden die Hände hinter dem Rücken, als Schneider geendet hatte. Allmählich kam der Stein ins Rollen. »Ich erwarte dann Ihren Bericht morgen früh. Jetzt würde ich gerne meine Schwester sehen. Holen Sie sie doch bitte herein.« Er zögerte einen Moment, schaffte es dann doch nicht, seine Neugier zu unterdrücken.

»Übrigens, wie geht es ihr?« Er versuchte einen möglichst belanglosen Ton anzuschlagen, innerlich war er aufs Äußerste gespannt.

Schneider schnitt eine Grimasse. »Das fragen Sie sie am besten selbst, Herr Admiral.«

Mit so einer diplomatischen Antwort hatte Karl wahrlich nicht gerechnet. Er nickte knapp und winkte Schneider hinaus.

Seine Anspannung nahm weiter zu. Zehn Jahre waren vergangen, seit er Marie das letzte Mal gesehen hatte. Er erinnerte sich noch genau an die regnerische Nacht an der Küste. Sie war gerade einmal sechzehn Jahre alt gewesen, ziemlich reizlos, pummelig, mit teigiger Haut und Pickeln im Gesicht und auf den Schultern.

Alles in allem war sie ein unscheinbares Mädchen mit ungewöhnlich tiefer Stimme gewesen, das fluchte wie ein Besenbinder und dessen Sarkasmus manchmal unangebracht war. Was wohl aus ihr geworden war? Nervös trommelte er mit den Fingern auf der Lehne eines Sessels.

Marie erschien im Türrahmen. Karl nahm jedenfalls an, dass es sich bei der jungen Frau um seine Schwester handelte, denn hätte er sie auf der Straße getroffen, er wäre an ihr vorbeigegangen, ohne sie zu erkennen. Sie hatte sich sehr verändert. Ihr Körper war schlank, fast dünn. Das runde Gesicht mit Pausbacken war hager geworden, die Haare trug sie als Zopf, was sie früher nie getan hatte. Ihre Lippen erschienen ihm voller, die Augen dunkler, das Haar kraftvoll.

Obwohl der Krieg sie zweifellos gezeichnet hatte, war Marie hübsch geworden. *Sie hat sich in einen Schwan verwandelt*, dachte Karl staunend. Plötzlich wusste er nicht mehr, was er hatte sagen wollen, noch wie er sich verhalten sollte. Sein Gehirn schien völlig leer. Er konnte nur bewundernd die junge Frau anschauen, die seine Schwester war und die er seit zehn Jahren nicht gesehen hatte.

Es war Marie, die als Erste die Sprache wiederfand. Der Klang ihrer Stimme, dunkel und rau, beschwor fast vergessene Erinnerungen seiner Kindheit herauf.

»Bruderherz.«

So hatte sie ihn früher immer genannt. Karl sah das lachende Gesicht einer Zwölfjährigen vor sich, die spöttisch nach ihm rief, wenn sie aus der Schule kam. Den Ausdruck aus dem Mund einer graziösen jungen Frau zu hören, war befremdlich. Für ihn war diese junge Frau nicht Marie. Marie war ein dickes Mädchen mit schlaffen Haaren, das ihn manchmal richtig nervte und extrem rechthaberisch und stur war, nicht dieses bezaubernde Geschöpf vor ihm, bei dessen Anblick ihm schon schwindelig wurde.

Ein leicht spöttisches Lächeln legte sich auf die Lippen der Frau und da wusste Karl, dass es sich tatsächlich um Marie handelte. Diesen Gesichtsausdruck hatte er schon hundertmal zuvor gesehen. Jetzt kam er sich vor wie der letzte Idiot.

Er machte den Mund auf, um etwas zu erwidern, doch seine Kehle war völlig trocken. Er räusperte sich, und als Marie die Augenbrauen leicht hob, kam er sich noch lächerlicher vor.

»Schwesterchen.«

Es war die Antwort, die er ihr immer gegeben hatte, wenn sie ihn rief. Er ärgerte sich, dass seine Stimme belegt klang, und beeilte sich deshalb, weiterzureden.

»Wie geht es dir?« Noch während er sprach, hörte er, wie albern diese Frage klang. Wie sollte es ihr schon gehen? Sie befanden sich im Krieg. Frankreich war besetzt und die Rationierung streng. Er war sich sicher, dass Hunger für Marie kein Fremdwort war.

Trotzdem tat Marie, als handelte es sich nicht nur um eine Floskel, und antwortete: »Gut.« Nach einer Pause fügte sie hinzu: »Und dir?«

»Ich kann mich nicht beklagen.« Er machte einen Schritt zurück und wies auf das Sofa. »Möchtest du dich nicht setzen?«

Marie zögerte, folgte aber dann seiner Einladung. Karl merkte, wie unwohl sie sich fühlte. Steif saß sie da, ohne den Mantel abzulegen, obwohl die Suite gut beheizt war. Karl erkannte den Mantel. Es handelte sich um ein altes Kleidungsstück seiner Mutter.

»Etwas zu trinken?«

Marie lehnte ab.

Karl schenkte sich einen großzügigen Cognac ein und nahm einen tiefen Schluck. *Auf geht's*, dachte er, während er das Glas auf dem kleinen Tisch abstellte und sich angespannt im Sessel zurücklehnte. Er schenkte Marie ein Lächeln. Es fiel ein wenig steif aus, doch daran konnte Karl jetzt nichts ändern. Er war zu nervös, um sich mit Kleinigkeiten aufzuhalten.

»Du warst sicher überrascht, als du meinen Brief bekommen hast, nehme ich an.« Er machte eine Pause, um Marie die Möglichkeit zu geben, das Gespräch weiterzuknüpfen, fuhr aber enttäuscht fort, da seine Schwester schwieg. »Ich habe dich …« Rufen lassen, nein, das war nicht gut. »Ich wollte, dass du kommst, weil ich deine Hilfe benötige.« Ja, das klang schon besser. Es würde ihr sicher schmeicheln, wenn ihr großer Bruder sie um Hilfe bat. Das gab ihr das Gefühl, die Kontrolle über die Situation zu haben. »Ich habe einige Probleme, gravierende Probleme, und nun bin ich an einen Punkt gelangt, an dem ich alleine nicht weiterkomme.«

Karl machte eine Pause und sah Marie abwartend an. Sie hatte ihn nicht aus den Augen gelassen, seit sie angekommen war. Wie eine Katze, die ihre Beute fixiert, saß sie auf dem Sofa, der Blick ruhig und unergründlich. Es irritierte ihn, dass sie ihn noch nicht unterbrochen hatte. Früher hätte er keine zwei Sätze sagen können, ohne dass sie ihrer Wut über sein Verhalten Luft gemacht hätte.

Karl sah ihr geradewegs in die Augen. Sie musste im Berufsleben eine führende Position einnehmen, sonst würde sie seinem Blick ausweichen. Doch sie erwiderte ihn offen mit einer Spur Wachsamkeit, wie es nur Menschen mit einer gehörigen Portion Selbstbewusstsein taten. Das gefiel ihm gar nicht. Es wäre ihm lieber gewesen, sie wäre in Rage geraten. Emotionale Menschen dachten nicht viel nach.

Diese wachsame Marie aber wusste ihre Gefühle gut zu beherrschen. Sie würde Karls Vorschlag kritisch untersuchen, Skepsis zeigen, eben all die Eigenschaften, die sich bei ihr langsam entwickelt hatten, als sie sechzehn gewesen war, und die er so an ihr geschätzt hatte. Dabei brauchte er gerade jetzt ihre Empathie.

Er stand auf. Die Nervosität zerriss ihn und er konnte nicht länger still sitzen. Unruhig begann er hin- und herzugehen. »Marie, was ich damit sagen will, ist, ich möchte dich bitten, nach Deutschland zu gehen.«

Er blieb stehen, um zu sehen, wie sie die Bitte aufnahm. Ihre Reaktion war völlig unerwartet. Zunächst zeichnete sich eine aufrichtige Verblüffung auf ihrem Gesicht ab, doch dann öffnete sie ihren hübschen Mund, warf den Kopf in den Nacken und begann zu lachen. Sie lachte nicht nur, sie wurde regelrecht von Lachkrämpfen durchgerüttelt.

Karls Überraschung kannte keine Grenzen. Er hatte mit allem gerechnet, einem Wutanfall, einem bitteren Vorwurf, einer Absage. Aber nie hätte er gedacht, dass sie lachen würde. Es war ein seltsamer Anblick. Marie lag zusammengesunken auf dem Sofa, wollte mit dem Lachen gar nicht mehr aufhören.

Endlich gewann sie die Fassung wieder. Ihr Gesicht war von der Anstrengung ganz rot und in ihren Augen glänzten noch Lachtränen. Sie sah hübsch aus mit Farbe im Gesicht. Es verlieh ihr ein gesundes Aussehen. Karl schenkte ihr ein halbherziges Lächeln.

Schlagartig wurde Marie ernst. Ihr Gesicht, das gerade noch gestrahlt hatte, wirkte ausdruckslos und verschlossen. Die Schnelligkeit der Verwandlung war verblüffend.

»Das kann unmöglich dein Ernst sein, Karl.« Ihre Stimme klang kalt, so kalt, dass Karl das Gefühl bekam, die Temperatur im Raum sei um einige Grad Celsius gesunken. Er sah seine Hoffnung schwinden, dass Marie einwilligen könnte. Der bittere Geschmack der Niederlage machte sich in seinem Mund breit.

Marie sah ihren Bruder lange an. Sie konnte es einfach nicht fassen, was er ihr da gesagt hatte. Schon die ganze Zeit hatte sie eine Falle gewittert, deshalb hatte sie nicht ihrer Wut Luft gemacht, deshalb hatte sie sich beherrscht, obwohl es ihr angesichts seiner Dreistigkeit sehr schwergefallen war, ruhig zu bleiben. Und nun verlangte er allen Ernstes, sie solle nach Deutschland gehen. Das war doch ein Witz!

Kein Wort der Entschuldigung war über seine Lippen gekommen.

Er benahm sich so, als habe er nie etwas Unrechtes getan. *Er hat sich nicht ein bisschen verändert seit damals.* Marie spürte Verbitterung in sich aufsteigen. Sie hatte gehofft, er wäre reifer geworden. Ja, sie hatte wirklich gehofft, es würde eine Art Versöhnung stattfinden. Wie hatte sie nur so naiv sein können! Sie hatte tatsächlich geglaubt, das Leben in Deutschland würde Karl die Augen öffnen und er würde seine Fehler einsehen. Aber er war noch genauso verbohrt wie früher. Er würde niemals begreifen, was er getan hatte, noch würde er verstehen, dass es sein Stolz gewesen war, der ihn zu dieser schwachsinnigen Tat getrieben hatte, an der die Familie zerbrochen war.

Marie schämte sich für die Hoffnungen, die sie sich gemacht hatte. Tief in ihrem Innersten hatte sie sich gewünscht, es würde ein herzliches Wiedersehen geben. Sie hatte sich vorgestellt, sie würden sich gegenüberstehen und nach kurzem Zögern in die Arme fallen, weinend vor Trauer und vor Glück, einander verloren und wiedergefunden zu haben. Aber der Gedanke war von vorneherein absurd kitschig und naiv gewesen.

Es ist zu spät, dachte Marie. Sie musste das Beste aus der kaputten Beziehung machen. Ihr wurde plötzlich klar, dass er ihr letzter naher Verwandter war, die letzte Verbindung zum innersten Familienkreis. Wenn sie ihn jetzt verlor, verlor sie mit ihm die Hoffnung, jemals wieder zu einer Familie zu gehören.

In diesem Moment beschloss Marie, für ihre Familie zu kämpfen. Sie würde nicht feige fortgehen, wie Karl es zehn Jahre zuvor getan hatte, oder sich abwenden, wenn erste Komplikationen auftauchten. Dieses Mal würde sie alles in ihrer Macht Stehende versuchen, damit sie wieder das Gefühl bekam, ein Zuhause zu haben. Er war der letzte Mensch, der ihr wirklich etwas bedeutete. Sie würde nicht zulassen, auch ihn noch zu verlieren.

Familie geht über alles und ist stets füreinander da. Sie hörte die Worte ihres Vaters, als stehe er neben ihr und flüstere sie ihr ins Ohr. Dieses Mal würde sie nicht auf ihrer Position beharren. Sie würde versuchen, seine Situation zu verstehen und ihm zu helfen, sofern sie konnte und sofern er ihr einen plausiblen Grund nannte. Ohne Erklärung würde sie nichts tun.

Abwartend sah sie Karl an. Er ging wieder unruhig im Raum hin und her. Marie musste zugeben, dass ihm die Jahre beim Militär gutgetan hatten. Aus dem schmächtigen Jungen mit großen Händen und krummen Rücken war ein stattlicher junger Mann geworden mit breiten Schultern, aufrechtem Gang und intelligenten Augen. Ihr Vater wäre stolz gewesen.

Karl war stehen geblieben. Nachdenklich sah er seine Schwester an. Er schien zu überlegen, wie er das, was er sagen wollte, am besten in Worte packen sollte. Er fuhr mit der Hand die Form des Sessels nach, ehe er sich hinsetzte und bedächtig einen Schluck aus seinem Glas nahm. »Ich kann dir nicht alles verraten«, sagte er schließlich. »Es ist kompliziert, du könntest es missverstehen.«

Sofort versteifte sich Marie. Sie richtete sich auf. »Ach, bin ich jetzt wieder die kleine, dumme Schwester, die keine Ahnung hat, worum es geht?«

Seufzend lehnte Karl sich zurück. »Warum wirfst du mir eigentlich immer vor, dich für dumm zu halten? Das habe ich nie verstanden. Natürlich halte ich dich nicht für dumm. Es ist nur so, dass die Situation für einen Außenstehenden nicht einfach zu verstehen ist.«

»Dann bitte erkläre sie mir.«

Karl schüttelte langsam den Kopf. »Ich kann nicht. Du wirst dich mit dem begnügen müssen, was ich dir sagen werde.«

Marie zog die Augenbrauen zu einem Strich zusammen. »Du kannst nicht oder du willst nicht? Mit der gleichen billigen Ausrede hast du mich abgespeist, bevor du feige verschwunden bist!«

Der Vorwurf traf Karl hart. Wütend stand er auf. »Ich bin nicht feige abgehauen! Wage nicht, mir zu unterstellen, dass ich …«

»Du bist feige abgehauen!« Marie war aufgesprungen. Sie hielt diese vernünftige Gelassenheit nicht mehr aus. Zu viele Worte waren nicht ausgesprochen worden, zu viele Gefühle hatten sich angestaut, die darauf warteten, endlich an die Oberfläche zu kommen. Karl hatte sie im Stich gelassen und sie würde ihm nun ein für alle Mal sagen, dass sie sein Verhalten abscheulich und falsch fand.

»Du hast dich aufgeführt wie ein verwöhntes Prinzchen, dem man zum ersten Mal etwas verbietet. Denkst du etwa, es war leicht für uns? Hast du vielleicht daran gedacht, wie es uns geht? Nein, es war dir scheißegal! Und dann bist du …«

»Scheißegal? *Scheißegal*?!« Karl schlug mit der flachen Hand auf den Tisch. »Euch war es scheißegal, wie es mir ging! Ich war euch scheißegal! Und wage es nicht …«

»Ich wage …«

»Wage es nicht …« Karl hob drohend den Finger, wollte seine Schwester nicht ausreden lassen, doch Marie fuhr ihm erneut dazwischen.

»Ich wage zu sagen, dass du feige davongerannt bist«, schrie sie so laut, dass sie Karls Stimme übertönte. »Weil deine Eitelkeit gekränkt war. Und du bist feige weggerannt, hast deine Familie im Stich gelassen, weil du den jugendlichen Held spielen wolltest!«

Marie spürte, wie ihr erste Tränen über die Wange liefen. Der Schmerz, den die Wut ausgelöst hatte, brannte in ihr wie ein Feuer. Sie verfluchte, dass sie so nah am Wasser gebaut war und ihre Stimme durch die Tränen weinerlich und brüchig wurde.

Trotz der ärgerlichen Tränen, die ihr nun in Strömen über die Wangen liefen, fuhr sie unbeirrt und mit gleicher Lautstärke fort. »Du wolltest dich nicht der Herausforderung stellen, du musstest deinem Stolz nachgeben. Du hast uns verlassen, bist zum Feind übergelaufen und warst zu feige für uns zu kämpfen!«

»Du hast in deinem ganzen Leben noch nie gekämpft!«, schrie Karl plötzlich. Sein Kopf war rot. Er packte Marie hart am Arm. Seine Augen sprühten vor Zorn.

»Weißt du überhaupt, was für ein Gefühl es ist, Menschen sterben zu sehen, mit denen du Seite an Seite gekämpft hast? Hast du etwa ihre Schreie gehört, als sie im eisigen Wasser ertranken? Hast du jemals dem Feind ins Auge geblickt und gewusst, wenn du zögerst oder dich falsch entscheidest, wirst du sterben? Du hast keine Ahnung, was Krieg wirklich bedeutet! Du hast studiert und machst dir jetzt ein vielleicht nicht gerade gemütliches, aber immerhin sicheres und friedliches Leben bei Mamy. Du hast dich niemals in Gefahr gebracht. Also erzähle mir nichts von Mut oder Verantwortung! Du hast keine Ahnung. Keine *Ahnung*!«

Karl zitterte vor Wut. Seine Augen blitzten hart. Marie hätte ihn am liebsten angeschrien, dass sie sehr wohl wusste, was Krieg bedeutete. Dass sie die Überreste ihrer Eltern, die im eingestürzten Haus lebendig begraben worden waren, unter Steinbrocken freigeschaufelt hatte. Dass sie niemals hatte studieren können und nach England gegangen war, um gegen die Nazis zu kämpfen. Dass sie gute Männer und Frauen hatte sterben sehen, qualvoll zerfetzt von Kugeln oder von den Nazis gefoltert und bestialisch abgeschlachtet. Dass sie jedes Mal das Gefühl gehabt hatte, etwas Unrechtes zu tun, wenn sie einen Deutschen tötete, weil auch er letztendlich nur ein Mensch war, der eine Mutter hatte, die um ihn trauern würde, die ihn großgezogen hatte, ihm alle Wunden geheilt hatte, die alles getan hatte, dass es ihm gut ging und nun zu Tode betrübt war, weil sie, Marie, ihren Sohn erschießen musste, um selbst am Leben zu bleiben – als ob sie ein größeres Anrecht darauf gehabt hätte.

Sie wollte Karl sagen, dass er keine Ahnung hatte, wie barbarisch die Deutschen in den besetzten Gebieten mit der Bevölkerung umgingen und wie grausam sie ihre Feinde und Gefangenen misshandelten. Dass die Deutschen gegen jedes Menschenrecht, jede Kriegskonvention, jedes Maß an Menschlichkeit verstießen. Dass ihre Großmutter in diesem Moment von der Gestapo gefoltert und vermutlich getötet wurde, obwohl sie völlig unschuldig war. Dass sie ihr Blut gab, dass sie Todesängste ausstand, Tag für Tag, nur damit irgendwann einmal kein Krieg, keine Verzweiflung, kein Leid mehr herrschen würde.

Sie wollte ihm sagen, dass er kein Recht hatte, sie zu verurteilen, weil er die Menschen unterstützte, die einen unmenschlichen Krieg angefangen hatten, die schuld am Tod ihrer Eltern waren, schuld am Tod von Steve, schuld an den Qualen ihrer Großmutter.

Sie wollte ihm all dies sagen, doch sie konnte nicht. Vielleicht, weil sie es nicht durfte, weil er die Uniform ihres Feindes trug. Vielleicht, weil sie dachte, er würde ihr nicht glauben. Vielleicht, weil sie wusste, dass es nichts ändern würde.

Er hatte mindestens genauso viel Leid gesehen wie sie, er machte sich Sorgen, er konnte im Moment nicht vernünftig denken. Wenn sie ihm sagen würde, sie sei Mitglied des SOE, würde sie ihn nur in Gefahr bringen. Sie musste schweigen. Sie musste ihn beschützen. Er war ihr Bruder, ihr einziger Bruder. Sie würde sein Leben nicht gefährden.

Kraftlos ließ Marie die Schultern sinken. Karls Hand zerquetschte ihr den Arm. Sie wandte den Blick ab, damit er sie freigab. Am liebsten hätte sie das Zimmer verlassen. Allein sein Anblick brachte ihr Blut in Wallung. Doch draußen wimmelte es nur so von Wehrmachtsoffizieren, es war zu gefährlich. Sie musste hierbleiben. Der Gedanke war unerträglich. Wortlos setzte sie sich wieder auf das Sofa.

Marie lehnte sich zurück und schloss die Augen. Die Tränenspuren auf ihren Wangen begannen zu trocken. Sie hasste, dass sie immer weinen musste, wenn sich zu viele Emotionen anstauten. Sie hörte, wie Karl das Zimmer verließ. Sollte er doch gehen, jetzt war es ohnehin egal.

Marie fühlte sich müde, erschöpft. Die Hinfahrt war lang und anstrengend gewesen. Zweimal hatte der Zug wegen Tiefflieger anhalten und warten müssen. Jedes Mal waren Maries Nerven zum Zerreißen gespannt gewesen. Sie sehnte sich nach Ruhe, nach Sicherheit. Stattdessen stritt sie sich mit Karl über längst vergangene Taten, die niemand mehr rückgängig machen konnte, die sie endlich akzeptieren, mit denen sie abschließen musste.

Sie öffnete die Augen. Überrascht stellte sie fest, dass Karl vor ihr stand. Sein Blick ruhte stumm auf ihr. Anscheinend hatte er sie bereits eine ganze Weile schweigend gemustert. Aus irgendeinem Grund war ihr dieser forsche Blick unangenehm. Sie richtete sich auf.

»Was ist?«, blaffte sie und nahm unbewusst wieder den gleichen unwirschen Tonfall an, mit dem sie früher zu ihrem Bruder gesprochen hatte.

Karl blieb von ihrer aggressiven Frage unberührt. »Das Essen ist angerichtet. Ich dachte, du hast vielleicht Hunger, und war so frei, etwas zu bestellen. Außerdem, mit vollen Magen spricht es sich besser.« Er versuchte zu lächeln, doch es misslang. Sein Gesicht war wieder so ausdruckslos und unbeteiligt wie am Anfang des Gesprächs.

Wortlos nickte sie und folgte ihm ins Esszimmer der Suite. Beim Anblick des reich gedeckten Tisches verspürte sie erneut einen Stich der flammenden Wut und der kalten Verachtung.

Manchmal erhielt Marie wochenlang kein Fleisch und Karl bestellte, ohne mit der Wimper zu zucken, Gänseleberpastete, Seezunge und Hirschkeule mit Preiselbeersoße, als befänden sie sich nicht im Krieg.

Es war lange her, dass sie ein so schmackhaftes Essen zu sich genommen hatte. Marie genoss die delikate Pastete auf warmem Baguette, den fein zubereiteten Fisch mit einem Spritzer Zitrone und etwas Salat, das zarte Fleisch, zu dem es geröstete Kartoffelkroketten gab, die reiche Auswahl an Käse und die steif geschlagene Mousse au Chocolat, der krönende Abschluss dieses traumhaften Festmahls.

Karl war während des Essens sehr wortkarg. Sie hatte angenommen, er würde ihr sagen, warum er sie nach Paris bestellt hatte, doch scheinbar wollte er sie noch ein wenig auf die Folter spannen. Marie nahm es gelassen hin. Er würde schon reden, wenn er soweit war.

Tatsächlich überlegte Karl bereits die ganze Zeit, wann der beste Augenblick war, um sein delikates Anliegen vorzubringen. Dieses Mal konnte er nicht so plump vorgehen wie vor einigen Stunden. Marie würde nie verstehen, was ihn dazu bewegt hatte, nach Deutschland zu gehen. Für sie war das schlichtweg Verrat gewesen. Er sah das anders, aber das war jetzt nicht so wichtig. Vielleicht würde er es ihr irgendwann einmal erklären, doch jetzt war nicht die Zeit dazu. Jetzt war die Zeit zu handeln. Er hoffte, Marie würde einwilligen. Wenn nicht, dann …

Sein Gesicht verdunkelte sich bei dem Gedanken, was kommen könnte, sollte Marie ablehnen. Er schüttelte den Kopf, um die düstere Vorstellung loszuwerden. Marie würde einwilligen, sie musste! Sie musste einfach.

Als der Nachtisch von einem Kellner serviert wurde, schien der richtige Zeitpunkt gekommen zu sein. Karl wartete, bis der Hotelangestellte sich wieder entfernt hatte, und sagte dann in einem versöhnlichen Tonfall: »Es tut mir leid, dass ich vorhin mit der Tür ins Haus gefallen bin. Ich hätte dir zuerst erklären müssen, warum es für mich so wichtig ist, dass du nach Deutschland gehst. Bist du bereit, mir zuzuhören, jetzt, wo du schon mal hier bist?«

Marie aß einen Moment lang schweigend ihre Mousse, dann zuckte sie mit den Schultern.

Seine Stimme war schwer und klang belegt und er seufzte, als er sagte: »Ich habe einen Fehler gemacht.«

Marie verstand die Bedeutung dieser Worte sofort. Mitten in ihrer Bewegung hielt sie inne. Sie hob den Kopf. Ein Lächeln breitete sich auf ihrem Gesicht aus, halb spöttisch, halb erfreut. Karl hatte das Gefühl, etwas wie ein siegreiches Funkeln in ihren Augen zu lesen. Doch die Freude in ihrer dunklen Stimme war deutlich zu hören. »Willkommen an Bord.«

7

Kochend vor Wut verließ Marie das Hotel. Sie konnte einfach nicht glauben, was sie eben gehört hatte. Es war doch absurd! Sie musste träumen. Doch selbst wenn sie die Augen schloss, fand sie sich nicht in ihrer kleinen Wohnung in London wieder, sondern vor einer Metrostation in Paris.

Karl wollte, dass sie nach Deutschland ging, zu seiner Frau. Seine Frau! Diese Offenbarung hatte Marie die Sprache verschlagen. »Du bist verheiratet?«, hatte sie gefragt.

»Ja. Mit Helen von Hohenstein, seit Mai 1938. Wir wurden in Dresden getraut. In der Frauenkirche.«

»Waren Opa und Oma da?« Ihre Großeltern lebten in Dresden. Es war die Wiege der Familie. Karl hatte schon immer dort heiraten wollen.

Karl nickte. Ihre Großeltern väterlicherseits hatten nichts mehr mit ihrem ältesten Sohn zu tun haben wollen, seit er eine Französin zur Frau genommen hatte – eine Franzackentochter! Welche Schande für die Familie. Sie wollten weder mit ihm noch mit den Bastarden, die er gezeugt hatte, ein Wort wechseln. Das war alles, was der Leutnant Dieter Büchner zu seinem Sohn gesagt hatte, bevor er ihm die Tür vor der Nase zuschlug, als er es wagte, ihm seine Frau und seine Kinder vorstellen zu wollen.

Karl musste es irgendwie gelungen sein, Kontakt mit ihnen aufzunehmen. Und nun waren Dieter und Gertrude Büchner, die Marie nur ein einziges Mal gesehen hatte, zur Hochzeit ihres verschmähten Enkels gekommen.

»Warum soll ich zu deiner Frau nach Deutschland?« Misstrauisch musterte sie ihren Bruder. »Soll ich vielleicht ihr Händchen halten, bis du zurückkehrst?«

Karl schüttelte den Kopf. »Du sollst sie aus Deutschland rausbringen. Sie ist dort nicht mehr sicher.« Er senkte den Blick. Der Gedanke an Helen schmerzte.

»Warum?« Marie konnte sich nicht vorstellen, welcher Gefahr eine deutsche Adlige ausgesetzt sein sollte.

Karl zögerte kurz. »Ihre Großmutter väterlicherseits ist Russin. Du weißt ja, dass es in Adelskreisen üblich ist, über die Grenzen hinweg zu heiraten. Wie auch immer, der verstorbene Graf von Hohenstein stand unter dem Verdacht, Kommunist zu sein und als Spitzel für Stalin zu arbeiten, obwohl seine Frau in der Revolution ihr Vermögen und einen beträchtlichen Teil ihrer Familie in Russland verloren hatte. Die Verdächtigungen, die öffentliche Verleumdung und auch die Verhöre haben ihn frühzeitig unter die Erde gebracht. Helen stand ihrem Großvater sehr nah. Vor ein paar Wochen ... Die Gestapo ist bei uns aufgetaucht, um unser Haus zu durchsuchen. Ich weiß nicht wieso, aber sie sind auf den absurden Gedanken gekommen, Helen könnte ebenso wie ihr Großvater mit dem Bolschewisten sympathisieren. Wie sich die Gestapo so was ausdenkt, das weiß der Himmel.« Karl verzog verächtlich das Gesicht. »Aber bedauerlicherweise steht Helen nun auf ihrer schwarzen Liste. Und weil sie bei der Hausdurchsuchung, bei der die Gestapo »volksschädliches« Material zu finden gedachte, ein paar spitze Bemerkungen gemacht hat, die ihr wirklich niemand verübeln kann, zweifelt man mittlerweile ihre Führertreue an.«

Seufzend rieb Karl sich die Augen. Er sah plötzlich alt und müde aus. Die Sorge hatte an seinen Kräften gezerrt, er wirkte total erschöpft. In einem leicht bebenden Ton fuhr er fort: »Ich bin nach Paris gereist, um etwas für Helen zu tun. Ich habe hier ein paar Freunde, die mir helfen können, dass das Verfahren gegen sie eingestellt wird. Aber bis dahin möchte ich sie nicht in Deutschland wissen. Ich habe Angst, sie könnte ...«

Seine Stimme erstarb. Das Holz knarrte leicht, als Marie sich im Sofa aufsetze. »Und da komme ich ins Spiel, ja?«

Karl hob wieder den Blick. Er hatte sich gefasst. »So ist es. Du bringst sie aus Deutschland in die Schweiz. Sie hat dort eine Base, bei der sie wohnen kann, bis sich die Angelegenheit geregelt hat. Ich habe schon einen Brief geschrieben, in dem alles Wichtige erklärt wird. Den wirst du mitnehmen und ihr übergeben.«

»Du nimmst einfach an, dass ich das mache, ja?« Maries Stimme bebte. Die Wut drohte sie zu überrollen. »Ist dir eigentlich klar, was du von mir verlangst? Ich soll zurück nach Deutschland, um deine Frau zu holen? Wie soll ich das machen? Ich habe keinen deutschen Ausweis mehr und auch keine Reisegenehmigung. Und als Französin würde man mich sofort in ein Lager schicken, sobald ich die Grenze überschreite.«

»Denkst du nicht, ich hätte daran gedacht? Natürlich ist es gefährlich, aber du bist die Einzige, die es für mich tun kann.«

»Warum?«

»Du bist meine Schwester. Du bist der einzige Mensch, dem ich jetzt noch vertrauen kann.«

Marie hatte nicht glauben können, was sie danach noch alles zu hören bekam. Sie sollte als Wehrmachtsangehörige mit dem Zug nach Hamburg fahren. Karl hatte ihr eine Reisegenehmigung und sogar einen deutschen Pass besorgt, allerdings mit einem anderen Namen. Der Name Büchner war zu bekannt, ein unauffälliger Name war bei diesem Auftrag hilfreicher.

Er wollte sie tatsächlich nach Deutschland schicken. Das konnte sie nicht. Das konnte *sie* nicht!

Sie war eine britische Agentin. Wenn man sie fasste, wäre das ihr Tod. Darüber hinaus würde Richard ihr nie erlauben, nach Deutschland zu gehen. Es war einfach zu gefährlich. Und sie wollte es auch nicht. Sie wollte nicht zurück in ihre alte Heimat, die sie verstoßen hatte.

Das hatte sie Karl auch gesagt. Er hatte es nicht verstanden. Es war zu einem erneuten Streit gekommen und Marie hatte das Hotel verlassen. Sie brauchte jetzt Ruhe, um nachzudenken. Ziellos irrte sie durch die Straßen, als ihr plötzlich wieder etwas einfiel. Sie suchte mit ihren Augen nach einem Restaurant oder einem Café. Schließlich wurde sie fündig.

Sie betrat die kleine, verrauchte Bar und begab sich zu einem Münztelefon. Ungeduldig wartete sie, bis die Verbindung stand. Als sie die tiefe Stimme von Pierre Dupont hörte, atmete sie erleichtert auf.

Bevor sie nach Paris aufgebrochen war, hatte sie Pierre gebeten, nach ihrer Großmutter zu schauen. Freilich hatte sie ihm nicht gesagt, wer sie war, sondern nur angedeutet, dass sie von großer Wichtigkeit für Marie war.

»Hallo! Wie ist das Wetter bei euch?« Das bedeutete: *Kannst du reden?*

»Gut.« *Ja.*

Marie musste schlucken, als sie die nächste Frage stellte. Sie hatte Angst vor der Antwort. »Und … und wie läuft das Geschäft?« *Hast du Jeanette Bonnet gefunden?*

Pierre ließ sich Zeit. Schließlich sagte er: »Prima.« *Ja.*

Marie atmete erleichtert auf. Gott sei Dank, die Gestapo hatte sie laufen lassen!

»Das freut mich.« Das war echt. Marie freute sich wirklich. Dann fügte sie hinzu: »Hat die Katze ihre Jungen bekommen?« *Geht es ihr gut?*

Erneutes Schweigen am anderen Ende der Leitung. Beunruhigt wiederholte Marie ihre Frage, drängender dieses Mal: »Hat die Katze ihre Jungen bekommen?«

Stille. Dann: »Nein, die kleine Katze ist tot.«

Marie war wie vom Donner gerührt. *Nein, das kann doch nicht wahr sein … Pierre hat doch gerade gesagt, dass …* Verwirrt vergewisserte sie sich. Pierre gab den gleichen Code noch einmal. Und da wusste Marie, dass sie sich nicht verhört hatte.

Mamy war tot. Marie spürte, wie sie von einem überwältigenden Schmerz überrannt wurde. Sie konnte sich kaum noch aufrecht halten. Verzweifelt klammerte sie sich an den Hörer, in der absurden Hoffnung, Pierre möge sich irren, ihre Großmutter würde noch leben. Aber Pierre sagte nichts mehr. Und so legte Marie auf.

Die Telefonzelle begann sich um sie herum zu drehen. Marie hatte das Gefühl, sie würde von ihr eingequetscht. Sie öffnete hastig die Tür und rannte aus der Bar. Die Kälte traf sie wie ein Hammerschlag.

Nein, nicht Mamy, nicht Mamy …!

Marie stieß einen Schrei der abgrundtiefen Verzweiflung aus, bei dem einige Passanten sich erschrocken zu ihr umdrehten.

Robert fuhr zurück ins Hotel. Er hatte die Gelegenheit genutzt, um bei Charvet, dem legendären Chemisier gegenüber dem Ritz, ein paar Einkäufe zu machen und seine Garderobe auf den neusten Stand zu bringen. Er mochte die schicke französische Mode.

Während er sich von seinem Fahrer zurück ins Hotel fahren ließ, dachte er über Büchner nach. Was mochte er noch von ihm wollen? Ihn beschlich das Gefühl, dass die Suche nach seiner Schwester nur der Auftakt eines Plans war, der nun langsam ins Rollen kam. Und unglücklicherweise schien er, Robert, eine Rolle in diesem Plan zu spielen. Und das gefiel ihm nicht. *Dieses Mal werde ich ablehnen*, beschloss Robert.

Er blickte hinaus auf den breiten Boulevard. Blutrote Hakenkreuzfahnen wehten im herbstlichen Wind, wo einst die Trikolore ihren Platz hatte. Die Deutschen machten ihre Präsenz in der Hauptstadt der Franzosen deutlich, überall tauchten Hinweisschilder in deutscher Sprache auf, und am Abgeordnetenhaus verkündete ein riesiges Transparent: »Deutschland siegt an allen Fronten«. Dem Propagandaministerium in Berlin waren alle Mittel recht, um der besetzten Stadt klarzumachen, dass sie es auch noch für lange Zeit bleiben würde.

Auch über dem Hotel Meurice in der Rue de Rivoli, dem Sitz der Kommandantur des Großraumes Paris und dem Senat, wo die Luftwaffe ihr Hauptquartier hatte, hingen die roten Fahnen. Infanteriesoldaten der 18. Armee bewachten mit geschulterten Gewehren und gelangweilten Blicken das Zentrum der Macht. Für ihre Unterkunft hatte man alle Kasernen der Franzosen beschlagnahmt und weitere Soldatenheime in öffentlichen Cafés geschaffen, wie im Café Wepler an der Place Clichy.

Für die Pariser Bevölkerung waren es düstere Tage. Vor den Geschäften bildeten die Leute schon früh am Morgen lange Schlangen, in der Hoffnung, für die Lebensmittelkarten, die sie von der Regierung erhielten, etwas Fleisch, Brot oder Milch zu ergattern. Die harten Vergeltungsmaßnahmen gegen das »Verbrechen an der Allgemeinheit«, wie die Regierung den Schwarzmarkthandel nannte, konnte die hungernde Bevölkerung nicht davon abhalten, in ihrer Not auf diesen riskanten Tauschhandel zurückzugreifen.

In Deutschland, so dachte Robert düster, *ist es noch nicht ganz so schlimm.* Noch mussten in Deutschland die schönen Parks und hübschen Blumenwiesen der Städte nicht in Kartoffelfelder umgewandelt werden, wie es in Frankreich unübersehbar der Fall war. Aber wie lange würde das noch so bleiben?

Dann erblickte er plötzlich an einer Straßenecke eine Person, die ihm bekannt vorkam. Er wies den Fahrer an, langsamer zu fahren. Es handelte sich um eine junge Frau. Sie war vom Regen völlig durchnässt, ihr Haar klebte an ihrem Kopf und am beigen Mantel, den sie trug. Reglos starrte sie auf die gegenüberliegende Straßenseite, der Blick ins Nichts. Da erkannte Robert die Frau. Es war Marie. Er befahl dem Fahrer, den Wagen anzuhalten, und stieg aus.

Der Regen prasselte auf Marie nieder. Sie spürte die kalten Tropfen nicht, die ihr den Nacken und den Rücken hinunterrollten. Das wütende Trommeln auf ihrem Kopf, ihren Schultern und ihren Armen störte sie nicht. In ihren Schläfen pochte das Blut schmerzhaft. Sie fühlte sich elend und wusste, dass sie krank werden würde. Ihr wurde kalt und heiß, die Gelenke schmerzten, ihr Kopf begann sich zu drehen, doch es war ihr gleichgültig.

Nur ein Satz pochte in ihrem Kopf, den regelmäßigen Schlägen einer Kirchturmglocke gleich, wieder und wieder, pausenlos. *Mamy ist tot. Mamy ist tot. Mamy ist tot …*

Sie konnte einfach nicht begreifen, dass sie nie wieder den knirschenden Kiesweg entlanggehen, die verzierte Holztür öffnen und das faltige Gesicht ihrer Großmutter vor sich sehen würde. Nie wieder würde sie ihr Eau de Toilette riechen können, nie wieder die kleinen Hände auf ihrer Wange fühlen. Sie war tot.

Ich bin schuld am Tode meiner Großmutter. Diese Tatsache war für Marie unerträglich. Sie quetschte ihre Lunge ein, raubte ihr den Atem, bohrte sich wie ein glühendes Schwert tief in ihr Herz. Ihre Beine wurden weich, wollten das Gewicht ihres Körpers nicht mehr tragen. Sie begann zu schwanken.

Sie hörte die Schritte hinter sich nicht und es war ihr auch alles gleich. Sie spürte nur, dass sich plötzlich Arme um sie legten und jemand sie wie ein kleines Kind hochhob. Benommen von der Kälte und dem Fieber versuchte sie zu erkennen, wer sie wegtrug, doch sie erkannte nur ein verschwommenes Gesicht, das auf sie hinabblickte. Kraftlos ließ sie den Kopf an eine breite Schulter sinken. Ihre Lider wurden schwer und bald fielen ihr ungewollt die Augen zu.

Dann hörte der Regen plötzlich auf und sie hörte das Brummen eines Motors. Noch immer spürte sie die wärmenden Arme um ihren nassen Körper. Ein weiteres mal zwang sie sich, die Augen zu öffnen. Sie wollte etwas sagen, sie musste erklären, dass sie den Tod verdient hatte, weil sie ein abscheulicher Mensch war und den Tod ihrer Großmutter verschuldet hatte. Doch das einzige Wort, das sie über ihre Lippen brachte, war *Mamy*. Dann verschwamm alles vor ihren Augen.

Robert achtete nicht auf die neugierigen und verwunderten Blicke der Hotelgäste, als er mit Marie in den Armen das Foyer betrat. Sie hatte ihren Kopf kraftlos an seine Schulter gelehnt, sodass er ihr bleiches, nasses Gesicht sehen konnte. Der Anblick dieser unterkühlten und schwachen Marie tat ihm fast körperlich weh. Als er sie mit dem leeren Blick im Regen stehen gesehen hatte, war ihm plötzlich bewusst geworden, dass er sich für sie verantwortlich fühlte. Solch ein Gefühl war neu bei ihm. Bisher war er immer der Ansicht gewesen, Frauen wussten sich selbst zu helfen. *Vermutlich liegt es daran, dass ich sie gegen ihren Willen hierhergebracht habe*, beruhigte sich Robert. Die Macht, die Marie auf ihn ausübte, gefiel ihm gar nicht. Sie machte ihm Angst.

Er ließ sich in den siebten Stock fahren und klopfte an der Tür des Admirals. Karl staunte nicht schlecht, als Robert wortlos in die Suite kam, die bewusstlose Marie in den Armen.

»Was ist passiert?«, fragte er verwundert.

»Ich habe nicht die geringste Ahnung.« Mit den Augen suchte Robert nach dem Schlafzimmer. Marie musste von den nassen Kleidern befreit werden, sonst drohte eine Lungenentzündung. »Sie ist auf der Straße zusammengebrochen, als ich zufällig vorbeikam. Sie muss einen Schock erlitten haben.« Er gab die Suche auf. »Wo ist das Schlafzimmer?«

Karl runzelte erst die Stirn, dann begriff er. »Ich habe ein separates Zimmer für meine Schwester reserviert, das man aber auch durch die Suite betreten kann.«

Er führte Robert dorthin. Es war ein großes Zimmer in dezenten Pastellfarben mit bodenlangen Vorhängen, Möbeln aus dunklem Holz und ausgesuchten Kunstgegenständen. Robert legte Marie vorsichtig auf das breite Bett mit weicher Daunenbettwäsche. Leblos blieb sie liegen, den Kopf leicht zur Seite geneigt. Einige nasse Strähnen klebten in ihrem Gesicht. Einen Augenblick sahen die Männer die junge Frau schweigend an. Karls Gesicht war eine Maske der Ratlosigkeit. Dass er sich jetzt um seine Schwester kümmern musste, war ihm noch nicht in den Sinn gekommen. In dieser Hinsicht war er völlig unbegabt.

Und so war es Robert, der als Erster das Wort ergriff. »Wir müssen sie aus den nassen Kleidern befreien.«

Schon beugte er sich über sie, als Karl empört rief: »Was bilden Sie sich eigentlich ein? Sie können doch nicht einfach meine Schwester ausziehen!«

»Natürlich kann ich das«, erwiderte Robert ruhig. »Sie wollen doch nicht, dass sie krank wird und womöglich stirbt, jetzt, wo sie wieder glücklich vereint sind.«

Die Ironie war nicht zu überhören. Karl zog wütend die Augenbrauen zusammen. »Ich werde ein Zimmermädchen bitten, sie zu entkleiden.« Mit diesen Worten verließ er das Zimmer.

Robert schüttelte den Kopf. Er zog Marie den Mantel aus. Das war ihm hoffentlich erlaubt. Geschickt befreite er sie aus dem nassen Kleidungsstück. Der Mantel war schwer. Seltsam. Robert spürte einen harten Gegenstand in einer Tasche. Neugierig zog er ihn heraus.

Ein Revolver.

Staunend blickte Robert auf das kalte Metallstück in seiner Hand. Warum trug Marie eine Waffe bei sich? Er blickte zu ihr hinab. Sie sah aus wie ein besiegter Engel, leblos und wunderschön.

Wer bist du?, fragte er sich. Er erinnerte sich an den Überfall in der Werft. Sie war eine geschickte Krankenschwester, keine Frage, aber da war noch etwas. Er blickte auf die Pistole hinunter. Es war eine 9-mm-Browning-Automatic, ein englisches Modell.

Allmählich begann eine unheimliche Vermutung Gestalt anzunehmen. Robert schüttelte erstaunt den Kopf. *Die Beweise sind eindeutig.* Sie besaß eine Waffe, die die Alliierten vermutlich tonnenweise über Frankreich abgeworfen hatten, und sie hatte an einem Anschlag auf eine militärische Einrichtung teilgenommen. Sie hatte genau gewusst, wann die Bomben explodieren würden, und hatte dafür gesorgt, dass sie und Robert die Werft rechtzeitig verließen. Sie musste gewusst haben, dass Robert sie suchte. Vermutlich war sie neugierig gewesen, warum. Sie war zweifellos eine Partisanenkämpferin.

Kein Wunder, dass sie nicht mit mir nach Paris fahren wollte. Hier wimmelte es nur so von Wehrmachtssoldaten und Gestapobeamten. Und es erklärte auch ihre extremen Sicherheitsvorkehrungen und die permanente Angespanntheit.

Robert wusste, dass er eigentlich sofort die Gestapo rufen musste. Das Telefon stand auf dem großen Mahagonischreibtisch. Er brauchte nur hinzugehen und den Hörer abzunehmen.

Robert betrachtete die schlafende Marie. Auf ihrer Haut glänzten perlenförmige Regentropfen im warmen Licht der Zimmerlampe. Trotz ihrer unübersehbaren Erschöpfung sah sie anmutig und kraftvoll aus. Und sie hatte Mut, das musste man ihr lassen. Trotz der Gefahren war sie nach Paris gekommen. Um sich von ihrem Bruder beschimpfen zu lassen …

Plötzlich wurde Robert wütend. Diese ganze Angelegenheit hatte ihn zunächst mit Langeweile und Ärger, später mit Widerwillen erfüllt. Er hatte seine Aufgabe erfüllt und sein Gewissen war rein. Doch nun, als er die erschöpfte Gestalt auf dem Bett liegen sah, spürte er Zorn in sich hochsteigen. Er wünschte sich, er hätte die Waffe nicht gefunden. Er wünschte sich gar, er hätte sie niemals nach Paris gebracht. Sie war noch so jung …

Viel zu jung, um andere Menschen zu töten. Aber sie tat es. Und warum?

Die Antwort war so klar, dass Robert noch wütender wurde. Weil ein böhmischer Postkartenanstreicher Räuberhauptmann spielen musste! Meine Güte, und Büchner wollte sie nun noch tiefer in diesen Krieg hineinziehen. Als ob die Tatsache, dass sie sich der Résistance angeschlossen hatte, nicht schon genug Zeichen der Verzweiflung war.

In diesem Moment ging die Tür auf. Büchner erschien im Rahmen, gefolgt von einem uniformierten Zimmermädchen. Der Anblick des selbstgefälligen Admirals versetzte Robert erneut in unvernünftige Wut.

»Warum haben Sie mich beauftragt, Ihre Schwester nach Paris zu bringen?«, fragte er heftig.

Karl hob verwundert die Augenbrauen, sah von Robert zu Marie und wieder zurück und sagte dann in ruhiger Stimme: »Ich möchte Sie gerne unter vier Augen sprechen, Schneider.«

Robert nickte knapp, verbarg den Revolver im nassen Mantel, den er auf einen Stuhl legte, und folgte dem Admiral aus dem Zimmer. Die Gestapo konnte warten.

8

Fahles Licht weckte Marie, als sie benommen zu sich kam. Ihr Kopf fühlte sich schwer und heiß an. Sie versuchte sich aufzurichten und musste unwillkürlich aufstöhnen. Ihr ganzer Körper schmerzte und schien in Flammen zu stehen. Kraftlos ließ sie sich zurücksinken.

Was war passiert? Sie konnte sich nur verschwommen an die Geschehnisse erinnern. Da war Regen gewesen, harter, kalter Regen, der auf ihren Körper niederprasselte, als versuche er, den Schmerz zu betäuben. Angestrengt versuchte Marie sich zu entsinnen. Sie erinnerte sich an Hände, warme, starke Hände, die sich schützend um ihren Körper schlangen und sie forttrugen. Wohin hatte man sie gebracht?

Sie starrte an die elfenbeinfarbene Decke, von der ein prachtvoller Kronleuchter herabhing. In den geschliffenen Glassteinen brach sich das Licht, und tausend kleine reflektierte Lichtflecken tanzten an der Decke. Trotz des schmerzenden Körpers richtete Marie sich auf. Es dauerte eine Weile, bis sie das elegant eingerichtete Zimmer in dezenten Pastellfarben deutlich wahrnehmen konnte. Sie konnte sich nicht erinnern, jemals hier gewesen zu sein.

Ihr Blick fiel auf ihre Kleidung, die jemand zum Trocknen in die Nähe des Kamins gelegt hatte. Gleich daneben stand ein wuchtiger Schreibtisch aus dunklem Mahagoniholz. Ein graues Telefon stand darauf. Ein Telefon …

Plötzlich fiel Marie wieder alles ein. Sie schluckte schwer und ließ sich unsanft zurückfallen. Als sie die Augen schloss, löste sich eine Träne von ihrem Augenwinkel und rollte langsam über ihre vor Fieber glühende Wange auf das weiche Betttuch.

Mamy war tot.

Jetzt wusste sie, warum sie es zugelassen hatte, dass die Kälte ihren Körper auskühlte und Fieber sie schwach und hilflos machte. Sie hatte sich vom Schmerz überrollen lassen und sich ihm schutzlos ausgeliefert. Ihr eigenes Leben, ihre Gesundheit, ihre Pflicht – alles war ihr gleichgültig geworden. Mamy war tot, und sie war schuld daran.

Marie wünschte sich, sie wäre niemals mehr aufgewacht. Warum hatte man sie hierhergebracht, zurück ins Hotel, wie es aussah, denn die luxuriöse Ausstattung war zweifellos für wohlhabende Gäste des George V bestimmt. Man hätte sie sterben lassen sollen. Für das, was sie getan hatte, hatte sie den Tod ohne Frage verdient.

Ich habe erbärmlich versagt, dachte sie verzweifelt. Alle, die sie geliebt hatte, waren gestorben, obwohl sie sich so bemüht hatte, sie zu beschützen. Und ihre Großmutter hatte sie ins Verderben gestürzt, um vergessenes Glück zu genießen. Sie hatte alles verloren. Und sie würde noch mehr verlieren.

Warum, verdammt noch mal, hatte sie ihre Großmutter besuchen müssen? Warum war sie überhaupt zum SOE gegangen, warum hatte sie sich der Résistance angeschlossen? Hatte sie tatsächlich geglaubt, dadurch etwas gutzumachen? Gab es denn etwas gutzumachen? Sie konnte noch so viele Deutsche töten, ihre Eltern würden davon nicht lebendig werden und Steven würde für die Ewigkeit in kalter Erde liegen, irgendwo in der Nähe von Magdeburg, zwischen Stacheldraht und Betonbunker.

Rache tilgte nicht den bohrenden Schmerz, Tod füllte nicht die Leere in ihrem Herzen, Pflicht wärmte nicht ihren tauben Körper. Sie fühlte sich leer und ausgepumpt. Drei Jahre hatte sie für die Freiheit Frankreichs und Europas alles gegeben. Sie hatte Blut vergossen, hatte Männer und Frauen in den Tod geschickt. Sie hatte ihre Seele und ihre Ideale verkauft, um vergessen zu können, um den Schmerz zu betäuben, der in ihr tobte.

Und was hatte es ihr gebracht?

Die Jahre hatten ihr Herz nicht hart werden lassen. Mit jedem Schuss, den sie auf einen Deutschen abfeuerte, fühlte sie sich wie ein Mörder und Verräter. Sie tötete ihre eigenen Landsmänner, sie tötete einen Teil von sich selbst.

Sie leugnete ihre deutsche Abstammung und verriet damit das Erbe ihres Vaters. Karl hatte sich von Frankreich abgewandt und verriet damit das Blut ihrer Mutter. Sie waren Verräter, egal, auf welcher Seite sie standen. Sie waren zerrissen zwischen zwei Fronten, die sich bekriegten.

Man hatte ihnen ihre Identität geraubt, ihre Heimat und ihr Familienglück.

Und wofür?

Für den Größenwahn eines einzigen Mannes, der die ganze Welt ins Unglück gestürzt hatte.

Marie schüttelte den Kopf. Sie musste aufhören, daran zu denken. Sie musste sich endlich abfinden und weitermachen. Sie musste immer weitermachen.

Es war ihr Job, nicht aufzugeben. Ihre Aufgabe war es, den Sieg über die Nazis mit jedem Tag ihres Lebens zu beschleunigen. Pour la France. Pour la liberté.

Und für die Menschlichkeit.

Anscheinend hatte sie doch noch Ideale. Aber was war der Preis für diesen Heldenmut? Mamy war tot. Steven war tot. Und mit ihnen hatten noch tausend andere Männer und Frauen ihr Leben für den Frieden und die Freiheit gelassen.

War es das wert?

Das konnte sie erst sagen, wenn dieser Krieg beendet war. Das Ergebnis entschied über den Wert der Tat. Aber konnte diese nüchterne Tatsache ihren Schmerz auslöschen? Würde ihr das Wissen, dass ihre Großmutter und Steven nicht umsonst gestorben waren, ihren Seelenfrieden wiederbringen? Konnte das überhaupt irgendetwas?

Ideale waren schön und gut, aber für sie zu sterben, erzeugte auch Leid. Kämpfen erzeugte immer Leid. Wäre eine leidlose Welt nicht besser? Eine Welt ohne Krieg, ohne Tod, ohne Tränen?

Dafür kämpfte sie. Zumindest glaubte sie, dass sie dafür kämpfte. Doch mittlerweile war sie sich nicht mehr so sicher. War sie nicht doch wie Karl? Hatte sie aus Wut, aus Rachegefühlen, aus verletztem Stolz und gekränkten Gefühlen den Kampf gegen Nazideutschland aufgenommen?

Ihre Beweggründe waren wohl doch nicht so edel, wie sie sich stets eingeredet hatte. Sie mochten leidenschaftlich, feurig und gerechtfertigt sein, aber sie waren zugleich niederträchtig und unvernünftig. Auch sie hatte Fehler gemacht. Jeanette Bonnets Tod war der beste Beweis dafür. Sie wollte keine Freiheit, sie wollte Gerechtigkeit.

Nein, das stimmte nicht. Es gab etwas, wonach sie sich noch mehr sehnte als Rache und Gerechtigkeit, sie wollte Liebe. Sie wollte wieder dieses wärmende Gefühl verspüren, dieses Glück, diese Geborgenheit. Sie wollte lieben und geliebt werden. Jeanette hatte ihr diese Liebe gegeben und war deshalb gestorben.

War es das wert gewesen?

Ja. Sie hörte die Antwort ihrer Großmutter, als stünde sie neben ihr. Jeanette hätte gesagt, dass es das wert gewesen war. Marie schloss die Augen, als erneut Tränen in ihre Augen drangen. Sie ließ ihrem Kummer freien Lauf, während sie an Goethes Worte dachte, die eine schreckliche Sehnsucht in ihr auslösten.

Und doch, welch Glück, geliebt zu werden
Und lieben, Götter, welch ein Glück!

Robert staunte über die Worte des Admirals. Was er ihm offenbart hatte, war nahezu fantastisch, fast unheimlich. Ein raffinierter Plan, bis ins letzte Detail taktisch durchdacht. Jetzt wusste Robert, dass Büchner seinem Ruf gerecht wurde. Er war tatsächlich einer der tollkühnsten Offiziere, die die Wehrmacht zu bieten hatte.

»Weiß Ihre Schwester davon?«, fragte Robert, nachdem Karl geendet hatte.

Dieser schüttelte den Kopf. »Nein, ich habe ihr nichts gesagt. Es wäre zu riskant und könnte obendrein ihr Leben gefährden. Mir ist wohler, wenn sie und meine Frau davon nichts wissen. Gerade Helen könnte Angst bekommen und auf unvernünftige Gedanken kommen«, sagte er.

Eine Weile drehte er Robert den Rücken zu und schwieg. Schließlich sagte er unbeteiligt: »Ich habe mit Kapitän Mattheis gesprochen. Bis auf Weiteres unterstehen Sie meinem Kommando. Sie dürfen jetzt gehen, Schneider. Und denken Sie daran –« Er drehte sich zu ihm um und sah ihn streng an. »Es gilt absolutes Stillschweigen. Wenn etwas von dem, was hier gesprochen wurde, nach draußen dringt, stehen wir schneller mit dem Rücken zur Wand, als wir ›Freiheit‹ sagen können.«

»Sie können sich meiner Diskretion gewiss sein«, erwiderte Robert ernst. Er wollte bereits wegtreten, als ihm noch etwas einfiel. »Hat Ihre Schwester schon zugestimmt, Ihnen zu helfen?«

»Leider noch nicht«, sagte Karl bedauernd. »Ich werde mit ihr sprechen, sobald sie aufgewacht ist.« Robert war sich zwar nicht so sicher, dass Karl etwas erreichen würde, aber er ging nicht weiter darauf ein. Er kannte Marie Büchner vielleicht erst seit Kurzem, aber das genügte ihm, um zu wissen, dass sie sich nichts so einfach gefallen ließ.

Robert war gerade dabei, seinen Koffer zu packen, als Karl ohne anzuklopfen ins Zimmer trat. Seine Miene zeigte größte Verärgerung und Besorgnis.

»Marie ist verschwunden!«, rief er. »Sie ist nicht mehr in ihrem Zimmer und ich habe nicht die geringste Ahnung, wo sie sein könnte.«

Robert stöhnte innerlich auf. Nach kurzer Absprache beschlossen die Männer, sich getrennt auf die Suche zu machen. Robert hatte Mühe, seinen Zorn über die Launenhaftigkeit der Admiralsschwester zu zügeln. Warum konnte sie nicht einmal tun, was man von ihr verlangte? Robert hasste anstrengende Frauen. Sie raubten einem Mann die Ruhe und waren nervtötend.

Im Restaurant und in der Bar hatte er kein Glück, aber als er den Aufenthaltsraum *La Galerie* betrat, wurde er fündig. Zwischen den prachtvollen flämischen Wandbehängen, den geschmackvollen Gemälden und erlesenen Kunstobjekten fand er Marie an einem kleinen Tisch aus dunklem Mahagoniholz sitzend.

Sie hatte die Knie angezogen und die Arme darumgeschlungen. Mit düsterem Blick starrte sie auf eine halb geleerte Weinflasche auf dem Tisch. Robert runzelte die Stirn bei ihrem Anblick. Sie trug nur einen weißen Bademantel. Anscheinend war sie sich der seltsamen

Erscheinung, die sie in dieser edlen Umgebung war, nicht bewusst. Mit entschlossenen Schritten näherte er sich dem kleinen Tisch.

Marie hörte ihn nicht kommen. Als sie aufgestanden war, war ihr erster Wunsch Flucht gewesen. Und so fand sie sich in der Galerie wieder. Die leise Klaviermusik hatte sie in diesen behaglichen und einladenden Raum gelockt. Während sie den süßen Klängen von Pachelbels Kanon in D-Dur lauschte, versuchte sie ihren Kummer mit Alkohol zu ertränken.

Aber nun drückte sie die Last der Schuld und der Pflicht nieder. Sie wusste, sie war für das Leben vieler Menschen verantwortlich. Sie kannte die Namen, Adressen und Treffpunkte vieler Résistance-Zellen in ganz Frankreich.

Sie hatte kein Recht darauf, all diese Leben zu gefährden und aufs Spiel zu setzen. Jeanette Bonnet war schon tot. Sie hatte der Gestapo die Waffe quasi in die Hand gedrückt.

Es war ihre Pflicht, zurück nach England zu fliegen. Sie hatte ihren Vorgesetzten angelogen und behauptet, eine Pariser Widerstandsgruppe habe Kontakt mit ihr aufgenommen. Man hatte sie gewähren lassen, wenn auch widerwillig. Und nun bat Karl sie, seine Frau aus Deutschland in die Schweiz zu bringen.

Was sollte sie tun? Als Major der britischen Armee war sie verpflichtet, Befehle auszuführen. Und das war in diesem Fall die Rückkehr nach England. Aber war sie als Schwester nicht verpflichtet, ihrem Bruder beizustehen und ihm zu helfen? Welcher Pflicht musste man mehr Gewicht beimessen?

Ihre Hand fuhr automatisch zur Kette um ihren Hals. Sie betastete den Ring und schloss die Augen. Sie wollte sie nicht mehr. Die Last erdrückte sie und nahm ihr die Luft zum Atmen. Als Robert neben ihr auftauchte, schenkte sie ihm nicht die geringste Beachtung. Sie kippte ein Glas Wein in sich hinein, als handle es sich um Wasser.

Stirnrunzelnd betrachtete Robert sie. Sie war zweifellos nicht in der Lage, ein vernünftiges Gespräch zu führen. Also setzte er sich in den gegenüberstehenden Sessel und fragte ungerührt: »Was gibt's zu feiern?«

Marie hob den Blick und sah ihn finster an. »Was wollen Sie denn hier?«, blaffte sie.

Robert ließ sich von ihrem aggressiven Ton nicht aus der Ruhe bringen. »Ich sitze hier. Die Galerie ist für ihre elegante und entspannende Atmosphäre bekannt. Genau das Richtige nach einem anstrengenden Tag, finden Sie nicht?«

Marie trank gierig ein paar Schlucke Wein, ehe sie brummte: »Ich will alleine sein, also lassen Sie mich gefälligst in Ruhe!«

»Nichts täte ich lieber, aber zuerst werde ich Sie zu Ihrem Zimmer geleiten, damit Sie Ihren Rausch ausschlafen können.«

»Denken Sie etwa, Sie könnten mir sagen, was ich tun oder lassen soll?«, fauchte Marie wütend.

»Ganz wie Sie wollen. Es ist schließlich Ihr Kater.« Er ließ sich von einem Kellner ein Glas bringen und schenkte sich großzügig ein. »Aber bitte, trinken Sie nur so viel, dass Sie noch gehen können. Ich habe keine Lust, Sie erneut zu tragen.«

»Sie waren also derjenige, der mich ins Hotel gebracht hat!« Ihre Stimme erreichte nun dieselbe Lautstärke, mit der sie Karl vorwurfsvoll angefahren hatte. »Können Sie sich eigentlich nicht um Ihre eigenen Angelegenheiten kümmern? Müssen Sie sich ständig in mein Leben einmischen, Sie blöder Ochse?«

Sie machte eine ungestüme Handbewegung, sodass der Wein in ihrem Glas gefährlich hin- und herschwappte und drohte, sich über Roberts Uniform zu ergießen. Rasch legte er seine Hand auf ihr Glas, um ein Unglück zu verhindern.

Seine Stimme hatte eine gewisse Kühle, als er antwortete. »Anstatt mir Obszönitäten an den Kopf zu werfen, sollten Sie mir lieber danken, dass ich Sie vor einer Lungenentzündung bewahrt habe.«

Marie trank einen tiefen Schluck Wein. »Ich habe Sie nicht darum gebeten. Und jetzt seien Sie so gut und verschwinden Sie!«

Sie nahm noch einen Schluck und schwieg einen Augenblick. Dann hob sie ruckartig den Kopf. Ihr Blick mochte vom Alkohol glasig sein, ihre Augen schossen trotzdem Giftpfeile ab. »Sind Sie immer noch hier? Mann, können Sie nicht tun, was man Ihnen sagt?! Ich will meine Ruhe. Mein Kopf dröhnt, meine Glieder schmerzen und ich habe es satt, mich mit Ihnen zu unterhalten. Sie sind genauso wie mein Bruder! Sie sind doch nichts weiter als seine Marionette und ich will das nicht werden.«

Ihre Aussprache wurde immer schlechter. Der Alkohol stieg ihr in den Kopf. Allmählich zeigte die hohe Dosis ihre Wirkung. »Ich gehe zurück nach Hause. Ich werde das alles einfach hinter mir lassen und vergessen. Ich weiß nicht mal, was ich hier noch mache ...«

Robert war es leid, ihr zuzuhören. Sie war betrunken, redete wirres Zeug und erregte nichts weiter als Aufsehen und Ärgernis. Er wollte die Angelegenheit jetzt schnellstens erledigen. Abrupt stand er auf und sagte kalt: »Ich entnehme aus der Unterhaltung, dass Sie nicht gewillt sind, den Auftrag des Admirals anzunehmen. Gut, dann werde ich Büchner jetzt mitteilen, dass seine Schwester ein emotionales Wrack ist, das man mit solch einer Aufgabe nicht betrauen kann. Ich hatte von Anfang an das Gefühl, dass Sie dafür nicht taugen. Sie sind feige, schwach, unfähig und ehrlos.«

Die Worte verfehlten ihre Wirkung nicht. Maries Augen wurden hart und sie stand mit einer Schnelligkeit auf, die er ihr mit den Mengen Alkohol, die in ihrem Blut schwammen, nicht zugetraut hätte. Er hatte ihren Stolz beleidigt und das war der effektivste Weg gewesen, sie doch noch umzustimmen.

»Ehrlos, ich?! Sie eingebildeter Schnösel, Sie! Denken Sie etwa, Sie würden mich kennen? Haben Sie eine Ahnung, wie es in mir aussieht? Nein, nicht die geringste! Also wagen Sie es nicht, mich zu verurteilen. Ich bin nicht feige, aber ich habe Angst. Sie können das natürlich nicht verstehen, Sie sind ein Offizier der Wehrmacht, und ein deutscher Soldat kennt keine Angst. Pah, dass ich nicht lache! Aber ich, ich habe Angst. Jeden Tag meines Lebens. Doch das heißt noch lange nicht, dass ich mich verkrieche. Auch ich kann kämpfen! Wissen Sie überhaupt, was das heißt, kämpfen?«

Sie trat einen Schritt zurück und warf ihm einen verächtlichen Blick zu. »Nein, natürlich nicht. Sie kämpfen nur auf Befehl. Ihr Gewissen haben Sie an einen Mann gebunden und als Soldat entziehen Sie sich jeglicher Verantwortung.« Sie schüttelte den Kopf und wandte den Blick ab. Ihre Finger spielten mit dem Glas und eine

Zeit lang fixierte sie einen Punkt im Leeren, ehe sie mit leiser Stimme fortfuhr. »Nein, Sie haben keine Ahnung, was es bedeutet, für etwas zu kämpfen, an das man glaubt. Zu kämpfen, weil man denkt, das Richtige zu tun. Man sagt sich, dass man Opfer bringen muss. Dass man bereit sein muss, dafür zu leiden. Aber wenn es dann so weit ist …« Ihre Stimme versagte.

Schweigen trat ein und Robert wurde bewusst, dass sie von Dingen sprach, die sie selbst miterlebt hatte. Vermutlich sah sie jetzt die Toten vor sich, all jene, die geopfert werden mussten. Für die richtige Sache.

»Doch was ist, wenn man irgendwann merkt, dass das, für das man gekämpft hat, völlig sinnlos war? Dass man sich für das Falsche entschieden hat?« Maries raue Stimme unterbrach seine Gedanken. Sie spielte immer noch mit ihrem Glas, schwenkte es langsam zwischen den Fingern, dass der Wein sanft gegen den gewölbten Rand schwappte. Mit den Gedanken schien sie weit weg zu sein und er hatte fast den Eindruck, dass sie ihn gar nicht mehr wahrnahm, sondern nur noch mit sich selbst sprach. »Verantwortung ist eine schwere Last, die einen irgendwann erdrückt. Und es ist leicht, mutig zu sein und ehrenhaft zu handeln, solange man nie gezwungen wurde, Farbe zu bekennen und herauszufinden, wozu man wirklich in der Lage ist.«

Sie stieß ein schnaubendes Geräusch aus und schüttelte dann langsam den Kopf. »Nein, davon haben Sie keine Ahnung. Sie wissen nicht, wie es ist, wenn Sie Ihre Taten jede Nacht einholen, Sie wieder und wieder quälen, anklagen, bis Sie meinen, den Verstand zu verlieren oder endlich in eine barmherzige Ohnmacht zu fallen.« Ein Schauer durchzuckte sie, obwohl der Raum gut beheizt war und eine angenehme Wärme herrschte. Doch sie war mit ihren Gedanken an einem anderen Ort, an einem Ort des Todes und der Grausamkeit. Ein Ort, den sie für immer aus ihren Gedanken verbannen wollte. »Wobei, es heißt ja, jeder Soldat hätte Albträume.« Ihre Stimme war unnatürlich scharf und eine Spur sarkastisch. »Vielleicht wissen Sie ja doch, wie es ist, um wertvollen Schlaf gebracht zu werden und schweißgebadet zu erwachen, Nacht für Nacht.«

»Albträume hat nur der, der sich seiner Taten schämt«, erwiderte Robert prosaisch.

Endlich hob sie den Blick. Robert sah die Müdigkeit und die Erschöpfung darin. Sie hatte keine Lust mehr zu kämpfen. Allmählich begann er sich zu fragen, ob er sich getäuscht hatte. Gab diese Frau denn so schnell auf? Was war aus dem Vulkan geworden, den er so bewundert hatte? War das nur Einbildung gewesen?

Als ob sie seine stumme Frage gehört hätte, sagte sie: »Sie kommen zu mir, überbringen mir eine Hiobsbotschaft und verlangen von mir, dass ich mich freiwillig an den gefährlichsten Ort der Welt begebe. Sie haben keine Ahnung, was Sie da von mir verlangen. Das hat nichts mit Mut oder Ehre zu tun und schon gar nicht mit Verlässlichkeit. Wie kann man überhaupt etwas von jemandem verlangen, wozu man selbst nicht bereit ist? Wann hat Karl mir jemals geholfen?«

Da sie nicht weitersprach, nahm er an, dass er darauf etwas erwidern musste. Er hatte sowieso das Gefühl, dass dieses Gespräch zu nichts führte. Eine leichte Enttäuschung durchzuckte ihn. Jetzt hatte er sie fast dazu gebracht, zuzustimmen. Sollten die ganzen Strapazen der vergangenen Wochen umsonst gewesen sein?

Er ergriff sein Glas, um Zeit zu schinden, und trank einen großzügigen Schluck, ehe er antwortete: »Das ist nicht mein Problem. Aber ich sehe, dass Sie ein Kreuz tragen.« Er deutete auf den goldenen Anhänger, den sie an der gleichen Kette wie ihren Ring trug. »Wenn Sie wirklich eine Antwort haben wollen, dann halten Sie sich doch an die Worte Christi und vergeben Sie Ihrem Bruder. Vielleicht würde das Ihrer Qual ein Ende bereiten.«

Marie schnaubte verächtlich. »Vergebung! Was für ein schwaches Wort! Nein, Vergebung ist etwas für schwache und feige Menschen, die vor ihrem Feind kapitulieren und die Vergangenheit vergessen wollen. Aber ich werde niemals vergessen!« Ihre Augen wurden stahlhart und tiefe Wut entstellte ihre Gesichtszüge. »Niemals werde ich vor meinem Bruder im Staube kriechen! Wenn es das ist, worauf er wartet, dann kann er lange warten. Sagen Sie ihm das, Kapitänleutnant Schneider.«

Seinen Dienstgrad sprach sie aus, als handle es sich um eine besonders ansteckende Infektionskrankheit. Er merkte, dass für sie das Gespräch damit beendet war. Schnell fasste er ihr Handgelenk und fragte: »Es bleibt also dabei? Sie lehnen den Auftrag ab?«

Marie schüttelte seine Hand ab und trat einen Schritt zurück. Langsam musterte sie ihn von oben bis unten. »Warum sind Sie so scharf darauf, dass ich diesen Auftrag annehme?«, fragte sie brüsk. »Was springt dabei für Sie raus, hm?«

Robert senkte den Blick, ein zynisches Lächeln auf den Lippen, und trank einen letzten Schluck Wein, ehe er bemerkte: »Sie haben es selbst gesagt. Ich bin eine Marionette, die nur auf Befehl handelt und dafür zu sorgen hat, dass alles so geschieht wie gewünscht.«

Marie erwiderte nichts darauf und so hakte Robert noch einmal nach, obwohl er wusste, dass er dieses Mal versagt hatte. »Soll ich dem Admiral sagen, dass Sie den Auftrag ablehnen?«

Sie zögerte. Am Nachbartisch saßen zwei kleine Kinder, die sich vor wenigen Minuten noch heftig gestritten hatten. Jetzt sah Marie, wie der Bruder seiner weinenden Schwester zögerlich die Hälfte seiner Schokoladentafel abgab und sie ihr schüchtern hinhielt. Das kleine Mädchen nahm das Friedensangebot mit einem schwachen Lächeln an, und so saßen die Geschwister kauend und wieder versöhnt nebeneinander. Plötzlich hatte Marie einen Kloß im Hals. Ihr Blick verschleierte sich kurz, dann wurde er stechend und hart. »Nein, ich werde den Auftrag annehmen. Und wenn ich mit Ihnen nach Deutschland gehe, dann werde ich Ihnen zeigen, wozu Frauen wie ich in der Lage sind!«

Herausfordernd hob sie das Kinn. Robert hob die Augenbrauen. »Wer sagt, dass ich Sie nach Deutschland begleite?«

Ein grimmiges Lächeln legte sich auf ihre Lippen. »Wozu wären Sie denn sonst hier?«

Karl war glücklich über den Ausgang der Situation. Marie hatte eingewilligt und das war das Einzige, was zählte. Er hatte ihr genau erklärt, was sie zu machen hatte. Sie würde morgen früh den Zug nach Hamburg nehmen, angezogen wie eine Wehrmachtsangehörige. Robert würde als Begleitung mitfahren und sie im Notfall als seine Sekretärin ausgeben. In Hamburg würden Robert und Marie sich trennen. Marie sollte Helen abholen und vorgeben, dass Helen aus gesundheitlichen Gründen nach Frankreich fahren sollte, um sich zu erholen. Seit dem vergangenen Jahr waren Vergnügungsreisen streng untersagt, aber für ärztlich verordnete Kuren erhielt man eine Genehmigung.

Sie würden mit dem Zug nah an der Schweizer Grenze halten. Dort würden sie aussteigen und die Grenze überqueren. Im ersten Schweizer Dorf würde ein Wagen auf sie warten, der sie zu der Base brachte. Ein Kinderspiel.

Allerdings durfte Marie keine Zeit verlieren und musste Helen spätestens in einer Woche in die Schweiz gebracht haben. »Weiß Helen Bescheid?«, fragte Marie, als Karl geendet hatte.

Er zögerte keinen Augenblick. »Ja.«

Um Mitternacht wachte Robert plötzlich auf. Ihm war heiß und er hatte das Gefühl zu ersticken. Er stand auf und ging zum offenen Fenster. Der Mond schien bleich und kalt auf die schwarze Stadt hinab, die schlafend unter ihm lag.

Kein Laut drang aus den Straßen hinauf. Wegen der Verdunklungsvorschrift sah man nicht einmal warmes Licht durch die Fensterscheiben dringen.

Die Stadt war friedlich und schweigsam. Das silberne Mondlicht spiegelte sich in den Pfützen der Straße wider und malte helle Schlieren auf den schwarzen Asphalt. Robert genoss die frische Luft und die Ruhe, die ihn umgab. Plötzlich entdeckte er eine einsame Person, die trotz der Ausgangssperre eilig die Straße in Richtung Hotel hinunterlief. Sie trug einen hellen beigen Mantel, der im Mondlicht bläulich schimmerte. Ihr braunes Haar wippte als Zopf im Nacken auf und ab.

Robert hob verwundert die Augenbrauen. Was machte Marie nach Mitternacht auf der Straße? Robert erinnerte sich an die Pistole und allmählich dämmerte es ihm. Vielleicht hatte sie mit einer Résistance-Zelle Kontakt aufgenommen. Das war sehr gefährlich – und sehr dumm! Er ärgerte sich über ihren Leichtsinn. Diese Frau machte wirklich nichts als Ärger! Wusste sie denn nicht, dass alles gefährdet war, wenn sie sich jetzt schnappen ließ? Er unterdrückte einen Fluch und drehte sich vom Fenster weg.

Marie schlich sich leise in ihr Zimmer. Tränen rollten ihr über die Wangen. Die Tatsache, dass sie ihre Karriere beim SOE nun für immer beendet hatte, schmerzte mehr, als sie erwartet hatte. Sie dachte an Richard, der in wenigen Stunden ihre Meldung lesen würde. Es war das erste Mal, dass sie einen ausdrücklichen Befehl verweigerte. Bei ihrer Rückkehr nach England würde das schwerwiegende Konsequenzen haben, ganz gleich, welche Begründung sie für die Missachtung vorbrachte. Der Gedanke schmerzte wie ein brennendes Messer.

Sie zog ihre Kleider aus und legte sich ins Bett. Sie hatte Gaston Lantier einen großen Schrecken eingejagt, als sie mitten in der Nacht bei ihm aufgetaucht war, weil sie London eine Nachricht senden musste. Er war der Funker der Widerstandsgruppe in Paris, die Marie aus ihrer Kurierzeit kannte.

Nun lag sie im Bett und versuchte vergeblich einzuschlafen. Es war Jahre her, als sie das letzte Mal in Deutschland gewesen war. Würde sie das Land wiedererkennen oder hatten die Nazis ihrer Heimat ein völlig neues Gesicht gegeben?

Sie hatte Angst davor, wieder deutschen Boden zu berühren. Sie wollte nicht nach Deutschland. Dort lauerte Gefahr. Und irgendetwas Gefährliches ging auch von Karl aus. Er hatte sie angelogen, dessen war sie sich sicher. Aber bei was? Was war gelogen? Marie konnte es beim besten Willen nicht sagen. Sie wusste nur, dass Karl etwas plante, in das er sie nicht einweihen wollte.

In der Barker Street 64, London, dem Hauptquartier des SOE, saß Richard Howard in seinem kleinen Arbeitszimmer und betrachtete sorgenvoll das Papierstück in seinen Händen. Er fuhr sich mit der Hand über das schüttere, graue Haar und war sich bewusst, dass er einen schrecklichen Fehler gemacht hatte. Im kalten Licht der nackten Glühbirne, die das winzige Arbeitszimmer erhellte, wirkte der große, hagere Mann noch älter, als er eigentlich war. Er trug einen schlichten, aber eleganten Arbeitsanzug und wirkte eher wie ein Vertreter als wie ein Offizier. Mit einem leichten Magenziehen las er sich noch einmal die kurze Meldung durch.

Rufsignal cn (cézanne)
Sicherheitskennung vorhanden
4. Oktober 1943
Nachricht lautet:
Wetter s ist genug stop der baum trägt grüne äpfel stop weisse wölfin over

Als ihm ein FANY-Offizier die Nachricht gebracht hatte, hatte Richard den entschlüsselten Funkspruch angestarrte, als hoffte er, die Worte würden unter seinen entsetzten Blicken an Schrecken verlieren, aber selbstverständlich hatten sie das nicht getan. Marie war über all die Jahre ein guter und zuverlässiger Offizier und eine erfahrene Agentin gewesen. Dass sie nun einen unmissverständlichen Befehl verweigerte, schockierte ihn zutiefst.

Als er sie 1941 angeworben hatte, wusste er nicht, dass sie noch lebende Verwandtschaft in Frankreich hatte. Hätte er es gewusst, hätte er sie irgendwo anders eingesetzt. Und als er es dann erfuhr, war sie für den SOE schon unentbehrlich geworden. Richard wusste um Maries schwierige Lage. Ihrer Akte hatte er entnommen, dass ihre Eltern 1940 bei einem Bombenangriff in Frankreich ums Leben gekommen waren. Das war kurz vor Maries Flucht nach England passiert. Sie beherrschte sowohl die französische als auch die deutsche Sprache flüssig und fehlerfrei und hatte immer erzählt, dass ihr Vater Deutschprofessor an einer belgischen Universität gewesen war. Sie war wie gemacht für den SOE. Und das hatte sie immer wieder bewiesen. Bis heute.

Sie war in einem gefährlichen Zustand gewesen, als Richard sie nach Courseulles geschickt hatte. Nicht ganz drei Monate zuvor hatte sie ihren Verlobten Steven McKinnley verloren. Am Tag vor der Hochzeit, das war doch hart. Hätte Richard gewusst, dass ihre Großmutter dort lebte, hätte er sie niemals nach Courseulles geschickt. Er verstand nicht, wie dem SOE oder dem MI6 diese wichtige Information durch die Lappen gegangen war. Erst vor zwei Tagen hatte er davon erfahren, als Monseigneur, der Funker der République-Gruppe in Courseulles, gemeldet hatte, eine Jeanette Bonnet sei gestorben. Marie habe den Wunsch geäußert, nach ihr zu suchen, ehe sie nach Paris gefahren war.

Richard war misstrauisch geworden und hatte eine Untersuchung angefordert, wer diese mysteriöse Jeanette Bonnet gewesen war. Als er erfuhr, dass es sich um die Großmutter von Marie handelte, war er aus allen Wolken gefallen. Die Frau war von der Gestapo gefoltert worden. Marie war auf keinen Fall mehr sicher und schwebte nun in Lebensgefahr!

Er hatte ihre unverzügliche Rückkehr nach England befohlen und den Befehl nach Paris senden lassen. Und nun schickte Marie über Cézanne, den Funker einer Pariser Résistance-Zelle, den Funkspruch, dass sie den Befehl verweigerte.

Wetter, 's ist genug. Den Ausruf benutzte Marie immer, wenn sie ausdrücken wollte, dass sie noch etwas zu erledigen hatte. Sie würde nicht nach England zurückfliegen. Richard wollte keine weitere gute Agentin verlieren. Deshalb hatte er ihr nur weitere 48 Stunden Zeit gegeben. Ein Funkspruch war auch an die République-Gruppe gegangen. Der Funker sollte augenblicklich melden, wenn Marie in Courseulles auftauchte.

Richard hatte das dumpfe Gefühl, dass Marie auch diesen Befehl missachten würde. Er schloss die Augen vor Entsetzen. Falls sie sich wirklich weigerte, dann galt für sie das gleiche Schicksal wie für Verräter oder Fahnenflüchtige. Nur würde man sich die Augenbinde und das Erschießungskommando ersparen.

9

Der graue Wagen fuhr die breite, kiesbedeckte Auffahrt hinauf und blieb schließlich vor dem großen, weiß gestrichenen Hausportal stehen, das von zwei sauber geschnittenen Pinien flankiert war. Marie sah hinaus in die Dunkelheit. Das große Haus aus der Gründerzeit erhob sich prachtvoll und elegant in den sternenübersäten Himmel.

Hier also wohnte Karl. Er hatte sich alle seine Träume erfüllt, wie es aussah. Er hatte eine atemberaubende Karriere in der Armee zurückgelegt, hatte geheiratet und sich ein Haus im begehrten Viertel Harvestehude ganz in der Nähe der Außenalster gekauft.

Es war ein seltsames Gefühl, wieder in Deutschland zu sein. Zehn Jahre lang hatte sie keinen Fuß mehr auf den Boden gesetzt, auf dem sie geboren worden war. Hier hatte sie laufen und sprechen gelernt, war zur Schule gegangen, hatte Freundschaften geknüpft, hatte gespielt, gelacht und sich am Leben gefreut. Sechzehn Jahre ungetrübte Freude, Sorglosigkeit und Ausgelassenheit.

All dies gehörte der Vergangenheit an.

Das Deutschland von heute war nicht dasselbe, das Marie verlassen hatte. Überall flatterte das schwarze Hakenkreuz im Wind, bei dessen bloßem Anblick Maries Herz schneller schlug und Angst in ihr hochkroch. Das Geräusch von schweren Soldatenstiefeln, die in den Straßen und auf den Plätzen marschierten, war allgegenwärtig. Sie bereute bereits, gekommen zu sein. Sie hätte die kleine Maschine nehmen sollen, die sie auf der großen Kuhweide neben Vaux abholen wollte. Sie hätte nach England zurückgehen sollen.

Das große Haus wirkte einladend und freundlich. Ein unschuldiger Ort, um eine Familie zu gründen und die Schönheit der Welt zu genießen. Aber für Marie war es eine Falle, eine gefährliche und tödliche Falle, die zuschnappte, sobald sie einen Fehler machte. Und die Banden der Familie, die ihr all die Jahre Trost und Halt gegeben hatten, erschienen ihr wie Ketten, die sie in den Abgrund reißen würden.

Marie merkte gar nicht, dass sie wieder mit ihrem Ring gespielt hatte, ein Zeichen von Nervosität und Anspannung. Sie führte ihn zu ihren Lippen, küsste ihn sanft und ließ ihn zurück unter ihre Bluse gleiten.

Auf geht's, dachte sie. Sie schloss kurz die Augen, bat Gott um Konzentration und Nervenstärke und öffnete die Wagentür.

»Soll ich Sie begleiten?« Roberts Stimme hielt sie zurück. Er war ihr seit der Abfahrt in Paris nicht von der Seite gewichen. Marie hegte den Verdacht, dass Karl ihm den Befehl gegeben hatte, auf sie aufzupassen. Lächerlich.

»Sparen Sie sich die Mühe. Ich komme zurecht.«

Sie gab sich keine Mühe freundlich zu sein. Roberts Gegenwart, die sie in Paris so unangenehm und demütigend empfunden hatte, erfüllte sie hier, in diesem bedrohlichen und kalten Deutschland, mit ungewollter Erleichterung und – noch schlimmer – mit Sicherheit. Sie wollte nichts von diesen Gefühlen wissen. Robert sollte jetzt ein für alle Mal aus ihrem Leben verschwinden.

Der schwere Duft von Lavendel nahm Marie in Empfang, als sie ins Freie trat. Entschlossen stieg sie die breiten Stufen hinauf. Vor der kunstvoll geschnitzten Tür blieb sie stehen und drückte auf den Klingelknopf.

Eine ältere Frau mit runzeligem Gesicht, braun getöntem Haar und einer schwarz-weißen Dienstuniform öffnete ihr die Tür. Fragend sah sie die junge Frau an, die vor ihr auf der roten Fußmatte stand. In ihren Augen erkannte Marie Neugier, Fürsorge und Hartnäckigkeit. Die typische Hausangestellte, die schon seit Jahren im Dienste der Familie stand.

»Was kann ich für Sie tun, Fräulein?« Ihre Stimme klang wie ein Reibeisen. An ihrer stolzen und entschlossenen Haltung erkannte Marie, dass sie unwillkommene Gäste notfalls abwehren würde. An ihr kam niemand vorbei, der nicht erwünscht war.

Fast hätte Marie gelächelt. Sie mochte die kleine Frau auf Anhieb. Im letzten Moment verkniff sie sich jedoch das Lächeln und sagte ruhig, aber bestimmt: »Ich möchte mit Helen sprechen. Es ist sehr wichtig.«

Die Hausangestellte war keineswegs überzeugt. Sie warf einen Blick auf den grauen Mercedes, der immer noch vor dem Haus stand. Robert wollte wohl warten, bis Marie im Haus verschwunden war.

»Und in welcher Angelegenheit wollen Sie Frau Büchner zu dieser späten Stunde sprechen?«

Marie wäre beinahe heftig zusammengezuckt. Frau Büchner. Das war immer ihre Mutter gewesen. Keine andere Frau hatte je so geheißen. Bis zu ihrer Namensänderung war Marie Fräulein Büchner gewesen. Kurz dachte Marie, die Hausangestellte spräche von ihrer Mutter, bis ihr bewusst wurde, dass Helen jetzt Frau Büchner war.

»Odysseus schickt mich zu Penelope.«

Die Augen der alten Frau weiteten sich. »Sie bringen Nachricht vom Herrn Admiral?« Die Hoffnung in ihrer Stimme ließ darauf schließen, dass man sehnsüchtig auf eine Botschaft von Karl gewartet hatte. Karls Parole war das Zauberwort, das ihr alle Türen zu öffnen schien. In wenigen Minuten befand sich Marie im prachtvollen Salon des Hauses.

Auf dem Kaminsims standen etliche Bilder in teuren Silberrahmen. Ein schöner Bechsteinflügel zog automatisch alle Blicke der Besucher auf sich. Auf dem hellblauen Sofa lagen mehrere kunstvoll bestickte Kissen, von denen eines mit langen, flauschigen Fäden nicht dazu passen wollte. Es war zu klein, zu rund, zu ... Nein, das war kein Kissen. Es war eine Katze!

Marie musste ein Lachen unterdrücken. Wie dumm von ihr! Langsam schritt sie auf das Sofa zu und setzte sich neben die Katze. Ihr Fell war lang und weich. Sie hob den Kopf, als Marie sie berührte, und rieb ihn wohlig schnurrend an ihrer Hand. Ihre Barthaare kitzelten die zarte Haut des Handrückens.

Plötzlich stand sie auf und machte Anstalten, sich bequem auf Maries Schoß niederzulassen. »Hey!«, rief Marie lachend. »Tu das nicht, Juno. Du wirst noch deine ganzen Haare ...«

Sie brach erschrocken ab. Das war nicht Juno. Juno war tot. Und das war auch nicht ihr Haus, nicht das schöne Haus mit dem gemütlichen Sessel, dem prasselnden Kamin, dem weichen Bett. Dies war nicht ihr Zuhause.

Sie war nicht zu Hause.

Rasch machte sie einige Schritte vom Sofa weg, wütend über ihre eigene Dummheit, als die Tür sich plötzlich öffnete und eine junge Frau zügig und doch anmutig das Zimmer betrat. Marie hob staunend die Augenbrauen. Sie hätte nie an dem exquisiten Geschmack ihres Bruders zweifeln dürfen. Helen war wunderschön! Sie machte ihrem Namen alle Ehre und glich mit ihren langen, honigfarbenen Locken tatsächlich einer antiken Marmorstatue der schönen Helena von Troja.

Ihre zarten, elfenbeinfarbenen Wangen waren etwas gerötet und verrieten ihre Erregung, was ihrer Schönheit jedoch keinen Abbruch tat. Und in den tiefblauen Augen erkannte Marie Kummer und Melancholie.

Sie hatte Angst.

»Sie … Sie haben Nachrichten von meinem Mann?« Ihre Stimme war ein wenig atemlos und Marie hörte die Hoffnung in den Worten. »Wie geht es ihm? Oh bitte, sagen Sie mir, geht es ihm gut?«

Ihre Augen baten, nein, flehten in stiller Beredsamkeit um Mitleid. Marie versteifte sich augenblicklich. Sie verschloss ihr Herz gegen jegliches Gefühl. Helen verwöhnte ihren Gaumen höchstwahrscheinlich mit Gänseleberpastete aus Frankreich und teurem Rotwein aus Italien, lebte von der Kriegsbeute der deutschen Soldaten, machte Urlaub auf Sizilien. Maries Magen knurrte öfters, als dass er gefüllt wurde, sie kannte keinen Ruhetag und hatte dem Tod schon mehr als einmal ins Auge geblickt. Sie hatte alle Menschen verloren, die sie liebte. »Er lebt«, erwiderte sie kalt. Und als sich Helens Augen daraufhin überrascht vergrößerten, fügte sie mit absichtlicher Rohheit hinzu: »Noch.«

Nein, sie hatte keinen Funken Mitleid mit Helen. Sie war vielmehr der Grund ihrer verzweifelten und prekären Lage. Wenn sie nicht wäre, würde Marie schon seit Langem in Sicherheit sein und ihre Großmutter wäre noch am Leben.

»Ich verstehe nicht …« Helen war verwirrt, sie rang um Fassung. »Was ist passiert? Ist er verwundet? Hat man ihm etwas angetan? Gott, er wurde doch nicht …?«

Ihre Hände fuhren an den schlanken Hals, entsetzt über ihre eigenen Gedanken. Marie sah, wie sich ihre Augen weiteten, groß und angsterfüllt. Helen Büchner hatte schreckliche Angst.

Helen atmete ein paar Mal tief ein und aus, dann hob sie den Blick. Ihre Augen zeigten Erschöpfung, vermischt mit plötzlichem Argwohn.

»Wer sind Sie?«, fragte sie brüsk. Ihre Stimme zitterte nicht mehr, sondern klang eigenartig schneidend.

Überrascht über diese Frage, hob Marie die Augenbrauen. »Sie wissen nicht, wer ich bin?«

»Nein. Trudi hat mir Ihren Namen nicht gesagt. Sie meinte nur, Sie hätten eine Nachricht von Karl ... von meinem Mann für mich.«

Sie hatte ihre Fassung gänzlich wiedererlangt und nahm nun die gewohnte Rolle der Hausherrin ein, die höflich, aber bestimmt Fragen stellte und dabei deutlich machte, dass dies *ihr* Haus war.

Maries Augen verengten sich zu Schlitzen. Kalte Wut stieg in ihr auf. Dieser Mistkerl! Er hatte ihr glatt ins Gesicht gelogen! Er hatte Helen niemals gesagt, dass seine Schwester kommen würde. Vermutlich wusste sie nicht einmal, dass er eine Schwester hatte.

Er hatte Marie einfach hierhergeschickt, damit sie seine Frau holte und er es nicht tun musste. Helen befand sich vermutlich nicht in Gefahr und sie hatte garantiert keine russische Großmutter. Von Anfang an hatte Marie gespürt, dass etwas nicht stimmte. Und nun fiel es ihr wie Schuppen von den Augen. Karl plante etwas, was Helen in Gefahr bringen *würde*. Und er hatte sie, Marie, nach Hamburg geschickt, weil sie naiv genug gewesen war, ihm seine Lügen abzunehmen.

Sie schluckte ihre Verbitterung und Wut herunter, setzte ein steifes Lächeln auf und sagte ausdruckslos: »Es spielt keine Rolle, wer ich bin.«

»Oh doch, das tut es!« Helen trat energisch einen Schritt vor und sah Marie herrisch an. »Ich möchte jetzt augenblicklich wissen, wer Sie sind und in welcher Beziehung Sie zu meinem Mann stehen.«

Marie seufzte. Karl hatte ihre Existenz sicherlich aus einem guten Grund verschwiegen und sie hatte nicht vor, ihn zu verraten, auch wenn er es verdient hätte. Wenn Helen ihre wahre Identität erfahren wollte, so musste sie ihren Mann schon selbst fragen.

»Sie werden sich damit begnügen müssen, mir zu vertrauen. Ich bin hier, weil Karl es so gewünscht hat, und ich werde aus Ihrem Leben verschwinden, sobald ich getan habe, was ich tun muss. Sie können das akzeptieren oder Sie bringen Karl in eine sehr unangenehme Situation. Die Entscheidung liegt bei Ihnen.«

Helen machte einige Schritte auf Marie zu und blieb schließlich einen Meter vor ihr stehen. Mit kühlen Augen musterte sie die junge Frau, die aufrecht und selbstbewusst vor ihr stand. Marie trug die Uniform der Wehrmachtshelferinnen. Sie kam sich darin zu auffällig, zu leuchtend vor. Normalerweise wählte sie unscheinbare Kleidung, damit sie in großen Menschenansammlungen untertauchen konnte und unsichtbar wurde.

Helen war es gewohnt, dass man ihre Fragen beantwortete. Allein die Tatsache, dass diese unhöfliche Person anscheinend Neuigkeiten von Karl hatte, den Mann, den sie über alles liebte, hinderte sie daran, Marie vor die Tür zu setzen.

»Woher soll ich wissen, dass Sie tatsächlich eine Nachricht von meinem Mann für mich haben und mich nicht anlügen?«

»Karl vertraut mir, warum wollen Sie das nicht auch tun?«

»Vertrauen ist in diesen Zeiten unangebracht. Nur Narren lassen sich davon in Sicherheit wiegen.«

Wohl war, dachte Marie. Das Misstrauen ihrer Schwägerin gefiel ihr. Man konnte sie nicht ohne Weiteres über den Tisch ziehen. Gut.

»Sie sind eine kluge Frau, Helen«, bemerkte Marie. Das Lächeln war verschwunden und ihre Stimme klang ernst. Es war eine Feststellung, kein Lob. Sie zog einen Brief aus ihrer Mantelinnentasche und reichte ihn Helen. Karl hatte mit dem Misstrauen seiner Frau gerechnet und ihr eine schriftliche Nachricht verfasst. Allerdings würde Helen diese nicht sofort bekommen. Erst gab ihr Marie einen Brief, den sie selbst verfasst hatte. Sie wollte sicher sein, dass Helen die Handschrift ihres Mannes kannte.

»Karl bat mich, Ihnen den hier zu geben. Alles, was Sie wissen müssen, steht da drin.«

Helens Überraschung war nicht zu übersehen. Ihre Finger schlossen sich um das teure, weiße Papier und hielten es fest. Farbe und Leben flammten in ihrem Gesicht auf, ihr Blick wurde weich und hoffnungsvoll. Doch schon beim zweiten Wort hielt sie inne. Das war nicht Karls Schrift! Karl schrieb das H von Helen mit großzügigen Schnörkeln, die seine besondere Zuneigung ausdrückten. Dieses H war schlicht und nichtssagend. Stirnrunzelnd las Helen weiter. Auch das restliche Schriftbild passte nicht zu Karl. Er schrieb groß und platzverschwenderisch, die Großbuchstaben hoben sich immer gut von den übrigen ab. Diese Schrift war klein und eng. Es lag nur kalkulierte und kühl durchdachte Sorgfalt darin.

Zorn wallte in Helen auf. Diese Frau hatte sie angelogen. Karl hatte ihr keine Nachricht geschickt. Sie hatte recht gehabt, misstrauisch zu sein. Diese Frau war eine Hochstaplerin, vermutlich von der Gestapo beauftragt, ihr, Helen, eine Falle zu stellen. Aber so einfach ließ sie sich nicht einwickeln, oh nein!

Ruckartig hob sie den Kopf und sagte kalt: »Das ist kein Brief von meinem Mann! Sie haben mich angelogen. Was wollen Sie von mir? Eine Antwort für Untersturmbannführer Strasser? Die hat er bereits, und nun muss ich Sie bitten, augenblicklich mein Haus zu verlassen, anderenfalls sehe ich mich gezwungen …«

»Sie werden mir diese kleine Prüfung schon verzeihen müssen«, sagte Marie knapp. »Aber ich sah mich gezwungen sicherzustellen, dass Sie die Handschrift Ihres Mannes kennen und nicht jedem Wisch Glauben schenken. Solche Fehler können in Tagen wie diesen tödlich sein.« Sie griff erneut in ihre Manteltasche und reichte ihr dieses Mal den echten Brief. »Hier ist die echte Nachricht. Lesen Sie den Brief durch und verbrennen Sie ihn anschließend. Er darf nicht in falsche Hände geraten.«

Misstrauisch beäugte Helen das saubere Kuvert. Sie riss es grob auf und überflog rasch die ersten Zeilen. Sie prüfte die Schrift. Nach und nach entspannte sie sich. Ein kleines, geheimnisvolles Lächeln legte sich auf ihre Lippen. Karl hatte ihr geschrieben!

Helen schluckte. Karl ging es gut. Er war in Sicherheit und er hatte sie nicht vergessen. Gott, dafür war sie so dankbar! Sie würde es sofort Trudi erzählen. Als sie den Blick hob, sah sie direkt in Maries kalte und verachtende Augen.

Diese Frau war ihr aus irgendeinem Grund feindlich gestimmt. Nein, nicht ihr – Karl. Aber wie war das möglich? Karl hatte geschrieben, sie sei seine loyale Untergebene. Sie könne ihr vertrauen. Ja, sie solle sogar tun, was sie sagte. Hatte diese Person Karls Vertrauen missbraucht oder ihn gar angelogen? Nein, das glaubte Helen nicht. Karl ließ sich nicht so leicht täuschen.

»Danke für den Brief«, sagte Helen und ärgerte sich über die plötzliche Unsicherheit in ihrer Stimme.

»Verbrennen Sie ihn!«, wies sie Marie grob an.

Helen sah sie mit gerunzelter Stirn an, überrascht über diese offene Feindseligkeit, klammerte ihre Finger aber um das Papier. Sie hatte so lange auf eine Nachricht von ihm gewartet und jetzt sollte sie die lang ersehnte Botschaft verbrennen! Dann erinnerte sie sich daran, was Karl geschrieben hatte: *Tu, was sie dir sagt. Du kannst ihr vertrauen.* Karl würde sich schon etwas dabei gedacht haben. Dieser Frau nicht zu vertrauen, wäre Karl nicht zu vertrauen. Und ihrem Mann vertraute sie schließlich.

Langsam ging sie zum Kamin, in dem ein gemütliches Feuer prasselte. Sie warf einen letzten Blick auf den Brief, seufzte traurig und warf das Papier in die Flammen, die sofort gierig ihre Finger darum schlossen.

Marie sagte: »Ich bin froh, dass wir uns nun endlich einig sind. Ich nehme an, Karl hat Ihnen alles geschrieben?«

»Ja«, erwiderte Helen langsam. »Er hat mir alles gesagt, was nötig ist. Ich … ich bin so froh, dass es ihm gut geht und ich …«

»Es wird Karl vermutlich noch viel besser gehen, wenn wir diese unangenehme Aufgabe hinter uns gebracht haben«, unterbrach Marie sie ungeduldig. »Heute ist es zu spät, um noch irgendetwas zu unternehmen. Sie werden erst morgen Ihren Hausarzt aufsuchen können. Um den Zug werde ich mich derweil kümmern. Ihre Hausangestellten werden Sie im Übrigen nicht begleiten können. Das ist zu riskant und ich möchte kein unnötiges Risiko eingehen. Was ist?«

Helen sah sie mit großen, verständnislosen Augen an. »Ich fürchte, ich verstehe kein Wort, das Sie sagen …«, sagte sie verwirrt. »Warum sollte ich Doktor Schiffler aufsuchen?«

»Ja, wie wollen Sie denn sonst …« Marie brach ab. Plötzlich befiel sie eine schreckliche Ahnung. »Was stand in dem Brief?«, fragte sie scharf. »Was hat er Ihnen geschrieben?«

Helen antwortete: »Er schreibt, dass es ihm gut geht und dass er Sie als Schutz zu mir schickt. Ich solle Ihnen vertrauen. Sie seien seine loyale Untergebene.«

»Das darf doch nicht …!« Fassungslos starrte Marie Helen an. Nichts, gar nichts hatte er Helen geschrieben! Helen wusste nicht einmal, dass sie Deutschland verlassen sollte. Marie hätte es wissen müssen.

Oh, wie sie ihn dafür erwürgen könnte! Maries Wut kannte keine Grenzen. Sie hatte große Lust, augenblicklich das Haus zu verlassen und nach England zu fliegen. Zum Henker mit Karl! Er brauchte ihre Hilfe, aber er wollte ihr nicht sagen, *wofür*. Dann sollte er auch gefälligst zusehen, wie er selbst mit seinem Problem fertigwurde.

»Tut mir leid«, sagte Marie kalt. »Es handelt sich hierbei wohl um ein Missverständnis. Ich dachte …« Sie brach ab und führte den Gedanken nicht aus. Stattdessen fuhr sie fort: »Das Beste ist, wir belassen es dabei. Bitte entschuldigen Sie die späte Störung. Ich wünsche Ihnen noch einen angenehmen Abend. Leben Sie wohl.«

Marie machte auf dem Absatz kehrt und wollte mit eiligen Schritten den Salon verlassen, als Helens Stimme sie aufhielt. »Nein, warten Sie! Ich verstehe nicht. Karl hat doch gesagt, Sie seien mir als Schutz geschickt worden. Warum gehen Sie jetzt? Sie müssen bleiben, bitte! Sie unterstehen seiner Anweisung!«

»Ich tue nichts dergleichen!«, schnappte Marie. »Ich bin ihm zu nichts verpflichtet!«

»Warum sind Sie dann hierhergekommen?«

Diese Frage traf einen wunden Punkt. Wütend zog Marie die Augenbrauen zusammen. Ihre Stimme war hart, bitter und voll kaltem Zorn. »Weil ich ihn liebe.«

Marie sah, wie Helen die Farbe aus dem Gesicht wich und ihre großen, blauen Augen Schreck und Verwirrung zeigten.

»Das erklärt natürlich einiges«, meinte sie endlich mit unsicherer Stimme. »Ich nehme an, Sie haben mit meinem Mann einige Zeit zusammengearbeitet. Als … hm … als seine Sekretärin …?«

Marie meinte ruhig: »Sie brauchen nicht eifersüchtig zu sein. Ich verschwinde ohnehin aus Ihrem Leben.«

Sie drehte sich um. Dieses Mal machte Helen keine Anstalten, sie aufzuhalten. Der Gedanke, im selben Haus wie Karls mutmaßliche Geliebte zu sein, erfüllte sie wohl mit Widerwillen. Marie konnte ihr keinen Vorwurf daraus machen. Mit zügigen Schritten durchquerte sie den großen Salon und hatte gerade die weitläufige Eingangshalle erreicht, als plötzlich gedämpfte Schreie zu hören waren. Ruckartig blieb Marie stehen. Eisige Kälte schloss sich um ihr Herz.

Sie drehte sich um. Helen war ihr gefolgt und hatte bereits einige Schritte zu der breiten, weiß gestrichenen Treppe aus kunstvoll geschnitztem Holz gemacht, die zu den oberen Zimmern führte. Ihr Blick war weich und liebevoll. Der Blick einer Mutter, die dem Ruf ihres Kindes folgt …

»Sie … Sie haben ein Kind?« Ungläubigkeit war in Maries Stimme zu hören.

»Ja.« Freude und Stolz ließen Helens Gesicht strahlen, aber auch Triumph. »Einen Sohn. Er ist Karls ganzer Stolz und Karl wird niemals zulassen, dass ihm irgendetwas widerfährt, glauben Sie mir. Sein Sohn …«

»Heinrich!«, sagte Marie mit rauer Stimme. Ihr Hals war plötzlich ganz trocken.

Helen hob überrascht die Augenbrauen. »Woher kennen Sie seinen Namen?«

Marie, die bemerkte, dass sie etwas Dummes gesagt hatte, zuckte ärgerlich mit den Schultern. »Karl hat seinen Sohn schon immer Heinrich nennen wollen.«

Helen erwiderte etwas darauf, doch die Frage drang nicht bis zu Maries Ohr. Ihre Gedanken überschlugen sich. Der Name Heinrich erinnerte sie an ein Versprechen, das sie vor langer Zeit gegeben hatte. Ein Versprechen, das ihr, wie sie mit Grauen begriff, nun zum Verhängnis wurde.

10

Marie verspürte Übelkeit, als sie am nächsten Morgen aufwachte. Sie hatte die Schwierigkeit dieses Auftrages gründlich unterschätzt. Nicht nur, dass Helen keine Ahnung hatte, dass Marie kommen würde, sie hatte nicht im Geringsten vor, Deutschland zu verlassen! Marie war wie vor den Kopf gestoßen. Sie konnte einfach nicht glauben, was sie alles zu hören bekommen hatte.

»Hören Sie, es schmeichelt mir wirklich sehr, dass Karl sich solche Sorgen um mich macht, aber ich sehe keinen Grund, warum ich Hamburg verlassen sollte. Man wird im Gegenteil eher misstrauisch werden, wenn ich jetzt gehe, besonders, weil ich einen Tanzabend plane, zu dem einige wichtige Persönlichkeiten der Wehrmacht und der Gestapo kommen werden. Ich habe nicht vor, meine Soiree abzusagen.«

Marie hatte ihre liebe Mühe und Not gehabt, Helen davon zu überzeugen, wie wichtig es war, dass sie mit ihr in die Schweiz fuhr. Schließlich hatte Helen eingelenkt und gemeint, sie würde es sich überlegen, aber erst nach dem Tanzabend. Wenn Maries Situation nicht schon schlimm genug gewesen wäre, hätte sie augenblicklich das Haus verlassen. Doch wo hätte sie hingehen sollen? Sie war auf die Ausreisegenehmigung von Helen angewiesen, alleine konnte sie Deutschland nicht verlassen.

Sie hatte das Gespräch schließlich abgebrochen, völlig erschöpft und entnervt, und hatte sich nichts sehnlicher gewünscht als Ruhe und Schlaf.

Helen hatte verkündet, dass sie sich schlafen legte. »Ich habe das Gästezimmer für Sie herrichten lassen. Sie werden zweifellos einige Nächte hier verbringen. Ich hoffe, es entspricht Ihren Erwartungen.«

Marie hätte in jeder Hinsicht ein Hotel und ihre Unabhängigkeit bevorzugt, aber es war nicht klug, in Zeiten wie diesen als Frau alleine unterwegs zu sein, schon gar nicht in Deutschland. Außerdem hatte Karl gesagt, sie solle in Helens Nähe bleiben und sie beschützen. Und so erwiderte sie mit nicht wenig Herablassung: »Keine Sorge. Ich bin nicht besonders anspruchsvoll. Hab auch schon schlimmer gewohnt.«

Helen wünschte Marie mit so viel Kühle eine gute Nacht, wie es die Höflichkeit gerade noch zuließ, und rauschte aus dem Zimmer.

Als Marie später in ihrem breiten Bett lag, die Lider schwer vor Müdigkeit, kämpfte sie mit dem Schlaf, der sie zu überrollen drohte. Schwarze Dunkelheit umgab sie. Es war sehr still in ihrem Zimmer. Zu still, fand Marie. Sie begann den Geräuschen der Nacht zu lauschen. Draußen kratzte der Wind an den Fensterläden, als suche er Einlass in das dunkle Zimmer. Oder war es ein SS-Mann, der mit größter Vorsicht den Riegel abfeilte, um in das Haus einzudringen, eine kalte Pistole in der Hand, bereit, wehrlose Menschen im Schlaf zu erschießen?

Seit sie denken konnte, erfüllte der Gedanke an die Nacht sie mit ambivalenten Gefühlen. Sie liebte es, sich in ihr Bett zu kuscheln, die Augen zu schließen und in die Welt der Träume zu entfliehen, während silberner Mondschein auf ihr Kopfkissen fiel. Gleichzeitig fürchtete sie sich vor der Nacht, denn sie wusste nie, was die Dunkelheit bringen würde.

In den letzten Jahren war die Nacht dann ihr unfreiwilliger Freund geworden. Die schwarzen Schatten, die alles verschlangen, waren willkommene Verstecke und boten gute Fluchtmöglichkeiten nach einer erfolgreichen Operation.

Doch jetzt, als sie in diesem fremden Zimmer lag, spürte sie, wie die Angst wieder Besitz von ihr ergriff, diese Angst, die sie so lange nicht mehr verspürt hatte. Nicht so lange Steven am Leben gewesen war. Der Gedanke an seinen warmen Körper, die breite Brust, an die sie sich schmiegen konnte, versetzte ihr einen so starken Stich, dass es ihr Tränen in die Augen trieb.

Aber Steven war tot. Steven würde nie wieder neben ihr im Bett liegen. Sie würde ihm nie wieder beim Schlafen zuschauen können. Und seine starken Arme würden nie wieder auf ihren Schultern ruhen. All dies war Vergangenheit und schien ihr so weit weg wie der Tag, an dem sie sich lachend in die Arme eines anderen Mannes geworfen hatte und er sie hochhob und im Kreis drehte, bis ihre Mutter sie zum Essen rief.

Wütend zog sie den champagnerfarbenen Seidenmorgenmantel an, den Helen ihr geliehen hatte, und ging ins Badezimmer. Obwohl es ihr gestern Abend einige Überwindungskraft gekostet hatte, hatte sie aus Vorsicht das Haus ausgekundschaftet. Dabei war sie zufällig auf das Badezimmer gestoßen. Das elfenbeinfarbene Doppelwaschbecken mit vergoldeten Hähnen war ihr sofort ins Auge gesprungen. Und als sie dann die extragroße Badewanne und das Bidet entdeckte, hatte sie über den Luxus nur staunen können.

Nach kurzem Zögern stieg sie in die Dusche. Als das warme Wasser aus dem Brausekopf sprudelte, schloss sie für einen Moment wonnig die Augen. Wie lange war es her, seit sie das letzte Mal unter einer Dusche gestanden hatte? Es kam ihr vor wie eine Ewigkeit. In Frankreich hatten nur sehr wenige Häuser fließendes Wasser. Sie war es gewohnt, mit einem großen Krug Wasser an einer öffentlichen Pumpe zu holen und anschließend über einer verbeulten Weißblechschüssel schnell Katzenwäsche zu verrichten. Selbst jetzt brannte ihr in der Erinnerung daran noch die Kernseife in den Augen.

Als sie aus der Dusche stieg, wartete bereits ein vorgewärmtes Handtuch auf der breiten Heizung auf sie. Es war saphirblau und passte zu den cremefarbenen Wänden. Helen hatte Geschmack, das musste man ihr lassen.

Allerdings sank Maries Stimmung, während sie sich abtrocknete. Sie saß in der Falle. Mamys Tod hatte sie aus der Bahn geworfen und in einer sentimentalen und aufgewühlten Stimmung hatte dieser verfluchte Schneider sie dazu gebracht, etwas zu sagen, was sie nicht wollte. Doch die Worte waren ausgesprochen, sie konnte sie nicht wieder zurücknehmen, ohne ihrem Stolz Abbruch zu tun.

Warum ließ sie sich derart von Dingen beeinflussen, die sie vor Jahren versprochen hatte? Damals waren die Verhältnisse doch ganz andere gewesen, denn sonst hätte sie bestimmt niemals zugestimmt, Patin des ersten Kindes ihres Bruders zu werden und damit die Verantwortung für sein Wohlergehen zu übernehmen. Sie hätte niemals nach Paris gehen sollen. Sie hätte Karls Nachricht ignorieren sollen. Warum musste sie nur so neugierig sein? Achtlos warf sie das Handtuch auf den Boden und griff nach ihrer Unterwäsche. Sie dachte daran, dass ihre Neugier schuld daran war, dass sie als Agentin so erfolgreich war. Sie entlockte dem Feind Informationen, die er niemals hatte preisgeben wollen. Darin war sie gut. Aber jetzt war sie dabei, sich selbst Informationen zu entlocken. Sie war dabei, ihr eigenes Herz und ihr eigenes Leben zu prüfen. Und das war schmerzhafter, als sie gedacht hatte.

Vergiss es, dachte sie. *Es ist ein verdammter Auftrag. Sobald ich fertig bin, fliege ich zurück nach England und dann soll Karl sehen, wie er zurechtkommt.*

Doch noch während sie das dachte, wusste sie, wie feige es sich anhörte.

Während Marie mit sich selbst haderte, grübelte Helen darüber, warum Karl ihr diese Frau geschickt hatte. Sie fühlte sich gekränkt und eigenartigerweise enttäuscht. Traute Karl ihr nicht zu, mit der Situation fertigzuwerden? Sie wusste, dass er sie für schwach hielt, auch wenn er dies niemals laut sagen würde. Manchmal verzweifelte sie fast daran, dass sie sich in einen Mann verliebt hatte, der so unglaublich dickköpfig war.

Als sie Karl kennengelernt hatte, war sie gerade zwanzig Jahre alt gewesen. Zusammen mit ihren Eltern hatte sie eine Tanzveranstaltung der Gräfin Maria von Grünewald besucht. Der schicke Marineoffizier war ihr sofort ins Auge gefallen, und so hatte sie ihm erlaubt, ihr in den kommenden Monaten auf schmeichelhaft galante Weise den Hof zu machen. Ihre Eltern waren zwar nicht wirklich beglückt darüber, dass sich ihre Tochter einem Bürgerlichen verschreiben wollte, aber sein makelloser Ruf überzeugte sie schließlich. Noch im selben Jahr tauschten Karl und Helen die Ringe in der Dresdner Frauenkirche.

Das erste Jahr ihrer Ehe war die schönste Zeit in Helens Leben gewesen. Doch dann war der Krieg ausgebrochen und Karl musste an die Front. Plötzlich war Helen alleine gewesen.

Karl war nicht dagewesen, als sie ihre zwei Fehlgeburten erlitt. Es war jedes Mal sehr schmerzhaft für sie gewesen, das Kind zu verlieren, das sie sich schon so lange gewünscht hatte und das ihre Einsamkeit und Leere verscheuchen sollte. Sie hatte das Gefühl gehabt, als Ehefrau versagt zu haben, weil sie ihrem Gatten nicht den Erben schenken konnte, den er sich wie jeder Mann so sehr wünschte. Schließlich war Heinrich geboren worden. Er war gesund und kräftig, als er auf die Welt kam, und Helen würde niemals das stolze und bewegte Gesicht Karls vergessen, als er seinen Sohn zum ersten Mal auf den Arm nahm. Ihr Glück schien perfekt.

Doch dann kam jener verhängnisvolle Tag, der für immer in Helens Gedächtnis eingebrannt sein würde. Es war kurz nach Heinrichs Geburt gewesen. Sie waren einer Einladung bei Freunden gefolgt und hatten einen ruhigen Abend zusammen verbracht. Aber als der Anruf kam, war es um die Ruhe geschehen. Helen hatte förmlich gehört, wie ihr Leben in tausend Scherben zersprang.

Karl war danach wie ausgewechselt gewesen. Er konnte einfach nicht glauben, was er gehört hatte. Auch Helen war sehr erschüttert gewesen. Sie hatten lange darüber gesprochen, aber Karl konnte nicht mehr weitermachen wie zuvor. Er war rastlos geworden und hatte sich mehr und mehr zurückgezogen.

Mit ihrer Schwester konnte sie darüber nicht reden, weil diese der Ansicht war, dass man sich über das Eheleben nicht beklagen durfte. Und so hatte Helen sich Trudi, ihrer alten Amme, die sie aus Schloss Hohenstein begleitet hatte, anvertraut.

Sie fühlte, dass Karl sich immer mehr von ihr entfernte und sie an seinem Leben nicht mehr teilhaben ließ. Sein plötzliches Schweigen verärgerte und verletzte sie. Und dann bekam sie Angst um ihn. Er stellte zu viele Fragen. Es war nicht gut, in der jetzigen Zeit viele Fragen zu stellen. Auf ihr Drängen, aufzuhören, war er nicht eingegangen. Auch das hatte Helen verletzt.

Und als er schließlich beschlossen hatte, nach Berlin zu gehen, hatte sie genau gewusst, was er plante. Sie hatte versucht, ihn davon abzubringen, aber umsonst. Er war gegangen. Sie empfand das als persönliche Kränkung und war tagelang wütend auf ihn gewesen.

Doch mittlerweile hatte sie nur noch Angst. Sie wollte, dass er wiederkam.

Und nun schickte er ihr eine Frau, die allem Anschein nach auch noch seine Mätresse war, um sie in die Schweiz zu bringen. Was für eine Demütigung!

Helen fragte sich, ob sie als Ehefrau versagt hatte. Hatte Karl Trost in den Armen einer anderen Frau gesucht, weil sie ihm nicht geben konnte, was er brauchte?

Der Gedanke war so schmerzhaft, dass Helen die Arme um ihren Leib schlang und sich einen Augenblick erlaubte, im Schlafzimmer die Haltung zu verlieren.

Was hatte sie falsch gemacht? War sie denn nicht immer für Karl dagewesen? Warum hatte er sich so sehr von ihr entfernt? Sie wusste, dass die Entdeckung, die sie an jenem schrecklichen Abend gemacht hatten, grauenerregend war, aber sie mussten jetzt zuerst an ihren Sohn denken. Sie mussten ihn beschützen! Und das, was Karl tat, brachte ihn in Gefahr.

Irgendetwas stimmte hier nicht, dessen war Helen sich sicher. Es fiel ihr schwer zu glauben, dass Karl eine Mätresse haben sollte, aber noch weniger glaubte sie, dass ihr Mann so gefühllos war, ihr diese Frau zu ihrem Schutz zu schicken.

Sie stand von ihrem Bett auf und setzte sich an ihren zierlichen Kirschholz-Frisiertisch, nahm ihre weiche, silbergefasste Bürste und kämmte sich mit geschmeidigen Bewegungen das Haar. Sie hatte gerade ihr dezentes Make-up aufgelegt, als Trudi klopfte und verkündete, dass das Frühstück serviert sei.

»Fräulein Schmitt ist bereits aufgestanden«, bemerkte die Hausangestellte, während sie Helen ins Esszimmer begleitete. Als die beiden Frauen das Esszimmer betraten, lehnte Marie am Holztisch, eine Tasse Kaffee in der Hand, und las in aller Seelenruhe die Zeitung, die für Helen bestimmt war.

Marie fand es immer wichtig zu wissen, was der Feind dachte oder zumindest sein Volk denken ließ. Oft steckte zwischen den vielen Propagandazeilen ein Körnchen Wahrheit, und nichts tat sie lieber, als dieser Wahrheit auf die Spur zu kommen. Da sie notgedrungen in

Deutschland bleiben musste, hatte Marie beschlossen, alles zur Gewinnung von Informationen zu nutzen.

Das fiel ihr nicht schwer und war eine nützliche Aufgabe. Sie war viel zu ungeduldig, um sich ruhig zu verhalten. Richard würde sich vielleicht über die Informationen freuen und eventuell, aber nur vielleicht, würden diese Informationen, wenn sie entsprechend wichtig waren, bei einer Verurteilung in England ins Gewicht fallen und eine Begnadigung ermöglichen.

Ehrlich gesagt hatte Marie sich noch keine richtigen Gedanken über ihre Rückkehr nach London gemacht. Im Moment war sie einzig damit beschäftigt, nicht die Nerven zu verlieren und den Auftrag professionell über die Bühne zu bekommen. Allerdings war es nie schlecht, etwas in der Hand zu halten, und so las sie begierig einen Bericht über den erfolgreichen Vorstoß der 7. Panzerdivision unter Leitung von Generalmajor Hasso von Manteuffel an der Ostfront. Nach dem Verlust von Charkow Mitte August kämpften die Deutschen mit allen Mitteln, um die Front halten zu können. Die Kampfgruppe war unter Generalfeldmarschall Erwin Rommel während des Frankreichfeldzuges bekannt geworden und wurde von den Franzosen Gespensterdivision genannt, weil sie immer dort auftauchte, wo weder Freund noch Feind sie erwartete. Allerdings, so wusste Marie, hatten die Deutschen diesen Namen übernommen, weil selbst die übergeordnete Kommandoebene nie wirklich wusste, wo die Division und ihr Kommandeur sich aufhielten.

»Guten Morgen.«

Der frostige Ton in Helens Stimme unterbrach ihre morgendliche Lektüre. Träge hob Marie den Kopf und bemerkte: »Guten Morgen, Helen. Haben Sie gut geschlafen? Oh, verzeihen Sie diese taktlose Frage. Sie haben zweifellos schlecht geschlafen. Möchten Sie Kaffee? Er ist sehr gut. Und Sie haben ihn nötig.«

Helen kniff die Lippen zusammen. In ihrem eigenen Haus Kaffee angeboten zu bekommen, das ging zu weit. Steif blieb sie im Türrahmen stehen und erwiderte kühl: »Ich verzichte. Kaffee schlägt mir morgens auf den Magen.«

Gleichgültig zuckte Marie mit den Schultern.

»Pech für Sie. Aber bedenken Sie, dass Sie diesen Luxus womöglich nicht mehr lange haben werden. Wer weiß, ob es in der Schweiz noch echten Bohnenkaffee gibt. Also genießen Sie ihn, solange Sie können.«

Wie um ihre Aussage zu bestätigen, trank Marie einen großzügigen Schluck aus ihrer Tasse. Nach drei Jahren Ersatzkaffee kam sie sich vor wie im Paradies. Helen musste über gute Beziehungen verfügen, schließlich herrschte auch in Deutschland Rationierung.

Helen jedoch hatte beschlossen, sich von Marie nicht einschüchtern zu lassen. »Ich habe nie zugesagt, in die Schweiz zu gehen. Sie verschwenden Ihre Energie, wenn Sie mich unter Druck setzen wollen, Fräulein Schmitt.«

Marie nahm einen Schluck aus ihrer Tasse und sah Helen einen Augenblick lang an, ehe sie fortfuhr. »Nennen Sie mich Bertha. Und Sie brauchen eine Erklärung, wer ich bin. Also, Sie werden Folgendes sagen: Ich bin eine entfernte Base von Ihnen, die für eine Woche zu Besuch ist. Mein Mann, Oberst Hans Schmitt, muss einige Angelegenheiten in Hamburg erledigen, und ich nutze die Zeit, um ein paar Tage mit Ihnen zu verbringen. Und da Ihr Mann im Moment abwesend ist, kommt Ihnen das gerade recht. Welche Frau ist im Krieg schon gerne allein?«

Der Spott und die Verachtung waren deutlich zu hören. Helen fragte sich, warum Marie es darauf anlegte, sie zu verletzen. War sie tatsächlich Karls Mätresse? Nein, das konnte nicht sein. Da war etwas anderes. Irgendetwas Beunruhigendes. Sie würde es schon herausfinden. Und währenddessen würde sie dieser unhöflichen Person zeigen, dass man nicht in diesem Ton mit einer Gräfin sprechen konnte.

Sie verließ ihren Posten an der Tür und schlenderte ruhig auf Marie zu. »Ich kann Sie unmöglich als meine Base ausgeben. Ihre Aussprache ist die einer vulgären Person des breiten Pöbels, nicht die einer Gräfin. Allein Ihre Gebärden erregen meinen Anstoß. Ich würde den guten Ruf meiner Familie beflecken, wenn ich Sie als Angehörige der Familie Hohenstein ausgeben würde. Darüber hinaus habe ich nicht im Geringsten vor bekannt zu geben, ich stünde in irgendeiner Beziehung zu Ihnen.«

Marie nahm die abfällige Bemerkung überraschend gelassen auf. Sie trank den letzten Schluck ihres Kaffees, setzte die Tasse auf der Anrichte ab und nachdem sie die Zeitung achtlos auf den breiten Esstisch geworfen hatte, machte sie einige Schritte auf Helen zu. Sie sah ihr geradewegs in die Augen. »Sagen Sie der Nachbarschaft von mir aus, was Sie wollen. Es geht mich schließlich nichts an. Aber …«

»Sehr wohl, es geht Sie überhaupt nichts an!«, unterbrach Helen sie heftig. »Und ich wünsche nicht, dass …«

Marie hob abwehrend die Hand. »Ich möchte nicht streiten, Helen. Tun Sie, was Sie für richtig halten. Und wenn Sie mich jetzt bitte entschuldigen würden, ich habe noch einiges zu tun.«

Mit diesen Worten ging sie auf die Tür zu, bis die verwirrte Helen sie aufhielt. »Wo wollen Sie denn hin?«

Langsam drehte Marie sich um, ein kleines Lächeln auf den Lippen. »Ich wüsste nicht, was Sie das angeht«, meinte sie spöttisch und verließ das Esszimmer, während Helen verärgert zurückblieb.

Hamburg hatte vier Kriegsjahre hinter sich und das sah man auch. Die ehemalige Hansestadt, mit rund 1,7 Millionen Einwohnern die zweitgrößte Stadt des »Altreichs«, bedeutender Industriestandort und größter Umschlagplatz des deutschen Seehandels, war von den Bombern der Royal Air Force und der US Air Force in ein Trümmerfeld verwandelt worden. Wo früher die prachtvolle Nikolaikirche gestanden hatte, diese berühmte gotische Sandsteinkirche mit dem typisch deutschen spitzen, durchbrochenen Turmhelm, ragte nur noch ein durchsiebter Turm in die Höhe, anklagend und allein.

Ruinen. Kilometerweit Berge von Schutt, Geröll und verkohlten Balken. Einsame Fassaden, halb abgebrannt und durchlöchert, wiesen auf das hin, was einst ein schönes Zuhause gewesen war. Jahrhundertalte Schmuckstücke der Geschichte, die vielen schweren Katastrophen und tobenden Kriegen standgehalten hatten, hatten sich binnen weniger Minuten in Rauch aufgelöst.

Dies war Deutschlands Preis für den Endsieg. Wenn er denn jemals kommen sollte.

Marie wusste, dass die Zerstörung Hamburgs größtenteils auf die Operation Gomorrha zurückzuführen war, die Ende Juli stattgefunden hatte. Wie Unglücksvögel hatten die englischen und amerikanischen Bomber ihr Nest verlassen, um 9 000 Tonnen Minen, Spreng- und Brandbomben auf die Stadt zu werfen, um ein loderndes Feuer zu entfachen für die Bestien, die den Krieg entfesselt hatten. Das Lichtenstein-Radar der deutschen Bodenabwehr und das Frühwarnsystem Freya der bodengeleiteten Nachtjagd waren durch den Abwurf von Stanniolstreifen geblendet worden und so nahezu blind. Die Metallstreifen entfalteten sich in der Luft zu reflektierenden Wolken, die unzählige Radarechos erzeugten. Lichtkegel irrten ziellos über den Himmel, Jagdflieger griffen Metallfolien an, und die Flak feuerte blind in den Himmel. So konnte die Bombenlast fast ungehindert ins Ziel gebracht werden. Im Feuersturm starben über zehntausend Menschen.

Als die Sonne über dem Land aufgegangen war, ließ der Herr auf Sodom und Gomorra Schwefel und Feuer regnen, vom Herrn, vom Himmel herab. Er vernichtete von Grund auf jene Städte und die ganze Gegend, auch alle Einwohner der Städte und alles, was auf den Feldern wuchs.

Ja, der Name der Operation war passend ausgesucht. Nazideutschland musste mit Blut bezahlen.

Während Marie in Borgefelde, dem Zentrum des Feuersturmes, durch die skelettartigen Überreste einer einst blühenden Straße voller Leben und Schönheit ging, verspürte sie eine grimmige Genugtuung, die aber ihr Herz nicht erreichen wollte. Dafür kämpfte sie doch! Tag für Tag. Deutschlands Niederlage.

Doch ihr Herz blutete beim Anblick der Inschriften auf den Fassaden der Ruinen dieser trostlosen Stadt: »Hilde, wo bist du? Wir leben. Harenburg und Scheele in Hovighorst Ziegelei.«

Als sie in England gewesen war, hatte sie jeglichen Gedanken an

Deutschland verdrängt. Und in Frankreich, während all ihrer Jahre als Agentin des SOE, wuchs ihr Hass auf die deutschen Nazischweine, die ihre Eltern getötet hatten. Niemand hatte je erfahren, dass sie Halbdeutsche war. Nicht einmal Steven. Sie hatte ihren deutschen Akzent geschickt verborgen, bis er fast nicht mehr hörbar war. Nur die leichte Färbung der Sprache zeigte, dass sie keine Engländerin war. Sie war Französin, nicht mehr und nicht weniger.

Doch nun weckte der Klang der deutschen Sprache, so angsteinflößend er auch sein mochte, süße Erinnerungen in ihr, schmerzvolle Sehnsüchte nach einer Zeit, in der die Welt noch in Ordnung gewesen war.

Marie sah, wie eifrig die Räumungs- und Wiederaufbauarbeiten vonstattengingen. Noch immer wurden Leichen geborgen. Der Anblick der entstellten Körper, die nur von einem dünnen Tuch bedeckt wurden, erinnerte sie sehr an die Bombenangriffe auf London. Plötzlich hatte sie das dringende Bedürfnis, die Ruinenlandschaft zu verlassen und Leben um sich herum zu haben. Hastig begab sie sich auf den Weg in ein unzerstörtes Viertel von Hamburg.

Als sie an einem Geschäft vorbeiging, fiel ihr Blick auf eine Tabakmarke, die ihr Vater früher geraucht hatte. Beim Anblick der vertrauten Schrift zog sich ihr Herz heftig zusammen. Wie sie ihren Vater vermisste! Das bärtige Gesicht, die klugen Augen, die gefasste, selbstbewusste Haltung. Er war ihr großes Vorbild gewesen. Nie wieder hatte sie einen Menschen kennengelernt, der über so viel Bildung und einen so weltgewandten Erfahrungsreichtum verfügte wie ihr Vater. Bis spät in die Nacht konnte er mit ihr über Politik, Religion oder Philosophie diskutieren – ihm gingen nie die Argumente aus.

Karl sieht ihm ähnlich, dachte sie plötzlich. *Er wird einmal in seine Fußstapfen treten, wenngleich er nicht die gleichen Überzeugungen teilt wie er.*

Sie bereute es bereits, hierhergekommen zu sein. Dieser Ort weckte nur alte Erinnerungen, riss alte Wunden auf, und Blut strömte aus den Narben, die sich nie richtig verschlossen hatten. Sie musste fort von hier, fort nach England, in Sicherheit. Ihr wurde plötzlich bewusst, dass sie nicht mehr umkehren konnte. Richard hatte inzwischen die Nachricht gelesen, die sie ihm hatte zukommen lassen, und für ihn war sie bereits eine Verräterin. Mit leeren Händen wäre eine Rückkehr ihr Tod. Nein, es gab nur noch einen Weg: nach vorne. Bitterkeit stieg in ihr hoch. Erneut musste sie Vertrautem den Rücken kehren, musste Liebgewonnenes verlassen, musste zur Verräterin werden. Und wieder war Karl schuld daran.

Ihre Finger fanden ganz alleine den Rosenkranz in ihrer Tasche, ein Geschenk ihrer Großmutter, nachdem sie sich das erste Mal seit Jahren wiedergesehen hatten. »Er wird dich behüten. Gott schütze dich, mein Kind.«

Sie dachte an das runzlige Gesicht und die strengen, braunen Augen, die sie voller Stolz und unfassbarem Glück betrachteten. Erste Tränen rollten ihr über die Wangen, während sie leise die Worte murmelte, die sie vor sehr langer Zeit gelernt hatte: »Credo in unum deum … Ich glaube an Gott …«

Das Haus lag im Dunkeln, als Marie zurückkam. Sie war den ganzen Tag durch Hamburg spaziert, hatte Gesprächsfetzen aufgefangen, versucht, interessante Neuigkeiten aufzuschnappen. Was wirklich interessant war – Truppenbewegungen, Artillerie, Luftunterstützung, Truppenzahl – kurz: die Armeestärke der Deutschen im Inland, darüber hatte sie nichts in Erfahrung bringen können.

Das Licht über der Eingangstür wirkte einladend, doch Marie war noch nicht bereit, dem kühlen Blick ihrer Schwägerin zu begegnen. Sie ging an der Tür vorbei, weiter in den Garten, der im bleichen Mondlicht silbern schimmerte, friedlich und still. Kein Laut drang aus der Dunkelheit, tiefes Schweigen erfüllte die kalte Luft, die träge über die hohen Büsche und großen Bäume strich.

Marie hob den Blick. Zwischen den feinen Blättern einer alten Weide, die wie eine Mutter schützend ihre Zweige um sie gelegt hatte, konnte sie einen funkelnden Sternenhimmel sehen. Die kleinen Punkte erhellten den dunklen Himmel und die Worte eines Verses kamen ihr in den Sinn.

Une étoile d'or là-bas illumine
Le bleu de la nuit, derrière les monts.
La lune blanchit la verte colline.

Ein goldener Stern erhellt
das Blau der Nacht, dort, hinter den Bergen.
Der Mond bleicht den grünen Hügel.

Tiefer Schmerz erfüllte Marie, als sie an die weitere Strophe des Gedichtes von Leconte de Lisle dachte. Sie senkte den Blick und sah auf den Teich, der still und friedlich vor ihr lag. Das schwarze Wasser gurgelte leise und winzige Wellen brachen sich am flachen Ufer. Im Sommer musste es hier von Stechmücken nur so wimmeln, dass das Summen einem in den Ohren klang.

Steven hatte den Sommer geliebt. Er hatte für die Sonnentage gelebt, und sobald nur ein heller Streifen den grauen Himmel durchbrach, hatte sich seine Miene aufgehellt und sich ein Lächeln auf seinem gebräunten Gesicht ausgebreitet. Marie hatte sein Lächeln geliebt. Wenn er sie angesehen hatte, hatte sie jedes Mal das Gefühl gehabt, dass nichts unmöglich war.

Als sie ihn kennengelernt hatte, war sie gerade bei einer Sanitätseinheit der britischen Armee aufgenommen worden. Sie war ein paar Wochen zuvor in England angekommen – allein, verbittert und am Boden zerstört. In einer der vielen Militärkantinen hatte sie das widerwärtige Essen heruntergewürgt und versucht, so viel wie möglich im Magen zu behalten. Es war eine warme Mahlzeit nach Monaten des Hungers, auch wenn sie nach Schlauchboot schmeckte und zäh wie Kleister war.

Während sie den Fraß in sich hereinlöffelte, erschien Steven. Er sagte, er habe sie schon seit einiger Zeit beobachtet und den Kummer in ihren tiefschwarzen Augen gesehen. Marie igelte sich sofort ein. Sie hatte das Gefühl vor einem Abgrund zu stehen. Vor ihren Augen hatte sie noch das Bild der entstellten Körper ihrer Eltern, halb verbrannt und zerfetzt, eine blutige Masse an der Stelle des Gesichts. Ihr Leben war in tausend Scherben zerbrochen, ein brennender Schmerz schlimmer als die Hitze der Hölle loderte in ihrer Brust und zerriss ihr das Herz. Sie hatte das Gefühl, in ein gähnendes Loch gefallen zu sein, und die Qual lähmte ihren Körper und ihren Geist.

Sie hatte nicht das Bedürfnis nach Gesellschaft, sie wollte einfach nur alleine sein. Allein mit ihren schwarzen Gedanken und ihrem quälenden Schmerz. Das gab sie Steven auch sehr deutlich zu verstehen.

Doch er ließ nicht locker. Ihre widerborstige Art schreckte ihn nicht ab, und mit viel Geduld lockte er sie schließlich aus ihrem Schneckenhaus. Marie konnte gar nicht sagen, wie beeindruckt und wie dankbar sie heute noch für seine Ausdauer und seine Liebe war. Er hatte ihr später gestanden, dass er sich in dem Augenblick in sie verliebt hatte, als er sie zum ersten Mal in der Kantine gesehen hatte. Sie habe ausgesehen wie ein gescheiterter Engel, kummervoll und doch wunderschön.

Wie hatte sie diesen Mann geliebt! Er hatte ihr das Leben wiedergegeben, ihr, die nie gedacht hatte, dass die Sonne wieder für sie scheinen würde. Für sie war alles tot gewesen. Doch Steven hatte ihr gezeigt, dass selbst die schlimmsten Stunden im Leben vorbeigehen. Und als er sie gebeten hatte, seine Frau zu werden, war die Zukunft zum ersten Mal keine Bedrohung mehr gewesen, sondern vielmehr ein Versprechen auf eine Zeit voller Glück und Hoffnung.

Und dann war jener Tag gekommen, der sich wie ein schwarzes Loch in ihr Gehirn eingebrannt hatte. Sie sah noch Richards Gesicht vor sich, so lang und so voller Mitgefühl. Und als sie das Telegramm gelesen hatte, war ihr Leben zum zweiten Mal in tausend Stücke zersprungen.

Sie sah das Telegramm wieder vor sich, die schwarzen, maschinell gedruckten Buchstaben, so kalt, so nüchtern, so teilnahmslos. Sie spürte wieder, wie etwas in ihr zersprang, wie eine eiserne Hand nach ihrem Herz griff und heftig zudrückte. Der tödliche Absturz von Stevens Maschine bei Magdeburg hatte sie noch mal den schrecklichen Verlust ihrer Eltern durchleben lassen. Nie wieder würde sie die Stunden der kalten Einsamkeit in ihrem Herzen und diesen zerreißenden Schmerz vergessen.

Marie sah den kleinen Teich nicht mehr, ihr Blick war von den Tränen, die ihr in Strömen über die Wangen liefen, verschwommen. Das Flüstern ihrer rauen Stimme klang gespenstig in der Stille der Nacht, während die Worte Lisles leise aus der Tiefe ihres Herzens drangen:

»Mon fiancé dort sous la noire terre,
Dans la froide tombe il rêve de nous.
Laissez-moi pleurer, ma peine est amère.
Laissez-moi gémir et veiller, ma mère:
Les pleurs me sont doux …«

Mein Verlobter schläft unter der schwarzen Erde,
in seinem kalten Grab träumt er von uns.
Lasst mich weinen, mein Schmerz ist bitter.
Lasst mich jammern und wachen, Mutter:
Die Tränen tun mir gut …

Der fröhliche Dreiklang der Klingel ertönte hell und klar im stillen Haus. Marie befand sich gerade im Foyer, ihren Mantel in der Hand und das Gefühl von Enge in ihrer Brust. Sie hatte vorgehabt, ein wenig im Garten spazieren zu gehen, als der Gong sie zusammenfahren ließ.

Als sie den schwarz gekleideten SS-Offizier erblickte, erstarrte sie vor Schreck. Sie war jetzt seit zwei Tagen in Deutschland, aber die düsteren Uniformen und der Anblick des Hakenkreuzes lösten bei ihr immer noch Schweißausbrüche und Herzklopfen aus.

Sie ließ sich ihre Angst nicht anmerken und fragte steif: »Sie wünschen?«

Der SS-Offizier blickte sie verwundert an. »Wer sind Sie denn?«, fragte er irritiert.

»Da Sie sich auf der äußeren Seite der Tür befinden, steht diese Frage eher mir zu, finden Sie nicht?«, erwiderte Marie ruhig.

Der kleine Mann zog ärgerlich die buschigen Augenbrauen zusammen, sodass sie einen geraden Strich bildeten. Es kostete Marie einige Überwindung, dem SS-Mann gerade in die Augen zu sehen. Sie musste ihm zeigen, dass sie sich von ihm nicht einschüchtern ließ. Trotzdem klopfte ihr Herz schmerzhaft gegen die Brust, während ihre Hand den messinggefassten Türgriff fest umklammert hielt.

»Ich bin Untersturmführer von Strasser, Mitglied des Führungsstabes des SD-Abschnittes Hamburg. Ich möchte die Frau Gräfin sprechen, wenn Sie gestatten, Fräulein …?«

»Frau Schmitt«, antwortete Marie prompt. »Nun, Herr Untersturmführer, ich weiß nicht, ob die Frau Gräfin Sie erwartet. Wenn Sie mir jedoch sagen, worum es sich handelt, werde ich sehen, was ich erreichen kann.« Sie lächelte verbindlich.

Strasser überlegte kurz, setzte dann ebenfalls ein Lächeln auf. »Ich glaube, die Gräfin weiß selbst, worum es geht. Nennen Sie ihr einfach meinen Namen. Ich werde solange im Salon auf sie warten.«

Was um alles in der Welt hatte Helen mit der SS zu schaffen? Der Untersturmführer schien ja sehr vertraut mit ihr zu sein. SD – Sicherheitsdienst. Marie drehte sich der Magen um. Sie kannte den SD aus Frankreich. Nach der Niederlage hatte er nach »reichsdeutschen Emigranten« gefahndet, »die offensichtlich, gewillt und aufgrund ihrer Stellung und ihres Ansehens in der Lage waren, Unruhe im Besatzungsland zu stiften«. Als reichsdeutsche Emigranten galt auch ihre Familie, und wäre ihr Vater nicht zu Kriegsbeginn gestorben, hätte ihm das KZ geblüht, wenn der SD ihn gefunden hätte.

Ohne anzuklopfen platzte sie in Helens Zimmer. Helen, die gerade ein Kleid in den Schrank räumen wollte, fuhr erschrocken zusammen, entspannte sich jedoch sofort, als sie Marie erblickte. Ihr Gesicht zeigte einen verärgerten Ausdruck.

»Ihre Manieren lassen wirklich sehr zu wünschen übrig, Fräulein Schmitt«, sagte sie kopfschüttelnd. Sie hatte sich nicht dazu durchringen können, Marie Bertha zu nennen.

»Untersturmführer Strasser erwartet Sie im Salon«, eröffnete Marie ihr kalt. Sie war überrascht zu sehen, wie alle Farbe aus Helens Gesicht wich. Sie ließ das Kleid fallen, ohne es zu merken.

»Sind … sind Sie sicher?«

»Absolut.« Marie runzelte die Stirn. So wie Helen reagierte, konnte es sich bei Strasser nicht um einen Liebhaber handeln. Diese Tatsache erleichterte sie mehr, als sie sich eingestehen wollte.

Helens Hände zitterten unkontrolliert, als sie das Kleid aufhob und unsicher in den Schrank räumte. Mit übertriebener Sorgfalt schloss sie die hölzerne Tür und verharrte dort einen Augenblick schwer atmend, ehe sie sich wieder zu Marie drehte.

Ihr Gesicht war wieder stolz, nichts ließ ihren kurzen Schwächeanfall erahnen. »Sagen Sie dem Untersturmführer, dass ich ihn nicht empfangen kann«, befahl sie mit harter, spröder Stimme.

»Das sagen Sie ihm selbst«, erwiderte Marie kühl. »Ich bin nicht Ihre Dienstbotin.« Und damit verließ sie das Schlafzimmer.

Kurz darauf hörte sie, wie Helen die Treppen herunterstieg und in den Salon ging. Gedämpfte Stimmen wurden laut. Marie lehnte sich in ihrem Stuhl zurück, die Hände auf dem Schreibtisch trommelnd. Sie war ungeduldig. Sie wollte wissen, was Helen mit dem SS-Offizier zu besprechen hatte. Es war eine alte Angewohnheit von ihr, Gespräche zu belauschen.

Gemächlich schlenderte sie in Richtung Speisesaal, der sich gleich am Salon anschloss. Sie hörte die Köchin in der Küche mit dem Geschirr klappern, bald war Zeit für das Mittagessen. Es roch bereits verführerisch nach Schweinebraten. Sie war versucht, in die Küche zu gehen, um ein Stück Brot oder Hefezopf zu ergattern, als sie den spitzen Klang in Helens Stimme hörte. Sofort schellten bei ihr sämtliche Alarmglocken.

Ihre Hand fuhr an den Arm, unter dessen Ärmel sie ihr Stilett gebunden hatte. Mit einer schwungvollen Bewegung öffnete sie die Doppelflügeltür. Mitten in ihrer Bewegung erstarrte sie.

Untersturmführer Strasser und Helen saßen auf dem breiten Sofa, im Gespräch vertieft, und dabei hatte Strasser auf eine sehr eindeutige Weise Helen die Hand auf den Oberschenkel gelegt. Als Marie Helens blasses und erschöpftes Gesicht sah, verstand sie sofort, was hier lief. Heißer Zorn stieg in ihr auf und sie bereute es bitter, Helen ungerechtfertigt des Ehebruchs verdächtigt zu haben.

Marie setzte ein strahlendes Lächeln auf und rief mit übertrieben überraschter Stimme: »Helen! Hier bist du! Ich dachte, dein Besuch wäre schon gegangen.«

Helen zuckte heftig zusammen und fuhr herum. Angst und Dankbarkeit für die Unterbrechung spiegelten sich auf ihrem schönen Gesicht wider. Hastig stand sie auf und begann verwirrt zu stottern: »Ich … ich …«

Ein maliziöses Lächeln legte sich auf Maries Lippen. »Untersturmführer Strasser«, schmunzelte sie mit einem leicht tadelnden Ton. »Was haben Sie mit der armen Helen gemacht? Sie stottert ja wie ein Schulmädchen vor der Tafel.«

Strasser wirkte peinlich berührt.

Mürrisch antwortete er: »Ich bin zum Schutz der Gräfin hier … und natürlich auch zum Schutz aller weiteren Bewohner des Hauses«, fügte er verspätet hinzu.

Marie zog die Augenbrauen hoch. »Ach, so ist das? Na, dann bin ich sehr erfreut. Sagen Sie, was genau ist Ihre Funktion im Reichssicherheitsdienst? Kümmern Sie sich um die Abwehr?«

»Der Herr Untersturmführer arbeitet im Referat *Landesgebietsarbeit*«, antwortete Helen an seiner Stelle rasch. »Er kümmert sich um die Bekämpfung aller reichs- und deutschfeindlichen Elemente im Inland, besonders um die monarchische Opposition.« Ihre Stimme wurde verächtlich, doch sie sah Marie durchdringend an und warnte sie davor, etwas Unbedachtes zu sagen, das ihre kritische Haltung gegenüber dem Regime offenbaren könnte. Marie jedoch lächelte plötzlich breit und richtete sich auf.

»Helen«, sagte sie mit hoher Stimme. »Ist es nicht schön zu wissen, dass sich ein so gewissenhafter Mann den hilflosen, deutschen Frauen annimmt, deren Männer an der Front sind und jeden Tag unter Einsatz ihres Lebens das Vaterland verteidigen? Ich finde das bewundernswert.«

Vertraulich beugte sie sich vor und legte dem SS-Offizier die Hand auf den Arm, als wolle sie ihm ein Geheimnis anvertrauen. »Wissen Sie, ich bin sehr froh, dass Sie da sind, Herr Untersturmführer. Jawohl, sehr froh und erleichtert!«

Strasser zog die buschigen Augenbrauen zusammen. »Inwiefern?«, fragte er misstrauisch.

Marie lehnte sich zurück. »Wegen Helen«, sagte sie leichthin.

»Helen?«, fragte Strasser ungläubig. »Was hat Helen … ich meine, Frau Gräfin damit zu tun?«

»Ja«, warf nun auch Helen ein, sichtlich überrascht. »Wie meinst du das … Bertha?«

11

Marie zog den Augenblick in die Länge. Sie stand auf, öffnete die gläserne Tür des großen Wandschrankes und nahm ein Tablett mit drei Gläsern und einer Weinkaraffe heraus. Sie stellte alles auf eine kleine Anrichte und fragte gedehnt: »Möchten Sie ein Gläschen Wein, Herr Untersturmführer? Jetzt, wo Sie praktisch unser Schutzengel sind, können Sie unmöglich das Glas der Freundschaft ablehnen.«

Sie schenkte ihm ein strahlendes Lächeln, das Strasser zögernd erwiderte. »Also ich … nun gut.«

Sie unterdrückte ein zufriedenes Lächeln. Sie konnte sich sehr gut vorstellen, wie Strassers Karriere ausgesehen hatte: Eintritt in den NS-Studentenbund während des Studiums, Eintritt in den SD, Anwerbung von Vertrauensmännern, Aufnahme in die SS wegen besonderem Gehorsam, Einfluss und einer gesunden Sippe, die nicht krank, absterbend oder wertlos war. Seinen gehobenen Dienstrang verdankte Strasser sicher seiner adeligen Abstammung. Marie hatte gehört, dass der Adel ein Faible für die SS hatte, weil sie die neue Elite des Staates bildete.

Helen hatte gesagt, er sei mit der Lebensgebietsarbeit betraut. Das bedeutete, dass er in Hamburg systematisch alle gesellschaftlichen Bereiche beobachten ließ, um Informationen über die Stimmung der Bevölkerung, Missstände in den eigenen Reihen und innenpolitische Gegner zu sammeln und sie hübsch in Karteikarten aufzulisten. Vermutlich kannte er sämtliche Namen von Juden, Kommunisten und mutmaßlichen Regimegegnern. Letztere waren von Interesse für sie. Sie war schon immer der Meinung gewesen, dass es für die Alliierten von großem Vorteil wäre, würde Deutschland von innen heraus geschwächt werden. Solange die Bevölkerung Hitler und seine Nazis unterstützte, würde der Krieg sich noch weiter in die Länge ziehen und viele Opfer auf beiden Seiten kosten. Schaffte man es jedoch, die Deutschen zur Besinnung zu bringen, sodass sie sich gegen das Regime stellten, so könnte man die Kriegsdauer drastisch kürzen. Und das wäre im Interesse aller. England würde einen Krieg gewinnen und die Deutschen würden im Ansehen der Welt steigen, wenn man ihnen die Chance gab, sich von den Ketten der Nazis zu befreien. Dummerweise dachten nicht viele so. Die meisten wollten in den Deutschen nur gefährliche Bestien sehen, die man entweder töten oder wehrlos machen musste. Aber Marie musste zumindest *versuchen*, sie vom Gegenteil zu überzeugen. Dazu musste sie Kontakt zu Regimegegnern aufnehmen.

Und hier könnte ihr Strasser nützlich werden.

Dieser Mann könnte sich als Informationsquelle erweisen. Dumm, wie er war, würde es ein Leichtes sein, ihn für ihre Zwecke zu manipulieren. Sie musste ihn geschickt umgarnen oder noch besser beeindrucken. Er war vermutlich von Ehrgeiz zerfressen und würde für die Aussicht einer raschen Beförderung sicher einige Hintertüren benutzen. Auch wenn es gegen die Vorschrift verstieß.

Marie schenkte den guten Rotwein großzügig in zwei Gläser. Für sich selbst verdünnte sie den Wein mit viel Wasser.

Sie reichte Helen und Strasser jeweils eines der glitzernden Kristallgläser und sagte, nachdem sie sich wieder gesetzt hatte: »Nun denn, auf Untersturmführer Strasser, den Beschützer der Hilflosen und Schutzbedürftigen!«

Sie hob das Glas an die Lippen und trank einen Schluck. Sie erkundigte sich nach seiner Arbeit, nach seiner Familie. Nach einer halben Stunde hatte Marie ein ziemlich gutes Bild von ihrem Gegenüber.

»Aber nun«, sagte Strasser, nachdem er einige Gläser Wein getrunken hatte, »möchte ich doch gerne wissen, warum Sie meinen, dass Gräfin von Hohenstein Schutz braucht.«

»Ich mache mir in der Tat Sorgen«, sagte Marie schließlich, den Kopf leicht auf die Fingerspitzen gestützt, so wie es vornehme Damen manchmal taten. »Sehen Sie, es gibt Offiziere, die unmoralische Absichten verfolgen und damit die Widerstandskraft der Frauen an der Heimatfront empfindlich schwächen. Es ist eine Schande! Ich habe darüber mit meinem Mann gesprochen, und er ist ganz meiner

Meinung. Offiziere, die verheiratete Frauen verführen, sind Volksschädlinge, die es auszumerzen gilt. Stimmt etwas nicht, Herr Untersturmführer?«

Strassers Kopf war rot angelaufen und hatte nun die Farbe einer reifen Peperoni. Hüstelnd stellte er das Glas auf den niedrigen Salontisch und meinte verlegen: »Nein, nein. Alles in Ordnung. Ich muss mich wohl verschluckt haben.«

Marie war hingegen gänzlich zufrieden. Es bereitete ihr unheimliche Freude, Strasser in Verlegenheit zu bringen. Sie gönnte sich einen tiefen Schluck, ehe sie eine mitleidige Miene aufsetzte. »Ich meine, das demoralisiert doch die Truppen, wenn den Soldaten zu Ohren kommt, dass Männer die Situation ausnutzen, die sich vor dem Kriegsdienst gedrückt haben! Solche Nachrichten könnten die Stärke der Truppen erheblich schwächen. Wir könnten deshalb sogar den Krieg verlieren!«

»Nun, nun, wir wollen nichts übertreiben.« Strasser hatte die Fassung wiedererlangt und setzte seine arrogante Maske auf. Das gefiel Marie gar nicht. »Ich finde, Sie nehmen das zu ernst, gnädige Frau. Der gemeine deutsche Soldat ist nicht so leicht zu erschüttern, wie das weibliche Gemüt es vermutet. Darüber hinaus sind das Einzelfälle, die natürlich verwerflich sind, aber nicht strafbar.« Er bleckte die Zähne. Das sollte wohl ein Lächeln sein.

So leicht wollte Marie ihn aber nicht davonkommen lassen. Ruckartig stand sie auf. Jetzt ging es ums Ganze. »Dieser Meinung war Heinrich nicht. Als mein Mann mit ihm sprach, hat er zu verstehen gegeben, dass dieses Vergehen mit Defätismus und Verrat gleichzusetzen ist.«

Die Farbe wich aus Strassers Gesicht. Seine Hand begann zu zittern. »Heinrich …?«, fragte er fassungslos.

»Himmler natürlich!«, erwiderte Marie, als sei es das Natürlichste der Welt, den SS-Reichsführer zu duzen. »Mein Mann ist Obergruppenführer bei der SS. Sagen Sie bloß, Sie haben noch nie etwas von Schmitt, der Eisenfaust, gehört.«

»Ich muss wohl«, murmelte Strasser fast ehrfürchtig. »Himmler …« Nervös stellte er sein leeres Glas auf den Tisch. »Hat … hat er irgendwelche konkreten Anordnungen gegeben?« Seine Augen flackerten unruhig, als er sie anblickte.

Marie zuckte nonchalant mit den Schultern. »Nicht dass ich wüsste. Mein Mann hat mir das nur gesagt, weil ich mich über dieses Thema schon lange aufgeregt habe.«

Strasser zog misstrauisch die Augenbrauen zusammen. Sein Gehirn begann bereits zu arbeiten, und jetzt kamen ihm erste Zweifel. Sie musste schnell handeln, ehe er ihr Spiel durchschaute. Rasch setzte sie sich hin und beugte sich vertrauensvoll vor.

»Und deshalb«, sagte sie in einem verschwörerischen Ton, »bin ich froh, dass Sie hier sind und über Helen wachen. Ich fürchte um ihren guten Ruf, wenn irgendwelche schmutzigen Geschichten in die Welt gesetzt werden. Sie wissen ja, wie gerne die Leute tratschen.«

Sie zwinkerte ihm zu. »Ich werde meinen Mann bitten, Sie lobend bei Heinrich zu erwähnen. Ich bin sicher, er ist von Ihren Bemühungen entzückt!«

Rote Flecken bildeten sich auf den blassen Wangen des Untersturmführers. »Danke, gnädige Frau«, stotterte er unterwürfig. »Das ist wirklich sehr freundlich, wenngleich nicht der Rede wert. Ich habe ja schon immer gesagt, unsere Frauen müssen geschützt werden. Deshalb habe ich auch wiederholt Helen aufgesucht, um ihr zu versichern …«

Marie warf einen unschuldigen Blick auf die Standuhr und rief mit gespielter Überraschung: »Ach herrje, schon so spät? Helen, wir müssen uns fertigmachen, sonst kommen wir nicht mehr in die Stadt.«

»Natürlich, du hast recht, Bertha.« Helen sprang auf und warf Strasser einen liebenswürdigen Blick zu. »Es tut mir leid, dass wir unser Gespräch unterbrechen müssen, aber ich habe Bertha versprochen, ihr noch heute die Stadt zu zeigen. Sie ist erst seit ein paar Tagen hier und bis jetzt hatten wir noch nicht die Gelegenheit dazu. Ein anderes Mal, vielleicht?«

Strasser erwiderte aalglatt: »Sehr gerne, Helen. Du weißt, für dich würde ich doch alles tun.«

Er beugte sich vor, um ihre Hand zu küssen. In diesem Moment fällte Marie ihre Entscheidung.

»Herr Untersturmführer, hätten Sie nicht Lust am Sonntagabend zu kommen? Helen hat eine Soiree organisiert und ich bin sicher, Sie wäre entzückt, wenn Sie sich uns anschließen würden. Immerhin sind Sie ja jetzt unser Schutzengel.«

Im ersten Augenblick war Strasser erstaunt, doch dann sah er Helen an, und ein Lächeln breitete sich über sein Gesicht aus. »Ich würde sehr gerne kommen, gnädige Frau. Vielen Dank für die Einladung. Einen schönen Tag noch!«

Er salutierte und verließ dann mit einem selbstsicheren Gang den Salon. Zurück ließ er eine zufriedene Marie – und eine entsetzte Helen.

»Du siehst wunderschön aus, Helen!« Trudi warf der jungen Gräfin, die sich im hohen Wandspiegel betrachtete, einen bewundernden Blick zu. *Aber sie sieht nicht gut aus*, dachte sie bei sich. Die dunklen Ringe unter den Augen und die Erschöpfung entgingen nicht den wachen Augen der alten Hausangestellten. Es wurde Zeit, dass der Admiral nach Hause kam. Strasser wurde von Tag zu Tag gefährlicher. Nur gut, dass diese Bertha das Tête-à-tête unterbrochen hatte. *Allerdings*, so dachte Trudi, während sie Helen dabei zusah, wie sie mit erfahrenen Händen Schminke auftrug, *Bertha hätte Strasser nicht einladen sollen*.

Es gab etwas Dunkles in Bertha, etwas, das sie unter ihrer Verachtung und Kälte verbarg. Und das machte Trudi Angst.

»Hast du Bertha ein Kleid gegeben?«, fragte Helen, ohne dabei ihre Tätigkeit zu unterbrechen.

»Ja. Ich habe für sie das Blaue ausgesucht. Ich hoffe, es passt ihr. Meine Güte, sie ist wirklich nur Haut und Knochen!«

Als Helen das Mitleid in Trudis Stimme hörte, wurden ihre Züge hart. »Das ist wohl der Grund, weshalb sie sich auf das Essen stürzt wie eine Verhungernde und keine Manieren an den Tag legt. Wirklich, was ist nur in Karl gefahren, dass er mir eine derart vulgäre Person als Schutz schickt?«

Trudi zuckte mit den Achseln. »Er wird schon seine Gründe gehabt haben. Immerhin hat sie es geschickt erreicht, Strasser auf Distanz zu halten. Vergiss nicht, dass er es sich ab jetzt zweimal überlegen wird, ob er …« Sie suchte nach den richtigen Worten. »Ob er dir *Avancen* macht«, meinte sie schließlich.

Helen verzog das Gesicht. »Aber warum hat sie ihn dann heute Abend eingeladen? Doch bestimmt nur, um mich zu ärgern. Sie kann mich nicht leiden, dabei haben wir uns doch noch nie zuvor gesehen!«

Sie sah sich im Spiegel an. Es war ein Fehler gewesen, die Soiree zu veranstalten. Zu Beginn hatte sie gedacht, es wäre eine willkommene Demonstration, dass sie immer noch am gesellschaftlichen Leben teilnahm und sich nicht fürchtete, der brodelnden Gerüchteküche zum Trotz. Natürlich hatte sie sich gezwungen gesehen, auch Offiziere der SS und der Gestapo einzuladen. In ihrer Stellung kam sie um diese unwillkommenen Gäste nicht herum. Aber es würden auch viele Freunde kommen, und so hoffte Helen, dass es ein fröhlicher Abend werden würde.

Doch nun sah Helen ein, dass sie sich etwas vorgemacht hatte. Man sah auf den ersten Blick, dass etwas mit ihr nicht stimmte. Hässliche Ringe ließen ihre Augen tiefer in die Augenhöhle versinken, ihr Kinn war ungewöhnlich spitz und die aufwendige Hochsteckfrisur straffte ihre Gesichtshaut, sodass sie mit ihrer blassen Haut einer Leiche erstaunlich ähnlich sah.

Meine Güte, Karl würde mich nicht wiedererkennen, dachte sie verzweifelt. *Kein Wunder, dass er sich eine Mätresse ins Bett geholt hat. Ich sehe aus wie ein Gespenst!*

Sie warf den Lippenstift wütend auf den Frisiertisch, stützte den Kopf in die Hände und begann haltlos zu schluchzen. Besorgt stürzte Trudi auf sie zu, nahm die junge Gräfin in ihre mütterlichen Arme und wiegte sie wie ein kleines Kind.

Helen verbarg ihr Gesicht in ihrer Schulter, schluchzte immer wieder »Karl …! Karl …!« mit bebender Stimme und beruhigte sich erst, als Trudi mit einem Brustton der Überzeugung sagte, dass ihr Mann schon bald nach Hause kommen würde.

»Glaubst du das wirklich, Trudi?«, fragte Helen zweifelnd. Ihre Augen bettelten um Bestätigung, und Trudi schaffte es mit sehr viel Überwindung zu lächeln und ihr über die Wange zu streicheln. »Ganz bestimmt, mein Kind! Du wirst schon sehen. Ehe du es dich versiehst, hältst du ihn schon wieder in deinen Armen.«

Mit Trudis Hilfe gelang es Helen, ihr verweintes Gesicht in einen präsentablen Anblick zu verwandeln, und so sah sie frisch und sittlich aus, als kurze Zeit später die ersten Gäste erschienen. Der Salon füllte sich schnell und schon bald drängten sich die Pärchen auf die improvisierte Tanzfläche, während ein kleines Orchester flotte Musik spielte.

Helen ging von Gast zu Gast. Alles lief wie am Schnürchen. Als der halbe Abend vorbei war, war es ihr bereits gelungen, den aufkeimenden Gerüchten, bei den Büchners sei irgendetwas verdächtig, Paroli zu bieten. Wenn der restliche Abend genauso verlief, war sie für die nächsten Wochen vor bösen Zungen sicher.

Sie warf einen verstohlenen Blick auf Bertha, die sich am anderen Ende des Raumes mit einem jungen Wehrmachtsoffizier unterhielt. Sie sah fabelhaft aus in dem blauen Kleid, jung und unschuldig. Man merkte wirklich nicht, dass Trudi es ausgebessert und ausgepolstert hatte. Bertha wirkte sorglos und unbekümmert.

Man musste ihr zugestehen, dass sie ihre Aufgabe als Beschützerin sehr ernst nahm. Sie war seit ihrer Ankunft über alle Gewohnheiten von Helen bestens informiert und verließ das Haus nur, wenn sie wusste, dass Helen zu Hause blieb. Sobald jedoch Helen fortging, war Bertha stets an ihrer Seite. Und als Strasser an diesem Abend erschienen war, hatte Bertha ihn die ganze Zeit über beschäftigt, sodass er nicht einmal die Gelegenheit hatte, sich auch nur in die Nähe von Helen zu begeben.

Ihre Gedankengänge wurden unterbrochen, als Trudi kam, um ihr mitzuteilen, dass ein Offizier sie zu sprechen wünschte. »Er erwartet dich im Foyer.«

Überrascht sah Helen sie an und Trudi zuckte mit den Achseln. »Er steht nicht auf der Gästeliste«, war alles, was sie dazu zu sagen hatte.

Helen machte sich auf, den unbekannten Gast zu begrüßen, und verließ ihre Gesellschaft. Im hell erleuchteten Foyer stand tatsächlich ein Offizier, den Helen noch nie zuvor gesehen hatte. Er trug einen dicken Militärmantel und sie erkannte an der Mütze, dass er Offizier der Kriegsmarine war.

In ihrem Bauch begann es zu flattern. War dies ein Mann, der ihr Nachrichten von Karl brachte? Hoffnungsvoll ging sie rasch auf ihn zu. »Guten Abend«, sagte sie mit ruhiger Stimme. »Ich bin Helen Büchner. Was kann ich für Sie tun?«

Der Mann musterte sie aus graugrünen Augen und verzog keine Miene. Er sah gut aus, jener Typ von Mann, dem die Frauen scharenweise zu Füßen lagen. Groß, schlank, gut gebaut. Ein fester Mund und wohlgeformte, starke Hände.

»Sie sind Helen Büchner, geborene von Hohenstein?«, fragte der Offizier.

»Ja.« Sie fragte sich, was dies alles zu bedeuten hatte. »Haben Sie Nachrichten für mich?«

Er antwortete nicht. Stattdessen hob er plötzlich den Blick und sah an ihr vorbei in Richtung Salon. »Störe ich Sie?«, fragte er brüsk. »Haben Sie Besuch?«

Überrascht über die Schärfe in seiner Stimme, antworte Helen: »Ich gebe eine Soiree. Wollen Sie vielleicht an einem anderen Tag …«

»Das ist nicht nötig«, unterbrach er sie. »Bitte führen Sie mich zu Bertha Schmitt. Ich muss mit ihr sprechen.«

Nun war Helen vollkommen verwirrt. Bertha? Dieser Mann wollte zu Bertha? Woher kannte er sie? Warum erschien er zu dieser späten Stunde?

»Es ist wichtig.« Die drängende Stimme des Offiziers holte sie in die Gegenwart zurück.

Mit zusammengezogenen Augenbrauen musterte sie diesen gut aussehenden Mann. Ihre Erziehung verbat es ihr, indiskrete Fragen zu stellen, aber sie wollte doch wissen, mit wem sie es zu tun hatte.

»Bertha ist im Salon. Ich bezweifle, dass sie ihre Unterhaltung unterbrechen möchte. Aber ich werde sehen, was ich erreichen kann. Wen darf ich ankündigen?«

Der Offizier richtete sich auf, ein leicht sarkastisches Lächeln auf den Lippen. »Sie brauchen mich nicht anzukündigen. Ich werde mitkommen, wenn Sie nichts dagegen haben. Aber verzeihen Sie, dass ich mich nicht vorgestellt habe. Kapitänleutnant Robert Schneider. Zu Ihren Diensten.«

Robert hatte schlechte Laune. Zufällig hatte er mitbekommen, dass die Gräfin an diesem Abend eine Soiree veranstaltete. Und das bedeutete, dass weder sie noch Marie die Stadt verlassen hatten. Er hatte sich den Kopf zermartert, was schiefgelaufen war. Es ärgerte ihn, dass Marie ihre Aufgabe nicht erfüllt hatte und sich und Helen unnötig in Gefahr brachte. War sie nicht in der Lage, einen klaren Befehl zu befolgen?

Dass er jetzt auch noch Marie hinterherlaufen musste, erzürnte ihn, denn sie kostete ihn Zeit und Nerven. Zähneknirschend folgte er Helen in den Salon, aus dem fröhliche Tanzmusik erklang. Er hatte schon viel von ihrer Schönheit gehört, aber die Schmeicheleien wurden ihr bei Weitem nicht gerecht. Büchner hatte Geschmack, das musste man ihm lassen. Er fragte sich, was diese antike Schönheit wohl an dem verstockten Konteradmiral finden mochte. Es musste zweifellos etwas Anziehendes an ihm geben, denn er hatte die Hoffnung in ihren Augen aufflammen sehen, als sie seine Uniform bemerkte. Zweifellos hatte sie gedacht, er brächte ihr Neuigkeiten von Büchner.

Der Salon war gut gefüllt. Man hatte die Möbel verrückt, um in der Mitte eine Tanzfläche zu schaffen. Im hinteren Ende spielte ein kleines Orchester, während sich die Gäste an einem üppigen Büfett bedienten. Robert erkannte unter ihnen mehrere hochrangige Offiziere der Wehrmacht, der SS und der Gestapo. Sogar Karl Kaufmann, der Gauleiter und Reichsstatthalter Hamburgs, war zugegen.

Er schüttelte den Kopf. Marie befand sich in einer Schlangengrube. Plötzlich hatte Robert es eilig, sie unter den Gästen zu entdecken. Er musste dringend mit ihr reden und diesem Wahnsinn ein Ende bereiten. Hastig ließ er seinen Blick über die Menschenmenge gleiten. Schließlich fanden seine Augen, was sie suchten.

Marie stand in der Nähe der Terrassentür und unterhielt sich mit zwei Wehrmachtsoffizieren des Heeres. Sie trug ein blaues Kleid, das sich wie flüssige Seide an ihren Körper schmiegte, und hatte das Haar kunstvoll hochgesteckt. Ihr Mund war zu einem Lachen geöffnet und ihre dunklen Augen funkelten fröhlich.

Wenn Robert sie nicht besser kennen würde, hätte er sie für eine sorglose und unbeschwerte junge Frau gehalten, die das Leben in vollen Zügen genoss und für einen Abend den Krieg vergessen wollte. Aber er wusste es besser und musste zugeben, dass Marie eine hervorragende Schauspielerin war. Er musste sich eingestehen, dass er sie mehr vermisst hatte, als ihm lieb war. Er hatte versucht, sie aus seinen Gedanken zu verbannen, doch vergeblich. Ihr Gesicht drängte sich immer wieder vor sein inneres Auge wie ein böser Fluch, dem er nicht entkommen konnte, so sehr er sich auch darum bemühte.

Als er näher kam, schnappte er Fetzen ihrer Unterhaltung auf. »Nein, Sie müssen mir glauben, der Iwan hat nicht die geringste Bildung. Er kann nicht einmal einen Stift von einem Stück Holz unterscheiden.« Einer der beiden Offiziere, die sich mit Marie unterhielten, ein Leutnant, beugte sich vertrauensvoll vor und blickte sie aus funkelnden Augen an. Robert sah, dass er bereits eine gewisse Dosis Alkohol intus hatte. »Aber kalt ist es in diesem verdammten Land! Ich habe meiner Mutter gesagt, sie soll mir noch ein paar lange Unterhosen kaufen.«

Marie lachte und berührte dann leicht seinen Ärmel. »Oh, Sie müssen mir etwas mitbringen, wenn Sie wieder nach Russland gehen, irgendetwas Aufregendes!« Ihre Augen glitzerten maliziös. »Ein Messer, mit denen die Russen ihren Feinden im Schlaf die Kehle durchschneiden oder ein Götzenbild oder ein … oh! Stimmt es, dass die Russen das Blut ihrer Feinde trinken? Aus Schädeln?«

Die beiden Offiziere lachten und Marie stimmte fröhlich mit ein. Robert musste schmunzeln. Oh ja, sie spielte ihre Rolle mit Bravour!

Ein Major der Luftwaffe mit rotem Kopf und gutmütigem Blick lächelte Marie nachsichtig über seinen Glasrand zu. »Nein, meine Liebe, ich kann Sie beruhigen, ganz so barbarisch ist der Iwan nicht.« Er zwinkerte. »Aber er ist nah dran! Ich kannte mal einen …«

»Schatz, erzählst du wieder eine deiner schrecklichen Geschichten aus Russland?« Eine füllige Frau trat an den Major heran und blickte ihn tadelnd an. »Du versetzt die jungen Leute nur in Angst und Schrecken. Hören Sie nicht auf ihn, meine Liebe«, sagte sie in Maries Richtung. »Wenn er erst mal was getrunken hat, kann ihn nichts mehr vom Reden abhalten.« Sie schüttelte missbilligend den Kopf. »Wirklich, Hermann, du solltest dich schämen! Komm, ich will tanzen. Wenn ich schon mal einen Ehemann habe, soll er auch von Nutzen sein!«

Sie packte den Major am Arm und schleppte ihn auf die Tanzfläche, ehe er protestieren konnte. Als wohlerzogene Menschen warteten Marie und der Leutnant, bis beide außer Hörweite waren, ehe sie in ein schallendes Gelächter ausbrachen.

»Na, hoffentlich findet er zurück an die Front. Wer würde denn sonst morgen den Russen einheizen?«

Sie prusteten wieder los, doch Robert war hellhörig geworden. Was hatte Marie gerade gesagt? Der Major ging morgen zurück an die russische Front? Das dürfte sie eigentlich nicht wissen. Es bestand strikte Geheimhaltung über Truppenbewegungen und Marschbefehle. Der Major riskierte seinen Hals, wenn er sich so leichtfertig verplapperte.

»Leutnant Läuthäusser, ich hoffe doch, Sie verlassen uns nicht allzu bald?« Marie wandte sich wieder ihrem Gesprächspartner zu und lächelte ihn verführerisch an. Der Leutnant konnte dem Charme einer so schönen Frau natürlich nicht widerstehen und grinste leutselig.

»Ich würde auch nur ungern auf Ihre Gesellschaft verzichten, gnädige Frau. Zum Glück bin ich noch ein paar Tage in Hamburg, ehe ich wieder in diesen verdammten Zug steigen muss.«

Marie ergriff seine Hand, ihre Augen blickten ihn plötzlich groß und drängend an. »Bitte, sagen Sie mir, wann Sie gehen! Ich muss es wissen!«

Der Leutnant war überrascht über den drängenden Tonfall. Lächelnd hob er die Augenbrauen. »Warum?«

Marie senkte den Blick, als suche sie nach den richtigen Worten. »Weil … weil …« Sie hob den Blick wieder und biss sich beschämt auf die Lippen. »Weil ich Sie gerne wiedersehen würde.« Lachend ließ sie seine Hand los. »Ach, jetzt halten Sie mich sicher für töricht, nicht wahr?«

Robert konnte sehen, wie Begierde und Wollust im getrübten Blick des Leutnants aufblitzten und er drohte, sich zu verschlucken. Mit so viel Glück hatte er wohl nicht gerechnet. Sein Kopf wurde rot und er ergriff hastig Maries Hand.

»Nicht doch, nicht doch!«, rief er ungestüm. »Ich halte Sie nicht für töricht.« Er blickte ihr tief in die Augen. »Und bis Freitag gehört jede meiner Minuten Ihnen.«

Pff! Wie albern, dachte Robert und verdrehte die Augen. *Der Kerl muss in Punkto galante Komplimente noch eine Menge lernen. Tölpelhafter Anfänger!*

Marie indes tat, als habe er gerade etwas sehr Poetisches gesagt, und lächelte ihn keck an. »Danke«, schnurrte sie und fuhr sich mit der Zunge über die Lippen. Er merkte nicht einmal, wie sie ihm ein Geheimnis nach dem anderen entlockte.

»Sie gehören zur 2. Luftwaffen-Feld-Division der Heeresgruppe Mitte, nicht wahr?« Er beantwortete die unschuldige Frage mit einem Kopfnicken. »So ist es.« Er führte ihre Hand zu seinen Lippen. »Und Sie werden mir jede Sekunde fehlen, wenn ich wieder in Newel bin.«

Schlagartig wurde Robert bewusst, was sich hier abspielte. Marie sammelte Informationen über die deutsche Armee, über die genauen Standpunkte verschiedener Divisionen, Truppenbewegungen und vermutlich auch die Stärke der Einheiten. Dieser Leutnant hatte keine Ahnung, dass er gerade sein eigenes Todesurteil gefällt hatte. Am Freitag würden die Russen seiner Division einen heißen Empfang bereiten – dank der Informationen einer unschuldigen Brünetten.

Robert musste das verhindern. Das Leben Hunderter Männer wurde gerade in Gefahr gebracht, weil dieser Vollidiot sich verführen ließ. Er rempelte den ahnungslosen Offizier mit unnötiger Heftigkeit an, sodass sein Weinglas sich über die Uniform des armen Mannes ergoss und dem romantischen Moment ein abruptes Ende bereitete.

»Oh, wie ungeschickt von mir!«, entschuldigte Robert sich sogleich. »Wirklich, ich sollte besser aufpassen, wo ich hintrete.«

»Schon gut«, brummte der Leutnant mürrisch und nahm das Taschentuch entgegen, das Robert ihm reichte. Hastig begann er die Flecken abzutupfen. Er schenkte Marie ein entschuldigendes Lächeln.

»Übrigens«, sagte Robert, nachdem er mehrmals betont hatte, *untröstlich* zu sein. »General von Remstedt dort am Klavier wünscht Sie zu sprechen.« Er lächelte ihm leicht zu. »Lassen Sie sich nur Zeit. Ich unterhalte solange Ihre charmante Begleitung, bis Sie wieder zurück sind.«

Der junge Mann warf Robert einen giftigen Blick zu, verbeugte sich leicht in Maries Richtung und rauschte davon.

Marie begann wider Erwarten zu lächeln. »Warum mussten Sie diesen armen Jungen so hereinlegen?«

Robert zuckte mit den Achseln. »Wir waren alle mal jung und wurden hereingelegt. Das gehört mit zur Ausbildung. Außerdem«, fügte er hinzu, während er Marie ihr Glas zurückgab. »Mir hat nicht gefallen, dass er Ihnen Militärgeheimnisse ausplaudert.«

Sie sah ihn mit unschuldiger Empörung an. »Wie können Sie so etwas sagen? Unterstellen Sie mir etwa, den linientreuen Leutnant zu manipulieren?«

Er lächelte sie schmunzelnd an. »Ich unterstelle es Ihnen nicht, ich weiß es. Ihr Techtelmechtel diente doch nur dazu, bequem an Informationen zu kommen. Ich nehme an, Sie haben ihm mächtig was zu trinken gegeben, während Sie selbst nur …« Er nahm ihr das Glas aus der Hand, trank einen Schluck und reichte es ihr zurück. Zufrieden nickte er. »Richtig. Während Sie selbst nur Traubensaft trinken. Die Erfolgsquote ist sehr hoch, hm?«

Er lächelte liebenswürdig.

Marie wandte sich ab, scheinbar gekränkt, und meinte schnippisch: »Sie haben eine blühende Fantasie, Schneider.«

»Sie hat mich schon durch manchen grauen Soldatenalltag getragen. Und sie ist auch der Grund, warum ich als Offizier so erfolgreich bin. Was anderen als Hirngespinst vorkommt, ist für mich durchaus denkbar. Zum Beispiel würde unser lieber Leutnant nicht einmal im Traum daran denken, dass Sie eine französische Spionin sein könnten.«

Marie zuckte leicht zusammen, doch sie fasste sich sofort wieder. Lächelnd wandte sie sich Robert zu und sagte mit sanfter Stimme: »Wie schon gesagt, Sie haben eine blühende Fantasie.«

Sie nahm einen Schluck aus ihrem Glas und musterte ihn aufmerksam. »Was machen Sie eigentlich hier?«

Die Frage erinnerte Robert daran, dass er eigentlich wütend auf Marie war. Doch sein Zorn war verpufft, und er stellte mit Schrecken fest, dass er froh darüber war, sie nicht anblaffen zu müssen. Es war das erste Mal, dass sie sich unterhielten, ohne zu streiten, und er musste sich eingestehen, dass er Gefallen daran fand.

»Ich wollte nach dem Rechten sehen«, meinte er deshalb in einem gleichmütigen Tonfall.

Misstrauisch zog Marie die Augenbrauen zusammen. »So?«, fragte sie. »Ist das alles?«

»Durchaus.«

»Wissen Sie, ich kann mich des Gefühls nicht erwehren, dass Sie aus einem ganz bestimmten Grund hier sind. Ich frage mich, was es dieses Mal sein wird. Welche Unannehmlichkeiten werden Sie mir heute bereiten?«

»Gar keine, es sei denn, Sie lehnen es ab, mit mir zu tanzen.«

Überrascht sah Marie ihn an. Damit hatte sie nun nicht gerechnet. Seine Augen funkelten wie das Meerwasser an einem sonnigen Tag, einladend und verheißungsvoll. Da war es wieder, dieses Gefühl, das sie schon einmal verspürt hatte an jenem Tag in Paris, als sie Karl zum ersten Mal seit zehn Jahren wiedergesehen hatte. Dieses Gefühl, dass Schneider bis auf den Grund ihrer Seele blicken konnte und all ihre Geheimnisse darin las. Sie war verwirrt. Und sie hatte Angst. Er hatte etwas Bezwingendes, etwas Anziehendes an sich und Marie spürte, wie sie schauderte.

Rasch wandte sie den Blick ab. »Mir ist nicht nach Tanzen. Tut mir leid. Aber da es hier an weiblicher Gesellschaft nicht fehlt, werden Sie sicher nicht lange ohne Partnerin bleiben.«

Sie machte Anstalten zu gehen, doch Robert hielt sie zurück. »Ich glaube, Sie wollen doch tanzen.«

Seine Forschheit hatte etwas Bezwingendes, und lachend ließ Marie sich schließlich auf die Tanzfläche führen. Robert hatte recht, er war ein formvollendeter Tänzer. Es war ein seltsames Gefühl, wieder von einem Mann in den Armen gehalten zu werden. Sie spürte die Wärme seiner Hand auf ihrem Rücken und ertappte sich bei dem Gedanken, wie es sich wohl anfühlen mochte, wenn sie ihren Nacken liebkoste. Erschrocken hielt sie inne. Hatte sie denn völlig den Verstand verloren? Schneider war Wehrmachtsoffizier, ihr Feind! Doch Robert hatte sie in seinen Bann gezogen und sie vermochte es nicht, sich ihm zu entziehen.

»Läuthäusser ist wieder da.« Der Klang von Roberts Stimme durchbrach den Bann und brachte Marie zurück in die Wirklichkeit. Sie folgte der Richtung seines Blickes und entdeckte den jungen Leutnant, der sehnsüchtig nach ihr Ausschau hielt. Als er sie schließlich entdeckte, verfinsterte sich sein Blick. Fast gleichzeitig zog Robert sie enger an sich heran.

Marie wollte ein Stück abrücken, weil die Nähe seines Körpers ihre Sinne zu betäuben drohte, doch Robert hielt sie fest. »Seien Sie doch kein Spielverderber. Es macht Läuthäusser verrückt, wenn ich Sie berühre.«

»Sie sind gemein.«

Robert lachte. »Aber genau das lieben Sie doch.«

Er hielt sie noch eine ganze Weile in dieser engen Umarmung fest, ehe er sie freigab und von der Tanzfläche führte. Doch statt zurück ans Büfett zu gehen, öffnete er die Terrassentür. »Kommen Sie in den Garten. Dort sind wir ungestört.«

Marie wollte schon widersprechen, doch da sah sie den drängenden Blick in seinen Augen und verstand, dass er ihr etwas über Karl sagen wollte. Deshalb schwieg sie und folgte ihm hinaus in die kühle Nacht.

12

Abgesehen von einem Igel, der irgendwo unter einem Busch nach etwas Essbarem suchte und dabei laut raschelnd durch das Laub tappte, lag der Garten ruhig und friedlich da. Der blasse Mond am Himmel tauchte den Rasen in kaltes Licht, während ein funkelnder Sternenhimmel sich wie ein Zelt darüber ausbreitete.

Schweigend gingen Robert und Marie nebeneinander her. Robert schien tief in seinen Gedanken versunken und Marie fragte sich ungeduldig, was er ihr zu sagen hatte. So schlenderten sie Seite an Seite, bis Marie merkte, dass sie den Teich erreicht hatten. Die Wasseroberfläche war glatt und glänzend, keine Nebelschwaden verschleierten das Ufer.

»Ich denke, hier sind wir ungestört«, brach Robert endlich das Schweigen und warf einen Blick auf das hell erleuchtete Haus zurück, dessen warmes Licht den Garten in ein tiefes Schwarz hüllte. Er seufzte erleichtert und wandte sich dann Marie zu. Seine Augen hatten den amüsierten Glanz verloren und er blickte sie ernst an.

»Und jetzt möchte ich, dass Sie mir sagen, warum Sie noch nicht in der Schweiz sind und stattdessen Ihr Leben und das Ihrer Schwägerin unnötig in Gefahr bringen. Haben Sie denn völlig den Verstand verloren?«

Der vorwurfsvolle Ton sollte sie eigentlich in die Defensive drängen, damit sie ihm eine rasche Erklärung gab, doch dieses Mal ließ sie sich nicht aus der Reserve locken. Sie wandte den Blick ab und zuckte gleichmütig mit den Schultern. »Es läuft eben nicht immer alles so, wie man es gerne hätte. Als ich den Auftrag annahm, bin ich von anderen Startbedingungen ausgegangen. Helen ist leider gänzlich abgeneigt, dem Ersuchen ihres Gatten, in die Schweiz zu fahren, nachzukommen. Vielleicht mag ihr Gatte sich selbst dieser Aufgabe annehmen?«

Robert fluchte verhalten. »Sie wissen genau, dass das nicht geht«, knurrte er schließlich.

»Ja, das weiß ich«, erwiderte sie ruhig. »Im Krieg ist es immer so, dass jene, die die Konfrontation suchen, andere für sich kämpfen und sterben lassen. Der Befehlshaber bleibt stets am Leben.«

Robert erwiderte nichts darauf und so fiel das Schweigen wieder zwischen sie. Ein Kauz stieß einen unheimlichen Laut aus und kündigte den nahen Tod eines Nagers an. Eine kühle Brise strich über den Teich und wirbelte das Wasser auf. Marie fröstelte. Es war kalt draußen und sie trug nur ein dünnes Kleid, das nicht wärmte. Sie wollte zurück ins Haus.

Robert starrte immer noch in die Ferne. Im Dunkeln konnte sie seine Züge nicht erkennen.

Er ist wirklich ein gut aussehender Mann, dachte Marie. *Und klug. Vielleicht zu klug.* Ein dummer Tölpel wie Läuthäusser wäre ihr lieber gewesen. Vor dem hätte sie nämlich keine Angst haben müssen. »Woher wollen Sie wissen, dass ich eine französische Spionin bin?«, fragte sie brüsk.

Robert drehte den Kopf in ihre Richtung und schenkte ihr ein leichtes Lächeln. »Sie hatten eine Pistole in der Manteltasche, als ich Sie von der Straße ins Hotelzimmer getragen habe. Wer außer der Résistance trägt halbautomatische Schusswaffen der britischen Armee bei sich?«

Sie wendete den Blick ab. Er war wirklich zu klug. Warum hatte sie die Waffe nicht im Hotelzimmer gelassen?

»Ich würde Ihnen jedoch raten, Ihre Spionageaktivitäten zu unterlassen«, sagte Robert leise. »Das könnte sehr riskant für Sie werden. Bedenken Sie, dass Sie dadurch auch Ihre Schwägerin und das Kind in Gefahr bringen.«

Marie erwiderte nichts darauf. Schweigend blickte sie auf das glatte Wasser und folgte einem Blatt, das sich von einer Weide gelöst hatte und nun sanft auf der Oberfläche aufsetzte. Kleine Wellen bildeten sich und zogen rasch große Kreise, bevor das Wasser wieder ruhig und glatt wurde, als sei nichts passiert.

»Fragen Sie sich manchmal, was geschieht, wenn Deutschland den Krieg verliert?«, fragte sie plötzlich ohne aufzublicken.

»Ich versuche diesen Gedanken zu verdrängen. Wenn die Generäle jedoch so weitermachen wie bisher, ist es nur noch eine Frage der Zeit, bis das 1000-Jährige Reich zerfällt.«

Sein Zynismus gefiel ihr. Sie wandte ihm den Kopf zu und grinste spitzbübisch. »Für einen deutschen Offizier nehmen Sie kein Blatt vor den Mund.«

Er zuckte mit den Schultern. »Ich bin bekannt dafür, die Dinge auszusprechen, die alle denken, aber niemand laut äußert. Damit habe ich mir nicht nur Freunde gemacht, das können Sie mir glauben.«

Marie erinnerte sich an den Aktenvermerk, den London ihr geschickt hatte. Robert war mehrmals strafversetzt worden wegen kritischer Äußerungen gegenüber der Kriegsführung. Man hatte sich schon gefragt, ob er vielleicht ein Regimegegner war.

»Und was sagt Ihr Vater dazu?«

Robert sah sie verblüfft an. »Mein Vater? Wie kommen Sie denn auf ihn?«

»Nun, ich habe gehört, Ihr Vater ist ein regimetreuer Nazi. Er dürfte nicht besonders entzückt sein, dass sein Sohnemann die Führung kritisiert.«

Er musterte sie kurz von oben bis unten. »Was haben Sie noch über mich in Erfahrung gebracht?«

Marie lachte. »Genug, um zu wissen, dass ich mich vor Ihnen in Acht nehmen muss. Sie sind ein ernst zu nehmender Gegner.« Dann wurde sie plötzlich wieder ernst. »Warum haben Sie mich eigentlich nicht der Gestapo übergeben?« Sie musterte aufmerksam sein Gesicht, um eine Antwort auf ihre Frage zu bekommen.

»Ich hatte meine Gründe«, erklärte er mit ruhiger Stimme. »Aber hier ist wohl kaum der passende Ort, um sie auszusprechen. Wenn uns jemand belauscht, sind wir tot.«

Marie lächelte. Sie war nicht im Geringsten beunruhigt, nicht zuletzt, weil Robert neben ihr stand, groß und aufrecht, wie eine Mauer, hinter der sie Schutz suchen konnte. »Dann sollten wir das Gespräch besser beenden, nicht wahr?«

Sie wandte sich zum Gehen, aber Robert ergriff ihren Arm und hielt sie zurück. »Kommen Sie zurecht? Wenn Sie Hilfe brauchen, dann …«

Sie befreite sich vorsichtig aus seinem Griff. »Danke, aber ich arbeite lieber alleine.«

»Vertrauen Sie mir nicht?«

»Ebenso wenig wie Sie mir vertrauen. Weil wir zusammen einen Auftrag übernommen haben, legen wir kurzzeitig unsere Differenzen beiseite und geben unser Bestes, die Operation zu einem glücklichen Ende zu bringen. Aber ich muss Ihnen sagen: Wenn wir uns an der Front gegenüberstehen würden, hätte ich keinen Skrupel, Sie zu erschießen.«

»Wie charmant. Und ich hatte schon Angst, Sie könnten mich nicht leiden.«

Helen hatte gesehen, wie Robert und Marie das Zimmer verlassen hatten und in den Garten gegangen waren. Sie fragte sich, woher der Kapitänleutnant und Bertha sich wohl kannten und was sie zu bereden hatten. Gerne hätte sie geglaubt, dass beide sich sehr zugetan waren und sie die Gelegenheit nutzten, um einen romantischen Spaziergang zu machen. Aber sie zweifelte daran.

Sie hatte das Drängen in den Augen des Marineoffiziers gesehen und war sich fast sicher, dass es sich bei dem Gespräch um etwas rein Geschäftliches handelte. Bertha unterhielt sich aus einem anderen, nicht romantischen Grund mit diesen Männern. Aus einem Grund, der Gefahr barg.

Warum war sie sich so sicher, dass Bertha etwas Gefährliches tat? Sie hatte keinerlei Anhaltspunkte und doch wusste sie, dass es so war. »So ernste Gedanken?« Eine spöttische Stimme riss sie aus ihrer Grübelei.

»Anna!« Freudig umarmte Helen ihre langjährige Freundin. »Oh, ich freue mich, dich zu sehen! Seit wann bist du hier? Und wo ist Harald?«

»Harald musste noch arbeiten. In letzter Zeit wurde er besonders oft zu irgendwelchen Konferenzen gerufen. Und dann ist auch noch der Wagen nicht angesprungen und wir mussten die Straßenbahn nehmen. Aber schließlich haben wir es doch geschafft, wie du siehst.« Anna strahlte und drei Grübchen bildeten sich auf ihrem Gesicht.

»Das freut mich. Das freut mich riesig! Erzähl mir, wie es dir ergangen ist. Wir haben uns ja eine Ewigkeit nicht mehr gesehen.«

Anna kam diesem Wunsch mit Freuden nach. Irgendwann stieß Harald Bergmann, Annas Mann, zu ihnen. Er drückte Helen herzlich an sich und küsste sie flüchtig auf beide Wangen. Dann reichte er seiner Frau ein Glas Saft. Sie war zum dritten Mal schwanger.

Er lachte und scherzte wie üblich, doch Helen merkte, dass ihn etwas bedrückte. Er wirkte beunruhigt, ja fast gehetzt. Es war die Art und Weise, wie er sich ständig verstohlen umsah und mit zuckenden Mundwinkeln die Offiziere beobachtete.

Wie viele Journalisten war auch Harald dienstverpflichtet worden. Er arbeitete bei der Auslandspresse, die dem Reichsministerium für Volksaufklärung und Propaganda unterstand. Der Krieg hatte sein joviales Gesicht ernster und nachdenklicher werden lassen und obwohl er viel lachte, spürte Helen, dass er nur versuchte, das Grauen zu vergessen, das er auf den Schlachtfeldern gesehen hatte.

Plötzlich fiel ihr auf, dass die Konversation verstummt war und sich eine beklemmende Stille ausbreitete. Anna trank nervös einen Schluck aus ihrem Glas, während Harald misstrauisch einer Gruppe tanzender Offiziere zusah. Helen spürte, wie ihr ein kalter Schauer über den Rücken lief, und sie zitterte auf einmal. Hier passierte etwas. Aus irgendeinem Grund war aus der fröhlichen Stimmung eine bedrohliche Atmosphäre geworden.

»Hat Anna es dir schon erzählt?«, fragte Harald schließlich. Er sah Helen direkt an. Sein Blick war beinahe stechend. Sie hatte Mühe, ihm standzuhalten.

»Wovon spricht du?« Sie versuchte einen leichten Ton anzuschlagen, doch ihre Stimme klang spitz und blechern.

Harald wechselte einen scharfen Blick mit seiner Frau. Diese lächelte gequält zurück. Schließlich sah er Helen wieder an. Das Gesicht war ernst und verschlossen. Ihr Herz begann schneller zu schlagen. Diesen Gesichtsausdruck hatte sie nur einmal bei ihm gesehen: an jenem Abend, an dem der Sturm losgebrochen war.

»Es ist etwas passiert«, sagte Harald ernst.

Helen nickte. Sie konnte nichts sagen. Ihr Mund war völlig trocken. Sie wechselte einen Blick mit Anna und erschrak über die Traurigkeit in ihren Augen. Harald fuhr fort.

»Die Weinarts sind verhaftet worden.«

Das Orchester nahm gerade ein fröhliches Swing-Lied in Angriff, als Helens Glas in tausend Scherben zersprang.

»Warum sind Sie eigentlich hier?« Marie wiederholte die Frage, die sie ihm schon einmal gestellt hatte, damals in Paris. »Was hat dieser Auftrag so Reizvolles an sich, dass Sie sich dazu herablassen, das Kindermädchen für eine Konteradmiralsschwester zu spielen?«

Robert lächelte spöttisch. »Sie haben es doch selbst gesagt. Ich bin nichts weiter als eine Marionette, die tanzt, sobald man an den Fäden zieht. Ich bin einer dieser Menschen, die ihr Gewissen an einen Mörder gebunden haben und sich jeglicher Verantwortung für ihre Taten entziehen. Ich bin ein Soldat, der seine Pflicht tut und auf Befehl handelt.«

»Das habe ich nicht gesagt«, bemerkte Marie leise.

»Aber das denken Sie. Sie denken, dass alle Deutschen so sind, vor allem alle Soldaten. Und deswegen verachten Sie mich. Sie verachten mich, weil ich beides verkörpere: Den gewissenslosen, feigen Deutschen und den Soldaten, der seinem Führer blind ergeben ist und gehorsam ist bis in den Tod. Oh ja, Sie verachten mich. Aber unter dieser Maske aus Hass und Verachtung verbirgt sich in Wahrheit Scham. Sie schämen sich, dass Sie auch diesem Volk angehören. Sie schämen sich für Ihr Blut und Ihr Erbe, für die Tatsache, dass Ihre Eltern auch dieser verachtungswürdigen Rasse angehören. Und Ihr Bruder. Haben Sie deshalb Deutschland verlassen und sind nach Frankreich geflohen? Ist es deshalb zu dem Streit zwischen Ihrem Bruder und Ihnen gekommen?«

Er sah sie ohne Neugier an, als interessiere ihn die Antwort eigentlich gar nicht und er frage nur aus Höflichkeit.

Marie wandte den Blick ab und sah in die Dunkelheit hinaus. »Man kann sich nicht aussuchen, wo man geboren wird. Aber es liegt in unserer Macht, den Platz zu finden, wo wir hingehören wollen«, sinnierte sie.

Sie starrte über den friedlichen Teich hinaus in die Schwärze der Nacht, doch Robert wusste, dass sie die dunklen Umrisse der Bäume und das glitzernde Wasser nicht sah. Ihr Blick umwölkte sich, sie befand sich in weiter Ferne.

»Sehen Sie sich Ihr Vaterland doch an, Schneider«, forderte sie ihn auf. »Es befindet sich im Krieg. In einem blutrünstigen, alles verwüstenden Krieg, wie die Welt ihn noch nie gesehen hat. Junge Männer, jünger als Sie, sterben von MGs zerfetzt qualvoll an allen Fronten des Reiches, während ihre Familien, die Frauen und Kinder, in ihren eigenen Häusern lebendig begraben werden. Und wofür? Für den Wahnsinn eines einzigen Mannes. Sagen Sie mir nicht, dass es Ihnen nicht zusteht, sich ein Urteil zu bilden, weil Sie Soldat sind und nur tun, was Ihnen befohlen wird. Denn so sind Sie nicht. Ich weiß, dass Sie in Frankreich offen gegen die Vergeltungsmaßnahmen der SS protestiert haben und dass Ihre Beförderung wegen regimekritischer Äußerungen verzögert wurde.

Sie sind ein Mann, der Hitler verabscheut. Aber nicht nur wegen seiner Gräueltaten gegenüber den Juden oder den Menschen in den besetzten Gebieten, sondern weil er Deutschlands Ansehen in der Weltöffentlichkeit beschmutzt und Ihr Ehrgefühl dadurch verletzt wird. Diese rasende Barbarei ist für Sie genauso inakzeptabel wie für mich.«

Sie wandte den Blick vom Teich ab und sah Schneider direkt in die Augen. Ihre dunklen Augen schimmerten sanft, aber ihre Worte waren hart und unbarmherzig. »Sie irren sich, wenn Sie sagen, ich würde die Deutschen verachten. Ich würde Sie verachten. Im Gegenteil. Ich liebe mein Land. Ich liebe mein Volk. Seine Warmherzigkeit und Treue, seinen Fleiß und seine Hingabe. Was ich ihm jedoch vorwerfe, ist seine Passivität und Feigheit. Ich kann den Deutschen nicht verzeihen, dass sie vor dem Offensichtlichen die Augen verschließen und aus Angst oder Bequemlichkeit nichts tun.

Oh, ich kann ihre Motive verstehen. Sie wollen ja nur überleben. Aber dadurch wird sich nichts ändern und der Terror lebt weiter. Und außerdem: Was ist das für ein Leben, wenn man nur existiert und nicht einmal von dem behebenden Gefühl des Stolzes erfüllt wird, seinem Gewissen zu folgen und sein Leben einer besseren Sache zu opfern?«

Sie sah Robert an, als erwarte sie eine Antwort, suchte nach ihr in seinen Augen. Aber Robert blieb stumm. Zwar erwiderte er ihren Blick, doch spiegelte sich darin nicht wider, was er wirklich dachte.

Sie nahm einen zweiten Anlauf. »Und Sie, Schneider, Kapitänleutnant vom 30. Marineartillerie-Regiment, Abteilung 511, wie können Sie mit ansehen, wie Ihr Land von ein paar skrupellosen und machtgeilen Wahnsinnigen zerfleischt wird, und tatenlos bleiben? Es muss Ihr Ehrgefühl doch bis ins Blut quälen! Wie kann ein Mann an der Front nur so tapfer kämpfen und in der Heimat nur so feige sein?«

Roberts Kiefermuskeln zuckten kurz und Marie sah Zorn in seinen Augen aufblitzen, doch eine Minute später fragte sie sich, ob sie sich das nur eingebildet hatte. Sein Gesicht war völlig ausdruckslos, das Bild einer perfekten, antiken Büste. Er verstand es gut, seine Gedanken und Gefühle zu verbergen. Fast so gut wie sie. Aber vielleicht lernte man das auch in vier Jahren Krieg, Terror und Angst. Es war überlebensnotwenig, so wichtig wie Misstrauen und Grausamkeit. Es war unmenschlich.

Als Robert den Mund aufmachte, klang seine Stimme ruhig und fast ein wenig spöttisch, so als hätten sie Belanglosigkeiten ausgetauscht. »Für das, was Sie gerade gesagt haben, müsste ich Sie verhaften und erschießen lassen.«

Marie warf einen Blick zurück auf das Haus, aus dessen hell erleuchteten Fenstern gedämpfte Musik zu ihnen drang. Sie zuckte mit den Schultern. »Leutnant Läuthäusser wäre untröstlich.«

Er lachte. »Er würde über den Verlust hinwegkommen, glauben Sie mir.«

»Das ist aber nicht sehr galant«, erwiderte sie, als habe er sie gekränkt. »Es ist für eine Dame wenig schmeichelhaft, wenn man ihr sagt, sie sei so schnell vergessen wie ein flüchtiger Gedanke.«

Robert beugte sich vor und plötzlich war sein Gesicht dem ihrigen so nahe wie wenige Minuten zuvor beim Tanzen. Sie konnte seinen Duft einatmen und spürte, wie ihr auf einmal schwindelig wurde. Sie musste einen Schritt zurückmachen, musste Abstand wahren und den Blick abwenden. Doch sie konnte nur starr stehen bleiben und ihm in die Augen sehen.

»Ich wusste gar nicht, dass Sie wert auf derartige Banalitäten legen.« Sein Ton war leicht spöttisch und sie spürte Zorn in sich aufwallen. Nichts konnte sie weniger leiden, als wenn man sich über sie lustig machte.

»Ich bin eben auch nur eine Frau«, erwiderte sie spitz.

»Ja, das stimmt«, sagte er mit einer Stimme, als sei diese Tatsache ihm eben erst bewusst geworden. Seine Augen wanderten über ihr Gesicht, das er im Zwielicht nur erahnen konnte. »Sie sind eine Frau. Und was für eine. Seit ich Sie kenne, verblüffen Sie mich immer wieder aufs Neue. Ich weiß einfach nicht, was ich von Ihnen halten soll. Sie sind … faszinierend.«

Marie hörte das Lächeln in seiner Stimme und begann sich unwohl zu fühlen. Das Gespräch nahm eine unangenehme Wendung. Sie wollte einen Witz machen, eine spöttische Bemerkung und die Stimmung zerstören. Aber ihr Hals war wie zugeschnürt und sie wagte es nicht, sich zu bewegen.

Seine Stimme drang wie aus der Ferne an ihr Ohr, und plötzlich rieselte ihr ein kalter Schauer der Angst über den Rücken.

»Sie suchen die Wahrheit, Marie. Und deshalb verstehe ich nicht, warum Sie mich anlügen.«

Helen starrte Harald fassungslos an, als könne sie nicht glauben, was sie eben gehört hatte. Sie wandte den Blick von ihm ab und sah zu ihrer Freundin hinüber. Als sie Annas ausdrucksloses Gesicht sah, traf sie die Realität mit voller Wucht. Ihre Hände fuhren an den Mund, doch diese Geste war überflüssig. Der Schrei, der sich in der Tiefe ihres Inneren bildete, blieb in der Kehle stecken.

Als Helen anfing zu schwanken, packte Harald sie am Arm und führte sie sanft zu einigen Sofas in der anderen Ecke des Raumes, etwas abseits von der Tanzfläche und dem Büfett.

Endlich fand Helen die Sprache wieder. »Wann?«, krächzte sie mühsam.

»Ich habe es heute Morgen erfahren«, erwiderte Harald und reichte ihr sein Weinglas, aus dem sie einen gierigen Schluck nahm. »Gestern Nacht. Sie hatten keine Chance, mit irgendjemand Kontakt aufzunehmen.«

Helens Unterlippe zitterte. »Und ... und die Kinder? Max und Charlotte?«

Anna ergriff ihre Hand und drückte sie sanft. »Man hat sie ebenfalls mitgenommen. Du weißt ja, die Nazis machen keinen Unterschied zwischen Alt und Jung, ob schuldig oder unschuldig. Wen sie haben, lassen sie nicht mehr gehen.«

»Oh nein!« Helen schlug die Hände vors Gesicht. »Wie konnte es nur so weit kommen?«

»Wie es so weit kommen konnte?« Harald schnaubte verächtlich. »Es war nur eine Frage der Zeit. Sie sind unvorsichtig gewesen. Und das müssen sie jetzt mit dem Leben bezahlen.«

»Harald!« Helens spitzer Protest wurde von Anna unterbrochen.

»Es ist wahr, Helen. Sieh dich doch um! Überall herrschen Angst, Hass und Terror. Christoph muss in der Schule ausrechnen, wie viel das Reich sparen könnte, wenn es keine Behinderten gäbe. Es ist verrückt! Sie lernen rechnen mit Menschenleben. Weißt du noch, was Hitler bei seinem Amtseintritt gesagt hat? ›Gebt mir fünf Jahre und ihr werdet Deutschland nicht wiedererkennen.‹ Bei Gott, er hat recht behalten! Unser Land ist nicht mehr wiederzuerkennen. Dies ist nicht das Deutschland, in dem ich geboren wurde. Dies ist ein Trümmerhaufen, angeführt von einem Mann, in dessen Reden eine eklatante Lüge der nächsten folgt.«

»Und deshalb müssen wir handeln«, unterbrach sie ihr Mann. »Wir haben schon lange genug tatenlos herumgestanden. Wir können nicht zulassen, dass dieser Irre unser ganzes Land zugrunde richtet!«

Helen fuhr hoch, die Augen weit aufgerissen. »Du meinst doch nicht …?«

»Doch!«

»Harald! Bist du von Sinnen? Weißt du denn nicht, was das bedeutet?«

»Er weiß es sehr wohl.« Anna stand auf und stellte sich neben ihren Mann. »Es kommt der Tag, an dem wir Farbe bekennen müssen, Helen. Du musst der Wahrheit ins Gesicht sehen und dich entscheiden. Ich für meinen Teil habe das schon getan.«

Helen warf einen nervösen Blick über ihre Schulter. Niemand befand sich in Hörweite, doch was Anna gerade gesagt hatte, war Hochverrat. Dafür konnte man sie an die Wand stellen, genauso wie ihren Mann und Helen, und das nur, weil sie zugehört hatten.

Sie blickte ihre Freunde an. Plötzlich hatte sie den Eindruck, sie wären über Nacht gealtert. Ihre Gesichter wirkten länger, und erste Falten erschienen auf den sonst makellosen Zügen. Das waren die Menschen, mit denen sie gelacht und getanzt hatte, mit denen sie die Sorgen des Alltags geteilt und sich amüsiert hatte. Sie kannte Anna und Harald schon seit Jahren. Doch auf einmal hatte sie das Gefühl, Fremde vor sich stehen zu haben.

»Was verlangt ihr von mir?« Die Worte kamen nur mühsam über ihre Lippen.

Anna sah ihr fest in die Augen. »Hilf uns. Je mehr wir sind, desto größer sind unsere Chancen, etwas zu erreichen.«

»W… Was könnte ich schon erreichen?«

Harald setzte sich ihr gegenüber und beugte sich vertraulich vor. »Du hast sehr großen Einfluss in Adelskreisen. Du könntest mit den Menschen ins Gespräch kommen …«

Helen sah ihn mit großen Augen an. Rote Flecken bildeten sich auf ihren bleichen Wangen. »Harald, weißt du, was du von mir verlangst?«

»Ja, und wie wir hast du die Wahl.« Seine Stimme war schneidend.

»Ich … ich …«, stotterte sie. »Ich … Warum ich? Warum jetzt? Warum … warum heute Abend?«

Harald begegnete Helens flehendem Blick mit einer ungewohnten

Kühle. Er richtete sich auf. »Gestern Abend erhielt ich einen Anruf von Karl.«

Das Blut schoss Marie ins Gesicht, bis ihr klar wurde, dass von Robert keine Gefahr ausging. Sie machte einen Schritt zurück, erleichtert, verstanden zu haben, dass er nicht ihre wahre Identität erraten hatte, und entspannte sich augenblicklich. Sie setzte ein unschuldiges Lächeln auf.

»Ich weiß nicht, was Sie meinen, Schneider. Ich habe Ihre Frage wahrheitsgemäß beantwortet. Wenn Ihnen die Antwort nicht zusagt, so ist das Ihr Problem, nicht meins.«

»Ob mir Ihre kurze Rede gefallen hat oder nicht, tut nichts zur Sache. Ich habe keinen Grund anzunehmen, dass Sie die Dinge nicht so sehen, wie Sie es haben verlauten lassen. Aber ich glaube nicht, dass nur ein einziger Punkt darin der Anlass war, nach Frankreich zu flüchten.« Mit einem bohrenden Blick sah er sie an. »Die Wahrheit ist doch, dass Sie wegen Ihres Bruders Deutschland verlassen haben, nicht wahr?«

Sie erwiderte seinen Blick kühl und fest. »Warum fragen Sie, wenn Sie meinen, die Antwort schon zu kennen?«

»Zwischen Ihnen und Ihrem Bruder herrscht Spannung, das lässt sich nicht leugnen. Solche emotionalen Minenfelder können leicht explodieren und damit die gesamte Operation gefährden. Es ist daher mein Recht zu erfahren, was zwischen Ihnen und Ihrem Bruder vorgefallen ist.«

Sein Blick war stechend. Sie knirschte mit den Zähnen. »Ich bin Ihnen keine Rechenschaft schuldig. Diese Frage kann Ihnen mein Bruder besser beantworten als ich.«

Sie drehte sich um und verschwand in der Dunkelheit. Robert sah ihr nach, lauschte ihren schnellen und entschlossenen Schritten, die über das sauber geschnittene Gras glitten. Er unternahm keinen Versuch, ihr zu folgen. Er blieb stehen, wo sie ihn verlassen hatte, und starrte ins Leere. Schließlich hob er unsicher eine Hand und strich sich langsam über die Stirn, dann tastete er mechanisch nach einer Zigarette in seiner Brusttasche.

Er warf einen Blick auf das Haus. »Mist!«, murmelte er in die Stille der Nacht, zu den schweigsamen Sternen und den dunklen Weiden am Ufer des kleinen Teiches.

Noch bevor Harald reagieren konnte, hatte Helen seinen Arm ergriffen und bohrte ihre langen Finger schmerzhaft in sein Fleisch. »Karl? Du hast mit Karl gesprochen? Was hat er gesagt? Wie geht es ihm? Harald, bitte, sag mir, geht es ihm gut?«

Er wechselte einen Blick mit seiner Frau. Anna schüttelte kaum merklich den Kopf. Er seufzte und wendete sich wieder Helen zu. Bei ihrem hoffnungsvollen Blick kam er sich wie ein gemeiner Verräter vor. »Ich weiß es nicht, Helen. Er … er hat gesagt, ich solle niemandem sagen, was wir besprochen haben. Ich habe es ihm versprochen. Und dieses Wort kann ich nicht brechen.«

Als er sah, wie der Hoffnungsfunken in Helens Augen erlosch, verspürte er einen brennenden Stich in der Brust. Er senkte den Blick. »Es tut mir leid.«

Aber so schnell wollte sie nicht aufgeben. »Hat … hat er über mich gesprochen? Über Heinrich?«

Harald schüttelte bedauernd den Kopf. Helen schluckte hart und nickte. Das war so typisch für Karl. Sobald es ums Geschäft ging, war sie ausgeschlossen. Es wunderte sie nicht, dass er sie mit keiner Silbe erwähnt hatte. Dennoch, in ihrer Verzweiflung klammerte sie sich an jeden Strohhalm, der sich ihr bot.

»Warum hat er dich angerufen?«, fragte sie schließlich dumpf.

»Er braucht meine fachmännische Hilfe. Mehr kann ich dazu nicht sagen. Aber was er gesagt hat, hat mich dazu bewogen, endlich aktiv zu werden. Dies ist unsere Chance, Helen. Seit Stalingrad …«

»Ich verstehe das nicht«, unterbrach ihn Helen. »Karl möchte, dass ich in die Schweiz fahre. Ich hatte angenommen, er auch …« Sie verstummte.

Harald und Anna sahen sie überrascht an. »In die Schweiz?«

»Er denkt, ich habe Schutz nötig. Deshalb ist auch diese Bertha Schmitt hier.« Helen machte eine Handbewegung, als würde sie eine Fliege verscheuchen.

»Wer ist Bertha Schmitt?« Fragend sah Anna ihre Freundin an.

Diese verzog das Gesicht. »Eine unangenehme Person. Karl hat sie mir zum Schutz geschickt. Sie soll mich in die Schweiz bringen, aber bis jetzt habe ich mich geweigert. Ich kann doch Deutschland jetzt nicht verlassen! Das wäre … falsch. Es wäre feige.«

Harald zog die Augenbrauen zusammen. »Woher weißt du, dass es wirklich Karl war, der diese Frau geschickt hat?«

»Sie hatte einen Brief von ihm dabei. Und bevor du fragst, er war echt. Ich habe die Handschrift geprüft.«

Er sah sie zweifelnd an. »Hm … vielleicht. Was weißt du über sie?«

»Ganz ehrlich? Nichts. Sie ist seltsam. Sie ist einerseits verächtlich und dann wieder überraschend großzügig und einfühlsam. Es ist verwirrend. Und irgendwie macht sie mir Angst.«

Jetzt war Anna alarmiert. Besorgt sah sie die Gräfin an und meinte behutsam: »Helen, bist du dir sicher, dass du nicht dabei bist, einen Fehler zu machen, indem du diese Person bei dir aufnimmst? Sie könnte ein Spitzel der Gestapo sein!«

»Ich bitte dich, Anna!« Helen musste trotz allem lachen. »Ja, Bertha ist seltsam, aber es ist nicht so, dass ich ihr nicht vertraue. Ja, eigenartigerweise ist sie sogar der Mensch, dem ich am allermeisten vertrauen würde. Vielleicht gerade weil sie mich so dermaßen verachtet.«

Anna sah ihre Freundin an, als sei sie übergeschnappt, und Harald fragte: »Wo ist der Brief? Kann ich ihn mal sehen?«

»Ich habe ihn verbrannt.« Im selben Augenblick wurde ihr klar, was für ein Licht das auf Bertha warf.

Harald lächelte bitter. »Und damit wäre das einzige Beweismittel vernichtet.«

»Hört mal.« Helen stand auf und ging ein paar Schritte. »Ich bin euch sehr verbunden, dass ihr euch solche Sorgen macht, aber das ist wirklich überflüssig. Hier bin ich sicher. Und was das andere betrifft …« Sie zögerte. »Wo kann ich euch erreichen?«

»Bei uns zu Hause.« Harald und Anna standen ebenfalls auf. »Ich denke, wir sollten jetzt gehen. Danke für die Einladung, Helen. Das ist wirklich ein gelungenes Fest.« Er sah kurz zu den Offizieren hinüber und bemerkte ironisch: »Das Gute an solchen gesellschaftlichen Anlässen ist, dass man ganz offen reden kann. Keinem würde es auch nur im Traum einfallen, dass unter ihnen irgendwer Ränke schmieden könnte.«

Helen lächelte gequält. »Sicher.« Sie brachte ihre Freunde zur Tür und verabschiedete sich von ihnen.

»Lass bald was von dir hören.« Harald drückte sie kurz an sich und öffnete die Tür.

Als Helen sich von Anna verabschiedete, merkte sie, wie enttäuscht ihre Freundin von ihr war. Sie sagte zwar nichts, aber ihr Blick drückte aus: »Ich hätte mehr von dir erwartet.«

Als sie gegangen waren, fragte sich Helen, ob sie etwas falsch gemacht hatte. Und ob man Bertha Schmitt wirklich trauen konnte.

13

Im Arbeitszimmer war es still und dunkel. Nur bleiches Mondlicht drang durch die großen Fenster und hob die geraden Konturen der Möbel hart hervor. Es roch nach trockenem Holz, alten Büchern und Leder.

Marie konnte sich gut vorstellen, warum Karl hier so viel Zeit verbrachte. Das große Zimmer war gemütlich und praktisch eingerichtet und der Geruch nahezu unwiderstehlich.

Von unten drangen gedämpfte Stimmen und leise Musik durch die geschlossene Tür. Die Feier war noch im vollen Gange. Doch ihr war nicht mehr zum Feiern zumute. Nachdem sie Robert im Garten stehen gelassen hatte, war sie geflüchtet. Sie brauchte jetzt Ruhe und Einsamkeit.

Es war schlimm, dass Robert ihre Fassade durchschaut hatte.

Dieser Mann ist wirklich ein verdammter Klotz am Bein! Was bildet er sich eigentlich ein? Er hat kein Recht, über mich zu urteilen. Und er hatte kein Recht, in meine Privatsphäre einzudringen und mir Fragen zu meiner Beziehung zu Karl zu stellen.

Karl …

Ihr Finger strich über die glatte Oberfläche der vergilbten Fotografie in ihren Händen. Vor der perfekten Kulisse eines Studios lächelten ihre Eltern, ihr Bruder und sie selbst ihr entgegen. Dieses Bild war kurz vor ihrem Exil in Frankreich entstanden, an Weihnachten 1932. Also fast vor elf Jahren. Karl musste das Foto aus ihrem alten Haus geholt haben, denn sie hatten bei ihrem Aufbruch alles zurückgelassen.

Als Marie das Arbeitszimmer ihres Bruders vor einigen Tagen durchsucht hatte, um herauszufinden, woran er wirklich arbeitete und weshalb er sie nach Deutschland geschickt hatte, war sie zufällig auf dieses Bild gestoßen. Es lag versteckt unter einem Berg von Akten in der untersten Schublade seines Schreibtisches. Und diese war verschlossen gewesen.

Als Marie das Schloss aufgebrochen hatte, hatte sie mit Militärgeheimnissen gerechnet, aber dort waren nur Listen von Menschen gewesen und die Namen diverser Krankenhäuser. Und dieses Familienfoto.

Sie betrachtete das Bild ihres Bruders, so wie sie ihn in Erinnerung behalten hatte. Ein schmächtiger junger Mann mit krummem Rücken und einer Brille auf seinem hageren Gesicht, der unter starker Akne litt. Der Blick gerade und herausfordernd.

Das war ihr Bruder mit einundzwanzig Jahren gewesen.

Was war von diesem jungen Mann heute noch übrig? Wer war Konteradmiral Karl Büchner? Ein guter Offizier, das bezeugte zumindest seine Karriere. Er war erfolgreich, besaß ein großes Haus mit einem großen Grundstück und hatte die große Liebe seines Lebens geheiratet. Nun war er Vater eines einjährigen Sohnes. Sein Erbe war gesichert. Er hatte alles erreicht, was er sich gewünscht hatte.

Aber nun brauchte Karl sie. Sie war ein unerfreuliches, aber notwendiges Mittel zum Zweck. Aber zu welchem Zweck? Und warum gerade sie?

Weil sie seine Schwester war. Das hatte er zumindest gesagt. Schneider hatte recht, sie musste sich mit Karl aussprechen. Es war an der Zeit, die Vergangenheit endgültig abzuschließen und ein neues Kapitel aufzuschlagen. So konnte das auf Dauer nicht weitergehen. Schneider hatte das gut erkannt.

Schneider.

Der Gedanke an den gut aussehenden Kapitänleutnant beunruhigte sie. Immer wieder zwang er sie dazu, der Wahrheit ins Gesicht zu sehen und ihr Gewissen zu prüfen. Und da war noch etwas anderes, was sie an Schneider störte. Die bezwingende Anziehung, die sie für ihn spürte. Sie konnte sich ihr nicht widersetzen, so sehr sie sich auch bemühte. Und das machte ihr Angst. Sie musste Schneider meiden und ihn auf Distanz halten. Sonst war sie ihm hilflos ausgeliefert.

Sie richtete ihren Blick wieder auf das Foto und sah in das lächelnde Gesicht einer Fünfzehnjährigen. Sie. Damals war das Leben noch einfach gewesen, damals hatte sie noch Träume gehabt. Das Leben hatte sie gelehrt, nicht zu viel zu erwarten und sich nicht an Besitztümer oder Menschen zu klammern. Und obwohl sie das wusste, hatte sie zweimal gegen diese Regel verstoßen. Bei Steven und bei ihrer Großmutter.

Sie schluckte trocken, als sie das unbekümmerte Lächeln dieses Backfisches sah, der sie einmal gewesen war. Wie sie sich in diese Zeit der Unbekümmertheit zurücksehnte! Sie dürstete nach Liebe und Geborgenheit, nach Wärme und Zuversicht, dass alles gut gehen würde und der morgige Tag kein Grund zur Sorge war. Sie sehnte sich nach Ruhe und Sicherheit.

Erst als eine Träne auf die Fotografie tropfte, merkte sie, dass sie weinte. Als sie in die lächelnden Gesichter ihrer Eltern sah, durchfuhr sie ein Stich des Schmerzes und gleichzeitig verspürte sie hartnäckige Gewissensbisse. Ihre Hand fuhr zum Ausschnitt ihres Kleides. Langsam zog sie einen alten, vergilbten Brief heraus. Die Ecken waren ausgefranst und die Schrift verblasste bereits, aber der Name Karl in schönen, geschwungenen Buchstaben war noch deutlich zu lesen.

Sie blickte das Bild ihrer Eltern an und schluckte erneut. »Bald«, flüsterte sie wie als Entschuldigung. »Erst müssen wir Frieden schließen, erst müssen wir wieder eine Familie werden.«

Sie steckte den Brief zurück und küsste die Fotografie. Zu spät merkte sie, dass sie nicht mehr alleine im Zimmer war.

Als die Reden zu Ehren Hitlers anfingen, hatte Robert den überfüllten Raum verlassen und war die breite Treppe hinauf in den ersten Stock gegangen. Er hätte es keine Minute länger in diesem stickigen Saal ausgehalten, die Luft war erfüllt vom schweren Duft des Geldes und der Macht. Noch immer hatten diese Menschen ihren gierigen Blick, diesen unersättlichen Hunger nach Macht und Reichtum. Der Krieg hatte ihre fleischigen Wangen schlaffer werden lassen, doch der Fanatismus glänzte nach wie vor in den Augen der Offiziere. Allerdings, so überlegte Robert, mischte sich vielleicht auch Angst darunter. Der Applaus war längst nicht mehr so tosend wie zu Beginn der Hitler-Ära.

Als Robert einem jungen BDM-Mädchen auf der Treppe begegnete, das für den heutigen Abend aushalf, erkundigte er sich nach dem

Weg zum Bad. Sie verwies ihn nach oben. Mit steifen Schritten ging er den Flur entlang. Seine Stiefel klangen hohl auf dem polierten Holzboden. Als er das Bad wieder verließ, um zurück in den Saal zu gehen, hörte er hinter einer Tür plötzlich ein leises Schniefen.

Er öffnete so geräuschlos wie möglich die Tür. Im Zimmer brannte kein Licht. Blasses Mondlicht hüllte Möbel und Teppich in silbernen Glanz. Eine Frau stand am Fenster, mit dem Rücken zur Tür. Sie hielt etwas in der Hand, strich mit der Hand darüber und führte es schließlich an ihre Lippen.

Plötzlich schien sie seine Anwesenheit zu spüren, denn sie drehte sich zu ihm um. Trotz der schlechten Lichtverhältnisse erkannte er Maries schlanke Silhouette sofort. Überrascht verharrte er, wo er war, und starrte sie an. Sie stand einfach nur da, den Blick ins Leere gerichtet. Ihr Haar schimmerte im fahlen Licht. Robert konnte ihren Atem hören, ruhig und regelmäßig. Sie roch nach frischem Wind, nassem Laub und Regen.

Irgendwo in ihm begann sich etwas zu regen. Er fühlte sich an jenen Tag in Paris zurückversetzt, als sie vor dem Bahnhof gestanden hatten. Wieder spürte er, wie sich die Luft aufzuladen schien, wie ein Bann von ihm Besitz ergriff, ein Bann, der von Marie auszugehen schien.

Und dann hob sie den Blick und sah ihm in die Augen. Ihre Augen waren tief und dunkel, wie ein Brunnen in der Wüste. Ihr Blick war klar und so intensiv, dass Robert das Gefühl hatte, er könnte bis auf den Grund ihrer Seele blicken. Er las Angst und Kummer darin, genau wie an jenem Tag in Paris.

Aber da war noch etwas anderes, etwas Tieferes. Zu seiner Überraschung erkannte er fast schmerzhafte Sehnsucht in ihren Augen. Wonach sehnte sie sich? Woher kam diese tiefe Traurigkeit? Robert wusste es nicht, aber er verspürte plötzlich das verwirrende Verlangen, ihr Trost zu spenden, ihr übers Haar zu streichen und ihr zu sagen, dass er ihr helfen würde.

Und dann, ehe er wusste, was er tat, hatte er sich vorgebeugt und küsste sie. Ihre Lippen waren weich und süß. Im ersten Moment schien Marie sich abwenden zu wollen, doch dann erwiderte sie den

Kuss mit einer plötzlichen Leidenschaft, die er ihr nicht zugetraut hätte. Sie schlang ihre Arme um seinen Nacken, fuhr ihm durch das volle Haar und klammerte sich an ihm fest wie ein Ertrinkender an eine Rettungsleine.

Etwas in ihm brach auf, es war, als ob plötzlich ein heftiges Feuer in ihm wütete. Unterdrücktes Verlangen, vorgetäuschte Gleichgültigkeit, die beinahe schmerzhafte Sehnsucht nach ihrer Gegenwart, alles brach aus ihm heraus. Er wollte sie spüren, jede Faser seines Körpers schrie nach ihr.

Heftig presste er sie an seine Brust, umfasste ihre Taille, ihre Schultern, ihren Nacken. Der Kuss wurde leidenschaftlicher, gieriger.

Und dann, ganz plötzlich, löste sie sich von ihm. Keuchend sah sie ihn an, das Gesicht vor Erregung gerötet. Ihre Augen glitzerten schwarz vor Überraschung und Begierde. Sie ließ den Blick sinken und erstarrte, als sie das Abzeichen der Kriegsmarine auf seiner Uniform sah. Plötzlich schien sie sich bewusst zu werden, wo sie war und was sie tat.

Verachtung legte sich auf ihre Züge. Sie hob den Kopf und drehte sich ruckartig um. Wortlos verließ sie mit hastigen Schritten das Zimmer und ließ Robert voll ungestillter Begierde zurück.

Die Männer, die sich im kleinen Klassenzimmer einer ehemaligen Schule in Paris versammelt hatten, hätten unterschiedlicher nicht sein können. Angefangen von ihrem Alter bis hin zum Dienstgrad ihrer Uniformen und Truppenzugehörigkeit. Doch sie alle verfolgten das gleiche Ziel und deshalb hatten sie sich an diesem überraschend milden Oktobertag in diesem stickigen und engen Zimmer eingefunden und starrten mit gerunzelter Stirn auf die diversen Karten und Aufzeichnungen auf dem alten Schreibtisch und an den Wänden.

»Meine Herren, die Lage ist kritisch.«

Ein recht junger Mann mit ernstem Gesicht hatte das Wort ergriffen. Die Offiziere kannten ihn. Es war Konteradmiral Karl Büchner, einer der brillantesten Offiziere der deutschen Kriegsmarine.

Vielleicht sogar der brillanteste, denn gemessen an seinem Alter hatte er schon Dinge vollbracht, die Männer erst am Ende ihrer Karriere in einem hohen Alter vorzeigen konnten. Er war berüchtigt für seine unkonventionelle Strategie und schlagfertige Taktik.

Admiral Büchner trat einen Schritt auf die große Europakarte an der Wand zu und deutete auf den Frontverlauf, der dort skizziert war. »Wie Sie wissen, sieht es für die deutschen Streitkräfte im Augenblick nicht besonders gut aus. Seit Stalingrad gewinnt die Rote Armee Woche um Woche mehr Terrain im Osten dazu und Italien befindet sich seit September nun endgültig in den Händen der Alliierten. Im Westen sind unsere Stellungen dank des Atlantikwalls standfest, doch es ziehen dunkle Wolken auf.«

Er schwieg bedeutungsschwer, ehe er sagte: »Meine Herren, Sie alle wissen, in welcher gefährlichen Lage Deutschland steckt. Ich brauche Ihnen keine Zahlen vorzulesen.« Er ließ den Blick über die Runde schweifen, als erwarte er eine stillschweigende Zustimmung. Als er in den Augen der Männer gefunden hatte, was er suchte, fügte er mit fester Stimme hinzu: »Nun, die Zeit der Entscheidung ist gekommen. Wir müssen handeln. Sofort! Ehe es noch schlimmer wird.«

Ein Raunen ging durch die Menge. Alle waren sich darüber einig, dass ihr Vaterland in Gefahr schwebte, und in Anbetracht der kritischen Situation begannen die meisten, am Endsieg zu zweifeln.

Ein älterer General des Heeres räusperte sich. Sein Haar war schütter und das eingefallene Gesicht ließ ihn noch älter wirken, als er tatsächlich war. General Hermann von Hinterhofen war Oberbefehlshaber der 4. Armee der Heeresgruppe B, und hatte schon im Großen Krieg sein Blut für das Vaterland vergossen. Er lebte für Werte wie Ehre, Tapferkeit und Loyalität. Deshalb missfiel ihm dieses Treffen, doch die Umstände ließen ihm keine Wahl.

Hinterhofen blickte Büchner nachdenklich an. Wie er dort stand, hoch aufgerichtet, den Blick gerade auf die Männer gerichtet, bot er ein stolzes Bild. Er bewunderte die freundliche Kühle und Souveränität des jungen Offiziers, der die Gabe besaß, Menschen im wahrsten Sinne des Wortes augenblicklich für sich einzunehmen.

Hinterhofen richtete sich in seinem Stuhl auf. Seine Stimme klang rau und kampflustig wie die eines alten Terriers. »Meine Herren, wie Sie alle wissen, ist alleine die Tatsache, dass wir hier sind, Hochverrat. Wenn jetzt die Gestapo hereinplatzen würde, könnten wir alle verhaftet und erschossen werden. Ich hoffe, das ist Ihnen klar.«

Er ließ den Blick durch die Runde schweifen. Einige Offiziere begannen nervöse Blicke auf die Tür und die Fenster zu werfen. Vielen war sichtlich unbehaglich zumute. Büchners Gesicht indes verriet nicht die geringste Anspannung. Abwartend sah er Hinterhofen an, den Mund zu einem leichten Lächeln verzogen, als fände er die Bemerkung amüsant.

Der alte General konnte sich über diese Selbstbeherrschung nur wundern. Büchner besaß in der Tat eine seltene innere Stärke.

»Aber wie Sie ebenfalls wissen, steht mehr auf dem Spiel als nur der Verlust unseres Lebens. Wir alle sind Offiziere der Wehrmacht und haben unser ganzes Sein dem Deutschen Reich verschrieben. Wir haben vor Gott geschworen, dem deutschen Volk zu jeder Stunde unser Leben zu opfern. Und somit tragen wir eine Verantwortung für die Sicherheit und das Wohlergehen der Bevölkerung des Reiches. Lassen Sie mich an dieser Stelle den Herrn Reichspräsidenten zitieren: ›Die Treue ist das Mark der Ehre.‹ Treue zum Vaterland ist das oberste Gebot eines jeden Soldaten. Es zu schützen und zu verteidigen, ist eine Ehre. Und wenn sich eine Regierung als unehrenhaft und gefährlich für das Deutsche Reich erweist, so ist es unsere Pflicht, diese Gefahrenquelle auszuschalten, genauso wie es unsere Pflicht ist, unsere Grenzen zu schützen und den Feind aus unserem Land zu treiben.«

Mit dem scharfen Blick eines Oberschullehrers blickte er in die Runde und wartete, ob irgendjemand es wagen würde, ihm zu widersprechen. Tatsächlich regte sich ein junger Major der Luftwaffe. Mit seiner dünnen und großen Gestalt sah er aus wie ein Wiesel.

»Sie vergessen etwas, Herr General.« Obwohl seine lispelnde Stimme höchste Aufregung verriet, hielt er trotzig dem bohrenden Blick des alten Offiziers stand, der ihn vernichtend anblickte wie ein ungezogenes Kind. »Wenngleich wir unserem Land verpflichtet sind, so haben wir dennoch dem Führer einen Eid geschworen. Unsere Ehre versagt es uns, darüber hinwegzusehen und diesen Eid zu brechen.«

»Wenn sich der Führer als unehrenhaft erweist, so entbindet uns das von diesem Eid!«, schnappte Hinterhofen erbost zurück. »Der Fahneneid hat seine Gültigkeit verloren, da unser ›Führer‹ seine eigene Pflicht vergessen und beschlossen hat, unser Land seinen besessenen Zielen zu opfern. Unsere Pflicht ist es nun, dem Vaterland gegen diesen Verderber die unbedingte Treue zu halten. Unseres Eides sind wir ledig.«

Jetzt sprang der junge Major auf. Sein Gesicht war gerötet, die Augen sprühten vor Zorn und mit leicht zittriger Stimme rief er: »Ein Eid ist ein Eid, weil man eben nicht davon entbunden werden kann! Wir haben dem Führer unbedingten Gehorsam geschworen. Ja, Gehorsam bis in den Tod! Haben Sie das etwa vergessen, meine Herren?«

Herausfordernd sah er die Offiziere an, doch nur Verschlossenheit war auf ihren steinernen Mienen abzulesen. Hinterhofen erhob sich schwerfällig. »Oberst von Henkow bürgte dafür, dass Sie ein pflichtbewusster Offizier sind, Haas, bereit, dem Vaterland bis in den Tod zu dienen. Ich bin enttäuscht, sehen zu müssen, dass Sie das Vertrauen, das Henkow in Sie gesetzt hat, verspielen. Sie sind offenbar nicht dazu bereit, Rechtsempfinden und Moral über soldatisch-militärische Pflichterfüllung zu stellen.«

Die Augen des Majors verengten sich zu Schlitzen. Verächtlich blickte er den General an. »Das Vertrauen des Obersten habe ich nie enttäuscht. Ich stehe zu meinem Wort und werde nichts, was ich hier gehört habe, verraten. Aber ich beschwöre Sie, überdenken Sie Ihr Vorhaben. Es ist Wahnsinn! Die SS wird Sie zerfleischen. Ich habe nicht vor, durch zwölf Kugeln zu sterben.«

»Das stimmt«, erwiderte Hinterhofen kalt. »Bei Feigheit reicht eine einzige. Haas, gehen Sie in sich! Unser Vaterland ist in Gefahr. Männer, die vor der Wahrheit die Augen verschließen, sind für den Ruin des Reiches verantwortlich. Wir müssen diesem Wahnsinn ein Ende bereiten. In höchster Gefahr für Nation und Staat haben deutsche Patrioten nicht gezögert, ihrem Gewissen zu folgen. Sehen Sie denn nicht, dass Deutschland dem Chaos und dem Bolschewismus noch nie näher war als zu dieser Zeit?«

Mit versteinerter Miene sah Haas ihn an. »Ich kann bei Ihrem Vorhaben nicht mitmachen. Daran würde die Armee zugrunde gehen.«

Hinterhofen maß ihn mit einem Blick, der sowohl Enttäuschung als auch Verachtung widerspiegelte. Dann machte er einen Schritt zurück und gab damit die Tür frei. »Ich hätte mehr Rückgrat von Ihnen erwartet, Haas. Aber gut, wenn Sie nicht anders können, dann gehen Sie. Das ist es ja schließlich, was Sie wollen. Gehen Sie! Aber vergessen Sie nicht, dass Sie Deutschland durch Ihre Weigerung geschwächt haben.«

Der Major hielt dem eisigen Blick Hinterhofens einen Augenblick lang verbissen stand, dann drehte er sich abrupt um und nahm seine Mütze. Ehe er den Raum verließ, wandte er sich noch einmal an die versammelten Männer. »Ich werde kein Wort darüber verlauten lassen, was ich hier gehört und gesehen habe«, wiederholte er mit Nachdruck. »Aber ich bitte Sie inständig darum, das Ganze noch einmal zu bedenken. Es wird keine Gnade geben!«

Niemand rührte sich. Der Major zuckte mit den Schultern. »Ich empfehle mich.« Dann war er fort.

Schnaubend blickte Hinterhofen die verschlossene Tür an. Dann sah er mit unheilverkündender Miene in die Runde. »Möchte jemand Haas' Beispiel folgen? Wenn ja, so wäre das jetzt der richtige Zeitpunkt.«

Grabesstille antwortete ihm. »Gut«, knurrte er mürrisch. »Damit eines klar ist und keine Missverständnisse passieren wie eben: Sie können Deutschland dienen oder dem Führer. Aber nicht beiden. Entscheiden Sie sich. Und entscheiden Sie sich schnell, denn die Zeit drängt. Wir müssen handeln.«

Nach dieser kurzen Ansprache herrschte Stille. Dann meldete sich ein Oberst zu Wort. »Wir sind uns alle darüber einig, etwas zu tun. Aber was genau haben Sie vor?«

Diese Frage galt Büchner. Abwartend sah Hinterhofen ihn an. Der Admiral trat einen Schritt nach vorne. Er stand jetzt im vollen Licht.

Seine Züge waren ernst, aber der General sah etwas wie Zufriedenheit in seinen Augen aufblitzen. Als er sprach, war seine Stimme ruhig und fest. »Der Stein ist schon im Rollen. In diesem Augenblick bereitet bereits ein Mann das Terrain für uns vor. Und andere werden ihm in Kürze folgen. Seien Sie sich eines bewusst, meine Herren. Wenn Sie jetzt zusagen, gibt es kein Zurück mehr.«

Helen zog gerade ihren Mantel an, als die Tür zum Foyer aufgerissen wurde und Marie auf sie zumarschierte. Diesen Augenblick hatte sie schon den ganzen Morgen gefürchtet. Heute musste sie sich entscheiden. Sie hatte Bertha versprochen, sich nach dem Tanzabend zu überlegen, ob sie in die Schweiz fuhr oder nicht.

»Jetzt reicht es!« Maries schneidende Stimme ließ sie zusammenzucken. Die junge Frau baute sich vor ihr auf und funkelte sie aus braunen Augen zornig an. »Was ist das?« Sie zeigte Helen mehrere eng beschriebene Seiten, die sie mit einer heftigen Bewegung auf das Tischchen vor dem Spiegel segeln ließ. Überrascht nahm Helen die Blätter in die Hand und überflog sie mit gerunzelter Stirn. Warum regte Bertha sich wegen ein paar Papieren so fürchterlich auf?

Doch als sie die Namen der Krankenhäuser las, lief es ihr auf einmal eiskalt den Rücken herunter. Sie löste ihren Blick von der Liste und sah Marie erschrocken an. »W… woher haben Sie das?« Das Sprechen fiel ihr schwer. Sie hatte das Gefühl, ihre Zunge klebe am Gaumen fest.

Maries Gesicht war eine Maske des Zorns und der Kälte. Und doch hatte Helen das Gefühl, eine Spur Schuldbewusstseins zu hören, als sie antwortete: »Es befand sich in den Unterlagen von Karl. Faszinierend, dass er denkt, ein Schloss würde genügen, um es vor den Augen der Welt zu verbergen.«

Plötzlich schoss Helen das Blut in die Wangen. Heißer Zorn überfiel sie. »Wie können Sie es wagen, im Arbeitszimmer meines Mannes herumzuschnüffeln?!«, rief sie erzürnt. »Für wen halten Sie sich hier eigentlich? Was gibt Ihnen das Recht …«

»Ich habe ein gutes Recht zu erfahren, für wen oder was ich hier den Kopf riskiere!«, entgegnete Marie nicht minder aufgebracht. »Karl hat mich schamlos belogen, aber so einfach lasse ich mich nicht abspeisen. Sie werden mir jetzt augenblicklich sagen, was ›Aktion T4‹ ist und warum Karl nach Paris gegangen ist!«

Bei diesen Worten schnappte Helen überrascht nach Luft. »Karl ist in Paris?« Sie hatte gedacht, er wäre in Berlin und würde dann zu ihr kommen, sobald sie in der Schweiz war. Sie schluckte mühsam. Und plötzlich bekam sie Angst. Was, wenn Bertha gehen würde, sobald sie wusste, was Aktion T4 bedeutete? Vielleicht entschied sie, dass es die ganze Sache nicht wert war, und würde Helen im Stich lassen. Dann wäre sie alleine. Alleine mit Heinrich – und Untersturmführer Strasser.

Großer Gott, allein der Gedanke war beängstigend. Und auf einmal wurde Helen klar, dass sie auf Bertha nicht mehr verzichten konnte. Sie *musste* bleiben.

Mit zittriger Hand griff Helen nach ihrem Hut und streifte sich langsam die weißen Handschuhe über. »Wenn mein Mann Ihnen nichts darüber gesagt hat, so kann auch ich Ihnen nichts dazu sagen«, erwiderte sie, wie sie hoffte, mit fester Stimme. Sie warf einen Blick in den Spiegel und drehte sich zur Tür, als Maries Hand sie am Arm packte und grob zurückhielt.

»Einen Moment, Helen!« Maries Stimme war nur noch ein gefährliches Knurren. »So schnell kommen Sie mir nicht davon. Ich möchte jetzt verdammt noch mal genau wissen, was hier gespielt wird!«

Die Wut in Maries Augen erschreckte Helen so sehr, dass sie Mühe hatte, ein Schaudern zu unterdrücken. »Mit Drohungen und Obszönitäten werden Sie nichts erreichen, Bertha.«

Hochmütig hob sie den Kopf. Sie würde sich nicht von Marie einschüchtern lassen. Sie wollte gerade aus der Tür ins warme Sonnenlicht treten, als Maries Stimme sie aufhielt. »Wenn Sie zurückkommen, packen Sie Ihren Koffer, Helen. Wir fahren morgen in die Schweiz.«

Erschrocken drehte Helen sich um, das Gefühl eisiger Kälte in ihrem Körper. Marie hatte es nicht einmal für nötig gehalten, ihre

Antwort abzuwarten. Sie verließ türknallend das Foyer und plötzlich wusste Helen, dass sie Deutschland tatsächlich verlassen würde. Und dass es dieses Mal kein Zurück geben würde.

»Das ist es also?« Robert sah die Dokumente an, die Moltke ihm gereicht hatte. »Das sind die ›Grundsätze für die Neuordnung‹?«

Moltke nickte. »Ja. Diese sieben Punkte haben wir in drei großen Treffen diskutiert und sind zu dem Schluss gekommen, dass sie das Fundament der inneren Erneuerung und eines gerechten und dauerhaften Friedens bilden. Wir sehen im Christentum wertvollste Kräfte für die religiös-sittliche Erneuerung unseres Volkes, für die Überwindung von Hass und Lüge, für den Neuaufbau des Abendlandes und für das friedliche Zusammenarbeiten der Völker.«

Schweigend überflog Robert die Erklärung. Einige Formulierungen sprangen ihm ins Auge: »das zertretene Recht«, »Anerkennung der unverletzlichen Würde der menschlichen Person«, »persönliche politische Verantwortung eines jeden«. Bei einem Satz musste er an Büchner und seine Schwester denken: »Die Grundeinheit friedlichen Zusammenlebens ist die Familie.«

Er fragte sich, ob ein zerrüttetes Heim die Grundlage ihrer gegenseitigen Animosität war oder ob das Gift einen anderen Ursprung hatte.

Doch dieser Gedanke durchkreuzte nur flüchtig seinen Kopf. Dann war er wieder ganz und gar auf das Hier und Jetzt konzentriert. Als er zu Ende gelesen hatte, senkte er die Erklärung und musterte den führenden Kopf der Gruppe von Männern, die vor ihm saßen, einen Augenblick lang kritisch. Helmut James Graf von Moltke hatte die typisch stolz-arrogante Haltung der alten Adelsklasse. Und wie sein Urgroßonkel, der zusammen mit Bismarck Deutschland den Weg zur Großmacht ermöglicht hatte, hatte er den selbstbewussten Ausdruck und den wissenden Blick, dass er der Geschichte seinen Stempel aufdrücken würde.

Robert wusste, dass Moltke Jura studiert hatte und Rechtsanwalt in Berlin gewesen war. Er galt als politisch liberal und von tiefer christlicher Überzeugung erfüllt, er verachtete die Nazis und hatte deshalb nach seinem Assessorexamen im Jahr von Hitlers Machtantritt auf die angestrebte Karriere als Richter verzichtet.

Seine Überzeugungen und seine Treue zu ihnen, dass er lieber auf eine steile Karriere verzichtete, als sie aufzugeben, faszinierte Robert. Moltke machte nicht Dienst nach Vorschrift. Er tat nicht blind, was man ihm befahl. Er war kritisch, er bewahrte den Blick für die Wahrheit. Und als Referent für Völkerrecht in der Auslandsabwehr des Oberkommandos der Wehrmacht hatte er eine durchaus einflussreiche Position.

Robert hatte Respekt vor diesem Mann. In seiner Erklärung für die Grundsätze einer Neuordnung kam der Jurist in ihm deutlich zum Vorschein. Aber auch der Christ blieb nicht verborgen. Was Robert anging, so waren für ihn die christlich-moralischen Gebote zwar schön und gut, doch die rechtlich-gesetzlichen Forderungen waren von entscheidender Wichtigkeit.

»Faszinierend«, bemerkte er schließlich. »Sie haben sich gründlich überlegt, wie die neue Zukunft Deutschlands aussehen könnte. Ein eindrucksvoller Plan.«

Ein Mann mittleren Alters erhob sich. Er war der Gastgeber des Hauses, ein enger Vertrauter Moltkes, wie es schien. Sein Name war Peter Yorck Graf von Wartenburg. Er sagte: »Wir sind der Meinung, dass politische Verantwortung und Mitwirkung jedes Einzelnen eher zum friedlichen Zusammenleben der Völker führt als das Prinzip von Befehl und Gehorsam. Eine Gesellschaftsordnung mit einer möglichst großen Zahl möglichst kleiner Gemeinschaften ist das erstrebenswerte Ziel. Denn gegenüber einer großen Gemeinschaft wie dem Staat wird nur der das rechte Verantwortungsgefühl entwickeln können, der in kleineren Gemeinschaften in irgendeiner Form Verantwortung mitträgt. Dadurch übt der Mensch in der Praxis die Verantwortung für andere Menschen ein. Jede Engherzigkeit ist dabei fehl am Platz.«

»Die Deutschen haben jahrelang gezeigt, dass sie nur an sich selbst denken«, unterbrach ihn Robert ungehalten. »Und das wird sich so schnell auch nicht ändern. Solange Hitler noch an der Macht ist, werden die Deutschen sich hüten, auch nur eine ihrer Gehirnzellen einzuschalten und über soziale Verantwortung und christliches Engagement nachzudenken.«

Der Mann sah ihn pikiert an. »Wenn Sie so denken, frage ich mich, was Sie hier zu suchen haben«, schnarrte er. »Helmut, ich dachte dieser Herr hier wäre Mitstreiter unserer Sache?«

Fragend sah er Moltke an. Dieser nickte ernst. »Kapitän Schneider ist mit uns einig«, sagte er knapp und schwieg. Sein Freund sah ihn abwartend an, doch Moltke ging nicht weiter darauf ein.

Schnaubend wandte Wartenburg sich ab. Doch lange hielt er sein Schmollen nicht aus. Schon wenige Minuten später durchbohrte er Robert mit seinen Blicken und bemerkte giftig: »Der durchschnittliche Deutsche besitzt mehr Verantwortungsgefühl, als man auf den ersten Blick meinen könnte.«

Robert streckte die Beine aus und erwiderte spöttisch: »Dann ist der durchschnittliche Deutsche aber derzeit sehr bescheiden.«

»Ich wusste, dass Sie das sagen würden.« Ein ergrauender Oberstleutnant, der sich als Theodor Steltzer vorgestellt hatte, sah Robert verächtlich an. »Peter, es ist, wie ich es dir schon immer gesagt habe. Die Wehrmacht hat immer noch nicht verstanden, dass sie nur ein Instrument der Partei ist. Es ist ein Fehler, sich auf eine Aktion der Generäle zu verlassen. Diese Hoffnung war von vornherein umsonst und ich bedauere, das erneut betonen zu müssen.«

Yorck warf einen raschen Blick zu Robert und zischte: »Steltzer, der Kapitän ist mein Gast.«

»Na und?«, winkte Steltzer ab. »Bin ich etwa kein Wehrmachtsangehöriger? Habe ich etwa nicht schon im Großen Krieg mein Blut für das Vaterland vergossen? Herr Kapitän.« Er sah Robert herausfordernd an. »Sie und ich wissen gut, dass keiner der Feldmarschälle den entscheidenden Sturz dieses verbrecherischen Regimes anstreben wird, da das Militär weder militärisch noch politisch in der Lage ist, die dadurch entstehende Verwirrung zu meistern.«

Einen Augenblick lang musterte Robert den Oberstleutnant schweigend, dann sagte er ruhig: »Ja, in der Tat. Das ist mir bewusst. Offiziere sind keine Politiker. Diese Aufgabe überlassen wir getrost Personen mit Ihrem Weitblick und Ihrer Sachkenntnis, meine Herren. Aber im Vergleich zu Ihnen verfügen wir über die nötigen Machtmittel, die es bei einem Staatsstreich braucht. Denn ein Putsch ist doch schließlich das, was Sie alle hier wollen, nicht wahr?«

Fragend sah er in die Runde. Eine eisige Wand des Schweigens antwortete ihm. Seine Mundwinkel zuckten. »Bitte verstehen Sie mich nicht falsch, meine Herren. Ich sehe hier großes Potenzial für die Zukunft unseres Landes – nach dem Sturz Hitlers. Doch was ich vermisse, ist die Antwort auf die Frage, wie wir dorthin kommen.«

Erneutes Schweigen. Dann meldete sich ein Herr mit markanten Gesichtszügen zu Wort, der sich zu Beginn als Adam von Trott zu Solz vorgestellt hatte, Jurist im Auswärtigen Amt. Er wirkte überrascht. »Ich dachte, Sie würden uns eine Antwort darauf geben.«

Der Hinterhof, der ihnen als Treffpunkt diente, war dunkel und schmutzig. Hässliche Flecken zierten die dicken Mauern, die den kleinen Hof von der belebten Straße abschotteten, und die alten Mietshäuser ragten schwarz und bedrohlich in den sternenlosen Himmel.

Marie rümpfte die Nase. Als Agentin war sie gezwungen, sich in den hintersten Winkeln der Stadt zu verabreden, an Orten, die jeder normale Bürger mied. Doch sie hatte keine Wahl. Wenn sie wissen wollte, ob es einen wirkungsvollen Widerstand in Hamburg gab, auf den London aufbauen konnte, musste sie in die Tiefen des hiesigen Nachtlebens abtauchen und sich mit dem Mann treffen, der in Strassers Augen ein Verräter und Aufrührer war – und zwar der schlimmste von allen.

Max Hirschleben war ein mittelgroßer, schlanker Mann mit hageren Gesichtszügen und einem stechenden Blick. Er war selbstbewusst, was Marie an seiner aufrechten und stolzen Haltung erkannte, sowie an der Art und Weise, wie er sie ansah und mit ihr sprach. Sie hielt ihn für arrogant.

Seine Vorsicht jedoch gefiel ihr. Sie war zumindest ein Anzeichen dafür, dass er sich der Gefahren bewusst war, in die er sich durch dieses Treffen begab. Anfänglich hatte Marie befürchtet, er könnte ein Maulwurf der Gestapo sein. Doch je länger das Gespräch dauerte, desto überzeugter war sie, dass sie in dieser Hinsicht nichts zu befürchten hatte.

Sie hatte ihn eine Viertelstunde lang beobachtet, ehe sie zu ihm gestoßen war. Eine reine Vorsichtsmaßnahme. Sie wollte sichergehen, dass er alleine gekommen war, wollte wissen, ob er nervös war und wie viel Erfahrung er mit Treffen dieser Art hatte.

Was sie gesehen hatte, gefiel ihr. Hirschleben war kein Anfänger. Er wusste, was er tat. Ob sie ihn jedoch für ihre Zwecke gebrauchen konnte, das wusste sie noch nicht.

»Wie viele seid ihr?«, fragte sie mit gedämpfter Stimme, während sie so tat, als suche sie im Müll nach Essensresten.

»Eine Handvoll«, erhielt sie als Antwort. »Wir drucken Flugblätter und helfen Juden und Kommunisten unterzutauchen oder mit gefälschten Pässen in die Schweiz zu kommen. Wir hoffen, dass sie es bis dorthin schaffen, aber ob es ihnen gelingt, das liegt in Gottes Hand. Einige werden sicher von der Gestapo aufgegriffen. Und erst vor einer Woche wurden einige von uns bei einer Razzia verhaftet.«

Marie hörte seiner Stimme an, wie hilflos, verzweifelt und müde er war angesichts dieser aussichtslosen Situation. Der Widerstand in Deutschland war schwach, die breite Masse schwieg oder half den Nazis, ihr Netz aus Terror, Angst und Denunziation auszubreiten und zu verknüpfen. Die Handvoll Männer und Frauen, die sich gegen das Regime stellten, verfingen sich sehr schnell in den langen und klebrigen Fäden dieser eifrigen, fetten Spinnen.

»Was braucht ihr zurzeit am nötigsten?«

»Geld und Papiere. Unsere Ressourcen sind erschöpft.«

Marie nickte. Sie wusste, wie schwer es war, alleine gegen eine große Masse anzukämpfen.

»Können Sie uns helfen?«

Sie konnte diese Entscheidung nicht selbst treffen. Das musste sie mit London klären. Und so gab sie eine Antwort, auf die man sie nicht festnageln konnte, die aber Spielraum für Überlegungen ließ. Sie fixierte Hirschleben im Halbdunkeln. Sein Gesicht konnte sie nicht ausmachen, sie sah nur das Funkeln in seinen Augen. »Das hängt ganz von Ihnen ab. Unsere Zusammenarbeit beruht auf Gegenseitigkeit. Ich gebe Ihnen etwas, Sie geben mir etwas.«

Einen Augenblick lang herrschte Stille. Sie hörte das ferne Lachen und Stimmengewirr der angrenzenden Lokale, das sich mit aufgekratzter Musik und dem Heulen des eisigen Windes vermischte. Allmählich begannen ihre Füße zu schmerzen. In letzter Zeit war sie viel zu Fuß unterwegs.

Marie hoffte, Hirschleben würde sich mit seiner Antwort beeilen. Sie wollte so schnell wie möglich verschwinden. Je länger sie sich hier aufhielt, desto größer wurde die Gefahr, dass irgendjemand auf sie aufmerksam wurde. Und in Zeiten wie diesen zögerten die Menschen nicht damit, die Polizei oder die Gestapo zu rufen. Morgen würde sie endlich nach Frankreich fahren. Sie konnte es gar nicht mehr abwarten, Deutschland zu verlassen. Morgen würde sie Helen in die Schweiz bringen und dann sollte sie sehen, wie sie zurechtkam.

Hirschlebens raue Stimme durchbrach ihre Gedanken. »Was benötigen Sie?«

»Informationen über das Heer, Fabriken, Truppenbewegungen und alles, was sonst von militärischer Bedeutung ist. Und da Hamburg ein wichtiger Hafen für Deutschland ist, könnten Sie ihn unter Beobachtung stellen. Liefern Sie eine detaillierte Beschreibung der Kriegsschiffe, was sie transportieren an Munition, Kanonen, Panzern, Material und Männern. Wann wird der Hafen bewacht, in welchen Schichten erfolgt die Ablösung, welche administrativen oder polizeilichen Maßnahmen hat die Stadt zum Schutz ergriffen.«

Sie wartete auf Hirschlebens Reaktion. Er schien zu zögern. Doch schließlich meinte er: »Das kann ich nicht alleine entscheiden. Ich muss erst mit meinen Männern sprechen. Wo kann ich Sie erreichen?«

Sie schüttelte den Kopf. »In zwei Wochen werde ich Sie kontaktieren. Gleiche Zeit, gleicher Ort. Und das Wichtigste, vergessen Sie nicht …«

Augenblicklich verstummte sie. Ihre Muskeln versteiften sich, ihr Herz begann wild zu hämmern. Es war nur ein leichtes Geräusch gewesen, so leise, dass sie es fast überhört hätte, aber unverwechselbar und grauenhaft vertraut. Schritte, die eilig näher kamen.

Eisige Ruhe erfasste sie. Ein Blick auf Hirschleben verriet, dass er die Schritte ebenfalls gehört und ihre Bedeutung verstanden hatte. Er stand stocksteif da, mit angehaltenem Atem und weit geöffneten Augen.

»Mülltonne!«, zischte sie und wies so Hirschleben an, sich zu verstecken. Er kam ihrem Befehl augenblicklich nach. Binnen einer Sekunde hatte die Dunkelheit ihn verschluckt.

Marie versuchte ihre aufsteigende Panik zu unterdrücken und tastete nach ihrer Pistole. Ihr Herz schlug schmerzhaft gegen die Brust, so stark, dass sie befürchtete, es würde zerspringen. Sie merkte, wie ihr Atem schneller wurde und ein eiskalter Schauer ihren Rücken herunterjagte.

Sie presste sich flach an die Wand, die Waffe ruhig in der Hand, während sie den näher kommenden Schritten lauschte. Gleich würde die Person um die Ecke kommen. Langsam hob Marie die Hand, wartete angespannt und mit wachsender Ungeduld, den Finger am Abzug. Und dann, als der Schatten der Person gerade in den Hinterhof fiel, sprang sie aus ihrem Versteck, den Arm nach vorne ausgestreckt, und richtete den Lauf ihrer Pistole genau auf den Kopf der Person, einer jungen Frau, wie sie im nächsten Sekundenbruchteil erkannte.

Ihr Finger am Abzug bewegte sich langsam nach hinten, doch aus irgendeinem Grund zögerte sie. Lang genug, dass die Frau den Mund öffnen und einen spitzen, angsterfüllten Schrei ausstoßen konnte, jenen Schrei, den Marie stets zu vermeiden versuchte. Der Schrei einer Person in höchster Gefahr, der Passanten zum Anhalten zwang und Nachbarn zum Telefon drängte, Marie hatte diesen Laut schon unzählige Male gehört. Doch dieses Mal war es anders. Er fuhr ihr durch Mark und Bein. Sie hörte den Schrei, sah den weit geöffneten Mund, die großen, angsterfüllten Augen und plötzlich verschwamm das Bild vor ihren Augen.

Sie sah vier brünette Mädchen über ein großes Feld rennen, kreischend und lachend, im vergnügten Fangspiel. Plötzlich tauchte ein großer, zottiger Hund auf und rannte auf sie zu. Ein Mädchen blieb wie angewurzelt stehen und schrie erschrocken aus Leibeskräften.

Dieser Schrei aus ihrer Erinnerung vermischte sich mit dem Schrei der jungen Frau, das Gesicht des Mädchen mit den langen, braunen Haaren und den braunen, fast mandelförmigen Augen wurde länger, bis es exakt die Form des Gesichtes der jungen Frau annahm.

Der Schreck lähmte Maries Muskeln, sie war wie erstarrt. Und ehe sie es verhindern konnte, stieß sie laut hervor: »Großer Gott! Susanne!«

14

Marie hielt die Waffe immer noch auf sie gerichtet, als die junge Frau verblüfft mit dem Schreien aufhörte. Überraschung spiegelte sich in ihren glänzenden Augen wider. Sie runzelte die Stirn, studierte Maries Gesichtszüge, doch die auf sie gerichtete Pistole ließ ihren Blick bald wieder unruhig flackern. Sie suchte nach einer Fluchtmöglichkeit.

Endlich löste Marie sich aus der Starre. Die Waffe in ihrer Hand kam ihr auf einmal fremd vor, so, als hätte sie keine Ahnung, wie sie dahingekommen war. Sie hielt den Blick starr auf die junge Frau vor sich gerichtet, während in ihrem Kopf ein Sturm von Gedanken und widersprüchlichen Gefühlen tobte. »Susanne Linser«, murmelte sie ohne nachzudenken. Es war zehn Jahre her, seit sie diesen Namen zuletzt ausgesprochen hatte.

Die Verwirrung im Gesicht der jungen Frau nahm zu. »Wer sind Sie?«, fragte sie irritiert, als sie die Sprache wieder gefunden hatte. »Und woher kennen Sie meinen Namen?«

Der Klang ihrer Stimme entlockte Marie unwillkürlich ein Lächeln. Sie hatte sich nicht verändert seit dem letzten Mal, als sie sie gehört hatte. Noch immer war sie voller Vitalität und Kraft.

Das kleine Lächeln, das mehr ein Zucken denn ein Ausdruck menschlicher Freude war, veränderte Maries Gesicht von einer bedrohlichen Fremde in eine vertraute Freundin, von einer jungen Frau in ein kleines Mädchen.

Susanne riss die Augen weit auf. »Meine Güte … Marie! Marie Büchner!« Staunend blickte sie ihre alte Freundin aus Kindheitstagen an. »Ist das zu glauben? Und ich dachte, du wärst …« Sie brach ab, verlegen und ein wenig beschämt.

Die Erwähnung ihres Namens brachte Marie in das Hier und Jetzt zurück. Susannes Anblick hatte sie zurück in die Vergangenheit katapultiert, eine Zeit, in der sie fast jeden Tag mit ihrer besten Freundin verbracht hatte, die keine drei Häuser weit weg gewohnt hatte.

Eine Zeit voller Spiel und Spaß, in der eine glitzernde Murmel noch der größte Schatz auf Erden gewesen war.

Marie hatte vor dem Tag gegraut, an dem sie während einer Mission auf einen Bekannten stoßen würde. Jetzt war es soweit. Susanne kannte ihre wahre Identität, jene, die nicht einmal der SOE kannte. Sie war nackt und verletzbar. Das letzte Mal, als sie sich einer solchen Gefahr ausgesetzt hatte, hatte ihre Großmutter mit dem Leben bezahlt. Was würde nun geschehen?

»Marie, bist du das wirklich?«

Susannes Stimme drang an ihr Ohr. Was sollte sie tun? Sie musste fort von hier, und zwar so schnell wie möglich. Susanne hatte ihre Waffe gesehen, sie würde Fragen stellen. Besser, sie verschwand ohne ein weiteres Wort, sodass Susanne sich mit etwas Glück in ein paar Wochen fragen würde, ob sie tatsächlich ihre alte Freundin getroffen hatte oder ob es nur ein Hirngespinst gewesen war. Doch ihre Beine gehorchten ihr nicht. Sie stand wie angewurzelt und erlaubte Susanne, sich zu erinnern, in jedem ihrer Gesichtszüge das kleine Mädchen von damals zu entdecken, aus dem unsicheren Zweifel eine feste Gewissheit wachsen zu lassen.

»Marie! Du bist es wirklich. Ach, wie ich mich freue!«

Ehe Marie zurückweichen konnte, fiel ihr Susanne quietschend vor Begeisterung um den Hals. Die unerwartete Intimität ließ Marie kurz zusammenzucken. Doch dann wurde ihr klar, dass Susanne sie immer noch als Freundin sah, und ihr Herz zog sich über diesem unschuldigen Vertrauen krampfhaft zusammen. Sie schluckte schwer. Und plötzlich schimmerten Tränen in ihren Augen. »Oh Gott, Susanne!«, flüsterte sie erstickt, während tausend Gefühle sie überwältigten. »Es tut mir so leid … Es tut mir so leid …«

Tränen rannen ihr über die Wangen, während sie nun ihrerseits ihre Freundin an sich drückte, einen Kloß im Hals und einen Knoten im Bauch. Und als sie sich trennten, merkte sie, dass auch in Susannes Augen Tränen glitzerten.

Sie verbrachten drei Stunden miteinander. Drei Stunden, in denen Susanne Marie erzählte, was ihr widerfahren war. Auf die Frage, warum sie eine Waffe bei sich trug, hatte Marie behauptet, sie hätte nachts Angst, überfallen zu werden. Susanne hatte das nur zu gut verstanden.

»Und warum bist du nach Frankreich gegangen?«, fragte Susanne schließlich, den Kopf in die Hand gestützt und ihr typisch schiefes Lächeln auf den Lippen.

Marie wandte den Blick ab und spielte mit ihrem Glas. Sie hatte beschlossen, Susanne zu vertrauen und die Alarmglocken, die leise in ihrem Kopf schellten, zu ignorieren. Sie hatten so viel Zeit miteinander verbracht, so viel erlebt, Schönes wie Schlechtes. Sie hatten sich unterstützt, hatten sich gemeinsam über Erfolge gefreut und über Rückschläge hinweggetröstet. Ihre Freundschaft war tief in ihnen verwurzelt. Sie konnte Susanne vertrauen. Sie *wollte* Susanne vertrauen. Sie war der Beweis, dass die Nazis trotz aller Hassparolen nicht die tiefsten Verbindungen zwischen zwei Menschen zerreißen konnten. Doch jetzt, am Ende ihres Zusammenseins, bereute sie es doch, nicht schon eher gegangen zu sein und Susanne von ihrer Flucht erzählt zu haben. Ihre Freundin hatte sich in den zehn Jahren verändert. Zu ihrer Überraschung hatte sie feststellen müssen, dass Susanne vom Nationalsozialismus angetan war. Sie sprach voller Bewunderung von »unserem Führer« und dem, was die Partei alles für sie und ihre Familie tat.

Früher hatte Susanne nur zwei Themen gekannt: Schwimmen und Religion. Sie war tatsächlich Grundschullehrerin geworden, so wie sie es sich immer gewünscht hatte. Doch anstatt ihren Schülern Lesen, Schreiben, Rechnen und Nächstenliebe beizubringen, lehrte sie sie die Unterschiede zwischen Ariern und Juden. Nun, Susanne hatte zehn Jahre Nationalsozialismus hinter sich. So etwas ging an niemandem spurlos vorbei.

Aber sie war Maries beste Freundin gewesen. Daran musste sie festhalten. Es musste doch noch etwas Gutes in den Deutschen geben, etwas, das dem Terror und dem Rassenwahn trotzte.

»Wir konnten nicht in Deutschland bleiben«, sagte Marie schließlich leise, nachdem sie sich versichert hatte, dass niemand sie belauschen konnte. Sie saßen ziemlich weit abseits der wenigen Besucher der Bar, in einer kleinen Nische. Niemand beachtete sie. »Meine Mutter … für Hitler ist meine Familie nur Ungeziefer, das vernichtet werden muss.« Ein bitterer Zug legte sich auf ihre Lippen. »Mein Vater wollte uns vor dem Schicksal des Konzentrationslagers bewahren. Denn das hätte uns ohne Zweifel geblüht, wären wir geblieben.«

»Wie kommst du denn darauf?«, rief Susanne erschrocken.

»Rassenschande«, antwortete Marie grimmig. »›Wer sich mit Fremdvölkischen einlässt, handelt ehrlos und gefährdet die rassische Eigenart unseres Volkes.‹ Lautet nicht so das Gesetz?«

Susanne machte große Augen. »Du meinst …?« Sie verstummte und brach dann in ein helles Gelächter aus. »Aber Marie, Dummerchen. Damit ist doch etwas ganz anderes gemeint.«

»Ach, sind Franzosen etwa keine Fremdvölkischen?«, fragte Marie sarkastisch.

Susanne machte eine wegwerfende Handbewegung. »Ja, schon, aber das hat doch nichts mit dir zu tun. Du bist Deutsche, Marie, Punkt aus. Das bisschen französische Blut in deinen Adern, wen kümmert das?«

»Die Gestapo beispielsweise. Glaubst du etwa, sie macht Ausnahmen?«

»Klar tut sie das.« Susanne trank einen Schluck Wein und sah Marie verschwörerisch an. »Man muss nur die richtigen Beziehungen haben. Ein Fingerschnippen und du bist rein arisch bis zurück zu deinen Ururgroßeltern.« Sie lächelte maliziös, ein Lächeln, das Marie noch aus ihrer Kindheit kannte, wenn Susanne einen Plan ausheckte.

Doch jetzt war da kein fröhliches Funkeln mehr, sondern lauernder Glanz. So unschuldig Susanne auch mit ihrem Glas spielte, Marie bemerkte, dass sie sie beobachtete wie eine Katze die Maus. Plötzlich bröckelte Susannes Maske. Wie kam es nur, dass Marie nicht schon früher aufgefallen war, wie straff Susannes Gesichtszüge waren, wie aus Marmor gemeißelt? Diese Augen, diese braunen Augen, die sie ansahen wie eine Sphinx, sie strahlten eine unfassbare Kälte aus.

Als sie den Ausdruck in Susannes Gesicht sah, wusste Marie, dass sie einen schweren Fehler gemacht hatte, indem sie ihr vertraut hatte.

Ihre Freundin blickte sie an wie eine Fremde. Die Augen hart, der Mund schmal. Misstrauen in ihrem Blick. Eisige Kälte legte sich um Maries Herz.

Marie erwiderte das Lächeln, doch sie hatte das Gefühl, ihr würde ein Messer ins Herz gestoßen. Susanne arbeitete höchstwahrscheinlich für die Gestapo. Und sie saß hier wie eine Maus vor dem weit geöffneten Schlund einer Schlange. Sie hatte sich einwickeln lassen, hatte Susanne zugehört, wie sie von ihrem »Führer« schwärmte, dem »Träger einer völkischen Idee und Rächer für alle Grausamkeiten, die ihm und dem deutschen Volk zugefügt wurden«. Dabei hatte Susanne sie nur in die Enge treiben wollen, damit sie etwas Unbedachtes sagte. Etwas, das ihre Verhaftung besser sicherstellte als die Tatsache, dass sie die Tochter eines deutschen Vaters und einer französischen Mutter war.

Marie spürte, wie das wärmende Glücksgefühl, das sie kurze Zeit verspürt hatte, sich in Luft auflöste, wie eine Seifenblase zerplatzte. Wie dumm sie gewesen war, wie dumm! Sie trank einen Schluck aus ihrem Glas, um ihre trockene Kehle zu befeuchten, doch der Wein schmeckte auf einmal bitter.

Ich muss Susanne töten.

Das war ein Gedanke, der so einleuchtend war, dass er Marie in seiner Klarheit den Atem raubte. Sie würde ihre Freundin auf dem Heimweg erschießen müssen. Weil sie ihren wahren Namen kannte. Und weil Susanne sonst für ihren Tod sorgen würde. Bei diesem Gedanken wurde Marie schlecht.

Sie schluckte heftig. Doch als sie sprach, war ihre Stimme fest und ruhig. »Was für ein interessantes Angebot, Susanne.« Sie sah das Aufblitzen von Zufriedenheit in Susannes Augen und wusste, dass sie sich zu ihrem ausgelegten Köder beglückwünschte. »Aber ich hätte mir ja denken können, dass ich bei dir die Güte in Person finden würde.«

»Na klar.« Susanne lachte, doch ihre Augen blieben wachsam. »Wozu sind Freunde schließlich da?«

Marie spürte das Gewicht des Revolvers in ihrer Handtasche und wünschte sich, sie könnte es endlich hinter sich bringen.

Helen hörte, wie Marie zurückkam. Sie war gerade dabei, ihren Koffer zu packen, als sie das Knarren der Dielen im Flur hörte. Von Neugier gepackt, spähte sie zur Tür hinaus und bemerkte mit einiger Überraschung, dass Marie nicht in ihr Zimmer, sondern in das von Heinrich ging.

Wütend über diese Dreistigkeit stürmte sie auf den Flur und wollte bereits die angelehnte Kinderzimmertür aufreißen, als sie eine ungewohnt leise und sanfte Stimme vernahm. Verblüfft blieb sie stehen und trat dann vorsichtig näher, um besser hören zu können.

Sie sah Marie auf einem Stuhl vor der Wiege sitzen, den Rücken zur Tür gewandt. Sie beugte sich über das Kinderbett. »Na, kleiner Mann, bist du müde?« Marie lachte leise. »Ja, das wäre ich an deiner Stelle auch. War schließlich ein langer Tag heute.« Schweigen. Dann ein leises Murmeln, das mehr nach innen als an Heinrich gerichtet zu sein schien.

»Schlaf, kleiner Heinrich, schlaf. Fliehe in die Welt der Träume. Sie ist so viel schöner und besser als diese Welt. Du wirst noch früh genug erfahren, dass es im Leben hart und grausam zugeht. Dass Verrat und Intrigen, Macht und Geld, Hass und Vernichtung die wahren Hebel der Welt sind und nicht Liebe, Vertrauen und Loyalität, so wie es sein sollte. Du wirst schnell lernen, dass du aufpassen musst, wen du als Freund wählst. Aber wenn du einen gefunden hast, einen wahren Freund, in dessen Augen du dich wiederfindest, dann hast du einen Schatz gefunden, Heinrich. Und Schätze muss man bewahren.« Stille. »Gott segne dich mit Menschen, die dich wirklich lieben. Denn Gottes Liebe und diese Menschen sind das Einzige, was bleibt, wenn um dich herum die Welt zusammenbricht. Sie werden dich tragen, dir Mut geben und Hoffnung. Und sie werden dich niemals verlassen. Blut ist dicker als Wasser.«

Helen horchte auf. Was hatte sie da gerade gesagt? Blut ist dicker als Wasser? Seltsam, dass sie das gerade sagte. Den gleichen Satz hatte Karl gesagt, als er das letzte Mal über Heinrichs Haar gestrichen hatte.

Doch die nächsten Worte sollten Helen noch mehr in Staunen versetzen.

»Kleiner Heinrich, du siehst deinem Vater so ähnlich! Du hast die gleichen braunen Augen wie Karl, das braune Haar, die hohe Stirn. Du hast sogar den berühmten büchnerschen Zinken!« Sie lachte. »Ja, den hast du! Ganz der Vater. Dein Opa wäre sehr stolz auf dich. Er würde dich vergnügt in die Luft werfen, verzückt auffangen und dich wild auf seinem Schoß schaukeln.«

Helens Herz zog sich zusammen und ein Schauer lief ihr über den Rücken. Was hatte sie bei Heinrichs Geburt beim Anblick seiner Nase gesagt? »Ganz der Vater ...« Das war ja gruselig. Bertha erkannte in Heinrich Karls Züge und erzählte ihm Geschichten über seinen Großvater, als würde sie ihn persönlich kennen. Helen hatte Karls Vater nie kennengelernt. Karl sprach nie über seine Familie.

»Deine Oma war nicht so stürmisch, sondern eine ruhige und liebevolle Frau. Sie hätte dich mit Schokolade und Keksen vollgestopft, Pullis für dich gestrickt, die erst fertig geworden wären, wenn sie dir schon nicht mehr passen, und arg geschimpft, wäre nicht der letzte Krümel auf deinem Teller verschwunden. Sie hätte sich über jedes Bild gefreut, das du ihr gemalt hättest, und eines Tages ...«

Marie brach ab, weil ihre Stimme brüchig wurde. Ihre Schultern bebten. Zu ihrer Bestürzung merkte Helen, dass Marie weinte. Und dann erkannte sie die Wahrheit: Die Art und Weise wie Marie über Karls Eltern sprach, bewies, dass sie ein Familienmitglied sein musste. Eine Base vielleicht?

Diese Tatsache erfüllte Helen mit Erleichterung und Freude. Sie öffnete die Tür ein wenig mehr und machte einen Schritt in das Zimmer, als leiser Gesang sie innehalten ließ. Marie hatte auf Französisch angefangen zu singen. Es war ein Wiegelied, nichts Ungewöhnliches, doch die sanfte Traurigkeit und die Süße von Maries Stimme schnürten ihr den Hals zu und trieben ihr Tränen in die Augen.

Ein leises Schniefen von Helen ließ Marie zusammenzucken. Ruckartig drehte sie sich um und starrte erschrocken in die glänzenden Augen ihrer Schwägerin, die sie unter Tränen lächelnd anblickte.

»Entschuldigung«, flüsterte Helen mit rauer Stimme, gerührt von dem alten Kinderlied. Sie räusperte sich. »Ich hätte nicht einfach so eindringen sollen. Ich wollte … ich meine … ich hätte anklopfen sollen. Ich dachte …«

Maries Kopfschütteln ließ sie verstummen. Unsicher sah Helen sie an. Maries Augen waren vom Weinen gerötet, aber ihre Stimme war ruhig und fest. »Das ist nicht schlimm. Immerhin ist Heinrich Ihr Sohn. Sie haben also das Recht zu erfahren, was ich ihm erzähle. Ich hoffe, nichts davon erregte Ihr Missfallen.«

»Oh nein!«, erwiderte Helen hastig. »Im Gegenteil, es war sehr rührend. Es hat mir sehr gefallen. Karl hat nie über seine Eltern geredet, so habe ich zumindest indirekt etwas von ihnen erfahren.« Sie lächelte leicht.

»Oh!«, murmelte Marie geistesabwesend. »Das wusste ich nicht.«

Helen lachte ein wenig verlegen. »Na ja, wissen Sie, er wollte einfach nicht über sie reden. Schließlich ist es nicht leicht, seine Eltern zu verlieren, und ich wollte nicht …«

»Helen«, unterbrach Marie sie leise. »Sie brauchen sich nicht zu rechtfertigen.«

»Aber das wollte ich doch gar nicht. Ich wollte nur erklären, warum Karl …«

»Ich kenne Karl.«

»Ja … Ja, natürlich. Wie dumm von mir.« Helen verstummte. Ein verlegenes Schweigen trat ein. Dann hob Marie den Kopf und sah Helen gerade in die Augen.

»Helen, hören Sie, ich weiß nicht, warum es dem Schicksal gefallen hat, uns zueinander zu führen, aber es ist nun einmal so und ich finde, wir sollten uns damit arrangieren, Sie nicht auch?«

Helen nickte stumm.

»Karl hat mich beauftragt, Sie zu beschützen. Aber ich kann Sie nicht beschützen, wenn ich nicht weiß, was vorgeht. Wenn ich verstehen soll, warum Sie nicht in die Schweiz fahren wollen oder weshalb Sie angeblich in Gefahr sind, dann müssen Sie mir das schon erklären. Ansonsten sehe ich mich gezwungen, Sie zu verlassen.«

Helen zuckte kurz zusammen und Marie sah, dass sie den richtigen Ton angeschlagen hatte. Rasch fuhr sie fort: »Wenn Sie jedoch bereit sind, mir zu vertrauen und mir zu sagen, worum es geht und was es mit dieser Aktion T4 auf sich hat, bin ich bereit, alles zu tun, um Ihnen zu helfen.«

Helen nickte erneut. Bertha würde sie beschützen. Sie würde sie nicht alleine lassen.

Helen wusste das so, wie eine Mutter weiß, dass ihr Kind sie liebt. Seufzend setzte sie sich auf einen Stuhl und sah zu dem schlafenden Heinrich. Er wirkte so friedlich, so glücklich. Er kannte das Grauen in der Welt noch nicht. Schließlich sagte sie: »Aktion T4 ist der Grund, warum meine Welt zersprungen ist und Karl fortging.«

Karl setzte die Aktentasche auf seinem Schreibtisch ab und öffnete die Messingschnalle, die mit einem angenehmen »Klack« aus der Halterung sprang. Er liebte dieses Geräusch. Es stand für Arbeit, die in Angriff genommen werden musste, und er mochte es, sich mit frischem Tatendrang und Schwung in eine Aufgabe zu stürzen. Und wenn er die Aktentasche mit einem fröhlichen Klack wieder schloss, war er meistens stolz auf das, was er geleistet hatte und gleich präsentieren würde.

Sorgfältig nahm er die Blätter aus der Mappe, auf die er die Worte »Operation Eule« geschrieben hatte, und setzte sich in den bequemen Lederstuhl. Er blätterte sie durch, zufrieden mit sich selbst, und schrieb hier und da mit einem Stirnrunzeln eine Bemerkung an den Rand, mit einer Schrift, die Hieroglyphen ähnlicher war als Buchstaben und niemand außer ihm entziffern konnte.

Dann hielt er inne. Marie war nun schon über eine Woche in Deutschland und er hatte immer noch keine Nachricht von hier. Was war schiefgelaufen? Warum meldete sie sich nicht? Und warum bekam er auch von Schneider keine Nachricht?

Es machte ihn verrückt, wenn er daran dachte, dass Helen und Heinrich immer noch in Deutschland waren. Es wurde von Tag zu Tag gefährlicher für sie. Außerdem sehnte er sich danach, wieder offen mit seiner Frau sprechen zu können. Er wusste, wie sehr es Helen schmerzte, dass er seine Gedanken nur noch teilweise mit ihr geteilt hatte. Doch es geschah zu ihrem eigenen Schutz. Je weniger sie wusste, desto besser war es für sie. Natürlich kannte sie seine Stellung gegenüber Hitler und dem Regime. Schließlich hatten sie viel darüber gesprochen und sie war es auch, die ihm den Zugang zu Adelskreisen verschafft hatte. Der Adel, der im Offizierskorps stark vertreten war, bildete ein zuverlässiges Netz von Gleichgesinnten. Man kannte sich untereinander und wusste, wer vertrauenswürdig war und wer nicht.

Doch seit Heinrich auf der Welt war, hatte sie seinen Plänen kritisch gegenübergestanden. Sie brachten Heinrich in große Gefahr. Und ihr Mutterherz sträubte sich dagegen, dass ausgerechnet der Vater den eigenen Sohn solch einem Risiko aussetzte.

In diesen Augenblicken wünschte sich Karl, Helen hätte ein bisschen mehr von Marie. Diese war in dieser Hinsicht weitaus pragmatischer als Helen.

Wie sehr unterschied sie sich in diesem Punkt von ihm! Sie waren schon immer wie Feuer und Wasser gewesen. Er der Theoretiker und Stratege, sie die praktisch Denkende und Handelnde.

Sie war es gewesen, sie, ihre scharfe Zunge und ihre eitle Arroganz, die ihre Eltern gegen ihn aufgebracht hatten. Sie hatte die Nationalsozialisten von Anfang an nicht ausstehen können, weil ihr die antisemitische Politik und die Erstarkung des Militärs zuwider waren. Schließlich hatte Karl die Geduld verloren, sein Bündel geschnürt, all sein Geld genommen und hatte für immer die Tür des Elternhauses hinter sich geschlossen. Damals schwor er sich, es nie mehr zu betreten. Er gelangte völlig unbehelligt bis nach Mürwick, um sich für eine Aufnahme in der Marineschule zu bewerben. Nach einigen Anfangsschwierigkeiten schloss er schließlich die Offiziersschule als Jahrgangsbester ab. Tatendurst und die Überzeugung, seine Pflicht zu tun und dem Vaterland zu dienen, trieben seine Karriere rasch voran.

Er sprach nie über seine Eltern und auch nie über seine Schwester. Und doch bestimmten sie sein ganzes Handeln und Denken. Ihnen verdankte er seine Erfolge und seine glänzende Karriere. Heute wusste er, was er vor zwei Jahren noch entschieden zurückgewiesen hätte: Der Wille, seinen Eltern und vor allem seiner Schwester zu beweisen, dass er Erfolg hatte und seine Entscheidung richtig gewesen war, hatte ihn stetig vorangetrieben. Der Wunsch, seine Schmach zu rächen und die Ungerechtigkeit zu vergelten, die ihm widerfahren war, hatte ihn davon abgehalten, nach Niederlagen aufzugeben. Niemals würde er zulassen, dass Marie einmal zu ihm sagen konnte: »Ich hab's dir doch gesagt!«

Und er hatte es geschafft. Heute war er einer der erfolgreichsten Offiziere der deutschen Kriegsmarine. Er hatte allen Grund, stolz auf sich zu sein. Aber welchen Preis hatte er dafür gezahlt! Er bereute den Bruch mit seiner Familie. Wie gerne würde er sie um Verzeihung bitten. Als er Marie wiedergesehen hatte, hatte er gehofft, es könnte eine Art Versöhnung zwischen ihnen stattfinden. Wie enttäuscht war er, als er bemerkte, dass er sich etwas vorgemacht hatte. Seine Schwester würde ihre Fehler so leicht nicht einsehen, nicht merken, dass sie falsch und ungerecht gehandelt hatte. Sie glaubte nach wie vor, er sei an allem Schuld, und war nicht bereit, ihren Teil der Verantwortung am Zerwürfnis zu tragen.

Und doch, etwas hatte Karl dazu veranlasst zu glauben, dass seine Schwester ihn nicht im Stich lassen würde, wenn er sie um Hilfe bat. Und so hatte er sie dazu auserkoren, seine Frau und seinen Sohn zu beschützen. *Blut ist dicker als Wasser.*

Helen und Heinrich mussten in Sicherheit gebracht werden und Deutschland verlassen, ehe er den entscheidenden Schritt wagte. Zu groß war das Risiko, wenn sie blieben. Sollte er scheitern, drohte ihnen zweifellos die Sippenhaft. Er hatte deshalb lange damit gezögert, Operation Eule auszurufen. Lange hatte er auf eine Nachricht von Marie gewartet, die ausgeblieben war. Jetzt begann die Zeit zu drängen. Er musste handeln. Inzwischen gab es kein Zurück mehr.

Es war an der Zeit, den zweiten Schritt zu planen.

Er wusste um die Macht der Presse. Propaganda war die moderne Waffe der Politiker und Regierenden. Wer die Presse beherrschte, beherrschte das Volk und hatte alle Macht in seinen Händen. Das musste er sich zunutze machen. Er griff zum Telefon und wählte die Nummer seines alten Freundes Harald Bergmann.

Als Robert am späten Abend in seine Hotelsuite in Hamburg trat, war er müde und erschöpft. Die Reise nach Berlin war anstrengend gewesen, doch noch mehr hatten ihn die Gespräche ermüdet. Was er von Moltke und den anderen Männern erfahren hatte, hatte ihn erschüttert. In Auschwitz-Birkenau wurden Juden fabrikmäßig ermordet! Er hatte es nicht glauben wollen, doch Moltke hatte ihm versichert, dass es stimmte. Sein Schwager war Angestellter des IG-Farben-Konzerns und musste des Öfteren nach Oberschlesien reisen.

Robert war es eiskalt den Rücken heruntergelaufen. Mit diesem entsetzlichen Verbrechen war der deutsche Name für ewig geschändet. Eine Blutschuld, die zu Lebzeiten nicht gesühnt und nie vergessen werden konnte.

Er warf seinen Mantel über den Stuhl im kleinen Wohnzimmer der Hotelsuite, ging in das großzügig angelegte Badezimmer und ließ Wasser in die elfenbeinfarbene Wanne laufen. Dann zog er seine Jacke aus, warf sie achtlos auf das Bett und begann sein Hemd aufzuknöpfen.

Seine Gedanken wanderten zurück zu Moltke und über den zweifelhaften Erfolg seines Tages. Er würde mit Büchner telefonieren müssen, um ihn über den Stand der Dinge zu informieren und über weitere Schritte nachzudenken.

Er war gerade dabei, seine Schuhe aufzuschnüren, als eine scharfe Stimme ihn zusammenfahren ließ. »Schneider, Sie Mistkerl!«

15

Robert hob den Kopf, blieb jedoch ruhig auf seinem Bett sitzen. Er hatte die Stimme sofort erkannt und musterte mit einem halb amüsierten, halb verärgerten Lächeln Marie, die wütend im Türrahmen stand, die Fäuste in die Hüften gestemmt, Feuer in den Augen. Dann fuhr er fort, seine Schnürsenkel aufzuknoten und die Schuhe auszuziehen.

»Ihnen auch einen schönen Abend, Marie. Sie hätten anklopfen sollen. Hat Ihre Mutter Ihnen nicht beigebracht, dass es unhöflich ist, herumzuschleichen und zu spionieren?«

»Ich kann nichts dafür, dass ich mich mit der Anmut einer Raubkatze bewege. Außerdem war die Tür offen und durch geöffnete Türen zu gehen, fällt nicht unter die Kategorie Spionage.«

Robert stand grinsend auf. »Sie sind nie um Worte verlegen, was?« Er schob die Schuhe mit seinen Füßen halb unters Bett. Dann kam er langsam auf Marie zu.

Sie verengte ihre Augen zu Schlitzen. Sein nackter Oberkörper sah fantastisch aus. Es war der zähe Körper eines durchtrainierten Mannes, der viel an der frischen Luft war. Leicht gebräunt, rau von der salzigen Luft und der Gischt des Meeres. Sie musste schlucken.

Sie versuchte sich daran zu erinnern, warum sie hier war, doch im Augenblick wollte es ihr einfach nicht einfallen. Sie konnte nur bewundernd in seine hellen Augen blicken und spüren, wie leichte Erregung in ihr hochkam.

Schließlich hob er fragend die Augenbrauen. »Was ist los? Hat es Ihnen jetzt die Sprache verschlagen? Kommen Sie, enttäuschen Sie mich nicht. Gerade war ich noch überzeugt, Sie wären die schlagfertigste Frau, die ich je kennengelernt habe.«

»Es ist Ihre Dreistigkeit, die mich sprachlos werden lässt. Sie haben mich von Anfang an belogen, ohne mit der Wimper zu zucken. Unter falschen Vorwänden haben Sie mich zunächst nach Paris und dann nach Hamburg gelockt. Helen war zu keinem Zeitpunkt in Gefahr.

Sie haben das gewusst! Und Sie haben Karl noch unterstützt, damit ich ihm diese Lüge abkaufe. Wie konnten Sie mich nur derart hintergehen? Wie konnten Sie mein Vertrauen so missbrauchen. Ich möchte, dass Sie mir die Wahrheit sagen. Ich möchte wissen, warum Karl in Paris ist und was Sie hier zu suchen haben. Und ich will wissen, welche Rolle ich in diesem ganzen Unternehmen spiele.«

Nachdenklich sah Robert sie an. Ihr ganzer Körper war angespannt. Er vibrierte wie eine Bogensehne, bereit loszufliegen, um die ganze Energie auf einen Schlag zu entladen. Plötzlich wurde Robert von einem heftigen Verlangen gepackt. Er hatte Marie nicht mehr gesehen, seit er sie in Büchners Arbeitszimmer geküsst hatte. Doch jetzt war nicht der richtige Augenblick. Er schloss die Augen und schüttelte kurz den Kopf, um die Gedanken zu verscheuchen, die seine Sinne zu vernebeln drohten.

Marie deutete dieses Kopfschütteln jedoch falsch. Er sah kalte Wut und Enttäuschung in ihren Augen aufflackern. Sie musterte Roberts Gesicht einen Augenblick lang schweigend, der Blick unergründlich und verschlossen. Dann sagte sie mit einer seltsam fremden Stimme: »Ich weiß von Aktion T4.«

Zum ersten Mal sah sie, wie sie seine völlige Aufmerksamkeit hatte und aller Spott von ihm abfiel. Sein Blick verfinsterte sich. »Woher?«, fragte er scharf.

Zufrieden, ihn endlich dazu gebracht zu haben, sie ernst zu nehmen, holte sie schnaubend Luft. »Helen hat es mir erzählt. Sie wusste davon. Sie wusste es von Anfang an. Sie war dabei, als Karl von der schrecklichen Rassenpolitik Hitlers erfuhr. Mein Gott, Schneider! Kinder! Es sind doch nur Kinder!«

Sie fuhr sich mit der Hand durchs Haar, der Blick abwesend, ihre Stimme rau und ungläubig. »Aktion T4 ist die Tarnbezeichnung für den Massenmord an Geisteskranken und Behinderten. Man hat die Hebammen, Geburtshelfer und Ärzte mit einem Erlass im August 1939 aufgefordert, behinderte Neugeborene und Kinder zu melden – und anschließend zu töten. Entweder mit einer Überdosis des Medikamentes Luminal oder durch Verhungern. Inzwischen werden auch Erwachsene umgebracht, systematisch in Gaskammern ermordet.«

Ihre Augen spiegelten Abscheu und Grauen wider. »Man hat einfach so entschieden, dass diese Menschen nicht lebenswert sind. Als seien sie Ungeziefer! »Ballastexistenzen«, der Name sagt schon alles. Ich hätte nie gedacht, dass Hitlers Wahn die Grundmauern menschlichen Zusammenlebens so erschüttern würde. Es ist bestialisch!«

Wütend schlug sie mit der Faust gegen die Tür, dass es einen dumpfen Schlag gab. Das Holz vibrierte.

»Wissen Sie, wie er diesen willkürlichen Mord nennt? Euthanasie. *Gnadentod!* Verdammt, wie kann ein Mensch nur so krank sein? Er ist derjenige, den man vergiften sollte! Die Eltern wissen oftmals gar nicht, dass sie ihre Kinder in den Tod schicken. Man versichert ihnen, dass ihren Kindern geholfen wird, wenn sie sie in Kinderfachabteilungen oder Heilerziehungsanstalten bringen. Dabei werden sie dort vergast. Und anschließend heißt es in den Totenscheinen, die Kinder seien ›eines natürlichen Todes‹ gestorben. Welche Barbarei!«

Kopfschüttelnd wandte sie sich ab und ging zwei Schritte in das hell erleuchtete Schlafzimmer hinein. Ihr ganzer Stolz, ihre ganze Arroganz war verschwunden. Zurückgeblieben war nur ein tief erschütterter Mensch, der die Welt nicht mehr verstand. Plötzlich war Robert froh, dass sie nicht zu wissen schien, was mit den Juden geschah. Dass sie nichts von den Massenerschießungen im Osten wusste, nichts von den Krematorien in Auschwitz oder Treblinka und schon gar nichts von der systematisch geplanten Vernichtung aller »Untermenschen«. Innerhalb Deutschlands bekam man nur sehr wenig davon mit. Die Propaganda funktionierte ausgezeichnet.

Robert ging ihr langsam nach. »Nicht alle haben zugesehen«, sagte er leise. »Es gab viel Widerstand gegen diese Tötungen, vor allem kirchlichen. Insbesondere die Predigten des Bischofs von Galen haben dafür gesorgt, dass Aktion T4 abgebrochen wurde.« Er lächelte bitter. »Immerhin ein kleiner Erfolg.«

Doch sie schüttelte den Kopf. »Sie wissen genauso gut wie Karl, dass dies nur für den offiziellen Teil gilt. Inoffiziell wird weitergemordet. Karl hat Nachforschungen angestellt, die das bezeugen können. Ich habe die Liste der Krankenhäuser und Anstalten, die bei der Aktion T4 mitwirken, in einer Schublade von Karls Schreibtisch gefunden, zusammen mit einer Liste von Menschen, die bereits getötet wurden. Es sind über tausend.«

Er wusste nicht, was er darauf erwidern sollte, und so trat Schweigen ein. Aus dem Badezimmer war das leise Gurgeln des Wasserhahns zu hören. Die Badewanne musste bald voll sein. Doch er unternahm keine Anstalten, das Wasser abzudrehen. Wortlos blieb er vor Marie stehen, beobachtete ihr Gesicht, ihren schmalen Körper, von dem sich ihr Geist gelöst hatte und nun auf den labyrinthartigen Gängen der menschlichen Gedankenwelt wandelte, die ebenso unergründlich wie unfassbar waren.

Schließlich durchbrach ihre leise Stimme das lang andauernde, nun erdrückende Schweigen. »Karl hat es von Freunden erfahren. Diese hatten ein Kind in die Obhut einer dieser Kinderfachabteilungen gegeben in der Hoffnung, eine Besserung der geistigen Störung zu bewirken. Als das kleine Mädchen, das physisch völlig gesund gewesen war, plötzlich starb, haben die Eltern der offiziellen Version nicht geglaubt, ihr Herz habe plötzlich versagt. Sie begannen zu recherchieren. Als der Vater die Wahrheit herausfand, waren Karl und Helen gerade anwesend und wurden ungewollt Zeugen dieser Tragödie. Und dann, so hat Helen es ausgedrückt, zerbrach ihre Welt. Karl zog sich danach von ihr zurück, wurde schweigsam und sprach nicht mehr mit ihr. Und dann ist er nach Paris aufgebrochen, um mich zu treffen. Damit ich seine Frau aus Deutschland holen soll. Aber warum? Sie befindet sich nicht in Gefahr. Zumindest jetzt noch nicht. Was plant Karl wirklich? Ich möchte das jetzt gerne ein für alle Mal wissen.«

Der fordernde Ton, die autoritäre Stimme, der plötzlich wiedererscheinende Stolz machten es Robert leicht. Er beugte sich vor, ein verwirrend verführerisches Lächeln auf den Lippen, der Blick gerade und einnehmend. »Sie wollen zu viel wissen, Marie. Eigentlich müsste doch gerade Ihnen bewusst sein, dass zu viel Wissen Gefahr birgt. Unwissenheit kann ein schützender Mantel sein.«

»Und diesen Mantel ziehen die Deutschen derzeit nur zu gerne an«, erwiderte sie zynisch. »Es gibt aber Momente, da muss man der Wahrheit ins Gesicht blicken und kann sich nicht in der Dunkelheit verstecken. Wir werden am Ende alle verurteilt werden, ganz gleich, ob wir etwas wussten oder nicht. Unsere Unwissenheit ist kein Schutz, sie klagt uns an. Weil wir zu feige sind, nach der Wahrheit zu suchen.«

»Und was ist die Wahrheit?« Er machte noch einen Schritt auf sie zu, sodass er ganz dicht vor ihr stand. Er konnte ihren Duft einatmen, so süß und frisch wie ein Frühlingsabend. Sein Blut begann zu pochen.

Sie sah ihm in die Augen. »Die Wahrheit ist, dass Sie ein Lügner und Verführer sind!«

Er lachte leise. »Immer diese Komplimente! Sie müssen noch ein bisschen üben, wenn Sie wirklich gemein sein wollen.«

Er hob die Hand und ergriff eine Strähne ihres Haars, ließ es durch seine Finger gleiten. Es war weich, geschmeidig, kraftvoll. Sie zuckte nicht zurück. Sie blickte ihn weiter unverwandt an, ruhig und fast ein wenig spöttisch, aus diesen dunklen, glänzenden Augen. Er konnte sich kaum noch beherrschen.

»Die Wahrheit ist, dass wir hier beide in einem Zimmer stehen«, sagte er lächelnd und versuchte ein erregtes Zittern zu unterdrücken.

Diese Aussage schien sie zu überraschen. Ihr Stirnrunzeln ließ ihn grinsen. »Sie wussten doch, dass es dazu kommen würde.«

Aus der Verwunderung in ihren Augen wurde Angst. Sie wollte zurückweichen, doch da hatte er sie bereits in seine Arme gezogen und beugte sich vor, bis seine Lippen ihren Mund berührten. Sie wollte sich wehren, wollte sich dieser Umarmung entziehen, doch er hielt sie fest. Noch bevor sie wusste, was sie tat, schlang sie ihre Arme um seinen Hals und vergrub ihre Finger in seinem Haar.

Im Zimmer war es eisig kalt. Kein Licht drang durch die verschlossenen Fensterläden, der Mond hatte sich hinter einer dicken Wolkenmauer versteckt. Tiefe Dunkelheit umgab Helen, während sie dem Rasen ihres Herzen lauschte, das Pochen des Blutes in den Adern. Tiefe, eisige Dunkelheit.

Warum war sie aufgewacht? War es der Wind gewesen, der die Läden klappern ließ und ein unheimliches Geräusch in dieser drückenden Stille erzeugte? Oder hatte Heinrich im Schlaf einen Laut von sich gegeben, den sie unbewusst registriert hatte und sie nun dazu veranlasste, ihren dringend benötigten Schlaf zu vernachlässigen?

Automatisch richtete sie den Blick auf die Wiege, die seit einigen Tagen nachts in ihrem Zimmer stand. In der Dunkelheit konnte sie sie nicht sehen. Seit Karl fort war, konnte sie diese permanente, törichte Sorge um Heinrichs Wohlbefinden nicht abschalten. Normalerweise brabbelte er im Schlaf, gab unverständliche Laute von sich oder wimmerte. Doch heute Nacht war er still. Sofort spürte Helen, wie ein Angstschauer ihren Rücken herunterlief. Sie kämpfte ungefähr drei Sekunden mit sich selbst, ehe sie ärgerlich seufzte und ihrer Angst nachgab.

Sie schlug die wärmenden Decken zurück, zog ihren Morgenmantel über und schlüpfte unter Schaudern in ihre pelzbestückten Pantoffeln. Sie waren eiskalt. Lautlos ging sie zur Wiege, tastete mit den Fingern an der Wand entlang, bis ihre Hand den Lichtschalter fand, und drückte auf die Taste. Sie zuckte zusammen, als schummriges Licht die Dunkelheit verbannte. Plötzlich waren überall im Zimmer Schatten.

Sie beugte sich über die Wiege. Heinrich war zum Glück nicht aufgewacht. Seine Lider blieben geschlossen, der kleine Mund zu einem süßen Lächeln verzogen. Sein pummeliges Kinn zitterte leicht. Helens Herz zog sich zusammen. Sie unterdrückte das Verlangen, ihrem Sohn über das flauschige Haar zu streichen, aus Angst ihn dadurch aufzuwecken.

Sie kniete neben der Wiege, grub ihre Finger in den weichen Stoff der Decke und blickte lächelnd auf die Sonne ihres Lebens. Sie wünschte, sie könnte ihm mehr geben. Ein sicheres Leben voller Liebe und Geborgenheit. Bis jetzt war ihr Haus eine sichere Oase, während um sie herum der Sturm tobte. Aber wie lange würde das noch anhalten?

Sie verspürte Hunger und bereute es, auf ihr Abendessen verzichtet zu haben. Nach kurzem Zögern verließ sie das kalte Schlafzimmer und trat auf den verlassenen Flur. Ihre Schuhe machten auf dem polierten Boden kein Geräusch. An Berthas Tür blieb sie stehen. Ein unbeschreibliches Gefühl der Erleichterung überflutete sie. Die Gewissheit, dass sie nicht alleine war, war nach all den Wochen der Angst wie ein warmer Regen für ihr Herz.

Sie fragte sich, ob Bertha wach war. Vielleicht hatte sie auch Hunger. Sie hatten beide das Souper ausfallen lassen. Einem plötzlichen Impuls folgeleistend, öffnete sie die Tür und trat ein. Schwaches Licht erhellte das Zimmer. Ein kalter Windstoß wehte durchs Fenster hinein und bauschte die Vorhänge auf wie das Kleid einer Frau. Helen runzelte die Stirn. Dann lenkte sie den Blick nach rechts und erstarrte.

Das Bett war leer.

Der Wind peitschte die Wellen auf der Außenalster in den bleiern grauen Himmel. Mit zerstörerischer Wut brachen sie auf dem kalten Beton zusammen, suchten vergeblich nach einem Riss, in den sie sich hineinfressen konnten, um den Stein schließlich zu bersten. Doch die Kaimauer war genauso unnachgiebig wie das Wasser. Unbeeindruckt trotzte sie den tobenden Mächten, dem Zorn und dem Frust.

Marie beobachtete das Spektakel. Sie sah, wie die Schiffe wild auf der aufgebrachten Oberfläche tanzten, wie sie ächzend an den Seilen zerrten, mit denen sie an den Docks befestigt waren. Das raue Wetter machte ihnen nichts aus. Sie waren dafür gerüstet.

Karl.

Warum war er nach Frankreich gegangen? Die Aufdeckung des Geheimnisses von Aktion T4 musste ihn ziemlich erschüttert haben. Sie wusste, wie wichtig ihm Moral und Sitte, Menschenrechte und traditionelle Werte waren. Darum hatte sie nie verstanden, wie er es in Deutschland ausgehalten hatte. Aber Hitler verstand es gut, alle in Sicherheit zu wiegen und zu blenden. Vielleicht war auch Karl sein Opfer geworden. Er war so leicht zu beeindrucken und zu manipulieren, wenn man die richtigen Mittel verwendete.

Und das Militär mit seiner Disziplin, das Hitler wieder hatte erstarken lassen, war eine große Versuchung. Karl hatte nicht widerstehen können.

Aber was geschah, wenn er aus dieser Täuschung erwachte? Wie würde er reagieren, wenn er merkte, dass er einem Schurkenstaat die Treue geschworen hatte? »Was planst du, Karl?«, murmelte sie. Sie starrte das aufgewühlte Wasser an, als könne es ihr darauf eine Antwort geben. Sie erinnerte sich, wie angstvoll Helen jedes Mal dreinblickte, wenn es um ihren Mann ging. Es stand außer Frage, dass er sich in Helens Augen in ernster Gefahr befand. Aber warum? Sie hatte ihre Schwägerin danach gefragt, aber sie hatte nur eine ausweichende Antwort bekommen, was sie schließen ließ, dass Helen in dieser Hinsicht genauso im Dunkeln tappte wie sie, es ihr aber nicht eingestehen wollte.

Mit düsterem Blick starrte sie vor sich hin, die Hände tief in den Manteltaschen vergraben, das Haar frei im Wind. Auf einem Schiff waren mehrere Möwen schutzsuchend untergekrochen und warteten geduldig, bis das Unwetter vorbeizog. Ein Vogel flog trotz der starken Windböen durch die Luft und stieß einen rauen Schrei aus.

Unwillkürlich musste Marie lächeln, als ihr eine Gedichtstrophe von Heinrich Heine einfiel.

An den Mastbaum klammert die Möwe sich,
mit heiseren Schrillen und Schreien.
Sie flattert und will gar ängstiglich,
ein Unglück prophezeien.

Ein Unglück.

In einer Sturmnacht hatte Karl sie verlassen. An einem Sturmtag hatte Schneider ihr eröffnet, dass Karl ihre Hilfe brauchte.

Heute war wieder ein Sturmtag.

Wieder stand sie am Wasser und sah den gewaltigen Kräften zu, wie sie ihre Macht entfesselten.

Karl hatte eine erschütternde Nachricht erhalten, die alles, woran er glaubte, auf den Kopf stellte. Dann war ihr Bruder verschwunden.

Er hatte seine verschollene Schwester damit beauftragt, seine zurückgelassene Frau und seinen Sohn aus Deutschland zu holen. Seine Schwester, von der er wusste, dass sie die Nazis verabscheute. Und Helen hatte Angst um ihren Mann.

Plötzlich wurde ihr die Antwort glasklar. Sie war so klar, dass sie sich darüber wunderte, warum sie nicht schon eher darauf gekommen war.

Ihre Gedanken überschlugen sich mit derselben kraftvollen Energie wie die Wellen im Wasser. Und dann wurde alles ruhig. Es war, als würde plötzlich die Sonne durch die Wolken brechen und das Chaos in ihrem Kopf erhellen.

Ein längst vergessenes Gedicht, dessen Verse sie oft abwechselnd mit ihrem Bruder aufgesagt hatte, fand den Weg zurück in ihr Gedächtnis. Mit zitternder Stimme rezitierte sie die kraftvollen Worte Heinrich Heines, während um sie herum der heulende Wind jedes Geräusch verschluckte.

»Es wütet der Sturm
und er peitscht die Wellen …«

Sie brach ab, an dieser Stelle hätte Karl weitersprechen müssen. Und so war sie umso überraschter, als plötzlich eine leise Stimme neben ihr die Strophe zu Ende zitierte.

»… und die Welln, wutschäumend und bäumend,
türmen sich auf, und es wogen lebendig
die weißen Wellenberge.«

Sie drehte den Kopf zur Seite und blickte in die graugrünen Augen von Robert. Ernst sah er sie an, seltsam kritisch, doch dann erkannte sie die Wärme in seinem Blick und, ja, die Zärtlichkeit. Es war lange her, dass jemand sie so angesehen hatte.

Sie wandte den Blick ab und sah hinaus auf das Hafenbecken. Der Sturm hatte an Wucht nicht verloren, doch plötzlich kam er ihr sehr viel sanfter vor. Der Wind schien die Wellen nicht mehr zu peitschen, sondern zu streicheln, und das ferne Heulen war wie ein beruhigendes Wiegelied.

Mitgerissen von dieser sentimentalen Stimmung, sagte sie liebevoll: »Karl hat das Meer schon immer geliebt. Seit ich denken kann, hat er davon gesprochen zur Marine zu gehen. Er wollte Offizier werden, seinem Land dienen. Und keine Ehre erschien ihm größer, als für sein Vaterland zu sterben. Er war schon immer so verdammt idealistisch gewesen! Und sein Idealismus, gepaart mit dem unsäglichen Stolz, war es dann schließlich, der alles zerstörte.«

Sie schwieg eine Weile, lauschte dem Wind, der seine eigene Geschichte erzählte. Robert sprach kein Wort.

»Mein Vater war Sozialdemokrat«, fuhr sie schließlich fort. »Er liebte sein Land und er sah als einer der wenigen, welche Gefahr die steigende Rechtsextremität darstellte. Es betrübte ihn, dass es der Regierung nicht geglückt war, die Wirtschaftskrise in den Griff zu bekommen, und als schließlich Hindenburg Präsident wurde, bekam er Angst um die junge Republik. Denn mit Hindenburg kam auch die traditionelle, monarchische Elite zurück an die Macht. Und dieser konservative Pol war der Republik stets feindlich gesonnen.«

Sie seufzte. »Er hatte gehofft, alles würde sich zum Guten wenden. Die Deutschen würden sich nicht von einem böhmischen Gefreiten irreleiten lassen. Dennoch, er erkannte das Potenzial dieses Mannes. Hitler konnte schon damals Menschen begeistern. Aber seine Ansichten waren haarsträubend. Ich frage mich, ob Hitler wohl an die Macht gekommen wäre, hätten 1926 alle sein Buch gelesen. Mein Vater hat es jedenfalls getan. Aber er war wohl einer der wenigen.« Sie schnitt eine Grimasse. »Nach seinem Tod habe ich es auch gelesen. Ein schreckliches Buch.« Sie schauderte unwillkürlich.

»Wie dem auch sei, mein Vater merkte, in welcher gefährlichen Position wir uns befanden, sollte Hitler jemals an die Macht kommen. Nicht nur, dass er engagierter Sozialdemokrat war, seine Frau war darüber hinaus auch noch Französin, eine deutsche Erbfeindin. In den Augen der Nazis hatte er damit Blutschande betrieben und ›die rassische Eigenart des deutschen Volkes gefährdet‹. Und Fremdvölkische haben keinen Platz im Volk der Herrenrasse. Wir waren in

Deutschland nicht länger sicher. Der Zufall wollte es, dass mein Großvater mütterlicherseits im Januar 1933 starb. Wir fuhren zur Beerdigung nach Frankreich. Bevor wir zurückkehrten, wurde Hitler Reichskanzler. Mein Vater beschloss, dass wir nicht mehr nach Deutschland reisen würden, solange Hitler an der Macht war. Meine Eltern haben nie wieder einen Fuß auf deutschen Boden gesetzt.«

Ein Kloß bildete sich in ihrem Hals. So lange schon trug sie diese Geschichte mit sich herum. Nie hatte sie sich jemandem anvertrauen können. Nicht einmal Steven.

Roberts Schweigen ermunterte sie. Und sie hatte das eigenartige Gefühl, dass er sie als Einziger verstehen würde. Es war ihr plötzlich wichtig, dass er alles wusste.

»Karl war damals schon vier Jahren lang für die deutsche Handelsmarine tätig gewesen. Nach Hitlers Amtseintritt hatte er sich bei der französischen Marine beworben. Aber aufgrund seiner Abstammung wurde er abgelehnt. Das empfand er als persönliche Beleidigung und schlimme Demütigung. Aus Trotz wollte er deshalb Deutschland seine Dienste anbieten. Doch das«, Marie sog scharf die Luft ein, »war in der Situation ein Schlag ins Gesicht meines Vaters. Er verließ uns. Und dafür habe ich ihn gehasst. Ich habe zehn Jahre kein Wort mehr mit ihm gesprochen.«

Sie blinzelte zweimal, schluckte und sah dann Robert an. Er hatte sie die ganze Zeit lang unverwandt angeblickt. Sein Blick war unergründlich. Sie fragte sich, ob sie zu viel gewagt hatte. Wie würde er reagieren, jetzt, wo er wusste, dass sie Französin war, seine Erbfeindin?

Sie konnte nicht ahnen, dass ihre Worte nur das bestätigten, was Robert schon längst geahnt und schließlich auch nachgeprüft hatte. Zurück in Deutschland, hatte er einige Nachforschungen angestellt und herausgefunden, dass Ferdinand Büchner derzeit eine Französin geehelicht hatte und aus dieser Verbindung zwei Sprösslinge hervorgekommen waren. Ferdinand und seine Frau waren mittlerweile tot, aber der Mädchenname seiner Frau war Bonnet gewesen.

Und damit hatte Robert erfahren, dass Jeanette Bonnet Maries Großmutter gewesen war. Er spürte einen leichten Gewissensbiss, dass er indirekt den qualvollen Tod dieser Frau verursacht hatte, aber das war nichts im Vergleich zu den Gefühlen, die er bei Maries jetzigem Anblick zu bändigen hatte.

Sein Herz zog sich schmerzhaft zusammen, als er in diese großen, traurigen Augen sah, die ihr Gesicht mit den tiefen Ringen und der bleichen, gespannten Haut zu verschlingen schienen.

Ihre starre, kerzengerade Haltung sprach deutlicher als Worte von tiefem Schmerz und Verbitterung. Robert musste den drängenden Wunsch gewaltsam niederkämpfen, sie in seine Arme zu schließen und festzuhalten.

Dieser Wunsch erschreckte ihn so, dass sein Gesicht sich verfinsterte. Marie deutete diesen Blick falsch und spürte den bitteren Geschmack der Enttäuschung in ihrem Mund. Sie schluckte mühsam, aber jetzt sprachen auch Trotz und Zorn aus ihr.

»Und dann kamen Sie. Sie haben mich zu ihm gebracht und schließlich nach Deutschland. Sie haben mich schamlos belogen, um mich dazu zu bringen. Dabei wäre die Wahrheit so viel leichter gewesen. Trotzdem«, und jetzt lächelte sie aufrichtig, »ich bewundere Ihre Loyalität. Mein Bruder hatte gute Gründe, Ihnen zu trauen. Ich erwarte nicht, dass Sie meine Frage beantworten, dennoch muss ich sie stellen.« Sie blickte ihn ernst an. »Karl ist dem Widerstand beigetreten, nicht wahr? Deshalb hat er Sie engagiert. Und Helen soll aus Deutschland verschwinden, weil er befürchtet, sie könne in Sippenhaft geraten, sollte er scheitern. Das Einzige, was ich nicht verstehe, ist, warum er gerade mich für diese Aufgabe ausgewählt hat«, fügte sie murmelnd hinzu. Die Frage galt mehr ihr als Robert.

Deshalb war sie überrascht, als er eine Antwort darauf wusste. »Weil er dich liebt.«

Sie blickte ihn an. »Hat er Ihnen das gesagt?«

Bei ihrem Anblick musste er schmunzeln. »Nein, aber es gibt Dinge, die sind offensichtlich. Und es gibt Dinge, die regelt man am besten innerhalb der Familie.« Er überlegte blitzschnell. Die Entscheidung fiel innerhalb von Sekunden. »Ich möchte dir jemanden vorstellen. Würde es dir etwas ausmachen, mich morgen nach Berlin zu begleiten?«

Sie zog die Stirn misstrauisch in Falten. »Um wen kennenzulernen?«

»Jemand, den zu kennen sich lohnt.«

An der Hotelbar des George V herrschte um diese Uhrzeit noch nicht sehr viel Betrieb. Nur wenige Gäste, darunter einige deutsche Offiziere des Heeres und der Luftwaffe, gönnten sich ein Gläschen, ehe sie wieder ihre Arbeit aufnahmen. Aus einem Grammofon ertönte ruhige Musik, die das entspannende Ambiente zusätzlich unterstrich.

Karl nippte an seinem kühlen Bier und blickte Manfred Reck ungeduldig an. Er war sein ältester Verbündeter gegen Hitler und von Anfang an in seine Pläne eingeweiht – um genau zu sein, sie hatten Operation Eule gemeinsam ins Leben gerufen.

Karl hatte Reck auf einem Diplomatenempfang in Paris kennengelernt. Reck war damals gerade aus Russland zurückgekehrt, erschüttert über die Schreckensherrschaft der Waffen-SS und die grausame Abschlachtung der Zivilbevölkerung und der Juden. Er arbeitete für das Auswärtige Amt, zum Soldaten war er nicht geboren.

Trotzdem entwickelte sich zwischen den beiden Männern rasch eine starke Sympathie, nicht zuletzt, weil sie beide davon überzeugt waren, Deutschland müsse von der Schreckensherrschaft der Nazis befreit werden.

Im Augenblick jedoch war Reck sehr besorgt. Er nestelte nervös an seinem Kragen herum, als habe er die Krawatte zu eng gebunden. Seine Augen huschten unruhig hin und her.

»Nun beruhigen Sie sich, Mann!«, sagte Karl gereizt. »Kein Mensch hört uns zu. Der Schallplattenspieler ist eine hervorragende Geräuschkulisse, man wird uns nicht belauschen können. Also, was ist los?«

Reck wirkte immer noch nicht ganz überzeugt. Hastig nahm er einen Schluck Sherry, fuhr sich mit der Zunge über die trockenen Lippen und fragte gedämpft: »Sind Sie sicher, dass Ihre Schwester es schaffen wird?«

Karl seufzte. »Sie wird es schaffen«, sagte er so überzeugend wie möglich. »Sobald sie in der Schweiz ist, werde ich die entsprechenden Schritte in die Wege leiten. Sie wird tun, was ich ihr sage. Vertrauen Sie mir, ich kenne sie. Harte Schale, weicher Kern.« Er grinste schief.

Reck verzog das Gesicht. »Weiß sie eigentlich von der Sache?«

»Nein.« Karl schüttelte den Kopf. »Sie glaubt, dass sie Helen aus Deutschland herausbringen muss. Vielleicht hegt sie den ein oder anderen Verdacht.«

»Sie riskieren ganz schön viel«, bemerkte Reck nach einer kurzen Pause.

Karls Gesicht verdüsterte sich. »Der Krieg lässt mir keine Wahl. Und Marie kann gut auf sich aufpassen. Es gibt niemanden, den ich sonst schicken könnte.«

»Du glaubst nicht, wen ich gestern getroffen habe.« Susanne Linser räkelte sich auf dem breiten Bett und blickte Strasser, der sich gerade einen Morgenmantel überstreifte, erwartungsvoll an. Susanne liebte dieses Spiel. Er tat ihr den Gefallen und fragte: »Wen denn? Hermann Göring?«

Sie warf den Kopf in den Nacken und lachte schallend. »Nein, *den* doch nicht!« Sie lachte wieder. »Wie kommst du denn darauf?«

Er zuckte mit den Schultern. »Meine Schwester hält ihn für sehr attraktiv. Ich dachte, du siehst das genauso?«

Sie verzog das Gesicht. »Göring ist alt und hässlich! Vielleicht war er mal früher ein Fliegerass, aber heute …? Mein Geschmack ist ein anderer.« Sie lächelte keck.

Sie drehte sich auf den Bauch und sah ihn mit funkelnden Augen an. »Du kommst sowieso nicht darauf. Eine alte Schulkameradin von mir, Marie Büchner. Sie ist mit ihrer Familie vor Jahren verschwunden. Ich hätte nie gedacht, dass ich sie je wiedersehen würde …« Ihr Blick verlor sich für einen kurzen Augenblick in der Ferne, doch dann schüttelte sie den Kopf und sagte lächelnd: »Das Leben steckt voller Überraschungen, was?«

»In der Tat«, murmelte Strasser geistesabwesend. Ein Gedanke war ihm gekommen. »Susanne … Diese Schulfreundin von dir, Marie Büchner, ist die zufällig mit dem Admiral Karl Büchner verwandt?«

Überrascht sah sie ihn an. »Aber ja. Sie ist seine Schwester!«

»Seine Schwester?«, fragte er verblüfft. »Ich wusste gar nicht, dass Admiral Büchner eine Schwester hat.«

Sie schnaubte. »Das ist auch nicht weiter verwunderlich. Sie ist vor zehn Jahren mit ihrer Familie nach Frankreich geflohen. Feige Landesverräter sind das! Und Blutschänder. Man muss sich direkt für sie schämen!« Sie kicherte plötzlich. »Du hättest mal ihr Gesicht sehen sollen, als ich ihr gesagt habe, was ich von ihr halte. Huh, war die wütend! Ich dachte, gleich erschießt sie mich. Immerhin hatte sie noch ihre Waffe bei sich und …«

»Sie hatte eine Waffe bei sich?«, unterbrach Strasser sie scharf.

Susanne machte große Augen und klimperte unschuldig mit den Wimpern. »Ja. Eine ziemlich eindrucksvolle Pistole. Ich habe sie in einem Hinterhof aufgeschreckt. Sie wollte mich glatt erschießen und ich dachte schon, das war's, doch dann hat sie mich zum Glück erkannt und war genauso verdattert wie ich. Trotzdem frage ich mich, warum sie mich nach unserem Treffen nicht erschossen hat. Aber vermutlich hatte sie Angst vor dem Lärm, den ein Schuss verursacht. Oder es lag an den zwei Soldaten, die gerade die Straße überquerten.«

Sie drehte sich wieder auf den Rücken, doch Strasser packte sie plötzlich grob am Handgelenk. »Warum sagst du mir das erst jetzt? Du hättest es sofort der Gestapo melden sollen!«

»Au, das tut weh!«, rief sie empört.

Strasser lockerte den Griff ungeduldig, sah sie jedoch weiterhin durchdringend an. »Nun?«, blaffte er.

Sie verdrehte die Augen. »Mein Gott, beruhige dich, Peter! Es war spät am Abend! Und heute habe ich lange geschlafen. Immerhin hatte ich viel Schlaf nachzuholen. Und was regst du dich überhaupt so auf? Ich sag es dir doch jetzt.« Schmollend verzog sie den Mund.

»Es wäre trotzdem deine Pflicht gewesen, die Verräterin sofort zu melden«, ermahnte er sie streng.

»Was ich hiermit nachhole«, erwiderte sie gelassen. Sie richtete sich auf, schüttelte ihr Haar und schlüpfte aus dem Bett. Missmutig sah Strasser zu, wie sie sich langsam ankleidete.

»Hat sie gesagt, warum sie plötzlich wieder auf der Bildfläche erschienen ist?«, fragte er dann.

»Nein.« Sie streifte sich einen zarten Seidenbüstenhalter über. »Ich habe versucht, sie auszuhorchen, aber sie war verschwiegen wie ein Grab. An deiner Stelle würde ich Admiral Büchner in den nächsten Tagen einen Besuch abstatten. Marie ist bestimmt bei ihm untergetaucht. Und sie scheint irgendetwas im Schilde zu führen. Zumindest hat sie so was angedeutet.«

»Was hat sie angedeutet?«

Sein scharfer Ton erschreckte sie. Strasser hatte einen harten, lauernden Blick. Seine Augen glänzten gefährlich. Plötzlich fürchtete sie sich. Strasser war zwar ein guter Liebhaber, aber er war ein Mann, dem man nicht trauen konnte. Sie hatte schon seit Beginn ihrer Beziehung gewusst, dass sie immer auf der Hut sein musste. Es wurde Zeit, dass sie von hier verschwand. Rasch knöpfte sie ihr Kleid zu.

»Ach, nichts Bestimmtes«, sagte sie mit einer, wie sie hoffte, unbeteiligten Stimme. »Es war mehr die Art und Weise, wie sie über Deutschland redete, die mich stutzig machte. Auf jeden Fall hat sie kein Blatt vor den Mund genommen.« Lachend schüttelte sie den Kopf. »Man merkte, dass sie lange Zeit im Ausland gelebt hat. Nun, wie dem auch sei, ich muss gehen.«

Sie griff nach ihrem Mantel, der auf einer Stuhllehne hing, und schlüpfte hinein. »Sehen wir uns morgen?«

Strasser nickte abwesend, seine Gedanken immer noch bei dieser merkwürdigen Marie Büchner. Ob sie wohl tatsächlich bei Büchner untergekommen war? Nun, ein Kontrollgang würde nicht schaden, obwohl er Susannes Geschichte nicht so recht trauen wollte.

Und sollte es doch wahr sein, nun, dann würde er den Coup seines Lebens landen und prompt befördert werden. Vielleicht würde er gar Führer des SD-Abschnitts Hamburg werden! Der Gedanke stimmte ihn fröhlich, während er ins Badezimmer schlurfte. Er würde Sturmbannführer werden. Sturmbannführer Strasser! Ja, das klang gut. Und er würde endlich Rache nehmen können …

16

Die Männer im Raum starrten Marie an. Sie sah das Misstrauen in ihren Blicken, die Wachsamkeit und, ja, unverhohlene Verachtung. Hier bewegte sie sich in Adelskreisen und sie passte dort ebenso wenig hin wie ein Staubkorn auf Trudis blank poliertem Küchentisch.

Robert trat einen Schritt vor. Sie beobachtete die Reaktion der Männer auf Roberts Auftreten und seine Worte. Sie schienen interessiert, gebannt, so wie sie sich in ihren Sesseln und Sofas unmerklich aufrichteten, die Augen geöffnet, den Kopf leicht schräg. Das also waren die Männer, die dem Regime die Stirn boten. Sie waren die Hoffnung ihres Landes. Der teure Stoff ihrer Anzüge zeugte von Stil und Geschmack, aber wie verhielt es sich mit der Entschlossenheit, dem Mut und der Tatkraft?

Ein mittelgroßer Mann stand nun auf. Er war ihr sofort ins Auge gefallen. Seine glatten Gesichtszüge, der stolze Blick, das selbstsichere Auftreten. Dies war ein Mann, der zum Führen geboren war. Er besaß eine natürliche Autorität, die andere verstummen ließ, wenn er sprach. Er brauchte nicht einmal die Stimme zu heben.

Dies war Helmut James Graf von Moltke.

Schweigend lauschte sie seinem Vortrag, hörte voller Bewunderung und Faszination seinen Plan für die Neuordnung der Gesellschaft. Bei der Vorstellung, es könnte endlich wieder Frieden in ihrem Heimatland geben, Frieden, der so plötzlich zum Greifen nah schien, schlug ihr Herz ein wenig schneller. Schon jetzt hatten Moltke und seine Männer ihr ganzes Wohlwollen. Wenn sie nur Hitler zu besiegen vermochten.

Plötzlich runzelte sie die Stirn. Moltke hatte seinen Vortrag beendet. Aber er hatte kein Wort darüber verloren, wie sie Hitler beseitigen wollten.

Sofort wurde sie skeptisch. »Was ist mit Hitler?«, fragte sie. Es war das erste Mal, dass sie das Wort ergriff. Sie sah, wie einige Köpfe in die Höhe schossen.

Moltke lächelte. »Wenn die Zeit gekommen ist, wird das Volk sich erheben und der Tyrann wird abdanken. Man kann ein Volk nur eine Zeit lang in Fesseln schnüren und täuschen. Hitler ist dies lange gelungen. Er hat es geschafft durch ein Übermaß an Korruption, durch zahllose Verbrechen und die Geheimhaltung der Verstöße gegen Recht und Anstand. Aber ein Mann kann nur führen, entweder durch die Stärke seiner sittlichen Kraft oder durch Erfolge. Fehlt, wie hier, jene vollkommen oder hören diese auf, so ist er erledigt. Und jetzt, nach Stalingrad, nach den Zerstörungen durch die Luftangriffe und die unzähligen Opfer, hat das Volk das Vertrauen in seinen Führer verloren.«

Ein grimmiger Zug legte sich auf sein Gesicht, als er weitersprach. »Diese Regierung hat nur allzu lange unser Volk gemartert, unser Ansehen beschmutzt und durch unfähige militärische Führung das Land in den Ruin gesteuert. Dies ist eine Regierung, die sich des Verbrechens bedient, Verbrechen anordnet und Verbrechen duldet. Und das muss ein Ende haben!«

Er schlug mit der Faust auf den Tisch, dass die Gläser darauf klirrten. Marie sah den Zorn und den Schmerz in seinen Augen brennen, jenen Zorn und jenen Schmerz, den sie selbst empfand, wenn sie auf Deutschland blickte.

Tiefe Empathie keimte in ihr auf. Sie verstand Moltke nur zu gut. Und sie war begeistert von seinem Engagement. Dies war wahrhaftig ein Mann, der Deutschland retten konnte.

Er sog scharf die Luft ein, als er merkte, dass er die Beherrschung verloren hatte. Es tat ihm schon leid. Und so sprach er weitaus ruhiger und gelassener weiter. »Es wäre vermessen zu behaupten, die seelische Kraft der Deutschen sei erschöpft. Sie ist nur geradezu planmäßig verschüttet durch die geschickte und skrupellose Taktik eines Mannes, der nicht nur der Feind Europas ist, sondern auch der Feind Deutschlands. Wir haben nur dann Aussicht, unser Volk dazu zu bringen, diese Schreckensherrschaft schließlich zu stürzen, wenn wir ihm ein Bild jenseits der schrecklichen, hoffnungslosen nächsten Zukunft zeigen können. Ein Bild, woran zu glauben, wofür neu zu beginnen sich für das enttäuschte Volk lohnt.«

Marie nickte, ergriffen von dem Pathos seiner Worte. Sie spürte den Tatendrang in sich und hatte große Lust, sofort aufzuspringen und ans Werk zu gehen. Dennoch zügelte sie ihr Verlangen und zwang sich, ruhig zu bleiben.

»Wir müssen Hitler töten«, stellte sie nüchtern fest.

»Nein!« Eine schneidende Stimme ließ Marie zusammenzucken. Überrascht wandte sie den Blick einem alternden Oberstleutnant zu, der sie schon die ganze Zeit misstrauisch angeschaut hatte, seit er erfahren hatte, dass sie die Schwester eines Konteradmirals war. Sie erinnerte sich an seinen Namen. Theodor Steltzer. Er war Transportoffizier im Generalstab des Wehrmachtsbefehlshabers in Oslo und zufällig wegen einer Dienstbesprechung in Berlin. Sein überhebliches Gesicht war ihr auf Anhieb unsympathisch gewesen.

»Nein, wir können Hitler nicht töten«, wiederholte er seinen Einwurf heftig. »Ein gewaltsamer Sturz des nationalsozialistischen Regimes während des Krieges wird nur zu Legenden führen, und was wir anschließend hätten, wäre November 1918. Das tapfere und siegreiche deutsche Heer wurde von der Heimat im Stich gelassen, Verrat hat den Krieg entschieden. Wir können keine zweite Dolchstoßlegende gebrauchen!«

Mit bebenden Wangen starrte er sie an und spießte sie mit seinen spitzen, giftigen Blicken auf. Sie erwiderte den Blick kalt und verächtlich. In ihren Augen war er ein Feigling. Doch ehe sie etwas erwidern konnte, meldete sich ein zweiter Mann zu Wort, Peter Yorck Graf von Wartenburg, ihr Gastgeber.

»Er hat recht. Wir sollten die neu geordnete Gesellschaft nicht mit einer Hypothek belasten, zu der ein Attentat auf Hitler Anlass bieten würde. Wir müssen einen anderen Weg finden.«

Die anderen Männer schienen ihm zuzustimmen. Fassungslos sah Marie sie an. Die ganze Euphorie war wie weggeblasen. Zurück blieben Ernüchterung und Wut.

»Und an welchen Weg haben Sie da gedacht?«, fragte sie mühsam beherrscht.

»Es wäre eigentlich die Aufgabe der Generäle gewesen, diesem Hitler mit seiner Räuberhauptmannsmoral Einhalt zu gebieten«, erwiderte Steltzer mit einem leicht tadelnden Blick in Richtung Robert, als habe er etwas versäumt. »Spätestens als Brautchitsch als Oberbefehlshaber des Heeres abgelöst wurde und der Führer sich entschloss, selbst das Oberkommando zu übernehmen. Aber die Generäle haben versagt und somit ist die einzige Möglichkeit für einen Neubeginn der militärische Zusammenbruch des Reiches und die Aufnahme von Verbindungen zu den Westmächten.«

»Und wie wollen Sie diese militärische Niederlage erzwingen?«

»Dazu müssen wir keinen Beitrag leisten. Sie wird von selbst kommen. Eine Niederlage ist unabwendbar, das wissen die führenden Generäle, auch wenn sie es nicht aussprechen wollen.«

»Aber in der Zwischenzeit sterben weiterhin Menschen«, bemerkte Marie bitter. »Wenn Sie auf einen Kampf bis zur vollständigen Niederlage bestehen, wird die Wehrmacht den Krieg bis zum bitteren Ende ausfechten. Bedenken Sie, wie viele Tote es noch geben wird, wie viel sinnloses Leid! Es kann doch nicht Ihr Wunsch sein, die Not der Deutschen unnötig zu verlängern?«

Sie blickte in die Runde, sah in die verschlossenen Gesichter der Männer, auf die sie eben noch die Hoffnung für eine lichtreichere Zukunft Deutschlands gesetzt hatte.

Schließlich ergriff Graf von Moltke das Wort. »Wir durchlaufen eine grundsätzliche Gefahrenzone, in der manche hoffen, das Boot schwimmfähiger zu machen, indem sie Grundsätze opfern. Aber dabei vergessen sie, dass sie dadurch dem Boot die Steuerbarkeit nehmen. Mord bleibt Mord. Deshalb ist unsere einzige Möglichkeit eine gemeinsame Aktion mit den Alliierten, die auf einen Schlag einen Umschlag herbeiführt. Das erfordert Geduld.« Er lächelte leicht, als er das ungeduldige Funkeln in Maries Augen sah und fuhr fort. »Man muss warten, warten und nochmals warten, bis militärische Macht in großem Umfang und wirksam eingesetzt werden kann, damit sie mit absoluter Sicherheit erfolgreich ist, wenn unsere Hilfe noch hinzukommt.«

»Aber diese Zeit haben wir nicht!«, rief Marie verzweifelt. »Verstehen Sie denn nicht, dass wir jetzt handeln müssen, wenn Deutschland vor dem völligen Untergang bewahrt werden soll?«

Sie konnte das einfach nicht glauben. Nach all den kämpferischen Reden, die sie gehört hatte, wollten diese Männer den entscheidenden Schritt jemand anderem überlassen. Das war so feige!

Schwäche, dein Name ist Mensch!, dachte sie bitter. Die Enttäuschung brannte in ihr wie ein glühender Stachel, den man in ihr Herz gestoßen hatte.

Ein hochgewachsener Mann meldete sich zu Wort. Jetzt fiel ihr auch wieder sein Name ein. Adam von Trott zu Solz. In einem glatten Tonfall sagte er: »Jede Selbstgerechtigkeit liegt uns fern, und wir sind durchaus bereit, unserem eigenen Anteil an Verantwortung und Schuld ins Auge zu sehen. Aber wir sollten einen geeigneteren Weg ersinnen, um unser Ziel zu erreichen. Wie können wir durch Mord Recht und Ordnung wiederherstellen? Wie sollten wir diese Handlung vor den Augen der Welt rechtfertigen? Nein, das können wir nicht tun. Es muss einen anderen Weg geben.«

Marie presste die Lippen zusammen, um aufsteigende Zornestränen zu unterdrücken. »Es gibt keinen anderen Weg«, beharrte sie leise.

»Doch, den gibt es.« Robert meldete sich zu Wort. Alle sahen ihn überrascht an. Hoffnung flammte in ihren Augen auf, gebannt blickten sie ihn an. Es war für diese Menschen, als würde sich ein neuer Weg aus der Bedrängnis öffnen, ein Weg, den sie bis dahin übersehen hatten. Man hätte eine Stecknadel fallen hören können, so leise war es.

Als Robert die Skepsis in Maries Augen sah, lächelte er. »Admiral Büchner hat einen Weg gefunden, wie wir Hitler ohne Blutvergießen aus dem Weg räumen können.«

Ein Telefonanruf ist die einfachste Sache der Welt. Ein Kinderspiel. Und doch kostete es Helen eine ungeheuerliche Kraft, auch nur den Hörer in die Hand zu nehmen. Hin- und hergerissen saß sie am großen Kirschholzschreibtisch ihres Mannes, auf dem das Telefon stand, und starrte aus dem leicht geöffneten Fenster. Eine angenehme Brise wehte in das Zimmer und verströmte den betäubenden Duft von Lavendel, vermischt mit nasser Erde und feuchtem Laub.

Sie dachte an Bertha und ihr Herz zog sich voller Widerwillen zusammen. Sie fühlte sich betrogen. Anna hatte recht gehabt. Bertha war nicht vertrauenswürdig. Gott sei Dank hatte sie ihr nicht alles gesagt. Noch wusste Bertha nicht, dass Karl in den Widerstand getreten war, und das sollte auch so bleiben. Dafür würde sie sorgen. Bertha, die Verräterin, würde Strasser keine weiteren Informationen übermitteln.

Sie hob ihre Hand zum Hörer. Harald würde wissen, was im Bezug auf Gestapo-Spitzel zu tun war. Geschickt war sie gewesen, gewiss, aber es war ihr zum Verhängnis geworden, dass Helen ihre nächtliche Abwesenheit bemerkt hatte. Warum sollte sie sich wie ein Dieb aus dem Haus schleichen, wenn nicht, um sich heimlich mit jemandem zu treffen? Wer, war nicht schwer zu erraten. Ein grimmiger Zug legte sich auf Helens Gesicht.

Sie streckte die Hand nach dem Hörer aus, doch ehe sie den Apparat berührte, klopfte es an der Tür. Verwundert drehte sie sich um und rief: »Herein.«

Trudi erschien in der Tür, ein üppig gefülltes Tablett in der Hand. »Ich habe dir Tee gemacht und etwas zu essen. Du hast heute Morgen kaum etwas angerührt!« Mit vorwurfsvoller Stimme setzte sie das Tablett auf dem Tisch ab. Der verführerische Duft von Tee, frischem Hefezopf, Marmelade und Butter stieg Helen in die Nase und sie spürte, wie sich ihr Magen hungrig zusammenzog.

Sie verzog das Gesicht. »Du weißt genau, dass ich Zopf nicht widerstehen kann.« Sie griff nach einer dick mit Butter bestrichenen Scheibe und biss herzhaft hinein. Dann sah sie Trudis zufriedenen Blick und musste grinsen. »Du weißt immer noch, wie man mich zum Essen kriegt, was?« Sie nahm noch einen Bissen und kaute genüsslich.

Trudi schnaubte. »Bei deinem Appetit muss ich schwere Geschütze auffahren. Du isst wie ein Spatz. Und wenn das so weitergeht, bist du bald nicht mehr als Haut und Knochen. So wie diese Bertha Schmitt.«

Abrupt hörte Helen auf zu essen und sagte scharf: »Ich werde niemals wie Bertha Schmitt sein!«

»So?« Trudi zog eine Augenbraue hoch, eine Fähigkeit, um die Helen sie stets bewundert hatte. »Du gibst dir aber reichlich Mühe.«

Empört blitzte Helen sie an. »Das ist nicht wahr! Sie ist gemein, verlogen und falsch. Ich will nichts mit ihr zu tun haben, und sie soll aus meinem Haus und meiner Nähe verschwinden!«

Trudi bedachte sie mit einem nachdenklichen Blick. Sie reichte ihr Tasse und Serviette und meinte dann: »Weißt du eigentlich, dass Bertha jeden Abend die Runde macht und nachsieht, ob alle Türen und Fenster verschlossen sind, dass sich niemand im Garten aufhält und alle schlafen?«

Die Überraschung in Helens Augen zeigte ihr, dass die Gräfin davon keine Ahnung hatte. Trudi ließ sich auf den Sessel vor dem Kamin nieder und blickte Helen aus klaren, liebevollen Augen an. »Ich habe einen leichten Schlaf und gehe manchmal noch an die frische Luft, um die Stille der Nacht zu genießen. Einmal habe ich Bertha bei ihrem Kontrollgang überrascht und gefragt, was sie da macht. Weißt du, was sie mir geantwortet hat?«

Helen schüttelte langsam den Kopf.

»Ich will sichergehen, dass niemand der Gräfin und ihrem Kind etwas antun kann. Das hat sie gesagt.« Trudi lächelte, als Helen die Stirn runzelte. »Ich habe den Ernst und die Entschlossenheit in ihrer Stimme gehört, und da war mir klar, dass sie ihre Aufgabe, dich zu beschützen, sehr ernst nimmt. Ist dir nicht aufgefallen, dass sie dich überall hinbegleitet? Dass sie dir nicht von der Seite weicht, sobald du das Haus verlässt? Ich habe sie sogar eines Nachts vor deiner Tür stehen sehen. Ich dachte erst, sie spricht mit dir, doch dann bemerkte ich, dass sie betete. Sie hat gebetet, Helen. Für dich.«

Unsicher hob Helen den Kopf. Sie sah die Liebe in Trudis Blick, als sie nickte. »Aber warum hat sie dann gestern Nacht das Haus verlassen? Sie ist auch heute gegangen, ohne mir zu sagen, wohin. Warum tut sie das? Und warum blickt sie mich immer voller Verachtung an?«

Trudi seufzte. »Ich weiß es nicht, Helen. Heute Morgen bat sie mich, dir mitzuteilen, du mögest das Haus nicht verlassen. Sie sei bald zurück. Mehr hat sie nicht gesagt.«

»So, das hat sie gesagt?« Helen spürte, wie sich der Zorn zurück in ihr Herz schlich. »Ihr steht es frei zu gehen, wohin sie will, aber ich soll im Haus eingesperrt bleiben?« Grimmig starrte sie auf das Telefon. In dieser Minute traf sie ihren Entschluss. Ohne sich umzudrehen, sagte sie: »Ich möchte gerne telefonieren, Trudi. Würdest du mich bitte allein lassen?«

Sie hörte den Sessel knarren und die schweren Schritte der alten Haushälterin, die langsam zur Tür gingen. »Iss noch ein wenig, Helen«, sagte Trudi streng, ehe sie die Tür öffnete. »Ach übrigens, Strasser war schon wieder hier. Ich habe ihn fortgeschickt. Das war doch sicherlich in deinem Sinne, oder?«

Helen sog scharf die Luft ein. »Dass er überhaupt hier aufkreuzt, verdanke ich ebenfalls Bertha«, knurrte sie.

Sie sah nicht den kummervollen Blick, als Trudi leise sagte: »Das stimmt nicht, Helen, und das weißt du.« Die Tür fiel geräuschlos ins Schloss.

Helen verdrängte das bittere Gefühl und zwang sich, nicht an Strasser zu denken. Entschlossen nahm sie den Hörer in die Hand und wartete darauf, zu Harald durchgestellt zu werden. Sie hatte keine Ahnung, wie sehr sie diesen Anruf in den kommenden Tagen bereuen würde.

Die Dienststelle des Chefs der Heeresrüstung in der Berliner Bendlerstraße war ein fünfgeschossiges, hässliches Gebäude mit keinerlei architektonischem Prestige. Neoklassizistische und neobarocke Stilelemente ließen es pompös wirken, aber nicht elegant.

Genauso verhielt es sich mit seinem Chef, Generaloberst Friedrich Fromm.

Der alternde General der Artillerie war ein selbstgefälliger, machtgieriger Mann, der eine Schwäche für Intrigen und Korruptionen hatte. Er war ein Opportunist, der vor den Herrschenden Unterwürfigkeit zur Schau trug, aber bei ihrem Sturz mit erbarmungsloser Härte zuschlagen würde.

Karl verachtete diesen Mann. Er verkörperte alles, was ihm am Dritten Reich mit Abscheu und Wut erfüllte. Aber Fromm war seit Kriegsbeginn Befehlshaber des Ersatzheeres und das machte ihn für Karls Pläne interessant. So war er am Morgen mit einer kleinen Wehrmachtsmaschine nach Berlin geflogen, um Fromm für sich zu gewinnen.

Doch als er nun diesem fetten Generaloberst in dessen weitläufigem Raum gegenüberstand, ein überdimensionales Hitlerbild über Fromms Kopf, begann er sein Vorhaben zu bereuen. Er war von Anfang an nicht beglückt darüber gewesen, Fromm einzuweihen, aber Reck hielt ihn für eine Schlüsselfigur, die sie nicht übergehen durften.

Allerdings schien Fromm anderer Meinung zu sein.

»Was Sie vorhaben, ist Hochverrat, Admiral!« Fromms reizloses Gesicht hatte die Farbe einer überreifen Tomate angenommen, und er besprühte die Dokumente auf seinem Schreibtisch mit mächtig viel Spucke. »Ich könnte Sie dafür glatt verhaften lassen, ist Ihnen das eigentlich klar?«

Karl versuchte seine Ungehaltenheit zu zügeln und erwiderte trocken: »Es wäre sogar Ihre Pflicht. Ihr Schweigen würde man als Verrat deuten. Sie wissen das, denn Sie sind nicht dumm. Deshalb muss Ihnen auch klar sein, dass dieser Krieg mit all seiner Barbarei ein Fehler ist, den es zu beenden gilt. Machen Sie jetzt keinen Fehler, Fromm. Hitler wird nicht mehr lange der Führer Deutschlands sein.«

»Sie sind verrückt!« Fromm sah ihn an, als habe er den Verstand verloren. Seine verschlagenen Augen nahmen den Ausdruck absoluten Unglaubens an. »Man wird sie erschießen, lange bevor Sie Ihren Plan in die Tat umsetzen können.« Seine kleinen Äuglein quollen aus ihren Höhlen, und er sah aus wie ein großes, pausbäckiges Schwein.

Er lehnte sich auf seinen bequemen Schreibtischstuhl zurück und musterte Karl eine Weile. Dann schnarrte er: »Sie sind ein Mann von Ehre, Herr Admiral.« Er lächelte spöttisch und herablassend. »Aber Sie haben einen Eid auf den Führer geschworen.«

Karl schnappte: »Dieser Eid ist hinfällig. Ein Treueverhältnis kann nie einseitig sein und Hitler ist *seinem* Teil dieser Vereinbarung nie nachgekommen.«

»Ein Eid darf nicht angezweifelt werden«, widersprach Fromm heftig. »Er ist der Stern, der dem Soldaten die Richtung weist. Philosophische Überlegungen sind nur von Übel. Die Moral verpflichtet Sie, einen Eid nicht zu brechen.«

»Die Moral?« Karl begann zu lachen, aber es war ein kaltes, freudloses Lachen, das seine Verbitterung und seine Verachtung zum Ausdruck brachte. »Welche Bedeutung hat denn Moral in einem Land, in dem Soldaten gezwungen werden, Kinder und Frauen zu erschießen? Kranke zu ermorden? Wehrlose Menschen dahinzuschlachten? Wo ist da die Moral? Sie haben sich dazu verpflichtet, unser Land vor jedem Feind zu beschützen, Herr Generaloberst. Unser Vaterland ist in Gefahr und …«

»Ich habe genug gehört!«, unterbrach ihn Fromm auf einmal wütend. »Verlassen Sie augenblicklich mein Büro, Herr Admiral, und ich bin gewillt, zu vergessen, was ich gehört habe. Aber ich rate Ihnen, Ihre Absichten nicht in die Tat umzusetzen.«

Karl sah die Furcht in seinen Augen aufflackern und spürte den bitteren Geschmack der Verachtung in seinem Mund. Dieser Mann war ein solcher Narr!

»*Keine Armee der Welt kann eine Idee aufhalten, deren Zeit gekommen ist*«, sagte er kühl.

Fromm schnaubte. »Sparen Sie mir Ihre Binsenweisheiten, Büchner. Und verschwinden Sie endlich.«

Karl versteifte sich. Sein Gesicht wurde hart. »Sie sind ein Feigling, Fromm. Es ist eine Schande, dass Sie Uniform tragen!«

Empört plusterte Fromm sich auf. »Noch so eine Beleidigung und ich rufe die Gestapo!«

»Das werden Sie nicht tun«, sagte Karl mit schneidender Stimme. »Himmler kann Sie nicht ausstehen. Es wird ihm ein Vergnügen sein, Sie zu beseitigen. Ihm wäre der Grund völlig gleich.« Er lächelte kalt. »Aber denken Sie an meine Worte: Wenn Hitler am Galgen baumelt, werden Sie am Strang neben ihm hängen.«

Er machte auf dem Absatz kehrt und ging mit steifen Schritten zur Tür. Seine Schuhe erzeugten ein hohles Geräusch auf den blankpolierten Dielen.

Plötzlich hörte er Fromm mit spöttischer Stimme brüllen: »Heil Hitler, Herr Admiral.«

Karl drehte sich langsam um. Er sah ihn kalt an. »Gehen Sie zum Teufel!«

Die Tür fiel ins Schloss.

Robert genoss den Augenblick, als die arroganten und selbstgefälligen Männer an seinen Lippen hingen. Eigentlich wäre es nur recht und billig gewesen, wenn Büchner seinen Plan selbst dargelegt hätte, aber nun, er war nicht da. Und deshalb würde er es an seiner Stelle tun.

»Admiral Büchner hat schon lange die Macht der Presse erkannt«, begann er. »Hitler hat sie sich zu eigen gemacht. Und die Wirkung und den Erfolg seiner Propaganda können wir tagtäglich in ihrem ganzen Glanz und ihrer furchterregenden Zerstörungskraft sehen. Und deshalb ist unser Plan so simpel wie raffiniert. Wir schlagen Hitler mit seiner eigenen Waffe: mit der Presse.«

Er grinste, als er die Verblüffung in den Gesichtern sah. Ihm war es damals nicht anders ergangen, als Büchner ihm seinen Plan in Paris offenbart hatte. Es bereitete ihm ungemeines Vergnügen, Steltzers dämlich gaffenden Blick zu sehen.

Trott fing sich als erster. »Wie soll das vonstattengehen? Wie wollen Sie nur mit der Presse einen Diktator stürzen?«

Sein fragender Blick fand sich in den Augen der anderen wieder. Und es mischte sich Skepsis darunter. Robert lächelte. »Dasselbe habe ich ihn auch gefragt«, gestand er. »Büchners Plan beruht darauf, das Rundfunkhaus zu besetzen. Dadurch halten wir die Presse in der Hand. Dank Goebbels sind alle regionalen Reichssender verpflichtet, ein einheitliches Programm auszustrahlen, das im Berliner Rundfunk zusammengestellt wird. Und die Förderung des Verkaufs von preisgünstigen Volksempfängern hat dazu geführt, dass in nahezu jedem

Haushalt ein Radio steht. Somit können wir unsere Informationen in kürzester Zeit einem großen Teil der Bevölkerung zeitgleich zugänglich machen. Und was wir senden werden, ist die Wahrheit über Hitlers Schreckensregime. Hohen Offizieren und geachteten Männern wie Ihnen, meine Herren, wird das Volk Vertrauen schenken. Das ist die Stunde, an der Sie, wie Sie es bei unserem ersten Treffen so schön formulierten, das Bild der Menschen in den Herzen unserer Mitbürger wiederherstellen können, Herr Graf.«

Er nickte in Moltkes Richtung.

Der Graf sprang begeistert auf. »Das ist genial!«, rief er und klatschte begeistert in die Hände. »Wir werden dem Volk eine Erklärung geben, die scheußlichen Lügen und Geheimnisse aufdecken und den Nationalsozialismus bis in die Grundmauern erschüttern!«

Auch die anderen fielen stürmisch in den Begeisterungsausbruch ein und schon bald wurde wild über die Formulierung einer passenden Erklärung debattiert, als Steltzer plötzlich bemerkte: »Das ist doch Schwachsinn! Wie wollen Sie denn das Rundfunkhaus besetzen? Ehe auch nur ein Satz von Ihnen gesendet werden kann, wird die Gestapo Sie verhaften.«

Augenblicklich war es still in der Hortensienstraße 50. Fragend sahen die Männer Robert an, der es sich nicht nehmen ließ, zuerst einen Schluck französischen Cognacs zu trinken und sich die bernsteinfarbene Flüssigkeit genüsslich die Kehle herunterlaufen zu lassen. Dann blickte er die stirnrunzelnde Menge aus fröhlich blitzenden Augen an.

»Auch darauf hat Admiral Büchner eine Antwort. Nach der Besetzung des Funkhauses werden wir das Heimatheer unverzüglich dazu bringen, die SS und die hohen Parteifunktionäre zu verhaften. Wir wissen, dass Hitler schon seit Kriegsbeginn einen Aufstand der Zwangsarbeiter oder einen Angriff mit Fallschirmjägern fürchtet. In den Panzerschränken der Wehrkreiskommandos liegen geheime Befehle, die den Einsatz bei inneren Unruhen regeln. Unsere Verbündeten im Allgemeinen Heeresamt haben die Einsatzpläne heimlich umgeschrieben. Nun richten sie sich gegen SS und Partei. Im Glauben, einen Putsch verräterischer Funktionäre zu vereiteln, werden die

Truppen des Heimatheeres das Berliner Regierungsviertel abriegeln, Minister und Parteiführer verhaften und SS-Verbände festsetzen. Sobald dies geschehen ist, übernehmen wir das Kommando des Heimatheeres und setzen den derzeitigen Befehlshaber außer Kraft.

Die anderen Wehrkreise werden über den vermeintlichen Putsch von SS und Partei unterrichtet, damit auch dort Hitlers Leute entmachtet werden. Durch die Besetzung des Nachrichtenbunkers Zeppelin können wir die Weitergabe der Befehle an das Heer beeinflussen. Sehen Sie, alle Befehle und Nachrichten zwischen dem Heer und dem Führer verlaufen über die Fernmeldezentralen. Dort treffen sie ein und werden an den entsprechenden Empfänger weitergeleitet. Alle Befehle gehen auch über Zeppelin. Wenn wir den Nachrichtenbunker in unserer Gewalt haben, werden nur unsere Befehle weitergeleitet. Sollte es wider Erwarten zu Gegenreaktionen kommen, werden sie nur sehr langsam vorankommen, weil sie die Fernmeldezentralen nicht nutzen können.«

»Das bedeutet aber, dass zunächst das Militär die Führung des Landes übernehmen wird«, unterbrach ihn Trott. »Das halte ich für gefährlich. Wir haben gesehen, was die Herrschaft der Nazis mit einer Zivilisation gemacht hat, die in Jahrhunderten aufgebaut worden ist. Aber wir wissen nicht, was an ihre Stelle treten wird, sollte sie durch eine Militärherrschaft ersetzt werden.«

Schlagartig veränderte sich die Atmosphäre. Aus der Begeisterung wurde Misstrauen. Robert las in den Gesichtern, dass sie Angst hatten, ein Terrorregime durch ein anderes zu ersetzen. Mit Nachdruck sagte er: »Meine Herren, Offiziere haben eine Verantwortung. Ich weiß, dass Sie den militärischen Zusammenbruch wünschen, aber es kann nicht die Aufgabe der führenden Offiziere sein, der Armee das Rückgrat zu brechen. Deshalb haben wir uns an Sie gewandt. Denn wer immer es unternimmt, die Führung eines Landes zu ändern, ist auch dafür verantwortlich, eine neue und bessere Regierung zu stellen. Sie, meine Herren, Sie sollen diese neue Regierung sein.« Er sah den versammelten Männern fest in die Augen. »Hiermit.« Er griff nach der Abschrift der »Grundsätze für eine Neuordnung« und hielt sie hoch. »Sie wissen, wie man ein Land politisch führt. Sie haben sich lange Zeit Gedanken darüber gemacht. Das ist der Augenblick, an dem Sie der Welt beweisen können, dass es Menschen in Deutschland gibt, die die geistige und politische Erneuerung der Bevölkerung ermöglichen können.«

Er ließ das Dokument wieder sinken und blickte die kleine Runde an. »Meine Herren, allein können wir nichts bewirken. Wir müssen zusammenarbeiten, wenn wir diesem Terror Einhalt gebieten wollen. Sonst ist alles verloren.«

Kurzes Schweigen trat ein. Schweigen so schwer und erdrückend, dass es Robert die Luft zum Atmen nahm. Hatte er die falschen Worte gewählt? Was, wenn sich die Männer zurückziehen würden? Dann wäre Operation Eule gescheitert. Und er wusste nicht, was dann aus Deutschland werden würde.

Gebannt sah er die Männer an, hoffend.

Da stand Yorck auf, trat auf ihn zu und reichte ihm die Hand. »Einverstanden, Herr Kapitän. Wenn Sie sich um das Militär kümmern, kümmern wir uns um die Politik. Gemeinsam werden wir ihm schon das Handwerk legen, diesem Rechtsschänder.« Er lächelte Robert zu.

Erleichterung durchströmte Robert. Er hatte das Gefühl, eine gewaltige Last sei ihm von der Brust genommen. Erfreut ergriff er Yorcks dargebotene Hand und drückte sie fest. »Abgemacht.«

Jetzt fühlten sich alle in Feierlaune. Gläser wurden gefüllt, man trank auf eine gute Zusammenarbeit, auf eine bessere Zukunft und auf das Ende der Schreckensherrschaft Hitlers. Alle fühlten sich auf einmal befreit.

Alle, bis auf Marie.

Sie hatte Schneiders Rede schweigend angehört und den darauf folgenden Ausbruch an Begeisterung mit einem Stirnrunzeln verfolgt. *Wie wankelmütig die Menschen doch sind,* dachte sie düster. *Gerade eben noch waren sie felsenfest davon überzeugt, dass sie keinen Finger krumm machen würden, und nun hält sich ihr Tatendrang kaum noch in Grenzen.*

Doch es war nicht der Wankelmut, der sie stutzen ließ. Es war das, was Robert gesagt hatte. Oder vielmehr, was er *nicht* gesagt hatte.

»Sie vergessen etwas.« Ihre ruhige Stimme ließ die Glückwünsche und euphorischen Reden verstummen. Die Männer blickten Marie verblüfft an. Es gefiel ihnen sichtbar nicht, dass sie sie in ihrer Begeisterung störte.

»Wie meinen Sie das?«, fragte Steltzer und sah sie mit gerötetem Gesicht misstrauisch an.

»Der Plan hat einen Haken.«

»Was für einen Haken?«, wollte nun auch Trott wissen. Alle Augenpaare richteten sich auf Marie.

»Hitler«, antwortete sie schlicht. »Er wird wohl kaum untätig sitzen bleiben und dulden, dass seine Offiziere das Funkhaus und die Fernmeldezentrale besetzen und seine schmutzigen Geheimnisse ausplaudern.«

Das galt Robert. Der Sarkasmus in ihrer Stimme entlockte ihm ein Lächeln. Sie war tatsächlich so scharfsinnig, wie er gedacht hatte. Bevor die anderen Herrschaften auch anfingen zu zweifeln, beeilte er sich zu sagen: »Hitler wird erst reagieren, wenn es schon zu spät ist. Das Erste, was nach der Übernahme der Befehlsgewalt über das Heimatheer geschehen wird, ist die Aushandlung eines Waffenstillstandes mit den Alliierten. Schon im Vorfeld müssen Verbindungen zu England hergestellt werden, um einen raschen Frieden an der Front zu ermöglichen. Nur so kann es uns gelingen, Hitler und seine Schergen auch zu verhaften und der Justiz zu übergeben. Admiral Büchner spricht sich dabei für ein internationales Gericht aus, an dem auch die Alliierten beteiligt sind. Damit soll unsere Bereitschaft für eine gemeinsame europäische Zusammenarbeit gezeigt werden.«

Moltke runzelte die Stirn. »Wer soll die Verbindung zu England herstellen?«

Robert sah ihn an. »Admiral Büchner hatte gehofft, Sie könnten das übernehmen. Sie verfügen über eine Vielzahl von Beziehungen und ihr Amt erlaubt Ihnen Dienstreisen ins Ausland.«

Zum ersten Mal legte sich ein Schatten über Moltkes Gesicht. Plötzlich sah er betrübt aus, als gräme ihn etwas. Er wandte den Blick ab und starrte einige Sekunden lang auf das Glas in seiner Hand, ehe er mit resignierter Stimme sagte: »Ich gebe zu, dass ich nicht viel

Hoffnung in diese Richtung hege.« Er hob den Blick und sah Robert an. »Sehen Sie, wir alle hier haben versucht, Kontakt zu den Alliierten herzustellen. Im März habe ich einen Brief an meinen Freund Lionel Curtis geschrieben und ihm vorgeschlagen, eine feste Verbindung zwischen der britischen Regierung und der deutschen Opposition zu schaffen, um Hilfe für unseren Kampf gegen Hitler zu erhalten. Ich schlug vor, einen britischen Bevollmächtigten nach Stockholm zu schicken, der unter der Aufsicht des Botschafters mit uns Verbindung halten würde und die Befähigung hat, mit uns zu verhandeln. Doch die britische Regierung lehnte ab. Auch Trott gelang es während mehrerer Aufenthalte in Stockholm und Gent nicht, bei seinen britischen Gesprächspartnern einen Sinneswandel herbeizuführen. Gleiches gilt für Steltzer in Oslo. Wir alle hier haben uns um eine Kooperation bemüht, aber erreicht haben wir nichts.«

Er seufzte. Dann leerte er mit einer abrupten Bewegung sein Glas und stand auf. »Aber wir werden es weiterhin versuchen, Herr Kapitän«, sagte er mit einer Stimme, die wilde Entschlossenheit verriet. »Wir werden es so lange versuchen, bis London bereit ist, mit uns zu verhandeln.«

»Wie wollen Sie das machen?«, fragte Marie. »Eben noch haben Sie gesagt, dass alle Bemühungen, Kontakt zu London aufzunehmen, gescheitert sind.«

»Wir werden ihre Angst benutzen«, schaltete sich Trott ein.

Marie hob die Augenbrauen. »Wie das?«

»Die Briten wie die Amerikaner haben Angst vor einer Vorherrschaft der Bolschewisten in Europa. Diese Angst können wir nutzen, um die Zusammenarbeit mit uns attraktiv zu machen. In ihrem eigenen Interesse müssen Amerika und Großbritannien die Bolschewisierung Deutschlands verhindern.«

Marie legte die Stirn in Falten. Sie bezweifelte, dass dies der richtige Weg war. Die antisowjetische Akzentuierung könnte im Gegenteil das Misstrauen der Engländer und Amerikaner erregen. Immerhin waren die Russen ihre Alliierten. Ein solches Angebot könnte als ein Versuch zur Kompromittierung Englands und zur Spaltung der Alliierten gesehen werden.

Sie hob den Kopf. Ihr Entschluss stand fest. »Meine Herren«, sagte sie mit klarer Stimme. »Ich werde in Ihrem Namen Ihr Anliegen in London vortragen.«

Die Verblüffung, die auf diese Worte folgte, war groß. Robert runzelte die Stirn. Ihm kam ein schrecklicher Verdacht. Doch bevor er etwas sagen konnte, fragte Moltke erstaunt: »Wie wollen Sie das machen? Und wie können Sie sicher sein, dass Sie mit Ihnen verhandeln werden?«

Marie lächelte. »Sie werden mit mir verhandeln. Schließlich haben sie keinen Grund, einem Major ihres eigenen Geheimdienstes zu misstrauen.«

John Barton saß in einem kleinen Café in Courseulles und blickte scheinbar desinteressiert über den hübschen Marktplatz, der nur durch die blutrote Hakenkreuzfahne über dem Rathaus verunstaltet wurde. Auf dem Tisch vor ihm stand eine Tasse, randvoll gefüllt mit einer braunen Brühe, die ihm der Besitzer dieses staubigen und farblosen Bistros als Kaffee verkauft hatte. Barton hatte nur kurz daran genippt, ehe er angewidert das Gesicht verzogen hatte und die Tasse von da an unberührt auf dem Tisch stehen ließ. Alles andere hätte nur die Aufmerksamkeit auf ihn gelenkt und Barton war schon lange genug beim MI6, um zu wissen, wie man Stolperfallen aus dem Weg ging. Er war sich sicher, dass auch hier unter den wenigen Besuchern ein Spitzel der Gestapo saß.

Barton hatte den jungen Mann, der in seine Zeitung vertieft war, schon eine ganze Weile beobachtet. Wie bei der übrigen Bevölkerung war seine Kleidung alt und abgetragen, notdürftig geflickt und ausgebessert. Er lehnte gezwungen gelassen auf seinen Stuhl. Barton ahnte, dass das der Mann war, den die Gestapo als Spitzel in die Résistance eingeschleust hatte.

Barton hatte von diesem Plan gehört, als er wie üblich seinen Dienst in den deutschen Büros verrichtet hatte. Als Mitarbeiter des Rathauses hatte er Zugang zu allen Diensträumen, was ihm erlaubte, in wichtigen Dokumenten die Namen der verantwortlichen Offiziere für Marine und Heer und Truppenanzahl einzusehen.

Und dieser junge Mann war bestimmt jener Spitzel, den Sturmbannführer Fischer, der Gestapo-Chef von Courseulles, für diese heimtückische Aufgabe auserkoren hatte. Seine Schuhe waren neu. Ledersohlen – er leistete der Gestapo wohl gute Dienste.

Schon sah er Pierre Dupont, Anführer der hiesigen Résistance-Zelle, über den Marktplatz kommen. Dupont setzte sich an den Nachbartisch des jungen Mannes, bestellte sich ein fades Bier und schlug seinerseits die mitgebrachte Zeitung auf. Für einen Unbeteiligten sah es aus, als würden beide Männer absolut in ihrer Lektüre vertieft sein, aber Barton wusste, dass sie Sätze austauschten und einen Treffpunkt vereinbarten, an dem sie ungestört sprechen konnten.

Wie er erwartet hatte, erhob sich der junge Mann wenig später, legte seine Zeitung auf den Tisch, bezahlte und verschwand. Es juckte Barton in den Fingern, ihm zu folgen und ihm hinter der nächsten Straßenecke ein Messer in den Rücken zu rammen. Aber das war nicht seine Aufgabe, darum mussten sich die Partisanen schon selbst kümmern. Barton durfte zwar Informationen an die Mitglieder der Résistance weitergeben, aber er durfte nichts tun, was seine Tarnung gefährden könnte. Und ein Mord an einem Gestapo-Spitzel würde garantiert Staub aufwirbeln.

Barton lehnte sich auf den Stuhl zurück, zupfte ein wenig an seiner unbequemen Kleidung und dachte mit Unbehagen an die letzte Mitteilung des MI6.

Eine Agentin des SOE war spurlos verschwunden, nachdem sie einen ausdrücklichen Befehl verweigert hatte. Sie galt als sehr zuverlässig und kompetent und in der Barker Street 64 fragte man sich, ob sie der Gestapo in die Hände gefallen war oder – was noch schlimmer wäre – desertiert und zum Feind übergelaufen war.

Man hatte Agenten des SOE und des MI6 im ganzen Land alarmiert. Der Auftrag für sie lautete stets gleich: Major Bonnet zurück nach England bringen, notfalls mit Gewalt, und falls der geringste Verdacht bestand, dass sie »umgedreht« und zum Verräter geworden war, sollte sie sofort eliminiert und unschädlich gemacht werden.

Barton kannte Major Bonnet flüchtig. Er hatte die Weiße Wölfin gelegentlich gesehen, als sie in Courseulles gewesen war. In seinen Augen hatte sie durchaus Qualitäten besessen und sich als äußerst gerissen erwiesen. Der Gedanke, sie töten zu müssen, widerstrebte ihm, aber der Befehl war unmissverständlich.

Er hob die Tasse zu seinen Lippen, besann sich im letzten Moment jedoch eines Besseren und setzte sie unberührt wieder ab. Ungeduldig fragte er sich, ob Major Bonnet nach Courseulles zurückkommen würde. Er hoffte es nicht. Das Eliminieren von Agenten lag ihm nicht besonders. Allerdings, so dachte er, wäre es besser für Major Bonnet, ein britischer Agent fand sie, ehe sie den Résistance-Kämpfern in die Hände fiel. Im Umgang mit Verrätern waren die Franzosen genauso skrupellos und grausam wie die Gestapo. Dupont würde sicherlich nicht zögern, sie zu erschießen, wenn er den Verdacht hatte, sie sei nicht mehr vertrauenswürdig. Aber davor würde er sie foltern.

Zehn Minuten später verließ Dupont das Café. Barton erhob sich ebenfalls und folgte ihm. Als der rundliche Mann die Kirche erreicht hatte, stieß ihn Barton wie zufällig von hinten an und ging sogleich weiter, ohne anzuhalten. Doch als Dupont wenig später zu Hause ankam, war er im Besitz eines Zettels, der ihn über den wahren Charakter seines neu gewonnenen Mitgliedes aufklärte.

17

Marie wusste, dass sie einen Fehler gemacht hatte. Und zwar einen schwerwiegenden. Sie hatte Moltke und seine Männer glauben lassen, dass sie London davon überzeugen konnte, sie beim Putschversuch zu unterstützen. Sie hatte Moltke gebeten, ihr eine Abschrift der »Grundsätze für die Neuordnung« zu überlassen, auf der die anwesenden Herrschaften alle mit ihren Namen unterschrieben hatten.

Wenn Moltke die Wahrheit gesagt hatte, so musste das Foreign Office eine Akte über ihn besitzen, in der seine Gesinnung, seine Kenntnisse und seine Ansichten detailliert aufgeführt waren.

Diese Akte, die Abschrift der Grundsätze für die Neuordnung, verbürgt mit den Namen der Verfasser, und ihr Wort sollten eigentlich reichen, um London von der Aufrichtigkeit des Unterfangens zu überzeugen.

Die Sache hatte allerdings einen Haken. Marie war sich nicht so sicher, ob ihr Wort in London noch großes Gewicht hatte. Sie hatte einen ausdrücklichen Befehl verweigert und befand sich nun schon mehrere Tage unerlaubt auf deutschem Gebiet.

Sie fühlte sich miserabel. Was hatte sie sich da nur eingebrockt? Die patriotischen Reden und Karls genialer Plan hatten sie dazu veranlasst, wagemutig zu werden. Sie hatte sich von der Stimmung mitreißen lassen. Doch das Schlimmste war, dass sie sich selbst verraten hatte. Sie hatte offen, auch noch vor einem Offizier der Wehrmacht, verkündet, dass sie eine Spionin war. Dass die Männer sie hatten laufen lassen, brachte diese in große Gefahr. Aber auch sie selbst war von nun an nicht mehr sicher.

Am schwersten musste dieser Gewissenskonflikt für Schneider sein. Alle Offiziere hassten Spione. Oftmals waren gerade sie schuld für den Tod Hunderter Soldaten, weil sie Truppenbewegungen oder Nachrichten von militärischer Bedeutung weitergaben. Marie wusste, dass sie während ihrer Agentenzeit beim SOE viele Frauen zur Witwe gemacht hatte.

Sie erinnerte sich noch genau an die letzten Worte, die Schneider an sie gerichtet hatte. »Deshalb wusstest du also, wer ich bin. Du bist die Spionin in meinem Hotelzimmer gewesen. Du bist die Weiße Wölfin.«

Danach hatte er kein Wort mehr mit ihr gewechselt und sich begnügt, sie aus kalten und ausdruckslosen Augen anzublicken.

Es versetzte ihr einen Stich in die Brust, wenn sie daran dachte, und gleichzeitig schämte sie sich dafür. Robert hatte Gefühle in ihr geweckt. Gefühle, die sie nicht empfinden durfte. Robert war und blieb ihr Feind.

Marie senkte den Kopf, um ihren Ekel vor sich selbst zu verbergen. Wie tief war sie gesunken! Sie war zu einer Putain de boche geworden. Sie, die immer so stolz darauf gewesen war, mit den Deutschen nicht anders zu verhandeln als mit der Waffe! Keine Kompromisse, keine Begnadigung. Das hatte sie immer zu ihren Männern gesagt.

Und jetzt hatte sie selbst gegen diese Regel verstoßen.

Diese düsteren Gedanken schwirrten Marie durch den Kopf, während sie mit säuerlichem Gesichtsausdruck neben Helen in der Straßenbahn stand, in einem engen Kleid und hochhackigen Schuhen, die ihre Schwägerin ihr geliehen hatte, damit sie vor den Bergmanns, den Freunden, die sie besuchen wollte, keine allzu schlechte Figur machte.

Auf der Straße patrouillierten Wehrmachtssoldaten und SA-Männer. Blutrote Hakenkreuzfahnen wehten im Wind und an den Eingangstüren der Geschäfte hingen Schilder, auf denen mit schwarzer Farbe »Für Juden verboten« stand. Aber Marie sah keine Menschen mit dem gelben Davidstern auf der Straße, nur kleine Jungen in den braunen Uniformen der Hitlerjugend, die mit geschwellter Brust über den Gehweg stolzierten.

Dies war ein Land, das sich im totalen Krieg befand. Ein Land, in dem Frauen massenhaft zur Arbeit in den Rüstungsindustrien eingezogen wurden, zwölf Stunden oder mehr für halben Lohn Kanonen und Kugeln herstellten, um mit eingeschmolzenen Pokalen und Kirchenglocken junge Männer in einen frühen, grausamen Tod zu schicken.

Ein Land, in dem schon Kinder schulklassenweise als Flakhelfer eingezogen und kaserniert wurden, weil die Flaksoldaten selbst an der Front benötigt wurden. Für 50 Pfennig Tagessold bedienten sie die schweren Flugabwehrkanonen und kämpften fanatischer und verbissener an der »Heimatfront« als ihre Väter im fernen Russland.

Ein Land ohne Jugend.

Marie konnte sich nicht vorstellen, dass Karl eine solche Zukunft für seinen Sohn wollte. War er deshalb in den Widerstand getreten? Hatte er endlich die Augen geöffnet?

Gestern war sie wie berauscht gewesen. Die halbe Nacht hatte sie vor dem Kamin im Salon verbracht, in die züngelnden Flammen geschaut und erlaubt, dass Glückstränen ihr über die Wangen liefen. Sie hatte ihren Bruder wieder! Karl war in den Widerstand getreten! Sie war stolz auf ihn. Auf das, was er vorhatte. Und sie bewunderte seinen Mut. Seine Entschlossenheit. Und die Raffinesse seiner Taktik. Er war ja schon immer ein kluger Stratege gewesen.

Sie spürte, dass Helen sich mit weniger erbaulichen Gedanken herumtrug und ihr irgendetwas verheimlichte, doch sie war zu sehr mit ihren eigenen Problemen beschäftigt, als dass sie Zeit gehabt hätte, sich auch noch mit denen ihrer Schwägerin herumzuplagen. Schweigsam stiegen die beiden Frauen schließlich aus und folgten einer langen Straße voller hübscher Häuschen mit sauber gestutzten Rosenbeeten und kleinen Büschen vor den steinernen Haustüren. Marie spürte plötzlich, wie sich ihr Magen zusammenzog. Ein untrügliches Zeichen, dass etwas nicht stimmte. Aber was?

Marie sah sich um. Alles schien friedlich. Sie waren fast die einzigen Passanten.

Auf der gegenüberliegenden Straßenseite kam ihnen ein Mann mit langem Mantel und Hut entgegen. Hinter ihnen schob eine Frau einen Kinderwagen, ein Netz Einkäufe am Arm. Sie musste sich irren. Sie war schon zu lange in Deutschland, ihre Sinne begannen ihr Streiche zu spielen.

Plötzlich blieb Helen stehen. »Ich habe die Blumen vergessen«, rief sie unglücklich. »Wie ärgerlich.« Sie blickte Marie an. »Wir können unmöglich ohne Blumen bei meinen Freunden erscheinen. Am Ende dieser Straße gibt es einen Blumenladen. Würde es Ihnen etwas ausmachen, rasch dorthin zu gehen und einen Strauß zu kaufen? Sie haben so einen schnellen Gang und ich möchte nicht zu spät kommen.« Sie lächelte freundlich.

Resigniert machte Marie sich auf den Weg. Sie war schon ein paar Meter entfernt, als ihr einfiel, dass sie weder Geld hatte noch einen Bezugsschein. Ärgerlich drehte sie sich um, um Helen um Geld zu bitten, als sie sah, dass ihre Schwägerin im Begriff war, ein Haus zu betreten.

Diese Schlange!

Die Bitte war nur ein Vorwand gewesen, um sie loszuwerden. Marie wollte schon losstürmen, als sie bemerkte, wie der Mann mit dem Hut wie zufällig stehen blieb, um sich eine Zigarette anzuzünden. Dabei ließ er Helen jedoch nicht aus den Augen. Und auch die Frau mit dem Kinderwagen hatte angehalten und suchte umständlich etwas in ihrer Tasche.

Da wusste Marie, dass ihre Sinne ihr keinen Streich gespielt hatten. Das Haus von Helens Freunden stand unter Beobachtung der Gestapo. Auf keinen Fall durfte Helen es betreten! »Helen!«, rief sie mit lauter Stimme. »Helen, du hast vergessen, mir Geld für die Blumen zu geben.«

Helen drehte sich in dem Augenblick um, als sie die kleine Eisentür vor dem Wohnhaus öffnen wollte. Dem Himmel sei Dank, sie hatte sie gehört! Marie kam ihr im Laufschritt entgegen und rief: »Ich habe mein Portemonnaie daheim liegen lassen, ich Schussel.

Außer Atem und mit einem breiten Lachen im Gesicht kam sie bei Helen an, die sie mit so viel Wut betrachtete, wie sie einem schlechten Verlierer zustand. Sie hatte keine Ahnung, in welcher Gefahr sie gerade schwebte. »Wie dumm, dass ich nicht daran gedacht habe«, brummte sie, verärgert über sich selbst.

Sie öffnete bereits ihre Handtasche, um Marie das Geld zu geben, da sagte Marie: »Ach, ich denke, das Beste ist, wenn du einfach kurz mitkommst. Du hast einen viel besseren Geschmack als ich.« Und ehe Helen protestieren konnte, hatte sie sich schon bei ihr untergehakt und zog sie aus der Gefahrenzone.

»Was soll das?«, rief Helen halb überrascht, halb verärgert. »Ich habe doch schon gesagt, dass ich …«

»Seien Sie still!«, zischte Marie. Und laut fügte sie hinzu: »Ja, ich weiß, du bist müde, aber es ist nicht weit. Und nach der langen Fahrt mit der Straßenbahn wird uns ein bisschen Bewegung guttun. Wir werden uns schon nicht so sehr verspäten.«

Helen verstand immer noch nicht. Sie versuchte, sich aus Maries Umklammerung zu befreien, doch diese verstärkte ruckartig den Griff. »Hören Sie auf herumzuzappeln«, befahl Marie ihr mit leiser, schneidender Stimme. »Das Haus ist eine Falle, haben Sie das nicht begriffen? Nein! Drehen Sie sich nicht um. Wir werden beobachtet. Geben Sie sich ganz natürlich und plaudern Sie mit mir.« Dann sagte sie mit lauter Stimme: »Nein, ich finde nicht, dass wir Rosen kaufen sollten. Das ist so gewöhnlich. Ich denke eher an …«

Helen war abrupt stehen geblieben. Ihr Gesicht war leichenblass. Die Unterlippe zitterte. Fassungslosigkeit stand in ihren Augen. Doch Marie hatte keine Zeit, sie zu beruhigen. Sie mussten sofort von hier verschwinden. Wenig feinfühlig zog sie ihre Schwägerin weiter. Helen protestierte kaum.

Marie ging einige Umwege, um vermeintliche Beschatter abzuschütteln, ehe sie erleichtert die Heimreise antrat. Sie wollte jetzt nur noch in die Kaiserstraße 25 und Helen in ihrem Zimmer eingeschlossen wissen. Doch als sie sich dem prächtigen Haus näherten, kroch ein eiskalter Schauer ihren Rücken hoch.

Das Tor war aufgebrochen.

Jemand war gewaltsam in das Haus eingedrungen. Und Marie ahnte schon, wer dafür verantwortlich war.

Sie warf einen raschen Seitenblick auf Helen. Marie dachte schon, sie würde gleich in Ohnmacht fallen, doch dann, ganz plötzlich, stieß sie einen spitzen Schrei aus: »Heinrich!«

Sie wollte auf das Haus zustürmen. In letzter Sekunde bekam Marie ihren Arm zu packen und hielt sie zurück. »Nicht! Sie könnten noch hier sein.«

Aber Helen war nicht empfänglich für Vernunft oder Vorsicht. Das Einzige, was sie wusste, war, dass ihr Sohn, ihr unschuldiger kleiner Engel, dort im Haus war, und sie sofort zu ihm musste. Das bekam Marie bald schmerzhaft zu spüren, als Helen begann, sich mit Zähnen und Füßen gegen die eiserne Umklammerung zu wehren. »Lassen Sie mich los! Heinrich! Heinrich! Lassen Sie mich los, um Himmels willen! Mein Kind …! Mein Sohn …! Heinrich! *Heinrich*!«

Sie schrie, sie schluchzte, sie schlug wild um sich. Marie packte sie an den Schultern und schüttelte sie grob. »Reißen Sie sich zusammen, Helen!«, sagte sie mit schneidender Stimme, während sie ihre Schwägerin gegen einen Steinpfeiler des Tores drückte und ihren Blick suchte. Allmählich beruhigte sich Helen.

Aber ihr Blick war noch immer dei eines gehetzten Tieres. Sie sah zum Haus und brach in ein Wimmern aus. »Heinrich …«

Marie warf einen raschen Blick auf das Haus, ehe sie Helen fest in die Augen sah. »Jetzt hören Sie mir bitte gut zu, Helen. Bleiben Sie hier. Ich werde nachsehen, ob alles sicher ist. Sie müssen unbedingt Ruhe bewahren. Bereiten Sie sich darauf vor, zu fliehen, und tun Sie bitte so, als würden Sie vor dem Haus auf eine Freundin warten, um mit ihr in die Stadt zu gehen. Aber reißen Sie sich um Gottes willen zusammen!«

Mit eiskalter Entschlossenheit drehte Marie sich um und zog ihre Pistole aus der Tasche. Als Helen die Waffe sah, schnappte sie nach Luft. Marie ignorierte sie. Einen Augenblick später war sie verschwunden.

Geduckt und immer in der Nähe eines schützenden Baumes oder Busches, pirschte sich Marie langsam die kiesbedeckte Auffahrt hinauf. Ihr Herz schlug hart gegen ihren Brustkorb und ihr Blut pochte in den Schläfen. Ihre Nerven waren zum Zerreißen gespannt.

Einen Augenblick lang beobachtete sie die Haustür. Sie war aufgebrochen worden. Marie konnte Splitter und Unordnung erkennen, der große Spiegel war wohl zerbrochen und der Kleiderständer umgestoßen, eine Flut von Mänteln und Jacken ergoss sich auf die harten, splitterübersäten Dielen, doch von menschlicher Anwesenheit keine Spur.

Marie atmete schwer. Vorsichtig löste sie ihre verkrampften Muskeln aus der Starre und schlich behutsam weiter, stets darauf bedacht, so wenig Lärm wie nur möglich zu machen. Das knirschende Geräusch der Kieselsteine unter ihren eleganten Schuhen klang ungewöhnlich laut in der Stille. Unwillkürlich zuckte sie bei jedem Schritt zusammen.

Sie umrundete das Haus, froh, endlich Wiese unter ihren Füßen zu spüren, und tastete sich langsam zum Balkon vor. Ihre Schuhe waren zum Anpirschen gänzlich ungeeignet.

Sie erreichte die Terrasse. Die gläserne Schiebetür war ebenfalls offen und zersplittert. Die hübschen, pastellfarbigen Vorhänge lagen halb auf dem Boden. Im milden Sonnenlicht konnte sie die Unordnung im Zimmer nur erahnen.

Sie warf einen prüfenden Blick auf die offene Terrassentür. Kein Laut war zu vernehmen. Um sie herum zwitscherten die Vögel, froh über die letzten warmen Sonnenstrahlen des Oktobers. Eine sanfte Brise ließ das Laub der Bäume rascheln. In Anbetracht dieser friedlichen Idylle wirkten die zerbrochenen Fenster und die sichtbare rohe Gewalt unwirklich.

Sie umfasste den Knauf ihrer Waffe fester. Ein dünner Schweißfilm hatte sich auf ihrer Handfläche gebildet. Ihr Atem ging schnell und flach. Sie maß die Größe der freien Fläche mit den Augen, holte einmal tief Luft und brach aus ihrer Deckung hervor. Ein paar Zweige brachen, als sie geduckt hinter dem Busch hervorschnellte und mit großen Schritten über den Rasen rannte, über die Rosenbeete sprang und unsicher auf den unpassenden Schuhen landete. Einige Sekunden lang ruderte sie wild mit den Armen, ehe sie glücklicherweise das Gleichgewicht wiedererlangte und die schützende Mauer erreichte. Schwer atmend presste sie sich flach an die Wand, verfluchte die Schuhe, die ihr nun schmerzende Füße bereiteten, und wartete einige Sekunden, bis sich Puls und Atmung normalisiert hatten. Das Blut rauschte in ihren Ohren.

Vorsichtig drehte sie den Kopf nach rechts und riskierte einen Blick durch die Terrassentür. Der Salon bot ein Bild der Verwüstung. Umgeworfene, zerfetzte Sessel, aufgeschlitzte Kissen, deren Füllung wie Innereien aus dem Bauch eines geschlachteten Tieres herausquoll und überall verstreut auf dem Boden lag. Die kostbaren Gemälde waren zerfleddert, Vasen, Gläser, Porzellan zerbrochen, wertvolle Andenken zerstört, für immer verloren.

Marie erkannte das Werk von Vandalen, das so gar nicht zu der taktischen Vorgehensweise der Gestapo passte. Das Ziel der Täter war nur eines gewesen: Angst und Terror verbreiten. Aber es konnte auch sein, dass übereifrige Beamten bei ihrer Suche alles auf den Kopf gestellt hatten. Sie konnte nicht sicher sein, dass es sich nicht doch um die Gestapo handelte.

Vorsichtig betrat sie das Zimmer, die Waffe wie einen Schutzschild im angewinkelten Arm. Unter ihren Schuhen knirschte es, als sie auf Glassplitter trat. Im Zimmer war es still. Sie sah winzige Staubkörner im warmen Sonnenlicht tanzen. Außer ihr befand sich niemand im Zimmer. Nach sorgfältiger Kontrolle war sie überzeugt, dass dieses Zimmer »sauber« war.

Mit zusammengebissenen Zähnen ging sie auf die halb herausgerissene Flügeltür zu, als sie plötzlich Schritte vernahm. Reflexartig hechtete sie hinter einen umgeworfenen Sessel.

Sie hörte, wie die Schritte die Eingangshalle durchquerten, vorbei an der Küche, dem Salon und dann hastig die Treppe hinaufstiegen. Es handelte sich um eine einzelne Person. Vorsichtig linste sie über den Sesselrand hinweg. Die Treppe lag verlassen da. Während sie aus ihrem Versteck kroch und mit größter Vorsicht auf die Treppe zusteuerte, fragte sie sich, warum eine einzelne Person zurückgekommen war. Handelte es sich um eine Falle?

Ihre Nerven waren gespannt wie Violinensaiten, als sie die Treppe hinaufstieg. Sie hatte das unangenehme Gefühl, beobachtet zu werden. Die Türen im oberen Stockwerk waren alle geöffnet und als sie weit genug hinaufgestiegen war, erkannte sie einen menschlichen Schatten im ehelichen Schlafgemach. So leise wie möglich schlich sie auf die Tür zu. Sie hörte, wie die Person im Zimmer etwas suchte. Gegenstände und Möbel wurden verschoben, hastig und grob. Irgendetwas fiel scheppernd auf den Boden.

Marie presste sich flach gegen die Wand. Von dort, wo sie stand, konnte sie die Person nicht erkennen. Sie hob ihre Waffe, spannte den Hahn, holte einmal tief Luft und sprang dann in einer einzigen

Bewegung ins Zimmer, die Waffe weit von sich gestreckt, den Finger am Abzug.

»Keine Bewegung!«, schrie sie.

Zeitgleich ertönte der Aufschrei.

»Heinrich!«

Im nächsten Sekundenbruchteil erkannte sie Helen, die erschrocken herumwirbelte, eine schwere Decke fest umklammert. Ihr Gesicht war kreidebleich, die Augen vor Tränen gerötet und starr auf die Waffe gerichtet.

Eine Welle der Erleichterung und der Wut überrollte Marie. Mit zitternder Hand ließ sie den Arm sinken. »Verdammt, Helen! Ich habe Ihnen gesagt, Sie sollen draußen warten!«

Helen schien Marie jedoch nicht wahrzunehmen. Sie drehte sich zum großen Wandschrank, vor dem sie kniete, beugte sich über die eingeschlagene Tür und schob eine weitere Decke zurück. Darunter lag Heinrich, die Augen fest geschlossen. Atmete er? Mit bangen Herzen beugte Helen sich über ihr Kind. Und dann, als ob er die Anwesenheit seiner Mutter gespürt hätte, öffnete Heinrich die Augen und lächelte sie an.

Helen nahm ihn auf und drückte ihn in überschwänglicher Freude an sich. Heinrich begann zu weinen, erschrocken über die heftige Bewegung, und auch Helen weinte vor lauter Glück und Erleichterung, weil ihrem kleinen Jungen nichts passiert war, weil er noch lebte, warm und weich.

Nach einer Weile beruhigte sich Helen und Heinrich wurde ebenfalls still. Sie wiegte das Kind in ihren Armen, tätschelte ihm rhythmisch den Rücken und küsste das sanfte, dünn behaarte Köpfchen, während sie beruhigende Worte flüsterte. Marie fragte sich, ob sie damit das Kind oder sich selbst beruhigen wollte.

Allmählich erinnerte sich Helen scheinbar an Maries Anwesenheit. Sie hob den Kopf und sah in Maries bleiches, abgespanntes Gesicht. Sie sah den Schrecken in Maries Augen, echte Angst hinter den groben und harten Worten, und plötzlich schämte sie sich, dem Drang nachgegeben zu haben und kopfüber in das Haus gestürmt zu sein.

»Sie sind ein guter Mensch, Bertha.« Die Worte waren heraus, noch ehe sie sich dessen bewusst war. Ein wenig überrascht, doch nicht beschämt, fügte sie lächelnd hinzu: »Ich bin froh, dass Sie da sind.«

Marie senkte verlegen den Blick. Sie sah auf ihren Neffen herab, von dessen Existenz sie bis vor Kurzem nichts gewusst hatte und der jetzt mit seiner kleinen Hand nach dem Gesicht seiner Mutter griff, die Augen voller Vertrauen und Freude. Trudi musste ihn wohl im Schrank versteckt haben, als die Gestapo oder die SS gekommen war. Sie musste gewusst haben, was für ein Schicksal ihr bevorstand, doch selbst in dieser Minute hatte sie zuerst an das Kind gedacht. Und sie hatte nicht aus Pflichtbewusstsein gehandelt, sondern aus Liebe.

Und es war diese Liebe, diese tiefwurzelnde Liebe, stärker als der Hass und die Gewalt um sie herum, die Marie Tränen in die Augen trieb. Hitler mochte die dunkelsten Seiten der Menschen zum Vorschein bringen, doch selbst sein Wahn und sein Hass vermochten es nicht, diese Liebe zu ersticken. Und für diese Liebe in den Deutschen, beschloss Marie, würde sie kämpfen.

Marie blickte Helen eine Weile stumm an, dann sagte sie: »Das Haus scheint verlassen. Ich werde trotzdem noch einen Rundgang machen, nur um sicherzugehen. Sie sollten schon mal anfangen, das Allernötigste zusammenzupacken. Vergessen Sie die Pässe nicht, Lebensmittelkarten sowie Geld und Schmuck. Wir müssen so schnell es geht von hier verschwinden. Wenn sie klug sind, werden sie das Haus unter Beobachtung gestellt haben.«

Helen sah verloren in das verwüstete Zimmer. »Sie?«, flüsterte sie erstickt.

Marie sah den Schmerz in ihren Augen. »Gestapo«, erwiderte sie knapp. Gott wusste, warum und wie sie auf Helen aufmerksam geworden waren. Das spielte jetzt auch keine Rolle mehr. Helen musste sofort von hier fliehen, wenn sie nicht wie Anna und Harald enden wollte.

Und Trudi.

Beim Gedanken an das gütige und faltenreiche Gesicht schnürte sich Helen der Hals zu. Tränen stiegen in ihre Augen und sie drückte Heinrich fester an sich.

Während Helen die Überbleibsel ihres Lebens zusammensuchte, durchkämmte Marie das Haus nach Geld, Lebensmitteln und Munition. Sie würde Bestechungsmittel brauchen, wenn sie ungescholten bis nach Paris durchkommen wollte.

Marie schmerzte es besonders, dass sie es sein würde, die Karl sagen musste, dass sein raffinierter Plan in Gefahr war. Ausgerechnet Helen hatte ihn auffliegen lassen. Sie hatte ihre Freunde angerufen, ehe sie zu ihnen gegangen war. Das Telefon war verwanzt gewesen. Marie hätte schon früher daran denken sollen, es zu überprüfen. Doch sofort wies sie sich zurecht. Es war nicht ihre Schuld. Wie hätte sie denn ahnen sollen, dass Helens Freunde die Aufmerksamkeit der Gestapo erregt hatten?

Helen hatte davon vermutlich genauso wenig Ahnung gehabt. Ihre Naivität in dieser Hinsicht sprach für ihre Unschuld. Aber nun war es zu spät und die Gestapo hatte das Gespräch, das Helen mit den Bergmanns geführt hatte, offenbar mitgehört und aufgezeichnet. Und sie wäre in die gestellte Falle getappt, hätte Marie sie nicht davon abgehalten.

Die Zeit wurde knapp. Wenn Karls Plan gelingen sollte, musste er jetzt schnell handeln, bevor die Gestapo ihm auf die Schliche kam.

Und sie würde ihm dabei helfen.

Robert saß an der Bar eines Tanzlokales, ein halb leeres Glas Brandy vor sich, und verfluchte den Krieg und die Frauen. Er musste packen, denn morgen würde er zurück nach Paris reisen und Büchner Bericht erstatten, aber er hatte sich einfach nicht dazu überreden können.

Wieder und wieder kehrten seine Gedanken zu Marie zurück. Sie also war die Weiße Wölfin, jene britische Agentin, die die Résistance-Zelle in Courseulles anführte. Deshalb hatte sie militärische Informationen bei Offizieren eingeholt. Sie war noch viel gefährlicher, als er gedacht hatte. Und vermutlich verdankte er ihr auch die Beule, die seinen Kopf die ersten Tage in Courseulles geziert hatte.

Sie war eine Spionin.

Und damit sein schlimmster Feind, denn Spione waren nun wirklich der Abschaum der Menschheit. Das waren heimtückische Meuchelmörder, die den Tod Tausender Soldaten auf dem Gewissen hatten und für einen offenen Kampf zu feige waren. Sie waren Verräter.

Eigentlich war es seine Pflicht, sie sofort der Gestapo auszuliefern. Sie stellte eine zu große Gefahr für Deutschland dar. Und wieder hatte er gezögert.

Weil sie ein wichtiges Glied der Kette geworden war?

Er wusste, dass es nicht so war, und das veranlasste ihn dazu, das Glas in einem Zug zu leeren. Ein grimmiger Zug legte sich auf sein angespanntes Gesicht. *Warum*, fragte er sich mit einer schmerzlich vertrauten Verzweiflung. *Warum muss mir das ausgerechnet jetzt passieren?*

Er wollte sich gerade noch ein weiteres Glas bestellen, als eine überraschte Stimme rief: »Robert, nein, wirklich!« Ein Offizier der Wehrmacht kam von der Tanzfläche auf ihn zu und knallte ihm die Faust zwischen die Schulterblätter. »Du treulose Tomate, seit wann bist du denn in Hamburg? Das ist ja über ein Jahr her, dass ich dich gesehen habe!«

Robert wirbelte herum und ergriff erfreut die ausgestreckte Hand. »Kurt! Was, um alles in der Welt, tust du denn hier? Ich dachte, du wärst in Italien.«

»Bin ich auch – offiziell.«

Robert lachte. »Komm, setzen wir uns an einen Tisch. Wie lange bist du noch in Hamburg?«, fragte er, nachdem sie sich in einer kleinen Nische niedergelassen und ihre Bestellung aufgegeben hatten.

»Nur noch bis heute Abend«, erwiderte Kurt nicht ohne Bedauern. »Unser Zug fährt morgen ab. Der General hat uns heute noch mal Ausgang gegeben, bevor wir für die nächsten Monate keinen Rock mehr sehen werden. Aber jetzt mal zu dir. Du bist zur Marineartillerie versetzt worden, Robert? Hast du es mal wieder geschafft, dir den Zorn deines Kapitäns zuzuziehen?«

Robert lächelte säuerlich. »Du hast davon gehört?«

»Natürlich, du hast mir ja geschrieben. Und ich habe dir angeboten, herzukommen und den kleinen Fritzgstein für dich zu erwürgen.

Eine Schande, dass du das Angebot nicht angenommen hast. Und, ist es arg langweilig?«

»Zum Sterben.« Kurts Spott stachelte Roberts Wut von Neuem an. »Es ist schon hart, in einem derartigen Loch zu versauern, nach all den Jahren harter Arbeit. Und das, obwohl ich der Marine einen Dienst erwiesen habe.«

»Was wird dir denn angehängt?«

»Nicht ganz so viel, wie Fritzgstein gerne hätte. Feigheit vor dem Feind konnte er mir nicht nachweisen. Er musste sich damit begnügen, mich wegen angeblicher Befehlsverweigerung zu versetzen. Dabei habe ich ihm den Hals gerettet, diesem Narr!«

Er trank einen Schluck frisch gezapftes Bier, um den bitteren Geschmack in seinem Mund wegzuspülen. Kurt lehnte sich auf seinem Stuhl vor. Jeglicher Spott war aus seinem Gesicht weggefegt, als er ernst meinte: »Du hast Glück gehabt, alter Knabe. Feigheit vor dem Feind wird mit dem Tode bestraft. Dafür braucht man heute nicht einmal mehr ein Feldgericht. Da wird man gleich an die Wand gestellt. Was hast du denn so Schreckliches getan, dass Fritzgstein dich zur Marineartillerie geschickt hat?«

»Wir patrouillierten mit einem Hilfskreuzer im Pazifik. Welchem, wo und wann kann ich dir nicht sagen, das ist ja streng geheim.« Robert lächelte ironisch. »Nur so viel: Wir sollten gegnerische Schiffe aufspüren und versenken. Plötzlich stießen wir auf einen Ami, einen Kreuzer mit 15-Zentimeter-Seegeschützen, einer dicken Armierung und einem hochmodernen Feuerleitsystem. Fritzgstein ist vor Schreck fast das Herz stehen geblieben. Schließlich ist ein Hilfskreuzer kein Kriegsschiff, kaum mehr als ein aufgepeppter Frachter mit nur drei Geschützen hinter der hochgeklappten Außenbordwand und zwei Torpedorohren. Zwei unserer vier Seekanonen waren funktionsuntüchtig und stammten zumal von Kriegsschiffen aus dem Großen Krieg. Fritzgstein dachte bereits, sein letztes Stündlich habe geschlagen. Er befahl ein sofortiges Fluchtmanöver, aber der Ami war natürlich viel schneller als wir und holte innerhalb kürzester Zeit auf. Wir hatten keine Chance. Also überredete ich Fritzgstein, das Schiff so nah wie möglich an den Ami heranzumanövrieren. Nur so hatten wir den Hauch einer Chance, sollte der Ami unsere Tarnung entlarven. Sie dachten ja immer noch, wir seien lediglich ein harmloser Frachter. Also ließ ich Flaggensignale geben, aber langsam und umständlich. Und um den Ami noch mehr zu verwirren, befahl ich dem Funker das Signal »QQQQ« zu senden, für »verdächtiges Schiff gesichtet«. Kein Ami würde glauben, dass wir dieses Signal senden würden, wären wir tatsächlich ein Kriegsschiff. Es würde uns ja entlarven.«

Robert grinste leicht über den gelungenen Streich. »Als wir uns dem Ami auf knapp 1500 Meter genähert hatten, gab ich Feuerbefehl. Der Überraschungsangriff war ein voller Erfolg. Noch bevor die Amis die erste Salve abfeuern konnten, hatten wir ihre Geschütztürme außer Gefecht gesetzt. Mit einem Torpedo haben wir das Schiff schließlich versenkt.«

»Ein Husarenstück, Robert! Du bist ein Genie! Du hast eine Niederlage in einen Sieg verwandelt. Wie kommt es nur, dass du strafversetzt wurdest? Eine Beförderung scheint mir angemessener.«

Robert seufzte grimmig. »Das Unglück wollte, dass eine Granate des Amis unseren Maschinenraum traf und ein Flammeninferno auslöste. Unser Schiff sank. Der Großteil der Mannschaft konnte sich retten, aber wir trieben sechs Tage auf offener See, ehe uns eines unserer U-Boote aufsammelte. Der Nahrungsentzug hat Fritzgsteins Hirnsubstanz angegriffen und am selben Tag unserer Rettung befahl er dem Kapitänleutnant des U-Bootes mich zu verhaften. Er meinte, hätte ich nicht den amerikanischen Kreuzer so nahe an unser Schiff herangelassen, wäre eine Flucht garantiert gelungen. Meine sofortige Erschießung konnte zum Glück noch in eine Strafversetzung umgewandelt werden. Später erfuhr ich, dass Fritzgstein für die Versenkung des Amis mit dem Eisernen Kreuz dritter Klasse geehrt wurde.«

Kurt hob die Augenbrauen. »Und du? Wurdest du nicht erwähnt? Schließlich war es deine Leistung!«

Robert lachte freudlos auf. »Kein Wort! Er hat wohl ein paar Fäden gezogen, damit ich zum Kapitänleutnant befördert werde, in der Hoffnung, mich damit ruhigzustellen, aber bei der Marineartillerie bin ich geblieben. Bis heute.«

»Fritzgstein ist ein Arschloch!«, spuckte sein Freund aus. »Der Kerl heimst deine Lorbeeren ein und schickt dich dann mit einem Strafprozess am Hals in die Wüste. Du hättest den Angriff nutzen sollen, ihm eine Kugel zwischen seine kleinen, gemeinen Augen zu jagen!«

»Vielleicht. Er wird seine Strafe schon noch bekommen, darauf kannst du Gift nehmen. Und bis dahin sehe ich zu, wie ich noch retten kann, was zu retten ist. Aber jetzt genug von mir. Was ist mit dir? Wie ist denn die Lage unserer glorreichen Truppen in Russland? Dem Rundfunk glaub ich kein Wort. Wie schlimm ist es denn wirklich? Du warst doch in Stalingrad, oder?«

Kurts Gesicht verfinsterte sich. Seine fröhlich funkelnden Augen wurden leer, der Mund ein gerader Strich. Die entspannte Haltung fiel von ihm ab, er starrte auf das halb volle Bierglas vor sich. »Der Krieg ist die größte Scheiße, die der Mensch sich ausgedacht hat«, sagte er bitter.

Mit einer ruckartigen Bewegung leerte er sein Glas, fuhr sich mit dem Handrücken über den Mund und brüllte der Bedienung zu, ihm ein neues Bier zu bringen. »Aber ein frisch gezapftes!«, knurrte er mit Nachdruck. Dann wandte er sich wieder Robert zu, der seinen Freund schweigend musterte.

»Ich wünsche keinem Menschen, das zu sehen, was ich gesehen habe«, sagte Kurt tonlos. »Was wir getan haben, ist eines angeblichen Kulturvolkes unwürdig. Wir haben die Ehre der gefallenen Kameraden besudelt, Robert. Das alles wird sich einmal an uns rächen. Und mit Recht!« Plötzlich schimmerten Tränen in seinen Augen. Robert zuckte unwillkürlich zusammen. Dies war Kurt, ein Mann von stoischer Gelassenheit, überschäumender Fröhlichkeit und unerschütterlichem Selbstbewusstsein. Mehr als einmal hatte er Robert lachend herzhaft auf die Schulter geschlagen und gedröhnt: »Das Leben ist hart, schwer und selten gerecht, Grund genug, es auf die leichte Schulter zu nehmen!«

Und nun saß Kurt völlig desillusioniert vor ihm, kurz davor, wie ein kleiner Junge in Tränen auszubrechen. Dies führte Robert wieder vor Augen, wie sehr der Krieg einen Menschen zeichnete.

Hitlers Besessenheit, die Industriestadt an der Wolga, die Stalins

Namen trug, um jeden Preis zu halten, führte zur Auslöschung der 6. Armee und der 4. Panzerarmee. Ein Entsatzversuch zur Öffnung des Kessels, um die von 250 000 auf 140 000 Mann zusammengeschmolzene Armee zu retten, war im Dezember des vergangenen Jahres gescheitert. Und weil Hitler einen Rückzug kategorisch ablehnte, waren die eingeschlossenen Divisionen zum Tode verurteilt.

»Der Iwan leistete hartnäckigen Widerstand«, erzählte Kurt die Grauen des Kessels. »Haus um Haus musste einzeln eingenommen werden. Manchmal kämpften wir sogar von Etage zu Etage im selben Haus! Der Russe ist ein gefährlicher Feind. Der lässt sich lieber erschießen, als sich gefangen nehmen zu lassen.« Er schüttelte den Kopf. »Allerdings kann ich es ihm nicht verübeln. Unsere Kriegsgefangenenlager sind nicht gerade der Garten Eden.«

Er schnitt eine klägliche Grimasse, doch Robert sah in seinen Augen, dass er das Grauen der verstrichenen Tage im fernen Russland vor sich sah. Er ließ ihm Zeit und dankte gleichzeitig Gott, dass er so vernünftig gewesen war, zur Marine gegangen zu sein. Auf See wurden zwar auch erbitterte Schlachten ausgetragen, aber dem Dahinschlachten in Stalingrad kam nichts gleich.

»Die Kälte und der Hunger, das war das Schlimmste. Wir hatten alle Frostbeulen an den Füßen. Wer konnte, klaute einem toten Iwan die Stiefel. Unsere taugen ja nichts. Der billige Schrott war nur für den Sommer geplant.« Unbewusst wackelte er mit den Zehen, wie um sich zu vergewissern, dass sie noch alle dran waren.

»Wie hast du's aus diesem Höllenschlund rausgeschafft?«

Kurt zuckte mit einer Schulter, als hätte er Schmerzen. »Ich wurde verwundet«, brummte er, als sei diese Tatsache schändlich. Robert kannte seinen Freund gut genug, um zu wissen, dass er lieber im Kessel geblieben wäre, um bis zum letzten Mann zu kämpfen. Nichts hasste er mehr, als Kameraden zurückzulassen. Doch dieses Mal musste selbst Kurt zugeben, dass es das Beste war, was ihm passieren konnte.

»Es war Glück, sicher«, räumte Kurt ein. »Göring, dieser Narr, hat anfangs wie versprochen die Versorgung aus der Luft fortgeführt. Wir waren schließlich bewegungsunfähig. Hätte Hitler von Anfang an auf

Paulus gehört, hätte es diese Abnutzungsschlacht nie gegeben. Der wollte ja schon vor November aus Stalingrad abziehen, aber Göring hat dem Führer versprochen, die Luftversorgung aufrechterhalten zu können. Das war unser Todesurteil.« Er nahm einen großen Schluck Bier.

»Die armen Schweine ... Wir wollten nur noch nach Hause. Kaum eine Nacht, in der nicht irgendjemand seine Fotos ausgepackt und von seiner Familie erzählt hat. Ein junger Kerl, ein Leutnant von der 4. Panzerarmee, hat mir von seiner Verlobten erzählt, ein bildhübsches Mädchen, die er beim nächsten Heimaturlaub heiraten wollte. Am nächsten Morgen hat's ihn erwischt. Die Lunge wurde dem armen Kerl zerfetzt. Man hat die Luft richtig aus den Schusslöchern pfeifen hören, während er nach den Sanis schrie.« Er schüttelte den Kopf. »Eine Woche später traf mich eine Kugel in der linken Schulter. Hab's mit dem Flugzeug gerade rechtzeitig rausgeschafft. Ein paar Tage später wurde die Luftversorgung eingestellt. Die Kameraden wurden sich selbst überlassen.«

Ein bitterer Zug legte sich auf seinen Mund.

»Ich sag dir eins, Robert, was ich in Russland gesehen habe, hat mir die Augen geöffnet. Wir wurden missbraucht, ja hintergangen. Ich dachte, es ginge um eine gute Sache, aber in Wirklichkeit sind wir nur Werkzeuge eines despotischen Vernichtungswillens, der alle Regeln der Menschlichkeit und des einfachsten Anstandes außer Acht lässt und sich sowohl gegen Feinde wie gegen die eigenen Leute richtet. Ich tat meine Pflicht, Robert, aber ohne jede Passion. Denn wenn man Letztere auch noch dabei empfindet, ist man kein Mensch mehr, sondern ein Stück Vieh!«

Kurt leerte sein Bierglas in einem einzigen Zug und begann von Ingrid, seiner Frau, und seinen Kindern zu erzählen. Es war weit nach zwei Uhr morgens, als sie sich schließlich vom Tisch erhoben. Sie verabschiedeten sich vor dem Tanzlokal.

Draußen herrschte eine unangenehme Kühle, aber der Mond strahlte hart vom Himmel und ein prächtiger Sternenhimmel hatte sich über die Stadt ausgebreitet, was ein hübsches Bild bot. Kurts Gesicht wirkte bleich im kalten Licht, als er Roberts Hand in einem kurzen, festen Griff drückte und sagte: »Gott schütze dich, Robert. Ich hoffe, wir sehen uns bald wieder!«

Dann verschwand er in den ruhigen Straßen des nächtlichen Hamburgs, das sich in ein schläfriges Schweigen gehüllt hatte.

18

Von oben sahen sie aus wie gewöhnliche Familienhäuser in einem ruhigen Stadtteil. Es gab breite Straßen, Bäume, Grünanlagen. Eine friedliche Idylle. Doch in Wahrheit verbargen diese Wohnhäuser eine der größten Bunkeranlagen der deutschen Wehrmacht.

Die ehemalige Garnisonsstadt Wünsdorf-Zossen, einige Kilometer südlich von Berlin, war bereits 1933 als Standort des Hauptquartiers der deutschen Heeresführung für den Fall eines Krieges ausgewählt worden. Auf dem riesigen Areal befanden sich mittlerweile Bunker aller Größenordnungen, von denen aus das militärische Räderwerk der Besetzung großer Teile Europas in Gang gesetzt wurde.

Das größte Bauwerk war eine bis zu 25 Meter in die Tiefe reichende Betonanlage mit zwei Geschossen, darunter Tiefkeller und schließlich, ganz unten, Kabel- und Rohrstollen. Dazu gehörte ein Stollensystem mit mehreren Endbauwerken, Notausstiegen, Hilfsschächten sowie acht Tiefbrunnen.

Dies war Zeppelin – ein großes Fernmeldezentrum, das den organisatorischen und technischen Mittelpunkt eines ganz Deutschland umspannenden Fernmeldenetzes bildete. Es sicherte dem Generalstab des Heeres unbeschränkte Möglichkeiten zur Führung der Armeen und Heeresverbände und war somit einer der größten Nachrichtenknotenpunkte in Europa.

Von der Nachrichtenzentrale aus führte der Südstollen zu einer anderen Bunkeranlage in der unmittelbaren Nachbarschaft, genannt »Siedlung Maybach I«. In den zwölf Bunkerhäusern mit jeweils einem zweigeschossigen oberirdischen Teil und zwei Bunkergeschossen arbeiteten seit Ende August 1939 die Offiziere des Generalstabes, unter anderem der Oberbefehlshaber des Heeres, der Chef des Generalstabes, der Chef des Heeresnachrichtenwesens, der Stab des Generalquartiermeisters und der Abteilungen Fremde Heere Ost beziehungsweise West, die für die militärische Aufklärung und Spionage zuständig waren. Geschützt waren sie im oberirdischen Teil durch bis zu einem Meter dicke Betonwände, -decken und -dächer. Der unterirdische Teil wurde durch Stahltüren gasdicht abgeschlossen und verband die Bunkerhäuser durch einen 600 Meter langen ringförmigen Stollen.

Etwa einen Kilometer südlich davon befand sich Maybach II. Die elf Bunkerhäuser und das Maschinenhaus waren 1940 vom Wehrmachtsführungsstab bezogen worden.

Hinterhofen kannte Zeppelin und Maybach. Er war schon mehrmals dort gewesen, denn ungeachtet der Feldquartiere blieb Zossen für die Heeresführung während des ganzen Krieges immer sowohl geistiger als auch organisatorisch-technischer Mittelpunkt.

Und Hinterhofen gehörte der Heeresführung an.

Das war auch der Grund, warum Büchner an ihn herangetreten war. Er kannte sich hier aus.

Mit leise surrendem Motor fuhr der Mercedes durch den Kontrollposten hinab in einen dick betonierten Schacht. Grelles, leicht flackerndes Licht erleuchtete den unterirdischen Abstellplatz. Hinterhofens Chauffeur öffnete ihm die Tür und der alte General folgte dem jungen Mann durch den kalten, grauen Stollen.

Nach einer Weile, die Hinterhofen wie eine Ewigkeit vorkam, hörte er das schwache Piep-piep von Morsetasten. Sie näherten sich der Fernschreibvermittlung der Betriebszentrale des Heerestransportwesens. Ingesamt waren hier über 80 Fernschreibmaschinen installiert, die rund um die Uhr besetzt waren.

Plötzlich öffnete sich eine Tür und er konnte einen Blick in einen der Räume erhaschen. Ungefähr hundert uniformierte Nachrichtenhelferinnen des Heeres saßen in Reihen in diesem vollgestellten, engen Raum, jede mit Kopfhörer, Notizblock und gespitztem Bleistift.

Es herrschte eine angespannte Atmosphäre äußerster Konzentration, und das einzige Geräusch war das monotone Piep-piep der Morsetasten, wenn die eintreffenden Befehle und Instruktionen an die Heeresteile weitergesendet wurden.

In der Etage unter ihnen waren die Fernmelde- und Fernmeldesicherungskomponenten untergebracht. Hinterhofen wusste, dass alleine die Heeres-Fernsprech-Fernvermittlung über 500 Fernleitungen verfügte. Die Nachrichtenzentrale Zeppelin war gegen jede Feindeinwirkung bestens gerüstet.

Der Gefreite führte Hinterhofen weiter den Gang entlang, und schließlich erreichten sie das persönliche Quartier der Heeresführung. Der Kommandant des Nachrichtenbunkers, Ludwig Föbig, erwartete ihn bereits. Aufrecht stand er da, den Kopf leicht zur Seite geneigt, und lächelte ihn an. Sie kannten sich aus alten Kriegstagen. Hinterhofen wusste, wenn die Besetzung des Bunkers glücken sollte, dann brauchten sie Föbigs Hilfe.

»Hermann!« Föbig kam auf ihn zu und schüttelte ihm die Hand. »Du siehst alt aus. Viel zu tun gehabt in letzter Zeit?«

»Nicht weniger als du«, brummte Hinterhofen träge. »Wie geht's der Familie?«

»Prächtig, prächtig. Gerlinde unterstützt eifrig die Winterhilfe und verkauft Lotterielose vor dem Brandenburger Tor, während Friedrich gerade auf Heimaturlaub ist. Er ist zum Leutnant befördert worden!« Föbigs Augen funkelten stolz.

»Schön, schön«, erwiderte Hinterhofen geistesabwesend. Er konnte sich nur noch dunkel an Föbigs Kinder erinnern.

Sein alter Freund erkannte seinen Blick und lächelte nachsichtig. »Nun, was führt dich her? Ich bin sicher, du bist nicht hier, um über die Familie zu plaudern.«

Er bot Hinterhofen ein Glas Whiskey an, das dieser dankend annahm. Nicht ohne ein Stöhnen und einen stechenden Schmerz im linken Knie setzte er sich auf einen bequemen Stuhl vor Föbigs Schreibtisch und sagte mit einem Blick auf die bernsteinfarbene Flüssigkeit: »Nein, das bin ich nicht, in der Tat.«

Er hob den Kopf und sah Föbig geradewegs in seine klaren Augen. Dann erklärte er ihm vorsichtig, in vorher gut überlegten Worten, was er von seinem alten Freund erwartete.

Karl zerknüllte den Zettel in seiner Hand. »Verdammt!«, fluchte er und schlug mit der Faust auf den Tisch, sodass sein leeres Glas und der hübsche Glasrahmen mit Bildern von Helen und Heinrich klirrten. »Muss ich denn alles selbst machen, oder was?«

Das Gespräch mit Alfred-Ingemar Berndt, dem Leiter der Rundfunkabteilung des Reichsministeriums für Volksaufklärung und Propaganda, kurz RMVP, war gescheitert und dabei hatte Karl so gehofft, sie könnten das Funkhaus ohne Blutvergießen einnehmen. Nun, wenn dieser alte Sturkopf sich querstellte, würde es nicht anders gehen.

Frustriert starrte er auf seine Notizen und musste dem Drang widerstehen, alles durchzustreichen und in kleine Fetzen zu reißen. Das brachte ihn nicht weiter. Er musste jetzt einen kühlen Kopf bewahren.

Was hatte er denn erwartet? Dass alles wie am Schnürchen lief? Die Realität sah anders aus. Und Karl wusste das.

Die Chance, dass Berndt – immerhin ein Vertrauter Goebbels – sich auf ihre Seite stellen würde, war ohnehin sehr gering gewesen. Der Erschaffer des »Wüstenfuchs«-Mythos über Generalfeldmarschall Erwin Rommel hatte bereits 1939 die Aufgabe erhalten, das gesamte deutsche Rundfunkwesen an die Erfordernisse des Krieges und der Kriegspropaganda anzupassen. Nach getaner Arbeit hatte Berndt sich von allen Funktionen im RMVP entbinden lassen und hatte sich als Kriegsfreiwilliger zur Wehrmacht gemeldet, wo er sich als Feldwebel in der Schweren Panzerjäger-Abteilung 605 während des Frankreichfeldzuges mit Narben und Orden bedeckte. Als Held kehrte er schließlich zur Abteilung III des RMVP zurück und kümmerte sich um das »Reichsprogramm«.

Berndt war ein brillanter Journalist und Propagandist. Er wäre ein Goldstück für ihr Unterfangen gewesen, hatte er doch sogar das Vertrauen des Führers. Und er schien in letzter Zeit zu schwanken, weshalb Karl überhaupt auf die Idee gekommen war, ihn zu rekrutieren.

Ich hätte Wiesenmann mit dem Rundfunk beauftragen sollen, dachte Karl seufzend. *Der versteht was von Diplomatie. Ach, verdammt! Ich hätte es selbst machen sollen.*

Er setzte seine Brille ab und fuhr sich über die Augen. Plötzlich fühlte er sich schrecklich müde. Die letzten Wochen waren anstrengend gewesen und er hatte es immer noch nicht geschafft, mit den Alliierten in Kontakt zu treten. Bei den Briten biss sein Kontaktmann auf Granit. London machte es ihm nicht leicht.

Und was noch ärgerlicher und nicht zuletzt beängstigend war, er hatte immer noch keine Nachricht von Helen oder Marie. Was war schiefgelaufen?

Die Fragen nagten an ihm und verschlechterten seine ohnehin schon angeschlagene Laune. Sein Blick fiel auf das glänzende Telefon. Er spielte mit dem Gedanken, Helen anzurufen. Plötzlich sehnte er sich nach ihrer Stimme. Er wollte sich versichern, dass es ihr gut ging, dass sie noch am Leben war.

Immer häufiger hörte er, dass Bomben auf deutsche Städte fielen, teilweise auch gezielt auf Wohngebiete. Er verspürte einen Stich im Herz, wenn er daran dachte, dass auch Bomben auf Hamburg fielen, auf die Stadt, in der sich sein Sohn und seine Frau befanden.

Seine Hand umfasste den Hörer, er spürte das glatte, harte Material unter seinen Fingern. Es war nicht leicht durchzukommen. Das französische Netz war überlastet und die Telefonate der Wehrmacht hatten Vorrang. Die Vermittlung eines Privatgesprächs würde dauern.

Er zögerte.

Schließlich entschied er sich dagegen. Er würde noch warten. Es war zu gefährlich, sie anzurufen. Marie würde sie schon in Sicherheit bringen. Karl wusste, dass er sich auf seine kleine Schwester verlassen konnte. In ihren Händen waren Helen und Heinrich so sicher wie in Abrahams Schoß.

Er wollte die Hand zurückziehen, doch noch bevor sich seine Finger vom Hörer gelöst hatten, klingelte der Apparat. Er nahm ab.

»Konteradmiral Büchner.«

»Oberst Korke.«

Karls Puls begann sich zu beschleunigen. »Sie haben die Versammlung einberufen?«

»Jawohl. Sie sollen so schnell es geht zur …«

»Ich verstehe«, schnitt Karl ihm das Wort ab. Der Idiot! Sie hatten doch abgemacht, keine Straßennamen zu nennen. Dadurch spielte man der Gestapo nur in die Hände. Das Telefon war sicherlich verwanzt. »Wir treffen uns in zehn Minuten. Was? Ach so, ja. Heil Hitler.«

Er sprach den Gruß mit so viel Widerwillen aus, dass er sich darüber wunderte, dass keine Salzsäure aus seinem Mund kam. *Heil Hitler. Von wegen.* Er durchquerte gerade den Salon, als das Telefon erneut klingelte. Was war denn nun schon wieder?

»Büchner«, meldete er sich knapp.

Er war überrascht, als er diesmal die Stimme des Concierge erkannte. »*Monsieur*, da möchte Sie jemand sprechen. Ich ... Einen Augenblick.« Er hörte, wie der Concierge den Hörer beiseitelegte. Meine Güte, wie lange dauerte das denn?

Er hörte ein entferntes: »Ah, ich verstehe.« Und dann wurde die Stimme wieder lauter. »Monsieur, es hat sich erledigt. Verzeihen Sie die Störung.«

Gereizt legte Karl auf. Hastig wechselte er das Hemd und zog seine blaue Uniformjacke an. Er griff gerade nach seiner Mütze, als er Schritte im Wohnzimmer hörte.

Überrascht öffnete er die Flügeltür und erstarrte.

Mitten im Zimmer stand Helen, den champagnerfarbenen Mantel eng um ihre Schultern gelegt. Ihr Gesicht war bleich, die Haare nachlässig hochgesteckt, die Augen groß und weit aufgerissen.

Wie betäubt sah Karl sie an. Sie war eine Fata Morgana. Sie *konnte* nur eine Fata Morgana ein! Sie war doch in Hamburg, mit Heinrich und Marie ...

»Karl!«

Mit einem spitzen Aufschrei löste sie sich aus ihrer Starre und fiel ihm um den Hals. Sie klammerte sich an ihn, vergrub ihr Gesicht in seiner Halsbeuge, zitterte, schluchzte. Helen war hier! Schock und Überraschung fielen von ihm ab, er nahm ihr Gesicht in beide Hände, als wollte er sich überzeugen, dass es wirklich Helen war, in Fleisch und Blut und nicht ein Traum. Mit dem Daumen fuhr er die Form ihrer Wangenknochen nach, atmete ihren süßen Duft ein. Sie roch wie ein Sommernachmittag.

Seine Gefühle überwältigten ihn. Er drückte seine Frau fest an sich, schmiegte seine Wange an ihr Haar und küsste sie leidenschaftlich.

»Oh Karl …! Karl …!«, schluchzte Helen. Sie war völlig aufgelöst und zitterte am ganzen Leib. »Sie haben sie mitgenommen! Sie haben alles zertrümmert und sie mitgenommen …«

Er wiegte sie sanft in seinen Armen, strich ihr sacht über den Rücken in der Hoffnung, sie ein wenig zu beruhigen. »Wen, Schatz, wen haben sie mitgenommen? Wovon sprichst du?«

»Trudi. Sie haben Trudi … Oh Gott!« Der Rest ging in einer heftigen Welle von Schluchzern unter.

Karl verstand nicht. »Helen, was genau ist passiert? Warum bist du überhaupt hier? Warum bist du nicht …?«

»Die Gestapo«, unterbrach ihn Helen. »Die Gestapo hat Trudi mitgenommen. Deshalb mussten wir fliehen. Oh Karl, es war schrecklich! Wir haben den Zug genommen. Alles war überfüllt und ich hatte so schreckliche Angst, dass man uns verfolgt. Und Heinrich …«

Alarmiert sah Karl sie an. Plötzlich fühlte er die eisige Kälte der Angst um sein Herz. »Wo ist Heinrich?«, unterbrach er sie grob.

»Er ist hier.«

Karl hob den Blick. Erst jetzt sah er Marie. Sie stand am anderen Ende des Zimmers, ein Bündel im Arm, und hatte die Begrüßungsszene schweigend verfolgt. Sie wappnete sich gegen wüste Anschuldigungen. In der Tat war Karls Sorge schnell dem Ärger gewichen, als er seine Schwester sah.

»Was machst du hier?«, fuhr er sie an. »Warum hast du dich so lange nicht gemeldet? Ich bin schier verrückt geworden! Verdammt, was sollte das denn? Kannst du nicht einmal das tun, was man von dir erwartet? Ist dir eigentlich klar, was du angerichtet hast?«

Marie hörte seinem Ausbruch schweigend zu. Als er geendet hatte, schritt sie auf ihn zu, an ihm vorbei und drückte der verblüfften Helen ihr Kind in den Arm. Dann drehte sie sich zu ihrem Bruder um und erwiderte ruhig: »Wenn du tatsächlich eine Antwort erwartest, so frage deine Frau.«

Karl, der sich schon darauf vorbereit hatte, weiterzuschreien, schloss rasch den schon halb geöffneten Mund, hob verwundert die Augenbrauen, nur um sie einen Augenblick später zu einer geraden Linie zusammenzuziehen. »Was soll das?«, schnappte er wütend. »Warum sollte Helen …?«

Ein kurzes, kräftiges Klopfen unterbrach ihn.

»Was jetzt noch?«, rief Karl aufgebracht.

Die Tür öffnete sich und ein Hotelpage erschien im Zimmer. Er blickte von Marie zu Helen und sah schließlich Karl an. Nicht ohne Verwunderung in der Stimme sagte er: »Ihr Wagen wartet unten auf Sie, Monsieur l'amiral.«

Dann verschwand er ebenso schnell, wie er gekommen war.

»Verdammt!«, murmelte Karl. Die Versammlung! Die hatte er in der Aufregung völlig vergessen.

Er warf einen Blick zu Helen, die Heinrich fest in den Armen hielt und ihn unverwandt anblickte. Sie zitterte immer noch leicht. Er wusste, dass er eigentlich bleiben musste. Aber die Konferenz war sehr wichtig.

Entschlossen machte er einen Schritt auf den Schreibtisch zu und nahm seine Aktentasche. »Es tut mir leid, aber ich muss zu einer Besprechung.« Sein Ton verriet kein Bedauern.

»Du gehst?« Die Ungläubigkeit in Helens Stimme und die Verwirrung auf ihrem Gesicht versetzten ihm einen Stich. Er ignorierte ihn.

»Ja«, erwiderte er knapp.

»Das kannst du nicht machen!« Helen ging hastig auf ihn zu. »Wir sind gerade erst angekommen. Wir haben Schreckliches hinter uns. Karl, ich brauche dich jetzt. Bitte, verlass mich nicht schon wieder.« Ihre großen blauen Augen flehten ihn an.

Karl antwortete ihr nicht, aber sein Schweigen drückte die Weigerung aus, die er nicht auszusprechen wagte. Helen verstand. Enttäuschung und Zorn erschienen auf ihrem hübschen Gesicht, Tränen glitzerten in ihren Augen.

»Ich hätte es wissen müssen!«, rief sie aufgebracht. »Warum, warum nur muss für Männer die Pflicht immer an oberste Stelle stehen? Warum lassen sie sich von nichts abbringen, wenn es darum geht, ihren Dienst zu verrichten?« Tränen rollten ihr über die Wangen, und sie drückte Heinrich fest an sich. »Es war ein Fehler gewesen, hierherzukommen. Ich hätte wissen müssen, dass du mich nicht hier haben willst. Wie konnte ich nur …«

Sie biss sich auf die Lippen, sah Karl unter Tränen zornig an und verließ dann eilig das Zimmer. Die Flügeltür des Schlafzimmers fiel hinter ihr krachend ins Schloss.

Karl sah ihr eine Weile schweigend nach, dann schritt er entschlossen in den Flur. Er hatte die Tür gerade erreicht, da sagte Marie leise: »Tu's nicht, Karl.«

Er wirbelte herum. Seine Schwester hatte sich nicht von der Stelle gerührt. Mit ruhigen Blicken sah sie ihn an, offen und gerade. Er runzelte die Stirn. »In einer Stunde bin ich zurück. Kümmere dich solange um sie.«

Dann drehte er sich um und verließ die Suite.

Marie holte ihn vor dem Aufzug ein. Sie packte ihn am Arm und zwang ihn, sie anzusehen. Wut funkelte in ihren Augen. »Sei kein Narr, Karl!«, rief sie heftig. »Wir haben eine lange Reise hinter uns. Helen ist völlig fertig. Deine Frau braucht dich jetzt! Also vergiss diese verdammte Konferenz!«

»Die Pflicht geht vor. Tut mir leid.«

Der Aufzug öffnete sich und Karl stieg ein. Marie blieb davor stehen, die Hände in die Hüften gestützt, und funkelte ihn wütend und verächtlich an. »Sie ist deine Frau, Karl. Mach nicht denselben Fehler wie vor zehn Jahren. Die Familie ist wichtiger als irgendeine dämliche Konferenz. Das solltest du eigentlich wissen!«

Karl sah sie stumm an und so standen sie sich schweigend gegenüber, bis sich die Aufzugstüren schlossen und der Fahrstuhl nach unten fuhr. Marie blieb eine Weile stehen, enttäuscht und verbittert. In Hamburg hatte sie sich vorgestellt, wenn auch nur für einen winzigen Augenblick, sie würde Karl wie Helen eben um den Hals fallen und ihm sagen, wie sehr sie ihn all die Jahre vermisst hatte und wie stolz sie auf ihn war.

Aber jetzt sah sie ein, dass sie sich selbst etwas vorgemacht hatte. Karl hatte es noch nie gemocht, wenn jemand seine Anweisungen nicht genau befolgte. Er hatte also in all den Jahren nicht gelernt, dass nie alles nach Plan lief. Und so hatte er die Verantwortung wieder an sie abgegeben und war zu einer Konferenz gegangen, anstatt sich um Helen zu kümmern.

Langsam ging sie zurück in die Suite. Sie hatte das Gefühl, es wären Tage vergangen, seit sie dort gewesen war. Sie fühlte sich leer und erschöpft und schrecklich traurig.

Vor Helens Tür blieb sie schließlich stehen, schwankend, ob sie eintreten sollte oder nicht. Sie hatte die Hand gerade auf die Klinke gelegt, als sie hinter sich plötzlich Schritte hörte und sich die Tür zum Wohnzimmer öffnete.

Karl erschien. Er durchquerte das Zimmer mit großen Schritten, Wut und Ungeduld auf seinem Gesicht. »Halt bloß die Klappe!«, knurrte er in ihre Richtung, ehe er die Tür öffnete und ins Schlafzimmer ging.

Eine Weile blieb Marie vor der geschlossenen Tür stehen, lauschte dem Klang der gedämpften Stimmen, ohne etwas zu verstehen oder verstehen zu wollen. Widersprüchliche Gefühle schnürten ihr den Hals zu. Schließlich drehte sie sich um und setzte sich nach einigem Zögern auf ein Sofa. Müde schloss sie die Augen. Ihre Flucht aus Hamburg war lang und anstrengend gewesen. Die ganze Zeit über hatte sie befürchtet, die Gestapo würde in ihr Abteil kommen und sie festnehmen. Aber nichts war geschehen.

Sie musste auf einmal an Robert denken und ein brennender Schmerz machte sich in ihrer Brust breit. Sie konnte sein Gesicht mit schmerzender Genauigkeit vor sich sehen, die Form seiner Augen, den Geschmack seiner Lippen, die Berührungen seiner Hände. Sie musste mühsam schlucken und verdrängte das Bild energisch. Ihre Finger tasteten trostsuchend nach der Kette um ihren Hals. Sie erschrak.

Die Kette war fort.

19

Entspannt und ausgefüllt kuschelte Helen sich an Karls Brust, ein seliges Lächeln auf den Lippen.

»Helen?« Er fuhr mit seinen Fingern über ihren Arm. Ein schläfriges »Mmmmh-hmmm« war die Antwort. Sie würde gleich in einen tiefen, satten Schlaf fallen, den sie auch durchaus verdient hatte, aber Karl war zu ungeduldig, um zu warten. Er hatte die Versammlung verpasst, was in seinen Augen – aber nicht in seinem Herzen – ein Fehler gewesen war. Dafür wollte er jetzt Fakten wissen.

Er drückte sanft ihre Schulter. »Willst du mir erzählen, warum du hier bist und nicht in der Schweiz?«

Er spürte, wie Helens Schulter sich verkrampfte und sie scharf die Luft einsog. Eine volle Minute lang herrschte absolutes Schweigen. Dann seufzte sie tief und murmelte leise: »Es wird dir aber nicht gefallen.«

Schweigend hörte er ihr zu. Als sie sagte, dass man in ihrem Haus eingebrochen sei und alles verwüstet habe, zuckte er heftig zusammen. War die Gestapo ihm schon auf die Schliche gekommen?

»Ich weiß nicht, warum sie bei uns waren«, antwortete Helen, als er sie fragte, ob sie einen Verdacht habe. »Bertha meint, man wollte mir einen Denkzettel verpassen, aber ich glaube, sie hat gelogen. Es hat wohl eher was mit den Bergmanns zu tun.«

Karl hob überrascht die Augenbrauen und so erzählte ihm Helen die traurige Neuigkeit. Sie konnte nicht ahnen, welches Chaos sie damit in seinem Kopf auslöste. Seine Gedanken überschlugen sich. Was, wenn die Gestapo auch seine Anrufe in Deutschland belauscht hatte? Liebe Güte, das wäre eine absolute Katastrophe!

Er bezwang seine Ungeduld und lächelte sie flüchtig an.

»Erzähl nur weiter, Schatz«, ermunterte er sie.

Interessantes erfuhr er nicht mehr. Marie hatte anscheinend sämtliche Vorsichtsmaßnahmen getroffen. Sie hatte Helen Briefe an Verwandte und Bekannte schreiben lassen, in denen sie ihnen ihre Absicht mitteilte, auf Anraten ihres Arztes ein paar Tage zur Erholung an die Nordsee zu fahren. Dann hatte sie an mehreren Schaltern am Bahnhof Fahrkarten für verschiedene Ziele gelöst. Sie hatten den Zug in Richtung Süden genommen und waren erst kurz vor Straßburg in allerletzter Minute in den Zug nach Paris gewechselt. Marie hatte es eventuellen Verfolgern nicht leicht gemacht.

Ein wenig überraschte ihn dieses Verhalten. Diese misstrauischen Maßnahmen klangen so gar nicht nach seiner Schwester. Sie waren ihm eine Spur zu professionell, zu eingeübt.

Er fragte sich, ob er seine Schwester falsch eingeschätzt hatte. Wenn ja, so durfte ihm das kein zweites Mal passieren.

Er hörte Helens Schilderungen von den katastrophalen Bedingungen in den Zügen und der Flucht im Allgemeinen nur mit halbem Ohr zu. Plötzlich merkte er, dass Helen aufgehört hatte zu sprechen. Anscheinend hatte sie eine Frage gestellt. Ein wenig schuldbewusst lächelte er sie an. »Ähm, könntest du die Frage noch einmal wiederholen?«

Sie grinste. »Ich wusste doch, dass du mir nicht zuhörst.« Dann wurde sie wieder ernst. »Ich habe dich gefragt, woher du Bertha Schmitt kennst.«

Ratlos blickte Karl Helen an. »Bertha Schmitt?«, fragte er stirnrunzelnd.

»Ja. Bertha Schmitt. Deine vertrauensvolle Untergebene, die du mir zum Schutz nach Deutschland geschickt hast. Eine recht vulgäre Person, wenn du mich fragst.«

Karl lächelte. »Es können nicht alle so bezaubernd sein wie du.«

Er legte seine Hand in ihren Nacken, zog sie zu sich heran und küsste sie lang und leidenschaftlich. Helen fuhr mit dem Finger die Form seines Gesichtes nach und sagte leise: »Ich weiß, dass diese Frage dich wahrscheinlich kränken wird, aber ich muss sie dennoch stellen.« Sie ließ ihre Hand sinken und sah ihm gerade in die Augen. »Hast du mit ihr geschlafen?«

Karl hob verwirrt die Augenbrauen. »Mit wem?«

»Mit … mit Bertha?« Schamesröte flutete ihre Wangen, doch sie hielt dem Blick stand. »Hast du mit ihr geschlafen?«

Die Ungläubigkeit in seinen Augen war echt, das stand außer Frage, und Helen spürte, wie ein Knoten sich in ihrem Bauch löste. Erleichterung strömte durch ihren Körper und sie schämte sich, jemals an ihm gezweifelt zu haben.

»Mein Gott, Helen! Wie kommst du denn darauf?« Er schüttelte erschüttert den Kopf.

Hastig versuchte sie sich zu rechtfertigen. »Ich wusste ja nicht, wer sie ist. Natürlich ist mir mittlerweile klar, dass sie zur Familie gehört. Eine Base vielleicht? Was ist denn?«

Sie brach irritiert ab, als sie seinen verständnislosen Ausdruck in den Augen sah. »Sie hat es dir nicht gesagt?«, fragte er rau.

»Was gesagt?«

»Na ja, dass sie …« Er räusperte sich. »Hat sie dir nicht gesagt, wer sie ist?«

Sie schürzte die Lippen. »Nein. Sie meinte, das wäre belanglos und täte nichts zur Sache. Sie ist eine Base, nicht wahr?«

Karl schüttelte den Kopf. Diese sture Gans! Warum hatte sie Helen nichts gesagt? Es hätte doch so vieles einfacher gemacht. Er blickte seine Frau an und sah, dass sie nicht eher Ruhe geben würde, bis er ihre Frage beantwortet hatte.

Er seufzte. »Nein, Helen. Sie ist keine Base. Sie ist … Sie ist meine Schwester.«

»Sie ist deine *Schwester*? Aber … Karl, du hast mir nie erzählt, dass du eine Schwester hast! Warum …? Warum hast du es mir nicht gesagt? Warum jetzt?«

Die Worte überschlugen sich in ihrem Mund. Er hörte den Vorwurf darin, die Verständnislosigkeit und die Verwirrung. Sein Herz zog sich zusammen. Er hatte Helen so viel verschwiegen. Würde sie verstehen, warum er geschwiegen hatte?

Er hatte damals seine Gründe gehabt. Doch jetzt … Nun, es war mehr oder weniger belanglos geworden. Er wandte den Blick ab und stand auf. Unruhig ging er ein paar Schritte im Zimmer hin und her, stellte sich vor das Fenster und starrte sekundenlang auf das spätnachmittägliche Paris, das eine bleiche Sonne hinter Wolkendunst in fahlem Licht badete.

»Wir hatten einen Streit, Marie und ich«, begann er. »Marie – das ist ihr Name – beschuldigte mich der Feigheit und ich sie des Verrats. Das ist jetzt schon über zehn Jahre her und …« Er verstummte und schüttelte den Kopf. Nein, er konnte nicht über seine Eltern sprechen. Er konnte ihr nicht sagen, dass er nur zur Hälfte Deutscher war. Nicht nach dem, was Helen widerfahren war.

Stille brach herein, und als Helen schon befürchtete, er würde gar nichts mehr sagen, hob er plötzlich den Kopf und sagte mit dumpfer Stimme: »Marie ist der einzige Mensch, dem ich vertrauen konnte. Deshalb habe ich sie geschickt. Auf Marie konnte ich mich verlassen.« Er lächelte dünn. »Dachte ich zumindest, denn schließlich bist du jetzt hier und nicht … Egal. Es ist, wie es ist. Aber Helen, du hast doch nicht ernsthaft angenommen, ich könnte dir untreu sein!«

Empörung blitzte in seinen Augen auf, als er sie ansah. Beschämt senkte sie den Blick und spielte mit den Laken. Er fuhr sich mit der Hand durch die Haare. »Wirklich, Helen! Es gibt keine andere Frau für mich. Weder in meinem Herzen noch in meinem Bett.« Er sah ihr in die Augen, das Gesicht schmerzlich, beinahe verzweifelt verzogen. Ihr Herz krampfte sich zusammen. Seine Stimme klang rau und weich zugleich. »Ich liebe dich, Helen. Seit dem ersten Tag, an dem ich dich gesehen habe.«

Helen schlüpfte aus dem warmen Bett und ging eilig auf Karl zu. Sie nahm seinen Kopf in ihre Hände, küsste sein Haar, seine Stirn, seinen Mund. Sie hatte ihm schon längst verziehen.

»Ich weiß, Karl, ich weiß. Es tut mir leid. Es tut mir so leid.«

Es war ein seltsames Gefühl, wieder in Frankreich zu sein. Während ihres Deutschlandaufenthaltes hatte sie sich schrecklich danach gesehnt, die französische Sprache in den Ohren zu haben. Hier schienen ihr die Wehrmachtssoldaten, die Hakenkreuzfahnen und der Klang der schweren Stiefel weniger furcht einflößend als in Deutschland. Und was sie vor zwei Wochen mit Grauen erfüllt hatte, kam ihr jetzt weit weniger gefährlich vor.

Sie hatte das Gefühl, einem Hornissennest entkommen zu sein. Die ständige Angst, die permanente Angespanntheit, die latente Gefahr, die sie verspürt hatte, all das fiel von ihr ab. Für den Augenblick fühlte sie sich sicher. Auch wenn sie wusste, dass dies keineswegs der Fall war. Im Gegenteil, sie musste Karl so schnell es ging von den letzten Entwicklungen in Kenntnis setzen.

Ein Lächeln huschte über ihr Gesicht, als sie ihren Bruder aus halb geschlossenen Augen betrachtete, wie er sich im seidenen Morgenmantel gekleidet auf einen der großen Sessel vor dem Kamin fallen ließ. Das Haar war zerzaust, der Körper ganz und gar entspannt, ein seliger Ausdruck auf den Lippen. So gefiel er ihr schon besser. Er erinnerte sie an den unbeschwerten Jungen, der mit ihr über die Wiese ihrer Großeltern gerannt war.

Sie beschloss, ihm den Anfang machen zu lassen, und blieb regungslos auf dem Sofa sitzen, die Arme um ihren Körper geschlungen. Sie fühlte sich ein wenig eingeschüchtert in dieser pompösen Umgebung. Nur das leise Knistern des Feuers war ihr vertraut. Es war irgendwie tröstlich.

Schließlich brach Karl das Schweigen. »Warum bist du hierhergekommen und nicht in die Schweiz gefahren, wie ich dich gebeten habe? Und warum hast du ihr nicht gesagt, dass du meine Schwester bist?« Seine Stimme hatte den scharfen und vorwurfsvollen Klang verloren. Er hörte sich müde und besorgt an.

Sie rutschte ein wenig auf dem Sofa herum, bis sie eine angenehmere Position gefunden hatte, und antwortete schlicht: »Das war nicht meine Aufgabe.«

Karl wartete einige Minuten, doch als sie nichts hinzufügte, seufzte er gereizt und fuhr sich mit der Hand übers Gesicht. »Du hast ihr Angst gemacht, Marie. Und du hast sie im Glauben gelassen, du wärst meine Mätresse. Das ist nicht lustig!« Mit zornig funkelnden Augen starrte er sie an, als sie sich ein boshaftes Lächeln erlaubte. »Was hast du dir eigentlich dabei gedacht? Macht es dir neuerdings Spaß, dich am Leiden anderer zu weiden?«

Das Lächeln auf ihren Lippen erstarrte, sie runzelte ärgerlich die Stirn. »Pass auf, was du sagst, Karl«, knurrte sie leise. »Du bist nicht in der Position, mir Vorwürfe zu machen. Du hast mich schamlos angelogen, um mich in die Höhle des Löwen zu locken. Ist dir eigentlich klar, dass nicht viel gefehlt hat und ich hätte mich in der Folterkammer der Gestapo wiedergefunden?«

Die Gelassenheit, die Ruhe, der Spott waren von ihr abgefallen. »Deine ach so clevere Gattin wollte sich mit Regimekritikern treffen und wäre der Gestapo in die Arme gelaufen, hätte ich nicht eingegriffen. Das Telefon war verwanzt. Anstatt mich ins Bild zu setzen, hast du mich ins offene Messer laufen lassen. Ich fände es angebracht, wenn du mir jetzt endlich die Wahrheit sagen würdest.«

Skeptisch musterte Karl seine Schwester. »Bist du deshalb hier?«

Sie zwang sich, seinem Röntgenblick standzuhalten, und erwiderte entschlossen: »Nein. Ich möchte dir helfen.«

Er lachte. »*Der Narben lacht, wer Wunden nie gefühlt.*«

»*O über dich Narren, der du wähntest die Welt durch Gräuel zu verschönern, und die Gesetze durch Gesetzlosigkeit aufrecht zu halten! Du nanntest es Rache und Recht*«, schoss sie zurück.

Seine Mundwinkel zuckten nach oben. »Du hast dich verbessert.«

»Ich hatte viel Zeit zum Üben.«

Er nickte. »Gewiss.« Seine Finger spielten mit dem Gürtel seines Morgenrocks. Plötzlich hob er den Kopf, ein spitzbübisches Grinsen auf den Lippen. »Weißt du noch, als wir uns gegenseitig Zitate aufgesagt haben und der andere raten musste, aus welchem Buch oder Film sie stammten?«

Oh ja, daran konnte sie sich noch gut erinnern. Sie lächelte zurück. »*Während der Saison führe ich nur an jedem ersten Dienstag im Monat ernsthafte Gespräche, zwischen zwölf und drei*«, zitierte sie Lord Goring aus *Ein idealer Gatte.*

»*Dann tu als wäre Dienstag, tu als wäre Dienstag!*«, erwiderte Karl grinsend.

Die Geschwister brachen in schallendes Gelächter aus.

Es tat gut, sie lachen zu hören. Zufrieden sah er ihr dabei zu, wie sie ihm diverse Zitate an den Kopf warf. Plötzlich hörte Marie auf zu lachen. Mit gerunzelter Stirn sah sie ihn an. »Woran denkst du?«, fragte sie misstrauisch.

»Daran, wie schön du geworden bist«, antwortete er wahrheitsgemäß. »Du hast dich ziemlich verändert seit damals.«

»Es ist ja auch viel Zeit vergangen«, erwiderte sie spröde und ärgerte sich sogleich für den steifen Klang ihrer Stimme. Warum fiel es ihr so schwer, ein Kompliment anzunehmen? Rasch fügte sie etwas sanfter hinzu: »Du hast dich aber auch verändert. Du bist ein Mann geworden.« Sie lächelte.

Karl warf einen Blick auf die Schlafzimmertür. Sein Blick wurde weicher. »Ja.« Warum war seine Kehle plötzlich so trocken? Er räusperte sich. »Ja«, wiederholte er etwas lauter. »Und Vater.«

»Ein hübscher Bursche.«

»Das ist er. Wird der Familie mal große Ehre machen. Papa wäre stolz auf ihn.«

Marie stockte. Aber ehe sie etwas tun konnte, fragte Karl sie mit belegter Stimme: »Marie? Wie … wie geht es Mama und Papa? Sind … sind sie mir noch böse oder …?« Er brach ab, ließ die Frage unausgesprochen in der Luft hängen. Sie hörte die Hoffnung in seinen Worten und das Herz wurde ihr schwer.

Sie musste den Blick abwenden. Ihre Kehle schnürte sich zu. »Sie sind tot, Karl«, sagte sie leise. Sie hob den Blick, Tränen schimmerten in ihren Augen. »Es tut mir leid.«

Der Hoffnungsfunke in Karls Augen erlosch, Schmerz breitete sich auf seinem Gesicht aus. Er senkte schwer getroffen den Kopf, fuhr sich mit der Hand durch die Haare. »Ich hatte gehofft …«, flüsterte er kaum hörbar. Er schüttelte den Kopf, seine Mundwinkel zuckten.

Rasch stand er auf und ging ein paar Schritte zum Fenster. Mit dem Rücken zu ihr gewandt, blieb er stehen. Sie hörte seine schwere, unregelmäßige Atmung, sah seine Schultern zweimal beben. Ein dicker Kloß bildete sich in ihrem Hals.

»Wie ist es passiert?«, fragte Karl. Seine Stimme klang hohl.

Sie atmete ein. »Ein Luftangriff.« Als Karl verwundert die Stirn runzelte, fügte sie hinzu: »Wir wohnten an der belgischen Grenze. Wie du weißt, sind die Deutschen über die Ardennen in Frankreich eingedrungen. Zuvor haben sie die Städte bombardiert. Darunter auch Lille. Ich … ich war nicht da, als es geschah. Ich hatte Dienst im Krankenhaus und als ich zurückkam, konnte ich nichts mehr für sie tun …«

Die Stimme versagte ihr. Neue Tränen brannten in ihren Augen. Ihre Kehle war völlig trocken.

Karl schaute stumm in das schmerzvoll verzerrte Gesicht seiner Schwester. »Du bist also tatsächlich Ärztin geworden?«, fragte er schließlich mit plötzlichem Interesse.

Verwirrt blickte sie ihn an. Ihre Eltern waren tot und er wollte wissen, ob sie Ärztin geworden war?

»Nein«, krächzte sie und räusperte sich gleich darauf. »Nein, ich habe nicht studiert. Ich bin Krankenschwester. Ich musste einen Beruf erlernen, der schnell Geld einbrachte. Für lange Studien war keine Zeit.«

Karl hob die Augenbrauen. »Es tut mir leid, Marie. Es … nun, es hat mich nur interessiert, weiter nichts.« Er lächelte schwach.

»Schon gut«, brummte sie.

Karl rieb sich die Stirn. »Ich denke, das Ganze hat mich etwas durcheinandergebracht. Helen und du und … Ach, verdammt. Das Leben läuft nie nach Plan, was?«

»Das kannst du laut sagen.« Sie zögerte, dann fragte sie: »Karl, willst du mir jetzt sagen …?«

In diesem Augenblick betrat zu ihrem großen Ärger Helen das Zimmer, ebenfalls in einen Morgenmantel gehüllt. Mit zerzaustem Haar und funkelnden Augen sagte sie: »Mein Gott, habe ich gut geschlafen.« Sie gähnte herzhaft.

Dann sah sie den ernsten Gesichtsausdruck der Geschwister und fragte erstaunt: »Störe ich?«

Karl sprang auf. »Nein, nein, Schatz. Alles in Ordnung. Marie und ich haben nur ein paar Erinnerungen ausgetauscht. Möchtest du einen Kaffee?«

»Für einen Kaffee würde ich im Augenblick alles tun.«

Karl lachte. Dann warf er Marie einen Blick zu. »Später«, sagte er und ging, um den Zimmerservice anzurufen.

Helen ließ sich auf den Sessel fallen und lächelte Marie an. »Es ist so schön, wieder bei Karl zu sein. Er hat mir so gefehlt!«

»Dann sollten Sie die gemeinsame Zeit nutzen, solange sie Ihnen gegeben wird«, sagte Marie kühl, erhob sich und ließ eine verdutzte Helen auf dem Sofa sitzen, die nicht wusste, womit sie sich den Missmut ihrer Schwägerin zugezogen hatte.

Karl kam an diesem Tag nicht mehr dazu, mit Marie zu sprechen. Er führte mehrere Telefonate, arrangierte diverse Treffen für den nächsten Tag, um die veränderte Lage zu besprechen, und erfuhr von einem ziemlich aufgebrachten Reck, dass sein Fehlen bei der Konferenz zu einem weiteren Problem geführt hatte.

»Hinterhofen ist zurück nach Berlin gefahren und kommt nicht mehr nach Paris. Aber das Ärgerliche ist, dass er nichts sagen will. Er will nur mit Ihnen sprechen, Büchner. Ich habe mir die Zähne an ihm ausgebissen.«

Reck war erregt, und das zeigte sich an den hässlichen roten Flecken auf seinem von einer Brandbombe entstellten Gesicht. Nervös nippte er an einem Cognac in der Hotelbar des George V und blickte sich mehrmals hektisch um, als fürchte er, belauscht zu werden.

Karl runzelte die Stirn. »Das ist ärgerlich, in der Tat. Nun, dann bleibt mir nichts anderes übrig, als selbst nach Berlin zu fliegen, um in Erfahrung zu bringen, wie das Treffen mit seinem alten Kameraden gelaufen ist. Übrigens, Moltke haben wir. Er wird sich um die politische Entwicklung kümmern, sobald Operation Eule erfolgreich abgeschlossen ist. Mein Kontaktmann hat es mir gerade eben mitgeteilt.«

Reck nickte. »Gut. Dann wollen wir nur hoffen, dass Hinterhofen ebenso erfolgreich war.«

Karl hoffte Ähnliches, doch sprach er seine Zweifel nicht aus.

»Und Ihre Schwester?«

»Darum kümmere ich mich schon«, knurrte Karl. Seine Miene versprach nichts Gutes und Reck war froh, nicht in Maries Haut zu stecken. Die Männer trennten sich.

Das Abendessen verlief weitgehend ruhig. Helen schwatzte ununterbrochen, Karl hörte kaum zu. Zu sehr beschäftigten ihn seine Sorgen. Marie sprach kaum ein Wort, ließ ihren Bruder jedoch nicht aus den Augen und hätte gerne gewusst, mit wem er so viel telefoniert hatte und um was es in den Gesprächen gegangen war.

Das Ehepaar zog sich früh zurück. Karl hatte eine Wiege für Heinrich bringen lassen und Marie ein Zimmer besorgt. Nun saß sie dort auf dem Sofa, die Knie angezogen, die Arme um die Beine geschlungen. Sie fühlte sich schrecklich müde, ihre Glieder waren steif und verkrampft. Sie sollte ins Bett gehen. Doch ihr fehlte die Kraft aufzustehen.

Und so blieb sie regungslos sitzen, starrte in die Flammen und ließ schmerzliche Gedanken von ihrem Verstand Besitz ergreifen. Trübsinnig stocherte sie in ihnen herum, um sie anschließend wieder in die Tiefe ihres Herzens zu verbannen. Sie dachte an Karl, an ihre Eltern, an ihre Großmutter. Sie dachte an all die Menschen, die mit ihr gekämpft hatten und gefallen waren. Sie dachte an all die Menschen, die sie getötet, all die Informationen über deutsche Truppen, die sie an London weitergegeben hatte.

Sie hatte Karl vorgeworfen, nicht für die Familie gekämpft zu haben, feige gewesen zu sein. Doch konnte sie ihn einen Verräter nennen, wenn er für das Land kämpfte, das auch ihre Heimat war?

Verräter. Das Wort klang so scharf wie ein Peitschenschlag.

Sie war weder Deutsche noch Französin. Beides und doch keines richtig. Mischling. Franzosenbastard. Bâtard de boche. Sie war überall unerwünscht. Sie fühlte sich um ihre Identität betrogen.

Karl hatte einmal gesagt, er fühle sich als Franzose und als Deutscher gleichermaßen. Er war keines halb, sondern beides voll und ganz. Als wären seine Eltern beide entweder Deutsche oder Franzosen gewesen.

Doch auch er hatte sich entscheiden müssen. Auch er hatte eine Identität aufgeben müssen, sich für sie schämen müssen.

Wie konnte man sich für die Herkunft seiner Eltern schämen? Und doch hatte sie es getan, hatte Karl es getan. Und vermutlich noch viele tausend andere Menschen mit ihnen.

Vertrauen.

Das hatte Karl gesagt. Konnte man im Krieg jemandem vertrauen? Marie schüttelte den Kopf. Sie dachte wie eine Agentin. Wie viel

Menschlichkeit hatte sie aufgegeben, sie, die sich geschworen hatte, ihren Idealen stets treu zu bleiben?

Bist du zu feige, derselbe Mann zu sein in Tat und Mut, der du in Wünschen bist?

Macbeths Worte drangen ihr wieder ins Gedächtnis. Und sie klangen plötzlich so schrecklich richtig.

Steve hatte Shakespeare geliebt. Er hatte ihr oft vorgelesen und sie hatte gerne dem Klang seiner Stimme gelauscht, während sie eng aneinandergekuschelt auf dem kleinen Sofa oder im Bett lagen.

Ihr Herz krampfte sich zusammen. Mit schmerzender Kehle zog sie ihre Beine schutzsuchend näher an ihren Körper, wiegte sanft vor und zurück und wartete, bis der Schmerz nachließ.

20

»Marie, ich möchte, dass du Helen in die Schweiz bringst. Falls du recht hast und die Gestapo das Telefonat zwischen ihr und den Bergmanns abgehört hat, ist sie hier nicht sicher.«

Mit dieser Eröffnung überrumpelte Karl seine Schwester nach dem Frühstück. Helen war gerade im Bad. Heinrich schlief noch tief und fest und ließ ab und zu Schmatzlaute von sich hören.

Marie starrte indes seinen Vater sprachlos an. »Wie bitte?«, fragte sie schließlich, als sie ihre Sprache wiedergefunden hatte.

»Ich möchte, dass du Helen in die Schweiz bringst«, wiederholte er ungerührt. »Helen hat schon eingewilligt. Würdest du das für mich tun? Mir selbst sind die Hände gebunden.«

»Weiß sie, dass du im Widerstand aktiv bist?«

»Sie ist meine Frau. Ich habe keine Geheimnisse vor ihr. Natürlich ist sie nicht bis ins letzte Detail informiert. Ich muss sie schützen und …«

Sie ließ ihn nicht aussprechen. »Und warum hast du es mir nicht gesagt und mir stattdessen all diese Lügen aufgetischt?«, explodierte sie. »Mich in Lebensgefahr zu bringen, das hat dir nichts ausgemacht.«

Karl seufzte. Es fiel ihm zunehmend schwerer, nicht die Geduld zu verlieren. »Du befandest dich zu keinem Zeitpunkt in Gefahr. Kapitän Schneider war ja auch noch da. Er hätte schon eingegriffen, glaub mir.«

Marie stieß ein beißendes Lachen aus. »Oh Karl, mach dir doch nichts vor! Du weißt ganz genau, dass Schneider nichts hätte unternehmen können, wenn tatsächlich etwas passiert wäre. Nein, du warst vielmehr bereit, mich zu opfern. Und das bist du immer noch«, fügte sie bitter hinzu.

»Das ist nicht wahr!«, rief er erzürnt. »Marie, du weißt genau, dass das nicht stimmt!« Er schlug mit der Faust auf die Lehne des Sessels. Dadurch weckte er Heinrich, der in ein lautes Protestgeschrei ausbrach. Ärgerlich brummend nahm Karl den Säugling auf und wiegte ihn ein wenig unbeholfen auf dem Arm. Als er sich schließlich beruhigt hatte, sah er Marie an: »Ich brauche deine Hilfe, wirst du mir helfen?«

Sie sog scharf die Luft ein, überlegte blitzschnell und antwortete schließlich: »Einverstanden. Ich bringe Helen in die Schweiz und anschließend komme ich zurück und helfe dir.«

Jetzt war Karl es, der verblüfft war. »Das soll wohl ein Scherz sein.«

»Keineswegs. Ich möchte dir helfen. Lass uns gemeinsam gegen unseren Feind kämpfen!«

»Marie, das ist kein Spiel, das ist Krieg!«

»Das ist mir durchaus bewusst. Glaubst du etwa, ich weiß nicht, was das bedeutet?«

»Ja«, sagte Karl langsam. »Das glaube ich allerdings. Du hast nie gekämpft, Marie, und …«

»Ich habe gekämpft!«, unterbrach sie ihn hitzig.

»Und«, fuhr Karl unbeirrt fort, »außerdem bist du eine Frau. Und Frauen haben auf dem Schlachtfeld nichts verloren.«

Sie verzog das Gesicht. »Du bist so maßlos arrogant, Karl! Sieh dich doch um! Die Zeiten, in denen die Frauen hinter dem Herd standen und sich um die Kinder kümmerten, sind vorbei.«

Karl legte Heinrich zurück in die Wiege. »Ich möchte nicht weiter darüber sprechen«, sagte er bestimmt. »Ich muss zu einer Konferenz. Bleibt im Hotel, bis ich zurück bin.«

Und schon war er fort. Marie blieb bebend vor Wut zurück. Schnaubend stieß sie die Luft aus. Heinrich gab einen Laut von sich und Marie drehte sich widerwillig zu ihm um. Doch das finstere Gesicht seiner Tante schien ihn derart zu erschrecken, dass er in ein wildes Gebrüll ausbrach. Das war eindeutig zu viel für Marie. Sie griff nach ihrem Mantel und verließ das Zimmer.

Es war früher Nachmittag, als sie zurückkam. Sie war ziellos durch die Straßen von Paris geirrt. Die Bewegung und die frische Luft hatten ihr gutgetan, doch die bitteren Gefühle waren nicht verschwunden.

Missmutig riss sie die Tür auf, marschierte mit großen Schritten in die Suite und erstarrte.

Neben dem Esstisch stand Robert.

Marie hatte nicht erwartet, ihn hier zu sehen. Er allerdings auch nicht. Nun standen sie ganz still und schauten einander an, die Gesichter weiß und versteinert vor Schreck, die Augen groß und ungläubig. Das Pendel der Standuhr schwang hin und her und zählte tickend die Sekunden in der Stille. Das Geräusch schien immer lauter zu werden.

Robert streckte tastend die Hand aus, ergriff die Stuhllehne und hielt sich daran fest. Marie sah, wie seine Knöchel weiß hervortraten.

Sie selbst klammerte sich am Stoff ihres Mantels fest, obwohl sie sich lieber gesetzt hätte. Wie betäubt sah sie ihn an, sah, wie sein Blick über ihren Körper wanderte, sie betrachtete, sie musterte, und schließlich kalt und ausdruckslos wurde.

Irgendetwas an dieser Leere in seinem Blick tat ihr weh. Es war ein wilder Schmerz, als hätte sie glühendes Eisen berührt. Und da wusste sie, dass sie Robert liebte. Diese Tatsache erschreckte sie weniger als das Bedauern darüber, ihm die Erwiderung der Zuneigung unmöglich gemacht zu haben. Sie hatte ihm gesagt, dass sie eine britische Agentin war, und somit jede liebevolle Gefühlsregung getötet. Ihr Hals schnürte sich zusammen.

Robert fing sich als Erster wieder. Er ließ die Stuhllehne los und deutete eine steife Verbeugung in ihre Richtung an. »Major«, grüßte er knapp.

Major. In Hamburg war sie noch Marie gewesen. Sie ignorierte das bittere Gefühl der Enttäuschung.

»Kapitänleutnant.« Ihre Stimme klang rau.

»Ich sehe, Sie haben es aus Hamburg geschafft. Gratulation. Ist die Gräfin auch hier?«

»Ja.« Etwas verspätet fügte sie hinzu: »Sie dürfte im Schlafzimmer sein. Wollen Sie …?«

»Nicht nötig«, unterbrach Robert sie unhöflich. »Ihr Bruder hat nach mir geschickt, aber ich habe einen etwas ermüdenden Tag hinter mir und bin sicher …«

In diesem Augenblick öffnete sich die Tür und Karl trat ein. »Schneider!«, rief er. »Gut, dass Sie endlich da sind! Ich habe Sie bereits erwartet. Kommen Sie in mein Arbeitszimmer, wir haben etwas zu besprechen.«

Wortlos folgte Robert ihm und ließ Marie stehen.

Zwei Minuten später sprang Karl begeistert auf, nachdem Schneider ihm seinen Bericht gegeben hatte.

»Wunderbar! Hervorragende Arbeit, Schneider! Wirklich, Sie haben dem Deutschen Reich einen großen Dienst erwiesen.« Karls Augen glänzten verzückt. Noch während er sprach, sammelte er sämtliche Unterlagen auf seinem Schreibtisch zusammen und steckte sie in seine Aktentasche. »Schön. Und Moltke haben Sie mitgenommen? Gut, gut. Dann lassen Sie uns aufbrechen.« Er streifte sich den Mantel über, den er auf die Stuhllehne abgelegt hatte, und setzte sich die Mütze auf.

»Aufbrechen?«, fragte Robert verwirrt. »Wohin?«

»Na, zur Versammlung«, erwiderte Karl ungeduldig. »Habe ich Ihnen das denn nicht gesagt? Oh, verzeihen Sie. Es gibt einige Herren, die gerne von dem Erfolg Ihrer Mission in Kenntnis gesetzt werden wollen. In fünfzehn Minuten müssen wir in der Dienststelle des MGK West sein.«

Robert protestierte: »Herr Admiral, mit Verlaub, ich bin gerade erst in Paris eingetroffen. Ich würde mich gerne ausruhen, ehe …«

»Ausruhen?«, unterbrach Karl verständnislos. »Mein lieber Schneider, Sie begreifen den Ernst der Lage nicht! Seit unserem letzten Telefonat hat sich die Situation geändert, wir haben keine Zeit, uns auszuruhen. Wir müssen handeln, und zwar schnell! Kommen Sie, auf dem Weg werde ich es Ihnen erklären, aber, um Gottes willen, beeilen Sie sich!«

Helen hatte Marie seit der Ankunft in Paris nicht mehr gesprochen. Sie verließ den Fahrstuhl und begab sich zur La Galerie, ein beliebter Treffpunkt im George V, wie man ihr gesagt hatte. Schon von Weitem hörte sie die melancholischen Töne von Beethovens Klavierkonzert. Sie saugte den vollen, satten Klang tief in sich auf, während ihre Finger leise zuckten, als berührten sie imaginäre Klaviertasten.

Sie ließ den Blick bewundernd über den Raum schweifen und schließlich blieb er an einem kleinen Tisch hängen. Ihre Augen hatten gefunden, was sie gesucht hatten. Dort saß Marie, eine Tasse Kaffee in Händen, und starrte finster vor sich hin. Helen nahm ihren ganzen Mut zusammen, atmete tief durch und schritt entschlossen auf sie zu.

»Darf ich mich setzen?«, fragte sie mit einem freundlichen Lächeln und deutete auf den freien Sessel.

Marie hob kaum den Blick. »Ich sehe kein Verbotsschild.«

Helen ließ sich von ihrer abweisenden Art nicht abschrecken und nahm Platz. »Ich wollte mit Ihnen sprechen«, begann sie.

»Was Sie nicht sagen«, erwiderte Marie ironisch. »Sonst hätten Sie sich wohl kaum zu mir gesetzt.« Sie nahm einen Schluck echten Bohnenkaffee – ein wahrer Luxus in diesen Kriegstagen – und musterte ihre Schwägerin unverhohlen.

Helen ignorierte diese Unhöflichkeit »Ich … nun … ich möchte mich bei Ihnen entschuldigen, für … für all die Unannehmlichkeiten, die ich Ihnen bereitet habe. Und … und ich wollte mich auch bedanken, für alles, was Sie für mich und Heinrich getan haben. Ich …« Helen brach ab. Sie hatte keine Ahnung, was sie sonst noch sagen sollte.

Mit einer fahrigen Bewegung steckte sie sich eine Locke hinter das Ohr, lächelte zögerlich und sagte schließlich: »Nun … Danke.«

Erwartungsvoll sah sie Marie an. Diese schenkte ihr ein kurzes, steifes Lächeln, das die Augen nicht erreichte, und brummte gleichgültig: »Nichts zu danken.« Dann nippte sie leicht an ihrer Tasse.

Helen wartete einen Augenblick lang, doch als Marie nichts weiter sagte, fragte sie verblüfft: »Ist das alles?«

Marie hob die Augenbrauen. »Sie meinen?«

»Ich habe mich bei Ihnen entschuldigt«, sagte Helen leicht pikiert. »Wollen Sie darauf denn nichts erwidern?«

»Das habe ich doch«, antwortete Marie ruhig.

Helen schnaubte. »Ich dachte da eher an eine Entschuldigung.«

»Eine Entschuldigung? Wofür?«

»Na, eine Entschuldigung für Ihre Unfreundlichkeit und Kühle während Ihres Aufenthaltes in meinem Haus. Ich muss wohl nicht betonen, wie sehr mich das brüskiert hat.«

Marie brach in ein schallendes Gelächter aus. »Wirklich, Helen, diese Gräfinnen-Nummer müssen Sie sich abgewöhnen. Sie vergessen, dass ich nicht eine Ihrer Dienstboten bin. Ich schulde Ihnen nichts. Sie mir übrigens auch nicht.«

Empört funkelte Helen sie an. »Sie wollen sich also nicht für Ihr schändliches Verhalten entschuldigen? Dafür, dass Sie mich in dem Glauben gelassen haben, Sie seien die Mätresse meines Mannes, Ihres *Bruders*?«

»Absolut«, erwiderte Marie glatt. »Sehen Sie, Entschuldigungen sind Schuldeingeständnisse für Taten oder Worte, die man bereut. Die meisten Menschen bedienen sich ihrer, um in der Achtung ihres Gegenübers zu steigen. Diese Heuchelei war noch nie etwas für mich, und da ich mir keiner Schuld bewusst bin, sehe ich auch nicht, warum ich mich bei Ihnen entschuldigen sollte. Wenn mein Verhalten Ihnen unangebracht erschien, so nehmen Sie es nicht persönlich und sagen sich, dass ich nicht anders konnte.«

Helen kniff die Lippen zusammen. »Sie machen es sich sehr einfach.«

Marie grinste. »Gibt es einen Grund, warum ich es mir schwermachen sollte?«

»In der Gesellschaft funktioniert dieses Verhalten nicht. Es gibt Regeln, Etiketten, ungeschriebene Gesetze, die Sie befolgen müssen, um nicht ausgeschlossen zu werden. Das kann Ihnen doch nicht alles unbekannt sein.«

»Die Gesellschaft interessiert mich nicht.«

»Die Gesellschaft interessiert Sie nicht?« Helen sah sie an, als habe sie gerade eine lebende Kröte auf den Tisch gespuckt. »Wie können Sie so etwas sagen? Der Gesellschaft verdanken Sie, dass Sie so geworden sind, wie Sie sind! Der kulturelle Kreis, in den Sie hineingeboren sind, hat Sie geprägt, seit Sie den ersten Schrei getätigt haben.

Ihm verdanken Sie Ihr Wissen, Ihre Denkweise, Ihre Weltanschauung, ja, sogar Ihre Verhaltensart und Ihre wenn auch kümmerlich vorhandenen Manieren. Wie können Sie da behaupten, die Gesellschaft sei Ihnen gleichgültig?«

»Die Gesellschaft hat nichts damit zu tun, dass ich so geworden bin, wie ich bin!«, erwiderte Marie eine Spur ärgerlich. »Das habe ich mir selbst zu verdanken. Gewiss, die Gesellschaft hat mich geprägt, aber sie *bestimmt* mich nicht. Ich bin frei zu denken und zu handeln, wie es mir beliebt. Genauso wie Sie. Sie können sich den gesellschaftlichen Zwängen beugen oder sich von ihnen lösen. Niemand kann von Ihnen verlangen, jemand zu sein, der Sie nicht sein wollen. ›Die Gesellschaft‹ ist eine gestaltlose Masse, die so gar nicht existiert. Wir selbst machen sie existent, wenn wir anfangen, uns vor ihr zu fürchten. Es wird immer jemanden geben, der Ihre Art, sich zu kleiden, anstößig findet oder das, was sie denken, für unkonventionell hält. Die Frage, die sich hier stellt, ist, ob Sie sich dem Urteil beugen oder ob Sie darüberstehen und zu sich selbst halten. Geben Sie der Gesellschaft nie mehr Macht, als ihr zusteht, Helen.«

Die Gräfin schnaubte. »Trotzdem können Sie nicht alle Anstandsregeln mit den Füßen treten und auf die Gefühle anderer Menschen spucken. Das ist nicht sehr bekömmlich für das soziale Miteinander.«

Marie lehnte sich gemütlich zurück und schlug die Beine übereinander, ein spöttisches Lächeln auf den Lippen. »Wir befinden uns im Krieg, liebste Gräfin. Da kann man nicht feinfühlig sein. Es wäre sogar tödlich, Mitleid zu empfinden. Erwarten Sie kein Verständnis für Ihr Leid oder Ihr Unwohlsein, Helen. Hier heißt es jeder für sich. Der Krieg ist die größte Barbarei, die der Mensch geschaffen hat, und nur wer skrupellos ist, überlebt. Gefühle sind fehl am Platz.«

Ihre letzten Worte hatten einen bitteren Beiklang und obwohl sie lächelte, spürte Helen, dass Marie das, was sie sagte, am eigenen Leib erfahren hatte. Auf einmal hatte sie keine Lust mehr zu streiten. Als würden ihre Muskeln plötzlich ihren Dienst versagen, ließ sie sich zurückfallen und verzichtete auf die kerzengerade Haltung, die die Etikette verlangte. Sie legte den Kopf in den Nacken und schloss die Augen.

»Haben Sie eigentlich etwas geahnt?«, fragte sie brüsk. »Als Karl mich gestern Abend ins Vertrauen gezogen hat, hat er mir gesagt, Sie hätten nichts von seinen … *Aktivitäten* gewusst, aber Sie haben die richtigen Schlüsse gezogen, nicht wahr? Deshalb sind Sie damals mit diesem Kapitän fortgegangen. Sie haben etwas geahnt.«

Marie versuchte gar nicht, es zu leugnen. »Ja«, sagte sie schlicht. »Allerdings«, so fügte sie etwas verspätet hinzu, »hätte ich schon früher daran denken sollen. Es hätte mir viele Unannehmlichkeiten erspart.« Grübelnd starrte sie auf ihre Tasse, einen missbilligenden Zug auf den Lippen.

»Aber warum haben Sie mich nicht eingeweiht?«, fragte Helen ein wenig beleidigt. »Ich hätte niemals diesen fatalen Anruf getätigt, wenn ich gewusst hätte, wie viel auf dem Spiel steht.«

»In der Tat«, erwiderte Marie unbarmherzig. »Sie haben eine große Dummheit begangen, als sie die Bergmanns anriefen. Aber vielleicht erinnern Sie sich, in jenen Tagen haben Sie kaum ein Wort mit mir gewechselt. Ich hatte also keine Möglichkeit, Ihnen von meiner Entdeckung zu erzählen.«

Ehe Helen sie unterbrechen konnte, fügte sie selbstgefällig hinzu: »Darüber hinaus stand es mir nicht zu.«

Gekränkt sah Helen sie an. »Sie hätten mir wenigstens sagen können, dass Sie meine Schwägerin sind.«

»Hätte das etwas geändert?«, fragte Marie gleichgültig.

»Und ob! Es hätte nie dieses Misstrauen zwischen uns gegeben. Es hätte vieles leichter gemacht.«

»Ganz und gar nicht«, widersprach Marie ihr. »Sie hätten meine Tarnung auffliegen lassen und nur die Aufmerksamkeit auf mich gezogen. Und das wollte ich um jeden Preis verhindern. Es war gut, dass Sie mir misstraut haben. So war ich über Ihre Absichten zumindest immer im Klaren. Es ist viel einfacher, seine Feinde einzuschätzen als seine Freunde. Vertrauen und Zuneigung machen blind.«

»Da haben Sie recht.« Helens Antwort war nicht mehr als ein Flüstern. Ihr Blick war seltsam abwesend, als sähe sie den Raum um sich herum gar nicht. Überrascht hob Marie die Augenbrauen. »Bedrückt Sie etwas, Gräfin?«

Helen schüttelte kaum merklich den Kopf, doch Marie sah in dieser kleinen Geste mehr Kummer und Verzweiflung als in einem emotionalen Ausbruch. Langsam richtete sie sich auf und fragte: »Was ist an Frankreich eigentlich so schrecklich?«

Erschrocken hob Helen den Kopf, als habe Marie sie ertappt. Hektische Flecken gaben ihrem blassen Gesicht Farbe. »Woher wissen Sie …?« Ihre Finger verkrampften sich auf der Sessellehne.

Ein kleines Lächeln huschte über Maries Gesicht. »Alles eine Frage von Beobachtung. Sie waren nicht erfreut, als ich Ihnen erzählt habe, dass ich Sie nach Frankreich bringen sollte. Als wir schließlich doch gefahren sind, haben Sie sich sehr unwohl im Zug gefühlt, und das nicht wegen der Gestapo. Wir haben zwar nicht im selben Abteil gesessen, aber vom Flur aus habe ich Sie beobachtet. Sie haben die Landschaft und die Franzosen angeschaut, als gehe von ihnen eine unausgesprochene Bedrohung aus. Mit so viel Verachtung haben Sie nicht einmal mich bedacht!«

Helen verkrampfte sich, ihr Blick wurde hart, die Gesichtszüge starr. »Die Franzosen haben meinen Bruder ermordet!«, spuckte sie aus. Hass flackerte in ihren Augen.

»Ah, verstehe.« Marie nickte verständnisvoll. »Und jetzt verdammen Sie das ganze Volk und haben sich geschworen, nie wieder einen Fuß auf diesen befleckten Boden zu setzen, stimmt's?«

Helen schwieg verbissen. Marie fragte sie: »Ist Ihnen eigentlich jemals in den Sinn gekommen, dass die Franzosen nur ihr Land verteidigt haben, das Ihr Bruder mit seiner Einheit angegriffen hat? Der Mann, der Ihren Bruder getötet hat, trägt keine Schuld daran. Für seinen Tod ist der Mann verantwortlich, der diesen Krieg entfesselt hat. Lassen Sie nicht zu, dass die Trauer und der Hass Sie blind für das Wesentliche machen.«

Nachdenklich sah Helen sie an. »Und warum haben Sie es dann bei sich zugelassen?«, fragte sie scharf.

Irritiert sah Marie sie an. »Ich verstehe nicht …«, sagte sie langsam.

Helen schnalzte ungeduldig mit der Zunge. »Sie werfen mir vor, meine Entscheidungen von meinen Emotionen leiten zu lassen und nicht rational zu denken. Aber genau das tun Sie doch selbst! Ihre Verachtung mir gegenüber beruht nicht auf meiner Persönlichkeit, sondern auf der Tatsache, dass ich die Frau Ihres Bruders bin. Sie haben mich schon abgelehnt, bevor Sie mich überhaupt zu Gesicht bekommen haben. Also ersparen Sie mir die Ermahnungen und kehren Sie lieber vor Ihrer eigenen Haustüre!«

Marie zuckte leicht zusammen, doch dann zwang sie sich zu einem Lächeln. »Touché, Helen. Wenn Sie jetzt nichts dagegen haben, meine schwarze Seele und ich wären gerne allein.«

Sie nickte Helen verabschiedend zu und beachtete dann nicht weiter, ob sie ihrem Wunsch nachkam. Helen hatte sich bereits erhoben, als sie sich noch einmal hinsetzte und mit einem entschuldigenden Ton fragte: »Ich hätte noch eine Bitte. Ich würde gerne in die Kirche gehen, ein Gebet für Trudi und die Bergmanns sprechen. Aber ich kenne mich in Paris nicht aus und hatte gehofft, Sie könnten mir helfen.« Sie lächelte.

Marie öffnete bereits den Mund, um sie an das Hotelpersonal zu verweisen, doch dann schloss sie ihn plötzlich wieder und seufzte gereizt. »Sicher«, knurrte sie. »Ich hole nur schnell meinen Mantel. Wir treffen uns an der Rezeption.«

Die Konferenz fand in einem trostlosen Saal statt, in dem ein einzelner großer Tisch mit mehreren Stühlen stand. Abgesehen von dem obligatorischen Hitlerbild waren diverse Nordwesteuropakarten mit Augenmerk auf die Nordsee und den Atlantik der einzige Wandschmuck.

Karl hatte diesen Raum nie sonderlich gemocht. Im Sommer herrschte dort wegen der südlichen Ausrichtung stets eine unerträgliche Hitze und im Winter fror man erbärmlich aufgrund des hohen Wärmeverlustes durch die großen, schlecht isolierten Fenster.

Aber zumindest war man hier ungestört, da dieser Raum vom Stab des MGK West so gut wie nie genutzt wurde. Und aus diesem Grund hatte Karl ihn als Konferenzraum gewählt.

Karl musterte die versammelten Männer einen Augenblick lang schweigend, dann stand er auf und fasste die Ergebnisse der vergangenen Tage kurz zusammen: »Meine Herren, ich bitte Sie, mein gestriges Fehlen zu entschuldigen, aber ich war verhindert. Deshalb bedanke ich mich für Ihr Kommen. Ich weiß, wie lästig es für Sie alle ist, aber es gibt eine unangenehme Entwicklung, die ich Ihnen berichten muss.«

Er schwieg einen Moment. Sein Hemd begann im Rücken unangenehm zu kleben. Schweiß rann ihm den Hals herunter. Er räusperte sich. Seine Kehle war staubtrocken. Dann ließ er die Bombe platzen. »Es könnte sein, dass die Gestapo uns auf den Fersen ist«, deutete er vorsichtig an.

Sofort brach Tumult aus. Die Männer begannen wild durcheinanderzusprechen. Befürchtungen wurden laut, erste Anzeichen von Angst machten sich auf den gerade noch so ernsten Gesichtern bemerkbar. Karl bemühte sich verzweifelt, Ruhe und Zuversicht auszustrahlen. Er spürte selbst einen Knoten im Bauch.

»Meine Herren«, rief er laut, um das Stimmengewirr zu übertönen. »Bitte, beruhigen Sie sich. Noch ist nicht alles verloren. Sie müssen Vertrauen haben. Unser Unternehmen kann noch glücken, aber dafür ist es wichtig, dass Sie jetzt nicht den Kopf verlieren!«

Allmählich kehrte Ruhe ein, der Zweifel wurde auf ein Flüstern gesenkt. Robert war verblüfft, wie schnell und diszipliniert die Offiziere auf Karl reagierten. Er hatte wirklich großen Einfluss auf sie.

»Konzentrieren wir uns auf das Wesentliche. Wir wissen von Major Nonnenmacher, dass die Gespräche mit Berndt gescheitert sind«, fuhr Karl etwas weniger laut fort, warf jedoch dem betreffenden Major einen vernichtenden Blick zu. Er hatte ihm immer noch nicht verziehen. Dieser senkte beschämt den Kopf und knirschte mit den Zähnen. Zufrieden richtete Karl den Blick wieder auf die anderen Offiziere. »Wir werden das Funkhaus also gewaltsam besetzen müssen. Oberst Merkle, das ist Ihre Aufgabe. Sorgen Sie dafür, dass Ihre Männer bereit sind, wenn wir soweit sind.«

Der angesprochene Oberst nickte ernst. »Ich werde die entsprechenden Vorkehrungen treffen«, versprach er.

»Gut.« Karl nahm einen Schluck Wasser aus dem Glas, das man ihm aufmerksam auf den Tisch gestellt hatte. Allmählich begann er, sich zu entspannen. Er brachte sogar ein Lächeln zustande. »Nun zu den etwas erfreulicheren Neuigkeiten. Kapitän Schneider ist es gelungen, Kontakt zu Graf von Moltke aufzunehmen. Vielleicht wissen einige von Ihnen, dass der Graf schon seit Langem im Untergrund politisch aktiv ist. Mit mehreren Gleichgesinnten hat er sich Gedanken über die organisatorische Zukunft Deutschlands gemacht. Er hat nun zugesagt, uns im politischen Bereich zu unterstützen. Ich freue mich auf eine erfolgreiche Zusammenarbeit.«

Er lächelte dem hochgewachsenen Mann zu seiner Rechten zu, der sich daraufhin erhob. »Danke, Admiral. Ich selbst bin einfach überwältigt von diesem Unterfangen und fühle mich geehrt, ein Rädchen in diesem großen Räderwerk der Geschichte sein zu dürfen.« Die Freude in seinem Gesicht war echt. Er strahlte die versammelten Offiziere an, die ihn misstrauisch aus verschlossenen Gesichtern musterten. »Meine Freunde und ich haben uns viele Gedanken über unser gemartertes Vaterland gemacht und unsere Ideen schriftlich festgehalten.«

Er hob ein Dokument, das Robert schon kannte. Es handelte sich um die Grundsätze für die Neuordnung, die er bereits in Berlin gelesen hatte. Nur mit halbem Ohr lauschte er Moltkes Vortrag. Das Wesentliche kannte er schon. Er streckte die Beine von sich und suchte eine bequeme Position auf dem harten Stuhl. Seine Glieder waren steif von der langen Reise, die Augen fielen ihm langsam zu. Es fiel ihm zunehmend schwerer, sich zu konzentrieren.

Er riss sich zusammen, versuchte zu verstehen, was Moltke erzählte, doch so recht wollte es ihm nicht gelingen. Seine Gedanken schweiften immer wieder ab und er sehnte sich nach einer erfrischenden Dusche und einem weichen Bett.

Der leicht monotone Klang von Moltkes Stimme war einschläfernd. Und so war Robert erleichtert, als er seinen Vortrag beendete und das Wort zurück an Karl gab. Karl wollte dem Graf gerade danken, als diesem etwas einfiel. Und plötzlich fiel jegliche Müdigkeit von Robert ab, alle seine Sinne waren geschärft.

»Übrigens«, fragte Moltke und sah sich suchend um. »Ich sehe Ihre Schwester nirgends, Herr Admiral. Ist sie schon in England?«

Karl sah ihn verblüfft an. »B… Bitte?«, fragte er verwirrt. »Ich verstehe nicht … Woher kennen Sie meine Schwester?«

Jetzt war es Moltke, der Karl verwundert ansah. »Kapitän Schneider hat es Ihnen nicht erzählt? Ich habe Ihre Schwester in Hamburg kennengelernt. Kapitän Schneider hat uns einander vorgestellt. Eine mutige Frau, wirklich. Sie hat mein ganzes Wohlwollen. Ich denke, Sie wird es schaffen, die Alliierten zu überzeugen.«

Er strahlte in Karls fassungsloses Gesicht. Es dauerte eine Weile, bis Karl sich fing. Verstehen zeichnete sich in seinen Zügen ab, sein Blick wurde stählern. Ruckartig wirbelte er herum und funkelte Robert wütend an. »Schneider!«, befahl er scharf. »Haben Sie mir etwas zu sagen?«

Etwas unangenehm berührt rutschte Robert auf seinem Stuhl vor und schenkte seinem Vorgesetzten ein gewinnendes Lächeln. »Ach ja, ich vergaß zu erwähnen – vielmehr hatte ich keine Zeit, es Ihnen zu sagen –, Ihre Schwester hat vorgeschlagen, mit London zu verhandeln.« Wie als Entschuldigung zuckte er mit den Schultern. »Was sollte ich machen? Sie kennen ja Ihre Schwester, sie ist ziemlich starrsinnig.«

Sein breites Lächeln prallte an Karl ab. Halb entsetzt, halb wütend starrte Karl ihn an, als habe er völlig den Verstand verloren. »Schneider, wie konnten Sie meine Schwester zu einer Besprechung mitnehmen? Haben Sie vergessen, was ich Ihnen in Paris gesagt habe? Sie sollte nichts, aber auch absolut nichts mitbekommen! Wie konnten Sie nur so leichtsinnig sein? Das hätte niemals passieren dürfen!«

Hitzig sah er ihn an, er schien die Übrigen im Raum völlig vergessen zu haben. Als Robert es jedoch wagte anzumerken, er habe es zu jenem Zeitpunkt für eine gute Idee gehalten, verlor Karl endgültig die Beherrschung. Mit hochrotem Gesicht polterte er: »Dazu hatten Sie kein Recht, Schneider! Sie hätten sich erst mit mir in Verbindung setzen sollen, und selbst dann weiß ich schon, wie die Antwort ausgefallen wäre! Schneider, ich …«

»Dürfte ich etwas sagen, Herr Admiral?« Die sanfte Stimme von

Moltke unterbrach Karls Strafpredigt. Verblüfft blickte Karl ihn an, seine Augenbrauen bildeten eine gerade Linie. Er hasste es, unterbrochen zu werden. »Was wünschen Sie, Herr Graf?«, fragte er bemüht beherrscht.

Moltke lächelte entwaffnend. »Tut mir leid, wenn ich Sie unterbreche. Ich kann Ihre Sorge für Ihre Schwester voll und ganz verstehen, aber ich möchte Sie dennoch darauf hinweisen, dass ich Kapitän Schneiders eigenmächtigen Entschluss, auch wenn er gegen die militärische Ordnung verstößt, für äußerst klug halte.«

Er nickte Robert aufmunternd zu, der mit starren Gesichtszügen zu ihm blickte. Er konnte ja nicht ahnen, dass Robert seinen Beschluss bereits bitter bereute, was jedoch mit dem Gelingen oder Scheitern der Operation nicht im Geringsten zusammenhing.

Moltke indes, der nichts von dem Gewissenskonflikt wusste, den der Kapitän mit sich austrug, strahlte mit würdevoller Miene in die skeptische Runde, ein fröhliches Lächeln auf den Lippen.

»So?«, knurrte Karl schließlich. »Und warum, wenn ich fragen darf?«

Moltke spreizte die Hände vor sich auf dem Tisch und legte den Kopf schief. »Ich halte Ihre Schwester für eine bemerkenswerte Person, Herr Admiral. Doch abgesehen von dieser persönlichen Sympathie, denke ich, dass sie die Einzige ist, die ein erfolgreiches Gespräch mit Montgomery, Eisenhower und seinesgleichen führen kann.«

Sofort erhob sich wilder Protest im Raum. »Sie sind doch verrückt! Sie ist eine Frau! Welchen Einfluss könnte sie schon in London haben?«

»Dazu ist sie doch gar nicht in der Lage. Jeder hier weiß, dass Frauen nicht in der Lage sind, solche Aufgaben zu übernehmen. Es fehlt ihnen an Rationalität und der Fähigkeit, analytisch zu denken. Eben jene Fertigkeiten, die man zu solchen delikaten Gesprächen benötigt. Montgomery oder Eisenhower würden sie gar nicht erst anhören.«

»Frauen haben doch gar nicht den Nerv dazu. Sie würde schon den Mut verlieren und einen Nervenzusammenbruch erleiden, bevor sie überhaupt in England ankommt.«

»Was soll sie dort schon tun? Kaffee servieren? Mit den Augen klimpern? Damit würde sie vielleicht noch Erfolg haben. Allerdings nur, wenn sie hübsch ist.«

Einige fingen an zu lachen. Die Stimmung begann zu kippen. Aus Empörung wurde Spott, gehässige Bemerkungen wurden laut. Plötzlich rief Nonnenmacher laut und höhnisch: »Genau! Soll sie etwa für Montgomery die Beine spreizen?«

Robert spürte, wie heiße Wut in ihm aufstieg. Seine Hände ballten sich sekundenschnell zu Fäusten, sein Blick wurde stahlhart. Er wollte gerade aufspringen, als Karl mit einer abrupten Bewegung gebieterisch die Hand hob und dem Ausbruch Einhalt gebot. Eine tiefe Furche hatte sich zwischen seinen Augenbrauen gebildet, der Mund war ein kaum sichtbarer Strich. Mit starrer Miene blickte er Moltke an, die Augen hart und stählern.

Ohne die anderen Offiziere auch nur eines Blickes zu würdigen, sagte er an Moltke gewandt kalt: »Ich nehme an, diese Lobhymne auf meine Schwester hat einen bestimmten Grund. Es war wohl kaum ihr persönlicher Charme, der Sie davon überzeugt hat, dass nur sie allein dieser schwierigen Aufgabe gewachsen ist. Ich fände es sehr freundlich von Ihnen, wenn Sie uns in die Beweggründe Ihrer Entscheidung einweihen würden. Bitte«, fügte er mit einem schmalen Lächeln hinzu, das von Freundlichkeit keine Spur aufwies, sondern allen, die ihn kannten, andeutete, wie sehr er sich um Geduld und Beherrschung bemühte.

Das Lächeln verfehlte die Wirkung nicht, für die es lange eingeübt worden war. Moltke, der mit gerunzelter Stirn den heftigen und sexistischen Ausbruch verfolgt hatte, begann sich zu entspannen. Seine Züge glätteten sich, das ruhige Lächeln erschien wieder auf seinen Lippen.

»Danke, Herr Admiral.« Er wandte sich den versammelten Männern zu. »Natürlich hatte ich meine guten Gründe, Admiral Büchners Schwester für diesen brisanten Auftrag für fähig zu halten. Die Frauen mögen ein etwas sensibleres Gemüt haben als wir Männer, gewiss. Aber«, und jetzt wurde sein Gesicht ernst, »ich halte es für ziemlich selbstgefällig und ungerecht, sie für völlig unfähig zu halten.

Auch Frauen haben ihre Qualitäten und ich denke, gerade in Zeiten wie diesen haben sie die Chance, sie unter Beweis zu stellen.«

Er schwieg einen kurzen Augenblick, um seine Worte wirken zu lassen. Dann setzte er wieder sein verbindliches Lächeln auf und fuhr fort: »Aber meine persönliche Meinung zu den unterschiedlichen Fähigkeiten der Geschlechter ist nicht der Grund, weshalb Fräulein Büchner mein vollstes Vertrauen hat. Das beruht, wie soll ich sagen, auf etwas praktischerer Grundlage. Vielleicht wissen einige von Ihnen, dass ich als Referent für Völkerrecht in der Auslandsabwehr mehrmals in England war. Ich weiß, dass die Briten jedem Ausländer misstrauen, und einen, der eine Uniform trägt, erst recht, was in der derzeitigen Situation völlig verständlich ist. Wir sind da ja nicht anders.«

Er lächelte breit, als einige Offiziere zustimmend nickten. »Ich sehe, Sie verstehen, was ich meine. Nun, es ist logisch, dass jemand von uns sehr lange brauchen würde, das Vertrauen der Briten zu gewinnen. Für einen Menschen in der Position Ihrer Schwester, Herr Admiral, gleicht es hingegen einem Kinderspiel.« Er zwinkerte Karl verschwörerisch zu.

Die Furche zwischen Karls Augenbrauen wurde tiefer. »Ich fürchte, ich verstehe nicht, Herr Graf«, erwiderte er steif. »Könnten Sie sich bitte etwas klarer ausdrücken?«

Überrascht blickte Moltke ihn an. »Sie wissen es nicht? Nein, anscheinend nicht. Nun, das erklärt auch, warum Sie von dieser Idee nicht so begeistert sind.« Ein Lächeln huschte über sein Gesicht. »Entschuldigen Sie mein Erstaunen, ich dachte selbstverständlich, Sie seien informiert. Nun«, er blickte wieder in die Runde, seine Augen musterten ernst die versammelten Männer, »ich habe die große Ehre, Ihnen mitteilen zu dürfen, dass ein ganz besonderes Mitglied zu uns gestoßen ist. Fräulein Büchner ist Major des britischen Geheimdienstes und wird für uns die Verhandlungen mit England führen.«

Verblüfftes Schweigen antwortete ihm. Ungläubigkeit erschien auf den abgehärteten Gesichtern der Männer, die sich entschlossen hatten, der Schreckensherrschaft des Diktators ein Ende zu bereiten, und dafür bereit waren, ihr Leben aufs Spiel zu setzen. Die Sekunden der Stille zogen sich in die Länge.

Karl war wie betäubt. Bestürzung zeichnete sich auf seinen Zügen ab, der Blick war leer und abwesend. Er konnte nicht begreifen, was er gehört hatte, konnte es nicht fassen, es nicht glauben. Seine kleine Schwester, eine britische Agentin? Wie konnte das möglich sein?

Und so war es ein allmählich ergrauender Oberst, der das Wort ergriff und den Bann der fassungslosen Stille brach. »Eine Spionin!«, entrüstete er sich. »Sie ist eine Spionin! Eine Schande ist das! Sie hat ihr Vaterland verraten! Anstatt sie zu rühmen, sollte man sie standesrechtlich erschießen.«

»Ganz recht«, ereiferte sich der junge Offizier an seiner Seite, den die Worte des Obersts aus der Betäubung gerissen hatten. »Es ist völlig inakzeptabel, sie zu einer Art Heldin machen zu wollen. Immerhin ist sie für den Tod etlicher Soldaten verantwortlich. Vermutlich hat sie sogar an Sabotageakten mitgewirkt. Und mit so einer Person soll ich zusammenarbeiten? Das finde ich absolut abwegig. Es ist grotesk! Anstatt sie zu loben, Herr Graf, hätten Sie sie der Gestapo übergeben sollen. In dieser Hinsicht habe ich kein Mitleid. Erschießung ist noch ein viel zu mildes Urteil für diesen Abschaum!«

Zustimmendes Gemurmel wurde laut. Moltke räusperte sich. »Nun, nun«, rief er über den Protest hinweg. »Vergessen Sie nicht, was unsere eigenen Absichten sind, meine Herren. Immerhin werden wir für die Öffentlichkeit auch nur Verräter sein. Halten Sie es für gerechtfertigt, diese junge Frau zu verurteilen, wenn wir gerade dabei sind, etwas Ähnliches zu tun?«

»Zwischen offenem Kampf und hinterhältigem Ermorden besteht ein großer Unterschied«, erhitzte sich der Oberst. »Sie sind Zivilist, Sie können das nicht verstehen. Aber als Soldat und Offizier ist es uns unmöglich, mit Spionen zusammenzuarbeiten!«

»Ich mache Sie darauf aufmerksam, dass viele Operationen der Wehrmacht nur durch die Informationen der Abwehr, *unserer* Spionageabteilung, geglückt sind.« Moltke lächelte, doch seine Augen blickten nicht mehr sanft, sondern hatten einen harten Glanz. Die bornierte Anmaßung der Offiziere erzürnte ihn. »Es ist eitle Selbstgefälligkeit zu behaupten, wir könnten unmöglich mit Agenten zusammenarbeiten. Ja, sie hat unserer Armee Schaden zugefügt, weil sie für die Briten arbeitet, aber nun sollten wir uns an den Gedanken gewöhnen, dass die Briten und Amerikaner nicht unsere Feinde, sondern unsere Verbündeten sind. Und in dieser Hinsicht ist es ein Glücksfall, dass Fräulein Büchner, oder vielmehr Major Büchner, uns ihre Hilfe anbietet.«

Der Oberst schnaubte. Er war nie für die Beteiligung der Alliierten an ihrem Plan gewesen und es ärgerte ihn über die Maßen, sich von einem Zivilisten vorschreiben zu lassen, was er als Offizier zu tun oder zu lassen hatte. »Das ist absurd, Herr Graf! Niemand in diesem Raum wird bereit sein, mit ihr zusammenzuarbeiten!«

»Auch wenn sie unsere einzige Hoffnung ist?«

Der Oberst fletschte die Zähne. »Das ist sie aber nicht. Admiral Büchner versucht schließlich seit einiger Zeit, Kontakt aufzunehmen und …«

»Hatte er Erfolg?«, unterbrach Moltke ihn ungehalten. Er wandte sich an Karl, doch dieser schüttelte nur kaum merklich den Kopf, immer noch fassungslos, dass seine Schwester, seine *kleine* Schwester, für die britische Regierung arbeitete.

»Sehen Sie«, fuhr Moltke barsch fort, ohne Karl die Möglichkeit zu geben, etwas zu seiner Verteidigung zu sagen. »Admiral Büchner ist es nicht geglückt, mit den Briten in Kontakt zu treten. Und je mehr Zeit verstreicht, desto eher besteht die Gefahr, dass diese Gespräche im Sand verlaufen und nichts geschieht. Ich denke, es ist an der Zeit, mit härteren Bandagen zu kämpfen, persönliche Sympathien und Antipathien außer Acht zu lassen und uns auf das Wesentliche zu konzentrieren: den Erfolg dieses Unternehmens! Denn das ist es doch, wozu wir hier sind. Oder irre ich mich?«

Sein scharfer Blick schweifte in die Runde, er sah in den Kreis grimmiger, ernster Gesichter und bemerkte plötzlich Zweifel und Zögern. Mit dem Gefühl, allmählich zu ihnen vorzudringen, fuhr er sanfter fort: »Ich denke, wir sollten die Chance nutzen, die sich uns bietet. In diesen Kreisen können wir nicht wählerisch sein. Bitte bedenken Sie, dass uns die Zeit davonläuft. Falls Admiral Büchners

Zweifel sich bestätigen, sitzt uns die Gestapo bald im Nacken. Nicht nur unser aller Leben, sondern die Zukunft unseres Landes steht auf dem Spiel! Sollten wir riskieren, dass unsere monatelangen Mühen umsonst waren, indem wir uns weigern, mit einer Frau zusammenzuarbeiten?«

Robert spürte, wie die Stimmung kippte. Moltke hatte die richtigen Worte gefunden. Dem schwachen Protest des Obersts, der darauf beharrte, dass man weder Frauen noch Spionen trauen konnte, wurde kaum Beachtung geschenkt. Nacheinander stellten sich die Männer hinter Moltke, räumten ein, dass es vielleicht doch keine so schlechte Idee war, eine britische Agentin für ihre Sache plädieren zu lassen.

»Und außerdem«, sagte Major Nonnenmacher plötzlich gehässig. »Welches Risiko gehen wir schon ein? Wir haben nichts zu verlieren, wir können nur gewinnen. Und falls sie der Gestapo in die Fänge gerät, wird sie standesrechtlich erschossen, ehe sie uns verraten kann. Da machen die kurzen Prozess.«

»Viel wahrscheinlicher ist, dass sie sich umbringt«, widersprach ein alter Kapitän. »Spione haben doch alle Selbstmordpillen bei sich, die sie bei Gefangennahme schlucken müssen. Ich habe sogar gehört, es gäbe einen ausdrücklichen Befehl, sich umgehend unschädlich zu machen, wenn keine Fluchtmöglichkeit besteht. Ganz schön hart.«

Er rutschte unbehaglich auf seinem Stuhl. Robert maß ihn mit einem wütenden Blick. Wie konnte er so leichtfertig über eine solche Sache sprechen? Er selbst hatte das Gefühl, ein spitzer Stachel würde sich in sein Herz bohren, wenn er sich Maries hübsches, vom Zyankali der Selbstmordpille entstelltes Gesicht vorstellte.

»Es reicht.« Karl hatte sich erhoben, sein Gesicht war weiß und angespannt. Schweißtropfen bildeten sich auf seiner Stirn. Bisher hatte er stumm die Debatte verfolgt, jetzt ergriff er zum ersten Mal das Wort. Seine Stimme klang hohl und eigenartig fremd. »Ich danke Ihnen alle für Ihre *erhellenden* Beiträge, aber wir sollten zu einem Schluss kommen. Als Offiziere sind wir gezwungen, militärische Notwendigkeiten über persönliche Sympathien zu stellen.« Er atmete schwer. Seine Stimme zitterte leicht. »Also sind wir bereit, meine

Schwester als Verhandlungspartner nach London zu schicken, wenngleich sie eine Frau ist – und eine britische Agentin?«

Fragend, mit verschlossenem Gesicht, sah er in die Runde. Zögerliches Nicken, schließlich bestätigendes Ja antwortete ihm.

Er atmete tief aus. »Gut, dann wäre dies also geklärt.« Er nickte. »Wenden wir uns anderem zu. Was das Propagandaministerium betrifft …«

»Herr Admiral!« Robert war aufgesprungen. Er konnte sich nicht mehr zurückhalten. Bis zuletzt hatte er gehofft, man würde Marie ablehnen, spätestens Karl würde ein Machtwort sprechen, doch nun sah er, dass er verloren hatte. Einem verzweifelten Impuls Folge leistend, wenngleich er sich dessen Lächerlichkeit bewusst war, versuchte er, das Steuer doch noch herumzureißen. Heftig fragte er: »Wollen Sie es wirklich verantworten, Ihre Schwester nach England zu schicken? Das ist eine gefährliche Angelegenheit und …«

Karl blickte ihn strafend an. »Das ist mir durchaus bewusst«, schnappte er. »Aber es waren schließlich Sie, der sie in diese Lage gebracht hat. Hätten Sie die Befehlskette nicht gebrochen, wäre dies niemals passiert! Wenn Sie also nichts Weiteres zu sagen haben, haben Sie die Freundlichkeit, Platz zu nehmen und aufmerksam zuzuhören.«

Der bohrende Blick zwang Robert, sich zu setzen. »Jawohl, Herr Admiral«, murmelte er gepresst. Unter dem Tisch ballte er eine Faust. Was hatte er getan?

Es verstrichen zwei Stunden, ehe sich die Versammlung auflöste. Erleichtert erhob sich Karl von seinem Stuhl, er hatte einen widerlichen Geschmack im Mund, sein Magen flatterte nervös. Als die Offiziere nacheinander den Konferenzsaal verließen, nahm er Robert beiseite. Er atmete zischend die Luft ein und knurrte leise: »Wie kamen Sie auf diese glorreiche Idee, meine Schwester ins Vertrauen zu ziehen, Schneider? Hatte ich Ihnen das nicht ausdrücklich verboten?«

Robert sah ihn ausdruckslos an. Sein Gesicht verriet nichts, weder seine Gedanken noch seine Gefühle waren für Karl lesbar. »Ihre Schwester ist selbst dahintergekommen«, antwortete er farblos. »Ich habe damit nichts zu tun. Tut mir leid.« Die Ironie ließ seine Mundwinkel leicht nach oben zucken. Doch er wurde sofort wieder ernst, als Karl ihn vernichtend ansah. »Da ich wusste, dass sie in der Résistance tätig ist, hielt ich es für nützlich, sie Moltke vorzustellen«, fuhr er nüchtern fort. »Sie hätte mit den französischen Partisanen Kontakt aufnehmen können und vielleicht auch mit London. Ich dachte, es wäre in Ihrem Sinne, Herr Admiral.«

Selbstgefälligkeit zeichnete sich auf seinen Zügen ab, aber Karl hatte kaum zugehört, was Schneider ihm gesagt hatte. Wie betäubt sah er ihn an. »Sie wussten es?«, fragte er ungläubig. »Sie wussten, dass sie eine feindliche Spionin ist?«

Robert schüttelte den Kopf. »Nein. Nur, dass sie vermutlich ein Mitglied der französischen Untergrundbewegung ist.«

»Und Sie warten bis heute, mir das zu sagen? Warum, um alles in der Welt, haben Sie mir das nicht früher gesagt? Ist Ihnen eigentlich klar …?«

Karl brach ab. Nein, natürlich nicht. Er hatte Schneider ja nicht in seine Pläne eingeweiht. Marie sollte Helens Base einen Brief übergeben, der an deren Mann adressiert war. Graf Albrecht von Eberberg arbeitete im Hauptquartier der Schweizer Armee. In enger Zusammenarbeit mit Karl bereitete er ein Bündnis mit der Schweiz und den Offizieren vor, die Hitler stürzen wollten. Im Brief bat Karl darum, Marie in den Kreis der Schweizer Verbündeten einzuschleusen und als Kurier zwischen der Schweiz und Paris zu benutzen. Als Einheimische konnte Marie sich unauffällig in Frankreich bewegen. Und es gab Wege, um ungesehen über die Schweizer Grenze und zurück zu kommen. Sie hätte auch mit der Résistance Kontakt aufnehmen können und Unterstützung suchen.

Aber natürlich, wenn Marie selbst in der Résistance aktiv war und obendrein noch britische Agentin, sah die Sache anders aus. In militärischer Hinsicht ein absoluter Glückstreffer. Mehr Unterstützung hätte er wirklich nicht haben können. Aber allein der Gedanke, sie mit dieser brisanten Aufgabe zu betrauen, schnürte ihm den Hals zu. Sie war das einzige Mitglied seiner unmittelbaren Familie, das noch lebte.

»Nun gut«, brummte er. »Jetzt ist es ohnehin gleichgültig. Aber ich verbiete Ihnen, noch einmal einen eigenmächtigen Entschluss zu fassen. Haben Sie mich verstanden?«

Karl sah Robert scharf an. »Ja, Herr Admiral«, erwiderte dieser ausdruckslos. »Glasklar.«

21

Noch am selben Abend bestellte Karl seine Schwester in sein Arbeitszimmer. Marie hatte einen Augenblick mit dem Gedanken gespielt nicht zu kommen. Doch schließlich siegte die Neugier und so kam es, dass sie nach dem Abendessen mit stolz erhobenem Kopf in das kleine Zimmer trat und kalt fragte: »Du wolltest mich sprechen?«

Karl wies auf den freien Stuhl vor dem Schreibtisch, auf dem wenige Stunden zuvor Robert gesessen hatte. Marie nahm steif Platz. Sie widerstand dem Drang, sich zurückzulehnen und die Beine übereinanderzuschlagen.

Karl beugte sich über den Schreibtisch, die Ellenbogen aufgestellt, und legte die gespreizten Fingerspitzen aneinander. Einen Augenblick lang musterte er sie aus unergründlichen Augen, dann meinte er nicht ohne Anerkennung in der Stimme: »Ich gebe zu, ich habe dich unterschätzt. Ich hätte nicht gedacht, dass du ebenfalls in die Armee eingetreten bist. Wie kam es dazu?«

Marie erkannte echte Neugier und Verblüffung in seiner Stimme. »Das ist dein Verdienst«, sagte sie. Karl sah sie verwirrt an. »Als ich unsere Eltern aus den Trümmern unseres Hauses freischaufelte, musste ich daran denken, dass mein eigener Bruder auf der Seite dieser Mörder kämpfte. Und da beschloss ich, nach England zu gehen und gegen Nazideutschland zu kämpfen – und gegen dich. Ich war wie besessen von dem Gedanken, dich für diese Qual zu bestrafen, die mein Herz zerfraß. Mittlerweile arbeite ich für den SOE, den Special Operations Executive, und als Major tue ich alles, um der Wehrmacht und den Nazis zu schaden, damit dieser Krieg endlich ein Ende findet!«

All das, was sie jahrelang unter Verschluss gehalten hatte, lag nun offen. Sie spürte, wie ihre Knie weich wurden und zu zittern begannen.

Ihre Augen funkelten dunkel. »Ich habe genug von dieser Angst, die mich seit drei Jahren nicht mehr loslässt! Ich habe genug von einer Arbeit, die ich hasse, weil sie aus Töten und Morden besteht. Ich habe genug von den Selbstvorwürfen, den Gewissensbissen, der Reue, die mich in den Wahnsinn treiben! Ich kann nicht aufhören daran zu denken, dass meinetwegen Mamy gestorben ist. Ich – *ich* – habe Menschen getötet, ermordet, erschossen! Und habe dabei nichts empfunden als Verachtung, Abscheu und Leere.«

Ihre Augen blitzten. Anklagend sah sie ihn an. »Du hast mir gesagt, dass ich der einzige Mensch bin, dem du vertraust. Aber du warst nicht einmal in der Lage, mir die Wahrheit zu sagen. Du hast es vorgezogen, mich zu belügen und mich in allergrößte Gefahr zu bringen. Warum musste ich erst ans Äußerste gehen, um herauszufinden, was dich dazu bewegt hat, mich ausfindig zu machen und nach Deutschland zu schicken?«

Ein Kloß bildete sich in ihrem Hals. Sie spürte, wie erste Tränen in ihre Augen stiegen. Oh nein, dieses Mal würde sie nicht weinen. Nicht jetzt! Diese Worte wollte sie ohne zitternde Stimme und Tränenspuren sagen.

Mit schwerer Atmung und schmerzender Kehle sagte sie: »Das hat nichts mit Vertrauen zu tun, Karl. Das Gegenteil ist der Fall. Du hast mich für fähig gehalten, deine Frau aus Deutschland zu holen. Aber um dir zu helfen, dazu bin ich dir nicht gut genug.«

Ein bitterer Zug legte sich auf ihren Mund. »Ich nehme an, Schneider hat dir geflüstert, dass ich Major des SOE bin. Und jetzt bist du auch nicht mehr so abgeneigt, mich ins Boot zu holen. Habe ich recht?« Sie lachte kurz und freudlos auf. »Natürlich habe ich recht. Du brauchst immer Referenzen. Aber sag mir, warum konntest du mir nicht einfach vertrauen? Warum musstest du erst wissen, was ich bin, bevor du mich mit Achtung bedenkst?«

Als sie schließlich schwieg, ihre Wut langsam abflaute und sich ihre Atmung allmählich normalisierte, herrschte ein Moment Stille im Arbeitzimmer. Man hörte das schwache Brummen der Autos auf der Straße unterhalb des Fensters und das leise, monotone Ticken des Sekundenzeigers einer kleinen Uhr auf dem Schreibtisch.

Dann brach Karl das Schweigen. »Ich hatte keine Ahnung, was du durchgemacht hast, Marie.« Seine Stimme klang seltsam unpersönlich, kalt, fremd. Ein Schauer lief ihr über den Rücken. »Aber als Offizier trage ich die Verantwortung für viele Menschen, deren Leben ich nicht einfach aufs Spiel setzen kann. Das dürfte dir ja nichts Neues sein, wenn man bedenkt, dass du Major bist.« Ein dünnes Lächeln zeichnete sich auf seinen Lippen ab.

Sie verengte ihre Augen zu gefährlichen Schlitzen. »Das ist mir durchaus klar. Aber ich war bereit, für dich ein Risiko einzugehen. Du nicht. Das ist ein Unterschied.«

»Ich hätte nie so etwas von dir verlangt, wenn ich gewusst hätte, wer du bist«, schnappte er kalt. »Im Gegenteil, ich finde das grob fahrlässig und überhaupt nicht vertretbar. Wie konntest du so leichtsinnig sein?«

Er sah sie streng an. Marie ballte ihre Hand zu einer Faust zusammen und löste sie dann langsam wieder. »Ich habe es für dich getan«, sagte sie trocken. »Weil du mich darum gebeten hast. Und weil du mein Bruder bist.«

Karl machte ein finsteres Gesicht. »Ein Offizier muss die Pflicht über persönliche Gefühle und Beziehungen stellen«, sagte er mit der Stimme eines Oberlehrers. »Du hättest meinen Auftrag nicht annehmen dürfen, Marie. Das war militärisch gesehen ein Fehler.«

»Ach, jetzt war das wohl auch nicht richtig, was?«, feixte sie. »Wie praktisch für dich, mir jetzt Vorwürfe zu machen, da du bekommen hast, was du wolltest. Ich bin meinem Herzen und meinem Gewissen gefolgt und das ist meiner Meinung nach viel wichtiger.«

Karl stieß schnaubend die Luft aus. »Das ist keine Entschuldigung«, knurrte er.

»Aber falsch ist es auch nicht. Oder willst du mir sagen, dass du unglücklich darüber bist, dass ich hier bin?«

Karl öffnete den Mund, doch dann schloss er ihn rasch wieder. Nach einer kurzen Pause sagte er: »Du bist nicht die Einzige, der Unrecht widerfahren ist. Auch ich habe gelitten. Ich fühlte mich von euch verraten. Alles, was ich bin, habe ich mir selbst erarbeitet. Und zwar mit viel Schweiß und harter Arbeit! Und bei allem, was ich tat, musste ich daran denken, dass niemand aus meiner Familie stolz auf mich ist. Niemand war da, um meinen Erfolg zu teilen. Niemand, der mich mit einem stolzen Lächeln anblickte, mir anerkennend auf die Schulter klopfte.«

Verbittert sah er sie an. »Helen ist meine Familie geworden. Onkel Thomas hat sie mir vorgestellt. Er und Tante Brigitte waren die Einzigen, die mich trotz allem aufgenommen haben. Sie haben mir die Eltern ersetzt, die mir ihre Liebe und Zuneigung verweigert haben.« Seine Augen blitzten, das Gesicht war wutverzerrt und hochrot. Endlich konnte er das aussprechen, was er so lange verschweigen musste.

»Die Marine gab mir die Anerkennung, die mir von der Familie verweigert wurde. Onkel Thomas half mir, meinen rechtmäßigen Platz zu finden. Und ich konnte endlich beweisen, dass ich einer solchen Stellung und der Verantwortung gewachsen bin. Was glaubst du, was das für ein Gefühl ist, zu wissen, dass deine eigenen Eltern dich für deinen Erfolg verachten würden, wenn sie davon wüssten?«

Sein Gesicht verzog sich schmerzlich. Wut und Verbitterung traten in seine Augen. Sie waren so stahlhart wie die seiner Schwester vor wenigen Minuten. »Du bist wahrlich nicht die Einzige, die ein Recht darauf hat, Vorwürfe zu äußern. Und vermutlich fehlt es dir wirklich an Verständnis für Ehre, Ruhm und Pflicht, wenn du nicht verstehst, warum Männer in den Krieg ziehen. Es ist eine Ehre für uns, unser Land und unsere Familien zu verteidigen. Und wenn wir dabei unser Leben lassen, dann wenigstens in dem Gewissen, unsere Pflicht getan zu haben.«

»Und warum bist du dann dabei, deiner Pflicht den Rücken zuzukehren und zum Feind überzulaufen?«, unterbrach Marie ihn grob.

Karls Kiefermuskeln zuckten. Eine Sekunde lang blitzte Zorn in seinen Augen auf, doch er erlosch so schnell, wie er gekommen war. Resigniert sagte er: »Ich bin Offizier, doch durch den Dienst an meinem Land wurde ich zum Verräter meines Gewissens.« Er schwieg kurz und fügte dann hinzu: »Ich bereue es nicht, zur Kriegsmarine gegangen zu sein. Es war richtig, meinem Land zu dienen. Aber ich bedauere, dass ich blind war und nicht gleich erkannt habe, dass es dem Mann, den ich für die Hoffnung unseres Landes hielt, in Wahrheit nicht um das Wohl Deutschlands, sondern um die Verfolgung seiner größenwahnsinnigen und menschenverachtenden Pläne geht.

Wenn du wüsstest, was er alles Barbarische getan hat und noch heute tut …«

Er verzog das Gesicht zu einer Grimasse des Abscheus.

»Aktion T4?«, mutmaßte Marie.

Karl nickte. »Helen hat dir davon erzählt, vermute ich. Als ich davon hörte, konnte ich es zunächst nicht glauben. Du kannst dir mein Entsetzen vorstellen, als ich hörte, für welches verbrecherische System ich meinen Dienst tue! Reck war ebenso erschüttert und entschlossen wie ich, der Barbarei ein Ende zu bereiten. Seitdem rekrutieren wir in allen Winkeln des Deutschen Reiches Männer, die uns dabei helfen, die Regierung abzusetzen und …«

»Menschen wie Hitler gehören erschossen!«, unterbrach sie ihn heftig.

Karl schüttelte missbilligend den Kopf. »Er gehört vor ein rechtmäßiges Gericht, damit er sich vor der Weltöffentlichkeit für seine Kriegsverbrechen verantworten muss. Wir können Unrecht nicht durch Unrecht bekämpfen, Marie.«

»Du sprichst wie Moltke und seine Spießgesellen«, knurrte sie zwischen den Zähnen. »Aber falls du durch dieses Vorgehen ein Geständnis von Hitler erreichen willst, kann ich dir schon gleich sagen, dass du darauf lange warten kannst. Hitler ist sich keines Unrechts bewusst. In seinen Augen tut er der Welt einen Gefallen, wenn er sie vom *Krebsübel* befreit, wie er die Untermenschen nennt. Er versteht nur die Sprache der Waffen. Und in dieser sollten wir ihm antworten!«

»Und das aus dem Mund einer Frau, die gerade noch gesagt hat, dass sie vor dem Töten Abscheu empfindet?«, fragte er spöttisch. »Du bist wieder unlogisch, Schwesterchen.«

Ihre Züge wurden straffer. »Zwei Jahre Dienst beim SOE machen dich entweder skrupellos oder mausetot«, sagte sie grimmig. »Und ich habe keinen Skrupel, Hitler zu töten! Aber«, sie lächelte säuerlich, »natürlich habe ich darüber keine Entscheidungsgewalt. Ich befolge nur Befehle. Als guter Offizier«, fügte sie sarkastisch hinzu.

Karls Mundwinkel zuckten, doch er hielt ihrem feixenden Blick stand. »Wenn ich richtig verstanden habe, willst du also Hitler aus dem Weg räumen, und Moltke und seine Clique kümmern sich um die Regierung im Nachkriegsdeutschland?«, fragte sie und hob die Augenbrauen.

»So kann man es zusammenfassen«, erwiderte er. »Meine Männer sind keine Politiker, wir sind Offiziere. Und du hast Moltke ja gehört. Er macht einen ziemlich entschlossenen Eindruck, findest du nicht?«

Sie zuckte mit den Achseln. »Er ist ein bisschen zu arrogant für meinen Geschmack. Und nicht besonders tatkräftig. Wenn's nach ihm ginge, würde sich erst etwas ändern, wenn Hitler ins Gras beißt. Aber etwas anderes. Hast du über mein Angebot, für deine Sache in London einzutreten, nachgedacht?«

Falten bildeten sich auf seiner Stirn. »Noch nicht«, brummte er. »Aber ich werde es mir durch den Kopf gehen lassen.«

Sie nickte langsam. »Gut. Tu das. Wenn du nichts dagegen hast, gehe ich jetzt.« Sie erhob sich. Ihre Glieder waren völlig steif.

Sie hatte die Hand schon an der Türklinke, als Karl sie zurückrief. Sie drehte sich um. »Wirst du Helen in die Schweiz bringen?«, fragte er.

Sie zuckte mit den Schultern. »Ich werde es mir durch den Kopf gehen lassen.«

Zwölf Stunden später stand Marie ihrem Bruder wieder gegenüber. Zusammen mit Robert und Helen stand sie im kleinen Arbeitszimmer und wartete auf den Beschluss, den der Admiral gleich verkünden wollte. Keiner im Zimmer hatte besonders viel geschlafen in der letzten Nacht. Robert hatte mehreren Besprechungen beigewohnt, die ihn ermüdet hatten.

Der Anblick von Marie, die mit verschlossenem Gesicht neben ihm stand, hob seine Laune nicht, er machte sie eher schlimmer. Angestrengt bemühte er sich, nicht in ihre Richtung zu blicken, und fragte sich gleichzeitig, warum er sich so kindisch benahm.

Sie sah schlecht aus, fand er. Dunkle Augenringe zierten ihr bleiches, abgespanntes Gesicht, ihre Lippen waren ein gerader Strich.

Aber, so stellte er mit einigem Erstaunen fest, das traf auf jeden Einzelnen in diesem Zimmer zu. Alle hatten diese müden, sorgevollen Mienen auf ihren leicht zerknitterten Gesichtern. Selbst die junge Gräfin hatte das nicht mit ihrer sorgfältig aufgetragenen Schminke vertuschen können.

»Nun, ich denke, ich komme gleich zur Sache«, begann Karl schließlich und richtete sich kaum merklich in seinem Schreibtischstuhl auf. »Da ich die Konferenz am Freitag verpasst habe, muss ich morgen nach Berlin fliegen. Kapitän Schneider wird mich begleiten, da er am Dienstag wieder seinen Dienst bei der Marineartillerie aufnehmen muss.« Er rieb sich die Stirn und fuhr anschließend mit müder Stimme fort: »Marie, ich möchte, dass du Helen in die Schweiz bringst. Wenn möglich, dann noch heute. Und vergiss nicht, den Brief abzugeben.«

Abwartend sah er seine Schwester an, doch sie antwortete nicht. »Und, wirst du das tun?«, fragte er schließlich ungeduldig.

Sie zögerte kurz und sagte dann: »Ich möchte lieber mit auf die Konferenz nach Berlin mitkommen.«

»Ausgeschlossen«, sagte Karl entschieden, ehe sie weitersprechen konnte. »Das ist eine strikt militärische Versammlung, Zivilisten haben dort nichts verloren.«

»Und was ist mit Moltke?«, schnappte sie zornig. »Soviel ich weiß, ist er auch kein Soldat und …«

»Moltke wird auch nicht daran teilnehmen«, unterbrach er sie ungehalten. »Deshalb wird Schneider mich begleiten. Er hat schließlich die Gespräche geführt und …«

»Ich habe an diesen Gesprächen auch teilgenommen!«, fiel sie ihm scharf ins Wort. »Außerdem möchte ich die Männer, die ich in London vertreten soll, persönlich kennenlernen. Ich möchte die Gewissheit haben, dass sie zu ihrem Wort stehen werden und ihre Rede nicht nur heiße Luft ist.«

Karl rutschte auf seinem Stuhl vor und sagte fest: »Das wird nicht nötig sein.«

Marie klappte den Mund auf und schloss ihn gleich darauf wieder. »Wie soll ich das verstehen?«, fragte sie schließlich.

»So wie ich es gesagt habe.« Er lächelte gequält. »Ich möchte nicht, dass du nach London gehst. Gemessen an dem, was du mir erzählt hast, bist du entgegen eines ausdrücklichen Befehls nach Deutschland gegangen. Deinen Vorgesetzten dürfte das nicht gefallen. Du musst mit einem Disziplinarverfahren rechnen, wenn du wieder nach England gehst. Das wird deine Position schwächen und die Verhandlungen auf unabsehbare Zeit verschieben. Es ist mir daher lieber, wenn du mit Helen in die Schweiz gehst und dort bleibst.«

»Meine Rückkehr nach England ist unvermeidlich.« Maries schneidende Stimme unterbrach ihn »Der SOE wird nicht stillschweigend billigen, dass ich plötzlich wie vom Erdboden verschluckt bin. Man wird nach mir suchen, falls das nicht schon der Fall ist, und wenn ich nicht wieder auftauche, wird man mich auf die Abschussliste setzen und wie einen Deserteur behandeln.«

»Ein Grund mehr, in die Schweiz zu gehen«, bemerkte er prosaisch.

Marie schnaubte. Robert sah, wie sie verzweifelt versuchte, nicht völlig die Beherrschung zu verlieren. Schwer atmend fragte sie schließlich: »Du willst meine Dienste also nicht annehmen?« Es war mehr eine Feststellung als eine Frage.

»Das ist so nicht richtig«, korrigierte Karl. »Es ist lediglich so, dass …«

»Du willst nicht, dass ich für dich in London spreche«, unterbrach sie ihn scharf. »Ist es so?«

Ihre Blicke durchbohrten ihn. Er ließ sich davon nicht einschüchtern. »Ja«, sagte er schlicht. »Aber …«

»Gut.« Marie ließ ihn nicht aussprechen. Ihre Stimme war bemerkenswert ruhig in Anbetracht der Tatsache, dass sie vor Wut kochte. »In diesem Fall wünsche ich dir viel Glück. Ich kann zwar nicht behaupten, dass es eine reine Freude war, dich wiederzusehen, aber es war bemerkenswert, in mancher Hinsicht zumindest. Mach's gut, Karl.«

Sie reckte den Kopf und machte auf dem Absatz kehrt. Verblüfft stand Karl auf. »Moment mal!«, rief er. »Was soll das heißen, Marie? Wo willst du hin?«

Ohne sich umzudrehen, sagte sie: »Ich gehe, Karl. Wenn du meine Dienste nicht gebrauchen kannst, werde ich zumindest dafür sorgen, dass Nazideutschland diesen Krieg verliert! Mit oder ohne deine Hilfe!«

Sie rauschte aus dem Zimmer. »Marie«, rief Karl. Sie reagierte nicht. »Marie!« Allmählich wurde er wütend. »Sei nicht kindisch! Komm zurück, verdammt noch mal! Marie!«

Er hörte eilige Schritte und dann fiel eine Tür ins Schloss. Stille trat ein. Schnaubend ließ er sich auf seinen Stuhl fallen. »Sture Gans«, murmelte er ärgerlich. Er kratzte sich am Kopf, dann merkte er, dass Robert ihn mit einer Mischung aus Ungeduld und Missbilligung ansah. Er runzelte die Stirn.

»Passt Ihnen etwas nicht, Schneider?«

»Ich denke, Sie sollten die Fähigkeiten Ihrer Schwester nicht unterschätzen«, deutete Robert vorsichtig an. »Außerdem, wenn Sie mir erlauben, dies anzumerken, uns läuft die Zeit davon. Und die anderen waren damit einverstanden, dass Ihre Schwester nach England fliegt.«

»Das weiß ich!«, schrie Karl ungehalten. »Aber ich will nicht, verstehen Sie? Ich will nicht, dass sie sich in eine solche Gefahr begibt. Sie ist meine Schwester, verdammt noch mal! Ich trage die Verantwortung für sie!« Er schlug mit der Faust auf den Tisch.

»Diese Verantwortung war Ihnen in den letzten zehn Jahren herzlich egal«, bemerkte Robert kühl.

Wutschäumend sah Karl ihn an. »Es steht Ihnen nicht zu, so mit mir zu sprechen, Kapitän! Ich bin Ihr Vorgesetzter, vergessen Sie das nicht.«

»An dem Tag, als Sie mich in Ihre Pläne eingeweiht haben, wurde ich zum Verräter, genauso wie Sie. Wir sind uns also ebenbürtig.« Roberts Augen blitzten herausfordernd. »Und deshalb sage ich Ihnen, dass Sie dabei sind, einen schrecklichen Fehler zu machen, indem Sie Ihre Schwester zurückweisen. Sie ist für dieses Unterfangen von unschätzbarem Wert. Als Einzige von uns allen hat sie echten Kontakt zu den Alliierten.«

Karl sah aus, als hätte man ihn geschlagen. Dann wich alle Luft aus ihm, er sank auf seinem Stuhl zusammen. »Sie haben ja recht, Schneider«, sagte er ermüdet. »Ich habe mich von meinen Gefühlen leiten lassen.« Er seufzte abgrundtief. »Seien Sie so gut und holen Sie meine Schwester zurück. Ich glaube kaum, dass sie mit mir auch nur ein Wort wechseln würde.«

Robert nickte und verließ das Zimmer. Er holte Marie am Ende der Straße ein. Sie steuerte die Metrostation an. »Marie!« Sie reagierte nicht. Entweder weil sie ihn nicht hörte oder weil sie nicht hören wollte. Er rannte ihr hinterher und packte sie am Arm. Marie versuchte, sich mit einer heftigen Bewegung loszureißen, aber Robert hatte schon damit gerechnet und verstärkte den Griff. »Lassen Sie mich los, Kapitän!«, schrie sie. »Sie haben mir nichts zu sagen. Und ich habe Ihnen nichts zu sagen.«

Robert verlor die Geduld. »Jetzt hören Sie mir mal zu, Major Büchner. Ich habe wirklich keine Zeit für solche Kindereien! Hier steht mehr auf dem Spiel als ein dummer Machtkampf zwischen Ihnen und Ihrem Bruder. Wir riskieren Kopf und Kragen und die Zeit läuft uns davon. Falls Sie ernsthaft daran interessiert sind, uns zu unterstützen, dann hören Sie auf, sich wie ein eingeschnapptes Kleinkind zu verhalten, und hören sich an, was ich zu sagen habe!«

Erneut versuchte sie, ihren Arm zu befreien, aber seine Finger verstärken den Druck und schließlich gab sie auf und sagte kühl: »Gut, ich höre.«

Robert gab ihren Arm frei und sie riss ihn zurück. Ihr Stolz verbat ihr jedoch, die schmerzende Stelle zu reiben. Robert musterte sie nachdenklich, ehe er abrupt fragte: »Sind Sie wirklich in der Lage, eine Grundlage für Verhandlungen zu schaffen?«

Er wagte es nicht, deutlicher zu werden. Auf der Straße konnte sie jeder hören und die Gestapo hatte ihre Spitzel überall. »Ja«, sagte sie mit einer Zuversicht, die sie gerne besessen hätte. In Wahrheit war sie ganz und gar nicht sicher, dass es ihr gelingen würde, auch nur Richard zu überzeugen.

Robert indes schien mit der Antwort zufrieden zu sein. Sie sah, wie er sich ein wenig entspannte.

»In diesem Fall würden wir uns freuen, wenn Sie den Auftrag annehmen würden«, sagte er ernst.

»Ich … es geht nicht«, sagte sie plötzlich unsicher. Ihre Stimme war nicht mehr als ein Flüstern.

In Roberts Augen trat Wut. »Wollen Sie mich zum Narren halten?«, fragte er kalt. »Gerade noch sagten Sie …«

»Ich weiß, was ich gesagt habe«, erwiderte sie fest. »Aber Karl …«

»Ihr Bruder hat einen Fehler gemacht«, unterbrach er sie grob. »Er wollte Sie nicht nach … fortschicken«, verbesserte er sich rasch, »weil er Angst um Sie hat. Muss ich Ihnen wirklich erklären, warum ein Bruder seine Schwester nicht in Gefahr wissen will?«

Er zog die Augenbrauen zusammen und sagte hart: »Schlucken Sie Ihren Stolz hinunter und tun Sie, was nötig ist. Schließlich ist es ja auch in Ihrem Interesse.«

Sie gab keine Antwort, senkte nur den Blick und schüttelte leicht den Kopf. »Ich habe auch Angst um Karl«, flüsterte sie kaum hörbar. »Er wagt sehr viel. Ich … Ich wollte nicht …«

Sie brach ab. Stille fiel zwischen sie und der Augenblick zog sich in die Länge. Um sie herum eilten Passanten auf dem Gehweg entlang, niemand schenkte den zwei Menschen Beachtung, die sich regungslos gegenüberstanden, ohne ein Wort zu sagen. Aus einem nahen Café tönte ein sentimentales Lied aus der Vorkriegszeit, süß und undeutlich, und erfüllte den Augenblick mit einem seltsam wehmütigen Klang.

»… mir ist so nach dir, mir war schon gestern so nach dir und mir wird immer nach dir sein …«

Marie sah, wie Roberts Mund weicher wurde und zuckte.

»Oh Robert …«, flüsterte sie erstickt. Sie hob die Hand in einer Geste der Hilflosigkeit und Verzweiflung. Ihre Augen, ihre dunklen, machtvollen Augen glänzten verräterisch. Ehe er wusste, was er tat, hatte er sie in den Arm genommen und drückte sie fest an sich. Sie ließ es geschehen. Sie schlang ihre Arme um seinen Nacken, ihre Finger krallten sich in den Stoff seiner Uniform.

Endlich, endlich konnte sie sich an jemandem festklammern. Wie sehr hatte sie das gebraucht! Sie genoss die Wärme seiner Arme um ihren Körper, seinen Geruch und seine Nähe. Er sagte kein Wort, hielt sie nur fest in seinen Armen, sicher und geborgen. Sie vergrub ihr Gesicht an seiner Brust und ließ ihren Tränen freien Lauf.

Zu wissen, wer sie war und was sie tat, hatte sie nicht aus seinen Gedanken vertrieben oder ihn dazu bringen können, sie zu hassen. Im Gegenteil, seine Bewunderung für ihren Mut und die Liebe zu ihrer Familie wuchs und er konnte über ihre innere Kraft nur staunen. Es war ihm völlig gleichgültig, dass sie eine britische Agentin war und er ein Offizier der Kriegsmarine, solange er sie nur in den Armen halten konnte, solange sie nur bei ihm war.

Er presste sie an sich, schmiegte seine Wange an ihr Haar und flüsterte: »Marie, Liebes, meine Liebste.« Er presste seine Lippen auf die kühle Haut ihrer Halsbeuge. »Ich liebe dich.«

Sie blickte zu ihm hinauf. Ihre Augen glänzten wie Ebenholz, so dunkel und schwarz. Er las Angst darin, Sehnsucht und ja, Hoffnung. Sie suchte seinen Blick, suchte eine Antwort in seinen Augen, und als sie sie gefunden hatte, beugte sie sich vor, sodass ihre Lippen seinen Mund berührten.

Seine Hand umschloss ihren Nacken, während ihre Finger durch sein Haar fuhren, sich darin verfingen und festklammerten. Sie küsste ihn mit einer neuen Leidenschaft und Zärtlichkeit. Eine Sekunde lang wurde ihr bewusst, dass jeder auf der Straße sie sehen konnte, doch es war ihr plötzlich gleich. Alles, was zählte, war Robert, der sie in seinen Armen hielt und sie küsste. Mochte er ihr Feind sein, mochte sie jetzt einen Fehler machen, sie wollte nicht daran denken. Sie wollte nur den Augenblick genießen, in dem Pflicht, Verantwortung und Uniformen nichts bedeuteten, in dem nur die Liebe zählte, nur die Gegenwart des anderen. Sie wollte diesen Augenblick aufsaugen, mit jeder Faser ihres Körpers, und ganz darin versinken.

Thérèse Moulin summte fröhlich ein altes Lied aus ihrer Kindheit, während sie die Münzen in das Telefon steckte. Sie war blendender Laune. Nie hätte sie sich träumen lassen, dass der monatliche Besuch bei ihrer Mutter in Paris so erfolgreich sein würde. Denn für das, was sie heute auf der Straße gegenüber dem kleinen Schuhgeschäft ihrer Eltern gesehen hatte, wäre sie bereit gewesen, ihre besten Nylonstrümpfe herzugeben. Und sie liebte Nylonstrümpfe!

Genüsslich wählte sie eine zwölfstellige Nummer mit ihren langen lackierten Fingernägeln. Während sie ungeduldig auf die Verbindung wartete, betrachtete sie ihr Spiegelbild im schmutzigen Glas der Telefonkabine. Ein ovales Gesicht mit hohen Wangenknochen, dessen leicht kantige Züge durch etwas Rouge weicher gemacht worden waren. Die Augen so geschminkt, dass ihre Farbe betont und ihre Form korrigiert wurde. Die Brauen fein gezupft. Dunkle, schwere Locken, die das sorgfältig geschminkte Gesicht einrahmten und sich über schmale Schultern ergossen. Nicht schlecht.

Ihr wohlgeformter Körper, bei dem jedes Gramm Fett dort saß, wo es hingehörte, war vielen Männern einen Blick wert. Thérèse wusste das. Und sie nutzte es schamlos aus.

Männer sind so leicht zu durchschauen, dachte sie spöttisch, während sie sich ein selbstzufriedenes Lächeln schenkte. Sie hatte ein Talent dafür, sie um den Finger zu wickeln. Das war ihr Glück, denn so konnte sie sich problemlos das luxuriöse Leben leisten, das ihr der Beruf als Krankenschwester versagte. Und die Deutschen waren sehr großzügig!

Thérèse fand es nicht unpatriotisch sich mit der Besatzermacht einzulassen. Sie fand es vielmehr dumm, es nicht zu tun. Die Deutschen mochten zwar nicht für immer in Frankreich bleiben, und sie waren weiß Gott nicht die leidenschaftlichsten Liebhaber, aber sie hatten zurzeit nun einmal das Sagen in Europa.

Als sie die tiefe Stimme von Pierre Dupont am anderen Ende der Leitung hörte, funkelten ihre Augen vor Vorfreude auf das kommende Unheil, das sie anrichten würde. Der Tag der Rache war endlich gekommen!

»Hallo, schöner Mann«, schnurrte sie in den Telefonhörer.

»Thérèse!« Unterschwellige Erregung war aus seiner Stimme zu hören. Sehr gut! Thérèse lachte leise in sich hinein. Endlich würde Florence Lacroix für alles bezahlen!

Allerdings war selbst Thérèse über Florences Unverfrorenheit verwundert. Dieses Flittchen, das so arrogant ihre Verachtung gegenüber den Deutschen und ihre Sympathisanten zur Schau getragen hatte, warf sich doch tatsächlich in aller Öffentlichkeit einem deutschen Marineoffizier an den Hals!

Thérèse hatte den Offizier erkannt. Es handelte sich um jenen Kapitän, den sie in Courseulles zu Madame Routier geschickt hatte, in der Hoffnung, Florence anschwärzen zu können. Dass dieses Luder sich nun ausgerechnet mit ihm eingelassen hatte, erschien ihr als Ironie des Schicksals.

Endlich, endlich konnte sie Florence die Demütigung heimzahlen! Thérèse fuhr sich mit der Zunge über die Lippen, ehe sie aufreizend in den Hörer sprach. »Ich würde dich so gerne sehen, Pierre …«

Oh ja, sie wollte so gerne sein Gesicht sehen, wenn sie ihm erzählte, dass seine geschätzte Florence Lacroix einem Wehrmachtsoffizier verfallen war.

22

Karl hatte den »Volksempfänger« angeschaltet, die »Goebbelsschnauze«, wie er hinter vorgehaltener Hand genannt wurde. Um 14 Uhr wurden die Berichte vom Oberkommando der Wehrmacht gesendet, die meist mit einem Tag Verspätung über das Kampfgeschehen berichteten.

Mit gerunzelter Stirn hörte er der leicht rauschenden Stimme des Nachrichtensprechers zu. Als die persönlichen Grüße für die Soldaten an der Front vorgelesen wurden, schaltete Karl ab.

Helen blickte auf. Auf einmal fürchtete sie sich davor, dass Heinrich ohne seinen Vater aufwuchs. Sie sah ihren Mann an, der gedankenversunken in die Flammen starrte.

»Gibt es eine Möglichkeit, dich zu überreden, mich in die Schweiz zu begleiten?«, fragte sie leise.

Karl drehte überrascht den Kopf in ihre Richtung. »Helen, wie soll ich das verstehen?«

»So wie ich es sage.« Sie legte das Buch beiseite und blickte ihn direkt an, die Hände im Schoß verschränkt. »Ich möchte, dass du mich in die Schweiz begleitest. Es gibt doch sicher jemanden, der deinen Platz einnehmen könnte. Und du könntest die Operation von Zürich aus verfolgen.«

»Nein, Helen. Ich werde mich auf keinen Fall in der Schweiz verkriechen. Wir müssen der Welt zeigen, dass wir den entscheidenden Schritt gegen Hitler und seine Bande von Verbrechern wagen. Mit Feigheit können wir das nicht erreichen!«

»Aber du würdest am Leben bleiben!«, rief Helen verzweifelt. Sie war plötzlich den Tränen nah. »Was bringt mir ein toter Held? Ich möchte meinen Mann nicht verlieren, verstehst du das denn nicht? Glaubst du etwa, es ist leicht für mich zu wissen, in welche Gefahr du dich täglich begibst? Mir vorstellen zu müssen, dass die Gestapo dich schnappen könnte und ...«

Sie schlug die Hand vor den Mund, um das Grauen nicht aussprechen zu müssen. Erstickte Schluchzer ließen ihre Schultern beben. Sie wandte sich ab und bedeckte ihr Gesicht mit den Händen.

Karl sprang bestürzt auf und setzte sich zu seiner Frau, nahm sie in den Arm und wiegte sie sanft. »Ich werde wiederkommen, versprochen. Und Marie wird so lange bei dir bleiben.«

Helen befreite sich sanft aus der Umarmung und sah Karl mit einem kläglichen Lächeln an. »Was Marie anbelangt …« Sie atmete hörbar Luft aus. »Nun, sie ist nicht gerade eine Hilfe in dieser Hinsicht, wenn du verstehst, was ich meine.«

Er hob überrascht die Augenbrauen. »Ich dachte, ihr wärt euch nähergekommen. Hast du mir das nicht erzählt?«

»Das dachte ich auch«, seufzte sie und tupfte sich die Tränen von den Wangen. »Aber bei ihr weiß man nie so recht. In einem Augenblick ist sie überraschend großzügig und liebenswürdig und im nächsten springt sie dir ins Gesicht oder straft dich mit verachtungsvollen Blicken.«

Liebevoll strich Karl ihr eine Strähne hinters Ohr. »Sie ist kein schlechter Mensch, Helen.«

»Ja, aber muss sie mich immer so verächtlich anschauen? Ich bin offene Feindseligkeit nicht gewohnt, Karl. Ich habe dann jedes Mal das Gefühl, etwas verbrochen zu haben.«

Er seufzte. »Sie hat Schlimmes mitgemacht. Du darfst das nicht persönlich nehmen. Ich werde mit ihr reden, versprochen. Und sobald sie dich zu deiner Base gebracht hat, wird sie nach England fliegen. Es ist unwahrscheinlich, dass du sie so bald wiedersehen wirst.« Er gab ihr einen Kuss auf die Stirn.

Helen schloss die Augen und seufzte leise. »Was soll nur aus uns werden, Karl?«

Er lehnte seine Stirn an ihre und schloss die Arme um ihre Taille. »Ich weiß es nicht, Helen«, murmelte er. »Ich weiß es nicht.«

Untersturmführer Strasser legte zufrieden den Hörer auf. Perfekt. Büchner würde also morgen nach Berlin kommen, um sich mit diesem Verräter Hinterhofen zu treffen. Sehr schön. Sollte er nur kommen. Er, Untersturmführer Strasser, würde mit einer Gestapo-Einheit auf ihn warten. Und dann würde er sich endlich rächen können!

Selbstzufrieden strich er sich über die Augenbrauen. Susanne hatte recht gehabt. Die frühere Schulkameradin Marie Büchner hatte tatsächlich bei ihrem Bruder Unterschlupf gefunden. Und zwar als Bertha Schmitt! Er ärgerte sich, dieser perfiden Person auf den Leim gegangen zu sein und dass sie ihm dann auch noch entwischt war. Als er den Befehl zur Hausdurchsuchung gegeben hatte, war der Vogel schon ausgeflogen gewesen. Aber Büchners Schwester interessierte Strasser auch nicht weiter.

Viel interessanter waren die Informationen, die ein gewisser Major Haas ausgeplaudert hatte. Er war im Haus der Defätisten Bergmann gewesen, als man sie verhaftet hatte.

In der Hoffnung, seine Haut zu retten, hatte Haas der Gestapo sehr interessante Informationen über Admiral Büchner und General Hinterhofen geliefert, die einen Putschversuch durchführen wollten. Nun besaß Strasser genau die Information, die er brauchte.

Wie lange hatte er auf diesen Tag gewartet! Genüsslich stellte er sich vor, wie er Büchner foltern, ihm alle möglichen Schmerzen zufügen würde. Vielleicht sollte er sich den Rat von SS-Hauptsturmführer Klaus Barbie einholen. Der machte als Gestapo-Chef in Lyon bei den Résistance-Mitgliedern ganz gute Erfahrung mit seinen grausamen Foltermethoden.

Und Helen? Sollte er sie an diesem grausamen Schauspiel teilhaben lassen? Als Strafe dafür, dass sie ihn damals zurückgewiesen hatte – ihn, Untersturmführer Peter Graf von Strasser – für einen ordinären Bürgerlichen? Helen war sein gewesen, bevor dieser geschniegelte Marineoffizier aufgetaucht war und ihr den Kopf verdreht hatte. Und bei Gott, er würde sich wieder holen, was ihm rechtmäßig zustand!

Er würde Helen erzählen, was für ein Verräter ihr geschätzter Büchner war, und dann würde sie einsehen, dass sie einen Fehler gemacht hatte, und zurück in seine liebenden Arme kommen. Ja, genau so würde es sein!

Beflügelt von seinen bald gesättigten Rachegelüsten hob er den Hörer ab, um den Befehl zu erteilen, Büchner und seine Bande von Verrätern zu verhaften, sobald sie das Gebäude des OKM betreten hatten.

Der Flur war dunkel. Wegen der Verdunklungsvorschrift wurden die Lampen spätestens um 21 Uhr gelöscht. Tastend suchte Marie ihren Weg. Während sie durch die Dunkelheit stolperte, dachte sie an das, was Karl gesagt hatte.

»Du musst diese Dokumente gut verstecken. Sie sind von unschätzbarem Wert. Aber wenn sie der Gestapo in die Hände fallen, bedeutet das deinen sofortigen Tod!«

Sie tastete nach dem Umschlag mit den geheimen Depeschen, die Reck ihr gegeben hatte. »Er ist Mitarbeiter des Sonderbotschafters Karl Ritter, dem Verbindungsmann des Auswärtigen Amtes zum OKW. Sämtliche Telegramme und geheime Dokumente über geplante Operationen, neue Waffentechnik oder Deportationen gehen über seinen Schreibtisch. Für London und Washington sind diese vertraulichen Informationen Gold wert! Diese Dokumente bilden eine stabile Verhandlungsbasis. Biete sie Montgomery oder Eisenhower oder wen auch immer du sprechen wirst als Tausch gegen ihre Unterstützung an. Es muss dir gelingen, sie davon zu überzeugen, dass wir auf derselben Seite kämpfen. Eine Befreiung von außen ist die einzige Chance für das Gelingen von Operation Eule«, hatte Karl weiter ausgeführt.

Marie runzelte die Stirn. »Operation Eule?«

»So haben wir das Unternehmen zum Umsturz des Regimes genannt.«

»Aber warum Eule?«

Karl lächelte schmal. »Wegen Edward Thomas' Gedicht ›Die Eule‹. Die dritte Strophe hat mich an unsere Situation erinnert.«

Sie kannte das Gedicht. Ihr Vater hatte ein dickes Poesiebuch mit sämtlichen englischen Dichtern besessen. Marie konnte Thomas' Gedicht deutlich vor Augen sehen. Es war fast so, als könne sie den Geruch von altem Leder riechen und mit der Hand über die alte, raue Seite streichen.

»Gänzlich ausgesperrt war die dunkle Nacht
Bis auf den Eulenschrei, den melancholischen Schrei,
Der lang und klar vom Hügel kam,
Kein freudiger Ton und kein Anlass zur Heiterkeit,
in der Tat,
Sondern ein Ton, erzählend von dem,
dem ich entkommen war,
Was anderen nicht gelungen war, in dieser Nacht,
als ich das Haus betrat«,

zitierte Karl leise.

Marie nickte. Sie verstand gut, was er meinte. Der Eulenschrei – die Erinnerung an die Verantwortung gegenüber dem Vaterland. Das deutsche Volk, das nichts von dem Grauen des bestialischen Systems wusste, durfte nicht im Stich gelassen werden.

Würde es ihnen gelingen, die Wahrheit über die Nazis ans Licht zu bringen? Und würde das deutsche Volk ihnen glauben?

Nicht ohne Ehrfurcht hatte Marie beim Treffen mit Reck den versiegelten Brief entgegengenommen. Das war das Wertvollste, was sie in ihrer gesamten Spionagelaufbahn in der Hand gehalten hatte. Damit konnten sie den Krieg gewinnen!

»Ich hätte das schon viel früher tun sollen«, hatte Reck gesagt. »Aber ich habe mich nie getraut. Außerdem wusste ich nicht, wie ich mit den Alliierten Kontakt aufnehmen sollte. Ich wollte sie Admiral Büchners Kontaktmann geben, aber bisher hatte er keinen Erfolg. Und so blieben die Dokumente bei mir.« Er blickte betrübt, ehe er ihre Hand ergriff und mit Leidenschaft sagte: »Ich wünsche Ihnen von Herzen viel Glück, Major Büchner! Ich hoffe sehr, dass es Ihnen gelingen wird, Eisenhower zu überzeugen, uns zu helfen.«

Sie hatte stumm genickt. Alles, was den Krieg verkürzte, war nicht nur legitim, sondern geboten.

Sie erreichte den fünften Stock. Vor der Tür des großzügigen Einzelzimmers blieb sie stehen. Schon hob sie die Hand, um anzuklopfen, doch plötzlich zögerte sie. Sollte sie das wirklich tun?

Unschlüssig schaute sie die verschlossene Tür an. Dahinter war kein Laut zu hören. Vielleicht sollte sie lieber umkehren. Was sie hier tat, war doch lächerlich! Und doch … Morgen konnte sie vielleicht schon tot sein.

Sie dachte an Karl und Helen, fasste sich ein Herz und klopfte an Roberts Tür.

»Bitte, sei vorsichtig!« Helen sah ihren Mann flehend an, als er seine blaue Uniformjacke zuknöpfte und einen letzten, vergeblichen Versuch startete, seine widerspenstigen Haare zu ordnen. Er gab auf und setzte seine weiße Mütze auf.

»Natürlich. Das bin ich doch immer.« Liebevoll streichelte er Heinrich über das Köpfchen und nahm dann seine Frau in die Arme. »Es wird schon nichts passieren. Ich habe schon Hunderten solcher Versammlungen beigewohnt. Alle erforderlichen Vorsichtsmaßnahmen wurden ergriffen, die Gestapo wird keinen Verdacht schöpfen. Ehrlich gesagt frage ich mich, ob sie überhaupt jemals auf uns aufmerksam geworden ist.«

»Warum?«, fragte sie skeptisch.

Weil wir dann schon lange tot wären, dachte Karl, doch er sprach diesen Gedanken natürlich nicht aus. Helen sollte sich nicht noch mehr Sorgen machen als ohnehin schon. Ihrem makellosen Gesicht tat das nicht gut. Erste Falten bildeten sich. Seufzend fragte er sich, ob es ihm irgendwie möglich war, ihr Zuversicht und Vertrauen einzuflößen.

Er lächelte sie aufmunternd an. »Weil sie bisher noch nicht aufgekreuzt ist«, erwiderte er so sanft wie möglich. »Es ist untypisch für die Gestapo, nicht sofort zuzuschlagen, wenn sie ihr Opfer ausgemacht hat. Alles spricht dafür, dass es falscher Alarm war.« Er wünschte, er könnte glauben, was er da sagte.

Helen indes schien sich ein wenig zu entspannen. »Du hast wohl recht«, pflichtete sie ihm bei. »Das sieht ihr tatsächlich nicht sehr ähnlich. Ach, wenn ich doch nur die Gewissheit hätte, dass wirklich alles so ungefährlich ist, wie du sagst!«

Sie legte den Kopf an seine Brust und seufzte. Karl schmiegte seine Wange an ihr Haar und fragte sich verzweifelt, wie er sie aufmuntern konnte. Er wollte sich nicht schon wieder mit so schweren Gedanken von ihr trennen. Sein Blick fiel auf den Flügel, der im Wohnzimmer stand. Ihm kam eine Idee.

»Schatz, ich habe dich so lange nicht mehr spielen hören. Jeden Tag meines Aufenthalts hier habe ich dieses Klavier gesehen und mir gewünscht, du würdest darauf für mich spielen. Du weißt doch, wie sehr ich es liebe, dir dabei zuzusehen. Würdest du mir diesen Herzenswunsch erfüllen?«

Helen blickte ihn zunächst überrascht an, doch dann lachte sie schelmisch. »Hast du wirklich jeden Tag beim Anblick des Flügels an mich gedacht?« Ihre Augen glänzten freudig bei dem Gedanken.

»Natürlich«, erwiderte er ernst.

Es war ein erhebendes Gefühl, wieder für ihn spielen zu können. Sie merkte, wie sehr sie vermisst hatte, dass er sich ganz nah neben sie stellte, die eine Hand auf den Flügel gestützt, und aufmerksam lauschte, während ihre Finger über die Tasten flogen.

Sie spielte etwas Fröhliches, um die trüben Gedanken zu verscheuchen. Nach und nach versank sie ganz in der Musik, wiegte ihren Körper im Takt der rasch aufeinanderfolgenden Kadenzen, und irgendwann schloss sie die Augen, um die Süße der Melodie völlig in sich aufnehmen zu können.

Bedächtig sah Karl ihr zu, sah ihre strahlenden Augen, das entzückte Gesicht, sah wie Sorglosigkeit und Freude in sie zurückkehrten, und genoss den Anblick seiner geliebten Frau, die ganz in Harmonie mit sich selbst war.

Irgendwann wurde die Musik langsamer, gesetzter, melancholischer. Karl schloss die Augen und sog die kraftvollen Klänge in sich ein. Musik war etwas Wundervolles, fand er. Sie weckte tief verborgene Empfindungen, belebte und befreite. Mehr als einmal bedauerte er, dass er nie das Klavierspiel erlernt hatte. Und so bewunderte und genoss er Helens Begabung umso mehr.

Plötzlich hörte er, wie sich eine Tür öffnete. Rasche Schritte ertönten, Karl öffnete die Augen wieder, und wenige Sekunden später erschien Marie in Begleitung von Robert im Zimmer. Er wäre über ihr zeitgleiches Erscheinen sicher erstaunt gewesen, hätte das seltsame Verhalten seiner Schwester nicht seine Aufmerksamkeit erregt.

Marie hatte mit ihrer üblichen Forschheit das Zimmer betreten, der Blick direkt und stahlhart, der Oberkörper kerzengerade. Doch als sie die Melodie erkannte, die Helen gerade spielte, erstarrte sie. Sie sah aus, als hätte man sie geschlagen. Überraschung und Schreck mischten sich in ihrem Blick. Wie hypnotisiert starrte sie Helen an.

Diese hatte mittlerweile den unerwarteten Besuch bemerkt, brach ihre Darbietung abrupt ab und versteifte sich augenblicklich unter den intensiven Blicken von Marie. Ihre Gesichtszüge wurden wieder starr, alle Gelassenheit fiel zu Karls Bedauern wieder von ihr ab. Sie tat, als habe sie den Blick ihrer Schwägerin nicht bemerkt, und stand rasch auf, als Marie plötzlich die Sprache wiederfand.

»Nein! Gehen Sie nicht!« Maries Stimme war ungewöhnlich rau. »Ich … Ich wollte sie nicht unterbrechen. Bitte, spielen Sie die ›Träumerei‹ von Schumann weiter.«

Der drängende Tonfall entlockte Helen einen überraschten Gesichtsausdruck, doch der flehende Ausdruck in Maries Augen brachte sie dazu, wieder Platz zu nehmen und das angefangene Musikstück zu Ende zu spielen.

Zutiefst bewegt schloss Marie die Augen, wiegte sich sanft zum Rhythmus der Melodie, sog gierig die Musik in sich ein, als handle es sich um ein Lebenselixier. Mit gerunzelter Stirn beobachtete Karl die völlige Verwandlung seiner Schwester. Es schien ihm, als erkannte er endlich das kleine Mädchen in dieser verzückten Frau wieder, die mitten im Zimmer stand und wegen eines Musikstücks in helle Aufregung geriet.

Als der letzte Akkord verklang, öffnete Marie die Augen wieder. Tränen schimmerten in ihrem Blick. Karl ahnte nicht, dass die Melodie Marie an ihre Mutter erinnerte. Es war das letzte Stück, das sie auf dem Klavier gespielt hatte, ehe die Bombe das Haus traf. Und als Helen Schumanns zarte Musik im Raum erklingen ließ, war es ihr, als sähe sie ihre Mutter, wie sie fröhlich versuchte, ihre längst vergessenen Pianistenkünste wiederzuerlangen.

Robert indes nahm Maries Hand und drückte sie sanft. Diese kleine Geste rührte sie so sehr, dass sie sich zu ihm umdrehte und ihn voll Dankbarkeit und Liebe anlächelte. Er erwiderte das Lächeln zärtlich und freute sich heimlich, dass sie von der Berührung nicht zurückgeschreckt war. Sie war bereit, ihm ihr Vertrauen zu schenken und ihn an ihren Empfindungen teilhaben zu lassen.

Marie sah Helen an, die sie mit einem gerührten Lächeln anblickte. Sie hatte verstanden. Ein wenig errötete Marie, doch dann dachte sie daran, dass Helen schließlich auch zur Familie gehörte. Ein Lächeln erschien auf ihren Lippen.

»Danke«, sagte sie mit aufrichtiger Wärme in der Stimme. »Vielen Dank, Helen.«

Die Gräfin nickte. »Gern geschehen.«

Stille trat ein. Marie wischte sich eine Träne ab, die ihr über die Wange lief. Dann blickte sie ihren Bruder an, der sie mit zusammengezogenen Augenbrauen misstrauisch musterte. Ihr Herz zog sich krampfhaft zusammen. Er hatte die Augen ihrer Mutter! Sie schluckte schwer, doch lächelte tapfer weiter.

Karl wandte den Blick ab und sah Robert an. »Ich denke, es wird Zeit aufzubrechen.«

Robert nickte ernst. Er spürte, wie Maries Finger sich verkrampften, und verstärkte den Druck, als könne er ihr dadurch die Zuversicht einflößen, die sie brauchte. Und er auch.

Karl reichte seiner Schwester alle Dokumente, die sie benötigte: eine Abschrift der Operation Eule, Moltkes Grundsätze für die Neuordnung, die Sondergenehmigung und den Passierschein für Helen und sie, um in die Schweiz zu kommen. Sie tat sie zu den Papieren von Reck in ihre Tasche. Er fügte ausreichend Lebensmittelkarten hinzu, etwas Geld und einen Revolver mit Munition.

Dann reichte er ihr die Hand zum Abschied. Marie ignorierte sie, schlang die Arme um seinen Hals und drückte ihn kurz an sich. »Pass auf dich auf, kleiner Bruder«, flüsterte sie erstickt. Sie unterdrückte aufsteigende Tränen.

»Natürlich«, antwortete er etwas befangen und räusperte sich, weil seine Stimme so krächzend klang. »Schwesterchen.« Karl tätschelte ihr etwas unbeholfen den Rücken, dann ließ sie ihn los. Sie sah ihm lange in die Augen und schließlich murmelte sie: »Bruder und Schwester …«

Und Karl antwortete: »… im Leben wie im Tod.«

Ein kleines, geheimnisvolles Lächeln erschien auf den Lippen der Geschwister, als sie die vertrauten Worte aussprachen, die sie früher oft zueinander gesagt hatten. Es war ihr Schlachtruf, wenn sie in den Kampf zogen. Sei es nun gegen die Nachbarskinder oder, wie jetzt, gegen die Nazis.

»Pass du auch auf dich auf«, sagte Karl schließlich. Er kam sich reichlich albern vor, wie er seine Schwester anstarrte, die ihm so fremd geworden war und doch so vertraut war. Er hätte gerne etwas weniger Förmliches und Steifes gesagt, doch er wusste nicht, was. Und so nickte er ihr knapp zu und ging, um sich von Helen zu verabschieden.

Helen schmiegte sich an ihn und er kam nicht umhin, sich bang zu fragen, wann er seine Frau wieder im Arm halten würde. Dann löste er sich von ihr, strich Heinrich über das Köpfchen und nickte Robert zu, ein schweres Seufzen unterdrückend.

Robert setzte seine weiße Mütze auf, machte eine leichte Verbeugung in Helens Richtung und blickte auf Marie hinab, die neben ihm stand. Dann küsste er Marie. Sie erwiderte den Kuss mit einer verzweifelten Leidenschaft, presste ihren Körper gegen seine Brust, klammerte sich an ihm fest und löste sich erst wieder, als sie gierig nach Luft schnappen musste.

Dann drehte Robert sich um und folgte Karl aus dem Zimmer.

Marie sah ihnen nach. Karl und Robert, die beiden Männer, die sie liebte. Ein schmerzender Kloß bildete sich in ihrem Hals. Und sie musste das beängstigende Gefühl, das sie beschlich, gewaltsam niederkämpfen. Das Gefühl, oder besser die Vorahnung, dass sie beide nie wiedersehen würde.

23

Die Männer der SS und der Gestapo blickten mit verschlossenen Gesichtern geradeaus. In fünf exakten Stuhlreihen saßen sie in einem der Konferenzsäle des Bendlerblocks, den Blick auf eine Schiefertafel gerichtet, die Strasser dort hatte platzieren lassen.

Er stand mit hinter dem Rücken verschränkten Händen neben der Tafel und ließ den Blick über die Männer schweifen, in deren Händen das Gelingen des Unternehmens »Judas« lag – so hatte er die Verhaftung der verräterischen Offiziere genannt.

In weniger als einer Stunde würde er den Coup seines Lebens landen. Mit einem Schlag würde er Büchner verhaften und befördert werden. Wenn nur alles gut ging.

Auf der Tafel hatte er mit weißer Kreide eine grobe Skizze der Konferenz- und Büroräume des OKM gezeichnet. Er nahm an, dass sich die Verräter im Konferenzraum des Führungsstabes des MGK West treffen würden, zu dem auch Büchner gehörte. Aber vielleicht trafen sie sich auch in Büchners Büro. Sein Spitzel in Paris hatte lediglich Tag und Uhrzeit nennen können, an dem eine außerordentliche »Besprechung« der Verräter stattfinden würde.

»Die Verräter werden sich, ahnungslos wie sie sind, spätestens fünf vor zwölf im Shell-Haus einfinden«, erklärte Strasser. »Um zwölf Uhr wird das Hauptquartier des OKM von der Waffen-SS-Division unter Hauptsturmführer Hesses Kommando abgeriegelt.« Er nickte dem angesprochenen SS-Offizier knapp zu. Dank seiner Verbindungen zum Reichsicherheitshauptamt und seiner persönlichen Beziehung zum Führer des SD-Abschnitts Berlin hatte er nun eine Division SS-Schützen und eine Gruppe Gestapo-Beamte für seine Operation zur Verfügung. Es hatte ihn zwar einige Gefälligkeiten gekostet, aber es war der Mühe wert.

Er fuhr fort: »In jedem Stockwerk des OKM-Hauptquartiers ist jeweils ein Gestapo-Beamter postiert worden, der uns den Treffpunkt der Verräter über eine abhörsichere Leitung mitteilen wird. Sobald wir den Anruf erhalten, wird das Shell-Haus von der Gestapo unter meinem Kommando gestürmt. Kriminalassistent Lärchler hat Sie bereits in die Zweiergruppen A bis M eingeteilt. Dementsprechend ist jedes Stockwerk auf dem hier aufgezeichneten Plan mit einem Gruppenbuchstaben versehen. Bei der Stürmung des Gebäudes werden die Gruppen A bis E jeweils das Treppenhaus jedes Stocks sichern. Die Fenster werden von der Waffen-SS-Division überwacht.

Bedenken Sie, dass uns diese Verräter tot nichts mehr sagen können. Wir möchten sie möglichst alle verhören, um das gesamte Pack verhaften zu können. Schießen Sie fliehende Personen deshalb nur bewegungsunfähig.«

Er schritt wieder auf die Tafel zu und fuhr fort. »Die Gruppe F wird das Büro von Admiral Büchner im vierten Stock besetzen. Dieser Marineoffizier ist der führende Kopf der Verräter. Es ist anzunehmen, dass sich dort sämtliche Unterlagen, Adressen und Namen ihrer Verbündeten befinden. Diese müssen umgehend gesichert werden. Die restlichen Gruppen G bis M verhaften die Verräter und bringen sie in bereitstehenden LKWs ins Gestapo-Hauptquartier. Dort werden dann die Verhöre durchgeführt.«

Er blickte ernst in die Runde und fragte sich, ob die Gestapo-Beamten überhaupt genug Intelligenz besaßen, seine Anweisungen zu verstehen. Wie alle Angehörigen des SDs sah er auf die Gestapo herab. Für ihn waren sie gewöhnliche Polizisten. Es war zum Verrücktwerden, dass das Gelingen dieses Unterfangens – und damit seine Beförderung und Rache – von dem Handlungsvermögen dieser Männer abhing.

Er blickte auf die Uhr oberhalb der Tafel. Halb zwölf. In einer halben Stunde würden die Verräter ihre Familien nie wieder sehen.

Das Shell-Haus reckte sich kunstvoll in den Himmel. Karl hatte dieses Gebäude noch nie sonderlich gemocht. Aber trotz seiner Abneigung gegen die wellenartige, aufgestockte Architektur des Hauses entspannte ihn der Anblick des Hauptquartiers des Marineoberkommandos. Hier hatte er die meiste Zeit seiner Dienstzeit verbracht und es war ihm schon fast eine Art Zuhause geworden.

Vor allem sein eigenes Büro, diese kleine Oase der Stille und der Arbeit. Sein eigenes Reich, in dem er vor Dummheit und Inkompetenz sicher war. Und in dem eine große Packung Leibnitzkekse auf dem Schreibtisch lag.

Als Karl in Schneiders Begleitung durch die vertrauten Flure und Treppen schritt, vernahm er das gewohnte Klack-Klack der Schreibmaschinen aus den Büros. Hier und da dröhnte auch Musik aus einem Radio, und der verführerische Duft von frischem Kaffee hing in der Luft.

Im fünften Stock schritt er in raschem Tempo auf den Konferenzsaal zu, in dem er Hinterhofen und die anderen Offiziere treffen wollte.

Er blickte auf die Uhr. Punkt zwölf. Er kam auf die Minute genau.

Aufgrund irgendwelcher idiotischer Straßensperrungen hatten sie statt dreißig Minuten beinahe eine ganze Stunde vom Flughafen hierher gebraucht. Sehr ärgerlich. Denn nun begann seine Blase mächtig zu drücken. Ungeduldig warf einen Blick auf die Tür zum Konferenzraum und dann wieder auf die Uhr.

Gereizt reichte er Robert seine Aktentasche und sagte knapp: »Gehen Sie schon mal vor, Schneider. Ich komme gleich nach.«

Robert nickte, ohne die Miene zu verziehen, und betrat den Konferenzsaal alleine. Verärgert marschierte Karl im Laufschritt zurück zur Toilette am anderen Ende des Flures. Das musste ihm natürlich ausgerechnet jetzt passieren! Er begegnete einem Leutnant, den er noch nie zuvor gesehen hatte. *Seltsam,* dachte Karl. Abgesehen von den Stabsoffizieren und ihren Adjutanten hatten keine anderen Offiziere etwas in den Büros der Führungsebene verloren. Jetzt betrat der Mann auch noch das Büro von Kapitän Frischmann, um zu telefonieren. Vermutlich ein Privatgespräch.

Was für eine Frechheit! Wie konnte dieser Kerl sich nur erdreisten, Frischmanns Telefon ohne dessen Erlaubnis zu benutzen? Wenn Karls Blase nicht so gespannt gewesen wäre, hätte er den Leutnant sofort zur Rede gestellt. Nun, das konnte er später auch noch tun.

Auf jeden Fall werde ich es Frischmann melden, beschloss er und dann verschwendete er keinen Gedanken mehr an diesen seltsamen Zwischenfall, denn er hatte die Toilette erreicht.

Strasser legte den Hörer auf. Der Gestapo-Beamte im fünften Stock hatte das Signal gegeben. Es ging los! Der Gedanke, Büchner in wenigen Minuten dingfest zu machen, beflügelte ihn.

»Auf geht's!«, brüllte er seinen Männern zu und trieb sie im Laufschritt aus dem Bendlerblock ins Hauptquartier des OKM. Vor dem Gebäude hatten sich bereits die Soldaten der Waffen-SS-Division positioniert, die Gewehre schussbereit, der Finger am Abzug. Sehr gut. Niemand würde das Haus verlassen können. Die Verräter saßen in der Falle!

Als Strasser mit seinen Gestapo-Beamten das Gebäude stürmte, herrschte bei den Angehörigen der Kriegsmarine helle Aufregung. Strasser ließ sich von den erregten Offizieren nicht beeindrucken und bellte: »Niemand verlässt das Gebäude! Alle sollen sich in ihre Büros begeben und ruhig verhalten. Dies ist ein Einsatz der Gestapo! Jeder, der sich dem Befehl widersetzt, wird einkassiert.«

Strasser befahl brüllend seinen Männern, die Offiziere in Schach zu halten, während er die große Steintreppe aus weißem Marmor emporeilte, seinen Dienstrevolver in der Hand.

Als er den fünften Stock erreichte, erwartete ihn sein Mann bereits, ein als Leutnant der Kriegsmarine verkleideter Gestapo-Beamte.

»Sie sind im hinteren Konferenzsaal, Herr Untersturmführer«, meldete er.

Strasser schnaubte erfreut. »Sehr gut. Gute Arbeit, Ambert!« Er nickte dem strahlenden Beamten knapp zu. Dann wandte er sich den anderen Männern zu, die ihm dicht auf den Fersen folgten. »Los, Jungs! Holen wir uns die Verräter!«

Karl hörte die donnernden, unheilverkündenden Schritte im Treppenhaus. Er war gerade dabei, sich die Hände zu waschen, als er das typisch aggressiv-autoritäre Brüllen hörte, das nur aus dem Mund eines Gestapo-Beamten kommen konnte.

Das Blut gefror ihm in den Adern. Rasch riss er die Tür zum Flur auf. Seine braunen, weit aufgerissenen Augen sahen nur, was er bereits befürchtet hatte. Schwarz gekleidete Gestapo-Beamte stürmten den Flur entlang, direkt auf den Konferenzsaal zu, in dem auch er sich hätte befinden müssen. Die Tür wurde aufgerissen, er hörte Befehle, Ausrufe der Überraschung, dann fiel ein Schuss.

Karl erstarrte. Die Detonation klang trotz des Tumultes, der überall herrschte, erschreckend laut. Dann krachten mehrere Gewehre. Karl schloss entsetzt die Augen. Das Blut rauschte ihm in den Ohren.

Er schlug die Tür zu, als könne er dadurch das Grauen aussperren, das sich wenige Meter von ihm entfernt ereignete. Flach an die kühle Wand gepresst, kalte Schweißtropfen auf der Stirn, mit klopfendem Herzen und pochenden Schläfen, fragte er sich verzweifelt, was schiefgelaufen war.

Wie hatte die Gestapo sie gefunden? Hatte man sie verraten? Oder stimmte es, was Helen ihm erzählt hatte, und die Gestapo hatte sie die ganze Zeit über beobachtet und nur auf den passenden Augenblick gewartet?

Hektisch schüttelte er den Kopf. Diese Fragen brachten ihn nicht weiter. Er musste jetzt einen klaren Kopf bewahren. Mühsam versuchte er, sich auf das Notwendige zu konzentrieren.

Doch es gelang ihm nicht. In seinem Kopf drehte sich alles. Die Angst kroch ihm den Rücken hoch, Grauen sträubte seine Nackenhaare.

Er saß in der Falle – und war allein.

24

Das Ticken der großen Standuhr im prachtvollen Wohnzimmer wurde auf einmal unerträglich laut. Ein plötzlicher Angstschauer durchzuckte Helen. Das Zimmer kam ihr jetzt sehr groß und erschreckend leer vor.

Ein Glück, dass wenigstens Heinrich und Marie hier waren. So war sie zumindest nicht gänzlich allein, wenn Karl schon nicht mehr bei ihr war. Sie blickte zu ihrer Schwägerin, die seit einigen Minuten wie angewurzelt die Tür anstarrte, durch die Karl und Schneider gegangen waren. Die starre Haltung ließ nicht erahnen, was sie dachte oder fühlte.

Dann stieß Marie auf einmal schnaubend Luft aus, straffte die Schultern und drehte sich abrupt um. Sie griff nach einem alten, abgetragenen Mantel, der ihr etwas zu kurz war, und zog ihn über. Sie verstaute die Dokumente für Richard im Innenfutter. Ihr Revolver ruhte bereits schwer in der rechten Manteltasche.

Helen beobachtete jeden Handgriff, jede Geste. Dann fragte sie skeptisch: »Was haben Sie vor, Marie?«

Marie hob den Blick, sah ihre Schwägerin eine volle Minute lang an, ehe sie bedeutungsschwer sagte: »Hier trennen sich unsere Wege, Frau Gräfin. Die Aufgabe, die Karl mir aufgetragen hat, habe ich erfüllt. Der Brief für Ihre Base, die Sondergenehmigung und der Passierschein, den Sie für Ihre Reise benötigen, liegen auf dem Esstisch. Der Wagen, der Sie in die Schweiz bringt, dürfte in einer Stunde eintreffen. Karl hat gesagt, der Fahrer weiß über alles Bescheid, heute Abend werden Sie bei Ihrer Base und in Sicherheit sein.« Sie zögerte kurz, dann fügte sie hinzu: »Ich wünsche Ihnen viel Glück, Frau Gräfin. Sie werden es gewiss brauchen.«

In ihren Augen konnte Helen sehen, dass die Worte einem aufrichtigen Wunsch entsprangen.

»Sie begleiten mich nicht in die Schweiz?« Es war mehr eine Feststellung als eine Frage.

»Nein.« Marie schüttelte den Kopf. »Die Reise werden Sie alleine bewältigen müssen. Keine Angst, Karl hat alles so geplant, dass Sie keine Schwierigkeiten haben dürften, die Grenze zu erreichen. Aber ich kann Sie nicht begleiten.« Ihr Blick umwölkte sich.

»Dann fliegen Sie also noch heute nach England?« Helen hatte das gestrige Gespräch nicht vergessen. Sie wusste, dass Marie eine englische Spionin war und für Karl bei den Alliierten verhandeln würde. Sie hatte einige Gefahren auf sich genommen, nur um Karl einen Gefallen zu tun. Nicht jede Schwester hätte das für ihren Bruder getan. Entweder liebte Marie Karl sehr oder aber sie hatte ein ziemlich hohes Verantwortungsgefühl für ihre Familie. Und bei der Art und Weise, wie die Geschwister miteinander sprachen, tippte Helen eher auf Letzteres.

Marie machte Helen keine Illusionen. »Ja. Ich brauche Sie wohl nicht darauf hinzuweisen, dass Sie niemandem gegenüber darüber etwas erwähnen dürfen. Alles, was Sie hier gehört haben, ist streng geheim. Ein Wort und wir sind tot. Aber das wissen Sie hoffentlich selbst. Zehn Jahre Naziherrschaft werden Sie einiges gelehrt haben.« Ein bitteres Lächeln umspielte ihren Mund.

Helen erwiderte nichts darauf. Sie hatte bereits wieder das Gefühl, Marie verspottete sie. Sie bemühte sich um eine gleichgültige Mimik. Karl hatte auch diese unangenehme Angewohnheit, sie ständig über etwas aufklären zu wollen, was sie schon längst wusste. Scheinbar lag das in der Familie.

»Gewiss«, sagte sie sanft. »Mir sind solche Angelegenheiten durchaus vertraut, auch wenn ich keine englische Spionin oder Angehörige des Führungsstabes einer Armeeeinheit bin.« Sogleich biss sie sich heftig auf die Lippen. Sie hatte nicht vorgehabt, eine spitze Antwort zu geben.

Zu ihrer Überraschung begann Marie zu lachen. »Sie müssen verzeihen, Helen. Es ist eine alte Angewohnheit von mir, in solchen Fällen lieber alles zweimal zu sagen als einmal zu wenig. Und anscheinend tut Karl das auch ständig. Sie müssen sich wie ein kleines Kind vorkommen, das von seiner Gouvernante zur Vorsicht ermahnt wird.«

»So ähnlich«, gestand Helen.

»Seien Sie auf der Hut, Helen«, warnte Marie. »Die Gestapo ist nicht zu unterschätzen. Hier, nehmen Sie zur Sicherheit diesen Revolver mit.« Sie reichte Helen die Waffe, die Karl ihr gegeben hatte. »Hier ist auch Munition. Gehen Sie sparsam damit um. Und benutzen Sie die Waffe nur im äußersten Notfall. Ein Schuss erregt immer Aufmerksamkeit.«

Marie zögerte kurz, dann streckte sie die Hand aus: »Viel Glück, Helen. Passen Sie gut auf sich auf.«

Helen ergriff die dargebotene Hand und drückte sie fest. »Danke. Ihnen auch, Marie.« Plötzlich schimmerten Tränen in ihren Augen. Rasch ließ sie die Hand wieder los, als habe sie sich verbrannt und versuchte, das verräterische Glänzen zu verbergen.

Hochmütig sagte sie: »Ich hoffe, Sie erfüllen Ihre Pflicht ebenso gewissenhaft, wie Sie sich meiner angenommen haben. Ich danke Ihnen für Ihre Mühe. Sie haben mir einen großen Dienst erwiesen. Und auch wenn wir oft Differenzen hatten, bin ich froh, Ihre Bekanntschaft gemacht zu haben.«

Marie verbeugte sich leicht, dann war sie fort. Helen blieb zurück, alleine mit Heinrich, der noch immer friedlich in seiner Wiege schlief, und fühlte sich auf einmal schrecklich einsam.

Marie verließ Paris mit dem Zug. Während er langsam vor sich hinkroch, sah sie mit starrem Gesicht aus dem Fenster und dachte an die letzte Zugreise, die sie und Robert von der Normandie hierher gebracht hatte.

Sie dachte an die Unruhe und die Angst, die sie verspürt hatte. An die Ungeduld und die Neugier vor dem Wiedersehen mit Karl. Damals hatte sie noch keine Ahnung gehabt, in welche brisante Angelegenheit sie bald verstrickt sein würde. Dass Karl das Lager gewechselt hatte und sie nun gemeinsam für das gleiche Ziel kämpften.

Spätnachmittags kam sie in Courseulles an. Sie passierte den Kontrollposten, verließ das Bahnhofsgebäude, lief mehrere Umwege, um sich zu vergewissern, dass sie nicht verfolgt wurde, und ging schließlich zu einem etwas außerhalb gelegenen Bauernhof. Hier wohnte Maurice Leroy, Tarnname »Monseigneur«, der Funker der République-Gruppe. Sie klopfte an die Eingangstür des alten, typisch normannischen Fachwerkhauses mit großem Dach, gackernden Hühnern auf dem großen, staubigen Hof und dem eigentümlichen Geruch von Mist, Nutztieren und trockenem Holz.

Maurices Frau Lucile, genannt Lulu, öffnete ihr, das jüngste Kind der Familie auf dem Arm. Als sie Marie erblickte, verfinsterte sich ihr rotbäckiges Gesicht. Sie konnte Marie nicht leiden, brachte sie ihren Mann doch immer wieder in große Gefahr. Sie schnappte: »Was wollen Sie, Mademoiselle?«

Marie setzte ein strahlendes Lächeln auf. Sie hatte gemerkt, dass man mit einem Lächeln meist weiterkam als mit einer unterschwelligen Drohung. »Man hat mir gesagt, dass man hier Milch bekommen kann. Ich möchte welche kaufen.« Das war der Code, den sie immer benutzte, wenn sie Maurices Dienste benötigte. Lulu kannte ihn natürlich, doch heute schien sie es darauf anzulegen, Marie das Leben so schwer wie möglich zu machen.

Mit verschnupfter Miene sagte sie: »Sie müssen falsch informiert worden sein, Mademoiselle. Wir verkaufen keine Milch. Wenden Sie sich an den Milchladen.«

Was soviel heißen sollte wie: »Hau ab!«

Mit eingefrorenem Lächeln fragte Marie: »Tatsächlich? Sind Sie sicher? Man hat mir versichert …«

»Absolut!«, unterbrach Lulu sie. »Und nun seien Sie so freundlich und gehen Sie. Ich bin sehr beschäftigt.«

Damit gab sie Marie unmissverständlich zu verstehen, dass sie die Gendarmerie holen würde, wenn sie nicht augenblicklich von ihrem Grund und Boden verschwand. Marie wusste, dass es gefährlich war, noch länger mit Lulu zu streiten. Auf und um den Hof arbeiteten zu viele Menschen, die das Gespräch mitbekommen könnten. Dennoch musste sie mit Maurice sprechen.

Er musste sich mit London in Verbindung setzen und ihr eine Maschine besorgen, die sie nach England brachte. Funker wie ihn gab es in der Résistance nicht viele. Meistens bekamen die diversen

Gruppen über die Sendungen der BBC verschlüsselte Funksprüche, die sie zu dieser oder jener Tätigkeit aufforderten.

Sie hasste es, wie Lulu sich aufspielte, auch wenn sie gut verstand, dass sie sich Sorgen um ihren Mann machte. Wurde Maurice verhaftet, musste sie nicht nur fünf Kinder alleine versorgen, sondern es bestand auch die Gefahr, dass man sie ebenfalls verhaftete. So gesehen hatte sie jedes Recht, Marie zu verachten. Aber Marie wusste genau, dass die Schikanierung weniger aus Sorge um eine mögliche Verhaftung geschah, sondern vielmehr aus purer Bosheit und Eifersucht.

Sie richtete sich in ihrer vollen Größe auf, als sie das vertraute Pfeifen hinter sich vernahm. Sie drehte sich rasch um und erkannte Maurice, wie er, eine Baskenmütze auf dem Kopf, die Ärmel hochgekrempelt, eine Schubkarre vor sich herschiebend, gut gelaunt über den Hof auf sie zukam.

Sie konnte ein triumphierendes Lächeln nicht verkneifen, als sie ein höfliches »Merci« in Lulus Richtung sagte, was diese mit einem bösen Blick quittierte, ehe sie wutentbrannt die Türe zuknallte. Entschlossenen Schrittes ging Marie auf Maurice zu.

Als er sie erkannte, wurde er zunächst bleich und blieb wie angewurzelt stehen. In seinen Augen erkannte Marie, dass er Angst hatte. Sie verstand ihn nur zu gut. Er war kein Mann, der sich gerne in Gefahr begab, zumal er Frau und Kinder hatte, um die er sich kümmern musste. Doch sie konnte sich Mitleid nicht erlauben und begrüßte ihn mit einem knappen »Bonjour«.

Maurice zögerte. Mit der Zunge fuhr er sich über die trockenen Lippen. Er schien zu überlegen, ob er Marie ignorieren und so tun sollte, als kenne er sie nicht. Doch als diese hartnäckig den Code nannte, ließ er die Schultern sinken und stöhnte gequält auf.

»Kommen Sie, Mademoiselle.«

Er führte sie zur Scheune. Hier war es dunkel, trocken und warm. Sie brauchte eine Weile, bis sich ihre Augen an die Dunkelheit gewöhnt hatten, und blinzelte, als Maurice das kalte, elektrische Licht anmachte. Vorsorglich schloss er das Scheunentor.

Dann kam er auf sie zu, betreten und bedrückt. Ein flehender

Ausdruck lag in seinen Augen. »Ich kann nicht«, stammelte er. »Lulu wird mir wieder die Hölle heiß machen und …«

Ein kurzer, vernichtender Blick von Marie brachte ihn zum Schweigen. Sie wollte ihm gerade erklären, was sie von ihm wollte, als er erneut Einwände erhob. Seine Funkzeiten seien nur 11 und 17 Uhr. Alles andere war gefährlich. Das wusste Marie schon. Deshalb wies sie ihn an, über die Notfrequenz zu senden. Das Risiko, gefasst zu werden, musste sie eingehen.

Maurice widersetzte sich noch kurz, doch der Protest wurde immer schwächer und schließlich holte er sein kleines, batteriebetriebenes Funkgerät, die »Biscuit-Box«, ein MCR-1-Mini-Empfänger mit eingebautem quarzgesteuertem Sender vom Typ 51/1, aus seinem sicheren Versteck auf dem Heuboden.

Ungeduldig wartete Marie, bis Maurice alles installiert, einen nervösen Blick auf die Tür geworfen und sich leise fluchend seinem Schicksal ergeben hatte, ehe sie ihm die knappe Nachricht aufsagte, die er verschlüsselt nach London durchgeben sollte.

Es war eine kurze Angelegenheit, doch für Marie zogen sich die Minuten, in denen sie nur das leise Piep-piep von Maurices Tastfunk hörte, quälend endlos dahin. Schließlich setzte er den Kopfhörer ab, verstaute das Funkgerät wieder ordentlich und erklärte ihr, dass seine Empfangszeit erst um 21 Uhr war.

Das ließ Richard genügend Zeit, eine Maschine zu organisieren. Sehr gut.

Sie bedankte sich, klopfte Maurice aufmunternd auf seine breiten Schultern und sagte ihm, dass sie um 21 Uhr wieder herkommen würde, um zu erfahren, was London sendete.

Bis dahin hatte sie noch reichlich Zeit. Sie vermied es, irgendwo hinzugehen, wo man sie eventuell erkennen könnte. Aber auch zum Haus ihrer Großmutter wollte sie nicht gehen. So blieb ihr nichts anderes übrig, als sich in den übelsten Ecken des Örtchens herumzutreiben, dort, wo sie nicht auffallen würde. Als ihre Füße vom vielen Gehen zu schmerzen begannen, ging sie zur Abendmesse. Nur wenige Gläubige hatten sich dort versammelt und sie genoss die Stille und die Anonymität.

Nach der Messe zündete sie eine Kerze für die Verstorbenen an und sprach ein kurzes Gebet. »Behüte alle, die ich liebe, Herr«, flüsterte sie. »Behüte du sie, weil ich es nicht kann. Lass mich lieber Höllenqualen leiden, als dass einem von ihnen etwas zustößt.«

Dieses Gebet sagte sie oft, wenn sie Angst um jemanden hatte. Und manchmal fragte sie sich, ob das Leid in ihrem Leben daher rührte, dass Gott die Einlösung ihres Angebots forderte.

Als die Uhr halb neun schlug, machte sie sich auf den Weg zu Maurice. Die Straßen waren bereits dunkel, die Sperrstunde war verstrichen und so begegnete sie niemandem auf ihrem einsamen Marsch durch die Finsternis.

Maurices Hof lag im Dunkeln. Doch durch die Fensterritzen des großen Haupthauses drang warmes Licht, das sich im kalten Blauschwarz der Nacht deutlich abhob. In der Scheune war kein Licht zu sehen, aber Marie wusste, dass Maurice schlau genug war, verräterische Anzeichen menschlicher Anwesenheit geschickt zu kaschieren.

Das Scheunentor knarrte leise und erzeugte einen gespenstigen Klang in der stillen Nacht, die nur durch den rauen Schrei einiger Nachtvögel durchbrochen wurde. Marie musste ein Schaudern unterdrücken. Rasch schloss sie das Tor hinter sich, doch als sie sich umdrehte, erstarrte sie.

Was war das gewesen?

Sie hatte ein Geräusch gehört. Ein Geräusch, das hier nicht hingehörte. Sie spitzte die Ohren.

Nichts war zu hören. Nichts, außer einem heiseren Eulenschrei, dem trockenen Knacken einiger Bretter und dem leisen Zirpen der Grillen.

Allmählich beruhigte sich ihr Puls. Sie atmete langsam aus. Sie hatte sich getäuscht. Alles war in Ordnung. Verärgert darüber, sich selbst einen solchen Schrecken eingejagt zu haben, marschierte sie auf die Treppe zu, die zum Dachboden führte.

Sie summte leise den Refrain des »Chant du départ«, einem alten französischen Lied, das Erkennungszeichen der République-Gruppe. Ihre Stimme war nicht mehr als ein Brummen. Sie hörte das Knarren einiger Holzdielen über ihr und kurz darauf erschien Maurice. Er hielt eine Taschenlampe in der Hand. Im bleichen Licht wirkte sein Gesicht leichenblass. Triumphierend schwenkte er einen kleinen Zettel in der Hand.

Maries Puls beschleunigte sich wieder. Maurice hatte eine Antwort vom SOE-Hauptquartier erhalten.

Erwartungsvoll und mit wachsender Ungeduld sah sie zu, wie Maurice die Holzleiter herunterstieg. Er drückte ihr Zettel und Taschenlampe in die Hand und ging zum Tor. Anscheinend war er der Meinung, dass er für heute genug Aufregung miterlebt hatte. Diese Reaktion verblüffte sie. Normalerweise war er schrecklich neugierig, er ließ sich selten etwas entgehen.

Andererseits hatte er die kurze Mitteilung ja auch schon gelesen. Und sie war jetzt selbst viel zu gespannt, um sich noch weiter Gedanken über sein ungewöhnliches Verhalten zu machen. Hastig überflog sie die dechiffrierte Botschaft, die Maurice ihr in die Hand gedrückt hatte. Es war nur ein Satz. Doch ihre Erleichterung kannte keine Grenzen.

abflug weisse wölfin dreiundzwanzig uhr montag 16. oktober petit pré

Petit pré, das war eine Kuhweide etwa zwei Kilometer westlich von Courseulles entfernt.

Marie las die Nachricht und musste einen lauten Freudenjubel unterdrücken. Heute Nacht würde sie aus Frankreich verschwinden. Um 23 Uhr würde ein Flugzeug der RAF sie abholen und nach England bringen. Sie konnte ihr Glück nicht fassen.

Das Licht in der Scheune ging an. Maurice war wohl doch noch nicht gegangen. Ohne den Blick vom Zettel zu nehmen, rief sie erfreut: »Maurice, Maurice, alles ist gut, Gott sei Dank! Ich werde heute Nacht abfliegen und …«

Sie drehte sich zu ihrem Mitstreiter um, über das ganze Gesicht strahlend, um ihn an ihrem Glück teilhaben zu lassen, und erstarrte. Fünf Gewehre waren auf sie gerichtet.

25

Karls Herz hämmerte wie wild. Auf dem Flur war es still geworden. Vermutlich hatte die Gestapo Hinterhofen und die anderen mittlerweile entwaffnet. Wer wohl das Feuer eröffnet hatte? Dieser Hitzkopf Nonnenmacher? Die Gestapo war in der Überzahl, er hatte keine Chance …

Sie hatten alle keine Chance.

Plötzlich sah er, wie aussichtslos die Situation war. Man würde sie in das Gestapohauptquartier bringen, foltern und anschließend als Verräter erschießen. Er schüttelte angewidert den Kopf. Eigentlich hatte er sich etwas anderes gewünscht.

Es gab allerdings noch eine Möglichkeit, den Fängen der Gestapo zu entkommen. Seine Hand fuhr zum Dienstrevolver im ledernen Halfter. Das Metall war kalt in seiner schweißnassen Hand. Kalt und hart. Ein Schuss und es war vorbei.

Ein Schuss …

Nein.

Das war feige. Das würde alles beflecken, was er bisher getan hatte. Es käme einem Schuldeingeständnis gleich. Und er hatte keine Schuld auf sich geladen. Im Gegenteil, er war dabei, sich von Schuld zu befreien. Er hatte seine Fehler eingesehen und wollte sie korrigieren. Sollte er dafür sterben, dann nicht durch eigene Hand. Diesen schändlichen Tod wollte er weder Heinrich noch Helen aufbürden.

Helen.

Der Gedanke an ihr schönes Gesicht ließ ihn qualvoll aufstöhnen. Was gäbe er jetzt dafür, sie noch einmal in den Armen halten zu können, noch einmal mit der Hand über ihr geschmeidiges Haar zu streichen, noch einmal ihre Lippen zu küssen.

Er lehnte den Kopf gegen die kühlen Fliesen und keuchte. Durch die Wand hörte er, wie Stimmen auf dem Flur laut wurden. Er richtete sich kaum merklich auf und lauschte. Dann hörte er, wie Türen aufgerissen wurden, bellende Befehle ertönten, Protest war zu hören.

Er begriff. Sein Nackenhaar stellte sich auf. Die Gestapo durchsuchte Zimmer für Zimmer.

Konnte er sich hier irgendwo verstecken? Nein. Er brauchte gar nicht erst zum Fenster zu gehen. Hier befand er sich im fünften Stock. Ein Sprung würde ihm alle Knochen brechen.

Und selbst wenn er wie durch ein Wunder überleben sollte – und das musste dann wirklich ein verdammt großes Wunder sein –, die Gestapo hatte das Gebäude sicherlich umstellen lassen. Eine Flucht war unmöglich.

Nun, dann würde er eben ehrenvoll sterben. Er würde diesen Leuten ins Gesicht sagen, was er von ihnen hielt. Sollten sie nur kommen! Sie machten ihm keine Angst.

Er stellte sich in die Mitte des Raumes, richtete sich in voller Größe auf, die weiße Mütze autoritär auf den Kopf gesetzt, die Augen starr und grimmig nach vorne gerichtet.

Er hörte die Schritte, hörte, wie sie immer näher kamen. Seine Kiefermuskeln zuckten, seine Schultermuskulatur verkrampfte sich. Er ballte die Hände zu Fäusten, ignorierte das Flattern in seinem Magen. Seine Atmung ging schwer.

Da fiel sein Blick auf einen roten Knopf. Der Feuermelder! Aus irgendeinem Grund erzeugte er ein ähnlich scheußliches Heulen wie die Sirenen beim Fliegeralarm. Das Geräusch war beinahe nicht zu unterscheiden. Und bei den derzeitig häufigen Luftangriffen würde Panik ausbrechen …

Und er hatte vielleicht eine Chance zu entkommen!

Elektrisiert von der Möglichkeit, die sich ihm eröffnete, machte Karl einen Satz nach vorne und presste seine Hand auf den Alarmknopf.

Als das Heulen der Sirenen losging, wusste Strasser, dass irgendetwas schiefgelaufen war. Er wirbelte herum und riss die Flügeltür des Konferenzsaales auf. Was er sah, bestätigte seine Befürchtungen. Binnen weniger Sekunden hatte sich der Flur mit Menschen gefüllt, die fluchend oder kreischend, auf jeden Fall sehr aufgebracht, zur Treppe eilten.

Einen Augenblick lang war er wie betäubt, sah nur die Menschenmassen, die aus den Zimmern auf den Flur und zur Treppe strömten, ein wogendes Meer aus blauen Uniformen und adretten Kleidern, in dem ein Einzelner leicht untertauchen konnte.

Dann kam er wieder zur Besinnung. »Sichert die Treppe!«, brüllte er seinen Männern zu. »Niemand verlässt das Gebäude!«

Doch sein Befehl ging im Stimmengewirr und Chaos unter. Außerdem, so wusste er selbst, konnten die zwei Beamten, die jeweils ein Stockwerk sicherten, nichts gegen die panische Masse anrichten – wenn sie nicht selbst schon das Gewehr beiseitegeworfen hatten und ebenfalls in den sicheren Schutzkeller rannten. Strasser fluchte laut.

Dann hörte ein Geräusch hinter sich. Er wirbelte herum, da traf ihn auch schon der Faustschlag ins Gesicht.

Er stürzte, versuchte verzweifelt, irgendwo Halt zu finden, doch seine suchenden Hände ruderten nur wild in der Luft herum, ehe er schwer zu Boden fiel. Sein Hinterkopf knallte hart auf das Parkett, er schmeckte Blut.

Dann hörte er einen Schuss, noch einen. Eine ganze Reihe von Schüssen. Schreie. Ein dumpfer Aufschlag. Er rappelte sich auf und drehte sich rasch um, eine Hand am schmerzenden Kinn. Auf dem Flur lag einer der Verräter am Boden, dunkle Flecken auf dem Rücken, die rasch größer wurden. Anscheinend hatte er versucht, in der allgemeinen Aufregung zu fliehen.

Verdammter Narr!

Fluchend riss Strasser seine Pistole aus dem Halfter und drehte sich zu den übrigen Verrätern um, die mit bleichen, abgespannten Gesichtern ihren toten Kameraden betrachteten. Er sah die Hoffnungslosigkeit in ihren Augen und die Verzweiflung. Sehr gut!

Er stellte sich breitbeinig vor ihnen auf. »Jeder, der versucht zu fliehen, wird erschossen!«, bellte er. »Seht euch das Schwein auf dem Gang genau an. So werdet ihr sterben, als feige Verräter, die ihr seid!« Er spuckte vor ihnen aus.

Dann rannte er zum Fenster, riss es auf und brüllte zum Hof hinunter: »Riegelt das Gebäude ab! Niemand verlässt dieses Haus! Jeder, der sich weigert, wird einkassiert!«

Er wandte sich zwei Gestapo-Beamten zu, die ein nervöses Auge auf die Gefangenen hatten. Er sah ihnen an, dass sie ebenfalls in den Keller flüchten wollten. Elende Feiglinge! Wütend schnappte er: »Ihr zwei geht runter in den Keller! Sie werden versuchen, in die Schutzräume zu fliehen. Sobald alle drin sind, riegelt ihr die Tür ab. Abmarsch!«

Sollte Büchner versuchen, in der Menge unterzutauchen, saß er spätestens im Schutzbunker in der Falle. Er würde jeden einzeln wieder aus diesem Loch herausholen und sollte er für diese grobe Behandlung von Wehrmachtsangehörigen eine Verwarnung bekommen. Es war ihm gleich, solange er nur Büchner verhaften konnte. Er wusste, dass der Verräter hier im Haus war. Schließlich hatte er gesehen, wie er das Hauptquartier in Begleitung eines Kapitäns betreten hatte.

Freu dich nicht zu früh, Freundchen, dachte er grimmig. *Ich erwisch dich noch, darauf kannst du dich verlassen! Und dann wirst du dir wünschen, nie geboren worden zu sein.*

Karl drängte sich zwischen den strömenden Menschen zum Ausgang. Mutlosigkeit überkam ihn, als er die SS-Offiziere sah. Mit geladenen Gewehren standen sie vor dem Haupteingang und blockierten den Weg nach draußen, drohten gar, in die Menge zu schießen, sollte sich jemand ihrem Verbot widersetzen. Unmittelbar darauf sah er schwarze Gestapo-Beamte auf der Treppe über ihm. Der Weg nach oben war ihm also auch abgeschnitten.

Blieb nur der Weg nach unten in den Keller.

Aber dort saß er in der Falle, begriff er. Es führte von dort kein Weg nach draußen und die Gestapo würde niemanden aus dem Schutzraum lassen, bis sie ihn gefunden hatte, soviel war ihm auch klar.

Fliehen oder bleiben? Die Entscheidung musste in Sekundenschnelle getroffen werden.

Da fiel sein Blick auf eine Krankenschwester, die an ihm vorbei in den Keller eilte. Das Lazarett! Im Erdgeschoss befand sich das Lazarett, das eine eigene Krankenwageneinfahrt besaß. Wenn es ihm gelänge, unbemerkt in einen Krankenwagen zu kommen, hatte er vielleicht eine reelle Chance.

Er schlug einen Haken und machte kehrt, rannte in den Korridor zurück, der zum Lazarett führte. Menschen kamen ihm entgegen, stellten sich ihm in den Weg. Er schob sie hastig zur Seite, kämpfte sich mühsam voran und ignorierte die empörten Stimmen, die ihm nachriefen: »Passen Sie doch auf!«

Am Ende des Korridors befand sich die Notaufnahme. Hier standen mehrere Liegen und Tische, ganze Batterien an Mullbinden, Scheren, Pinzetten, Nierenschalen, Kompressen und Nadeln. Mehrere Ärzte und Krankenschwestern wuselten zwischen den Patienten herum und versuchten sie notdürftig zusammenzuflicken. Patienten schrien Ärzte an, Ärzte schrien Krankenschwestern an. Sie alle waren viel zu beschäftigt, um auf Karl zu achten.

Trotz des Alarms wurde hier weitergearbeitet. Karl nahm an, dass die Ärzte ihre Arbeit als zu wichtig ansahen, um sie wegen eines Alarms, der sich vielleicht auch noch als Fehlalarm erwies, auch nur für fünf Minuten zu unterbrechen.

Am anderen Ende der ehemaligen Küche befand sich eine Flügeltür, die wieder nach draußen führte – der Lieferanteneingang.

Er wollte bereits losstürmen, als sein Blick auf einen weißen, leicht blutigen Kittel fiel, den ein Arzt über einen Stuhl gelehnt hatte. Er überwand seine Abscheu und streifte sich die Arbeitskleidung über, ehe er weiterhastete. Eine Tarnung, so dürftig sie auch war, konnte nicht schaden.

Er stieß die Tür auf und stürzte hinaus in die kalte Luft. Beinahe wäre er mit einem Sanitäter zusammengestoßen, der gerade einen Patienten auf einer Trage hineintragen wollte.

»Achtung, Herr Doktor!«, rief er. »Der Patient kommt schon zu Ihnen, keine Sorge. Sie werden nicht lange ohne Arbeit sein.«

Er grinste munter. Karl fragte sich, wie man bei so einer Angelegenheit scherzen konnte, doch dann murmelte er hastig: »Musste nur mal kurz Luft schnappen.«

»Glaub ich gern.« Der Sanitäter musterte sein bleiches Gesicht kurz und meinte verständnisvoll: »Stundenlang diese armen Schweine zusammenflicken. Das ist verdammt anstrengend. Sehn Sie sich den hier mal an. Handgranate. In einem Meter Entfernung detoniert. Glaub kaum, dass Sie den noch retten können.«

Er drehte sich wieder zu seinem Kollegen, nickte ihm knapp zu und schob den halb zerfetzten Infanteriesoldaten in die Notaufnahme. Karl wandte sich rasch ab und unterdrückte einen Würgereiz.

Dann fiel sein Blick auf den Krankenwagen, der immer noch vor der Ausfahrt stand. Augenblicklich realisierte er, in welche Gefahr er sich durch die Zeitverschwendung gebracht hatte. Ohne weiter zu zögern, schlug er die offenen Hintertüren des grauen Wagens zu und sprang hinters Steuer. Die Sanis hatten den Schlüssel stecken lassen, welch ein Glück!

Mit wild klopfendem Herzen startete er den Motor. Der hustete, doch dann sprang er an. Zittrig vor Erleichterung lenkte Karl den Wagen zur Ausfahrt, dann sah er die SS-Soldaten und das Herz rutschte ihm in die Hose.

War es jetzt aus? Oder würden sie nur den Krankenwagen sehen und ihn durchwinken?

Bang blickte er die Männer an, das Blut rauschte ihm in den Ohren. Doch die SS-Soldaten tippten nur grüßend an die Mütze und ließen ihn passieren. Er konnte sein Glück nicht fassen. Er lenkte den Krankenwagen auf die Straße und riskierte einen Blick zurück. Niemand folgte ihm.

Er war der Gestapo entkommen.

26

Maries Herz setzte für einen Schlag aus, ehe es anfing, wie wild zu hämmern. »Verdammt, was soll das?«, fuhr sie die fünf Résistance-Mitglieder mit leicht bebender Stimme an, die ihre geladenen Gewehre auf sie richteten. »Seid ihr vollkommen übergeschnappt? Jetzt steckt eure Waffen weg, verflucht noch mal, bevor noch ein Schuss losgeht!«

Die fünf Franzosen sahen sie aus versteinerten Mienen an, die Gewehre weiterhin an die Brust gepresst. Keiner zuckte mit der Wimper, fünf Paare kalte Augen blickten sie an, ein entschlossener Zug auf jedem Mund.

Als sie die Wut und den Hass in ihren Blicken sah, begriff sie, dass irgendetwas vorgefallen war.

Ein Schauer überkam sie. Ihre Muskeln verkrampften sich. Unbemerkt zerknüllte sie den Zettel in ihrer Hand. Sie hatte das Gefühl, jemand würde ihr die Lunge zerquetschen.

»Was ist los?«, fragte sie langsam. Sie musterte jedes einzelne Gesicht, jedes einst so vertraute Gesicht, das ihr jetzt so grausam fremd war. Pierre, Maurice, Gérard, Georgette und Pauline. Mit diesen Menschen hatte sie Seite an Seite gegen die Deutschen gekämpft, hatte mit ihnen Schweiß und Blut geschwitzt, hatte unvorstellbare Ängste durchgestanden. Und nun erkannte sie mit Erschrecken das harte Blitzen in ihren Augen: die Lust zu töten.

»Was ist los?«, wiederholte sie, nun etwas lauter. Ihre schrille Stimme zerrte an ihren Nerven und ließ sie unwillkürlich zusammenzucken. »Habt ihr den Verstand verloren? Steckt endlich die Waffen weg! Ich bin's doch nur ... die Weiße Wölfin. Ich ...«

»Du bist eine Verräterin!«, spuckte Pierre hart aus. Seine Stimme bebte vor unterdrückter Wut.

Marie war wie vom Donner gerührt. »W... Wie bitte? Ich ... Wie ...? Ich verstehe nicht ... Soll das ein schlechter Scherz sein? Ich bin keine Verräterin! Wie kommt ihr nur darauf?«

»War ja klar, dass sie es leugnet«, zischte Pauline verächtlich zu den anderen. Ihre Augen funkelten wild, die hübsch gezupften Brauen bildeten eine gerade Linie.

Georgette antwortete ihr grimmig: »Was hast du denn von einer Putain de boche anderes erwartet?«

Fassungslos starrte Marie sie an. »Moment mal …«, begann sie langsam. »Einen Augenblick.« Wie betäubt fuhr sie sich mit zittriger Hand über die schmerzenden Augen, ehe sie die anderen wieder anblickte, kreidebleich im Gesicht. Sie begann zu begreifen. »Ihr haltet mich für eine Besatzerhure?« Ihre Stimme krächzte. Ihre Kehle war wie ausgetrocknet. Mühsam schluckte sie. »Wie um alles in der Welt …?«

»Halts Maul!«, unterbrach Pierre sie grob. Er knirschte mit den Zähnen. »Man hat dich gesehen, wie du mit dem Feind kollaborierst.« Sein harter Mund verzog sich zu einem grimmigen Lächeln. »Von jetzt an verrätst du keinen mehr von uns! Dafür werden wir schon sorgen.« Er spannte den Hahn.

Marie fuhr es eiskalt den Rücken hinunter. Sie dachte an ihre Pistole, die schwer in ihrer Manteltasche ruhte. Wenn es ihr gelänge … Nein. Sie wäre tot, ehe sie einen Schuss getätigt hätte. Ihre Waffe war ihr jetzt keine Hilfe.

»Wer hat mich gesehen?« Ihre Stimme war ein bedrohliches Flüstern, scharf und schneidend wie eine Messerklinge.

Ein spöttisches Lächeln legte sich auf Pierres Lippen. »Ich wüsste zwar nicht, warum dich das jetzt noch interessieren sollte, aber ich will es dir trotzdem sagen: Thérèse Moulin. Sie hat …«

»Thérèse Moulin?«, unterbrach sie ihn verblüfft. »Thérèse? Diese kleine Hure? Sie will mich mit Deutschen kollaborieren gesehen haben? Und ihr habt ihr das auch noch geglaubt?« Ihr Unverständnis kannte keine Grenzen. Sie wäre in schallendes Gelächter ausgebrochen, wenn die Lage nicht so angespannt gewesen wäre. Kopfschüttelnd sah sie Pierre an. »Thérèse hat mich noch nie leiden können, das weißt du. Ihr wäre jeder Vorwand recht, mich anzuschwärzen. Mein Gott, sie würde sogar behaupten, ich wäre mit dem Teufel im Bunde, wenn mir das schaden könnte!«

»Damit hätte sie gar nicht so unrecht«, bemerkte Georgette kühl. »Hitler ist ein Teufel und du arbeitest für ihn.« Sie bleckte die Zähne.

»So ein Blödsinn!«, widersprach Marie ihr unwirsch. »Das ist eine infame Lüge und, verdammt noch mal, das solltet ihr auch wissen! Ich bin britische Agentin und keine Kollaborateurin! Hier.« Sie wedelte mit dem Zettel in der Luft herum, den Maurice ihr vor wenigen Minuten gegeben hatte. »Das ist eine Nachricht aus London für mich. In weniger als zwei Stunden fliege ich zurück nach England. Eine Maschine holt mich am Petit Pré ab. Fragt doch Monseigneur, wenn ihr mir nicht glaubt. Er hat die Botschaft aus London empfangen. Ist es nicht so?«

Sie sah den Funker mit bohrenden Blicken an. Er bemühte sich um ein verschlossenes Gesicht, doch sie sah, wie seine Augen nervös hin- und herzuhuschen begannen. Er war betreten, stellte sie verblüfft fest. Aber warum? Warum schämte er sich, ihr in die Augen zu sehen?

»Du hast Chevalier und Boucle d'or verraten!«, schrie Gérard plötzlich unbeherrscht. Er presste sein Gewehr härter an seine Brust. Sein jugendliches Gesicht war gerötet und hassverzerrt.

Seine Augen blickten sie feindselig an. »Du hast dafür gesorgt, dass sie der Milice in die Arme laufen!«

Sie hatte das Gefühl, er verpasste ihr einen Schlag in die Magengrube. Mit aschfahlem Gesicht sah sie ihn an. »Chevalier und Boucle d'or wurden verhaftet? Oh nein ...«

»Tu doch nicht so entsetzt!«, fauchte Pauline. »Du hast schließlich dafür gesorgt, dass man sie erschießt. Wer außer dir wusste, dass sie sich in der Kirche treffen, wenn sie Informationen austauschen?«

Du zum Beispiel, hätte Marie am liebsten geschrien, doch sie wusste, dass so eine Antwort sinnlos war.

»Ich war das nicht«, murmelte sie mutlos. Ihre Augen sahen Pauline flehend an. »Ich habe sie nicht verraten. Wie könnt ihr das nur glauben? Ich war doch nicht einmal in Courseulles, als sie ... als es passierte.«

»Eben. Du hast dafür gesorgt, dass du im brenzligen Augenblick schön aus der Schusslinie bist, damit niemand von uns Verdacht hegt. Und ich hab mir auch noch Sorgen um dich gemacht, weil Chevalier eine belastende Nachricht mit deinem Namen bei sich trug. Wie hätte ich denn wissen sollen, dass du ihn dazu angestiftet hast, um jeden Verdacht gegen dich reinzuwaschen?«

Ihre Augen waren stahlhart, doch Marie sah die Verbitterung und den Schmerz darin. Sie musste ein angstvolles Schaudern unterdrücken.

Verzweifelt rief sie: »Das ist alles ein schreckliches Missverständnis, wirklich! Alle eure maßgeblichen ›Beweise‹ gegen mich stammen aus Thérèses Mund. Und sie hasst mich! Das ist ein ziemlich wackliges Fundament, findet ihr nicht? Und außerdem, warum würde London mir ein Flugzeug schicken, wenn ich eine Verräterin wäre? Ihr habt sie doch sicher von eurem Verdacht in Kenntnis gesetzt. Und …«

»London sucht dich.« Pierres Worte trafen sie wie ein Peitschenschlag.

Entsetzt sah sie ihn an. »Wie bitte?«

Er schnaufte ungeduldig. »Bist du taub? London lässt dich suchen. Wir sollten melden, sobald du in Courseulles auftauchst. Anscheinend haben deine Vorgesetzten das Vertrauen in dich verloren, welch ein Zufall, was?«

Sie hatte damit gerechnet, dass der SOE ihrem Verschwinden nicht tatenlos zusehen würde, trotzdem erschreckte sie der Gedanke, dass man sie auf die Abschussliste gesetzt haben könnte. Mit weit aufgerissenen Augen sah sie Pierre an. »Du lügst«, stammelte sie.

»Nein, tut er nicht.« Eine unbekannte Stimme ertönte hinter ihr.

Sie wirbelte herum. Ein hochgewachsener Mann mit schwarzem Haar und glatt rasiertem Gesicht blickte sie aus klaren, blauen Augen musternd an. Sie sah auf den ersten Blick, dass er ein britischer Agent war, entweder vom SOE oder vom MI6.

Sie musterten sich gegenseitig wie zwei ebenbürtige Rivalen, die wussten, was sie voneinander halten sollten. »Sie sind also die Weiße Wölfin?« Seine französische Ausdrucksweise war akzentfrei.

»Ja …«, erwiderte sie langsam. »Mit wem habe ich das Vergnügen?«

Er musterte sie von oben bis unten, verzog dann seinen Mund

verächtlich und sagte kalt: »Aristoteles. Ich habe den Befehl, Sie unverzüglich nach England mitzunehmen, sobald Sie in Courseulles auftauchen. Es gab wohl ein paar … Ungereimtheiten bei Ihrem Funkverkehr, Major.« Seine Mundwinkel zuckten spöttisch.

Marie zog die Augenbrauen zusammen. »Dann trifft es sich ja gut, dass ich heute Nacht dorthin fliege«, knurrte sie auf Englisch, innerlich jedoch erleichtert über die Wendung der Geschehnisse. Sie würde doch noch nach England fliegen, Gott sei Dank. »Eine Maschine holt mich um 23 Uhr ab. Sie brauchen sich also nicht mehr darum zu kümmern, Aristoteles.«

»Ich weiß.« Barton alias Aristoteles nickte. »Monseigneur hat mich bereits darüber informiert, dass Sie nach London gefunkt haben. Ich habe Sie hier erwartet.«

So wie der Rest der Résistance-Kämpfer, dachte Marie bitter. *Also habe ich mich vorhin nicht getäuscht. Es war jemand in der Scheune, als ich sie betreten habe. Meine Sinne haben mir keinen Streich gespielt. Verdammt, ich hätte vorsichtiger sein sollen!*

»Warum haben Sie so lange darauf gewartet, sich zu erkennen zu geben?«

»Ich wollte Sie eine Weile lang beobachten.« Er lächelte aalglatt.

»Was Sie nicht sagen.« Sie warf einen unruhigen Blick auf die fünf Gewehre, die nach wie vor auf sie gerichtet waren. Dann fauchte sie schließlich auf Französisch: »Jetzt senkt die Waffen, verdammt noch mal! Ich bin keine Kollaborateurin, wie oft muss ich euch das noch sagen?«

Keiner rührte sich. Dann senkte Georgette ihr Gewehr und verzog ihr hübsches Gesicht verächtlich. »Ach ja?«, feixte sie. »Und wie erklärst du dir das hier?« Sie zog eine Fotografie aus der Tasche und warf sie zu Boden. »Das ist wohl eine Doppelgängerin von dir, was?«

Stirnrunzelnd hob Marie das Foto vom dreckigen Boden auf und wendete das Bild. Es zeigte einen deutschen Offizier und eine Frau, die sich küssten. Irgendetwas kam ihr daran bekannt vor und sie sah sich die Personen genauer an. Der Schreck war so groß, dass ihr beinahe das Herz stehen blieb.

Sie sah sich selbst.

Das war ein Bild von ihr und Robert, aufgenommen an dem Tag, an dem sie ihn auf der Straße in Paris geküsst hatte. Sie erkannte die Metrostation und mehrere Passanten im Hintergrund. Robert war halb verdeckt, aber ihr Gesicht war deutlich zu erkennen. Zu deutlich, um einen Irrtum ausschließen zu können.

Jemand musste sie fotografiert haben. Es war ein Fehler gewesen, Robert in aller Öffentlichkeit zu küssen. Das hatte sie schon damals gewusst – und geflissentlich ignoriert. Nun musste sie die bittere Strafe dafür zahlen.

Das Bild war ein herber Rückschlag. Sie sah, wie Bartons Gesicht sich verfinsterte. »Also doch!«, murmelte er. Zorn flackerte in seinen blauen Augen auf und sie sah, wie seine Hand zur Manteltasche fuhr. Entsetzt dachte sie an die Vorschrift, dass jeder Verräter oder Kollaborateur beim geringsten Verdacht sofort unschädlich gemacht werden musste.

Die Angst packte sie so heftig, dass ihr speiübel wurde und sie sich am liebsten übergeben hätte. Es gelang ihr jedoch, sich zusammenzureißen. Jetzt durfte sie keine Schwäche zeigen.

Barton und die Résistance-Kämpfer würden sie als Verräterin erschießen, ohne Gnade zu zeigen, so wie sie es mit jedem Kollaborateur und Milicien taten, der ihnen in die Finger geriet.

Sie musste jetzt augenblicklich vergessen, dass diese Menschen hier ihre Waffenbrüder waren, jede Sentimentalität verdrängen. Sie musste ihr Herz verschließen, wenn sie überleben wollte. Ihre Nerven waren zum Zerreißen gespannt.

Sie stand zwischen den Résistance-Kämpfern und Barton. Er würde den ersten Schuss abgeben müssen, das wusste sie. Im Feindesland mussten Agenten vor Partisanen Autorität beweisen, wenn sie respektiert werden wollten. Und Pierre würde nur darauf warten, dass Barton einen Fehler machte, um seine Machtposition weiter zu festigen.

Das unstabile Machtverhältnis, das zwischen Barton und Pierre herrschte, musste Marie ausnutzen. Sie behielt Barton im Auge, sah mit eisiger Kälte zu, wie er seine Waffe aus der Manteltasche zog und den schwarzen Lauf der Pistole auf sie richtete. Sie zwang sich, ruhig zu bleiben.

»Sie enttäuschen mich, Major«, sagte Barton. »Ich hätte mehr von Ihnen erwartet.«

Er blickte sie an, die Augen hart und kalt. Sie erwiderte den Blick nicht weniger verbissen, während sie die anderen aus dem Augenwinkel nicht außer Acht ließ.

Dann machte Barton einen Fehler. Er warf Pierre einen Seitenblick zu, fast so, als wolle er um Erlaubnis bitten, und ließ Marie damit für einen Sekundenbruchteil aus den Augen. Diese Unaufmerksamkeit bereute er augenblicklich, denn Marie packte sein rechtes Handgelenk mit der Waffe und zog ihn heftig nach vorne, während sie gleichzeitig ihren rechten Handballen gegen seine linke Schulter drückte.

Barton verlor das Gleichgewicht und musste hilflos zusehen, wie sie ihn zu Boden schlug, wobei sie jedoch noch gleich Gérard, der sich direkt hinter ihr befand, mit in die Knie zwang. Beide Männer schlugen hart auf.

Im nächsten Sekundenbruchteil riss Marie Barton die Walther aus der Hand und feuerte schnell hintereinander drei Schüsse auf die völlig verblüfften übrigen Résistance-Kämpfer ab, die noch dabei waren zu begreifen, was passierte.

Pierre und Georgette schrien auf und fielen zu Boden, Maurice ließ vor Entsetzen die Waffe fallen, von der er nie ernstlich Gebrauch hatte machen wollen, und rannte Hals über Kopf zur Scheunentür. Nur Pauline feuerte einen Schuss ab. Sie war jedoch zu nervös, um zu zielen, und so verfehlte die Kugel Marie weit. Marie gab ihr keine Chance, das Versäumte nachzuholen, und feuerte erneut zweimal.

Mit einem Schmerzensschrei ließ Pauline das Gewehr fallen und hielt sich mit den Händen den Bauch.

Jetzt endlich reagierte Barton. Er stieß den überraschten Gérard von sich und packte Marie an den Beinen. Sie verlor das Gleichgewicht und fiel zu Boden. Beim Sturz ließ sie die Waffe fallen, doch sie hätte ihr ohnehin nichts genutzt, denn Barton schlug ihr mit der Faust hart ins Gesicht, sodass sie halb betäubt liegen blieb.

Dann griff er nach seiner Waffe, packte Marie an den Haaren und presste den Lauf an ihre Schläfe. Sie spürte das kalte Metall auf ihrer

Haut, hörte wie Barton den Hahn losließ. Sie kniff die Augen zusammen. Ihr Herz raste wie verrückt. Doch die Waffe klickte nur laut. Sie war leer.

Marie erlaubte sich einen erleichterten Seufzer, während Barton laut fluchte.

Er richtete sich ein wenig auf, um nach einer anderen Waffe Ausschau zu halten, da griff sie mit ihrer linken Hand zum Revers ihres Mantel, riss ihr Stilett heraus und stieß es mit verzweifelter Wucht in seinen Hals.

Barton schrie und ließ ihre Haare los, während sie die lange Klinge tiefer in sein Fleisch bohrte. Warmes Blut strömte über ihre Hände. Barton schlug mit der Waffe nach ihr. Der Knauf der Pistole traf sie schmerzhaft am Ellenbogen, doch sie stieß das Stilett weiter in den Hals, bis Barton schließlich mit weit aufgerissenen Augen aufkeuchte, Blut spuckte und seitlich wegkippte.

Sofort rappelte Marie sich auf, doch sie sah nur noch, wie Maurice und Gérard aus dem offenen Scheunentor rannten. Die beiden würde sie nicht mehr erwischen. Verdammt!

Schwer atmend hechtete sie ebenfalls zum Tor, hinaus in die kalte Nachtluft. Hinter sich hörte sie Pierre qualvoll aufstöhnen, doch sie verschloss ihr Herz gegen aufwallendes Mitleid und stürmte weiter. Pierres Gesicht und das der anderen Partisanenkämpfer würden ihr mit Sicherheit in den kommenden Tagen Albträume bereiten, doch sie schob den Gedanken entschieden beiseite. Die Gestapo würde bald hier sein. Sie musste augenblicklich verschwinden.

Keuchend rannte sie über den Hof auf die Straße, überquerte sie, kletterte über einen Kuhzaun, fiel unsanft ins Gras, rappelte sich auf, rannte weiter über die unebene Weide, hinein in die Dunkelheit, immer weiter, noch schneller, und blieb auch dann nicht stehen, als schmerzendes Seitenstechen ihr den Atem raubte und ihr schon speiübel war.

Sie rannte, wie sie noch nie zuvor in ihrem Leben gerannt war. Auch nicht während der Agenten-Ausbildung, als sie sich durch das Dauerlauftraining gequält hatte. Sie hatte noch nie eine besonders gute Kondition gehabt, doch das Adrenalin in ihrem Blut ließ sie nicht ermüden und so kämpfte sie sich weiter querfeldein, bis sie die Dächer von Vaux im bleichen Mondlicht sah.

Sie stürmte den vertrauten Weg entlang, riss das Tor zum Haus ihrer Großmutter auf und, nachdem sie mit zitternden Händen den Schlüssel unter einem großen Blumentopf herausgefischt hatte, schloss sie die Tür auf und schlüpfte in das kalte Haus.

Dort wäre sie beinahe mit einer Person zusammengestoßen. Erschrocken machte sie einen Satz nach hinten, schnappte nach Luft. Ihre Hand fuhr zu ihrer Waffe, doch noch ehe sie den Lauf zu Greifen bekam, ging flackernd das Licht an und sie erstarrte mitten in der Bewegung.

»Karl!«, stieß sie überrascht aus.

27

Das Licht der alten Lampe an der Decke flackerte unruhig, doch ihr kalter Schein erleuchtete mit unbarmherziger Härte die fahlen, abgespannten Gesichter der Geschwister, die sich überrascht in der Diele des großen Hauses gegenüberstanden. Hier, auf diesen roten Steinfliesen, hatten sie als Kinder mit ihren Zinnfiguren gespielt. Sie waren auf dem Geländer der breiten Holztreppe hinuntergerutscht, die sich zur Linken der Eingangstür befand.

In diesem Haus hatten sie die glücklichste Zeit ihres Lebens verbracht. Und hier war es zum Zerwürfnis gekommen. Zehn Jahre lang hatte Karl dieses Haus nicht mehr betreten. Aber es sah noch genauso aus wie damals. Es roch immer noch nach trockenem Holz, Gras, Blumen und frischen Kräutern. Noch immer standen die Möbel an gleicher Stelle, die gleichen Bilder hingen an der Wand, dieselben Vorhänge hielten heiße Sonnenstrahlen und Fliegen ab. Es kam ihm vor, als sei er nie fortgewesen.

Und doch hatte sich etwas verändert.

Er sah seine Schwester an, *seine* Schwester. Sie war kein Kind mehr, sie war eine Frau. Und er war kein Junge mehr, sondern ein Mann.

Und ein Verräter auf der Flucht.

Ein bitterer Zug legte sich auf seinen Mund. Er musste hart schlucken.

Marie sah ihren Bruder fassungslos an. Alles kam ihr so unwirklich vor. Karl – hier in Courseulles! Wie war das möglich? Er sollte doch in Berlin sein, mit Robert, und sich um die Zukunft Deutschlands kümmern. Und so war es Karl, der das überraschte Schweigen brach.

»Mein Gott, Marie …!«, stieß er erschrocken aus. »Was ist denn mit dir passiert?«

Seine Augen weiteten sich, dann runzelte er die Stirn. Erst jetzt realisierte Marie, dass sie einen ziemlich abschreckenden Eindruck machen musste. An ihren Händen klebte geronnenes Blut, ebenso an ihrem Mantel und ihrem Kleid. In ihren Haaren, die wild in alle Richtungen abstanden, hingen vereinzelte Strohhalme. Ihre Schuhe waren matschverschmiert und an der Stelle, wo Bartons Faust sie getroffen hatte, verfärbte sich das Kinn in hässliche blaue Flecken.

Sie hob ihre Hand zur schmerzenden Stelle, sah das Blut darauf und ließ sie schnell wieder sinken. »Messerstecherei«, keuchte sie schließlich mit unsicherer Stimme. In ihrem Kopf drehte sich alles. Ihre Lunge und ihre Kehle schmerzten scheußlich. Halt suchend klammerte sie sich an einer Sprosse des Treppengeländers fest und rang schwer nach Atem.

Völlig perplex sah Karl sie an, wie sie nach Luft schnappte. Sie schüttelte nur den Kopf als Antwort auf seine Fragen und schließlich, als ihr Puls sich allmählich beruhigt hatte, richtete sie sich langsam auf, das Gesicht immer noch hochrot, und stakste mit unsicheren Schritten in die Küche.

Sie öffnete den Wasserhahn, wusch sich gründlich die Hände mit Seife, während rotes Wasser in den Ausguss floss, und nachdem sie sich die Hände abgetrocknet hatte, nahm sie ein Glas aus dem Schrank, füllte es mit Wasser und trank gierig.

Sie stellte das Glas auf die Arbeitsplatte und blickte ihren Bruder aus erschöpften Augen an. »Helen ist wie vorgesehen in die Schweiz gefahren«, begann sie müde. »Sie ist in Sicherheit. Aber ich … ich bin in einen Hinterhalt getappt.«

Er unterbrach sie abrupt: »Du auch? Na, dann wären wir ja schon zwei heute. Und ich dachte, eine schlechte Nachricht genügt.« Er fuhr sich mit der Hand durch sein Haar, Ausdruck größten Verdrusses.

Verwundert sah Marie ihn an. »Was ist passiert, Karl? Warum bist du nicht in Berlin?«

Karl sah seiner Schwester kurz in die Augen, dann senkte er den Blick und begann tonlos zu erzählen, was im Hauptquartier des OKM vorgefallen war. Schweigend hörte Marie ihm zu. Ihre Augen weiteten sich vor Entsetzen und Schreck.

»Mir gelang es, mit dem Krankenwagen zum Flughafen zu fahren.« Karls Stimme hatte jeden Klang verloren. Sie war nüchtern, farblos, hohl. Marie hörte, dass er mit diesem Tag jede Hoffnung und jede Illusion verloren hatte. Es zerriss ihr das Herz.

»Das Flugzeug, das ich genommen hatte, stand noch dort«, fuhr er fort. »Ich befahl dem Piloten, sofort nach Paris zurückzufliegen. Von dort aus bin ich mit einem gestohlenen Wehrmachtsauto nach Courseulles gefahren. Ich … ich wusste nicht, wo ich hingehen sollte. Mein Gott, Marie …! Es war schrecklich! Ich … ich …«

Ein Schluchzen ließ seine Stimme erbeben. Er keuchte schwer, schluckte hastig und versuchte normal weiterzuatmen. Seine Unterlippe zitterte, die Augen glänzten verräterisch.

Marie war wie vom Donner gerührt. Karl weinte! Ihr Bruder, den sie jahrelang für so herzlos und kalt gehalten hatte, weinte. Der Deutsche par excellence, mutig, hart, männlich, zeigte Schwäche. Ihre Kehle schnürte sich zu, ein dicker Knoten saß in ihrem Bauch. Sie wollte aufstehen, wollte ihn in den Arm nehmen und trösten.

Doch sie konnte nicht. Die Jahre der Trennung, die Distanz, die sich zwischen ihnen aufgebaut hatte, all das ließ sich nicht so leicht überwinden.

Und so blieb sie am Küchenschrank stehen, krallte ihre Finger in das Holz der Anrichteplatte und blickte ihren Bruder stumm an, der von einigen Schluchzern geschüttelt wurde, während er sich hastig mit der Hand über das Gesicht fuhr. Die Knie wurden ihr weich.

Eine Frage brannte ihr auf der Zunge, doch sie traute sich nicht, sie zu stellen, so groß war die Angst vor der Antwort, die sie schon zu kennen glaubte, doch nicht hören wollte. Die Ungewissheit zerriss sie und schließlich konnte sie die Anspannung nicht mehr aushalten.

»Und … und Robert?«, fragte sie mit zitternder Stimme. Ihr Herz schlug wild und hart gegen ihre Brust.

Karl hob den Blick, sein Gesicht qualvoll verzerrt, die Augen leicht gerötet. »Ich weiß es nicht, Marie … Aber er war im Konferenzsaal, als die Gestapo das Hauptquartier stürmte. Ich habe Schüsse gehört und …« Er brach ab, drehte sich leicht weg und verbarg sein Gesicht in den Händen. Er konnte seiner leichenblassen Schwester nicht in die Augen sehen. Er selbst fühlte sich elend. Er hatte das Gefühl, seine Kameraden im Stich gelassen zu haben. Er musste heftig schlucken, doch der bittere Geschmack in seinem Mund blieb.

Mit schmerzvoll verzogenem Gesicht sah er, wie Marie um Fassung rang. Er konnte sich vorstellen, wie schwer der Verlust sie treffen musste. Wenn er an Helen dachte …

Nein, lieber erst gar nicht darüber nachdenken. Sie war in der Schweiz, in Sicherheit. Marie hatte es ihm gesagt. Ihr drohte keine Gefahr, nicht wie ihm …

Hilflose Wut überkam ihn. Seine Hand ballte sich zur Faust. Endete so Operation Eule – als Tragödie?

Er war doch immer so vorsichtig gewesen! Was, was nur, war schiefgegangen? War es wirklich Verrat gewesen? Hatte Harald Bergmann unter der Folter seinen Namen genannt? Aber er wusste doch so wenig! Niemals hätte die Gestapo dadurch von der Konferenz erfahren, die heute in Berlin stattgefunden hatte.

Wie hatte das nur passieren können?

Er fuhr sich mit der Hand übers Gesicht, sein Unterkiefer zitterte. Verdammt … Verdammt! Verbitterung schnürte ihm den Hals zu. Sein Blick fiel auf den Kalender, der in der Küche hing. Er zeigte ein düsteres Gemälde von sterbenden Soldaten auf einem Schlachtfeld, Leichen ohne Nationalität, Skelette ohne Uniformen, Leid, Hunger, Elend. Die Schattenseiten des Krieges gegen Ende des letzten Jahrhundertes. In der rechten unteren Ecke hatte die Post, von der dieser Kalender stammte, ein Gedicht von Tristan Corbière gedruckt. Karl kniff die Augen zusammen, um die Buchstaben lesen zu können.

On eût dit un radeau de naufragés – Misère
Nous crevions devant l'horizon
Nos yeux troubles restaient tendus vers une terre…
Un cri montait: trahison!

Man könnte meinen, es sei ein Floß mit Schiffbrüchigen – Elend
Wir krepierten vor dem Horizont
Unsere trüben Augen blieben auf die Erde gerichtet …
Ein Schrei erscholl: Verrat!

Verrat!

Wie traurig-tröstlich wäre die Gewissheit, dass auch er das Opfer eines Verräters geworden war. Einen Sündenbock zu haben, den er verfluchen, verachten, hassen könnte! All diese Gefühle, auch wenn sie nichts an seiner derzeitigen Situation änderten, wären doch besser als diese Ungewissheit, diese nagenden Fragen nach dem Warum und Wieso, die ihn derart quälten.

»Ich bin froh, dass du noch da bist.«

Die brüchige Stimme seiner Schwester brachte ihn in die Wirklichkeit zurück. Er zuckte mit den Schultern, als sei ihm diese Tatsache lästig. »Ich hatte eben Glück«, sagte er gleichgültig. »Ich habe gehofft, der Feueralarm würde den anderen auch zur Flucht verhelfen können, aber …« Er brach ab und hob erneut die Achseln. »Ach verdammt! Das hätte nicht passieren dürfen. Ich hätte … Ich hätte …« Er hob die Arme, rang nach Worten.

»Du hättest gar nichts tun können!«, unterbrach sie ihn grob. »Es war das einzig Richtige, einen Fluchtversuch zu unternehmen. Niemandem wäre geholfen worden, wenn du den Helden markiert hättest. Nur der Gestapo. Einen mehr, den sie foltern und verhören können.«

Bei diesen Worten zuckte er heftig zusammen. Marie tat, als habe sie nichts bemerkt, und fuhr unerbittlich fort: »Du kannst froh sein, dass du noch am Leben bist, Karl! Was hast du jetzt vor? Was willst du tun?«

Er seufzte. »Ehrlich gesagt, habe ich keine Ahnung, Marie. Als ich hierherkam, hielt ich es für ein gutes Versteck.« Er sah sich in der Küche um. »Niemand wird mich hier vermuten. Vielleicht bleibe ich ein paar Tage und dann …« Er zuckte mit den Schultern. »Wer weiß, es wird sich schon etwas ergeben.«

»Du willst hierbleiben?« Sie richtete sich auf, die Hände in den Taschen vergraben. »Das ist keine gute Idee. Erinnerst du dich daran, dass ich dir gesagt habe, ich war in eine Messerstecherei verwickelt? Tja, dabei war ich gezwungen, mehrere Menschen zu töten. Es wird nicht lange dauern und es wimmelt hier nur so von Gestapo-Beamten. Hierzubleiben wäre ein ziemliches Risiko.«

Karl ging nicht darauf ein. Eine Furche legte sich auf seine Stirn. »Verdammter Mist!«, fluchte er. »Hättest du das nicht diskreter erledigen können? Du solltest doch wissen, dass Waffen nur Aufmerksamkeit auf sich ziehen!«

»Tut mir leid, ich hatte keine andere Wahl. Oder hätte ich mich töten lassen sollen?«

Er ignorierte ihren Sarkasmus und fragte stattdessen: »Und nun?«

Sie dachte blitzschnell nach, wog die Risiken gegeneinander ab und sagte schließlich: »Komm mit mir nach England. Ich werde eine Möglichkeit finden, dich zu Richard, meinem Vorgesetzten, zu bringen. Ihm wirst du detailliert alles offenlegen, was du über die derzeitige Lage der deutschen Kriegsmarine weißt und …«

»Moment mal, Augenblick«, unterbrach Karl sie plötzlich. »Die derzeitige Lage der Kriegsmarine?« Er kniff die Augen zu zwei schmalen Streifen zusammen. »Willst du mir etwa nahelegen Militärgeheimnisse preiszugeben?«

»Das Kinoprogramm der letzten Woche interessiert den SOE nicht sonderlich, tut mir leid. Und als Mitglied des Führungsstabs der Marine gibt es vermutlich nur wenig, was du nicht über die derzeitigen Militärstrategien des OKM weißt. In deiner Position dürftest du auch wissen, wie es derzeit um Heer und Luftwaffe steht. Dieses Wissen darfst du dem SOE nicht vorenthalten. Ist dir klar, wie entscheidend diese Informationen sein können? Informationen aus erster Hand von einem deutschen Offizier, der an den Besprechungen mit Hitler teilnahm? Sie könnten das Kriegsende beschleunigen und …«

»Niemals!«

Marie zog bei dem schneidenden Ton die Augenbrauen hoch. »Wie bitte?«

»Du hast mich schon verstanden.« Karl sah sie mit erhobenem Kinn hochmütig an. »Ich werde auf gar keinen Fall Militärgeheimnisse an die Engländer verraten. Das ist mein letztes Wort!«

»Was?« Marie sah ihn perplex an. Dann zog sie die Augenbrauen zu einem geraden Strich zusammen und knurrte: »Das ist jetzt hoffentlich ein schlechter Scherz, oder?«

»Keineswegs.« Karl befingerte einen runden Messingknopf an seiner Uniform und drehte ihn ein paar Mal im Kreis, ehe er sagte: »Ich habe nicht vor, zum Verräter zu werden. Reck mag geheime Depeschen an London weitergeben, aber er ist Zivilist. Ich bin Offizier der Kriegsmarine und ich …«

»Nicht zum Verräter werden?«, unterbrach sie ihn lachend, doch bar jeder Freude. »Karl, du Narr, mach die Augen auf! Du bist bereits ein Verräter. Die Gestapo ist hinter dir her, deine Freunde wurden verhaftet, werden verhört und anschließend nach einem ungemein fairen Prozess erschossen. Und gebe dich nicht der Illusion hin, dass sie alle dichthalten werden. Jeder redet irgendwann unter der Folter, es sei denn, es gelingt ihm, sich vorher umzubringen. Du bist jetzt schon vogelfrei und zum Abschuss freigegeben. Für Hitler bist du von keinem Nutzen mehr, aber der SOE, England, die können von deinem Wissen profitieren. Vergeude nicht die Möglichkeit, Menschenleben zu retten, indem du aus sinnloser Loyalität schweigst.«

»Ich werde schweigen, gerade weil es meine Pflicht ist, Menschenleben zu retten«, erwiderte Karl eisig.

Marie runzelte die Stirn. »Wie meinst du das? Ich verstehe nicht ganz.«

Er schnaubte verächtlich. »Natürlich, das war mir klar. Du als Spionin, für dich ist das das normale Tagesgeschäft, Militärgeheimnisse auszuplaudern. Aber du vergisst dabei, dass du damit Hunderten von Menschen das Leben nimmst. Sobald du einen militärischen Standpunkt preisgibst, schickt das Luftwaffenministerium die Jungs von der Royal Air Force los, um ein paar Eier abzuwerfen. Bomben, verstehst du? Und diese Bomben treffen Menschen. Menschen, die danach tot sind und nie wieder aufstehen werden. Das ist es, was ihr macht, ihr Agenten. Ihr tötet Menschen, ohne euch dabei vermeintlich die Hände schmutzig zu machen. Aber sie sind trotzdem blutbesudelt, eure Hände. Sie sind so klebrig davon wie die eines Meuchelmörders. Mörder, das seid ihr. Hinterhältige, feige Meuchelmörder.«

»Und du?«, schrie Marie. Ihr Gesicht war hochrot. »Was bist du? Du bist der Tod! Dein Geschäft ist der Mord. Du meinst, ich würde mir nicht die Hände schmutzig machen? Wo ist der Unterschied zwischen einem Menschen, der Militärgeheimnisse verrät und dadurch zum Tod von Menschen beiträgt, und einem, der lustig ein paar Fähnchen auf dem Tisch hin- und herschiebt, ohne dabei zu bedenken, dass jedes Fähnchen Hunderte Menschenleben repräsentiert, die einfach mal so ›geopfert‹ werden. Du bist genauso ein Mörder wie ich, Karl. Schlimmer noch, du bist stolz darauf! Ekelhaft stolz!«

»Pass auf, was du sagst, Marie. Du redest von Dingen, die du nicht verstehst. Das hast du schon immer gemacht. Hast immer schon geglaubt, du wärst mir geistig überlegen, dabei hast du mit deinem Geschwätz nur bewiesen, wie unwissend du bist. Ich bin Offizier. Meine Aufgabe ist es, Leben zu retten, nicht zu vernichten. Aber davon verstehst du leider nichts. Und deshalb ist es auch ein sinnloses Unterfangen, dir beibringen zu wollen, dass ich niemals Militärgeheimnisse preisgeben werde und Schande auf meine Uniform und mein Amt lade.«

Marie versteifte sich augenblicklich. Ihre Augen wurden stahlhart, ihr Mund verzog sich verächtlich. »Du gibst also auf?«, fragte sie kühl. Ihr Blick durchbohrte ihn.

Seine Mundwinkel zuckten. Er musste einen Augenblick lang nachdenken. Er brauchte Zeit, Chaos herrschte in seinem Kopf. Es musste geordnet werden, ehe er eine klare Entscheidung treffen konnte. Doch diese Zeit ließ ihm seine Schwester nicht.

»Hier kannst du nichts ausrichten, Karl. Hier kannst du nur sterben wie ein Hund, der sich feige verkrochen hat. Aber in England, da kannst du dort anknüpfen, wo du hier aufgehört hast. Dort können wir den Kampf weiterführen, Karl, glaub mir.« Ihre Augen sprühten Funken. »Wenn du jetzt aufgibst, verrätst du nicht nur die anderen, sondern auch dich selbst. Lass nicht zu, dass ich meinen Bruder ein zweites Mal verliere, ich bitte dich!«

Er sah den flehenden Zug um ihren Mund, sah die Entschlossenheit und das Vertrauen in ihn. Sofort fühlte er sich noch schlechter. Er senkte den Blick und schüttelte den Kopf. »Ich kann nicht«, murmelte er schwach. »Es ist vorbei.«

Angewidert schüttelte sie den Kopf. »Ich hätte mehr von dir erwartet, Karl! Für meinen Teil, ich kämpfe weiter. Und ich kann dir nur raten, es mir gleichzutun. Denn hier wirst du sicher sterben. Entweder durch die Hand der Gestapo oder aus Scham vor deiner eigenen Feigheit!«

Abrupt drehte sie sich um und verließ die Küche. An der Tür schaute sie sich noch einmal um und sagte kühl: »Wie tragisch für Helen, dass ihr Mann sie so entehrt. Und in welcher Schande muss ihr Sohn aufwachsen! Willst du ihnen diese Bürde wirklich aufladen?«

Ruckartig hob Karl den Kopf, seine Blicke schleuderten Feuerpfeile. »Halt meine Familie da raus, Marie!«, knurrte er bedrohlich. »Ich habe tapfer gekämpft, aber ich weiß, wann ich verloren habe. Helen und Heinrich haben keinen Grund, sich meiner zu schämen! Jetzt nicht und auch nicht in Zukunft!«

Einen Augenblick lang dachte Marie, er würde sie schlagen. Sie widerstand dem Drang, einen Schritt zurückzumachen, unterdrückte ein Zittern und sagte mit harter Stimme: »Beweis es! Und komm mit mir nach England.«

Er zögerte. Sein Gesicht verfinsterte sich und für eine Sekunde lang glaubte sie, ihre Trumpfkarte verwirkt zu haben, doch dann wurde sein Blick stechend und hart und er sagte: »Also gut. Ich begleite dich nach England. Vorausgesetzt, du findest eine Möglichkeit, uns dorthin zu bringen.«

»Ist schon arrangiert.« Sie verkniff sich ein zufriedenes Lächeln und warf einen Blick auf die Uhr. Halb elf. »Aber wenn wir unser Rendezvous einhalten wollen, müssen wir uns sputen. Wo hast du geparkt?«

»Hinterm Haus.« Dort befand sich ein zweiter Eingang mit direktem Zugang zur Straße. Sie nickte. »Gut. Dann lass uns augenblicklich aufbrechen.«

Strasser fluchte laut. Büchner war ihm durch die Lappen gegangen. Sie hatten das gesamte Hauptquartier des OKM auf den Kopf gestellt, aber er blieb spurlos verschwunden. Dem Mistkerl musste irgendwie die Flucht geglückt sein. Vermutlich während des Feueralarms, den er selbst ausgelöst hatte.

Strasser hatte bemerkt, dass jemand den roten Knopf in der Toilette des fünften Stocks gedrückt hatte. Und niemand hatte den Unterschied zwischen Feuer- und Fliegeralarm gemerkt.

Wutschäumend sah er sich in Büchners Arbeitszimmer um. Überall herrschte peinliche Ordnung. Alles war akribisch klassifiziert und chronologisch angeordnet. Reihen von Aktenordnern, Büchern, Heften. Nirgendwo flog ein loses Papier herum, wenn man einmal vom Schreibtisch absah. Doch selbst da hatte Büchner einen Extra-Ordner für Schmierzettel und rasche Notizen.

Strasser schüttelte ungläubig den Kopf. Ein Aktenordner für Kritzeleien! Wie beknackt war der Kerl eigentlich?

Die Durchsuchung hatte jedoch nichts Aufschlussreiches gebracht. Jedes belastende Material war in einer Aktentasche bei den Verrätern gefunden worden. Büchner musste die Dokumente bei sich tragen. Jedenfalls hielt er sie weder in seinem Büro noch in seinem Haus unter Verschluss.

Sehr vorsichtiger, sehr umsichtiger Mann, dachte Strasser. *Hat nichts anbrennen lassen.*

Aber nun war Büchner ein vogelfreier Verräter auf der Flucht, der zum Abschuss freigegeben war. Strasser hatte diesen Befehl an alle Behörden im Reich weitergegeben. Büchner würde nicht lange in Freiheit sein.

Das Telefon klingelte. »Untersturmführer Strasser«, meldete er sich knapp.

»Hier Kriminalassistent Lärchler. Wir haben den vermissten Krankenwagen gefunden, Herr Untersturmführer.«

Strasser atmete erleichtert auf. Der verschwundene Krankenwagen, den Büchner vermutlich zur Flucht benutzt hatte, hatte ihm lange Kopfzerbrechen bereitet. Er hatte schon Angst gehabt, Büchner für immer verloren zu haben.

»Und?«, bellte er ungeduldig. »Welche Straßensperre hat ihn erwischt?«

»Keine, Herr Untersturmführer. Der Wagen steht schon seit geraumer Zeit am Flughafen Tempelhof. Von Büchner keine Spur.«

Strasser stöhnte auf. Das durfte doch nicht wahr sein! Hastig fragte er: »Hat man schon herausgefunden, ob er sich mit dem Flugzeug irgendwohin abgesetzt hat?«

»Jawohl, Herr Untersturmführer.« Lärchler schien sehr zufrieden mit sich selbst. »Auf eigenen Befehl habe ich mir eine Liste aller Flüge geben lassen, die seit zwölf Uhr von Tempelhof gestartet sind. Sie glauben nicht, wie viele Maschinen hier täglich landen und starten. Es ist unglaublich! Haben Sie gewusst, dass …«

»Weiter!«, unterbrach Strasser seinen Enthusiasmus grob. »Der tägliche Flugverkehr der Wehrmacht interessiert mich einen Scheißdreck!«

»Verzeihen Sie, Herr Untersturmführer. Ja, wir haben den flüchtigen Verräter gefunden. Es war gar nicht so einfach, glauben Sie mir. Wir …« Ein bedrohliches Knurren hielt ihn davon ab, noch weiter ins Detail zu gehen. Hastig fuhr er fort: »Büchner hat sich wohl in Paris absetzen lassen. Und bevor Sie fragen, dort haben wir jegliche Spur verloren. Niemand weiß, ob er sich noch in Paris befindet oder ob er die Stadt bereits verlassen hat.«

Verdammt! Strasser fuhr sich mit der Hand ärgerlich über das Gesicht. Büchner war also weiterhin auf der Flucht. Er atmete geräuschvoll aus. Dann befahl er: »Lassen Sie alle Bahnhöfe und Metrostationen überprüfen. Und auch sein Hotelzimmer im George V. Vielleicht hat er sich dorthin verkrochen.«

Allerdings wagte er es zu bezweifeln. Büchner war zu clever, um in Paris zu bleiben. Sicherlich hatte er die Stadt schon lange hinter sich gelassen.

»Wurde schon veranlasst, Herr Untersturmführer«, meldete Lärchler. Dann fügte er nach kurzem Zögern hinzu: »Sobald wir etwas Neues wissen, melde ich mich.«

Strasser brummte zustimmend und legte auf. Mit gerunzelter Stirn sah er sich im Zimmer um. Sein Blick fiel auf eine Nordwesteuropakarte, die an der Wand hing. Langsam trat er auf sie zu. Er fischte sich eine Zigarette aus der Brusttasche, zündete sie mit einem goldenen Feuerzeug an – ein Geschenk seines Vaters – und nahm einen tiefen Zug.

Schweigend musterte er das zweidimensionale Bild Nordfrankreichs. Sein Blick verharrte lange auf Paris. Er blies den Rauch aus und für einige Sekunden lag die Stadt in Nebelschwaden.

Wo bist du, Büchner? fragte er sich stumm, während seine Augen über die Karte glitten. *Wo versteckst du dich?*

Sein Blick fiel auf die Küste. Nur ein schmaler Wasserstreifen trennte Frankreich von England. Ein schmaler Streifen zwischen dem Deutschen Reich und den Alliierten, eine geballte Masse an Soldaten, Panzern, Schiffen und Munition. Würde Büchner versuchen, dorthin zu fliehen? Aber wie sollte ihm das gelingen? Er war deutscher Offizier, in Frankreich würde ihm niemand vertrauen …

Plötzlich erinnerte er sich an etwas. Rasch drehte er sich um, ging zurück zum Schreibtisch und nahm den Telefonhörer in die Hand. Es dauerte eine Weile, in der er ungeduldig an seiner Zigarette zog, bis er die vertraute, leicht müde Stimme hörte.

Er atmete halb erleichtert auf. Gott sei Dank, sie war zu Hause! »Susanne, Goldengel, ich weiß, diese Frage wird dich überraschen, aber es ist von nationaler Wichtigkeit, dass du sie mir beantwortest.« *Und das ist vielleicht nicht einmal übertrieben*, dachte er grimmig.

Ein verblüfftes Schweigen antwortete ihm. Dann hörte er Susanne trocken fragen: »Nur zu, was ist? Ich bin ganz Ohr.«

»Wo lebt Büchners französische Familie? Du hast mir gesagt, seine Mutter sei französische Staatsbürgerin. Sicherlich haben die Büchners oft ihren Urlaub in Frankreich verbracht. Kannst du dich daran erinnern, wo sie da hingefahren sind?«

Er hielt den Atem an. Würde Susanne sich erinnern? Die Familie würde Büchner sicher Unterschlupf gewähren. Ganz gewiss würde sie das tun. Und dort wäre es ein Leichtes, ihn zu finden. Aber dafür musste er erst einmal wissen, wo er zu suchen hatte.

Susanne sagte lange Zeit nichts. Strasser rutschte ungeduldig auf der Schreibtischkante herum. Dann sagte Susanne schließlich: »Ich bin mir nicht mehr so sicher. Es sind viele Jahre vergangen, seit Marie mir davon erzählt hat. Aber ich glaube … ja, ich glaube, es war irgendwo in der Normandie. Ihre Großmutter lebt dort, in einem kleinen Kaff an der Küste.«

Strassers Puls begann sich zu beschleunigen. »Weißt du noch den Namen des Ortes?«

Erneutes Schweigen. Er sah sie direkt vor sich, wie sie mit einem Atlas auf dem Schoß nach dem Ort suchte. Dann: »Irgendwas mit K. Es liegt an der Küste. Ich glaube, Cabourg oder so. Nein … Courseulles. Ja, so hieß es, Courseulles.«

28

Der graue Mercedes der Wehrmacht erzeugte ein unheimlich lautes Geräusch in der stillen Nacht. Im silbernen Mondlicht sah Marie vertraute Bäume, Hecken und Weiden schwarz in den Himmel ragen, stumm und schweigend. Sie warf einen Blick auf Karl, der am Steuer saß, die Hände fest ans Lenkrad geklammert, die Augen starr geradeaus. Ein entschlossener Zug umspielte seine Lippen.

Sie hätte jetzt gerne gewusst, was er dachte. War er wütend auf sie? Ganz bestimmt war er das. Sie hatte ihn ja quasi gezwungen, sie zu begleiten. Aber war es ihre Schuld, wenn er so stur war und sie ihn allem Ärger zum Trotz nicht aufgeben konnte?

Verflucht, wie konnte es sein, dass Blutsbande so mächtig sein konnten, obwohl sie nicht einmal sichtbar waren? Man konnte sie nicht anfassen, nicht zerschneiden, nicht einmal sehen! Und doch fühlte sie die Verbundenheit zu ihrem Bruder, fühlte diese Verpflichtung ihm gegenüber sehr viel stärker, als sie ihre Verantwortung als britischer Offizier spürte.

Sie würde ihn niemals aufgeben können. Die Liebe zu ihrer Familie, die einzige Liebe, die man geschenkt bekam, ohne etwas dafür getan zu haben, war eine der mächtigsten Bindungen der Welt. Wenn sie auch manchmal die lästigste und unbequemste war, eben *weil* man sie sich nicht aussuchen konnte.

Karl musste leben. Alleine schon, weil sonst alle ihre Mühen und Ängste umsonst gewesen wären. Er schuldete ihr das einfach!

»Der Kopf einer Operation muss am Leben bleiben«, sprach sie trotzig ihren Gedanken laut aus. Karl wendete sich ihr verblüfft zu. Sie hatte ihn aus seinen brütenden Gedanken gerissen. Doch sie ignorierte seinen verwunderten Blick und fuhr unbeirrt fort: »Du bist in der Lage, Operation Eule von England aus weiterzuführen.«

Karl antwortete nicht. Und so fiel wieder das Schweigen zwischen sie.

Dann sagte Marie: »Fahr hier rechts ran.«

Karl tat wie geheißen. Er lenkte den Mercedes auf eine unbefestigte Feldeinfahrt für Traktoren und drehte den Zündschlüssel um. Der Motor erstarb und plötzlich herrschte tiefe Stille. Man hörte nur noch den rauen Schrei einiger Nachtvögel.

Marie stieg aus. Unter ihren Füßen knirschten getrocknete Erdbrösel und kleine Steine.

Normalerweise liebte sie dieses Geräusch, doch jetzt schien es ihr gerade zu übernatürlich laut. In der Ferne rauschte irgendwo ein kleiner Bach fröhlich durch sein von Bäumen und Büschen verstecktes Bett.

Sie sah auf die Uhr. Fünf vor elf.

»Gerade noch rechtzeitig«, murmelte sie nicht ohne Erleichterung.

Sie griff in den Fußraum des Wagens und holte zwei Taschenlampen heraus, die sie aus dem Haus ihrer Großmutter mitgenommen hatte. Sie drückte Karl eine in die Hand.

Gemeinsam mit ihrem Bruder stampfte sie über die im Mondlicht hell erleuchtete Wiese. Die Erde war für diese Jahreszeit recht trocken und fest. Das Flugzeug würde keine Schwierigkeiten beim Start haben.

Auf der Höhe einer kleinen, runden Baumgruppe blieb sie stehen. Lauschend hob sie den Kopf in den nachtschwarzen Himmel, an dem nur vereinzelte Sterne leuchteten, doch es verstrichen weitere fünf qualvoll lange Minuten, ehe sie endlich das vertraute Brummen eines Flugzeugs hörte.

Vor Freude begann ihr Herz schneller zu schlagen. Wie schön würde es sein, endlich wieder die Augen schließen zu können und ohne Angst einzuschlafen! Darauf freute sie sich am meisten.

Mit einem erleichterten Lächeln auf den Lippen wies sie ihren Bruder an, sich in fünf Meter Entfernung parallel zu der Baumgruppe hinzustellen. Dann begann sie, den vereinbarten Lichtspruch an den Piloten zu senden, der bald über ihr auftauchen musste.

Die Flugzeuge, die Agenten aus dem Feindgebiet holten, flogen in sehr geringer Höhe, um die Gefahr, von Nachtkämpfern getroffen zu werden, zu minimieren. Außerdem konnte sich der Pilot an der unter ihm liegenden Landschaft orientieren. Und die beiden Taschenlampen der Geschwister sowie die kreisrunde Baumgruppe boten gute Orientierungspunkte.

Als sie das einmotorige Flugzeug über sich sah, blinkte Marie mit der Taschenlampe das F des Morsealphabets, während Karl das X durchgab. Jede andere Buchstabenkombination hätte den Piloten dazu gebracht, sofort wieder abzudrehen, ohne zu landen, aus Angst vor einer Falle.

Das Flugzeug beschrieb eine Kurve und verlor rasch an Höhe, ehe es mit brausendem Motor zwischen Marie und der Baumgruppe landete. Der Pilot wendete sein schwarz angemaltes Flugzeug vom Typ Lysander sofort und brachte es in Startposition. Er hatte nicht vor, länger als ein paar Sekunden auf dem Boden zu verweilen.

»Los!«, rief Marie Karl zu und ging im Laufschritt auf die Metallleiter am Rumpf des »Lieschens« zu. Die Geschwister hatten das Flugzeug fast erreicht, als ein Schuss die Luft zerriss.

Strasser sah das kleine englische Flugzeug mit dem weißen Stern auf der leeren Weide stehen und fluchte entsetzt. Waren sie so spät dran?

Er hatte Courseulles erst um 21.30 Uhr erreicht. Sein Wagen war auf der Strecke zwischen Paris und Courseulles mit einem Platten liegen geblieben. Diese verfluchte Résistance streute absichtlich Nägel auf die Straßen, um die Fahrzeuge der Wehrmacht lahmzulegen. Einsperren sollte man diese ganze Schweinebande!

Ihretwegen hatte er kostbare Zeit verloren. Schon der Flug von Berlin nach Paris hatte ewig gedauert und nun das! Doch in Courseulles war ihm Fortuna hold gewesen. Anscheinend hatte es in einem Bauernhof eine Schießerei zwischen Résistance-Kämpfern gegeben. Drei Personen waren getötet worden, einen hatte die örtliche Gestapo schwer verwundet wenige Meter vom Hof entfernt aufgreifen können.

Doch das sehr erfolgreiche Verhör dieses Franzosen, ein Metzger namens Pierre Dupont, war nicht der einzige Glückstreffer für die deutschen Machthaber in Courseulles. Auf dem Boden der Scheune hatte man einen Funkspruch gefunden, der die Aufnahme einer lange gesuchten englischen Spionin um dreiundzwanzig Uhr ankündigte.

Es hatte Strasser einige Bemühungen gekostet, den Landeort des Flugzeugs mit dem Tarnnamen Petit pré aus dem Partisanenkämpfer herauszuprügeln. Doch, so konnte er stolz sagen, es war ihm gelungen, denn nun stürmte er gemeinsam mit zwei SS-Scharfschützen und fünf Gestapo-Beamten über eine ungenutzte Weidefläche auf ein englisches Flugzeug zu.

Ein Scheinwerfer, der auf dem kleinen Laster der Gestapo befestigt worden war, erleuchtete zwei rennende Personen, einen Mann und eine Frau. Im gleißenden Licht wirkten sie schrecklich verletzlich und schutzlos.

Die Geschwister Büchner!

Strasser erkannte die Uniform des Admirals und die Frau neben ihm musste seine Schwester sein – Marie Büchner, genannt die Weiße Wölfin. Jene englische Spionin, die den Deutschen in Courseulles so zugesetzt hatte. Eine wilde, innere Befriedigung erfüllte ihn.

Die Festnahme der beiden gesuchten Verräter würde ihm seine Beförderung sichern. Vermutlich würde ihm sogar der Führer höchstpersönlich dafür gratulieren!

Doch dann sah er, wie das Flugzeug dabei war, wieder zu starten. Nein, das durfte nicht passieren! Keuchend rannte er über die Wiese und feuerte einen Schuss ab. Dann wiederholte er bellend den Befehl, den er schon den ganzen Tag seinen Leuten gab: »Schießt nur auf die Beine! Ich will sie lebend, alle beide!«

Das Dröhnen des Flugzeugmotors hatte das Geräusch des Gestapo-Lasters übertönt. Marie zuckte heftig zusammen, als die Wiese plötzlich von einem starken Schweinwerferlicht erstrahlt wurde. Dann krachte auch schon der erste Schuss.

Entsetzt wirbelte sie herum und sah mit Grauen, wie schwarze Schatten auf sie zurannten. Im nächsten Sekundenbruchteil registrierte sie, dass der Lysander zu rollen begann. Der Pilot wollte ohne sie starten! Nein, das durfte nicht passieren.

Sie packte ihren Bruder, der sich als guter Soldat beim ersten Schuss sofort flach auf den Boden geworfen hatte, seine Dienstwaffe in der Hand.

»Los! Steh auf! Schnell!«, brüllte sie und zerrte ihn auf die Beine. »Das Flugzeug ist unsere einzige Chance!«

Karl rappelte sich mühsam auf. Weitere Schüsse erfüllten die stille Nacht. Wie betäubt starrte er die schwarzen Männer an, die über die Wiese preschten. Als er seinen Arm zum Schuss ausstrecken wollte, packte Marie ihn schmerzhaft und zerrte ihn voller Verzweiflung zum Flugzeug. Eine Sekunde lang wollte Karl Widerstand leisten, versteifte sich, doch dann sah er, dass ein Kampf aussichtslos war, und folgte seiner Schwester rennend zum Flugzeug.

»Stopp! Stopp!«, schrie sie dem Piloten zu, wohl wissend, wie sinnlos es war. Er konnte sie nicht hören, und selbst wenn, er würde trotzdem einen Start wagen. Lieber das, als sich von den Deutschen gefangen nehmen zu lassen.

Das Flugzeug rollte immer schneller. Der Motor dröhnte ihr in den Ohren, kalter Wind wehte ihr schneidend ins Gesicht und riss ihre Haare zurück. Ihre Lunge brannte, schon spürte sie das schmerzhafte Stechen in der Seite.

Sie streckte ihre Hand zur Leiter aus, ihre Finger umschlossen das Metall. Gleich, gleich hatte sie es geschafft. Sie musste nur noch springen und sie war in Sicherheit. Mit letzter Kraft spannte sie ihre Muskeln, dann hörte sie den Aufschrei neben sich.

Erschrocken drehte sie den Kopf und sah, wie Karl stürzte, das Gesicht schmerzhaft verzogen. Er war getroffen! Eine Sekunde zögerte Marie, dann ließ sie die rettende Leiter los und stürzte zu ihrem Bruder. Er hielt mit seinen Händen krampfhaft die linke Wade fest und stöhnte. Rotes Blut sickerte zwischen seine weißen Finger und tropfte ins Gras.

»Scheiße!«, fluchte sie.

»Kannst du laut sagen.« Karls Stimme klang gepresst. Die Wunde musste höllisch schmerzen. Dann blickte er auf und sagte: »Los! Lauf! Versuch, das Flugzeug zu erwischen! Dann hast wenigstens du eine Chance zu entkommen.«

Doch sie schüttelte den Kopf. »Zu spät. Das Flugzeug hole ich nicht mehr ein.« Sie warf einen Blick auf die Gestapo-Beamten, die sich näherten. Aus irgendeinem Grund machten sie nicht von ihren

Waffen Gebrauch, vermutlich weil sie noch zu weit weg waren, um genau zielen zu können. Aber das würde sich bald ändern.

Sie wollen uns lebend, begriff sie. Ihr Herz krampfte sich angsterfüllt zusammen. Rasch sah sie zu Karl, der nach wie vor keuchend am Boden lag. Sie mussten aus der Gefahrenzone, zu der Baumgruppe.

»Kannst du gehen?«, fragte sie knapp.

»Keine Ahnung. Ich werd's versuchen.« Sie sah ihn zweifelnd an. Stöhnend versuchte er, sich aufzurichten. Marie packte ihn am Arm und zerrte ihn mit aller Kraft, die sie aufbringen konnte, unsanft auf die Beine. Er verzog schmerzerfüllt das Gesicht, als er einen Schritt humpelte.

So wird das nie was, dachte sie verzweifelt. *Wir haben verloren!*

Blanke, bittere Verzweiflung ergriff sie. Sie riss ihre Pistole aus der Manteltasche und feuerte mehrere Schüsse auf ihre Verfolger ab. Einer brach schreiend zusammen, die anderen warfen sich sofort flach auf den Boden und erwiderten das Feuer. Karl riss seine Schwester zu Boden, doch sie wusste, dass sie keine Chance hatten. Das Spiel war aus. Die Deutschen brauchten nur zu warten, bis den Geschwistern die Munition ausging. Dann konnten sie sie bequem aufsammeln.

Sie hätte schreien können vor Wut und Frust. Nur eine Sekunde mehr und sie wären beide in Sicherheit gewesen! Nur eine Sekunde …

Plötzlich hörte sie, wie das Brummen des Flugzeugmotors wieder lauter wurde. Sie drehte sich um. Der Lysander kam auf sie zu! Dem Piloten war der Start anscheinend nicht geglückt und er musste einen weiteren Versuch in die andere Richtung starten.

»Okay«, rief sie Karl zu. »Das ist die letzte Metro. Wenn wir die nicht erwischen, dann war's das.«

Ihr Bruder nickte ihr aus bleichem Gesicht zu. Dann eröffnete sie das Feuer auf die deutschen Verfolger.

Strasser sah das Flugzeug auf ihn zurollen. Er brauchte nicht lange, um zu begreifen, dass Büchner und seine Schwester einen letzten verzweifelten Versuch starten würden einzusteigen. Und das musste er auf jeden Fall verhindern.

Als Büchner zusammengebrochen war, hatte er vor Freude einen Jubelschrei ausgestoßen. Doch dummerweise hatte die Verwundung den Admiral nicht kampfunfähig gemacht. Das Sperrfeuer, das er mit seiner Schwester abschoss, hinderte Strasser und seine Männer, weiter zu ihm vorzudringen.

Das Flugzeug kam auf die am Boden liegenden Verräter zugerollt. Gleich würden sie auf gleicher Höhe sein, nur ein knapper Meter trennte sie von der offenen Tür. Er sah, wie eine Person aufstand. Es war der Admiral!

Schon streckte er die Hand aus, um nach der Leiter zu greifen. Seine Schwester hatte sich nun ebenfalls erhoben und folgte dicht hinter ihm. Gleich würden beide im Flugzeugbauch verschwinden.

Strasser stieß einen verzweifelten Schrei ohnmächtiger Wut aus. Das durfte nicht sein! Nicht nach all den Anstrengungen, die er in den letzten Stunden durchgemacht hatte. Büchner durfte ihm nicht entwischen. Er richtete sich auf und feuerte wild Schüsse auf den Admiral ab. In diesem Moment stieß ihn seine Schwester durch die offene Kabinentür. Büchner war aus seinem Blickfeld verschwunden.

Das Flugzeug beschleunigte und raste mit donnernder Geschwindigkeit auf ihn zu. Strasser machte einen Hechtsprung zur Seite, um nicht überrollt zu werden. Wie betäubt musste er zusehen, wie das Flugzeug an ihm vorbeizog, zunehmend an Höhe gewann und in den Himmel stieg.

Die Gestapo-Beamten und SS-Scharfschützen feuerten Gewehrsalven ab, doch das Flugzeug stieg unaufhörlich, bis es im schwarzen Nachthimmel verschwand. Strasser stieß ein markerschütterndes Heulen aus. Büchner war ihm entkommen!

Der Lysander schaukelte wild. Kalte Nachtluft wehte durch die offene Kabinentür in den Innenraum des Flugzeugs, in dem bis zu vier Personen mit Gepäck Platz fanden. Marie wurde flach auf den harten Metallboden gepresst. Mühsam richtete sie sich auf, robbte auf Knien zur Öffnung und schloss mit letzter Kraft die Tür. Sie schnappte krachend zu. Keuchend lehnte sie sich dagegen. Das kalte Metall kühlte ihr schweißnasses Gesicht.

»Are you allright?«, fragte der Pilot sie ein wenig besorgt. Scheinbar war er doch froh, die Geschwister vom Boden aufgesammelt zu haben. Karls Wehrmachtsuniform hatte er in der Dunkelheit zum Glück nicht erkannt.

»All right.« Marie schnappte schwer nach Atem. »Thank you.«

Dann drehte sie sich zu Karl, der sich sein blutendes Bein hielt. »Und du? Alles in Ordnung?« Ihr Brustkorb hob und senkte sich schmerzhaft.

Er sah sie mit schmerzverzerrtem Gesicht an. »Mein Bein brennt wie Feuer!« Stöhnend richtete er sich auf und brachte seinen schmerzenden Körper in eine sitzende Position.

»Baby …«, keuchte sie und grinste matt.

Sie zog sich am Türgriff hoch und zuckte heftig zusammen. Ein brennender Schmerz breitete sich in ihrem Rücken aus. Schwer atmend fuhr sie mit ihrer linken Hand unter den Mantel und presste sie auf ihren Rücken. Der Stoff ihres Kleides war feucht. Und warm. Beklommen zog sie ihre Hand zurück und betrachtete sie. Sie schluckte trocken.

Sie sah zu ihrem Bruder rüber. Er verlor viel Blut. Wenn sie die Blutung nicht stoppte, würde er bald das Bewusstsein verlieren.

Stöhnend kroch sie zu einem der vier Sitze und zog einen kleinen Metallkoffer mit einem roten Kreuz heraus. Ihre Lunge brannte noch scheußlich und ihr Rücken schmerzte bei jeder Bewegung so sehr, dass sie kaum Luft bekam. Dann robbte sie zu Karl, öffnete den Notfallkoffer, holte eine Schere heraus und begann, das linke Hosenbein aufzuschneiden. Ihre Hände zitterten stark, die Schmerzen im Rücken waren kaum auszuhalten. Sie keuchte.

»Ich … muss die … Blutung stoppen«, erklärte sie mühsam. Der Schweiß lief ihr in Strömen über das Gesicht, als sie die Schere ablegte, etwas Alkohol nahm, um grob die Wunde zu säubern. Die Kugel steckte zu tief, sie konnte sie nicht entfernen. Das würde ein Arzt im Krankenhaus erledigen müssen.

»Es tut … gleich … weh«, warnte sie Karl. Er nickte und biss die Zähne zusammen. Ein lautes Zischen konnte er sich jedoch nicht verkneifen. Sein bleiches, schmerzhaft verzogenes Gesicht entlockte ihr ein Lächeln. »Sei … ein … Mann … und keine … Memme.« Sie lachte gepresst.

»Du hast leicht reden«, brummte Karl gereizt. »Dir schüttet man auch keinen Alkohol über eine offene Wunde.«

Das Lachen kostete Kraft und so hörte sie schnell damit auf. Sie legte ihm einen Druckverband an, musste jedoch in immer kürzeren Abständen eine Pause machen und Atem schöpfen. Erst als sie eine ungeschickte Bewegung machte und qualvoll aufschrie, merkte Karl, dass irgendetwas nicht mit ihr stimmte.

»Marie?«, fragte er besorgt und vergaß ganz seine eigenen Schmerzen. »Ist alles in Ordnung?«

Doch seine Schwester gab ihm keine Antwort, sondern fuhr fort, mit zitternden Händen sein Bein zu verbinden. Als sie fertig war, räumte sie das Verbandsmaterial zurück in den Koffer und wollte ihn weglegen, doch Karl ergriff ihren Arm. Seine Hand hinterließ einen blutigen Abdruck auf ihrem Ärmel.

»Marie, was ist los? Bist du auch verwundet worden?«

Sie sah echte Sorge in seinen glänzenden Augen. Sie keuchte, schüttelte den Kopf. Plötzlich wurde ihr speiübel und sie begann zu schwanken. Erschrocken packte er sie am Oberkörper, damit sie nicht zur Seite kippte und sich den Kopf an einer scharfen Kante anschlug. Da ertastete er den warmen Fleck unter ihrem leichten Mantel.

»Mein Gott, Marie!«, rief er erschrocken. »Du bist verletzt!«

Ihr Atem ging rasselnd. »Eine Kugel … muss mich … erwischt haben, als ich … ins Flugzeug steigen … wollte.«

»Als du mich reingestoßen hast, meinst du?« Er sah sie grimmig an. »Du hast eine Kugel abgefangen, die mir bestimmt war.« Er hatte den Mann erkannt, der auf sie geschossen hatte. Es war derselbe SS-Offizier, den er in Berlin gesehen hatte. Bis nach Frankreich hatte er also seine Spur verfolgt!

Marie verzog das Gesicht zu einem spöttischen Lächeln. »Nimm … dich nur nicht … so wichtig …« Plötzlich zuckte sie heftig zusammen und keuchte. Sie war leichenblass. »Du musst … du musst in England … sagen, wer … du bist. Frag … nach Richard Howard …

Special Operations … Executive … Barker … Street 64 … London. Ihm … ihm musst du … alles erklären, hörst du? Es ist … wichtig, dass er … weiß, dass du … von mir kommst.« Ihre Augen wurden glasig und riesengroß.

Karl verkniff es sich, ihr zu sagen, dass er nach wie vor nicht vorhatte, Militärgeheimnisse auszuplaudern, doch es erschien ihm nicht der richtige Zeitpunkt, um damit anzufangen. Er sah seine blasse Schwester an, die sich nun kaum noch aufrecht halten konnte, und schmeckte einen bitteren Geschmack im Mund. Seine Schwester, seine kleine Schwester …!

»Hinlegen«, flüsterte sie erstickt.

Verwirrt sah er sie an. »Ja … ja, natürlich.« So vorsichtig es ging, legte er sie auf den kalten Boden. Dann zog er seine Uniformjacke aus und bettete ihren Kopf darauf. Dankbar für diese kleine Geste sah sie ihn an. Sie versuchte zu lächeln, doch die Schmerzen nahmen rapide zu. Sie stöhnte.

»Oh Gott, Marie!«, rief er verzweifelt. »Sag mir, was soll ich tun? Ich … ich kenn mich mit so was nicht aus! Marie …«

Er spürte, wie erste Tränen in seinen Augen brannten. Marie schüttelte schwach den Kopf. »Es gibt … nichts mehr … zu tun. Ich … ich …« Sie rang nach Atem.

»Nein, Marie, nein!« Panik übermannte ihn. Seine Schwester! Seine kleine Schwester, die ihn gerade noch verarztet hatte! Sie durfte nicht sterben. Sie durfte nicht! Hilflos sah er sie an. »Marie! Marie!«, beschwor er sie. »Geh nicht, ich bitte dich, geh nicht!«

Sie sah ihn aus glänzenden Augen an. Ihre Lippen bewegten sich. Sie versuchte etwas zu sagen, doch kein Laut drang aus ihrer Kehle. Sie schlug die Augen zu und für einen qualvollen Augenblick lang dachte er, sie sei gestorben, doch dann öffnete sie die Augen wieder und sah ihn an.

Sie streckte ihre blutverschmierte Hand aus und packte ihn schmerzhaft am Arm, der Blick plötzlich eindringlich und stechend klar. »Innenfutter …«, keuchte sie schmerzlich. »Mantel … links … Innenfutter …«

Er brauchte eine Weile, bis er begriff. Vorsichtig schlug er die linke Mantelseite zurück und griff in ihre Brusttasche. Sie war leer. Fragend sah er Marie an. Sie keuchte und er konnte sehen, dass sie ihm eine gereizte Antwort gegeben hätte, wenn sie könnte. Doch so murmelte sie nur schwach: »Innenfutter …«

Erst jetzt bemerkte er, dass die Naht auf der Innenseite des Mantels geöffnet worden war. Er griff in das Loch. Seine Finger ertasteten Papier.

Seine Kiefermuskeln zuckten beim Anblick seiner sterbenden Schwester. Sie zitterte, ihre Augen blickten ins Leere, das Gesicht leichenblass. Unmenschliche Geräusche drangen aus ihrer Kehle. Sie war dem Tode nah. Hilflose Wut über seine eigene Ohnmacht überkam ihn. Wenn er ihr doch nur helfen könnte … Er fühlte sich so dämlich, so armselig und völlig verzweifelt.

Ihr trüber Blick klarte auf. Sie sah ihm mit einer Intensität in die Augen, dass er fast körperliche Schmerzen dabei empfand. Seine Schwester. Marie, seine kleine Schwester. Erste Tränen rollten ihm über die Wangen. Er blinzelte heftig.

Sie keuchte und atmete rasselnd aus. Ihre Finger bohrten sich in sein Fleisch. Er spürte den Schmerz nicht. Sie versuchte etwas zu sagen, doch er verstand es nicht. Er legte seinen Arm unter ihre Schultern und hob sie an, damit sie besser Luft bekam. Er fühlte sich ihr plötzlich so nah wie nie zuvor in seinem Leben. Seine Kehle brannte scheußlich bei dem Gedanken, dass er sie nach zehn Jahren wiedergefunden hatte, nur um sie wieder zu verlieren.

Sie röchelte. »Brief …«, flüsterte sie kaum hörbar. Er sah sie fragend an. Mit dem Blick deutete sie auf seine Hand, in der er die Papiere hielt, die er aus ihrem Mantel geholt hatte. »Brief …«, wiederholte sie.

Er spreizte die Papiere. Es waren die Dokumente, die er ihr in Paris gegeben hatte. Doch darunter befand sich ein vergilbter Umschlag, vermutlich war es das, was sie meinte. Er sah sie an.

»Soll ich ihn dir vorlesen?«

Sie schüttelte den Kopf. »Mama …« Ein Röcheln ließ ihre Stimme ersterben. Sie schloss die Augen. Der Tod streckte seine Hand nach ihr aus.

Mama? Sie musste allmählich den Verstand verlieren, dachte er verzweifelt.

Doch dann öffnete sie die Augen wieder, sah ihn eindringlich an und wiederholte schwach: »Mama … Papa … Brief … für dich.«

Karl sah auf den Brief. Er schob die anderen Papiere mit dem Daumen beiseite und bemerkte, dass jemand seinen Namen auf den Briefumschlag geschrieben hatte. Er konnte nicht wissen, dass seine Schwester diesen Brief vor langer Zeit aus den Trümmern des Hauses geborgen hatte, das ihre Eltern unter sich begraben hatte. Genauso wenig wie er wissen konnte, dass seine Eltern mit dem Wunsch gestorben waren, ihn irgendwann einmal wieder zu sehen.

Aber er erkannte die Schrift seiner Mutter. Sein Hals schnürte sich zusammen. Das war ein Brief von seinen Eltern! Seine Eltern hatten ihm geschrieben. Rührung und Trauer überkamen ihn. Ein dicker Knoten bildete sich in seinem Bauch.

Dann röchelte Marie und er wendete seine Aufmerksamkeit wieder seiner Schwester zu, die ihn immer noch ansah. Tränen rannen ihm in Strömen über die Wangen. Sie versuchte zu lächeln, ein Freudenschimmer lag in ihren Augen und er merkte, dass sie mit sich selbst zufrieden war. So, als hätte sie eine Aufgabe erfüllt, die man ihr aufgetragen hatte.

Sie öffnete den Mund. »Im Leben … wie … wie … im …«

Ein Röcheln drang aus ihrer Kehle, ihr Körper zuckte und dann wurde ihr Blick leer. Die Umklammerung ihrer Hand löste sich abrupt. Sie fiel kraftlos herunter.

»Nein …«, flüsterte er. »Nein!« Die Tränen strömten ihm über die Wangen, tropften auf sein Hemd, während er seine Schwester wie ein kleines Kind in die Arme nahm und hin- und herwiegte. »Nein … Oh Gott, nein! Marie! Marie! Es tut mir leid. Es tut mir so leid!«

Die Tränen erstickten seine Stimme. Ein heftiger Krampf packte ihn. Er wurde durch und durch geschüttelt, bis sein ganzer Körper schmerzte. Dann versiegten die Tränen. Er bettete seine Schwester zurück auf den Boden der Maschine, schloss ihr mit zitternder Hand die Augen und flüsterte erstickt: »Bruder und Schwester. Im Leben wie im Tod.«

Dann saß er einfach nur neben ihr, während das kleine RAF-Flugzeug durch die Nacht flog, nach England, der Hoffnung Europas. Dort würde sich seine Zukunft entscheiden. Seine und die der ganzen Welt.

Doch daran dachte er nicht, als der Pilot das schwarze Wasser des Ärmelkanals unter sich sehen konnte. Er dachte an ein kleines Mädchen, das freudestrahlend auf ihn zukam und mit dunkler Stimme rief: »Hey, kleiner Bruder, lass uns die Welt erobern.«

29

Der nächtliche Hof des Gefängnisses Plötzensee wurde im Abstand von jeweils zwei Minuten von acht Gewehrsalven erfüllt. Als die letzten Schüsse verhallt waren, senkten die zwölf Wehrmachtssoldaten ihre rauchenden Gewehre und schulterten sie auf Befehl. Dann verließen sie den Hof im Gleichschritt, ihre schweren Stiefel erzeugten ein donnerndes Geräusch in der Stille der Nacht.

Acht Offiziere der Wehrmacht waren nach einem Schauprozess vor dem Volksgerichtshof in Berlin den Tod von Hochverrätern gestorben. Es war nur recht und billig, dass man die Leichen verbrannte und die Asche verstreute. Verräter verdienten nichts anderes.

In seinem Arbeitszimmer starrte Friedrich Schneider schnaubend aus dem Fenster. Seine Augen funkelten gefährlich und tiefe Scham erfüllte ihn. Vor wenigen Minuten hatte er die Nachricht vom Tod seines jüngsten Sohnes erhalten. Vor Wut hatte er das Telegramm in das prasselnde Kaminfeuer geworfen und seine Frau angeschrien: »Das ist allein deine Schuld! Du hast diesen Bengel nach Strich und Faden verhätschelt! Wenn er nur an seine Familie gedacht hätte, wäre diese Schande niemals über uns gekommen!«

Daraufhin war Sabrina Schneider bleich geworden, denn sie hatte Robert abgöttisch geliebt. Der Verlust ihres zweiten Kindes traf sie hart. Erst Franz, dann Robert. Aber noch schmerzlicher war, dass dieser Name nie wieder genannt werden durfte. Friedrich würde ihn aus dem Familienstammbaum tilgen, als habe er nie existiert.

Und so hatte sie wortlos das Wohnzimmer verlassen, war in den prachtvollen Garten gegangen, um ungestört ihrem Kummer nachzugehen, während ihr Mann breitbeinig vor seinem Schreibtisch stand, eine Zigarre im Mund, und verächtlich murmelte: »Zu schwach.«

Ein bitterer Zug legte sich auf Oberleutnant Kurt Eberles Gesicht, als er von der Erschießung seines einstigen Schulkameraden und Freundes Robert Schneider hörte. Nur ein weiterer Name auf der aufgeführten Liste der Verräter sorgte bei ihm für grimmige Genugtuung.

Kapitän Fritzgstein.

Er war wegen Verschwörung und Hochverrat ebenfalls exekutiert worden, obwohl er bis zum Schluss standhaft seine Unschuld beteuert hatte. Kurt wusste, dass er Robert niemals so offen hätte demütigen dürfen. Denn nun hatte er von dem bitteren Geschmack der Rache kosten dürfen.

An diesem Abend ging er zum ersten Mal, seit er das sechzehnte Lebensjahr erreicht hatte, nicht aus. Er blieb alleine in der Militärkaserne in Italien zurück, öffnete eine Flasche brandneuen Schnaps und trank auf das Wohl eines Helden, der aus Liebe zu seinem Land den Verrätertod gestorben war.

Epilog

Der kleine Friedhof von Courseulles war an diesem milden Apriltag des Jahres 1952 von einer Menschenmenge überfüllt. Alle drängten sich zur Küste, wo ein großes Kreuz mit zwei Querbalken aus weißem Stein in den Himmel ragte. Dies war das Lothringer Kreuz, das Zeichen der Résistance, das machtvoll auf das Kriegerdenkmal platziert worden war, welches heute vom Bürgermeister der Stadt feierlich eingeweiht wurde.

Die vielen Menschen erschreckten Heinrich ein wenig. Am liebsten hätte er sich schutzsuchend an seine Mutter gedrückt, doch sein Stolz verbat ihm diese kindische Anwandlung. Immerhin war er jetzt schon zehn Jahre alt und kein Kleinkind mehr.

Ungeduldig zog er an seiner Krawatte. Er schwitzte im engen Anzug, den er heute tragen musste. Er war scheußlich unbequem, aber sein Vater hatte darauf bestanden und so hatte er sich fügen müssen. Neidisch warf er seiner Schwester Bianca einen Blick zu. In ihrem hübschen, luftigen Kleidchen litt sie bestimmt nicht so unter den überraschend heißen Sonnenstrahlen wie er.

Trübsinnig starrte er den Bürgermeister an, der mit tragender Stimme an die Heldentaten einer Frau erinnerte, deren Name ihm dunkel bekannt vorkam. Aber er konnte sich nicht recht auf die Worte konzentrieren. Sehnsüchtig dachte er an sein Modellschiff, das er mit seinem Vater gebaut hatte und das nun unbenutzt im Auto lag. Seine Mutter hatte ihm versprochen, dass sie zum See gehen würden, wenn die Zeremonie vorbei war. Aber dafür musste er auch brav sein und sich wie ein großer Junge verhalten. Dieser Teil der Vereinbarung erschien ihm am schwersten, denn er langweilte sich entsetzlich. Nur die Aussicht, bald sein neues Schiff ausprobieren zu dürfen, hinderte ihn daran, seine Mutter alle zehn Minuten zu fragen, wann sie endlich gehen konnten.

Seine Mutter wirkte heute sehr ernst. Sie hielt die zweijährige Marie in den Armen und hörte schweigend der langatmigen Rede des

Bürgermeisters zu. Hin und wieder drückte sie der Schwester einen Kuss auf das kleine Köpfchen und wiegte sie beruhigend hin und her. Normalerweise lachte und lächelte sie viel, doch heute konnte Heinrich Schmerz und Kummer in ihren Augen sehen.

Den gleichen Schmerz und Kummer wie in den Augen seines Vaters. Er wirkte sehr verschlossen und in Gedanken versunken, so kerzengerade, wie er dastand. Prachtvoll sah er aus in seiner blauen Marineuniform. Wenn Heinrich älter war, wollte er auch zur Marine gehen. Aber noch beschränkte sich sein »Krieg« auf einen friedlichen Teich im Park.

Stolz lächelte Heinrich seinen Vater an, doch Karl bemerkte es nicht. Er war tatsächlich weit fort mit seinen Gedanken. Die Worte des Bürgermeisters von Courseulles führten ihn zurück in die düsteren Tage des Jahres 1943.

»Marie Büchner, auch bekannt als Marie Bonnet, riskierte ihr Leben für die Résistance und für die Befreiung Frankreichs«, sagte der ergrauende Mann mit pathetischer Stimme. »Frauen und Männer wie sie haben den Krieg gewonnen. Wir müssen nun den Frieden bewahren.«

Ja, den Krieg hatten sie gewonnen. Den Frieden auch. Frieden. Was für ein schönes Wort! Karl wünschte sich, Marie hätte den Sieg über Hitler auch miterlebt. Wie sehr hätte sie sich darüber gefreut, zu erfahren, dass Deutschland und Frankreich von den Ketten der Nazis befreit worden waren.

Er selbst hatte nicht mehr dazu beigetragen. Mit Maries Tod war Operation Eule gänzlich gescheitert. In England wurde er unmittelbar nach seiner Ankunft in das Sonderlager Trent Park gebracht, ein herrschaftliches Anwesen, das zum Kriegsgefangenenlager für deutsche und italienische Generäle und Stabsoffiziere umstrukturiert worden war. Die Geheimdokumente, die er Marie abgenommen hatte, hatten zweifellos den Weg ins britische Hauptquartier gefunden, aber Verhandlungen hatte Karl keine führen können. Das Kriegsende hatte er in diesem Gefängnis erlebt. Erst ein Jahr später hatte er Helen und Heinrich wiedergesehen. Wie durch ein Wunder war sein Name auf der Verräterliste niemals aufgetaucht und so war es ihm möglich gewesen, nach seiner Rückkehr aus England ein unbehelligtes Leben zu führen.

Der Krieg und die Gefangenschaft hatten ihn gezeichnet. Er war noch stiller und verschlossener geworden, seit er vom Tod seiner Mitstreiter erfahren hatte. Der Großteil der Mitglieder war noch am selben Tag verhaftet worden, viele weitere in den darauffolgenden Tagen. Alle wurden zum Tode verurteilt und erschossen. Graf von Moltke, letzter Überlebender, dessen Beteiligung an Operation Eule niemand verraten hatte, war im Januar 1944 von der Gestapo verhaftet worden, als er einen Kollegen vor einer drohenden Festnahme warnen wollte. Ein Jahr später wurde er nach endlosen Verhören und Folter hingerichtet.

Generaloberst Friedrich Fromm, dem Karl einen Verrätertod prophezeit hatte, wurde am Tag nach dem missglückten Anschlag auf Hitler am 20. Juli 1944 verhaftet und einige Monate später wegen »Feigheit« erschossen.

Das barbarische Abschlachten von Menschenleben im letzten Kriegsjahr hatte Karl sehr erschüttert und nachdenklich gemacht. Doch er ließ keinen Augenblick ungenutzt verstreichen, um seiner Familie zu sagen, wie sehr er sie liebte. Es war fast so, als wollte er das Versäumnis seinen Eltern und seiner Schwester gegenüber wiedergutmachen. Der Brief, den Marie ihm vor ihrem Tod gegeben hatte, hatte ihn sehr berührt. Seine Eltern hatten ihm seine Torheit vergeben und hofften sehr, er würde eines Tages zu ihnen zurückkommen. Und wenn Gott ihnen diesen Wunsch nicht erfüllen sollte, so sollten doch wenigstens die Geschwister das Kriegsbeil begraben und sich versöhnen.

Diesen letzten Wunsch hatte Marie ihnen erfüllt. Wenn auch sehr spät und zu einem hohen Preis. Sie hatte wenige Zeilen dem Brief nachträglich zugefügt, in denen sie erklärte, wie leid ihr das Zerwürfnis tat und wie stolz sie auf ihn war.

Diese wenigen Worte, die so hastig und undeutlich auf das vergilbte Papier gekritzelt worden waren, vermutlich in großer Eile, hatten ihn tief bewegt. Und manchmal, wenn er sich traurig und niedergeschlagen fühlte, holte er diesen Brief wieder hervor und las ihn

Zeile für Zeile. Es war das einzige Andenken, das ihm von seiner Familie geblieben war. Und doch war es kostbarer als jedes Schmuckerbstück. Es war fassbare Liebe.

Als die Marseillaise angestimmt wurde, sang er aus voller Kehle mit, als galt es, seine Schwester durch die französische Nationalhymne wieder auferstehen zu lassen. Anschließend wurde die Totenglocke geläutet und es herrschte eine Schweigeminute, in der man den verstorbenen Helden des Krieges gedachte.

Schließlich drehte sich der Bürgermeister zu der bunt gemischten Menge und sagte ehrfürchtig: »Marie Büchner …«

Und die Menge antwortete im Chor: »Gefallen für Frankreich.«

Dann wurde ein prachtvoller Kranz niedergelegt, mit dem sich Frankreich für Maries Dienste bedanken wollte. Wenige Minuten später, nachdem man der Familie ein herzliches Beileid ausgesprochen hatte, zerstreute sich die Menge. Zurück blieben nur Karl, Helen und ihre Kinder Heinrich, Bianca, Theodor und Marie. Schweigend blickten sie zum Denkmal, dann ergriff Helen Karls Hand und drückte sie sanft. Er blickte seine Frau voll Zärtlichkeit und Liebe an.

Schließlich drehte er sich um und die Familie verließ den kleinen Friedhof. Nur am Tor blieb Karl noch einmal stehen, um das weiße Kreuz anzusehen, das ihn daran erinnerte, wie wichtig und wertvoll Familie war.

Und als die sinkende Sonne ihre letzten Strahlen auf die Erde sandte, ein letztes Mal Wärme spendete, bevor die kühle Nacht Einzug erhielt, erleuchtete sie auch die Schrift, die unterhalb des Namens auf den Sockel gemeißelt worden war:

Es gibt keine größere Liebe, als wenn einer sein Leben für seine Freunde hingibt.

Nachwort

Karl und Marie Büchner sowie die meisten in diesem Roman geschilderten Personen sind erfundene, literarische Figuren. Ausnahmen bilden Helmut James Graf von Moltke, Peter Yorck Graf von Wartenburg, Theodor Steltzer und Adam von Trott zu Solz. Sie sind Teil des sogenannten »Kreisauer Kreises«, einer Widerstandsgruppe der traditionellen Eliten, deren führende Köpfe Moltke und Yorck waren. Freunde und Gleichgesinnte trafen sich ab 1940 in Kreisau in Niederschlesien auf dem Gut des Grafen Moltke oder in der Hortensienstraße 50 in Berlin, der Wohnung von Yorck, um über die Neuordnung und Neuorientierung von Staat und Gesellschaft nach der Überwindung des Nationalsozialismus zu diskutieren. Die Erklärung der »Grundsätze für die Neuordnung« zählt heute zu den Schlüsseldokumenten des Widerstands gegen Hitler. Nach der Verhaftung Moltkes Anfang 1944 löste sich die Gruppe auf, einige Mitglieder schlossen sich der Gruppe um Claus Schenk Graf von Stauffenberg an. Fast alle Mitglieder des Kreisauer Kreises fanden während der NS-Zeit den Tod.

Die Äußerungen der Kreisauer, die bei den beiden Treffen mit Robert Schneider zum Ausdruck kommen, sind im Übrigen authentisch. Sie spiegeln wider, was Zitaten oder Zeugenberichten entnommen werden kann.

»Aktion T4«, so genannt nach der Zentrale für die Leitung der Ermordung behinderter Menschen in der Tiergartenstraße 4 in Berlin, fand in den Jahren 1940 bis 1941 statt. Mehr als 70 000 Psychiatriepatienten und behinderte Menschen wurden in dieser Zeit von SS-Ärzten und -Pflegekräften ermordet. Aufgrund deutlicher Stellungnahme hoher kirchlicher Würdenträger gegen die Patiententötung wurden die Ermordungen ab 1942 nicht mehr zentral, sondern dezentral und damit weniger öffentlich fortgesetzt.

Das Städtchen Courseulles in der Normandie gibt es wirklich. Allerdings hat es dort während des Krieges keine bedeutende Marinewerft oder ein Torpedoarsenal gegeben. Der Aufbau der Stadt, die beschriebenen Örtlichkeiten, sind ebenfalls literarische Fiktion.

»Operation Eule« hat es nie gegeben. Kenner werden jedoch feststellen, dass sich Karl Büchners Plan in großen Teilen an »Operation Walküre« und dem Stauffenberg-Attentat orientiert. In der Tat habe ich mich sehr davon inspirieren lassen, da es einer der wenigen militärischen Putschversuche gegen das Hitler-Regime war, von deren ausführlichen Planung sehr viel bekannt ist.

Melanie Dobson

Das Haus auf Crescent Hill

Paperback, 13,5 x 20,5 cm, 336 S.
Nr. 395.393, ISBN 978-3-7751-5393-5

Unverhofft erbt Sarah die alte, prunkvolle Villa ihrer Großmutter Rosalie – das Zuhause ihrer Kindheit. Als sie einzieht, merkt sie, dass dort merkwürdige Dinge vor sich gehen. Zusammen mit dem attraktiven Alex kommt sie alten Familiengeheimnissen auf die Spur.

Siri Mitchell

Der erste Ball der Clara Carter

Paperback, 13,5 x 20,5 cm, 400 S.
Nr. 395.274, ISBN 978-3-7751-5274-7

New York 1890: Die Reichen und Mächtigen genießen einen nie da gewesenen Luxus. Der Star der Saison ist die 17-jährige Clara Carter. Sie hat einen Winter Zeit, den begehrtesten Junggesellen der Stadt an sich zu binden. Ist sie bereit, ihre eigenen Pläne dafür aufzugeben?

Bitte fragen Sie in Ihrer Buchhandlung nach diesen Büchern!
Oder schreiben Sie an: SCM Hänssler, D-71087 Holzgerlingen;
E-Mail: info@scm-haenssler.de; Internet: www.scm-haenssler.de